Carolyn Haines

Fluß des verlorenen Mondes

Roman

Aus dem Amerikanischen von
Lore Pilgram

Gustav Lübbe
Verlag

Originalverlag: DUTTON Penguin Books USA Inc., New York
Titel der Originalausgabe: Touched

Aus dem Amerikanischen von Lore Pilgram

Schutzumschlaggestaltung: DYADEsign, Düsseldorf
Schutzumschlagfoto: Hulton Getty,
»Woodland picnic, 1920« / Tony Stone Bilderwelten
Satz: Kremerdruck GmbH, Lindlar
Gesetzt aus der Adobe Caslon aus der Linotype-Library
Druck und Einband: Friedrich Pustet, Regensburg

Printed in Germany

ISBN 3-7857-0893-9

Sie finden die Verlagsgruppe Lübbe im Internet unter
http://www.luebbe.de

1 3 2

Für Diana Hobby Knight –
ein Kind des Singenden Flusses
und einer Stadt,
die seit langem ausgestorben ist.

Ihr untrügliches »Ortsgefühl«
hat ihr Leben geprägt.

Danksagung

Mein Dank gilt einmal mehr dem Deep South Writers Salon: Rebecca Barrett, Alice Jackson Baughn, Renee Paul, Susan Tanner, Stephanie Vincent und Jan Zimlich, und ein ganz besonderes Dankeschön gebührt Pam Batson. Ohne ihrer aller Hilfe gäbe es dieses Buch nicht.

Unendlich wertvolle und stets wunderbar freundliche Unterstützung gewährten mir Janet Smith und die Mitarbeiter der George County Regional Library, die mir geholfen haben, mich in den unzähligen Wirren der Zeit zurechtzufinden und Material aufzuspüren.

Der historischen Genauigkeit halber muß gesagt werden, daß der transportable Elektrische Stuhl in Mississippi in den zwanziger Jahren noch nicht benutzt wurde; die offizielle Hinrichtungsmethode war der Tod durch den Strang. Erst in den vierziger Jahren wurde der Einsatz des transportablen Elektrischen Stuhls zur Vollstreckung der Todesstrafe gesetzlich zugelassen. Der Stuhl wurde dann jeweils in das County gebracht, in dem die Verurteilung erfolgt war. Diese und unzählige andere Fakten konnte ich mit Hilfe der Bibliothek und ihrer Mitarbeiter ermitteln.

Meine Lektorin Audrey LaFehr und meine Verlegerin Elaine Koster ließen mir Zeit bei der Arbeit an diesem Buch und ermutigten mich immer wieder weiterzuschreiben. Sie waren es auch, die mir den Anstoß gaben, zur Recherche nach Jexville zu gehen. Vielen Dank.

Alles, was ein Schriftsteller außer Phantasie und dem Drang zu schreiben braucht, damit ein Buch entstehen kann, verdanke ich meiner Familie. Meine Großmutter und meine Mutter haben mich durch ihr Beispiel gelehrt, was stark sein heißt, und mein Vater hat mir gezeigt, was es heißt zu lieben. Und spät in der Nacht, wenn ich schrieb, hauchte die Stimme meiner Mutter den Seiten leise flüsternd Leben ein.

Apostelgeschichte
(28: 3–6)

3: Da aber Paulus einen Haufen Reiser
zusammen raffete und legte es aufs Feuer,
kam eine Otter von der Hitze und fuhr
Paulus an seine Hand.

4: Da aber die Leutlein sahen das Thier an
seiner Hand hangen, sprachen sie unter-
einander: Dieser Mensch muß ein Mörder
seyn, welchen die Rache nicht leben lässet,
ob er gleich dem Meer entgangen ist.

5: Er aber schlenkerte das Thier ins Feuer,
und ihm widerfuhr nichts Uebels.

6: Sie aber warteten, wenn er schwellen
würde oder tot niederfallen. Da sie aber
lange warteten, und sahen, daß ihm
nichts Ungeheures widerfuhr, verwandten
sie sich und sprachen, er wäre ein Gott.

Kapitel 1

In den stickig heißen Zonen im Südosten von Mississippi ist der Juli nur eine Art Vorankündigung. Die letzte tröstliche Frische der Juninächte ist vorbei, und sonnenflirrend naht der August. Die Tage werden lang und heiß, und es ist keine Linderung in Sicht. Im Schatten der Nadelwälder, wo ein wenig Kühle herrscht, lauern Moskitos und Mokassinschlangen. Einigermaßen erträglich ist es nur vor Sonnenaufgang und nach Sonnenuntergang.

Ich spüre sie noch auf der Haut, die Last eines solchen Julimorgens, wenn sich das Gras unter dem Gewicht der silbernen Tautropfen neigte und die ersten schrägen weißen Sonnenstrahlen über den kiefergrünen Horizont gekrochen kamen, um den Tag zu verbrennen, die Erde auszutrocknen. Noch heute, gut zwanzig Jahre später, kann ich mich genau daran erinnern.

Es war der 21. Juli 1926. Am Mittag brannte die Sonne gnadenlos, der Himmel war blaß, ausgeblichen wie alte Spitze, und die Luft dampfte. Ich stand in meiner Küche und hatte Mühe zu atmen.

Ich faltete die Toffeeschachtel oben zusammen und band eine rote Schleife darum, die mir Elikah aus dem Frisiersalon mitgebracht hatte. Er saß am Küchentisch und sah mir zu. Er hatte gerade gegessen und schob nun den Teller weg, zufrieden mit der Mahlzeit aus Zuckererbsen, Okra und Maisbrot, die ich für ihn gekocht hatte. Eine Woche waren wir nun verheiratet, und bis jetzt hatte ihm mein Essen immer geschmeckt.

»Sag Miss Annabelle, daß ich ihr zum Geburtstag gratuliere«, meinte er, während er sich die Hosenträger hochzog, sie auf der muskulösen Brust schnippen ließ und nach seiner Jacke griff.

»Du siehst gut aus.« Ich war schüchtern in seiner Gegenwart, noch unsicher, welche Rolle ich in seinem Leben spielte. Er war der schönste Mann, der mir je begegnet war. Es tat weh, ihn anzusehen, und ich hielt es nie länger als ein paar Sekunden aus.

»Geh schon.« Er nickte in Richtung Tür. »Es wird Zeit.«

In meinem warmen grauen Flanellkleid trat ich über die Veranda hinaus in die brütende Hitze der Ein-Uhr-Sonne. Annabelle Lee Leatherwood, ein kinnloses Wunderkind von neun Jahren, das das Pech hatte, sowohl äußerlich als auch vom Charakter her seiner Mutter nachgeraten zu sein, feierte Geburtstag.

Der erste Juli 1926. Ein neuer Monat. Für mich ein neues Leben, und ich kam zu spät zur Geburtstagsfeier. Chas Leatherwood war ein einflußreicher Mann. Ihm gehörte die Futtermittel- und Saatguthandlung von Jexville. Eine Einladung zum Geburtstag seiner Tochter durfte man unter gar keinen Umständen ablehnen, und Elikah hatte keinen Zweifel daran gelassen, daß ich dort erscheinen mußte, anständig angezogen und mit einem Geschenk.

Die Sonne blendete, doch in der Ferne, im Westen, ballten sich schon ein paar Wolken zusammen und verhießen für den Nachmittag ein Gewitter. Sie näherten sich in Gestalt von Burgen und wollweißen Drachen, doch an den Rändern waren sie bereits grimmig grau. Ich wußte, sie würden sich bald auftürmen, diese trügerisch leicht aussehenden Massen, sich von wechselnden Winden treiben lassen, so daß sie zusammenstießen und sich vermischten. Am späten Nachmittag dann würden sie mit Urgewalt aufeinanderprallen, und dann, ungefähr eine halbe Stunde lang, würde der Regen in dichten Schnüren niederprasseln. Aber mindestens drei Stunden Schwüle, so rechnete ich mir aus, lagen noch vor mir, bis der Regen für kurze Zeit Linderung bringen würde. Und ich kam zu spät.

Ich hatte Toffee gemacht, als Geschenk, aber die Masse war nicht richtig fest geworden, und während ich mich beeilte, zu den Leatherwoods zu kommen, merkte ich schon, wie sie durch die bunte Papierschachtel sickerte. Die Schachtel war ekelhaft klebrig. Warm. Wie Blut.

Die Wolken im Westen wurden immer dichter, eine Wand aus lauter abenteuerlich geformten Gebilden. Sie schienen unbeweglich, harrten, gelähmt von der Hitze, des Windes. Unmittelbar bevor das Gewitter losbrach, würde die lang ersehnte Brise kommen. Doch bis dahin konnten noch Stunden vergehen.

In der großen Magnolie, die in Jeb Fairleys Vorgarten stand, stritten sich zwei Spottdrosseln. Ich blieb stehen, um ihnen zuzuhören und meinen brennenden Füßen eine Pause zu gönnen. Manch einem gingen diese Vögel auf die Nerven, ich aber liebte sie. Im Frühling waren sie richtig mutig, mitunter sogar aggressiv, wenn ihr Nachwuchs in Gefahr war. Ich erinnerte mich an eine Spottdrossel, die aus einer Kreppmyrte schoß, in der sich das Nest mit ihren Jungen befand, und meinen Stiefvater keck in die Stirn pickte. Das sollte ihr schlecht bekommen. So etwas machte niemand mit Jojo Edwards und in gar keinem Fall ein Vogel! Er brachte die Vogelmutter und ihre Kinder um und machte den Baum ein gutes Stück kürzer.

Dieses Bild hatte ich seither immer wieder vor Augen, diese Erinnerung, die auch die ganze seitdem vergangene Zeit nicht trüben konnte. Ich sehe Jojos fettes, schwitzendes Gesicht. Haßfunken sprühen aus den Augenschlitzen. Ich höre, wie die Axt in das glatte, borkenlose Holz der Kreppmyrte fährt – ein entsetzliches Geräusch, anders, als wenn der Baum eine Borke hätte. Dann ist die Axt nicht mehr da, und ich sehe den bloßen Stamm und die vielen taumelnden Blätter, die zusammen mit den Federn der toten Vögel zu Boden fallen.

Bei dieser Erinnerung brach mir erst recht der Schweiß aus, Angst stieg in mir hoch, und ich begann zu rennen. Als ich von der Canaan Street in die Paradise Street einbog, hörte ich die Musik. Nach allem, was ich in den fünf Tagen, die ich als Elikah Mills' Frau in Jexville wohnte, mitgekriegt hatte, konnte diese Musik eigentlich nur vom Mond kommen. Die verbotenen Klänge, die an mein Ohr drangen, gingen mir direkt ins Blut. Wer besaß hier in Jexville wohl ein Grammophon? Wer wagte es, am Nachmittag von Annabelle Lee Leatherwoods Geburtstagsfeier Musik zu spielen?

Das klebrige, mißlungene Toffee, Jojos grausame Augen, all das war vergessen, als ich auf diese Musik zulief.

Unter meinen Schuhen wirbelte roter Staub auf und blieb am Saum meines Kleides haften, doch ich achtete nicht darauf. Im Nu war der Boden der durchgeweichten Toffeeschachtel mit einer dünnen roten Kruste überzogen. Auf der Höhe von Elmer Hintons weißem Lattenzaun zügelte ich schließlich, völlig außer Atem, meine Schritte. Es schickte sich nicht, daß eine verheiratete Frau derart durch die Straßen rannte, aber die Musik ließ mich wieder schneller werden. Ich kannte das Lied nicht, doch es war fröhlich und frech und – verboten.

Die Musik wurde immer lauter, mit jedem Schritt, und als ich mich auf der Revelation Road nach rechts wandte, sah ich dort ein selbstvergessen tanzendes Mädchen von ungefähr neun Jahren: Duncan McVay.

Ich hätte sie überall erkannt.

Ich stand auf der Straße in der glühenden Hitze, meine klebrige Toffeeschachtel in den Händen, und staunte sie an, wie vor den Kopf geschlagen. Sie trug ein ärmelloses gelbes Kleid, das gerade von den Schultern bis auf die schmalen Hüften herabfiel, um die eine breite gelbe Schärpe gebunden war. Darunter war ein kurzes Röckchen angesetzt, das kaum das Nötigste bedeckte. Sie wirkte groß für ihr Alter, und die dünnen Beine waren unablässig in Bewegung.

Im Rhythmus bewegte sie sich vor und zurück, rollte theatralisch mit den Augen und kniff sie dann lachend zusammen. Sie tanzte ganz allein, und obwohl sie genau wußte, daß alle sie anstarrten, war sie kein bißchen verlegen. Um sie herum saß bestimmt ein Dutzend Kinder. Einige von ihnen guckten erschrocken, andere neidisch. Aber es gab keines, das sie nicht beachtet hätte. Duncan McVay stand im Mittelpunkt des allgemeinen Interesses – auch bei den Frauen, die neben der Treppe zum Hintereingang standen. Auch sie schauten zu ihr hin, mißbilligend zwar, doch außerstande, den Blick von ihr zu lassen.

Eine der Frauen betätigte voller Eifer die Kurbel des Grammophons, was die Schallplatte schneller kreisen und das kleine Mädchen noch wilder tanzen ließ. Die Frau konnte sich ein Lächeln nicht verkneifen. Sie ließ den Blick von dem tanzenden Mädchen zu der Gruppe der freudlosen Frauen schweifen und lächelte noch etwas breiter. Dabei kniff sie auf genau die gleiche Weise die Augen zusammen wie das Mädchen.

Die Kleine beendete ihren Tanz mit einem Freudenjuchzer und warf die Arme in die Luft. Ihre schwarzen Lackschuhe waren über und über mit dem orangeroten Staub bedeckt, den sie beim Tanzen auf der einzigen graslosen Stelle des Leatherwoodschen Gartens aufgewirbelt hatte. Sie hatte ein richtiges Loch in den Boden gestampft.

»Will denn keiner von euch Charleston tanzen?« Duncan McVay blickte einen hochgewachsenen, mageren Jungen auffordernd an. Er schlug die Augen nieder, starrte ins Gras und riß ein paar Halme aus.

»Robert? Willst du nicht mittanzen?« drängte Duncan. »Es macht Spaß und ist ganz leicht. Mama kann die Platte noch mal neu abspielen, dann zeig ich's dir.«

Robert starrte weiter zu Boden. Die anderen Kinder schwiegen, bis plötzlich eines der Mädchen kicherte.

Ohne sich umzudrehen, stand Robert auf. Er warf Duncan einen raschen Blick zu und sah, daß sie immer noch wartete, jetzt allerdings schon leicht ungeduldig.

»Ich kann nicht«, flüsterte Robert. »Wir dürfen nicht tanzen.« Er drehte sich um und ging davon, direkt an mir vorbei. Er war feuerrot im Gesicht.

Ich hatte immer noch die staubverkrustete, durchgeweichte Toffeeschachtel in den Händen, die von Minute zu Minute feuchter wurde. Die gnadenlose Nachmittagssonne brannte mir auf den Kopf und die Schultern, doch ich traute mich nicht in den Garten. Ich hatte genug über JoHanna und ihre Tochter gehört, um die beiden sofort zu erkennen. Dabei hatte ich sie mir, ehrlich gesagt, etwas anders vorgestellt – mit Teufelshörnern, mindestens.

»Ich glaube, es ist Zeit für das Eis«, rief Agnes Leatherwood mit lauter Stimme. Doch nur eines der Kinder antwortete ihr, ein dickliches kleines Mädchen, dessen unvorteilhaftes Gesicht direkt in den Hals überging, ohne daß dazwischen ein Kinn sichtbar gewesen wäre. Ärgerlich richtete es den Blick auf die Kleine im gelben Kleid.

»Ich will mein Eis«, sagte das dicke Mädchen mit einer Stimme, die keinen Widerspruch duldete. Als keines der anderen Kinder aufstand, stemmte es die Arme in die Hüften. »Wer nicht sofort mit ins Haus kommt, der kriegt auch kein Eis.«

Zwei Mädchen standen auf und gingen zu ihr hinüber. Sie warteten, genau wie ihre Mütter, die sich unten an der Treppe versammelt hatten. Agnes, die das dünnere Ebenbild ihrer Tochter war, schaute zu Duncan hinüber und schien den Tränen nahe zu sein.

»Leg noch eine Platte auf, Mama.« Duncan stemmte eine Hand in ihre schmale Hüfte und blickte in die Runde. »Gibt's denn hier nur lauter Angsthasen?«

Die nächsten zwei Mädchen standen auf und gesellten sich zu Agnes, Annabelle und den Müttern. Es folgten zwei Jungen, dann noch einer.

Die Musik hallte über den Hof, eine lebhafte Melodie, und Duncan war voll in ihrem Element. JoHanna McVay, eine Hand am Grammophon, sah ihrer Tochter beim Tanzen zu. Die Frauen standen da wie erstarrt, unfähig, ins Haus zu gehen, bevor das Lied zu Ende war.

Duncan schwitzte, ihr schwarzes, glattes, zum Bubikopf geschnittenes Haar, das das Gesicht einrahmte und die dunklen Augen voll zur Geltung brachte, schien zu dampfen.

»Noch ein Lied, dann kommst du rein und ißt dein Eis«, sagte JoHanna, während sie den Apparat von neuem ankurbelte und eine langsamere Platte auflegte. Ihrem Tonfall und Verhalten nach zu urteilen, schien JoHanna das, was sich im Garten abspielte, vollkommen normal zu finden. Die anderen Frauen und die Kinder zeigten nur zu deutlich, daß sie nichts mit ihr und Duncan zu tun haben wollten, doch sie tat so, als bemerke sie es nicht. Sie setzte die Nadel auf die Platte und schickte sich an, ins Haus zu gehen.

Und erst da, erst als sie sich in Bewegung setzte, nahm ich sie wirklich wahr. Ihre Art, sich zu bewegen, war das Auffälligste an ihr. Sie ging mit langen Schritten, nicht mit den angeblich typisch weiblichen Trippelschritten, zu denen man mich erzogen hatte, und doch war ihr Gang unverkennbar der einer Frau.

Während die anderen Frauen durchweg weiße Blusen und triste graue Röcke anhatten, trug JoHanna ein Kleid in einem warmen Kupferton mit goldenen Blumen, die ineinanderflossen, als ob die Farben leicht verlaufen wären. Ihre bleichen Arme waren nackt, was sehr gewagt war. Anstelle eines Kragens war das Kleid oben nur gerafft, so daß der Stoff in weichen Falten über den üppigen Busen fiel. Diese locker fließende Drapierung ließ den Hals ganz und gar und die Brust zu einem nicht geringen Teil unbedeckt. Das Kleid hing gerade bis zu den Waden herunter und hatte einen gewagten Schlitz, der es JoHanna überhaupt erst erlaubte, jene großen Schritte zu machen. Sie kam mir vor wie eine Naturgewalt. Wie der Wind. Wie die kühle Brise, die einen am Abend oder früh vor Sonnenaufgang neckte. Ihr rötlich schimmerndes, kastanienbraunes Haar war zu einem lockeren Knoten zusammengesteckt, der so aussah, als ob er sich jeden Moment auflösen würde. Und das Licht tanzte auf ihrem Haar seinen eigenen Tanz.

Als sie den Fuß der Treppe erreichte, bemerkte sie mich. Ich stand immer noch am Rand des Gartens. Aus der Schachtel tropfte die geschmolzene Toffeemasse, die das Interesse von ein paar Ameisen geweckt hatte, die gerade des Weges kamen. Rasch strömten die kleinen Insekten in Scharen herbei, angelockt vom Toffee wie ich von Duncans Tanz.

»Sie müssen die Frau von Elikah Mills sein.« JoHanna kam auf mich zu und reichte mir die Hand. »Ich bin JoHanna McVay. Willkommen in Jexville.«

Sie musterte mich aufmerksam mit ihren blauen Augen, aber nicht abschätzend, wie die anderen Frauen es getan hatten. Ihr Blick fiel auf die ausgelassenen Nähte meines grauen Kleides, das eigentlich Callie, meiner jüngeren Schwester, gehörte. Ich hatte leider nichts anderes zum Anziehen gehabt für die Reise nach

Jexville, zu meiner Hochzeit. Trotzdem war es mir überall zu eng, schnürte mir die Arme ein und spannte über der Brust.

»Ich sehe, Sie haben Annabelle selbstgemachtes Toffee mitgebracht. Wie aufmerksam von Ihnen.« Sie bemerkte die klebrigen Tropfen, die vor mir auf den Boden fielen. »Machen Sie bloß schnell, daß Sie hier wegkommen, sonst stürzen sich die Ameisen auf Sie.«

Sie nahm mich am Arm und zog mich zum Haus.

»Wieso hat kein Mensch in der Stadt etwas davon gesagt, daß Sie stumm sind?« fragte sie und sah mir in die Augen.

Ich lächelte verlegen. »Ich bin nicht stumm.«

Sie nickte. »Dachte ich's mir doch. Das wäre doch für die ein gefundenes Fressen gewesen, das hätten sie so ausgiebig besprochen, daß selbst ich es mitgekriegt hätte.«

Ich sah zu dem Mädchen hinüber. Die Kleine tanzte immer noch. Ihr Gesicht und die Arme glänzten inzwischen von Schweiß, aber sie dachte gar nicht daran aufzuhören. Sie hatte alles um sich herum vergessen; sie war ganz versunken in die Musik und konzentrierte sich vollkommen auf die komplizierten Schritte.

»Meine Tochter Duncan«, sagte JoHanna, während sie mich zur Treppe lenkte. »Sie haben sicher schon von uns gehört. Von dem, was man Ihnen erzählt hat, dürfen Sie ungefähr ein Zehntel glauben, und das müssen Sie auch noch einmal tüchtig durchsieben, damit die Bosheiten rausfallen. Und was dann noch übrigbleibt, sind ein paar ziemlich langweilige Tatsachen.«

Ich betrachtete ihr Gesicht, und da erst bemerkte ich, daß sie älter war, als ich geglaubt hatte. Wenn sie nicht lächelte, sah man die feinen Fältchen um die Augen. Ihr kastanienbraunes Haar schimmerte rötlich, aber es hatte auch schon ein paar Silberfäden, besonders an den Schläfen. Ich schaute wieder zu Duncan hinüber.

»Sie ist neun, und ich bin achtundvierzig«, sagte JoHanna, ohne sich umzudrehen. »Als ich schwanger wurde, haben alle gesagt, es sei eine Sünde, und bei der Niederkunft hieß es, es sei eine Tragödie, weil ich schon so alt war. Das war vielleicht eine Enttäuschung für die Leute hier, daß mein alter Körper durchgehalten hat, daß ich nicht bei der Geburt gestorben bin!«

Sie lächelte, und hinter ihren Worten war eine bemerkenswerte Kraft zu spüren.

»Sie sehen aber gar nicht aus, als ob Sie zu alt sind«, platzte ich heraus, ehe ich mir recht überlegt hatte, was ich sagen wollte. Reden, ohne vorher nachzudenken, das war eine Angewohnheit, die mir bereits mehr als einmal Ärger eingebracht hatte. Ich hatte mir geschworen, es zu unterlassen, aber bisher war es mir allenfalls gelungen, mich hier und da ein wenig zu zügeln.

JoHanna legte mir die Hände auf die Schultern und lachte. »Nicht zu alt wofür? Um schwanger zu werden oder um das Kind zu bekommen?«

Ich merkte, wie ich rot wurde, was JoHanna nur noch mehr amüsierte. Sie schüttelte immer noch lachend den Kopf und führte mich in die Küche, wo Agnes Leatherwood gerade den Rührlöffel aus dem großen Eisbottich zog.

»Mrs. Mills hat ein Geschenk mitgebracht«, sagte JoHanna, während sie mich in den Raum schob.

Agnes warf einen Blick auf die aufgeweichte Schachtel und legte den Rührlöffel beiseite. »Danke, Mattie.« Sie nahm die Schachtel und stellte sie in den Ausguß. »Das war aber sehr aufmerksam von Ihnen.« Sie sah JoHanna aus dem Augenwinkel an.

»Die Toffeemasse ist nicht richtig fest geworden.« Langsam dämmerte mir, daß ich die Schachtel lieber hätte wegwerfen sollen. Die anderen Frauen starrten abwechselnd mich und die Toffeepfütze an, die sich vor mir auf dem Boden gebildet hatte.

»Zuviel Luftfeuchtigkeit, da kann sie nicht fest werden, aber trotzdem, lieb, daß Sie sie mitgebracht haben.« JoHanna ging zum Ausguß und griff nach einem Geschirrtuch. Im Nu hatte sie die klebrige Lache weggewischt.

Als sie aufblickte und sah, daß die anderen Frauen mich noch immer anstarrten, warf sie das Geschirrtuch quer durch die Küche in den Ausguß. »Wissen Sie, Agnes«, sagte sie, »es ist eine Schande, daß Sie Annabelle nicht tanzen lassen. So dick wie das Mädchen ist. Ein bißchen Bewegung würde ihr guttun.«

JoHanna zwinkerte mir zu, und ich sah das amüsierte Funkeln

in ihren Augen, bevor sie sich zu Annabelles Mama herumdrehte, die beinah platzte vor Wut.

»Annabelle ist nicht dick. Sie ist sehr zartbesaitet. Und Tanzen ist eine Sünde.«

»Völlerei auch, aber ich kenne eine Menge Leute in Jexville, die sich davon nicht abhalten lassen«, sagte JoHanna mit Unschuldsmiene, als läge es ihr völlig fern, etwa darauf anspielen zu wollen, daß die Hälfte der Frauen im Raum eher stämmig war.

»Es ist ein Skandal, wie Sie sich aufführen, JoHanna McVay. Sie werden Wills guten Namen als Geschäftsmann noch ganz und gar ruinieren.« Die Frau, die das gesagt hatte, war dick und knallrot im Gesicht.

»Will kann sehr gut alleine für seinen guten Ruf als Geschäftsmann sorgen.« JoHanna ging zum Ausguß. »Was ist denn jetzt mit dem Eis?«

Draußen war keine Musik mehr zu hören. Die Nadel des Grammophons kratzte über die Platte, und dann hörte man, wie Duncan die Kurbel drehte. Die Platte setzte sich langsam in Bewegung, begann schleppend zu spielen, wurde schneller und drehte sich schon bald wieder in beeindruckendem Tempo.

»Verteilen Sie's schon«, sagte Agnes. Sie war immer noch wütend, traute sich aber nicht, JoHanna direkt anzugreifen.

JoHanna tauchte den großen Löffel in den Bottich und holte das Eis heraus, in dem große Pfirsichstücke waren. »Das sieht ja köstlich aus, Agnes.« Sie füllte ein Schälchen und reichte es mir.

»Duncan ist völlig überhitzt. Ich werd's ihr bringen.« Ohne mich darum zu kümmern, wie die anderen auf meine Worte reagierten, ging ich hinaus in die heiße Sonne und warf die Fliegentür hinter mir zu. Eigentlich hätte ich das Schälchen einem von den Kindern geben müssen, die nebenan im Zimmer warteten, aber JoHanna hatte mich in Schutz genommen, deswegen wollte ich das Eis ihrer Tochter bringen.

Duncan winkte, hörte aber nicht auf zu tanzen.

Ich hielt ihr das Eis hin, das Schälchen war außen beschlagen, und das kalte Wasser rann mir über die Finger und tropfte in den

Staub. Duncan lächelte mich an; ich winkte ihr, in den Schatten zu kommen und das Eis zu essen. Sie war vollkommen verschwitzt. Der Staub klebte ihr an den Beinen.

Immer noch brannte die weißglühende Julisonne erbarmungslos, was bedeutete, daß kein Gewitter in Sicht war. Es war absolut windstill, so still, daß mir das Kratzen der Schallplatte plötzlich ausgesprochen laut vorkam. Das Stück, das jetzt gespielt wurde, war ein Ragtime-Song. Ich weiß nicht mehr, welcher, ich weiß nur noch, daß ich das Schälchen in der Hand hielt, froh, nicht mehr drinnen bei den Frauen sein zu müssen, und fasziniert von den komplizierten Schritten, die Duncan mir begeistert vorführte.

Es geschah völlig überraschend. Der Blitz kam direkt aus dem dunstverschleierten blauen Himmel. Ein greller Strahl traf die Kiefer, ein anderer Duncan. Der Garten war in bläulichweißes Licht getaucht. Eine Feuerkugel rollte an der Kiefer hinab und prallte gegen die Hauswand, wo sie explodierte.

Als ich mich nach Duncan umsah, lag sie auf dem Boden; Rauch stieg von ihr auf, und ihr gelbes Kleid hatte große Brandlöcher.

Das Eisschälchen fiel mir aus der Hand, aber meine Finger blieben gekrümmt, als würden sie es noch festhalten. Ich rang nach Luft. Mein Kleid war sowieso schon zu eng, ich hatte das Gefühl zu ersticken. Ich weiß nicht mehr, wie lange ich so stand, nicht in der Lage, zu Duncan zu laufen, einzuatmen oder zu schreien. Es kam mir vor wie eine Ewigkeit.

Dann stürzte JoHanna aus dem Hintereingang und über die Stufen. Sie rannte wie eine Gazelle, mit wehendem Rock, der ihr an den Beinen hochflog. Sie warf sich neben Duncan auf die Knie und schloß das Mädchen in die Arme.

Duncans Kopf sackte zurück; in ihren Augen war nur noch das Weiße zu sehen. Rauch stieg von ihren Haaren auf, die ihr in dicken Büscheln ausgefallen waren. Es roch nach verbranntem Haar, verbranntem Stoff, verbranntem Fleisch, und ich merkte, wie mir die Tränen übers Gesicht liefen.

Inzwischen waren auch ein paar von den anderen Frauen herausgekommen, während die Kinder nur neugierig durch die Fliegentür spähten. Niemand gab einen Laut von sich. Nur die Musik war zu hören, bis sich die Nadel endlich dem Ende der Platte näherte und über das Etikett in der Mitte rauschte.

»Ruft doch einen Arzt!« vernahm ich meine Stimme und konnte selbst nicht glauben, daß ich gesprochen hatte. Als ich mich umdrehte und sah, daß sich niemand von der Stelle rührte, zeigte ich auf den Jungen, der Robert hieß. »Lauf, hol den Doktor!«

Leichenblaß und mit weit aufgerissenen Augen rannte er los.

JoHanna saß im Staub, drückte Duncan an sich und wiegte sie im Arm. Sie murmelte leise vor sich hin und raunte Worte, die ich nicht verstand.

Da niemand zu ihr ging, tat ich es. Kein Zweifel, Duncan war tot, man brauchte nur in ihre verdrehten Augen zu sehen, dann wußte man es. Der Blitz hatte mit einem gewaltigen Schlag ihr Leben beendet.

Während ich noch neben JoHanna stand und krampfhaft überlegte, was ich tun sollte, wälzten sich von Westen her die Wolken heran. Es waren dieselben Wolken, die seit dem Mittag am Horizont zu sehen gewesen waren, nur daß sie mit jeder Stunde finsterer und zorniger wurden. Und doch hatten sie in der Ferne ausgeharrt, weit weg von den roten Lehmstraßen von Jexville. Jetzt aber waren sie in Bewegung geraten und kamen auf uns zu. Der Donner grollte von Sekunde zu Sekunde lauter, und aus der tiefhängenden Wolkendecke schossen böse, gezackte Blitze.

Ich kniete mich hin und legte JoHanna die Hand auf die Schulter. »Kommen Sie, wir bringen sie ins Haus«, sagte ich.

JoHanna kümmerte sich nicht um mich, sondern redete weiter leise in einem merkwürdig raunenden Singsang auf ihre Tochter ein. Damals wußte ich noch nicht, daß auch eine Katzenmutter diese Art Laute von sich gibt, wenn sie ein totes Junges leckt und es dadurch wieder zum Leben zu erwecken versucht. Kühe, Hunde und Pferde machen ebenfalls solche Laute. Alle Tiere, nehme ich an.

»Kommen Sie, Mrs. McVay, wir bringen sie hinein. Es gibt

gleich ein Gewitter.« Ich faßte nach JoHannas Arm und wollte sie sachte von der Toten wegziehen. Ich sah mich um; die anderen standen immer noch wie angewurzelt da. Sie beobachteten uns, als ob wir fremdartige Wesen aus einem exotischen Land wären und lauter Dinge täten, die sie noch nie zuvor gesehen hatten.

»Will mir denn keiner helfen, sie ins Haus zu bringen?« rief ich mit verhaltener Wut. Es machte mich rasend, wie sie dort mit blöden Gesichtern herumstanden, den Mund nicht wieder zukriegten und glotzten wie die Kühe.

»Sie ist nicht tot«, flüsterte JoHanna vor sich hin, aber ich wußte sofort, daß ihre Worte mir galten. In diesem Moment, ich schwöre es, hab' ich gedacht, ich muß vor Mitleid sterben. Wie konnte sie nur diesen verbrannten Körper ansehen, den der Blitz durch den halben Garten geschleudert hatte, und nicht begreifen, daß er ohne Leben war?

Endlich trat Nell Anderson heran. »Der Doktor ist unterwegs, JoHanna. Kommen Sie, wir bringen Duncan ins Haus, damit er sie untersuchen kann.« Sie sprach in freundlichem Ton.

»Sie ist nicht tot.« JoHanna scheuchte Nell und mich weg. »Laßt uns doch in Ruhe. Geht schon, laßt uns in Ruhe.« Sie beugte sich noch tiefer über ihre Tochter, als wollte sie Duncan vor den Blicken der anderen schützen.

Hinter mir begann Rachel Carpenter leise zu weinen. »Jemand muß Reverend Bates holen«, sagte sie. Ich hörte, wie eines der Kinder die Fliegentür öffnete und losrannte. Ich drehte mich nicht um. Ich konnte nur an Duncan denken, die eben noch so lebendig gewesen war und sich mit Leib und Seele dem Tanzen gewidmet hatte – und jetzt war sie tot.

Ich kniete noch immer neben JoHanna. Die ersten großen Regentropfen fielen, und dort, wo sie auf den Boden trafen, just da, wo Duncan eben noch getanzt hatte, schossen kleine orangerote Staubfontänen hoch, gerade so, als würde die Erde leben und pulsieren. Der Stumpf der Kiefer zischte.

»Mrs. McVay, kommen Sie, wir bringen sie ins Haus. Es fängt an zu regnen.«

»Sie ist nicht tot.« JoHanna hörte nicht auf, das Kind zu wiegen. »Sie darf nicht tot sein.«

Ich hörte den Regen in der Magnolie hinter dem Grammophon. Er klatschte auf die glänzenden grünen Blätter. Und auf mich, aber das merkte ich gar nicht. Ich sah, wie die Tropfen auf JoHannas Schultern prasselten, dicke Tropfen, die den kupferfarbenen Stoff ihres Kleides durchnäßten.

Nell Anderson kniete sich rechts neben JoHanna. »Wir müssen Will benachrichtigen. Wo ist er diese Woche?« Sie langte nach Duncans Fuß und zog ihr das Söckchen hoch. Der Schuh fehlte, war einfach davongeflogen.

»In Natchez.«

»Dann schicken wir ihm ein Telegramm.«

»Versuchen Sie's im Claremont House. Da muß er heute irgendwann eintreffen.«

Nell weinte, und ich weinte auch. Nur JoHanna weinte nicht. Nell stand auf, um das Telegramm abzuschicken, ich aber blieb und sah zu, wie JoHanna McVay im strömenden Regen kniete und leise auf ihre tote Tochter einsprach.

Als ich mich umschaute, sah ich, daß die anderen Kinder und die Mütter entweder heimgegangen waren oder sich ins Haus zurückgezogen hatten. Nur Agnes und Annabelle Lee standen noch in der Tür und schauten zu uns herüber. Auch sie weinten.

Auf dem Boden hatten sich unterdessen große Pfützen gebildet, aber JoHanna ließ sich immer noch nicht dazu bewegen, ins Haus zu gehen. Dann kam Doc Westfall mit wehender weißer Mähne, die schwarze Arzttasche in der Hand. Er versuchte JoHanna hochzuziehen, aber sie klammerte sich an den leblosen Körper und schrie, man solle sie in Ruhe lassen. Ich sah, wie der Doktor Duncan die Finger auf den Hals legte und sie einen Moment lang dort verweilen ließ; dann drückte er der Kleinen die Augen zu. Er stand auf, sah Agnes an, schüttelte den Kopf und ging zur Tür.

Dort tuschelte er kurz mit Agnes und ging dann ins Haus.

»JoHanna, wir können nicht hier draußen im Regen bleiben.«

Ich wußte, wenn sie nicht aufstand, würden sie kommen und sie ins Haus zerren. Mir war vollkommen klar, wie es nun weitergehen würde. Man würde den Leichenbestatter holen. JoHanna würde eine Spritze bekommen. Und dann würden sie Mutter und Kind mit Gewalt auseinanderreißen. Ich faßte nach JoHannas Arm. »Wenn Sie noch einen Augenblick mit ihr zusammenbleiben wollen, müssen wir hineingehen.«

»Gehen Sie! Sagen Sie, man soll uns in Ruhe lassen.« Endlich sah sie mich an, und nun weinte auch sie. »Sie ist nicht tot. Das spüre ich. Sagen Sie, man soll uns in Ruhe lassen, nur noch ein paar Minuten.«

»Kommen Sie unter die Magnolie.« Viel Schutz bot der Baum zwar nicht, aber es war immer noch besser als gar nichts. Inzwischen trommelte der Regen gleichmäßig auf die Blätter. Mit vereinten Kräften hoben wir Duncan hoch und trugen sie ein paar Schritte weiter unter das Laubdach. JoHanna setzte sich auf die Erde, lehnte sich an den Baum und wiegte ihr Kind.

»Sagen Sie, man soll uns in Ruhe lassen.« Sie bettelte nicht, und sie flehte auch nicht. Sie bat.

»Nur einen Augenblick.« Ich wußte nicht, wie lange ich die anderen würde aufhalten können. Und ebensowenig wußte ich, warum ich das Gefühl hatte, ich müßte es tun. Ich wußte nur eins: Wenn sie ihr das Kind wegnahmen, würde sie es nie mehr wiederbekommen. Ein bißchen Zeit, das war doch nicht zuviel verlangt!

Ich ging durch den Garten; mein graues Kleid triefte. Drinnen im Haus hörte ich gedämpftes Murmeln. Sie berieten, was getan werden mußte und wie. Der Leichenbestatter war bereits unterwegs, und Doc Westfall zog gerade eine Spritze mit irgendeiner Flüssigkeit auf – sicher nicht für Duncan.

»Lassen Sie sie in Ruhe!«

Alle fuhren herum und sahen mich an. In ihren Gesichtern war Angst.

»Sie hat einen Schock. Das Mädchen ist tot. Wir können sie doch nicht da draußen im Regen lassen«, sagte Agnes und rang die Hände. Sie war nicht herzlos, sie konnte sich nur nicht vorstellen, daß das, was ihr vernünftig und richtig erschien, für JoHanna in diesem Moment nicht zählte.

»Lassen Sie sie. Es ist ihr Kind. Für Duncan kann man nichts mehr tun. Lassen Sie Mrs. McVay etwas Zeit.«

Solange ich lebte, hatte sich noch nie jemand um meine Meinung geschert. Vielleicht wußten sie einfach nicht, was sie machen sollten, und unter diesen Umständen war das, was ich sagte, immer noch besser als gar nichts. So standen wir eine Viertelstunde oder zwanzig Minuten lang da, sahen einander an und lauschten dem Regen. Agnes kochte Kaffee und goß jedem von uns eine Tasse ein. Wir setzten uns um den Küchentisch, auf dem das ungegessene Eis langsam in den Schälchen schmolz und die Fliegen anzog.

Schließlich kam der Leichenbestatter und mit ihm der Methodistenprediger. Wir waren ein trauriges Häuflein, und niemand mochte nach hinten gehen und in den Garten schauen.

Während ich dort in der heißen Küche saß, dachte ich, daß JoHanna zwar nicht beliebt war, diese Tragödie ihr jedoch gewiß niemand gewünscht hatte. Keine Frau ist imstande, einer anderen zu wünschen, daß ihr Kind stirbt. Wenigstens glaubte ich das damals.

Endlich hörte der Regen auf. Unterdessen war mindestens eine halbe Stunde vergangen. Mir war klar, daß man jetzt wirklich nicht mehr viel länger warten konnte. An den Gesichtern der anderen sah ich, daß sie um JoHannas Verstand fürchteten. Sie fanden es abstoßend, daß JoHanna eine Leiche im Arm halten konnte. Sie fanden, es sei das beste, die unabwendbaren Dinge so schnell wie möglich hinter sich zu bringen.

»Ich werde hinausgehen und mit ihr reden.« Ich stand auf und wartete, doch anscheinend hatte niemand etwas dagegen. Während ich durch die Küche ging und aus der Tür trat, sah ich alles mit geradezu schmerzhafter Klarheit. Die Blätter der Magnolie hatten jetzt ein frisches, dunkles Jägergrün. Von der Straße war roter Staub in den Hof geschwemmt worden und hatte rings um den Baum herum lauter kleine Rinnsale aus rotem Schlamm gebildet, so daß es aussah, als wären Duncan und JoHanna auf einer Insel gestrandet. Der Himmel erstrahlte im prächtigsten Blau, einem Blau, das intensiver war als je zuvor in jenem Sommer.

JoHanna saß noch genauso da, wie ich sie verlassen hatte: All ihre Kraft und all ihre Aufmerksamkeit waren auf das Kind gerichtet. Sie strich Duncan mit den Fingerspitzen übers Gesicht und redete leise auf sie ein, so leise, daß ich kein Wort verstand. Ihr Haarknoten hatte sich gelöst; das Haar war länger, als ich gedacht hatte, und jetzt, wo es naß war, auch dunkler. Es klebte ihr an Hals und Schultern und zeichnete die Form ihrer unter dem nassen Kleid verborgenen Brüste nach.

Ich ging langsam durch den Garten, mit jedem Schritt zaghafter. Ich wollte weinen, doch ich kämpfte dagegen an. Ungefähr drei Meter vor ihr blieb ich stehen. »Es wird Zeit, daß Sie ins Haus kommen, JoHanna.«

Sie blickte auf und schwieg.

Ich hörte die Fliegentür hinter mir zufallen, und als ich mich umdrehte, sah ich Mary Lincoln und Annabelle Lee, beide neun Jahre alt. Sie kamen näher. Kurz vor uns blieben sie stehen.

»Ist sie tot?« fragte Mary. »Ich hab' noch nie einen Toten gesehen.«

»Ich ja.« Annabelle blickte zu Boden. »Schon ganz oft.«

»Geht wieder hinein«, sagte ich strenger als beabsichtigt. »Na hopp! Wird's bald?«

Mary rannte blitzschnell um mich herum zum Baum. Als sie Duncan sah, erstarrte sie.

Am liebsten hätte ich sie auf der Stelle skalpiert, und ich war nahe daran, hinzulangen und es zu tun, doch da schlug Duncan auf einmal die Augen auf. Sie starrte Mary unverwandt an.

»Du darfst nicht mit offenem Mund singen, Mary, sonst ertrinkst du«, sagte Duncan.

Kapitel 2

JoHanna schloß kurz die Augen und machte sie wieder auf. Das war die einzige Bewegung, die ich wahrnahm, bis Mary kreischend ins Haus zurückrannte, dicht gefolgt von Annabelle. Sie führten sich auf, als ob der Leibhaftige hinter ihnen her wäre. Allerdings sah Duncan tatsächlich zum Fürchten aus. Ein ähnliches Bild mußte Hiob geboten haben, nachdem ihn der Herr mit seinen Plagen heimgesucht hatte. Duncans verbranntes Fleisch roch unbeschreiblich, aber sie lebte.

Sie schaute Mary und Annabelle mit starrem Blick nach, doch sie regte sich nicht. Endlich erhob sich JoHanna und richtete Duncan auf, so daß sie saß.

»Wir müssen die Brandwunden säubern«, sagte JoHanna, während sie Duncans Bein anhob und sich eine Wunde ansah, die so groß wie meine Hand war und wirklich übel aussah. »Ist Doc Westfall noch im Haus?«

Sie sprach mit mir, doch ich brachte kein Wort über die Lippen. Ich konnte immer noch nicht glauben, daß Duncan am Leben war, aber sie sah mich an. Um die Augen hatte sie jetzt breite dunkle Ringe. Der Regen hatte die schwelenden kleinen Brandherde in ihrem Haar und an den Kleidern fast völlig gelöscht. Sie war beinah kahl und sah einfach entsetzlich aus. Plötzlich kam ich mir vor wie in einem Alptraum. Kein Mensch kann einen Blitzschlag überleben. Duncan mußte tot sein! Ich hatte einen Schock.

»Mattie, so laufen Sie doch zum Doktor, und sagen Sie ihm, er soll rauskommen!« JoHanna drückte Duncan an sich. Ihre weißgeränderten Augen blickten hinüber zum Haus.

Doch ehe ich mich von der Stelle gerührt hatte, stürzte Doc Westfall auch schon mit seiner schwarzen Tasche aus dem Haus. Mary und Annabelle Lee mußten ihm wohl erzählt haben, was passiert war. Agnes und die letzten noch verbliebenen Geburtstagsgäste erschienen in der Tür. Sie waren ebenso bestürzt wie ich – und standen ebenso nutzlos herum.

Als Doc Westfall Duncan sah, blieb er wie vom Donner gerührt stehen, doch dann kam er näher und fing an, ihre Arme und Beine zu untersuchen. Schließlich kniete er sich neben sie ins Gras. Duncans Gesicht war leichenblaß, hatte aber keine Verbrennungen. Die Kopfhaut war versengt, doch das war nicht das Schlimmste. Doc Westfall wandte sich zunächst den wirklich argen Wunden an den Beinen zu.

»Zweiten Grades hier, JoHanna.« Er sprach, während er arbeitete, musterte Duncan aber zwischendurch immer wieder verstohlen. Er berührte sie, er fühlte, daß ihre Haut warm war, und doch konnte er nicht fassen, daß sie lebte.

Niemand konnte es fassen. Außer JoHanna, die sich geweigert hatte zu glauben, daß ihre Tochter tot war.

»Kommen Sie, wir bringen sie ins Haus.« Doc Westfall schickte sich an aufzustehen.

»Nein.« JoHannas Stimme ließ ihn mitten in der Bewegung erstarren.

»Ich brauche Wasser, Desinfektionsmittel, Platz zum Arbeiten. Es sind schwere Verbrennungen.«

»Nein. In dieses Haus da gehen wir nicht. Wir gehen heim.«

»JoHanna ...«

»Machen Sie es hier, Doc. Es sind die Beine und der Rücken. Ich kann die Hitze fühlen.«

»Aber man muß doch sterile ...«

»Duncan wird nicht in dieses Haus gehen.« JoHanna sah hinüber zu dem keine dreißig Meter entfernten Gebäude. In ihrem Blick lag weder Zorn noch Haß, auch keine Angst. Es war der Blick eines Menschen, der vor sich auf der Straße eine Schlange bemerkt hat und sich entschließt, einen Umweg zu machen.

»Gehen Sie, und holen Sie mir Wasser und ein paar Tücher.« sagte der Doktor zu mir, ohne Duncan auch nur eine Sekunde aus den Augen zu lassen. »Aber machen Sie schnell.«

Ich beeilte mich, ins Haus zu kommen, und brachte ihm Agnes' beste Steingutschüssel voll heißen Wassers und einen Stapel von ihren weißen Geschirrtüchern.

Kopfschüttelnd verband Doc Westfall die schlimmsten Brandwunden, wobei er JoHanna schroff erklärte, wie sie sie zu waschen und zu verbinden habe und was passieren würde, falls sie sich entzünden sollten. Er arbeitete äußerst zügig und gewandt und sprach Duncan kein einziges Mal direkt an. Die Kleine weinte nicht, doch ihr Blick war von Schmerz getrübt. Sie blickte ihrer Mutter unablässig in die Augen, was ihr offenbar Trost gab.

Vor sich auf dem Boden die blutige Waschschüssel und etliche leere Desinfektionsmittelflaschen, wandte sich der Doktor nun zum erstenmal an Duncan.

»Weißt du, wer du bist?« fragte er. Es verwirrte ihn, daß sie so stumm war. Immerhin war sie ein Kind, und die Wunden mußten scheußlich weh tun. Wieso hatte sie nicht geschrien?

Duncan sah ihn an, ihr Gesicht ließ keinen Zweifel daran, daß sie ihn verstanden hatte, doch sie antwortete nicht.

»Duncan, kannst du mich hören?« fragte er.

Sie nickte.

»Tut dir etwas weh?«

Sie schüttelte den Kopf.

»Kann sie sprechen?« fragte er JoHanna.

»Sie hat etwas gesagt. Zu Mary.« JoHanna legte Duncan die Finger auf den Kehlkopf. »Sprich mit mir«, sagte sie sanft.

Duncan schluckte, sagte aber nichts.

»Kann sein, daß es am Schock liegt. Möglich, daß sich das in ein paar Tagen wieder gibt.« Aber Doc Westfall schien sich seiner Sache keineswegs sicher zu sein. Er fuhr sich mit den Fingern durch die weiße Mähne. »Kommen Sie morgen mit ihr zu mir in die Praxis, JoHanna. Im Moment kann ich nichts mehr für sie tun. Morgen läßt sich vielleicht schon mehr sagen.«

»Ist gut. Danke, Doc. Sie sind gut zu uns gewesen.«

Er brummte etwas und stand auf, ließ die Schlösser an seiner Tasche zuschnappen und schüttelte die nassen Hosenbeine.

JoHanna behielt Duncan auf dem Schoß, bis Doc Westfall fort war. Ich sah ihn um das Haus herum- und die Straße hinuntergehen. Er hatte offenbar keine Lust gehabt, sich drinnen von den Frauen mit Fragen bombardieren zu lassen.

»Dann wollen wir mal, Duncan.« JoHanna stand mühsam auf und reichte Duncan die Hand. Die Kleine griff danach, schaffte es aber nicht, sich hochzuziehen.

Ohne auf eine Aufforderung zu warten, trat ich hinter sie und griff ihr unter die Arme, wobei ich darauf achtete, auf keinen Fall ihren Rücken zu berühren. Sie war groß für ihr Alter, aber dünn. Ich hatte schon unzählige Futtersäcke und Wassermelonen geschleppt. Duncan wog ungefähr so viel wie zwei große Melonen, und ich hatte Mühe, sie aufzurichten. Ich versuchte, sie auf die Füße zu stellen.

Ich weiß nicht genau, ob es die Beine waren, die wegrutschten, oder ob nur die Knie einknickten, jedenfalls konnte sie sich nicht aufrecht halten. JoHanna kam mir zu Hilfe, doch nach mehreren vergeblichen Versuchen war klar, daß Duncan wirklich nicht stehen konnte.

JoHanna kniete sich hin und streckte Duncans Beine. Sie drückte leicht gegen ihre Füße und ihre Knöchel. »Spürst du das?« fragte sie und sah Duncan dabei an.

Ich stand hinter der Kleinen und hielt sie fest. Zum erstenmal an jenem Tag sah ich in JoHannas Augen Angst. Sie hatte von Anfang an gewußt, daß Duncan am Leben war. Doch sie konnte nicht dafür garantieren, daß ihr Kind keinen bleibenden Schaden zurückbehalten würde.

Duncan schüttelte den Kopf.

JoHanna drückte auf die Knie. »Und hier?«

Wieder das rasche Kopfschütteln.

JoHannas Hände wanderten hinauf zu den Schenkeln. »Hier?«

Duncan begriff. Nun nahm sie selbst die Hände zu Hilfe,

tastete nach denen ihrer Mutter und drückte sich JoHannas Finger in einem Anfall von panischer Angst fest aufs Bein. Abermals schüttelte Duncan den Kopf, anfangs nur schnell, dann immer verzweifelter, und sah erst JoHanna und dann mich an. Sie öffnete den Mund, doch es kamen keine Worte über ihre Lippen.

»Los, wir setzen sie auf den Wagen«, sagte JoHanna und zeigte auf den roten Leiterwagen, der hinter der Magnolie stand. Zusammen hoben wir Duncan hoch – JoHanna hielt sie an den Beinen, ich unter den Achseln –, trugen sie hinüber zum Wagen und setzten sie vorsichtig hinein. Dann nahm JoHanna die Deichsel und machte sich auf den Weg zur Peterson Lane. Die McVays wohnten anderthalb Kilometer vor der Stadt in einer ziemlich abgelegenen Gegend.

»Wollen Sie denn nicht mit ihr zum Arzt gehen?« Ich war ganz verwirrt, daß sie die entgegengesetzte Richtung einschlug. Duncan konnte nicht laufen. Ihre Beine waren leblos.

»Wozu?« JoHanna sah die Straße hinunter, die zum Haus des Doktors führte. »Er hat getan, was er konnte.«

Ich war fassungslos. Vielleicht hatten sie ja nicht genug Geld, um noch einmal den Doktor zu holen. »Er wird Ihnen Kredit geben«, rief ich, ohne nachzudenken, und erschrak im selben Moment über meine Worte.

»Es geht nicht ums Geld«, sagte JoHanna und schlug den Weg zu ihrem Haus ein. »Doc Westfall hat getan, was er konnte.« Inzwischen hatte sie den Wagen aus dem Garten, hinaus auf die Straße gelenkt.

»Soll ich mitkommen?« Ich lief bereits neben ihr her. Zurück zu der Geburtstagsfeier wollte ich nicht, und heimgehen mochte ich auch nicht.

»Nein. Wir brauchen keine Hilfe. Wenn Will das Telegramm kriegt, kommt er bestimmt gleich zurück.« Sie ging mit schnellen Schritten, und der Leiterwagen hinterließ eine schmale Spur in der weichen roten Erde.

»Kann ich irgend etwas tun?« An der Ecke zur Redemption Road blieb ich stehen, unschlüssig, ob ich mich verabschieden sollte. Elikah wartete sicher schon auf mich.

»Ja, das können Sie.« JoHanna blieb einen Moment stehen und sah mich an. »Nehmen Sie das Grammophon mit, und bewahren Sie es für Duncan auf. Bitten Sie Agnes, daß sie Ihnen einen Handwagen leiht. Sie wird froh sein, wenn sie das Ding los ist.«

»Ich werde gut darauf aufpassen«, versicherte ich. Zunächst mußte ich mir jedoch überlegen, wie ich es nach Hause bekam und wo ich es vor Elikah verstecken konnte. Er hielt nichts von solchen Geräten.

Plötzlich, als hätte sie meine Bedenken erraten, drehte JoHanna sich noch einmal um und rief: »Meinen Sie, das geht?«

Ein Blick in ihre blauen Augen, und ich war mir auf einmal ganz sicher. »Ich erledige das für Sie, Mrs. McVay.«

»JoHanna«, korrigierte sie und ließ sich noch fünf Sekunden Zeit, um mich forschend anzusehen und sich davon zu überzeugen, daß ich wirklich imstande war, ihre Bitte zu erfüllen. »Bringen Sie's mir morgen vorbei. Bei der Gelegenheit gebe ich Ihnen Kürbis, Bohnen und Kartoffeln für Ihren Mann zum Abendbrot mit.«

»Hoffentlich wird Duncan bald wieder gesund.«

JoHanna antwortete nicht. Sie ging mit großen, energischen Schritten weiter. Solch einen entschlossenen Gang hatte ich noch nie bei einer Frau gesehen. Mir lief ein Schauer über den Rücken. Da ging sie nun fort zu ihrem abgelegenen Haus, ganz allein, mit ihrer Tochter, die fast vom Blitz erschlagen worden war.

Ich erzählte Elikah nichts von dem, was geschehen war. Das war auch nicht nötig. JoHanna und Duncan waren noch nicht einmal in die Peterson Lane eingebogen, da wußte schon die ganze Stadt Bescheid. Frisch in Jexville angekommen, hatte ich mich noch darüber gewundert, wie schnell sich Gerüchte dort von einem Ende der Stadt zum anderen verbreiteten. Aber schon nach ein paar Tagen hatte ich begriffen, daß die Leute hier eine Schwäche für Klatsch und Tratsch hatten, und wenn es eine Neuigkeit gab, konnte es durchaus passieren, daß einer von Elikahs Kunden während des Haareschneidens und Rasierens aufsprang und hinüberrannte ins Café, um den Vorfall bei einer Tasse Kaffee mit den

Nachbarn ausgiebig zu besprechen. Die Frauen trafen sich am Küchentisch oder an der Wäscheleine, um sich über irgendwas das Maul zu zerreißen, die Männer hingegen taten es im Café oder auf dem Friseurstuhl.

Als ich heimkam, waren schon drei Männer im Frisiersalon gewesen und hatten Elikah erzählt, was geschehen war, und er selbst war in die Schuhmacherei hinübergerannt und hatte es Axim Moses berichtet. Es herrschte allseits Einigkeit darüber, daß der Blitz Gottes Werk gewesen sei und daß Duncan McVay nur die Strafe für ihre eigene Widerspenstigkeit und für den Trotz und den Hochmut ihrer Mutter erhalten hatte. Gott hatte die beiden für ihre Sünden büßen lassen, dieser Meinung waren jedenfalls die meisten Leute in der Stadt. Wenn es überhaupt so etwas wie Mitleid gab, dann allenfalls mit dem der Weiberwillkür ausgelieferten Will McVay.

Ich brauchte eine ganze Weile, bis ich daheim ankam, denn ich mußte ja noch das Grammophon verstecken. Ich hatte mir von Agnes einen Leiterwagen geliehen, war aber nicht so dumm gewesen, den Apparat mit in unser Haus zu nehmen. Elikahs Ansichten über Musik und Tanz waren sehr streng. Da ich neu in der Stadt war, hatte ich ein bißchen nachdenken müssen, doch dann war mir ein guter Platz für das Grammophon eingefallen, und ich hatte es mitsamt dem Wagen hochkant neben den Heuschober im Mietstall gezwängt. Dort war es sicher und trocken aufbewahrt, und ich mußte nicht befürchten, daß es per Zufall entdeckt wurde. Zumindest nicht, wenn es nur eine Nacht dort stand. Dann rannte ich nach Hause, um für Elikah das Abendbrot herzurichten.

Abends, nach dem Essen, liebte ich es, draußen auf der Veranda zu sitzen und zu schaukeln. Das Quietschen der alten Ketten gab mir ein Gefühl von Frieden, sogar in ganz heißen Nächten.

Bei Nacht zeigte sich Jexville in seiner wahren Schönheit. Die Stadt erinnerte mich an einen Hund, der uns zugelaufen war, als ich vierzehn war. Suke war ein häßliches gelbes Tier mit kleinen Augen und räudigem Fell. Nachts aber, wenn das Geschirr gespült war und die kleineren Geschwister im Bett lagen, saß ich auf unserer kleinen Veranda, und dann kam Suke angelaufen und schob mir ihre Schnauze in die Hand. Und dort, im Dunkeln, waren wir beide die Schönsten.

Des Nachts, wenn die Sterne am Himmel standen, der Wind in den Kiefernnadeln raunte und ein kräftiger Harzgeruch in der Luft hing, war Jexville auf einmal wie verzaubert. Es gab üppige Eichen- und Magnolienhaine. Einige der neu Hinzugezogenen hatten Pecanbäume gepflanzt, die mit ihren dicken grauen Stämmen und den schlanken, feinverzweigten Ästen schon richtige kleine Wälder bildeten. Eines Tages, wenn die neue Hauptstraße gepflastert war, wenn alle Läden fertig ausgebaut waren und endlich nicht mehr der scharfe, harzige Geruch des frischen Holzes in der Luft hing, würde die Stadt selbst sicher auch nicht mehr so bedrückend häßlich sein. Nächstes Frühjahr würden hinten in meinem Gärtchen, das heute noch kahler als der Kopf eines gerupften Huhnes war, schon Blumen blühen. Und mit etwas Geduld und ein wenig Anstrengung würde auch in Jexville manches besser werden. Mit harter Arbeit ließ sich hier eine Menge ändern.

Wenn der Tag zu Ende war und die Nacht hereinbrach, konnte ich mich wieder in meine alten Träume versenken. Darin kam lauter törichtes Zeug vor, zusammengesponnen aus dem Inhalt von billigen Zeitschriften und den Aufführungen der Wandertheater, die mitunter im Opernhaus in Meridian aufgetreten waren. Ich wußte, daß alles reine Phantastereien waren, und trotzdem genoß ich es in vollen Zügen. Erst viele Jahre später begann ich darüber nachzudenken, wie es möglich ist, daß der Mensch sich verzweifelt an etwas klammert, von dem er im Grunde seines Herzens ganz genau weiß, daß es in Wirklichkeit nicht existiert.

Die Nacht verging, und als die heiße, hellrote Morgensonne spürbar wurde, war ich schon angezogen und hantierte in der Küche. Elikah war damals ein schöner Mann. Besonders stolz war er auf seinen Schnurrbart. Während ich Frühstück machte, striegelte er ihn hingebungsvoll, damit auch ja jedes Haar am rechten Platz war. In seinem gestärkten weißen Hemd und den schwarzen Hosenträgern hätte man ihn glatt für den Doktor halten können, viel eher als Doc Westfall, der immer irgendwie zerzaust und abgehetzt aussah. In Städten ohne einen eigenen Arzt, sagte Elikah oft und nicht ohne Wehmut in der Stimme, werden dessen Aufgaben nicht selten vom Friseur übernommen. Mir lief dann immer ein kleiner Schauer über den Rücken, was er mit einem Lächeln quittierte.

Sobald er seine Spiegeleier mit Maisgrütze aufgegessen hatte und das Geschirr gespült war, lief ich los, um das Grammophon zu holen. Ich hatte mir einen Weg überlegt, der außen um die Stadt herum führte und auf dem ich – was das Wichtigste war – nicht bei Janelle Baxley vorbei mußte. Seit ich in Jexville angekommen war, ließ Janelle sich keine Gelegenheit entgehen, mir hinterherzuschnüffeln. Dabei hatten mir, als ich ängstlich und aufgeregt aus dem Zug gestiegen war, Janelles warme Umarmung und ihre durchdringenden blauen Augen im ersten Moment ein Gefühl von Geborgenheit gegeben. Mit ihrer Spitzenbluse und dem wie angegossen sitzenden Rock war sie mir so erwachsen und gescheit vorgekommen. Das war, bevor sie mir berichtete, Elikah habe zwar im Café jedem erzählt, ihm schwane nichts Gutes, wenn er an mich denke, aber die ganze Stadt wolle mir helfen, das zu vergessen. Es sei schließlich ganz normal, daß ein Bräutigam sich Gedanken mache, sagte sie; allerdings habe Elikah, als er zum Bahnhof gegangen sei, um mich abzuholen, extra ein Kuvert mit Geld eingesteckt, damit er mich wieder nach Hause schicken könne, falls ich keinen akzeptablen Eindruck machte.

Janelle wollte ich unter gar keinen Umständen begegnen, wenn ich das Grammophon in die Peterson Lane brachte.

Ich hatte mir eine gute Tageszeit ausgesucht und schaffte es, über die Eisenbahnschienen zu kommen, ohne auch nur einem Kaninchen über den Weg gelaufen zu sein. Sobald ich aus der Stadt heraus war, nahm ich mir mehr Zeit, ließ die Deichsel einen Moment los und ruhte mich ein wenig aus. Es war ein heißer Tag. Zu heiß für mein häßliches Matrosenkleid, aber etwas anderes hatte ich nicht anzuziehen. Schließlich hatte ich gerade erst meine kühlen Kattunhänger gegen einer Ehefrau angemessene Kleidung eingetauscht. Kein sehr vorteilhafter Tausch, wie es schien. Doch ich hielt mich nicht lange bei den Enttäuschungen des Erwachsenwerdens auf, sondern ging tapfer weiter. Laut schreiend warnte ein Häher die anderen Tiere vor mir, und sogleich raschelte es im hohen Johnsongras, das in dichten Büscheln am Straßenrand wuchs. Niemand hielt mich davon ab, meiner Phantasie freien Lauf zu lassen. Ich konnte mir einbilden, am Ende der Straße stünde ein Planwagen, und die Zigeuner nähmen mich mit und brächten mir Weissagen und Singen bei. Und dann würden wir durch die Welt ziehen, und ich würde berühmt werden für meine Träume und Visionen. Wir würden übers Meer fahren, bis nach Europa, und der König und die Königin würden mich bitten, zum Tee zu ihnen zu kommen. Ein aufregendes Leben wäre das, und es war zum Greifen nah, gleich hinter der nächsten Wegbiegung flirrte es in der Hitze.

Die Peterson Lane schlängelte sich am Little Red Creek entlang, einem kristallklaren, bernsteingelb und goldfarben schimmernden Bach, der sich gemächlich durch die Wiesen und Wälder wand, um schließlich in den Sumpf am östlichen Ende von Jexville zu münden. An manchen Stellen war er so flach, daß man hindurchwaten konnte, und der reine, sandige Grund kam mir vor wie ein Abglanz der weißen Sandstrände und blauen Wellen, die ich wohl nie mit eigenen Augen würde sehen können. Hier und da bildete der Bach kleine Teiche, wenn zum Beispiel irgendwo ein Baum umgefallen war, an dem sich das Wasser staute. Dort war es dann sogar tief genug zum Schwimmen. Aber diese Stellen kannte ich nicht. Noch nicht. Bis JoHanna und Duncan mir die schönen Seiten meiner neuen Heimat zeigten.

Als ich nun zum ersten Mal zu den McVays kam, blieb ich vor dem Haus stehen und ließ mir etwas Zeit. Ich sah, daß Wäsche auf der Leine hing, unter anderem die Überreste von Duncans gelbem Kleid. JoHanna war anscheinend früh aufgestanden und hatte gewaschen.

Vor dem Haus standen sechs Eichen, weit genug entfernt, um Schatten zu spenden, ohne das Licht zu schlucken. An der Ostseite befand sich eine verglaste Veranda mit einer Schaukel. Die Veranda lag gänzlich im Schatten zweier mächtiger Bäume, einer Magnolie und einer Zeder. Der westliche Teil des Gartens lag in der Sonne. Hier hingen die Wäschestücke reglos in der windstillen Morgenluft. Etwas weiter hinten stand ein Seifenbaum, hinter dem ein schönes rotes Automobil parkte.

In Meridian hatte es massenhaft Autos gegeben. Jojo hatte sich auch eins gekauft, doch die Freude währte nicht lange. Eines Tages war es weg, und Mama hat nie erfahren, ob er es zu Schrott gefahren oder beim Spiel verloren oder ob die Bank es ihm weggenommen hatte. Und keiner hatte sich getraut, ihn zu fragen. Es war ein häßliches schwarzes Monstrum gewesen, das nach Wagenschmiere und Ärger stank. Mir hatte es nichts ausgemacht, daß es nicht mehr da war, obwohl uns das Geknatter immer vorgewarnt hatte, wenn Jojo nach Hause kam.

Doch dieses Auto, das halb versteckt hinter der Wäsche und dem Baum zu sehen war, glich den Automobilen in den Zeitschriften, die ich so gern las. Ein Auto wie von einem Filmstar. Und genau so sah JoHanna ja auch aus.

Die Sonne brannte mir auf den Kopf und holte mich wieder zurück in die Gegenwart, auf die staubige Straße, auf der ich stand. Der Weg war gar nicht so weit gewesen, und trotzdem schwitzte ich in der Julihitze. Zum Teil lag es an dem Kleid. Es war kein richtiges Sommerkleid, doch als verheiratete Frau mußte ich langärmelig gehen und genug Falten im Rock haben. Vor meiner Hochzeit hatte ich immer weite Mädchenkleider getragen, obwohl ich dafür eigentlich schon zu alt war. Wir hatten kein Geld für irgendwelche Besonderheiten, und ich fand es überhaupt nicht schlimm, im Sommer leicht und bequem angezogen zu sein. Jenes blaue Kleid war vorn am Bauch etwas ausgeleiert, wohl noch von Mamas Schwangerschaft mit Lena Rae. Sie hatte es seit Jahren nicht mehr angehabt.

Nach vier Kindern hatte sie gesagt, daß sich ihre Taille wohl nicht mehr zurückbilden würde. Nach den nächsten vier war sie so aus dem Leim gegangen, daß nicht mal mehr ein Korsett helfen konnte. Und so hatte ich das blaue Kleid bekommen, als ich eingewilligt hatte, Elikah zu heiraten.

Während ich noch so zwischen Vergangenheit und Gegenwart schwebte, sah ich plötzlich, wie neben der hintersten Eiche draußen vorm Haus etwas vorüberhuschte. Der Garten war wunderbar gepflegt. Überall blühten Blumen in den schönsten Rot-, Gelb- und Violettönen und einem bläulich schimmernden Rosa, das aussah wie der Himmel bei Sonnenuntergang. Und zwischen all den Farben war etwas vorbeigesaust, etwas Rotbraunes.

Ein Hund?

Ich hatte kein Bellen gehört, aber einige Hunde bellten eben nicht. Sie waren hinterhältig und schlichen sich heimlich an. Ich hatte keine Angst vor Hunden. Ich kam sogar recht gut mit ihnen aus. Aber ich hatte die Erfahrung gemacht, daß ein hinterhältiger Hund genauso war wie ein hinterhältiger Mensch: Kehrtest du ihm den Rücken, so war es dein Verderben. Ich ging mit meinem Handwagen weiter, bis ich bei den Bäumen angelangt war. Da der Hund nicht zu sehen war, nahm ich an, daß er sich einfach verdrückt hatte.

Auf die Federn, die mir plötzlich vor der Nase herumwirbelten, war ich ebensowenig gefaßt gewesen wie auf den sonderbaren hohen Schrei, den ich im selben Moment vernahm. Ich wich zurück und hob kreischend die Hände.

Ich fühlte, daß meine Handfläche genau in der Mitte aufgeschlitzt war, und um mich herum flogen Staub, Federn und Krallen durch die Luft. Ich kreischte abermals und versuchte, das Biest abzuwehren, stolperte aber über die Deichsel des Handwagens und fiel auf den Rücken. Der Vogel war direkt über mir, streckte mir die Krallen entgegen und schlug mit den Flügeln. Ich dachte sofort an einen Habicht oder Adler, doch während ich um Hilfe schrie, gelang es mir, das Tier etwas genauer anzusehen. Es war ein brauner Hahn.

Eine Fliegentür klappte. »Pecos! Laß sie in Ruhe!« Auf der Veranda hallten Schritte, und jemand lief durch den Garten.

Ich hatte mir den schweren Rock meines Kleides über den Kopf gezogen, um mein Gesicht zu schützen. Nun tastete ich vorsichtig um mich herum und fuhr erschrocken zusammen, als ich plötzlich einen großen Fuß zu fassen bekam, der zu einem kräftigen Bein gehörte. Ich wußte sofort, daß es sich um Will McVay handelte, JoHannas Mann.

Noch ehe ich mich fassen und mir den Rock wieder richtig herunterziehen konnte, hatte er mir schon wieder auf die Beine geholfen. Da stand ich nun im Sonnenschein, und um mich herum flogen lauter kleine Hühnerfedern durch die Luft.

»Sind Sie verletzt?«

Einen seiner Hosenträger hatte er hochgezogen, der andere baumelte herunter; er trug ein baumwollenes Unterhemd. Auf der einen Gesichtshälfte hatte er Rasierschaum, und neben seinen nackten Füßen lag ein Rasiermesser.

Als ich ihm in die Augen schaute, sah ich mein Spiegelbild und fühlte mich an Suke erinnert. Nur daß ich viel schlimmer aussah, als der alte Hund je ausgesehen hatte. Will McVay hatte meine Unterhosen gesehen, die aus einem Mehlsack gemacht waren. Meine Wangen brannten vor Scham, und mir juckte die Kopfhaut, als hätten mich Ameisen gebissen. »Ich bringe Duncan ihren Apparat«, nuschelte ich, zwar noch imstande zu sprechen, nicht aber, ihm ins Gesicht zu sehen.

Als er weder antwortete noch sich von der Stelle rührte, blieb mir nichts weiter übrig, als aufzublicken. Doch anstatt mich anzusehen, starrte er zu Boden. Ich folgte seinem Blick, und da sah ich das Blut. Es tropfte mir von allen Fingern.

»Pecos hat Sie böse erwischt.« Er griff nach meiner Linken. Die Handfläche war von oben bis unten aufgeschlitzt. Er holte ein gestärktes weißes Taschentuch aus der Gesäßtasche, wickelte es mir um die Hand und zog den Knoten fest. »Die Finger sind stark durchblutet. Es sieht so aus, als ob Pecos ein paar Adern erwischt hat.«

Ich achtete nicht auf seine Worte, sah nur gebannt zu, wie er die Lippen bewegte. Der Seifenschaum auf seinem Gesicht war schon angetrocknet. Er hatte markante Züge und dunkelbraune Augen, genau in der Farbe von Lizzie Maples Schokoladenkuchen. Das schwarze Haar war zurückgekämmt.

Er war kein schöner Mann, nicht so wie Elikah. Er hatte keine Grübchen in den Wangen und auch nicht die Fähigkeit, Freude oder Verdrossenheit sofort zu zeigen. Seine Gefühle waren in ihm verborgen, er wußte sie für sich zu behalten und ließ sich nicht so leicht von Freude oder Ärger übermannen.

Seine Hand schob sich unter meinen Ellbogen, um mich zu stützen, und gleichzeitig bückte er sich und hob die Deichsel des Handwagens auf. Und so gingen wir zusammen zur Veranda, wo er den Wagen stehen ließ und mich die Treppe hinaufführte.

»Hannah, Liebes, es hat einen kleinen Unfall gegeben.« Er hielt mir die Fliegentür auf und schob mich hindurch.

Er duftete wie der Regen, der fällt, wenn die Sonne scheint, der auf breite grüne Blätter trommelt und auf frisch gemähtes Gras. So sauber. Als ich von der erbarmungslosen Sonne in die kühle, schattige Diele trat, dachte ich, ich würde ohnmächtig. Seine Hand legte sich fester um meinen Ellbogen, gerade so fest, daß ich nicht umfallen konnte, und ein paar Sekunden später hatte ich den Raum durchquert und saß auf einem grünen Sofa, dessen Beine seltsame Schnitzereien hatten und dessen Lehne gewölbt und wulstig war wie der Rücken eines Drachens. Es war wie in einem Traum.

Der Teppich war auf den ersten Blick dunkelrot wie trocknendes Blut, war aber von einem verschlungenen Muster durchzogen, das sich aus den verschiedensten Farben und Formen zusammensetzte und so schön war, daß ich fast geweint hätte. Der Stuhl mir gegenüber hatte eine hohe Rückenlehne und einen Bezug mit Fransen, die bis auf den Boden reichten. Dort, wo es zum Eßzimmer ging, befand sich statt der Tür ein dicker, schwerer Vorhang, der ebenfalls Fransen hatte, diese waren allerdings dick wie Stricke und goldfarben. An den Fenstern hingen weiche, weiße Gardinen, die das hereinfallende Licht filterten und aussahen, als wären sie aus Altweibersommerfäden gewebt.

Ich spürte Wills Blick auf mir ruhen, spürte, wie er mich beobachtete mit jenem wachsamen, nichts von sich preisgebenden

Blick. Ich wußte, daß er Mitleid mit mir hatte, doch es war nicht das herablassende Mitleid der Frauen in Jexville.

»Ist es so schrecklich, mit Elikah verheiratet zu sein, daß Sie das Sprechen verlernt haben?«

Seine Frage ließ mir das Blut in die Wangen schießen, und ich schaute verlegen hinunter auf den leuchtenden Teppich.

»Matty spricht schon, wenn's nötig ist. Sie war großartig gestern, als sie sich für mich und Duncan eingesetzt hat.«

Als ich JoHannas Stimme hörte, sah ich auf, erleichtert, sie zu sehen. Sie stand an den ungewöhnlichen Gardinen, hatte die Hände hinter dem Kopf und drehte ihr dichtes kastanienbraunes Haar zu einem Knoten. Und obwohl sie Haarnadeln zwischen den Lippen hatte, gelang es ihr, vollkommen deutlich zu reden. Sie brauchte nur eine Minute, dann hatte sie ihre Frisur in Ordnung gebracht, ließ die Hände sinken und trat ins Zimmer.

»Wie schlimm hat Pecos Sie denn erwischt?« Sie griff nach meiner Hand, und ich überließ sie ihr. Das Taschentuch war blutgetränkt.

»Hol doch mal das Terpentin, Will.« Sie warf ihm einen auffordernden Blick zu.

»Soll ich gleich eine Nadel mitbringen?«

Mir war plötzlich ganz flau in der Magengegend. Mußte die Wunde etwa genäht werden? Ich war zwar noch nie genäht worden, aber Jane, meine nächstjüngere Schwester, hatte sich mal am Fuß verletzt. Jojo hatte sie festgehalten, weil sie schrie und um sich schlug, als Pres Watkins ihr die Wunde mit fünf schmerzenden Stichen nähte, und Mama und ich, wir hatten hinten auf der Treppe gesessen und geweint.

JoHanna band das Taschentuch ab, und die Wunde kam zum Vorschein. Sie untersuchte sie vorsichtig mit den Fingern, genauso behutsam, wie sie am Vortag Duncan berührt hatte. »Nur das Terpentin«, rief sie Will nach, »und ein sauberes Tuch.« Dann wandte sie sich an mich. »Das brennt jetzt gleich ganz höllisch, aber dann kann es sich nicht entzünden, und Sie müssen nicht genäht werden.«

Ich nickte, unfähig, mein Einverständnis mit Worten zum Ausdruck zu bringen. Ich hatte schon einmal Terpentin auf eine Wunde bekommen. Aber es war immer noch besser als Nähen.

Wir gingen hinaus auf die vordere Veranda, und Will hielt mich fest, während JoHanna sich vor mich stellte und meine Hand nahm.

Es brannte wie flüssiges Feuer, aber der Schmerz ging vorüber. Wenig später saß ich an JoHannas Küchentisch, hatte ein frisches, sauberes Tuch um die Hand gewickelt und eine dampfende Kaffeetasse vor mir.

»Pecos hat noch nie jemanden angegriffen.« JoHanna sah Will an, der in der Tür stand und ganz vergessen hatte, daß er sich rasieren wollte. »Er ist völlig durchgedreht, weil Duncan verletzt worden ist.«

»Der Hahn?« Ich bemerkte, daß das Licht, das durchs Fenster in die Küche schien, JoHannas Haut beinahe durchsichtig erscheinen ließ. Ihre blauen Augen waren eisig. Sie schienen das Licht zu schlucken und es als bläulichen Reif zurückzuwerfen. Achtundvierzig sei sie, hatte sie gesagt. Also siebzehn Jahre älter als meine Mutter, aber gegen sie war Mama eine alte Frau.

»Pecos ist Duncans Haustier. Früher hatten wir einen Hund, aber irgend jemand hat ihn vergiftet. Duncan wollte damals keinen neuen Hund. Nicht gleich. Und dann hat sie in der Futterhandlung diesen Hahn entdeckt.«

»Er hatte ein gebrochenes Bein.« Will setzte sich rittlings auf einen Stuhl und wischte sich die angetrocknete Rasierseife ab. »JoHanna hat das Bein geschient, und Duncan hat ihn gepflegt.« Er zuckte mit den Schultern, und seine dunklen Augen hatten auf einmal einen warmen Glanz. »Pecos ist ein verdammt guter Wachhund, auch wenn er diesmal ein wenig die Beherrschung verloren hat.«

»Er ist ganz außer sich, weil Duncan so krank ist«, erklärte JoHanna. »Er will sie beschützen.«

Ich ließ den Blick zwischen ihnen hin- und herwandern. Sie hielten es offenbar für absolut verständlich, daß dieser Hahn mich dermaßen wüst angegriffen hatte, wie ich es bislang noch nie erlebt hatte, nicht einmal bei einer Wildsau. Der Hahn beschützte ihre Tochter, und damit war alles in Ordnung.

»Er hätte mir die Augen aushacken können.« Meine Hand brannte immer noch wie Feuer.

»Hätte er«, stimmte Will mir zu, »aber er hat nicht.« Will stand auf. »Ich muß mich jetzt fertig anziehen.« Er warf JoHanna einen Blick zu, den nur sie allein zu deuten verstand. Es war deutlich, daß sie sich außer mit Worten, die sie sagten, noch auf andere Weise verständigten.

Sie sahen sich an, ein langer, stummer Wortwechsel, bei dem ich atemlos zuschaute. Dann verließ Will die Küche, und JoHanna wandte sich an mich. »Duncan möchte Sie gern sehen.«

Ich folgte JoHanna durch eine verglaste Veranda, die vollgestopft war mit Pflanzen, die ich noch nie gesehen hatte, ins eigentliche Innere des Hauses. Links lag Duncans Zimmer, ein großer Raum mit zwei Fenstern, die auf den sonnigen Teil des Gartens blickten. Durch die schlichten pfirsichfarbenen Vorhänge war alles in ein warmes, beinah magisches Licht getaucht.

Anfangs wagte ich nicht, Duncan anzuschauen. Ich hatte Angst. Sie war so schwer verletzt gewesen, daß ich es in dem Moment einfach nicht über mich brachte, noch einmal hinzugucken und das, was ich am Vortag gesehen hatte, bestätigt zu finden.

»Sie hat noch nicht gesprochen, und sie hat immer noch kein Gefühl in den Beinen, aber die Schmerzen sind nicht allzu schlimm.« JoHanna stand neben mir und schob mich sanft ins Zimmer. Als ich ans Bett trat, blieb sie hinter mir. Es gab nichts, wohin mein Blick sich flüchten konnte, und so mußte ich Duncan nun doch ansehen. Sie sah entsetzlich aus, die Schrunden waren schlimmer geworden, und die Brandwunden auf der Kopfhaut und an den Armen zeichneten sich noch deutlicher ab. Ihre Beine waren mit einer leichten Bettdecke aus gelber Chenille zugedeckt, unter der sich die dicken Verbände abzeichneten. Doch merkwürdigerweise schien Duncan sich ihres Zustandes nicht bewußt zu sein. Oder ihrer Verletzungen. Ihre Augen waren genauso schokoladenbraun wie die ihres Vaters, ihr Blick genauso fest.

»Ich hab' dir dein Grammophon gebracht«, sagte ich.

Sie nickte, ohne zu lächeln.

»Pecos ist auf Mattie losgegangen und hat ihr die Hand aufgeschlitzt.«

Duncan blickte zum offenen Fenster. Dort saß der Vogel. Ich fuhr zusammen, denn ich hatte ihn gar nicht bemerkt. Ich hatte nur auf die wunderschönen Vorhänge geachtet und auf die Sonne. Der Hahn hatte sich völlig geräuschlos dort niedergelassen.

»Pecos ist ein hinterhältiges Biest«, sagte JoHanna, doch in ihrer Stimme lag Zärtlichkeit. »Früher haben wir ihn in der Küche hinterm Herd schlafen lassen, aber er ist immer heimlich, still und leise rausgekommen und hat nach mir gehackt, wenn ich mich gebückt habe, um irgendwas aus der Backröhre zu nehmen.« Sie lachte, und Duncan lächelte leicht. »Er ist ein hundsgemeiner Kerl, aber wenn's darum geht, meine Kleine zu beschützen, fürchtet er weder Tod noch Teufel.«

Pecos flatterte vom Fensterbrett und war weg.

Mir fielen die ganzen seltsamen Gerüchte wieder ein, die ich über JoHanna und Duncan gehört hatte. All das kam mir so plötzlich in den Sinn, daß es mir regelrecht die Luft nahm. Dabei war mir sowieso schon schwindlig vom Terpentingeruch und von der Hitze. Ich legte die Hand auf Duncans eisernes Bettgestell und hielt mich fest.

»Will muß heute rauf nach Memphis.« JoHanna sprach mit Duncan. Ihre Stimme verriet kein Gefühl.

»Er fährt heute weg?« Wieder einmal hatte ich den Mund aufgemacht, bevor ich nachgedacht hatte. Warum konnte ich mir das nur nicht abgewöhnen? Es war das einzige, wofür Jojo mich hatte bestrafen dürfen, ohne daß ich es ihm übelnahm.

»Er hat gestern in Natchez im Hafen eine Schiffsladung Kristall zurückgelassen, die mit dem Zug nach Memphis gebracht werden sollte. Er ist für die Fracht verantwortlich, und er möchte sicher sein, daß sie heil im Lager angekommen ist.«

Memphis, Tennessee, das war ganz oben im Norden von Mississippi, aber für mich war es wie ein fernes Land. Ich hatte Bilder von Frauen in eleganten, glitzernden Kleidern gesehen, die neben schwarzgekleideten Männern in Hotelhallen standen – Männern in schwarzen Anzügen und weißen Hemden, die aussahen wie irgendwelche finsteren Gestalten aus einem Hollywoodfilm. In solchen Hotels übernachtete Will. Er saß in der Halle, und von der Bar her kam ein sonderbares Licht und brach sich in dem Kristallglas, das er in der Hand hielt.

JoHanna zog die Decke auf Duncans Beinen glatt. Dann strich sie ihrer Tochter über die Wange und übers Haar. Seltsamerweise gab mir das einen Stich.

»Erzählen Sie mir etwas über Ihre Mutter«, sagte JoHanna, während ihre Finger immer noch Duncans verwüstetes Haar liebkosten. »Erzählen Sie uns von Ihrer Familie.« Sie zeigte auf einen Stuhl neben Duncans Bett und zog sich einen zweiten heran. Auf dem Nachttisch lag ein offenes Buch.

Was sollte ich Ihnen erzählen? Meine Mutter hieß mit Mädchennamen Lydia Belle Carter. Als sie vierzehn war, ging ihr Vater auf und davon und ließ die Familie im Stich. Mit fünfzehn war sie mit mir schwanger und heiratete John Kimball, der um ihre Hand angehalten hatte. Daddy war Rangiermeister bei der Eisenbahn in Meridian. Wir hatten ein Häuschen, und ich bekam zwei Schwestern und einen Bruder. Dann geriet Daddy zwischen zwei Waggons und wurde zerquetscht. Mama hat es mir nie erzählt, aber ich habe gehört, wie über den Unfall gesprochen wurde; wie mit der Kneifzange, haben sie gesagt, sei er regelrecht in der Mitte durchgeschnitten worden. Von da an ging es langsam bergab, immer tiefer und tiefer, und das letzte und größte Unglück kam in Gestalt von Jojo Edwards und vier weiteren Kindern.

»Meine Mutter kann wunderschön singen«, antwortete ich schließlich. »Früher hat sie viel gesungen, heute nur noch selten.«

Kapitel 3

JoHanna legte Kartoffeln in den Handwagen, die wir in ihrem Garten ausgebuddelt hatten. Mit einem Ohr horchte sie die ganze Zeit zu Duncans Fenster, ihre Hände aber befreiten wie von selbst die Kartoffeln aus der schweren braunen Erde. Danach zog sie büschelweise grüne Zwiebeln und Möhren heraus und schob dicke, dunkle Blätter beiseite, um gelbe Kürbisse und stachelige Okraschoten zu ernten. Dabei erzählte sie von Orten, die ich nur aus Büchern kannte. Durch ihre Worte wurden sie wirklich und schienen auf einmal tatsächlich erreichbar. Als der Wagen voll war, begleitete sie mich zur Straße. Die Sonne immer noch im Gesicht, machte ich mich auf den Heimweg.

Erst drei Tage später, am Unabhängigkeitstag, sah ich die beiden wieder. Ich hatte im Textilgeschäft vergeblich nach einem Stoff gesucht, der so ähnlich aussah wie der, aus dem die Vorhänge waren, die JoHanna in Duncans Zimmer aufgehängt hatte. Ich wollte in unserem Haus auch so ein Licht haben, das weicher war als die grelle Julisonne, farbig und lebendig. Doch ich hatte nichts in der Art gefunden. Und weil ich nicht richtig erklären konnte, was ich mir vorstellte, hatte ich die Suche aufgegeben. Damit hatte ich also einen Grund, noch einmal in die Peterson Lane zu gehen und die McVays zu besuchen. JoHanna konnte mir sicher sagen, wo ich den Vorhangstoff bekäme. Gleich nach dem Fest zum Unabhängigkeitstag wollte ich hingehen.

Die beiden größten Kirchen von Jexville veranstalteten an diesem Tag jeweils ein Festessen unter freiem Himmel. Es war ein Wettstreit, der zwar mit freundlichem Lächeln überspielt wurde, doch es fielen auch scharfe Worte, und es war von Dingen wie Rang und Loyalität die Rede. Jede Kirche wollte das schönere, erlesenere Fest ausrichten, und auch in der Anzahl der Besucher versuchte man einander zu übertrumpfen.

Die Sonne war heiß, und das Hauptthema in der Stadt war immer noch der Blitzschlag, der die kleine Duncan so furchtbar verletzt hatte. Elikah war im Morgengrauen aufgestanden, um die Schweinegrube vorzubereiten, die die Männer tags zuvor ausgehoben hatten. Ich kochte etliche Kannen süßen Tee und ging dann auch in den Kirchgarten. Ich sollte die Hühner zerteilen, die Elikah und zwei andere Männer über einer großen Feuermulde garen wollten. Über der Grube an der Ostseite der Kirche brutzelte ein ganzes Schwein; ich brauchte nicht einmal hinzuschauen, mir lief allein schon von dem Duft das Wasser im Mund zusammen.

Ein Dutzend Kinder rannte kreischend durch die Gegend und warf immer wieder sehnsüchtige Blicke auf die Tische, die sich nach und nach mit Kuchen und Torten, eingelegtem Gemüse und Broten füllten. Die Hitze schien ihnen nichts auszumachen. Das Schwein hatten wir von Otto Kretzler, dem Mann, der die Eisenbahn gebaut hatte; er hatte auch der Baptistenkirche eines gebracht, die schräg gegenüber lag, nahe genug, daß die Kinder immer hin- und herlaufen konnten, um uns mitzuteilen, welches neue Gericht oder schmückende Beiwerk bei den anderen gerade auf den Tisch kam.

Elikah hatte mir erzählt, Will McVay sei einen Tag, nachdem seine Tochter vom Blitz getroffen worden war, aus Jexville weggegangen. Er würde nie mehr wiederkommen, sagte Elikah, jetzt habe JoHanna ihn endgültig aus dem Haus getrieben. Ich wußte, daß das nicht stimmte, aber ich hielt den Mund. Elikah war nicht der einzige, der Dinge dieser Art sagte. Die ganze Stadt redete davon.

Ich zerteilte die Hühner, und dabei lief mir der Schweiß den Rücken hinunter und hinterließ wahrscheinlich große dunkle Flecken hinten auf meinem Matrosenkleid. Meine Haare waren ganz heiß; ich hatte sie hochgesteckt und versucht, sie zu einem

Knoten zu drehen, wie JoHanna ihn trug. Bei ihr hatte es so leicht ausgesehen, mir wollte es jedoch nicht gelingen. Mein Haar, das zu fein und leicht gewellt war, ließ sich von den Nadeln nicht halten. Es hing mir zu meinem Kummer im Nacken und fiel mir immer wieder ins Gesicht. Ich wußte, daß die Frauen mich beobachteten und sich im stillen dachten, ein so gutaussehender Mann wie Elikah hätte etwas Besseres verdient als mich. Er hatte ein paar von den Mädchen schöne Augen gemacht, die jetzt im Schatten einer großen Eiche lachend die Köpfe zusammensteckten und sich mit Pappfächern Luft zufächelten, auf denen Bilder von Landschaften waren und die man gratis beim Leichenbestatter bekam. Die Mädchen waren nicht zum Kochen eingeteilt, sondern hatten die Aufgabe, auf den Tischen rote, weiße und blaue Fähnchen aufzustellen und den Männern Bänder ans Revers zu heften. Ich haßte sie. Und mich selbst.

Ich haßte auch die Hühner mit ihrer bleichen Haut, den gelben Fettklumpen und den häßlichen Löchern, wo die Federn gesessen hatten. Und wie ich so dastand und einen dieser halb auseinandergenommenen Tierkörper betrachtete, mußte ich plötzlich an Pecos denken. Meine Hand war steif und tat weh. Ich hatte Elikah gesagt, ich hätte mich geschnitten, als ich einen Rinderbraten zerteilte. Er hatte sich die Wunde angesehen, und als ich ihm erzählte, ich hätte sie selbst mit Terpentin behandelt, nickte er und meinte, das werde helfen. Dann ermahnte er mich, nächstens besser aufzupassen, und später am Abend goß er nochmals Terpentin in die Wunde, und zwar reichlich. Beim zweiten Mal war der Schmerz noch schlimmer gewesen.

Ich trennte eine Keule ab und hielt inne, um mir mit dem Handrücken den Schweiß von der Stirn zu wischen. Und während ich dort stand, das blutverschmierte Messer in der erhobenen Hand, hörte ich plötzlich das Automobil. Im selben Moment sah ich JoHanna. Sie trug einen großen Hut, der seinen Schatten bis hinunter auf ihren Busen warf, einen Strohhut mit einem Büschel roter Blumen vorn, wo die Krempe angenäht war.

Sie saß auf dem Beifahrersitz des großen roten Automobils,

Marke Auburn, Will am Lenkrad. Duncan saß auf dem Rücksitz, und auf ihrer Schulter hockte Pecos. Sie fuhren langsam, damit Duncan sich das Treiben ansehen konnte. JoHanna zeigte auf mich und lächelte. Dann fuhren sie weiter die Hauptstraße hinunter und verschwanden in einer Wolke von orangerotem Staub.

»Sie fahren nach Mobile zum Arzt«, sagte Janelle Baxley, die gerade zu mir kam und einen kritischen Blick auf meine zerteilten Hühner warf. Sie deutete auf eine Hühnerhälfte. »So kannst du das aber nicht lassen. Viel zu groß. So werden sie nie gar.«

»Woher willst du denn das wissen?« Ich rammte das Messer gut zweieinhalb Zentimeter tief in die hölzerne Tischplatte.

Janelle zuckte zusammen, wich aber nicht zurück. »Die Männer haben keine Geduld. Sie lassen die großen Stücke nicht drin, bis sie richtig durch sind.«

»Woher du weißt, daß sie zum Arzt fahren?« Mein Ärmel war schon völlig durchnäßt von Schweiß, aber ich hatte nichts anderes, um mir die Stirn abzuwischen.

»Duncan kann seit dem Blitzschlag weder sprechen noch gehen. Doc Westfall meint, das wird auch nicht wieder.«

Ich nahm ihr nicht ab, daß Doc Westfall so etwas gesagt haben sollte, doch das behielt ich für mich.

»Das Gehirn hat was abgekriegt«, sagte sie und nickte wissend. »Wahrscheinlich bleibt sie für den Rest ihres Lebens plemplem.«

Ich hatte Duncans Augen gesehen. Von plemplem konnte keine Rede sein.

»Agnes sagt, das Mädchen war tot.« Janelle senkte die Stimme und fügte leise hinzu: »Sie sagt, du warst dabei, hast direkt neben ihr gestanden? Stimmt das?«

»Ja.«

Janelle kam noch näher heran. »War sie wirklich tot? Du weißt ja, Agnes übertreibt gern, ich wollte ihr gar nicht glauben. Ist Duncan wirklich tot gewesen?«

»Ja.« Ich konnte es mir nicht verkneifen. Sie riß die Augen auf, und ihre Lider zuckten, als ob der Heilige Geist in sie gefahren sei oder als ob ihr ein ganz übler Aasgeruch in die Nase gestiegen wäre.

»Großer Gott.« Sie schnappte vor Aufregung nach Luft. »Dann ist es also wahr.«

Ich mußte noch ein ganzes Dutzend Hühner zerteilen, und mir tat die Hand weh. Ich sah mir die Wunde an und stellte fest, daß sie wieder aufgegangen war. Der Verband war durchgeblutet. Janelle guckte kurz hin, tat aber so, als hätte sie nichts bemerkt. Sie trug ihr neues bedrucktes Kattunkleid, und das war nicht das richtige für so eine bluttriefende Schmutzarbeit wie Hühnerzerteilen.

»Weißt du, die Leute sagen, nicht mal der Teufel hat die Kleine haben wollen, darum hat er sie wieder hergegeben.« Sie lächelte nicht.

Ich zog das Messer aus der Tischplatte und strich zerstreut mit Daumen und Zeigefinger über die Klinge. »Ich hab' gehört, daß der liebe Gott sie wieder lebendig gemacht hat.«

Janelle wich vor mir zurück. »Gott?«

Ich nickte feierlich mit dem Kopf. »Gott.«

»Naja, der wollte sie eben auch nicht behalten.«

»Nicht ganz. Er hat ihr einen Auftrag gegeben.« Abrupt stieß ich das Messer mit aller Kraft in das von ihr beanstandete halbe Huhn. Der Hieb spaltete es in der Mitte.

»Duncan ist erwählt.«

»Ich muß mich um den Tee kümmern.« Janelle rannte weg, nicht ohne sich noch einmal mit weit aufgerissenen Augen nach mir umzuschauen.

Schließlich war der Tisch fertig gedeckt, das Essen war gar, und mir war schlecht von der Hitze und dem Hühnerblut. Elikah holte mir ein Glas Tee und ging mit mir unter die Eiche in den Schatten. Die Mädchen waren mit ihren Familien oder ihren Verehrern verschwunden, so daß ich mich ganz allein an den starken Baumstamm lehnen und den kühlen Schatten genießen konnte.

»Du mußt nach Hause«, sagte Elikah mit einem Blick auf mein zerzaustes Haar, mein ruiniertes Kleid und das Blut an meiner Hand. Sein Atem roch nach Whisky. Ich wußte, im Morgengrauen, als sie angefangen hatten, das Schwein zu braten, war Tommy Ladnier mit ein paar Flaschen Branntwein vorbeigekommen.

Branntwein war Teufelszeug, und Tommy Ladnier war eine Ausgeburt der Hölle. Aber er hatte die schönsten Anzüge und den besten Wagen, und obwohl ich erst seit kurzem in Jexville war, hatte ich schon mehrfach gehört, daß er unten am Golf, direkt am Meer, ein Backsteinhaus mit einer Galerie besaß und mit einer Terrasse, die bis zum Strand reichte. Dort spielten jedes Wochenende schwarze Musiker sündige Rhythmen, und Männer und Frauen tanzten miteinander, trunken von Whisky, Mondschein und Fleischeslust.

Nach dem, was ich gehört hatte, brauchte Tommy, wenn er Geld ausgeben wollte, einfach nur mit dem Finger zu schnippen und zu sagen, wonach ihm der Sinn stand. Sofort rannte irgendwer los, um ihm seine Wünsche zu erfüllen, mochten sie auch noch so ausgefallen sein. Während der Woche jedoch arbeitete Tommy und lieferte seine Waren aus. Persönliche Auslieferung! Daran erkenne man einen seriösen Geschäftsmann, sagte Elikah immer. Mein Mann war Stammkunde bei Tommy Ladnier, genau wie die meisten anderen Männer in Jexville.

Ich gab Elikah das leere Teeglas zurück und machte mich auf den Heimweg; ich wollte bloß noch eines: mein altes Kleid ausziehen und es wegwerfen. Ich wollte die Schere nehmen und es in so winzig kleine Stücke zerschneiden, daß nicht einmal meine Mama sie mehr zusammensetzen könnte. Und dann wollte ich mir die Haare abschneiden. Ich wollte das scharfe, schneidende Geräusch der Schere an meinem Ohr hören. Ein Geräusch, rein und endgültig, als Zeichen meiner Befreiung. Ich war schon ein paarmal im Frisiersalon gewesen und hatte in der Tür gestanden, wenn Elikah einen Kunden von seinen störenden Haaren befreite.

»Schnipp!« Und schon fiel das Haar, und ein helles Fleckchen Haut kam zum Vorschein oder ein abstehendes Ohr. »Schnipp!« Und schon war der Nacken frei für die kühlende Brise.

Mir juckte es richtig in den Fingern der gesunden Hand, ich hatte wirklich große Lust, nach der Schere zu greifen – ein gefährliches Verlangen.

Statt dessen zog ich das Kleid aus und weichte es in einem Wassereimer ein. Und dann stellte ich mich in den Badezuber und goß mir den zweiten Eimer Wasser, den Elikah hereingeholt hatte, so langsam wie möglich über den Kopf. Der Eimer war schwer, mir zitterten die Arme, und ich verschüttete auch etwas, aber als das Wasser dann über mich floß, wurden meine Arme ruhiger.

Als ich fertig war, ließ ich mich trocknen. Elikah würde noch lange nicht heimkommen. Am Nachmittag würden sie singen, und nach Sonnenuntergang zündeten sie die Lagerfeuer an. Ich kannte das Programm ganz genau, obwohl es strengstens geheimgehalten worden war. Und wenn die Kinder dann langsam in der Nachmittagshitze einnickten und die Frauen anfingen aufzuräumen, würden die Männer weitertrinken. Spät in der Nacht, wenn die Lagerfeuer niedergebrannt waren, weil kein Holz mehr da war, würden die Männer nach Hause torkeln, wo die Kinder und Frauen schon schliefen. So hatten Elikah und viele andere Männer seit jeher den Unabhängigkeitstag begangen.

Ich rubbelte mich mit einem Handtuch ab, das vom Trocknen in der heißen Sonne angenehm rauh war. Obwohl ich schwerer als früher arbeitete, legte ich allmählich an Gewicht zu. Bei Elikah gab es mehr zu essen und weniger Mäuler zu stopfen. In plötzlicher Angst untersuchte ich meinen Bauch. Meine größte Sorge war, ich könnte schwanger sein. Schwangerschaft hieß lebenslängliche Sklaverei. Schwangerschaft war das Ende aller Hoffnung. Schwangerschaft war das Entsetzen, ein hungriges Kind zu haben und nichts, um es satt zu machen.

Steif und verängstigt kroch ich ins Bett und versteckte mich unter den sauberen Baumwolltüchern. Meine Haare waren schwer und feucht und hingen mir immer noch ins Gesicht, aber wenigstens in einem Zustand, in dem sie nicht ganz so unangenehm waren.

Ich träumte von Pecos. Zuerst fuhr er Wills schönes rotes Auto, und seine Federn flatterten wie verrückt im Wind, während er mit den Flügelspitzen das Lenkrad festhielt. Dann tanzte er in JoHannas leerem Garten mit den Hühnerkörpern, die ich für das Festmahl vorbereitet hatte. Sie hatten zwar weder Köpfe noch Federn, aber Füße, mit denen sie Charleston tanzen konnten. Es war ein seltsamer Traum, aber er machte mir keine Angst, und als ich aufwachte, war es mitten in der Nacht. Alles war still, und das Bett neben mir war leer.

In meinem ganzen Leben war ich nachts noch nie allein gewesen. Ich räkelte mich und stellte fest, daß Elikahs Seite kühler war als meine. Durch das Fenster, das ich offengelassen hatte, wehte eine leichte Brise, und da erst merkte ich, daß ich nackt war. Elikah wäre außer sich gewesen. Der Gedanke amüsierte mich, aber ich stand trotzdem auf und zog mir eins von seinen Hemden an, die ich zwar schon gewaschen, aber noch nicht gebügelt hatte. Er würde nicht merken, daß ich es angehabt hatte.

Barfuß ging ich auf die Veranda, um mich dort auf die Schaukel zu setzen. Es war tiefe Nacht, doch die Sterne glänzten hell. Ich glaubte, die Asche des niedergebrannten Lagerfeuers glimmen sehen zu können. Bald würde Elikah nach Hause kommen, und es gehörte sich, daß ich dann angezogen im Bett lag und schlief. Es schickte sich nicht für eine jung verheiratete Frau, in einem Hemd ihres Mannes mit nichts darunter auf der Veranda vor ihrem neuen Heim zu sitzen. Doch die kühle Nachtluft, die mir über die Schenkel strich, erinnerte mich an die Freiheit meiner Kinderjahre. Wenn Jojo nicht dagewesen war, war ich oft hinaus auf die Veranda geschlüpft, hatte vor mich hin geträumt und nachgedacht. Ich schlief in den abgelegten Hemden meiner Brüder, und weil ich noch ein Kind war, hatte niemand etwas dagegen einzuwenden gehabt. Es war eine schöne Erinnerung.

Als ich mich gerade auf der Schaukel niederlassen wollte, stieß ich mit der Hand an einen Gegenstand, eine Schachtel, die jemand dort hingelegt hatte. Vorher, als ich heimgekommen war, war sie noch nicht dagewesen. Es war eine große Schachtel.

Zuerst wußte ich nicht recht, was ich machen sollte. Ich stand einfach nur da. Meine Hand lag noch immer auf dem Deckel. Eine Schachtel hier auf der Schaukel, was hatte das zu bedeuten? Ich nahm sie und brachte sie ins Schlafzimmer, wo ich die Nachttischlampe anzündete. Es dauerte einen Augenblick, bis ich die Karte gefunden hatte: »Für Mattie. Danke, daß Sie Duncan und Jo-Hanna geholfen haben. Will.«

In meinem ganzen Leben hatte mich noch nie jemand mit einem Geschenk überrascht. Ich riß die Verpackung auf und dachte im ersten Moment, es wäre schon wieder ein Traum, nur diesmal ein wunderschöner.

In dem Karton, unter dem zarten Seidenpapier, lagen eine weiße Bluse und ein blaßgrüner Rock. Der Stoff war leicht und ganz weich. Ich wußte, er würde kühlen. Eine weiße Bluse und ein Rock. Die Bluse hatte Biesen und winzige Knöpfe. Nicht streng, aber dennoch elegant. Ich traute mich kaum, sie anzufassen; vorsichtig faltete ich sie wieder haargenau so zusammen, wie sie gewesen war, klappte den Karton zu und schob ihn unters Bett, um mir in Ruhe zu überlegen, was ich machen sollte.

Elikah würde mich auffordern, die Sachen zurückzubringen. Und er würde mir böse sein. Ich hatte ihn angelogen, hatte gesagt, ich hätte das Gemüse bei einem alten Mann, der mit dem Handwagen durch die Stadt gezogen war, gegen einen Teil von meiner Toffeemasse eingetauscht. Er hatte den Deckel angehoben und in den Topf geguckt, in dem die Kartoffeln kochten, und zugeschaut, wie die glatten weißen Knollen in dem blubbernden Wasser herumkullerten. Dann hatten wir beschlossen, daß ich die Rüben und Zwiebeln im Herbst einpflanzen und Winterkürbis ziehen sollte, der in Jexville gut gedieh. Wenn ich erst selbst einen Garten hätte, müßte ich keine Tauschgeschäfte mehr machen, um an frisches Gemüse zu kommen.

Elikah hatte mir keine weiteren Fragen gestellt, und ich war froh gewesen, daß ich meine Lügen nicht auch noch ausschmücken mußte. Wie aber sollte ich ihm die Herkunft des Rocks und der Bluse erklären? Wenn ich ihm sagte, daß sie von den McVays waren, würde er mich fragen, wie sie dazu kamen, mir so etwas zu schenken.

Dieses Geschenk brachte mich in schier unüberwindbare Schwierigkeiten. Mir schwirrte der Kopf, wenn ich an die schrecklichen Folgen dachte, die sich daraus ergeben konnten.

Will McVay hatte die Karte unterschrieben. Ich konnte mich noch ganz genau an den angetrockneten Seifenschaum auf seiner Wange erinnern, als der Hahn mich angegriffen hatte und er dadurch beim Rasieren gestört worden war. Daran, wie der Hahn mir die Hand aufgeschlitzt hatte, erinnerte ich mich überhaupt nicht mehr, aber wenn ich die Augen zumachte, roch ich noch immer den Duft der Seife in Wills Gesicht und sah noch immer die kleine Narbe an seiner rechten Hand, die mir aufgefallen war, als er mir die Wunde mit einem Tuch vorsichtig abgetupft hatte. Seine Augen hatten die Farbe von Schokoladenkuchen, in der Mitte etwas heller und an den Rändern ganz dunkel. Duncan hatte die gleichen Augen wie er, nur glänzten sie mehr, wie die ihrer Mutter.

Ich mußte das Geschenk zurückgeben. Daran führte kein Weg vorbei. Ich gab mir alle Mühe, mich damit abzufinden, doch als ich mir vorstellte, wie ich mit der Schachtel in der Hand bei den McVays auf der Veranda stehen und sie langsam über die Schwelle reichen würde, damit JoHanna sie mir abnehmen sollte, bekam ich trotzdem weiche Knie. Ich liebte diese Sachen, wie ich noch nie im Leben ein Kleidungsstück geliebt hatte. Als ich mit dem Finger über meine groben Bettücher strich, wurde mir erst bewußt, wie glatt und fließend der Stoff der neuen Sachen war. Wie ein Hauch, der Atem eines Liebenden auf meiner Haut. Der Rock würde sich bei jedem Schritt an meine Beine schmiegen und sie sanft streicheln. Ich konnte ihn unmöglich wieder hergeben. Und die Bluse auch nicht. Doch ich wußte, ich mußte es tun.

Im Morgengrauen erblickte ich Elikahs Gesicht rot und aufgedunsen auf dem Kopfkissen neben mir, und sein Schnurrbart war ganz zerzaust. Er schlief noch. Ich war mir nicht sicher, ob ich ihn wecken sollte, damit er pünktlich zur Arbeit kam, oder ob er ausschlafen wollte, denn er sah wirklich ziemlich mitgenommen aus. Ich kochte ihm seinen Kaffee, brachte ihm eine Tasse ans Bett und weckte ihn gerade noch rechtzeitig, damit er sich anziehen und etwas essen konnte, bevor er um sieben den Frisiersalon aufmachen mußte. Er arbeitete viele Stunden am Tag und verdiente nicht schlecht. Und im Gegensatz zu den meisten anderen Männern, die ich kannte, trank er nicht alle Tage.

Ich war völlig verblüfft, als er mir die Tasse aus der Hand nahm, sich die Kissen in den Rücken stopfte und mir erklärte: »Mattie, du brauchst etwas anzuziehen. Geh ins Textilgeschäft und such dir was aus. Aber sag, sie sollen dir versprechen, daß du es zurückbringen kannst, wenn's mir nicht gefällt.« Er trank seinen Kaffee. »Was Grünes. Das paßt zu deinen Augen.«

Mir war, als ob ich den Boden unter den Füßen verlöre. Mein schlechtes Gewissen schnürte mir regelrecht die Kehle zu, doch als ich zu ihm hinübersah, war er voll und ganz mit seinem eingewachsenen Zehennagel beschäftigt. Als Friseur von Jexville fühlte er sich bemüßigt, sich den Nagel demonstrativ selbst aus dem Fleisch zu schneiden, und dies war der Tag, an dem die Operation stattfinden sollte. Das war Teil seiner Rivalitäten mit Doc Westfall. Elikah ließ keine Gelegenheit aus, auf die »traditionelle Baderrolle« des Friseurs als Wundarzt und Heiler zu pochen. Er ging sogar soweit, sich buchstäblich ins eigene Fleisch zu schneiden.

»Ich mache dir heißes Salzwasser, damit du den Zeh einweichen kannst«, bot ich ihm an.

Er stellte die Füße auf den Boden und reichte mir die Kaffeetasse. »Keine Zeit. Brat mir lieber meine Spiegeleier.«

Dann fegte er mir kurz mit seinem inzwischen wieder ordentlich gestriegelten Schnurrbart über die Wange, ermahnte mich noch einmal, mir »was Hübsches« auszusuchen, und war weg.

Vielleicht war das mit dem Rock und der Bluse ja doch nur ein Traum gewesen, ein Omen für Elikahs unerwartete Großzügigkeit. Ein Kleid, das man im Geschäft kaufte. So was hatte ich noch nie besessen, jedenfalls nicht bis gestern nacht. Und ich wäre auch nie auf den Gedanken gekommen, einfach in ein Geschäft zu gehen und mir eins zu kaufen. Ein Kleid, das eine Schneiderin zugeschnitten und genäht hatte.

Ich saß am Tisch, trank meinen Kaffee und wußte, ganz oben auf der Liste meiner Pflichten für diesen Tag stand, daß ich JoHanna den Rock und die Bluse zurückbringen mußte. Was der

Arzt in Mobile wohl zu Duncans Zustand gesagt hatte? Das konnte ich sie fragen, und im übrigen konnte ich nur hoffen, daß Will nicht daheim war, wenn ich JoHanna die Schachtel gab. Die Vorstellung, daß er dabei wäre, wenn ich das Geschenk zurückbrachte, war zu schrecklich.

Doch plötzlich fiel mir siedendheiß etwas ein. Um ein Haar hätte ich den Kaffee verschüttet. Und wenn JoHanna nun gar nichts davon wußte, daß Will mir das Geschenk auf die Veranda gelegt hatte? Unsinn, das konnte nicht sein. Aber trotzdem, was für ein Licht würde es auf mich werfen, wenn er nicht da war und ich mit diesem Geschenk in der Hand zu ihr ging? Und erst auf Will?

Eine Spottdrossel flog in den Seifenbaum neben dem Küchenfenster. Sie blickte mich mit ihren schwarzen Augen an, neigte den Kopf mal nach dieser, mal nach jener Seite, als wägte sie die Reinheit meiner Gedanken ab. Ich wollte den Rock und die Bluse nicht wieder hergeben; hatte ich nicht gerade eine Ausrede gefunden, wieso ich sie behalten konnte?

Ich setzte Wasser auf, zerrte den Badezuber nach draußen und goß das kalte Wasser vom Vorabend in den Hof. Gestern hatte mich das Wasser gekühlt und mich von der Qual der Hitze befreit, jetzt aber war mir nach einem heißen Bad. Als ich mich gewaschen hatte, holte ich die Schachtel unterm Bett hervor und schlüpfte in die Bluse. Der Rock glitt mir über den Kopf wie eine moosgrüne Woge. Ich knöpfte den Bund zu und wußte, daß ich diesen Rock nie wieder hergeben würde. Nicht um alles in der Welt.

Kapitel 4

Sie erröten ja wie eine Braut, naja, kein Wunder, Sie sind ja auch frisch vermählt.« Olivia McAdams nahm ein blaßgelbes Kleid von der Stange. »Hier hätten wir ein Tageskleid. Etwas Leichtes. In dieser Gegend muß man Zugeständnisse an die Hitze machen.« Sie warf einen mitleidigen Blick auf mein graues Flanellkleid.

Sie selbst trug eine weiße Bluse, einen dunklen Rock und dunkle Schuhe – eine Aufmachung, die in den Zeitschriften manchmal für »die Frau im Beruf« empfohlen wurde. Außerdem hatte sie Lippenstift aufgelegt und dunkle Strümpfe an.

»Elikah hat gesagt, ein grünes.« Ich hatte wieder mal geredet, bevor ich nachgedacht hatte, aber nun gab es kein Zurück mehr. »Und ich soll fragen, ob ich's wieder herbringen kann, wenn's ihm nicht gefällt.«

Olivia lachte auf. »Naja, er bezahlt es ja schließlich, nicht wahr? Schauen Sie sich ruhig um, ich seh' währenddessen mal nach, was wir noch anzubieten haben. Vielleicht können wir Ihnen einen gescheiten Preis machen, damit noch was für ein Paar Schuhe übrigbleibt.« Sie vermied es demonstrativ, mir auf die Füße zu gucken, und wandte sich den Kleidern zu, die weiter hinten im Raum auf einem Ständer hingen.

Gordon's Textilgeschäft befand sich in einem großen, einfachen Holzhaus. Im Westflügel gab es Eisenwaren und Rohwolle, Arbeitskleidung, lange Unterhosen, Zuckerzeug und Gewehre, Schnittmuster, Stoffballen und Bänder. Dort roch es nach Metall, vermischt mit dem scharfen, beißenden Gestank von frischem

Bauholz, und an manchen von den Brettern, die im hinteren Teil des Hauses zum Trocknen lagerten, sah man noch das klebrige Kiefernharz. Männer kamen verschwitzt vom Feld und kauften neue Arbeitskleidung oder etwas Schmieröl. Sie ließen sich Zeit, genau wie im Frisiersalon, nicht lange, aber doch lange genug, um genau zu beobachten, wer was kaufte. Und wenn Frauen kamen, dann kauften sie Wäscheklammern und Seife und stellten fest, daß Mrs. Johnson ein neues Rezept für einen Früchtekuchen mit sieben Eiern hatte, für den man eine schwerere Backform brauchte, eine von denen, die »soeben neu aus Mobile oder New Orleans eingetroffen« waren.

Kleidung von der Stange gab es im Ostflügel des Gebäudes, wo auch eine separate Kasse stand. Hier fiel das Licht durch eine große Fensterscheibe, hinter der die elegantesten Stücke ausgestellt waren. Die beiden Abteilungen waren zwar nicht durch eine Wand voneinander getrennt, hatten aber separate Eingänge, so daß das Interesse der Kunden allein schon daran zu erkennen war, durch welche Tür sie kamen.

Das gelbe Kleid überm Arm, beobachtete mich Olivia, wie ich, gebannt von all der Pracht, im schräg durch das Schaufenster hereinfallenden Licht stand, das allem einen gleichsam goldfarbenen Schimmer verlieh.

»Ich bring' das hier schon mal zur Kasse. Gucken Sie sich ruhig weiter um«, sagte sie einladend und winkte mir ermutigend zu wie eine Mutter ihrem schüchternen Kind. Wer mich sah, dem dürfte sofort klar gewesen sein, daß diese Situation für mich vollkommen neu war. In Meridian war ich manchmal in die großen Geschäfte gegangen, und auch hier, bei Gordon's, war ich schon ein-, zweimal gewesen, aber ich wäre doch nie auf den Gedanken gekommen, daß ich mir etwas aussuchen dürfte. Etwas nur für mich allein.

»Danke.« Ich ging in die Mitte des Ladens und schaute mir alles an. Es gab Ständer mit Kleidern und Röcken und Blusen und sogar ein Regal mit kleinen Hüten für Damen. Hüte für den Kirchgang, anders als das große Kunstwerk aus Stroh, das JoHanna trug. Ich hätte mich nie getraut, so etwas aufzusetzen, aber so eine kleine Filzkappe, mit einem Zweiglein mit Blättern verziert oder mit einer Feder wie man sie sicher im Wald finden konnte, schon eher. Doch ich ging an den Hüten vorbei, ohne einen von ihnen anzurühren.

An der Wand standen Regale, die Schubfächer hatten wie Kommoden, und darin befanden sich Schachteln, ausgeschlagen mit kühlem Seidenpapier, in denen wunderhübsche Spitzenhöschen zu finden waren. Ich hatte sie mir schon einmal angeschaut, als Janelle mich mit in den Laden genommen hatte, weil sie sich ein Kleid für das Picknick am Unabhängigkeitstag kaufen wollte. Sie hatte zwar eigentlich keine Unterwäsche haben wollen, sich aber von Olivia McAdams sämtliche Schachteln aufmachen und jedes einzelne Unterhöschen, jeden Büstenhalter und sogar einige von den teuren Seidenstrümpfen vorführen lassen, die wie Schaum über meine Hand geflossen waren.

Auf derselben Seite des Ladens, nur etwas weiter hinten, war die Herrenbekleidung zu finden. Die dunklen Jacketts hingen an einem Ständer, der an der Wand stand, die Hosen in der Mitte auf großen zylindrischen Holzständern. Dann gab es noch einen drehbaren Ständer, an dem Gürtel hingen, nach Bundweite geordnet, und einen noch größeren mit dem einzigen, was an der Kleidung der Männer hübsch bunt war, den Krawatten. Ich sah Schachteln mit Hosenträgern und Fliegen und diese herrlichen Strohhüte, wie Will einen trug, den er immer schräg aufsetzte, was so schön verwegen aussah.

Olivia sah die Kleider an einem anderen Ständer durch. Nachdem sie fünf oder sechs beiseite geschoben hatte, nahm sie ein grünbedrucktes herunter. »Wie wär's denn mit diesem hier? Das müßte Ihnen eigentlich passen. Wir können es aber notfalls auch ändern.« Sie zeigte in die Tiefe des Raumes. »Da hinten ist eine Umkleidekabine, hinter dem Vorhang.«

Ich erstarrte, die Hand nach einem hübschen rotgelb gemusterten Tuch ausgestreckt, das ich nicht haben konnte, aber zu gern einmal angefaßt hätte.

»Möchten Sie es anprobieren?« fragte Olivia, und es entging ihr nicht, daß ich mich erschrocken im Laden umsah. »Es ist niemand hier, nur wir beide.«

Ich hatte nicht bedacht, daß ich mich dort hinten würde ausziehen müssen. Olivia bemerkte, wie mich der Gedanke beunruhigte, und lachte abermals. Sie tätschelte mir die Schulter. »Sie können die Kleider auch mit nach Hause nehmen und sie dort anprobieren, wenn Ihnen das angenehmer ist. Der alte Gordon muß es ja nicht erfahren.«

»Nein, ich probier' sie hier an. Wozu soll ich sie erst mit nach Hause nehmen und sie dann wieder herbringen?« Der wahre Grund war natürlich, daß ich zu Hause niemanden hatte, mit dem ich das Abenteuer meines ersten Kleiderkaufs zusammen bestehen konnte. Wills heimliches Geschenk konnte ich nur daheim tragen und nur, wenn ich alleine war. Zu diesem Kleid hier aber wollte ich eine zweite Meinung hören, wollte einen Rat von Frau zu Frau.

Olivia lächelte erfreut. Erst jetzt fiel mir ein, daß sie gar nicht verheiratet war. Sie hatte eine sehr weibliche Figur, und darum sah sie so erwachsen aus. Aber sie wohnte noch bei ihrer Mutter in dem geräumigen Holzhaus an der Canaan Street und half, ihre neun kleineren Geschwister großzuziehen. Das hatte Janelle mir zugetuschelt, als wir ihr Festkleid ausgesucht hatten. Ich hatte die ganze Zeit befürchtet, Olivia könnte es hören.

»Nehmen Sie beide mit in die Kabine«, empfahl mir Olivia und nahm das gelbe Kleid vom Ladentisch. »Dann müssen Sie nicht noch einmal rauskommen und das andere holen.«

Es konnte ja nicht schaden, wenn ich das gelbe auch einmal überzog. Ich nahm die beiden Kleider und ging nach hinten in die kleine Kabine, die an jeder Seitenwand einen Kleiderhaken hatte. Sie war so eng, daß man sich kaum darin umdrehen konnte, aber zum Kleiderwechseln war sie allemal groß genug.

Als ich mich aus dem grauen Flanell schälte, kam ich mir vor, als würde ich die Vergangenheit abwerfen. Ich dachte an meine Schwester und spürte plötzlich, wie die Angst in mir hochkam. Was sollte nur aus ihr werden, jetzt, wo ich weg war? Würde Jojo einen Mann finden, der ihm Geld für sie gab, genauso wie er es mit mir gemacht hatte? Ich war verheiratet, gewiß, aber das war Jojos Werk.

Zuerst probierte ich das gelbe an. Es war aus Baumwolle, hatte kurze Ärmel mit Spitzenbündchen und hörte gut zehn Zentimeter über den Knöcheln auf. Für eine Schärpe war ich zu alt, aber zu dem Kleid gehörte ein weißer Gürtel, der die Taille betonte.

»Kommen Sie doch raus«, schlug Olivia vor. »Hier draußen ist ein Spiegel, darin können Sie sich anschauen.«

Ich wollte meine häßlichen Schuhe nicht zu dem Kleid anziehen, und so kam ich barfuß aus der Kabine. Im anderen Teil des Geschäfts verkaufte Mrs. Tisdale einem kleinen Jungen, den ich nicht kannte, weiße Bohnen. Sie wog ihm ein Pfund ab, und ich hörte die harten Bohnen auf die Waagschale prasseln.

Olivia warf einen Blick auf meine nackten Füße und stemmte die Arme in die Hüften. »Nun sieh sich einer das kleine Aschenbrödel an.«

Der Anblick meines Spiegelbildes ließ mich erstarren. Ich langte unwillkürlich nach oben, um mir die wirren Haare hochzustecken, damit ich älter aussah.

»Probieren Sie mal das grüne«, sagte sie, ohne sich auch nur einen Schritt auf den abgetretenen Kiefernholzdielen zu bewegen.

Das grüne war nicht annähernd so hübsch, aber darin sah ich schon eher wie eine verheiratete Frau aus. Ich fühlte mich auch wesentlich sicherer darin. In dem gelben kam ich mir irgendwie entblößt vor, als ob ich mich unanständig zur Schau stellte, obwohl es ein durch und durch anständiges Kleid war.

»Das gefällt mir«, sagte ich zu Olivia.

»Ihrem Mann sicher auch.« Ihr Blick hatte etwas Bitteres, er war gleichsam die Kehrseite ihres fröhlichen Lachens. »Wollen Sie's gleich anbehalten?«

Ich wollte schon, aber ich durfte nicht. »Ich muß es erst Elikah zeigen, bevor ich es kaufen kann.«

»Sie können ja gleich so zu ihm hinüber in den Frisiersalon gehen. Ich wüßte wirklich nicht, was er gegen dieses Kleid haben sollte.«

Ich schüttelte den Kopf. Es wäre ihm bestimmt nicht recht gewesen, wenn ich ihm so, in aller Öffentlichkeit, die Pistole auf die Brust gesetzt hätte. Er traf seine Entscheidungen gern zu Hause, wo er Zeit zum Nachdenken hatte. Das Kleid auf offener Straße zu tragen hätte quasi bedeutet, daß ich es als mein Eigentum betrachtete. Ich ging zurück in die Kabine, knöpfte es auf, ließ es an mir hinabgleiten und stieg heraus.

Ein kurzes Anklopfen, dann schwang die Tür auf und Olivia stand da und hatte noch ein anderes Kleid in der Hand. »Hier, probieren Sie das doch noch. Es ... « Sie sah die Hinterseiten meiner nackten Oberschenkel und zuckte zusammen.

Rasch drehte ich mich um.

»Äh, es hing ganz vorn«, beendete sie den Satz, und ihre Stimme klang auf einmal überhaupt nicht mehr fröhlich. »Das steht Ihnen vielleicht noch besser als das grünbedruckte.« Sie stand da und hatte das Kleid in der Hand, und ich starrte zu Boden, unfähig, mich zu bewegen und es ihr abzunehmen.

»Wie alt sind Sie eigentlich?« fragte sie schließlich.

»Sechzehn.« Ich hatte gerade erst Geburtstag gehabt. Am Tag meiner Hochzeit, genaugenommen.

»Und das da?« Sie stand immer noch vor mir.

Ich zuckte mit den Schultern. »Ich, äh, ich hab' Elikahs Lieblingstasse zerbrochen«, versuchte ich ihr die blauen Flecken zu erklären.

»Sie sehen mir ein bißchen jung aus für die Ehe und ein bißchen zu alt, um sich von einem Mann verprügeln zu lassen.« Sie gab mir das Kleid und schloß die Tür.

Ich nahm schließlich das dezente grüne Kleid mit dem weißen Kragen. Es war aus Baumwolle und kühl, aber nicht so fröhlich wie das gelbe. Olivia hatte es nicht ausgesprochen, aber in dem gelben sah ich so alt aus, wie ich wirklich war. Jung. Dabei gab es jede Menge Mädchen, die mit sechzehn verheiratet waren und eine Familie gründeten. Meine Mama hatte sogar schon mit fünfzehn geheiratet, und kurz nach ihrem sechzehnten Geburtstag hatte sie mich bekommen. Natürlich war sie sehr jung gewesen, aber sie sagte immer, die Jahre mit Daddy habe sie nie bereut. Ich konnte mich noch dunkel an ihn erinnern, wie er mit seiner Rangierermütze und seinen großen, vom Kohlestaub geschwärzten Händen am Tisch saß. Ich war sieben, als er starb. Im Jahr darauf hatte Mama Jojo geheiratet, weil die Eisenbahn uns aus unserem Haus vertrieben hatte. Obwohl Mama für die Männer von der Eisenbahn wusch und bügelte, war nie genug Geld dagewesen, um die Miete zu zahlen und den Kindern Essen zu kaufen. Sie hatte die Wahl gehabt, Jojo zu nehmen oder uns verhungern zu lassen, sagte sie immer, und so hatte sie sich entschieden.

Als Elikah zum Mittagessen nach Hause kam, zeigte ich ihm das Kleid. Er forderte mich auf, mich herumzudrehen und mir die Haare hochzustecken, und dann grinste er. Ich sollte noch mal losgehen und mir ein Paar anständige Schuhe kaufen, aber welche, in denen ich nicht aussähe wie eine aus dem Schweinestall, die tagein, tagaus im Mist watete. Auch Unterwäsche sollte ich mir kaufen, sagte er und erklärte mir ganz genau, was er haben wollte. Immer noch grinsend, fragte er mich, ob ich mir das alles merken könne oder ob er es mir aufschreiben solle.

Anstatt noch einmal zu Gordon's zu gehen, schlich ich mich nach dem Geschirrspülen zur Hintertür hinaus und lief an der Bahnlinie entlang zu den McVays. Auf der harten Lehmstraße war es unverschämt heiß, doch meine Füße liefen mit den Gedanken, die mir durch den Kopf gingen, um die Wette.

Was hatte der Doktor wohl zu Duncans Zustand gesagt? Sie waren irgendwann nachts zurückgekommen und hatten mir das Geschenk auf die Schaukel gelegt. Je länger ich darüber nachdachte, desto sicherer war ich mir, daß es JoHannas Idee gewesen sein mußte. Niemals wäre Will von selbst auf den Gedanken gekommen, so etwas zu kaufen. Kein Mann tat das. Es traf viel zu gut meinen Geschmack, und so dachten Männer einfach nicht. JoHanna hatte es gekauft, und dann hatte sie Will dazu überredet, mit seinem Namen zu unterschreiben, damit ich … ja, was? Es behalten sollte? Weiter in diese Richtung zu denken hatte ich mich nicht getraut, weil ich nicht wußte, wohin es mich führen würde.

Ich hatte die Erfahrung gemacht, daß die Erwachsenen die seltsamsten Dinge taten, damit sie bekamen, was sie haben wollten. Doch was sollten JoHanna und Will von mir wollen? Ich hatte doch nichts, was hätte ich ihnen schon geben können?

Das Haus der McVays kam in Sicht. Ich blieb stehen und hielt Ausschau nach zwei Dingen: Wills rotem Auto und dem hinterhältigen Hahn. Meine Hand tat mir beim Geschirrspülen immer noch weh, wenn die Laugenseife an die offene Wunde kam. Sie heilte zwar und hatte sich nicht entzündet, dennoch wollte ich keine zweite Auseinandersetzung mit Pecos riskieren.

Das rote Auto war nicht dort, doch JoHanna war im Garten und nahm die Wäsche ab, ehe das Nachmittagsgewitter kam. Sie stand mit dem Rücken zur Straße, legte die Handtücher zusammen und legte sie in den Wäschekorb. Pecos stolzierte vor ihr auf und ab, und sein kleiner Hahnenkopf schnellte bald hierhin, bald dorthin, als würde er nach jemandem picken.

»Mrs. McVay! JoHanna!« rief ich, bereit, sofort wegzurennen, falls Pecos sich in meine Richtung bewegte.

JoHanna drehte sich um, die Hände noch an der Wäscheleine. Als sie mich sah, lächelte sie und winkte mir zu. Mein Zögern war nicht schwer zu deuten. »Pecos tut Ihnen nichts, solange ich dabei bin.« Sicherheitshalber hob sie ihn hoch und klemmte ihn einfach unter den Arm.

Seine schwarzen Perlenaugen sahen mich stechend an; ich hatte das Gefühl, als ob sich zwei spitze Bleistiftminen in mich hineinbohrten, doch er gab keinen Ton von sich und zuckte mit keiner Feder, als ich den Hof betrat.

»Wie geht's Duncan?« JoHanna sah älter aus als noch vor ein paar Tagen.

Sie nahm den Strohhut ab und antwortete, doch ich hörte nicht, was sie sagte. Jemand hatte ihr die Haare abgeschnitten, regelrecht heruntergesäbelt. Ich stand da, mit offenem Mund, und muß äußerst dümmlich ausgesehen haben, doch das war mir egal. JoHannas Haar war an manchen Stellen zu so kurzen Stoppeln geschnitten, daß man denken konnte, sie hätte sich die Kopfhaut versengt, und an anderen war es immerhin noch einen Zentimeter lang oder sogar länger. Ihr schönes kastanienbraunes Haar war einfach weg.

JoHanna ließ den Hut fallen und strich sich über den Kopf. »Ist es denn so schlimm, ja?«

»Wie ist das denn passiert?«

Sie bückte sich, um ihren Hut aufzuheben und setzte ihn wieder auf. Dann ließ sie den Hahn zurück ins Gras und wandte sich von neuem ihrer Wäsche zu. »Duncan.« Mehr sagte sie nicht.

Ich hatte das Gefühl, die harten Borsten in meiner Handfläche zu spüren, obwohl ich keinen Schritt auf sie zugegangen war. »JoHanna.« Ich flüsterte ihren Namen.

»Meine Güte, Mattie, jetzt spielen Sie bloß nicht verrückt. Es sind doch nur Haare. Die wachsen doch wieder.« Sie legte schnell und geschickt das nächste Handtuch zusammen.

»Aber Sie hatten so schönes Haar.«

»Es wächst ja wieder.« Ihre Stimme klang leicht gereizt, doch dann drehte sie sich zu mir um und sah mir in die Augen. »Ich hab' einen Zopf aus meinen Haaren gemacht und ihn Duncan geschenkt«, sagte sie lächelnd. »Jetzt lassen wir sie uns zusammen wieder wachsen.«

Ich versuchte, meine Aufmerksamkeit auf etwas anderes als JoHannas verschandelten Kopf zu richten. Ich sah zum Fenster, wo Duncans schöne pfirsichfarbene Vorhänge sich sanft im leisen Windhauch bewegten. »Was hat denn der Doktor in Mobile gesagt?«

»Darüber wird also auch schon wieder geredet.« JoHanna wandte sich von neuem ihrer Arbeit zu. Sie tat die Klammern nicht in den Klammerbeutel, sondern ließ sie an der Leine. »War wohl beim Picknick das Thema Nummer Eins, was?«

»Janelle.« Mehr brauchte ich nicht zu sagen.

»Tja, Doc Liebermann – er ist Nervenarzt – meint, es kann sein, daß Duncans Gehirn durch den Blitzschlag verletzt worden ist.« JoHannas Hand, in der sie eine Klammer hielt, um sie wieder auf die Leine zu stecken, zitterte und rutschte ab, doch das war das einzige, woran man merkte, wie sehr sie dieser Gedanke quälte und wie groß ihre Angst war. »Man weiß es nicht. Vielleicht wird sie eines Tages wieder in der Lage sein, ihre Beine zu bewegen und zu sprechen.« Sie zuckte mit den Schultern. »Aber vielleicht wird sie auch nie wieder gehen und sprechen können.« Sie nahm eins von Wills Hemden von der Leine. Ihre Hände strichen über den Kragen, eine Geste, der sie sich gar nicht bewußt war. Es war, als ob sie den Stoff berührte, um ihrem Mann ein Stück näher zu sein.

Ich griff nach ihrer Hand und hielt sie fest.

»Hier im Garten darf ich nicht weinen. Duncan könnte es sehen.« Sie ließ zu, daß ich ihr das Hemd abnahm, und wandte sich dem nächsten zu, löste die Klammern, faltete es zusammen und ließ es in den Weidenkorb fallen, den sie mit dem Fuß weiterschob.

»Die Leute erzählen, Duncan sei tot gewesen.« Die Worte platzten einfach so aus mir heraus, ohne daß ich mir ihrer Bedeutung bewußt war.

JoHannas blieb vollkommen gleichmütig. Ihre Bewegungen waren jetzt wieder sicher und ruhig. »Ich weiß.«

»Was hätte ich machen sollen? Ich hab' zu Janelle gesagt, es stimme, weil ...«

JoHanna hielt inne und sah mich an, und ihre Augen schimmerten wie ein seltener Edelstein, der das Licht auffing und es in lauter blauen Funken zurückwarf.

»... weil, die Leute sagen, nicht mal der Teufel habe sie behalten wollen und daß er sie wieder hergegeben hat. Und da hab' ich geantwortet, daß nicht der Teufel sie wieder hergegeben, sondern der liebe Gott sie wieder lebendig gemacht hat, weil sie einen Auftrag zu erfüllen habe.« Ich hatte das dringende Bedürfnis, JoHanna zu gestehen, was ich gesagt hatte. Aber wenn ich Duncan nun damit geschadet hatte?

JoHannas Lachen hallte durch den gesamten Garten – Grund genug für Pecos, mit den Flügeln zu schlagen und angriffslustig auf uns zuzurennen.

»Halt, Pecos.« Sie schwenkte ein Hemd, um den Hahn damit zu verscheuchen. Dann drehte sie sich zu mir um, nahm mich in den

Arm und drückte mich an sich. »Mattie Mills, du bist mir ja vielleicht eine, nein, ist das schön, das ist ja zu schön, um wahr zu sein!« Sie fing wieder an zu lachen, diesmal allerdings nicht ganz so schallend. Schließlich wischte sie sich die Augen und nahm mich noch einmal in den Arm. »Wetten, daß die Klatschtante da jetzt noch dran zu kauen hat?«

»Sie sind mir nicht böse?« Ich wußte nicht mehr, was ich denken sollte.

»Ich dir böse, aber warum denn? Das war genau die richtige Antwort. Wenn die alte Hexe sich jetzt an dem Thema die Zunge wetzt, muß sie immer daran denken, daß Duncan ja eventuell eine Heilige sein könnte.« Plötzlich kam ihr eine Idee. »Weißt du, was? Nächsten Sonntag ist unten am Cedar Creek eine große Taufzeremonie. Da werden ein paar Mädchen in Duncans Alter ›mit dem Heiligen Geist gewaschen‹.« Sie lächelte, und das Leid der letzten Tage verschwand aus ihrem Gesicht. »Wollen wir da nicht hingehen und zugucken? Du, Duncan und ich?«

»Gern.« Ich war einverstanden, denn ich würde schon irgendwie zu Hause wegkommen. »Und Will?«

»Er ist nach Washington gefahren, um an ein paar alte Politiker Ware auszuliefern.«

Diese Mitteilung verblüffte mich so sehr, daß ich überhaupt nicht wußte, was ich darauf antworten sollte. Will gehörte nach Hause. Er konnte doch jetzt nicht einfach verreisen.

»Also am Sonntag. Ich hol' dich ab, so gegen neun. Ich packe uns ein kleines Picknick ein, ja?«

»Und wie?« Ich sah mich um. Das Auto war weg.

»Ach, da haben wir uns schon was ausgedacht, Duncan und ich.« Sie legte das letzte Handtuch zusammen, nahm den Korb und ging zu einem Schuppen im hinteren Teil des Gartens. Ich folgte ihr, und Pecos blieb mir auf den Fersen; er hatte die Flügel gehoben, wackelte mir hinterher und ließ mich nicht aus den Augen, nur für den Fall, daß ich irgendeine falsche Bewegung machte, für die er mich bestrafen mußte.

Vor dem Schuppen angekommen, zeigte JoHanna mit einer

Kopfbewegung auf den alten roten Leiterwagen, mit dem sie das Grammophon transportiert hatte. Jetzt stand ein Schaukelstuhl darauf, der mit zwei starken Lederriemen festgeschnallt war. JoHanna setzte den Wäschekorb ab und versetzte dem Stuhl einen Schubs, so daß er sich bewegte. Die Riemen hatten ein wenig Spiel, aber nur ein kleines bißchen.

»Das ist Duncans Sänfte, und wir sind die Träger.« JoHanna lächelte erfreut, und ihre Augen blitzten. »Wir haben es schon ausprobiert, sie findet es ganz bequem. Ich kann sie ziehen und hab' noch reichlich Platz für den Picknickkorb.«

»Gut.« JoHanna glaubte ich einfach alles. Sie hätte auch einen selbstgehäkelten Teppich hervorholen und mir erklären können, wir flögen damit zum Cedar Creek. Selbst damit wäre ich einverstanden gewesen.

»Dann sind wir uns also einig. Komm doch noch auf ein Glas Tee mit rein.« Sie nahm den Wäschekorb auf die Hüfte und ging zum Haus. Ich mußte mich ganz schön anstrengen, um mit ihr Schritt zu halten. JoHanna vergeudete keine Zeit. Alles, was sie tat, war direkt und gezielt. Ich folgte ihr in meinem grauen Kleid wie ein williges Schaf.

Kapitel 5

Ich saß in dem Kleid, das Elikah mir geschenkt hatte, auf der Schaukel vor unserem Haus, als ich JoHanna kommen sah. Ich hatte sie zwar erwartet, dennoch verschlug mir ihr Anblick die Sprache. Sie trug das große Hutkunstwerk aus Stroh, dessen Krempe nicht nur wie gewöhnlich mit Blumen, sondern auch mit rötlichbraunen Hahnenfedern verziert war, und am Saum ihres ärmellosen gelben Kleides baumelten tatsächlich Fransen – auffälliger ging es nun wirklich nicht mehr.

Sie kam an, kerzengerade und mit stolz erhobenem Kopf, und sah aus wie die Galionsfigur an einem prächtigen Segelschiff. So zog sie den Wagen mit Duncan auf dem leicht schwankenden Schaukelstuhl hinter sich her. Und hinter Duncan hockte Pecos, der die ganze Zeit kampfbereit mit den Flügeln schlug und immerzu nach rechts und links Ausschau hielt, ob sich etwa jemand in feindlicher Absicht seiner geliebten Freundin zu nähern wagte.

Ich sprang von der Schaukel und lief ihnen entgegen, um sie an der Ecke abzufangen. Elikah war im Frisiersalon, obwohl Sonntag war. Einmal im Monat lieferte Tommy Ladnier sonntags hier in Chickasaw County aus. In der Gegend verdiente er nicht allzuviel, doch den Dillard-Brüdern aus Green County mochte er sie auch nicht überlassen, und so lieferte er regelmäßig und bekräftigte damit, daß dies sein Revier war. Ich hatte inzwischen mitgekriegt, daß der Frisiersalon so was Ähnliches wie seine Verkaufszentrale war. Die Männer kamen alle in den Salon, tranken ein paar Gläschen und begutachteten Tommys Waren. Elikah hatte mir erklärt, es liege daran, daß die Frisierstühle so bequem seien, aber der eigentliche Grund war wohl, daß man den Salon so schlecht einsehen konnte. Wenn die Männer die Jalousien vom Schaufenster herunterließen, waren sie völlig ungestört. Außerdem stand in der Mitte des Raumes ein Ausziehtisch mit fünf Stühlen. Beim Saubermachen hatte ich dort Kartenspiele gefunden und diese bunten Plättchen, die die Spieler anstelle von Geld benutzten. Elikahs Laden war beileibe nicht der einzige Ort in Jexville, an dem illegal gespielt wurde, aber der bekannteste. Und einer der sichersten. Schließlich kam Sheriff Quincy Grissham an jenen Sonntagvormittagen selbst durch die Hintertür in den Frisiersalon.

Elikah sah es gern, wenn ich regelmäßig in die Kirche ging. Er sagte immer, dieser Teil der familiären Pflichten sei Aufgabe der Frau. Als ich ihm erzählte, daß ich zu der Taufe am Cedar Creek gehen wollte, war er von der Idee begeistert. Daß es eine baptistische Taufe war, machte ihm nichts aus. Elikah war Methodist, weil er sich zufällig dort eingetragen hatte, als er nach Jexville gezogen war. Er sagte immer, zwischen den beiden Kirchen gäbe es so gut wie gar keine Unterschiede, und so hatte er keinen Anstoß daran genommen, daß ich zu einer baptistischen Zeremonie gehen wollte. Zumal sowieso eine ganze Menge Methodisten dort sein würden.

»Hallo!« Ich lief JoHanna und Duncan bis zur Straßenecke entgegen und war richtig außer Atem, als ich dort ankam. Es war besser, wenn ich mich auf der Straße mit ihnen traf und sie nicht vor unserem Haus gesehen wurden. »Hallo, Duncan.« Das Mädchen sah mich mit offenem, vollkommen klarem Blick an. Die Schrunden waren größtenteils abgeheilt, aber es sah immer noch ziemlich übel aus. An den Beinen, dort wo die Verbrennungen am ärgsten waren, bemerkte ich saubere weiße Verbände, und ihr Haar war nach wie vor die reinste Katastrophe.

»Du hast wohl schon auf uns gewartet?« fragte JoHanna, als ich neben ihr herging.

»Ja.«

»Elikah würde sicher nicht wollen, daß du mit uns zusammen dort hingehst.«

Sie hatte das nicht als Frage, sondern als Feststellung formuliert, und so brauchte ich nicht zu lügen und hielt einfach den Mund.

»Er ist ein schöner Mann.«

»Ja, das ist er.« Eine leichte Röte überflog meine Wangen. Ich meinte es ehrlich. »Warum hat er wohl kein Mädchen von hier geheiratet? Ich hab' einige von ihnen beim Fest am Unabhängigkeitstag gesehen. Ich hatte den Eindruck, daß er ihnen gefiel. Warum hat er nicht eine von ihnen genommen?«

JoHanna schaute sich um und lächelte Duncan an. Sie sagten nichts, doch ich merkte, daß sie sich wortlos verständigten.

»Ich nehme an, Elikah wollte sich nicht mit einer Frau belasten, deren Verwandtschaft am Ort lebt.«

Ich nickte. Elikah hatte mich noch nie nach meiner Familie gefragt und wie es ihr ging. Er hatte mir Geld gegeben, damit ich ihr einen Brief schicken konnte, aber als Mama mir zurückschrieb, hatte er mir den Brief gegeben und kein weiteres Wort darüber verloren. Von seiner Familie hatte er auch noch nie etwas erzählt, ich wußte gar nicht, ob er überhaupt eine hatte. Er war ein Mensch, der keinen Wert auf Geselligkeit legte.

»Wie geht es Elikah?«

»Gut.« Ich sah auf meine Schuhe. »Er hat mir ein Kleid und Schuhe gekauft, aber die Sachen sind nicht so hübsch wie die, die Sie mir geschenkt haben.«

JoHanna schien das Gewicht des Wagens nichts auszumachen. Wir hatten das letzte Haus in der Straße hinter uns gelassen und waren schon beinah an der Hancock-Farm, fast einen Kilometer vor der Stadt. Bis zum Cedar Creek waren es noch einmal anderthalb Kilometer. Es war heiß, und der Weg würde uns lang werden.

»Will hat einen ausgezeichneten Geschmack bei Damenkleidern. Er hat die Sachen für dich ausgesucht.« Sie lächelte über mein entsetztes Gesicht. »Ich hab' mir ein wenig Sorgen gemacht, daß du dadurch Schwierigkeiten bekommen könntest, aber Will meinte, du seist ein kluges Mädchen und würdest das schon meistern.«

»Ich hab' Elikah die Sachen nicht gezeigt.«

»Mach damit, was du für richtig hältst. Und sei doch nicht so schrecklich förmlich.«

Wir gingen weiter, und um uns herum herrschte fast vollkommene Stille. Nur der Schaukelstuhl quietschte, und manchmal schlug Pecos mit den Flügeln. Anfangs hatte mich der Hahn nervös gemacht, doch inzwischen war mir klar, daß er Duncan nicht von der Seite weichen würde.

»Wieso gehen Sie ... gehst du eigentlich zu den Baptisten?« In der Methodistenkirche hatte ich, seit ich in Jexville war, keinen von den McVays gesehen. »Bist du Baptistin?«

»Nein.« Sie sah mich an. »Wieso gehst du denn hin? Bist du gläubig?«

Ich dachte nach. Wenn ich ehrlich war, ging ich zu der Taufe nur, um mit JoHanna zusammensein zu können. Ich hatte eigentlich nicht das Gefühl, daß Gott in meinem Leben bisher irgend etwas Wesentliches zum Besseren gewendet hatte. Aber der Gottesdienst war nun einmal Frauenpflicht, und dort kam man wenigstens unter Leute. »Ich gehe, weil du mich gefragt hast«, antwortete ich schließlich. »Glaubst du, Gott kann Duncan wieder gesund machen?« Auch darüber hatte ich im stillen nachgedacht. Ich fragte mich, ob JoHanna vielleicht auf ein Wunder hoffte.

JoHanna ging unbeeindruckt weiter; ihr Gesicht war entspannt, beinah fröhlich. »Was ich glaube, ist schwer zu sagen«, erwiderte sie, während sie zügig ausschritt und die Sonne uns beiden auf die Schultern brannte. »Ich glaube, ›Gott‹ ist in allem, was lebt, sogar im Gras und in den Bäumen. Obwohl es gar nicht so einfach ist, daran zu glauben – in dieser Stadt, wo die Bäume einfach so zu Bauholz verarbeitet werden.« Sie machte sich über sich selbst lustig.

»Du glaubst, Gott ist in den Bäumen?« Ich sah mich um. Die riesigen Kiefern entlang der Straße waren schon abgeschlagen. Auf einer nahegelegenen Lichtung standen noch die blutenden

Stümpfe, aus denen das Harz rann, das einen unangenehmen Geruch verbreitete – wie alles Tote. Auf der anderen Seite der Straße hatte man die Baumstümpfe verbrannt oder aus der Erde gezogen und auf diese Weise Weideland geschaffen. Vor einer Weile waren wir an den noch unverarbeiteten, sorgfältig aufeinandergelegten Stämmen vorbeigekommen.

»Ich glaube, alles, was lebt, hat irgendwie eine Seele.« Sie warf mir einen Blick zu. »Sogar die Menschen.«

Ich merkte, daß sie mich auf den Arm nahm, aber der Gedanke war so faszinierend, daß er mich nicht losließ. »Glaubt das außer dir noch jemand?«

Sie zuckte mit den Schultern. »Nicht viele hier in der Gegend, das ist sicher. Aber es ist ein alter Glaube. Ich hab' mir das gewiß nicht selber ausgedacht.«

»Bist du getauft?«

Sie lachte. »Wenn du es eine Taufe nennen willst, wenn man nackt in einem Bach badet und sich dabei nichts Schöneres vorstellen kann, dann ja. Aber meines Wissens haben die Leute, die an dasselbe glauben wie ich, weder ein Gotteshaus noch irgendwelche Zeremonien und Rituale.«

Ich sah ihr in die Augen und entdeckte darin das gleiche schelmisch-amüsierte Funkeln, das ich in Duncans Augen gesehen hatte, als sie tanzte. Allmählich begriff ich, warum die Menschen in Jexville JoHanna so sehr ablehnten. Sie sagte solch befremdliche Dinge. Ihre Worte trafen die Menschen wie kleine Pfeile, mit denen sie sich ihre Freiheit erkämpfte, sogar, wenn sie nur von Bäumen und Bächen redete. Ihre Ansichten über die Dinge rüttelten an den Grundfesten des Lebens der Menschen. Ich verstand nicht, warum sie sich davon so bedroht fühlten, aber ich wußte, daß dem so war.

»Und warum gehen wir dann zu dieser Taufe? Die wird doch von der Baptistengemeinde in Jexville durchgeführt.«

»Ich weiß.« Ihre blauen Augen sprühten vor Licht und spiegelten den Kiefernwald wider und den wolkenlosen Himmel. »Nachdem du verbreitet hast, daß Duncan von den Toten auferstanden ist, um eine Mission zu erfüllen, dachte ich, wir lassen uns mal dort blicken und sehen zu.«

»JoHanna!«

»Zusehen ist doch nichts Schlechtes.« Die Hände immer noch an der Deichsel, blickte sie wieder auf die Straße und ging weiter. Sie wußte genau, daß ich mitkommen würde.

Allmählich wurde mir klar, daß diese JoHanna McVay keine Gelegenheit ausließ, die Leute zu reizen. Mit ihrem Verhalten heizte sie die Gerüchte, die über sie im Umlauf waren, ganz bewußt an. »Und Duncan?« Ich sah mich nach ihr um. Ihr unergründlicher Blick hielt dem meinen stand. Zwar wußte ich ihre Miene nicht zu deuten, doch einen Moment lang war mir, als wären ihre Augen von Kummer umschattet, als hätte sie sorgenvoll die dunklen Brauen gerunzelt. Doch das dauerte nur eine Sekunde, dann sah sie wieder auf den Rücken ihrer Mutter. JoHanna, die diesen Blick zu spüren schien, schaute sich nach ihr um. Und abermals führten die beiden ihr stummes Zwiegespräch.

»Keine Sorge, Duncan«, sagte sie. »Warte nur, nicht mehr lange, dann tanzt du auf ihren Gräbern.«

»JoHanna!«

Sie lachte wie ein kleines Mädchen. JoHanna McVay steckte so voller Widersprüche.

»Erzähl mir, wie du aufgewachsen bist«, sagte sie. »Was ist deine schönste Erinnerung?«

Meine neuen Schuhe drückten noch, aber hier auf der Straße konnte ich sie gut einlaufen. Es gab keinen Verkehr, und ich war seit Wochen nicht mehr so glücklich und zufrieden gewesen. Ich mußte nicht lange darüber nachdenken, was meine schönste Erinnerung war, und in JoHannas Gegenwart traute ich mich auch, davon zu sprechen.

»Eines Nachmittags bin ich heimlich mit meiner Schwester Callie in Meridian ins Opernhaus gegangen.«

»Aha, verbotene Früchte schmecken süß, was?« Sie nickte. »Und ein Opernhaus ist ja auch genau der richtige Ort, um Abenteuer zu erleben. Magst du Opern?«

Ich ließ den Blick über die Straße schweifen, die dank der hohen, ausladenden Bäume in dieser Gegend im Schatten lag. Es hieß, die Regierung wolle Maschinen herschicken, um die Autostraße nach Pascagoula auszubauen. »Ich weiß nicht«, gab ich zu. »Ich hab' noch nie eine gehört. Es war am Nachmittag, und das Opernhaus war leer. Wir wollten uns die Kostüme ansehen, Callie und ich.« Ich mußte lächeln, als ich daran dachte, obwohl es schon so lange her war. »Die Kleider waren wunderschön. Sie glänzten und glitzerten. Als gehörten sie einer Märchenprinzessin.«

JoHanna lächelte. »Einer Märchenprinzessin, alle Achtung. Und ihr hattet keine Angst?«

»Doch. Wir hatten schreckliche Angst, daß wir erwischt werden. Schließlich hatten wir dort ja nichts zu suchen. Mama hatte kein Geld, um uns eine Eintrittskarte für eine richtige Vorstellung zu kaufen. Wir wollten nur mal sehen, wie es in diesem Haus war, aus dem jede Nacht lachende Menschen in schönen Kleidern kamen.«

»Ich habe ein paar Schallplatten mit Opernmusik. Will bringt sie manchmal aus den großen Städten mit. Er findet, es sei Katzenmusik, aber ich mag sie.«

»Schallplatten?« Ich war vollkommen verblüfft. »Mit Opernmusik?«

»Es ist zwar nicht so schön wie eine richtige Aufführung im Opernhaus, aber so könntest du zumindest die Musik kennenlernen. Will und ich könnten dazu ein bißchen schauspielern, wenn du willst.«

Ich lachte bei dieser Vorstellung. Würden sie das wirklich tun? »Einverstanden.«

»Wenn er wieder zu Hause ist, machen wir es«, versprach sie. »Vielleicht geht es Duncan bis dahin wieder gut, und sie kann auch eine Rolle übernehmen. Wir besorgen uns Kostüme und alles, was sonst noch dazugehört.«

Ich sah mich nach Duncan um. Pecos saß nun auf der Armlehne ihres Schaukelstuhls. Er hörte etwas in der Ferne und drehte den

Kopf nach hinten, ohne seinen Körper bewegen zu müssen. Es sah fast beängstigend aus.

»Hier müssen wir abbiegen.« JoHanna ließ den Wagen vorsichtig einen recht steilen Hang hinunterrollen, der in einer knöcheltiefen Sandschicht endete. Mit vereinten Kräften zogen und schoben wir den Leiterwagen hindurch.

Aus dem Wald klang Gesang herüber, nur hier und da ein paar Melodiefetzen. Es war ein altes Kirchenlied, ein Lied, das Mama immer gesungen hatte, wenn sie in der Küche stand und Rüben schnitt, die im Herbst unser Hauptnahrungsmittel gewesen waren. Sie sagte, das Lied spende ihr Trost, mir aber machte es angst. Es handelte von Heimkehr und von der Überquerung des Jordan, was soviel wie sterben und in den Himmel kommen bedeutete. Ich mochte das Lied nicht.

Die Stimmen der Frauen, die durch die Bäume zu uns drangen, klangen kraftvoll. Wir gingen so leise wie möglich weiter, bis wir an dem sanft geneigten Abhang anlangten, der direkt zu dem bernsteinfarben glänzenden Fluß führte.

Ein Stück weiter unten stand der Baptistenchor; die Sängerinnen hatten alle jene schönen langen Roben an, die sie jeden Sonntag trugen und deren Rot über dem weißesten Sand, den ich je gesehen hatte, leuchtete. Etwas weiter hinten, auf dem grasbewachsenen Teil des Abhangs, direkt hinter dem Chor, saßen die Zuschauer mit ihren Picknickkörben, deren Inhalt sie nach dem Gottesdienst essen würden.

In der Mitte, zwischen dem Chor und den Zuschauern, stand eine Gruppe von kleinen Mädchen, alle in weißen Kleidern. Sie waren gekommen, um im Blut Christi zu baden und in die Glaubensgemeinschaft aufgenommen zu werden. Genau in dem Moment, als wir den Wagen abgestellt, die Riemen gelöst und Duncan mit ihrem Stuhl im Sand abgesetzt hatten, begab sich der Prediger hinunter in das sprudelnde, bernsteinfarben glänzende Wasser. Die Taufzeremonie hatte begonnen.

Der Prediger, ein hochgewachsener Mann mit glattem, straff zurückgekämmtem Haar, watete vorwärts und lehnte seinen mageren Körper gegen die Strömung. An der tiefsten Stelle, wo ihm das Wasser bis zur Taille reichte, blieb er stehen. Er wandte sich dem Ufer zu und hob die Hände. Der Chor beendete das Lied – es war ein anderes, das von der Ankunft des Herrn handelte. Die kleinen Mädchen bildeten einen Kreis. Dann trat eine heraus und watete ins Wasser.

»Es ist Lily Anderson«, sagte JoHanna. Sie nahm eine Decke aus dem Wagen und breitete sie auf dem Boden aus, damit wir uns neben Duncan setzen konnten. Dort oben am Hang, im Schatten der niedrigen Strauchеichen, hatten wir eine gute Sicht, ohne direkt an dem Ereignis teilzunehmen. Ein Streifen weißer Sand zwischen uns und den anderen bildete eine Art Grenze, die weder sie noch wir überschreiten wollten.

Es war ein klarer, heißer Tag, und das Wasser sah verlockend aus. Ich mußte daran denken, wie JoHanna vom Nacktbaden gesprochen hatte. Das war natürlich ein Skandal, aber es hatte auch seine Reize. Ob sie so etwas wirklich tat? Ich sah Duncan an, die weit nach vorn gebeugt auf ihrem Schaukelstuhl saß und die Mädchen beobachtete, die ungefähr so alt waren wie sie selbst und die die ganze Zeit über mit hellen, deutlichen Stimmen sangen. Annabelle Lee hatte die schönste Stimme, und das wußte sie auch.

Ihre Mutter stand am Rand der Menge und platzte fast vor Stolz. Es waren auch ein paar Männer da, aber in der Regel schienen die Männer Elikahs Ansicht zu teilen, daß Religion Frauensache sei. Beim Gottesdienst machten sie sich rar.

Die kleine Lily Anderson quiekte erschrocken, als der Prediger sie hochhob und rücklings ins Wasser tauchte. Als sie wieder an die Oberfläche kam, spuckte sie eine richtige Fontäne aus und erntete damit vereinzeltes Gekicher von Seiten der Gemeinde. Auch JoHanna mußte lächeln. Duncan hingegen sah nicht so aus, als ob sie sich amüsierte. Mich beunruhigte, daß Pecos offensichtlich genauso schlechter Stimmung war wie seine Herrin. Er saß mit gesträubtem Gefieder auf der Rückenlehne des Stuhls.

»Ruhig, Pecos.« JoHanna griff in den Picknickkorb und holte eine Handvoll getrockneter Maiskörner heraus. Sie streute sie vor

Duncans Füße, doch der Vogel kümmerte sich gar nicht darum. Sein kleiner Kopf schnellte pausenlos hin und her, und seine schwarzen Perlenaugen blickten starr auf das, was dort unten am Fluß vor sich ging.

»Ich hatte mal einen Hund, aber das ist lange her.« Ich dachte an Suke, und der Schmerz darüber, daß sie nicht mehr da war, war auf einmal genauso frisch wie damals, als Jojo sie mir weggenommen und erschossen hatte. »Ich hätte nie gedacht, daß man sich einen Hahn als Haustier halten kann.«

JoHanna lehnte sich zurück. Sie stützte sich auf einen Arm und strich mit dem anderen über Duncans Fuß. Duncan hatte Socken und Schuhe an, ihre kleinen Füße schienen zum Laufen bereit, doch sie konnte nicht gehen.

Jetzt watete Annabelle Lee unten in den Fluß. Der Prediger sagte etwas, aber ich gab mir keine Mühe, seine Worte zu verstehen. Es war eine Art Singsang, vertraut, aber gedämpft und undeutlich. Der Sand glitzerte in der Sonne, und ich war kurz davor, wieder einmal in einen meiner Inselträume abzuschweifen, als JoHanna sich plötzlich zu mir herüberbeugte.

»Trocken sieht Annabelle aber entschieden besser aus als naß«, sagte sie.

Das stimmte. Andererseits machte das Kind zum erstenmal einen richtig glücklichen Eindruck. Ob es dort im kalten Wasser des Cedar Creek irgend etwas Besonderes entdeckt hatte? »Glaubst du, sie empfinden dabei wirklich was?« fragte ich.

JoHanna schüttelte den Kopf. »Ich weiß nicht. Manche vielleicht schon.«

Ich wischte mir den Schweiß von der Stirn. Auf einmal hatte ich fast Lust, hinunterzugehen und selbst in den Fluß zu waten. »Wenn die Mädchen da jetzt sterben würden, kämen sie dann in den Himmel?«

JoHanna kicherte leise. »Darauf würde ich keine Wetten abschließen. Jetzt geht Mary.«

Es war das Mädchen, das an Annabelles Geburtstag aus dem Haus gekommen war, um sich die tote Duncan anzusehen. Mary marschierte entschlossen ins Wasser, nicht so zaudernd wie die anderen Mädchen. Wieder war der Singsang des Predigers zu hören, als er ihr den Arm unter den Rücken legte.

Doch anstatt wie die anderen Mädchen kurz darauf glücklich wieder aufzutauchen, fing Mary unter Wasser plötzlich an, um sich zu schlagen und mit den Beinen zu strampeln; das bernsteinfarbene Wasser spritzte auf, und immer wieder sah man ihr Kleid, das sie einhüllte.

Der Prediger trat erschrocken zurück. Mary war direkt unter der Wasseroberfläche. Wir erkannten ihre Silhouette, sogar von unserem Platz oberhalb des Hanges aus. Ich sah das Mädchen, aber nicht, wogegen es kämpfte.

Der Prediger griff nach Marys Bein und zog daran, aber er wurde von der Strömung erfaßt und hätte auf dem sandigen Boden beinah den Halt verloren. Mit vor Angst weit aufgerissenen Augen faßte er ins Wasser. Plötzlich tauchten Marys Hände auf und klammerten sich an seinen Hals, mit einer Kraft, die ihn in Panik versetzte. Wir hörten seinen heiseren Schrei, als er sich befreite. Dann stolperte er ans Ufer. Hinter ihm strampelten verzweifelt ein Paar weiße Mädchenbeine und ließen das Wasser aufspritzen.

»Mary!«

Der Schrei hallte über das Ufer.

»Verdammt.« JoHanna sprang auf. »Sie ertrinkt!« Sie wollte loslaufen, aber es waren schon etliche Leute zum Wasser gestürzt, wo es eine kleine Rangelei gab.

»Mary!«

Ich hielt mir die Ohren zu, starrte aber trotzdem wie gebannt auf das Geschehen. Inzwischen waren so viele Menschen im Wasser, daß ich gar nicht mehr sehen konnte, was dort eigentlich vor sich ging. Der Prediger lag am Ufer im Sand, ein paar der Frauen kümmerten sich um ihn. Er war in Sicherheit, Mary aber war nicht wieder aufgetaucht.

»Mary!« Brenda Lincoln wollte ins Wasser rennen, wurde aber von mehreren Frauen festgehalten. Sie rissen sie zurück, so daß sie rücklings hinfiel, und hielten sie fest.

Die wenigen Männer aus der Gemeinde waren unten im Wasser. Jetzt sah man nicht einmal mehr Marys Beine. Sie war offenbar verschwunden, und die Männer, die nach ihr tauchten, machten hilflose Gesten, als sie wieder hochkamen.

»O nein.« JoHanna ließ sich in den Sand sinken. Sie war kreidebleich, und ihre Haut glänzte von Schweiß. »Nein«, flüsterte sie noch einmal. Dann sah sie mich an. »Sie haben sie ertrinken lassen.«

Duncan rückte auf ihrem Stuhl etwas nach vorn. Ihre Miene war zornig, und ihre klare Stimme bebte von der Heftigkeit ihrer Gefühle. »Ich hab' ihr doch gesagt, sie soll nicht mit offenem Mund singen.«

Kapitel 6

Wir luden schleunigst unsere Sachen auf den Leiterwagen. Unten am Fluß hatte einer der Männer es endlich geschafft, Mary Lincolns Körper zu bergen. Er trug sie aus dem Wasser und legte sie auf den hellen, weißen Sand. Von Schluchzern geschüttelt, hockte sich Brenda Lincoln neben sie und klagte um ihr totes Kind. Nell Anderson und Agnes Leatherwood redeten tröstend auf sie ein.

Einer von den jungen Burschen stürzte den Hang hinauf; er sollte zum nächsten Haus mit Telefon laufen und Doc Westfall anrufen. Als der Junge an uns vorbeirannte, guckte er neugierig, blieb aber nicht stehen und stellte keine Fragen wegen des Schaukelstuhls und des Hahnes. Er rannte einfach weiter.

JoHanna war immer noch kreidebleich. Ihre blauen Augen wirkten irgendwie blaß und sahen ganz durchsichtig aus. Ich wagte gar nicht, sie anzuschauen. So ging es mir manchmal auch mit Elikah. JoHanna stellte Duncan keine Fragen, ja, sie schien nicht einmal erschrocken darüber zu sein, daß ihre Tochter den Mund aufgemacht und genauso normal gesprochen hatte wie vor dem Tag, an dem sie vom Blitz getroffen worden war. Nein, sie faltete einfach nur die Decke, ohne den Sand auszuschütteln, legte sie zusammen mit dem Korb in den Wagen und bedeutete mir mit einer raschen Geste, ihr zu helfen, Duncan mitsamt dem Stuhl auf den Leiterwagen zu hieven.

»Kannst du gehen?« fragte ich Duncan. Wenn sie sprechen konnte, dann konnte sie vielleicht auch wieder laufen, und JoHanna brauchte sie nicht mit dem Wagen den Hügel hinaufzuziehen.

Duncan schüttelte den Kopf.

»Und kannst du noch sprechen?«

Sie warf mir einen flüchtigen Blick zu. »Natürlich.« Dann sah sie wieder gebannt zu, was unten am Ufer vor sich ging. »Ich habe ihr doch gesagt, sie soll nicht ...«

»Halt den Mund!«

Zum erstenmal hörte ich, wie JoHanna grob zu jemandem war, und dann auch noch zu Duncan. Sie war außer sich vor Angst, doch ich verstand nicht, warum. Duncan konnte wieder sprechen. Es war ein Wunder geschehen.

»Heb an«, sagte JoHanna. Wir stemmten den Stuhl hoch und stellten ihn auf den Leiterwagen. JoHanna schnallte die Riemen fest und griff nach der Deichsel. »Kannst du hinten schieben?« bat sie, während sie, ohne auf mich zu warten, loszog. Sie wollte nach Hause, egal, ob ich mitkam oder nicht.

Ich bückte mich zum Wagen hinunter und holte tief Luft. Der schwere Sand blockierte die Räder, Pecos flatterte mit den Flügeln vor meiner Nase herum und senkte den Schnabel, als ob er mal testen wollte, wie meine Augen schmeckten. Ich beachtete ihn nicht, sondern biß die Zähne zusammen und schob.

»JoHanna McVay!«

Ich sah mich nach der Frau um, die gerufen hatte, Brenda Lincoln. Sie stand vor ihrem toten Kind und schaute zu uns hoch.

»JoHanna McVay! Bring das Kind hier runter!«

JoHanna zerrte wie wild an dem Leiterwagen. »Schieb, Mattie«, flüsterte sie, ohne sich um Brenda zu kümmern. »Schieb, kräftig. Wir müssen hier weg.«

Doch anstatt zu schieben, drehte ich mich erneut um und sah hinunter zum Fluß. Brenda Lincoln zeigte mit dem Finger auf uns, und alle anderen schauten zu uns herauf. Sie standen da wie versteinert. Die scharlachroten Roben des Chors flatterten im plötzlich aufgekommenen Wind. In der Ferne, weit weg, grollte der Donner.

»Haltet sie auf!« rief Brenda den Leuten um sie herum zu. »Haltet sie auf!« Ihre Stimme klang schrill und hysterisch. »Diese kleine Hexe. Sie hat Mary verflucht. Sie ist schuld, daß sie ertrunken ist.«

Trotz Brenda Lincolns hysterischen Geschreis hörte ich JoHanna keuchen. Ihre heftigen Atemstöße waren nah, kamen von JoHanna und waren doch furchterregender als die Hysterie dort unten am Ufer. Einer meiner Schuhe blieb im Sand stecken. Nun konnte ich mich endlich mit den Zehen abstützen. Ich schob den Wagen mit aller Kraft an, und irgendwie schafften wir es, aus dem Sand herauszukommen, und hatten schließlich festeren Boden unter den Füßen.

»Lauf zu!« kommandierte ich. »Lauf zu!«

Hinter uns hatte sich die Gemeinde in Bewegung gesetzt, die Stimmen wurden lauter. Einem hilflosen Kind und seiner Mutter würden sie bestimmt nichts tun. Das konnte nicht sein. Aber hatte ich nicht mehr als einmal erlebt, was Furcht und Zorn aus den Menschen machen konnten? Jojo war dann am brutalsten, wenn er vor irgend etwas Angst hatte.

Mein Atem ging rasselnd und übertönte die Geräusche hinter uns. Mit aller Kraft bemühten wir uns, Duncan in Sicherheit zu bringen. Die Sonnenstrahlen, die durch die Bäume fielen, tanzten vor unseren Augen, während wir den Pfad hinaufstürzten – JoHanna, die vorn zog, und ich, die hinten schob. Ich streifte den anderen Schuh auch noch ab. Barfuß ging es besser. Ein tief hängender Ast stieß JoHanna den Hut vom Kopf, so daß ihre verschandelte Frisur zum Vorschein kam und die helle Kopfhaut, die dort, wo sie die Haare allzu kurz geschnitten hatte, unter den kastanienbraunen Stoppeln durchschimmerte.

»Laß ihn liegen«, sagte sie.

Ich rannte zurück. Wenn sie hinter uns her waren und JoHannas Kopf in diesem Zustand sahen, konnte das das Faß zum Überlaufen bringen. Ich schnappte den Hut, setzte ihn Duncan auf, und dann liefen wir weiter.

Als wir an der Hauptstraße anlangten, waren wir völlig außer Atem und zitterten am ganzen Leibe. Offenbar hatte niemand versucht, uns aufzuhalten. Niemand hatte uns verfolgt. Doch ich hatte genügend Zeit gehabt, darüber nachzudenken, was passieren würde, wenn Elikah erfuhr, was an diesem Tag geschehen war. Lieber hätte ich es mit einer Horde wütender Baptisten zu tun gehabt als am Abend mit Elikah, noch dazu, nachdem er Besuch von Tommy Ladnier gehabt hatte.

»Tut mir leid, Mattie. Ich wollte dich da nicht mit reinziehen.« JoHanna winkte mich an ihre Seite. Der Boden war fest, und der Wagen rollte jetzt leicht dahin. Ich brauchte nicht mehr zu schieben.

»Elikah kriegt bestimmt einen Tobsuchtsanfall.« Was hätte es gebracht, so zu tun, als hätte ich keine Angst? Ich hatte Angst, und das sah man mir auch an.

»Komm mit zu mir. Will ist bis Dienstag weg; wenn er wieder da ist, kann er mit Elikah reden. Die beiden haben sich immer ganz gut verstanden.«

Ich schüttelte den Kopf. Wenn ich mich versteckte, würde das Elikah nur noch wütender machen. Das Ganze war eine Gratwanderung: Wo mußte ich klein beigeben, wo mußte ich mich wehren? Es war meine Ehe, und ich mußte lernen, damit zurechtzukommen. Soviel hatte Mama mir immerhin beigebracht. Einmischung von außen machte die Sache nur schlimmer.

»Ach, Mattie.« JoHanna ließ die Deichsel fallen und nahm mich in die Arme.

Wir standen wie zwei Narren am Straßenrand und heulten. Duncan und Pecos beobachteten uns, und ich hatte nicht die leiseste Ahnung, was sich die beiden wohl denken mochten. Die schwarzen Augen gaben nichts preis. In dieser Hinsicht war Duncan wie ihr Vater.

Als wir uns ausgeweint hatten, sah JoHanna auf meine Füße und fing an zu lachen. »Deine Schuhe.«

Daran hatte ich auch gerade gedacht. Sie waren nagelneu gewesen, und ich hatte sie verloren. Vielleicht fand sie einer von den Leuten am Fluß und brachte sie mir zurück. Noch einmal dort hinuntergehen und sie holen würde ich jedenfalls nicht.

Wir liefen schweigend weiter. Am Stadtrand erklärte mir Jo-

Hanna, daß sie vorhatte, durch die Jerusalem Road zu gehen, über die man die Peterson Lane erreichen konnte, ohne durch die Stadt zu müssen. Ich weiß nicht, ob sie mich schonen oder allein sein wollte, aber es war mir nur recht. Sie nahm meine Hand.

»Du kannst gern mit uns kommen.«

»Nein, ich muß Abendbrot machen.«

»Wenn du mich brauchen solltest, geh rüber zu Jeb Fairley und ruf mich von seinem Telefon aus an«, sagte sie.

»Ist gut.« Ich wollte nur noch nach Hause, und zwar auf dem schnellsten Weg.

Sie ließ meine Hand los und trat zurück. Ich drehte mich um und wollte gerade losgehen, als Duncan mich rief.

»Wenn meine Beine wieder gut sind, zeig' ich dir, wie man Charleston tanzt«, sagte sie.

Ich hatte schon ganz vergessen, daß in dem Moment, als das eine Mädchen ertrank, mit dem anderen ein Wunder geschehen war. Ich hatte die Frage bisher verdrängt, weil ich Angst vor der Antwort hatte, jetzt stellte ich sie doch. »Woher hast du eigentlich gewußt, daß Mary Lincoln ertrinken würde?« fragte ich das Kind.

Duncan rutschte ein bißchen zur Seite, so daß Pecos sich auf die Armlehne des Schaukelstuhls setzen konnte. »Ich hab' es gesehen.«

»Genauso, wie es passiert ist?«

Duncan neigte den Kopf zur Seite, und der verflixte Hahn machte es ihr nach. »Nicht ganz genauso wie heute. Ich hab' den Gesang gehört, und ich hab' die Mädchen in ihren weißen Kleidern gesehen. Der Chor war auch da, in den roten Roben, und Reverend Bates war unten im Wasser. Ich hab' gesehen, wie Mary ins Wasser ging und wie sie wieder hochkommen und Luft holen wollte. Ihr Mund war unter Wasser auf- und zugegangen, als ob sie gesungen hätte.« Duncan wischte sich mit dem Handrücken die Stirn ab. »Mama, kannst du den Wagen bitte in den Schatten ziehen?«

Ich bekam Angst. Sollte dies alles doch ein Werk des Teufels gewesen sein? »Hast du sonst noch etwas gesehen?«

JoHanna trat an Duncans Seite, und Pecos hob ein klein wenig die Flügel.

»Ich sehe manchmal Sachen, aber nicht so deutlich wie das mit Mary. Und sie passen auch nicht richtig zusammen, sie ergeben keine richtige Geschichte.« Duncans Gesicht war ernst und vollkommen gefaßt. »Ich war mir nicht sicher, ob das mit Mary wirklich passieren würde. Ich hatte nur all die Bilder im Kopf.« Sie blickte zu JoHanna hinauf. »Ich hab' es Mary gesagt, nicht wahr, Mama? Ich hab' ihr gesagt, sie soll nicht mit offenem Mund singen.«

JoHanna nahm Duncan den Hut vom Kopf und setzte ihn wieder selbst auf. Wir waren nicht mehr auf der einsamen alten Straße. So nah der Stadt konnte es gut sein, daß uns jemand begegnete. Sie kniete sich hin. »Duncan, hast du sonst noch etwas gesehen? Hast du noch andere Bilder im Kopf?«

Duncans Augen blitzten schelmisch auf. »Ich hab' gesehen, daß mein Freund Floyd aus dem Schuhmacherladen heute zum Abendbrot zu uns kommt und mir eine Geschichte erzählt.«

JoHanna faßte Duncan unters Kinn. »Das würde dir gefallen, stimmt's? Nach deinem Unfall hast du Floyd ja noch gar nicht gesehen.«

Duncan lachte. Sie schien von Sekunde zu Sekunde stärker und lebendiger zu werden. »Es würde mir sogar sehr gefallen. Als er das letztemal bei uns war, hat er vom Fluß erzählt und wie Fitler entstanden ist. Es war eine wunderschöne Geschichte.«

»Ich ruf' bei Axim an, daß er Floyd ausrichten soll, er werde erwartet.« JoHanna stand auf. »Hast du ihn wirklich zu uns zum Abendessen kommen sehen? So, wie du Mary hast ertrinken sehen?«

»Nein!« Duncan lachte. »Aber wenn du ihn bittest, kommt er bestimmt.«

»Ja, ganz bestimmt.« JoHanna bückte sich nach der Deichsel.

»Ist das nicht der Mann, der sich für einen Cowboy hält?« Ich hatte ihn auf der Straße herumlungern sehen. Man traf ihn nie ohne seine zwei hölzernen Pistolen an, die ihm irgendein Dummkopf gebastelt hatte. Er stellte sich immer direkt vor die Leute, zielte und tat so, als wollte er sie mit seinen Holzpistolen erschießen. Ich hatte ihn ein paarmal gesehen, aber immer nur von weitem. Ich wich ihm lieber aus und wechselte die Straßenseite, wenn er kam.

»Genau der. Floyd ist Duncans bester Freund.«

»Aber das ist doch ein Verrückter.«

»Stimmt ja gar nicht! Ein Geschichtenerzähler ist er.« Duncan bebte vor Wut. Sie zeigte mit dem Finger auf mich. »Nimm das sofort zurück. Floyd ist nicht verrückt. Er ist bloß anders.«

»Na gut, ich nehm's zurück.« Ich drehte mich um. »Ich muß jetzt nach Hause.«

Wie die meisten Dinge in Jexville hatte sich mit Sicherheit auch der Vorfall am Cedar Creek in Windeseile zu Elikah herumgesprochen, wahrscheinlich bereits ehe ich zu Hause angekommen war. Ich schlüpfte rasch in ein altes Kleid und Schuhe und begann, ein paar Gurken und geschälte Tomaten in Essig einzulegen. Elikah hatte einen Block Eis besorgt, und ein Gemüsesalat war genau das richtige an so einem heißen Tag.

Kartoffelsalat mit Senf und roten Zwiebeln gehörte zu Elikahs Lieblingsgerichten. In der Küche stand ein Eimer, in dem ich die Kartoffeln kühl und dunkel lagern konnte. Ich nahm ein paar heraus und machte mich daran, sie zu schälen. Als ich halb fertig war, kam er nach Hause.

»Hallo, Elikah.« Ich legte das Messer hin und drehte mich zu ihm um, um ihn zu begrüßen. Ich hielt seinem Blick stand, ohne mit der Wimper zu zucken.

Er hielt mir meine neuen Schuhe vor die Nase. »Hast du die nicht am Fluß vergessen? Ich hörte, du hast es mächtig eilig gehabt, dort wegzukommen.« Er ließ die Schuhe polternd auf den Küchenfußboden fallen.

»Danke. Ein Glück, daß jemand sie mitgebracht hat.«

Die Schuhe lagen anklagend vor mir. Elikah stieß den einen mit dem großen Zeh weg. »Dieses kleine Mädchen, Mary Lincoln, sie ist mit dem Kleid an einem Baumstamm hängengeblieben. Dadurch ist sie ertrunken. Weißt du, seit Urzeiten finden da unten am

Fluß Taufen statt, und noch nie ist jemand dabei ertrunken. Reverend Bates ist dieser tote alte Baum vorher nicht aufgefallen. Als ob der Stamm unter Wasser gewartet hätte, als ob er darauf gelauert hätte, daß Mary Lincoln kommt. Und als sie dann da war, ist er aus dem sandigen Grund aufgetaucht und hat ihr Kleid festgehalten. Kannst du dir das vorstellen?«

Je mehr er redete, desto größer wurde meine Angst. »Nein, es war eine furchtbare Tragödie.«

»Du hast alles mit angesehen?«

Ich nickte. »Ich muß die Kartoffeln fertig schälen. Ich hab' gedacht, Kartoffelsalat paßt gut zum Schweinekotelett.«

»Pfeif auf die Kartoffeln.« Er war plötzlich vollkommen aus dem Häuschen. »Ich will wissen, was du gesehen hast. Die eigene Frau ist Augenzeuge, wenn jemand ertrinkt, und sie will Kartoffeln schälen.«

Ich schluckte. »Ich hab' bloß gesehen, wie sie ins Wasser gegangen ist und wie der Prediger sie rücklings untergetaucht hat. Und dann hat sie mit den Beinen gestrampelt und kam nicht wieder hoch.«

»Einfach so.« Er hob die Hände – eigentlich eine beschwichtigende Geste, was garantiert nicht in seiner Absicht lag.

»Mehr hab' ich nicht gesehen. Dann sind Leute ins Wasser gerannt, um sie zu retten, und haben mir die Sicht genommen.«

»Verstehe.« Er ließ die Hände wieder sinken und betrachtete eingehend seine Handflächen. »Mehr hast du nicht gesehen.«

»Es ging alles so schnell.«

»Und dann bist du weggerannt?«

Das war halb eine Feststellung, halb eine Frage, die keiner Antwort bedurfte, es sei denn, ich hätte etwas dazu zu sagen. »Es war schrecklich. Wir haben beschlossen, schnell nach Hause zu gehen.«

»So schnell, daß du deine Schuhe verloren hast?«

»Der Leiterwagen ist im Sand steckengeblieben, und ...« Von JoHannas Angst würde ich ihm nichts sagen.

»Und du bist weggelaufen, weil du genau gewußt hast, daß du etwas tust, was du eigentlich nicht tun dürftest.« Er ging um den

Tisch herum, langsam, blieb stehen, sah scheinbar konzentriert aus dem Fenster überm Ausguß. »Wer ein reines Gewissen hat, läuft nicht weg. Was hat die kleine McVay Mary Lincoln denn nun wirklich angetan? Wie hat sie sie verflucht?«

»Es gibt keinen Fluch, Elikah.« Ich versuchte, vernünftig zu reden.

»Stimmt es, oder stimmt es nicht? Nachdem Duncan McVay vom Blitz getroffen wurde, war das einzige, was sie gesagt hat, Mary werde ertrinken?«

»Elikah, sie war vom Blitz getr…«

Er schlug so kräftig auf den Tisch, daß das Salzfäßchen hüpfte und umfiel. Der Tisch und der Fußboden waren voller Salz.

»Stimmt es, oder stimmt es nicht?« fragte er drohend.

Ich schwieg. Ich starrte auf meine Schuhe, die immer noch auf dem Boden lagen. Als ich sie so dort liegen sah, hätte ich weinen können. Ich wußte selbst nicht, warum.

»Ich rate dir, Mattie, antworte mir.«

»Es stimmt nicht«, sagte ich, ohne ihn anzuschauen.

Ich sah seine Hand nicht, doch als ich mich bückte, um die Schuhe aufzuheben, traf mich der Schlag am Kopf. Ich verlor das Gleichgewicht und fiel auf die Knie. Er versetzte mir einen Fußtritt.

»Halt dich fern von dieser Frau. Die ganze Stadt weiß, daß sie eine Schlampe ist. Sogar ihr eigener Mann weiß es. Und jetzt weißt du es auch. Du wirst diesen Leuten aus dem Weg gehen. Wenn ich noch einmal höre, daß du dich mit ihnen einläßt, dann wird es dir leid tun, mehr, als du dir vorstellen kannst.«

Ich blickte zu ihm hoch und sah sein rotes Gesicht und seine harten Augen. Ich regte mich nicht. Jede Bewegung würde mir weitere Schläge einbringen. Ich hatte keine Angst mehr, ich wollte ihn nur nicht provozieren. Er konnte mich windelweich schlagen, und niemand würde ein Wort sagen. Ich war seine Frau, und ich hatte ihm Schande gemacht.

»Hast du mich verstanden?«

»Ja, Elikah.«

Er trat dicht neben mich, stellte sich direkt neben meinen Kopf und trat mir aufs Haar. »Riemen oder Peitsche?«

Ich konnte weder aufstehen, noch konnte ich mich bewegen. Sein großer Zeh war direkt neben meinem Ohr. Ich mußte zu ihm aufschauen. »Ich werd's mir merken, ganz bestimmt, du brauchst mich nicht zu schlagen.«

Er kniete sich hin und zog mich hoch. Sein Atem stank nach Whisky und Tabak. »Ich glaube, wenn du ein paar Tage nicht auf deinem Hintern sitzen kannst, ist das die beste Gedächtnisstütze.«

»Elikah, bitte ...« Ich nahm mich zusammen. Mein Betteln würde ihn nur anheizen, und ich bekäme noch mehr Schläge. »Riemen.«

»Ich hab' mir's bei meinem Daddy nie aussuchen dürfen«, sagte er und ging ins Schlafzimmer, um den Riemen zu holen, an dem er im Frisiersalon immer sein Rasiermesser wetzte. »Nein, ich hab's mir nicht aussuchen dürfen. So, und jetzt zieh den Rock hoch.«

Kapitel 7

Der Juli ging zu Ende, und der August brachte seine ganz eigene Lethargie mit sich und die lähmende Angst, ich könnte schwanger sein. JoHanna war, wie ich gehört hatte, mit Duncan nach Fitler zu einer Verwandten gefahren. Zunächst war ich froh, daß sie weg waren. Als wir an jenem Tag vom Fluß zurückgekommen waren, hatte ich mich gefühlt, als hätte mich etwas Böses gestreift, als hätte etwas flüchtig meine Haut berührt und dort ein Mal hinterlassen. Mary Lincolns Tod, Duncan, die plötzlich die Sprache wiedergefunden hatte, und dann auch noch Elikah, das war alles zuviel für mich gewesen. Ich hatte schließlich mein eigenes Leben, mit dem ich zurechtkommen mußte, und darauf mußte ich mich konzentrieren.

An einem Mittwochmorgen wachte ich auf, und mir war entsetzlich heiß und furchtbar übel. Elikah schlief noch; seine Hand lag auf meinem Oberschenkel. Ich wollte mich nicht bewegen, ihn nicht wecken. Doch da ich das Bett nicht beschmutzen wollte, blieb mir nichts anderes übrig, als aufzustehen und in den Hof zu gehen, wo die Toilette war. Zentimeter für Zentimeter glitt ich unter seiner Hand hervor, bis ich mich endlich befreit hatte und nach draußen laufen konnte.

Der stille Augustmorgen war schwül und stickig. Ich setzte mich im grauen Licht auf die Schaukel und versuchte, nicht mehr an die Übelkeit zu denken. Wie oft hatte ich das mit angesehen? Haargenau siebenmal. Sieben Geschwister, noch sieben Mäuler mehr zu stopfen. Ein Kind, und ich wäre für alle Zeiten gefangen.

Die Sonne begrüßte den Horizont mit ihrem heißen, goldenen Kuß. Die Übelkeit war vorüber, und ich ging ins Haus, um das Frühstück zu machen, und betete, daß mir von dem Geruch des gebratenen Specks nicht gleich wieder schlecht werden würde. Ich mußte nur durchhalten, bis Elikah im Frisiersalon war. Wenn ich das schaffte, würde alles gut werden. Immer schön eines nach dem anderen. Danach würde ich zu Jeb Fairley gehen.

»Du bist so ungewöhnlich schweigsam.« Beim Frühstück ließ mich Elikah nicht aus den Augen. »Das Brot ist ausgezeichnet.«

»Schön.« Ich nahm mir eine Scheibe, strich Butter darauf und biß vorsichtig ein kleines Stück ab.

»Vernell fährt am Samstag rüber nach Mobile und dann mit dem Zug weiter nach New Orleans. Ich hab' gedacht, wir könnten vielleicht mitfahren, mit ihm und Janelle.«

Das Brot blieb mir im Halse stecken. »Nach New Orleans?« brachte ich mühsam heraus. »Wozu?«

»Einfach so. Es ist eine richtig alte Stadt. Vor hundert Jahren hat Präsident Jackson mit seinen Männern dort die Engländer besiegt. Auf dem Weg dorthin sind sie hier durch die Gegend geritten. Vernell sagt, man kann noch Kanonen und die Schlachtfelder von damals sehen.« Beim Sprechen hielt er die gefüllte Gabel in der Luft, als wollte er mich überreden, aber gleichzeitig beim Essen keine Minute Zeit verlieren. »Wir könnten mit einem von diesen Flußdampfern fahren.«

JoHanna hatte mir von den Flußdampfern erzählt, die früher über den Pascagoula mit ihrer Fracht nach Fitler gefahren waren. Fitler war einst eine blühende Stadt gewesen – mit Spielkasinos, teuren Bordellen und einem französischen Restaurant, dessen Küchenchef aus New Orleans kam. Einmal, als ich bei JoHanna zu Besuch war, hatte sie mir etwas über New Orleans erzählt, und allein schon die Art, wie sie den Namen aussprach, hatte in mir den Wunsch geweckt, einmal dorthin zu fahren. Dort gab es Musik und Tanz und einen ganzen Stadtteil, in dem nur Schwarze wohnten, die weißes Blut hatten, sogenannte Mulatten. Die Häuser waren aus Backstein, und nicht nur Präsident Jackson und Jean Laffitte, der Pirat, waren dort gewesen, sondern auch Napoleon. Außerdem gab es Voodoozauberer und Friedhöfe, auf denen die Gräber über der Erde lagen, und Märkte, wo man exotische Früchte und Kleider angucken und kaufen konnte.

»Diesen Samstag?« Ich war ganz aufgeregt; nicht einmal die Aussicht, daß Janelle Baxley mit von der Partie sein würde, konnte mir die Freude verderben.

»Allerdings müssen wir sehr früh aufstehen. Mh, vielleicht sollten wir besser am Freitag in Mobile übernachten. In einem von diesen schönen Hotels unten am Fluß. Und Samstag nacht bleiben wir dann in New Orleans. Na, Mattie, wie gefällt dir das?«

Elikah konnte so nett und großzügig sein und scheinbar ohne jeden Grund. Er wollte mir diesen Wochenendausflug schenken, genau wie er mir das Kleid und die Schuhe geschenkt hatte. Weil er merkte, daß mir etwas fehlte. Ich hätte alles gegeben, um einmal irgendwohin fahren zu können. »Au ja, das gefällt mir. Und wie!«

Er grinste und faßte über den Tisch hinweg nach meiner Hand. »War schon richtig, daß ich dich geheiratet habe. Bist ein braves Mädchen.«

Er stand auf, zog sich die Hosenträger über die Schultern, griff nach seinem Jackett und beugte sich zu mir herunter, um mir einen Kuß auf die Wange zu geben.

»Ich wünsch' dir einen schönen Tag.« Mein Lächeln kam von Herzen.

»Wie wär's, wenn du uns heute abend junge Brechbohnen machen würdest?«

»Mal sehen, was Bruner auf seinem Wagen hat.« Bruner war der alte Mann, der jeden Morgen gegen zehn mit frisch geerntetem Gemüse von seiner Farm in die Stadt kam.

»Nächsten Sommer haben wir unseren eigenen Garten«, sagte Elikah. »Dein Daddy hat gesagt, du hast einen grünen Daumen.«

Ich wollte sagen, daß Jojo gar nicht mein Daddy war, aber das hatte ich ihm schon so oft erklärt, daß er es eigentlich wissen mußte. Jojo hätte ihm auch erzählt, ich hätte Flügel und könne fliegen, wenn er geglaubt hätte, damit könne er Elikah mehr Geld abknöpfen, aber in diesem Fall stimmte es sogar, bei mir gedieh jedes Samenkorn und jeder Steckling. Nur bitte kein Kind!

Die Fliegentür schlug zu, und Elikah war weg. Er ging die kurze Strecke zum Frisiersalon zu Fuß. Wir hatten kein Auto, nur ein altes Pferd namens Mable, das meistens im Stall stand. Da wir mitten in der Stadt wohnten, konnten wir praktisch alles, was wir brauchten, zu Fuß besorgen oder liefern lassen. Für mich war es eine nette Abwechslung, in Royhills Krämerladen oder in Mara Nymans Bäckerei zu gehen.

Eigentlich hatte ich mir vorgenommen, gleich, wenn Elikah aus dem Haus war, zu Jeb rüberzulaufen, doch jetzt, nachdem mein Mann mich mit dem Vorschlag überrascht hatte, daß wir nach New Orleans fahren würden, sah die Sache schon wieder ganz anders aus. Er hatte sich junge Brechbohnen zum Abendessen gewünscht, und außerdem liebte er die schmackhaften, hellen Hefebrötchen, die Mara jeden Tag frisch buk. Ich hatte ein paar Cent zusammengespart, Restgeld von Rechnungen, die ich bezahlt hatte, mehr als genug, um Elikah frische Brötchen zum Abendbrot zu kaufen, aber ich mußte sie rechtzeitig bestellen. Maras Backwaren waren immer schnell ausverkauft, frei nach der Devise: Wer zuerst kommt, mahlt zuerst.

Ich mußte mich also beeilen, und darüber vergaß ich meine Sorgen von wegen Kinderkriegen und so weiter. Es ging mir bestens. Die Übelkeit war vorüber. Bestimmt hatte ich am Vorabend nur etwas Unrechtes gegessen. Ich band mir die Schürze ab und rannte los, ohne das Geschirr vom Frühstück abzuwaschen. New Orleans! New Orleans! Immer wieder trommelten meine Füße den Namen dieser wunderbaren Stadt auf den Sandboden. Mit der Eisenbahn! Ich würde nach New Orleans fahren!

Vor lauter Aufregung hatte ich ganz vergessen, daß es sich nicht schickte, in der Öffentlichkeit zu rennen, und sauste wie ein geölter Blitz die Straße entlang. Mein hochgestecktes Haar war längst nicht mehr da, wo es hingehörte, sondern fiel mir über die Schultern. Ich hatte schon die halbe Wegstrecke zu Maras Bäckerei zurückgelegt, als ich das Lachen hörte. Es war ein volles, warmes Lachen, wie Zuckersirup an einem kalten Wintertag. Und plötzlich war ich die Fliege, die im bernsteinfarbenen Sirup festsaß. Wenn Elikah erfuhr, daß ich wie eine Wilde mit wehendem Haar durch die Stadt gerannt war, würde er bestimmt sagen, ich sei noch nicht reif genug, um nach New Orleans zu fahren. Ich blieb abrupt stehen, als ob ich gegen eine Wand geprallt wäre, drehte mich langsam um und sah nach, wer da über mich lachte.

Floyd war ein kräftiger junger Mann mit breiten Schultern und dicken Muskelpaketen. Ohne sein kindliches Lächeln und die staunenden und zugleich kummervollen grauen Augen wäre er der schönste Mann der Stadt gewesen. So aber war er ein Verrückter mit dem Gesicht und dem Körper eines Gottes. Er hatte in der Tür des Postamtes gelehnt, doch nun kam er zu mir herübergeschlendert. Ohne sich etwas dabei zu denken, griff er mir ins Haar, nahm eine Strähne zwischen die Finger und bewunderte sie im morgendlichen Sonnenlicht.

»Hübsch«, sagte er und sah mir lächelnd ins Gesicht. »Du siehst aus wie eine Prinzessin, die durch die Sonne rennt.«

»Floyd.« Ich trat erschrocken zurück. Seit ich in die Stadt gekommen war, hatte ich mich bemüht, ihm aus dem Weg zu gehen, anfangs, weil mich das Mitleid, das ich empfand, ängstigte, und dann, weil ich mich meiner Angst schämte. Daddy hatte mir erklärt, daß die Muttertiere in der freien Wildbahn die eigenen Jungen umbrachten, wenn sie nicht gesund waren. Als Floyd zur Welt gekommen war, hatte man ihn vor der Baptistenkirche ausgesetzt. Jetzt lebte er von dem Lohn, den Axim Moses ihm in der Schuhmacherei zahlte, und davon, was die Leute in der Stadt ihm hin und wieder zusteckten. Ein Schicksal, dem ich selbst nur um Haaresbreite entgangen war. Vielleicht war das der Grund, weshalb ich Angst vor ihm hatte.

»Mattie.« Er grinste noch breiter. »Weißt du, daß wir beide Duncans Freunde sind?«

»Ja.« In seinem Blick lag so gar nichts Böses, daher erwiderte ich sein Lächeln.

»Duncan und JoHanna sind in Fitler. Aber sie kommen heute zurück, damit ich Duncan die Geschichte von der Frau zu Ende erzählen kann, die am Courting Creek unter der Brücke lebt. Sie ist eigentlich tot, weißt du, aber sie wartet dort, daß ihr Liebster wiederkommt. Er ist in den großen Krieg gezogen und nicht mehr nach Hause gekommen. Sie hat sich ertränkt, ist von der Brücke gesprungen. Und jetzt wartet sie, daß er heimkommt.«

Er wollte mir abermals ins Haar fassen, doch ich hob die Hand. Er hielt sofort inne.

»Ich wollte dir nicht weh tun.« Sein Gesicht wurde ernst. »Ich bin groß und stark, aber dumm bin ich nicht.«

»Ich weiß.« Ich drehte mir die Haare schnell zusammen und versuchte sie zu einem Knoten zu schlingen, der nicht gleich wieder aufging. Dabei ließ ich den Blick über die Redemption Road wandern und stellte zu meiner Erleichterung fest, daß außer uns beiden kein Mensch auf der Straße war. Als ich am Café vorbeigekommen war, hatten dort nur ein paar Stammgäste gesessen. Die Chancen standen gut, daß niemand gesehen hatte, wie Floyd mir ins Haar gegriffen hatte. Er war harmlos, mehr Kind als Mann, aber ich war mir nicht sicher, ob Elikah derselben Meinung war.

»Erzählst du mir von dieser Frau, die unter der Brücke wohnt?« Die Courting Bridge war höchstens drei Meter hoch. Kaum vorstellbar, daß jemand sich von dieser Brücke in den Tod stürzen konnte. Auch war das Wasser nicht so tief, als daß eine erwachsene Frau darin hätte ertrinken können, es sei denn, sie wäre mit dem Kopf im Sandboden steckengeblieben. Ich war neugierig auf Floyds phantastische Geschichte.

»Sie hieß Klancy, mit K, und sie war die Nichte von Otto Kretzler. Sie war aus Deutschland hier rübergekommen, aus einer Stadt, die T-r-i-s-t-e heißt, ehe der Krieg dort so schlimm geworden war. Ihre ganze Verwandtschaft ist auf dem Weg hierher krank geworden und gestorben, als sie den Mississippi heruntergefahren sind, und so kam sie zu ihrem Onkel und hat hier die Schule zu Ende gemacht. Der Mann, in den sie sich verliebt hat, war Lehrer, Harvey

Finch hieß er. Er ist in den Krieg gezogen und in einer großen Schlacht gefallen. Sie …«

»Moment mal, Floyd.« Die vielen Einzelheiten, die er erwähnt hatte, verunsicherten mich. »Ist das alles wahr?«

Er nickte. »Jedes Wort.«

»Auch daß die Frau unter der Brücke lebt?«

»Das auch. Das ist ja das beste daran.«

»Aber sie ist doch tot.«

Er zuckte mit den Schultern. »Na und? Dann eben ihr Geist. Das ist ja der beste Teil der Geschichte, und in klaren Nächten, wenn die Sterne leuchten, kann man sie sehen. Dann steht sie oben auf der Brücke und schaut hinunter in die Strömung. Manchmal scheuen nachts die Pferde und wollen nicht über die Brücke gehen, weil sie spüren, daß sie da ist, auch wenn man sie nicht sieht. Der alte Doc Westfall wäre letztes Jahr beinahe umgekommen, als er seine Jezebel zwingen wollte, über die Brücke zu gehen, damals, als Mrs. Conner das tote Baby gekriegt hat.«

Es war ein heißer Augustmorgen, und doch lief mir ein kalter Schauer über die Arme. »Das ist furchtbar, Floyd.«

»Sie war eine hübsche Lady. Genau wie du.«

»Danke.« Ich wußte nicht, ob er Mrs. Conner meinte oder die tote Klancy, aber ich wollte ihn auch nicht danach fragen.

»Du siehst aus wie ein kleines Mädchen. JoHanna sagt, sie haben dich um deine Kindheit betrogen.«

Ich versuchte mir meine Verblüffung nicht anmerken zu lassen. Ob JoHanna das wirklich gesagt hatte? Oder war das auch wieder nur eine von Floyds Ausschmückungen?

»Sie sagt, du hast Kapa-zitäten.«

So wie er das Wort aussprach, war mir sofort klar, daß er keine Ahnung hatte, was es bedeutete. Und damit wußte ich, daß Jo-Hanna tatsächlich solche Sachen gesagt hatte.

»Heute kommt sie wieder. Und Duncan. Und Pecos, der freche Hahn.«

Während wir uns unterhielten, hatte Floyd sich nicht von der Stelle gerührt. Sein Unterkiefer schien das einzig Bewegliche an ihm zu sein. Plötzlich aber fuhr er herum und pirschte sich an Clyde Odom heran, der gerade aus dem Café getreten war und auf uns zukam.

Ich sah, daß er seine Hände ein paar Zentimeter über den beiden Holzpistolen hielt, die er in viel zu kleinen Halftern auf den Hüften trug. Die Pistolen waren mir noch nie aufgefallen, erst jetzt, als er wie ein Revolverheld in die Hocke ging und den sich nahenden Clyde wachsam beobachtete. Einen Moment lang überlegte ich, ob ich mich einmischen sollte, doch dann schämte ich mich für meine dummen Gedanken. Sicher, Floyd war ein einfältiger Tölpel, aber trotzdem hatte er es binnen zehn Minuten zweimal geschafft, mich vollkommen zu verunsichern, zuerst mit seiner seltsamen Geschichte und dann mit den komischen Pistolen.

»Ruhig Blut, Floyd«, sagte Clyde, während er näher kam. »Ich hab' heute meinen friedfertigen Tag.«

Floyd ließ sich nicht umstimmen. »Ich zähle bis drei«, sagte er.

»Nicht heute vormittag.«

Clyde sah mich an, und die Verlegenheit stand ihm ins Gesicht geschrieben. Er hatte Floyd zu seinem Mummenschanz angestachelt, damit er sich über ihn lustig machen konnte, doch in meinem Beisein war ihm das peinlich.

»Na los, Mr. Odom. Einen guten, fairen Kampf seh' ich mir immer gern an«, platzte ich wieder mal völlig unüberlegt heraus, und mein giftiger Spott verfehlte seine Wirkung nicht.

»Eins«, sagte Floyd, den Blick starr auf Clyde gerichtet.

Clyde ließ die Briefe, die er in der Hand hielt, in den Sand fallen und begab sich in Angriffsstellung.

»Zwei.«

Ich trat zurück, lehnte mich an die Holzwand des Postamtes und atmete aus, bis alle Luft aus meinen Lungen entwichen war.

»Drei!«

Jetzt waren Floyds Hände nicht mehr zu halten. Blitzschnell zog er die Pistolen und rief laut: »Peng! Peng! Peng! Peng!«

Clyde faßte sich an die Brust, drehte sich zweimal um die eigene Achse und ging strauchelnd aufs Postamt zu, wo ich stand, ließ sich dort gegen die Bretterwand fallen, keine fünf Zentimeter von mir entfernt, und griff mir dabei ungeniert an die Brüste. »Das ist ein Spiel, Mrs. Mills«, flüsterte er mir zu. »Nur ein Spiel mit einem kleinen Idioten.«

Laut aber sagte er: »Du hast mich erwischt, Floyd. Ich bin erledigt.«

Floyd hob erst die eine, dann die andere Pistole hoch und pustete in die Läufe, als wollte er den Rauch wegblasen. Mit noch immer vor Konzentration schielenden Augen steckte er die Pistolen wieder in die Halfter und kam zu mir herüber, ohne Clyde eines weiteren Blickes zu würdigen, ganz so, als ob er wirklich tot wäre.

»Ich muß zur Arbeit. Mr. Axim hat neues Leder für mich. Schönes Leder. Daraus mach' ich Stiefel, die schönsten Stiefel der Welt.«

»Sicher, Floyd, das machst du.« Ich ließ die beiden stehen. Ich war mir nicht sicher, wer von ihnen der Verrücktere war, aber Clyde war ohne Frage der Gefährlichere.

»Grüßen Sie Elikah von mir«, sagte er, als er aufgestanden war, und verbeugte sich. »Er hat einen sehr guten Geschmack in puncto Frauen.«

Ich machte auf dem Absatz kehrt und sah zu, daß ich wegkam. Dabei war es mir ganz egal, daß ich in der Stadt nicht rennen durfte. Trotz meiner Eile hörte ich noch, wie Floyd in freundlich-zurechtweisendem Ton sagte: »Sie haben ihr Angst eingejagt, Clyde. Das war nicht recht von Ihnen.«

Ich rannte das kurze Stück bis zu Mara und suchte Zuflucht bei dem warmen, weiblichen Geruch von frisch gebackenem Brot.

Kapitel 8

Die Autofahrt nach Mobile war langweilig, schweißtreibend und strapaziös. Nur auf der Fähre über den Bad Creek wurde ich aus meiner Lethargie gerissen, die teils der Hitze, teils aber auch der immer drängender werdenden Sorge bezüglich meines Zustands zuzuschreiben war. Die morgendliche Übelkeit war nicht mehr aufgetreten, bis zu dem Freitag, an dem wir nach Mobile aufgebrochen waren. Sie war dermaßen schlimm, daß ich nun vollkommen erschöpft war und schreckliche Angst hatte.

Im Hotel wusch ich mir das Gesicht mit kaltem Wasser und aß von der gekühlten Wassermelone, die Elikah mir unten am Hafen gekauft hatte. Die kühle, süße Melone und Elikahs Freundlichkeit sorgten dafür, daß es mir bis zum frühen Nachmittag wieder gutging; ich brannte darauf, mir die Stadt anzusehen, die an den Ufern des breiten Mobile River lag.

Zuerst machten wir einen Spaziergang durch die Docks und schauten den Hafenarbeitern zu, die die riesigen Frachtgutkisten entluden. Elikah konnte sich gar nicht losreißen von der Geschäftigkeit dort, vom Anblick all der vielen Männer, die echte Männerarbeit verrichteten, und von den riesigen Schiffen, die ächzend in ihrer Vertäuung lagen. Doch nach einiger Zeit vertrieb uns die Sonne aus dem Hafengelände. Ich durfte entscheiden, in welche Richtung wir gehen wollten, und so schlenderten wir durch das Geschäftsviertel bis in die Wohngegenden.

Mobile war viel älter als Jexville und beschirmt von dicken, hohen Eichen, aus deren Geäst Flechten herabhingen. Über den Straßen der Innenstadt verschränkten sich ihre Kronen zu einer

Kuppel, die ein wenig Schutz vor der Augustsonne bot. Während wir durch die schattigen Straßen bummelten, warf ich hin und wieder einen verstohlenen Blick in die schönen, großzügigen Häuser mit den breiten geschliffenen Glastüren. Es war, als wenn man in einem Buch blätterte: gebohnerte Holzfußböden, Vitrinen voller kunstvoll bemalter Teller, Tassen und Untertassen und Treppengeländer, die sich zum oberen Stockwerk hinaufwanden. In diesen Häusern lebten Menschen, die sich alles leisten konnten. Diese Menschen taten bestimmt nie etwas Grausames oder Gemeines, denn ihnen fehlte es ja an nichts. Wozu hätten sie anderen Schaden zufügen sollen?

Ich mußte an JoHanna denken. Und an Duncan. Das Haus, in dem sie wohnten, war zwar nicht so groß wie diese hier, doch die Atmosphäre dort war ähnlich: bestimmt von Farbe und Behaglichkeit. Und von Liebe.

Wenn ich mich zu den großen Veranden schlich, um einen Blick in die Häuser zu werfen, wartete Elikah auf mich. Meine Neugierde belustigte ihn zunächst, schließlich aber wurde es ihm zuviel; er zerrte mich weiter. Wenn ich weiter so glotzte, würden die Leute noch denken, wir seien Bettler oder Diebe, sagte er.

Mir war das egal. Ich war gierig nach diesen Farben, nach all den Schattierungen von Rot, Blau und Gelb, die auf einem so gewöhnlichen Gegenstand wie einem Teller die exotischsten Muster bildeten.

Janelle und Vernell waren ihrer eigenen Wege gegangen. Wir sahen die beiden nicht mehr wieder an jenem Tag. Elikah behauptete, sie besuchten eine Cousine von Janelle, doch während er das sagte, hatte er so einen merkwürdigen Unterton in der Stimme. Ich war mir ziemlich sicher, daß er log. Aber es war mir egal, wo sie steckten. In Janelles Gegenwart kam ich mir immer so jung und dumm vor, und darum konnte sie von mir aus ruhig fernbleiben, auch wenn das bedeutete, daß ich mit Elikah allein sein mußte. Im Schatten der Eichen, in dem bunten Treiben, das auf den Straßen herrschte, die von einstöckigen Wohnhäusern oder dicht an dicht zusammengedrängten, hohen, aus rotem Backstein errichteten Geschäftsgebäuden gesäumt waren, kam mir Elikah ganz verändert vor. Ich merkte, wie ihn die Frauen ansahen, wie sie die Augen niederschlugen und gleich wieder aufblickten, um noch einen Blick auf ihn zu erhaschen. Zum erstenmal seit unserer Hochzeit war ich stolz darauf, an seiner Seite zu sein. Er hielt meine Hand, als ob ich wirklich zu ihm gehörte.

Am Abend, als ich in dem ungewöhnlichen Bett lag, in einem Hotel, das so vornehm war, daß es sogar einen Aufzug gab, dachte ich, ich würde kein Auge zutun können. Doch kaum daß ich mich mit dem blütenreinen, gestärkten Bettuch zugedeckt hatte, war ich eingeschlafen. Ich wachte erst wieder auf, als Elikah die Hand auf meine Hüfte legte und murmelte, es sei schon Tag.

Auch an diesem Morgen blieb die Übelkeit aus, und ich hatte einen Mordshunger. Elikah sagte, man würde uns etwas zu essen aufs Zimmer bringen, doch ich wollte lieber unten im Speisesaal frühstücken, wo es einen gemusterten Teppich gab – weiße, wie mit Rauhreif überzogene Blätter auf dunkelgrünem Grund – und zwei Kronleuchter, deren Lichter flackerten.

Elektrizität. Ich war noch nie an einem Ort gewesen, wo Tag und Nacht das Licht brannte, einfach nur, weil es so hübsch aussah. Angeblich sollten auch in Jexville bald Leitungen verlegt werden. Das hatte mir Janelle erzählt, aber ich wäre nie auf den Gedanken gekommen, daß wir so etwas eines Tages im Haus haben könnten. Man kippt einen Schalter um, und schon ist alles hell. Elikahs Miene sagte mir, daß er das durchaus für möglich hielt. Als wir das Frühstück beendet hatten, ließen wir das schmutzige Geschirr einfach auf dem Tisch stehen, holten unsere Sachen und gingen zum Bahnhof.

Wir stiegen in die Eisenbahn, und im selben Augenblick war Mobile vergessen. Kaum hatten wir uns hingesetzt, da fuhr der Zug auch schon los, um uns rumpelnd und schaukelnd nach New Orleans zu bringen. Wenn wir an den kleinen Städten entlang des Mississippi vorüberfuhren, schien mir das Tempo viel zu schnell, dann wieder war es mir viel zu langsam, wenn es durch eintönige Kiefernwälder ging.

Janelle saß mir gegenüber, und ich sah ihr an, daß sie etwas loswerden wollte. Ich mied ihren Blick und stellte mich schlafend, doch durch die fast geschlossenen Lider hindurch beobachtete ich sie mit wachsender Abneigung. Sie wartete darauf, daß ich aufwachen würde. Als Elikah und Vernell aufstanden und zusammen das Abteil verließen, konnte sie sich nicht mehr zurückhalten.

»Wir gehen ins Quarter«, sagte sie und hatte dabei den Mund so dicht an meinem Ohr, daß ich ihren warmen Atem spüren konnte.

»Ins Quarter?« Meine Neugierde war stärker als meine Abneigung.

»In die Altstadt, dahin, wo Karten gespielt und Alkohol getrunken wird.«

»Das machen sie in Jexville auch.« Über so was hatten wir Frauen uns nicht zu unterhalten, und es tat mir gut zu sehen, wie Janelle zurückzuckte und mir einen bösen Blick zuwarf. Über so was durften wir nicht sprechen, nicht mal, wenn wir unter uns waren.

»Aber dort machen sie's in aller Öffentlichkeit. Da gibt's Straßenmädchen und Musik und Tanz.« Sie beugte sich wieder vor. »Vernell sagt, wenn ich schwöre, daß ich's keinem sage, geht er mit mir tanzen.«

»Tanzen?« Ich fuhr hoch. Plötzlich sah ich Duncan vor mir, die glänzenden, im Sand herumwirbelnden Schuhe, die dunklen schelmischen, vor Vergnügen blitzenden Augen. »Glaubst du, er macht das wirklich?«

»Bestimmt. Elikah ist übrigens ein ausgezeichneter Tänzer.«

Ich lehnte mich zurück. »Elikah? Der hört ja nicht mal Grammophon.«

»Aber wir sind in New Orleans! Das ist nicht Jexville. Kein Mensch erfährt, was wir hier treiben.«

Ich blickte auf und sah Elikah, der hinter Janelles Sitz stand und mir unverwandt in die Augen schaute. Sein rechter Mundwinkel war zu einem spitzbübischen Lächeln verzogen, wodurch er noch besser aussah als sonst.

»Na, Mädchen, bereit für die Stadt?« fragte er.

Ich brachte kein Wort heraus. Sein Blick ruhte auf mir, ein Blick, der ebenso beängstigend wie erregend war. Es war, als hätte mir das durch die Zugfenster fallende Licht von Louisiana irgendwie einen neuen Wert verliehen.

»Und ob sie bereit ist, Elikah. Du bist mir ja vielleicht ein Spaßvogel. Wir sind mehr als bereit. Wir platzen fast vor Neugierde.« Janelle lachte ein gurrendes, ungeheuer weibliches Lachen, mit dem sie jeden Mann um den Finger wickeln konnte.

»Keine zehn Minuten mehr, dann sind wir da. Der große See, über den wir gerade drübergefahren sind, das war der Lake Ponchartrain. Jetzt dauert's nicht mehr lange.« Er ging wieder, um Vernell zu suchen.

Mir war nie in den Sinn gekommen, daß Elikah schon öfter in New Orleans gewesen sein könnte. Er hatte den Eindruck gemacht, als ob auch er das erste Mal dorthin fuhr. Direkt gesagt hatte er das allerdings nicht. Komisch. Das ging mir durch den Kopf, während ich unseren Picknickkorb und die anderen Sachen zusammenraffte und mich bemühte, Janelles Blick zu meiden.

Tanzen. Nie und nimmer hätte ich für möglich gehalten, daß Elikah so etwas tat. Es machte mich rasend, daß Janelle meinen Mann besser kannte als ich. Andererseits wußte ich ja, daß sie dazu neigte, Sachen zu erzählen, die sie gar nicht beweisen konnte. Wenn Elikah tanzen wollte, würde er es mir sicherlich sagen.

Der Zug hielt an, wir stiegen aus, und schon waren wir mitten drin im Sog, der uns zusammen mit zahllosen hastig dem Ausgang entgegenstrebenden Menschen über die hölzernen Bohlen des Bahnsteigs trieb, hinaus auf die kopfsteingepflasterte Straße.

Ich kam mir vor wie in einem Roman. Männer in Anzügen und Frauen in dunklen Bürokleidern eilten geschäftig vorüber, Autos hupten, ein Chor aus hundert Geräuschen hüllte uns ein, in den sich das Klirren der Pferde- und Maultiergeschirre mischte. Die Häuser waren teils aus Backsteinen, teils mit Gips verputzt, und ihr matter Farbanstrich wies Spuren des Alters auf. Ehe ich noch richtig Luft holen konnte, nahm mich Elikah am

Arm und zerrte mich zu einem langen, waggonähnlichen Fahrzeug mit vielen Sitzplätzen.

»Das ist eine Straßenbahn, Mattie. Die Fahrt wird dir bestimmt gefallen«, flüsterte er und drückte aufmunternd meinen Arm. Und sie gefiel mir tatsächlich. Ich kniete mich auf den Sitz und sah aus dem Fenster. Scheppernd und schlingernd fuhren wir auf den Schienen dahin, die mitten auf der Straße verliefen, geradewegs in den aus lauter turmhohen Gebäuden bestehenden Stadtkern.

Janelle hatte nicht gelogen. Elikah und Vernell hatten Zimmer in einem der ältesten Hotels von New Orleans gebucht, in der Dumaine Street. Der Raum war von goldenem Licht erfüllt, und die Möbel glänzten in der Nachmittagssonne, als ob sie von innen heraus leuchteten. Sogar der Überwurf auf dem Bett schimmerte wie aus lauter Sonnenstrahlen gewoben. So etwas Schönes hatte ich noch nie gesehen. Durch das offene Fenster drangen die Geräusche der Stadt zu uns herein, fremde, exotische Sprachen, die Rufe der Verkäufer und Musik, die nach Glück und Freiheit klang.

Wir schlenderten zu viert durch die Straßen, blieben bei den Malern stehen, die ihre Bilder zum Verkauf anboten, und aus den Lokalen, in denen trinkende Männer saßen, drang Musik und Gelächter. Ich war wie betäubt von allem, was ich sah und hörte. Wir aßen aus kleinen Schüsseln scharf gewürzte Speisen mit Krabben, Krebsen und Schildkrötenfleisch, eine Zusammenstellung, die sich schrecklich anhört, aber besser schmeckte als alles, was ich je zuvor im Mund gehabt hatte.

Wir gingen in Geschäfte, in denen man Schmuck kaufen oder einfach nur in die Hand nehmen und anschauen konnte. Schmuck, der so alt war wie England und Frankreich zusammen. Elikah bestand darauf, daß wir in ein Geschäft gingen, um mir ein neues Kleid zu kaufen. Während ich in die Umkleidekabine ging, in der es einen Hocker und einen Spiegel gab, und das rote Kleid anprobierte, das Elikah ausgesucht hatte, saß er in einem Sessel und wartete. Es war ein sehr elegantes Kleid mit hauchdünnen kurzen Ärmeln und bis zu den Hüftknochen heruntergezogener Taille. Sprachlos darüber, daß er so etwas für mich ausgewählt hatte, zog ich es an und kam aus der Kabine. Elikah nickte. Das Kleid war gekauft.

Und dann war endlich Abend.

Janelle und Vernell waren wieder mal verschwunden und hatten Elikah und mich in der schwülen Augusthitze allein gelassen. Unser Hotelzimmer hatte einen Balkon, auf dem wir sitzen und auf die Straße hinunterschauen konnten. Es schien, als wären die Menschen zwischendurch heimgegangen und rasch in eine neue Haut geschlüpft. Sie bewegten sich auf einmal anders, schienen irgendwie mehr zu gleiten als zu gehen. An manchen Ecken standen Frauen in grellen Kleidern und warteten auf eine Mietdroschke, und aus den offenen Türen der Lokale, die Elikah Joints nannte und von denen Janelle mir erzählt hatte, es seien Clubs, so ähnlich wie der von Tommy Ladnier in Biloxi, klang laute Musik.

»Geh doch rein und zieh dein rotes Kleid an«, sagte Elikah. Er saß auf einem der kleinen schmiedeeisernen Stühle, die genau zu dem Balkongeländer paßten, auf das er die Füße gelegt hatte. Er rauchte eine Zigarette aus der Schachtel, die er sich in einem Eckladen gekauft hatte, in dem es nach fremden Käsesorten gerochen hatte und nach reifen grünen Oliven, wie ich noch nie welche gesehen hatte.

»Na gut.« Ich war ein bißchen verlegen. Das Kleid machte mich älter; ich fühlte mich darin wie eine richtige Frau. Sexy. Es würde wunderschön aussehen auf der Tanzfläche, wenn der Rock mir um die Schenkel wippte, kürzer als alle, die ich bisher besessen hatte. So fröhlich. Als ob ich plötzlich selbst ein Teil jener seltsamen, exotischen Nacht wäre.

Als ich den Stoff über Arme, Kopf und Rumpf gleiten spürte, mußte ich plötzlich an den Abend nach dem Festessen am Unabhängigkeitstag denken, als ich mir kaltes Wasser über den Kopf gegossen hatte, an jenes Gefühl von damals, das Gefühl, daß ich mehr von mir abwusch als nur die Hitze und den Staub des Tages. Genauso fühlte ich mich in diesem Moment auch. Ich zog die Strümpfe an, die Elikah mir zu dem Kleid gekauft hatte, und die ungewohnten roten Schuhe, die so zierlich waren und in denen mir das Laufen ein wenig Mühe bereitete. Dann steckte ich mir die Haare hoch, wie ich es bei JoHanna gesehen hatte. Inzwischen konnte ich es schon viel besser. Die Frau, die mich wenig später aus dem beleuchteten Badezimmerspiegel ansah, war nicht mehr Mattie Mills. Es war ein anderes Wesen, ein Wesen, das beinah schön war. Wenn ich mich nur getraut hätte, Elikah um einen Lippenstift zu bitten. Doch er hatte einmal angedeutet, daß er so was überhaupt nicht leiden konnte. Ich biß mir auf die Lippen, damit sie röter aussahen, und dann öffnete ich die Badezimmertür und kam heraus.

Elikah hatte sich über die Balkonbrüstung gelehnt und schaute hinunter auf die Straße; sein ganzer Körper bebte vor Verlangen, dort unten zu sein, sich hineinzustürzen in das Nachtleben jener Stadt, in der kein Mensch aus Jexville ihn sehen konnte. Er warf seinen Zigarettenstummel auf die Straße und drehte sich langsam zu mir um.

»Na, Mattie«, sagte er und ließ den Blick an mir hinunterwandern, als würde er jeden Millimeter meines Körpers begutachten. »Meine kleine Braut hat sich ja beinahe zu einer richtigen Frau gemausert.«

»Gut so?« Am liebsten wäre ich zu ihm gelaufen, so dicht heran, daß er mich nicht mehr mit diesem Blick anstarren konnte, unter dem ich mich so nackt und ausgeliefert fühlte und der viel zudringlicher war als eine Berührung.

»Rot ist deine Farbe.« Er winkte mich zu sich auf den Balkon und drückte mir das Whiskyglas in die Hand, aus dem er gerade getrunken hatte. »Komm, trink einen Schluck. Wenn du schon wie eine erwachsene Stadtfrau aussiehst, kannst du auch von den Freuden des Lebens kosten.«

Der Whisky schmeckte noch entsetzlicher, als er roch, und er brannte mir in der Kehle. Ich würgte ihn hinunter und gab Elikah nickend das Glas zurück. Vielleicht würde jetzt alles anders werden, jetzt, wo er sah, daß ich kein Kind mehr war. Wenn ich mich wie eine erwachsene Frau verhielt, würde er mich vielleicht auch so behandeln – als Ehefrau.

»Das ist einer der besten Whiskys, die es zu kaufen gibt. Tommy Ladnier liefert auch hier nach New Orleans. Er macht ganz schön Gewinn, sagt man, wenn die Gangster hier unten ihm nicht die Tour vermasseln.« Elikah hielt mir lachend das Glas hin.

Ich nahm noch einen Schluck und mußte mich mit aller Gewalt zwingen, das Zeug nicht sofort wieder auszuspucken. Elikah zeigte auf den anderen Stuhl. »Setz dich, Mattie. Ich überlege, ob wir nicht in einen von den Clubs gehen sollen, ein bißchen Musik hören. Tanzen vielleicht. Was meinst du?«

Ich saß auf der Stuhlkante. Mir brannte das Gesicht vom Whisky, und ich war mir nicht sicher, ob es mir gelänge, Elikah zu antworten, ohne meine Erwachsenenwürde zu verlieren. »Das wäre ganz ... reizend.«

Er lachte laut auf, aber es war kein höhnisches Lachen, sondern ein erfreutes. »Reizend. Du bist ja mit einem Mal richtig aufgeblüht, bist eine junge Dame geworden. Das gefällt mir.« Er lachte wieder und gab mir das Glas. »Ich hab' der ganzen Stadt erzählt, daß du mir eine gute Frau sein wirst, und nun hab' ich gleich noch eine feine Dame dazu gekriegt.«

»Ich will dir eine gute Frau sein, Elikah.« Ich meinte es wirklich ernst, auch wenn ich wieder einmal nicht über meine Worte nachgedacht hatte. Er hatte mich gedemütigt und verletzt, doch all das sollte jetzt der Vergangenheit angehören. Die Zukunft könnte anders sein. Ich wollte etwas für mich ganz allein, etwas, das es sich zu haben lohnte, einen gutaussehenden Mann, ein Zuhause; und wenn wir dann wirklich glücklich miteinander wären, hätte ich vielleicht auch gar nichts mehr dagegen, ein Kind zu bekommen.

»Das ist gut, Mattie. Du gibst dir wirklich große Mühe, das muß ich schon sagen.« Er war plötzlich ernst geworden und bedeutete mir, noch einen Schluck Whisky zu trinken.

Ich gehorchte, kämpfte tapfer gegen den Hustenreiz an und schaffte es, das Zeug zu schlucken. Ich spürte erneut ein Brennen in der Kehle, Hitze stieg mir in den Kopf, rötete Wangen, Schläfen, Stirn und Scheitel.

»Komm, lassen wir uns von der Musik verzaubern.« Er reichte mir die Hand. Ich nahm sie und wäre fast gestolpert.

»Ich kann nicht tanzen, Elikah.« Er sollte es wissen, bevor wir dort waren und ich ihm Schande machte.

»Ich denke, das läßt sich ändern, Mattie.« Damit öffnete er die Tür zum Flur, die Tür in eine andere Welt. Wir traten hinaus auf die Straße, in die bunte Lichterwelt, genau wie die Leute, die ich vom Balkon aus gesehen hatte. Der Whisky hatte mich übermütig gemacht, enthemmt, und ich sah die Nacht, diese Stadt wie durch einen Schleier.

Aus den Bars scholl die Musik nach draußen und wallte über den alten Gehsteig wie ein Nebel, der uns einhüllte. Plötzlich war ich ringsum von Klängen umgeben, die in mich eindrangen und meine Knochen vibrieren ließen.

Elikah ging mit mir in einen Club. Nachdem wir durch die Gittertür eingetreten waren, suchte er uns gar nicht erst einen Tisch, sondern steuerte sofort die Tanzfläche an und nahm mich in die Arme. Die Musik war langsam und sinnlich und schien von den tiefen Tönen einer riesigen Geige getragen zu werden, deren dicke Saiten die Nacht erbeben ließen. Ich spürte Elikahs Hand auf meinem Rücken, manchmal stärker, manchmal nur ganz leicht, und mit der anderen führte er mich, bis mein Körper sich einfach dem Rhythmus hingab.

In dem abgedunkelten Raum tanzten noch andere Paare; man hörte Lachen und Gesprächsfetzen, es roch nach Zigarettenrauch und Parfum, und ich spürte Elikahs Hand, jetzt immer stärker; er preßte mich an sich, so daß ich mich nur noch auf eine ganz merkwürdige Art bewegen konnte, die zwar gewiß nicht anständig war, aber viel zu schön, um damit aufzuhören.

»Du bist ja ein Naturtalent, Mattie«, flüsterte Elikah mir ins Ohr, und sein warmer Atem jagte mir wohlige Schauern über den Rücken.

Ich war außerstande, etwas zu erwidern. Die Musik hatte mich vollkommen gefangengenommen. Ich hatte die Augen geschlossen und tat nur noch, was sein Körper dem meinen sagte.

Dann setzten wir uns an einen Tisch im Dunkeln, wo eine Frau uns Drinks brachte, die in hohen, mit Eis gefüllten Gläsern serviert wurden. Ich trank die süße, kalte Flüssigkeit, die leicht durch die Kehle rann. Und danach tanzten wir wieder, und der Rock meines Kleides wehte mir über die Beine wie ein Hauch, während mich Elikahs warme Hand hielt und er mich führte. Ich gab mich ihm hin, ihm und der Musik und der Nacht und der fremden dunklen Stadt, die ich nur noch als einen tiefen, melancholischen Ton wahrnahm, der dem Trichter eines Blasinstruments zu entströmen schien.

Ich weiß nicht, wie lange wir getanzt haben, ich weiß nur noch, daß es mir so vorkam, als wären meine Knochen auf einmal weich und biegsam geworden. Schließlich legte Elikah mir den Arm um die Taille und ging mit mir in die Nacht hinaus.

»Ich glaube, du bist betrunken«, sagte er lachend und hielt mich fest. »Kannst du überhaupt noch gehen?«

»Vielleicht.« Ich zog die Schuhe aus. Barfuß konnte ich besser das Gleichgewicht halten. »Doch, es klappt.«

Elikahs Lachen war zärtlich wie ein Kuß. Ich stellte mich auf die Zehenspitzen, schlang ihm die Arme um den Hals und küßte ihn auf den Mund. »Mir geht's ja so gut.«

»Warte nur, gleich geht's dir noch besser«, versprach er mir, während er mich ins Hotel zurückbrachte.

Als wir in unserem Zimmer waren, schloß Elikah die Tür und half mir aus dem schönen roten Kleid in mein Nachthemd. Dann führte er mich zum Bett, und ich ließ mich einfach fallen und mußte lachen, weil mir war, als ob ich schwebte.

Elikah deckte mich zu und ging auf den Balkon. Ich lag auf der Seite und konnte sehen, wie er am Geländer stand und hinunterschaute auf die Stadt. Es war erst zehn. In Jexville war das spät, hier aber, in dieser sorglosen Stadt, gingen die Uhren anders, hier war es noch früh. »Vergiß-deine-Sorgen«, diesen Namen wußte ich von JoHanna, und jetzt verstand ich, warum New Orleans so genannt wurde.

»Elikah?«

»Ja.«

»Bist du nicht müde?« Ich wollte, daß er zu mir ins Bett kam, denn ich hatte mich daran gewöhnt, ihn neben mir zu spüren.

»Nein, ich bin nicht müde.«

»Willst du nicht noch mal rausgehen? Es ist so ein schöner Abend heute.«

Er drehte sich zu mir um, und im ersten Moment dachte ich, er wäre mir böse. Schließlich mußte er sich von mir nicht sagen lassen, was er zu tun hatte. Er kam zu mir herüber und strich über den Kragen meines Nachthemdes. Er nahm den Stoff ganz sacht zwischen die Finger, als ob er Angst hätte, er könnte zerreißen.

»Ist gut«, flüsterte er, zog die Hand zurück und verließ das Zimmer ohne seinen Hut.

Ich stand auf und ging auf den Balkon. Von dort sah ich ihm nach, wie er die Straße überquerte, und hörte die Absätze seiner Stiefel auf dem Kopfsteinpflaster klacken. Eine der Frauen, die an den Hauswänden standen, trat auf ihn zu und sprach ihn an. Er ging lachend weiter und bog um die Ecke, dorthin, von wo die Musik zu kommen schien.

Ich stand da, und obwohl es schon nach zehn war, schien die Stadt immer lebendiger zu werden. Die Gaslaternen, die an hohen Pfählen hingen, warfen kleine Kegel aus Licht, und ich sah namenlose Menschen von einem Lichtkegel in den nächsten tauchen wie Fische, die den ganzen Tag hin- und herschwammen und doch immer in ihrem Teich blieben.

Die Musik ging mir ins Blut und erinnerte mich an Duncan und an ihr Versprechen, mir das Tanzen beizubringen. Meine Füße taten noch immer weh von den schönen neuen Schuhen und vom Tanzen. Alles war wie ein Traum. Ich schloß die Augen, und in meinem Kopf wirbelten die vielen Eindrücke dieser wunderbaren Stadt.

Ich setzte mich auf einen der schmiedeeisernen Stühle, doch als ich nach einer Weile merkte, wie mir der Kopf auf die Brust sank, stand ich auf und legte mich wieder ins Bett. Die schweren, kühlen baumwollenen Bettücher rochen nach Sonne. Ich rollte mich zusammen und schlief augenblicklich ein.

Irgendwann hörte ich, wie die Tür geöffnet wurde, und ich murmelte schlaftrunken ein paar Worte, die wohl an Elikah gerichtet waren. Das Zimmer war dunkel und fremd und mein Schlaf so undurchdringlich wie eine über mich gebreitete Decke.

Es waren seine Schritte, ihr leicht verzögerter Rhythmus, die mich sofort hellwach machten. Er war von tausend Gerüchen umgeben, darunter Alkoholdunst und ein schwerer, süßer Duft. Parfum. Unbeweglich lag ich da, horchte und starrte mit weit aufgerissenen Augen in die Dunkelheit.

Ich hörte das Klacken und Scharren seiner Schuhe. Kleine, schnelle Schritte, die sich anhörten, als würde er regelrecht ins Zimmer geschoben. Merkwürdige, verwirrende Geräusche, anders als zu Hause. Und doch wußte ich selbst hier, in dem fremden, finsteren Hotelzimmer, daß er betrunken war.

Die Angst durchzuckte mich wie ein Nadelstich. Eine Warnung. Elikah war wie ausgewechselt gewesen. An diesem Tag hatte ich mich richtig ein bißchen in meinen Mann verliebt. Doch wenn er betrunken war, hatte ich Angst vor ihm. Wir waren allein in einer Stadt, in der uns niemand kannte, in der sich kein Mensch um uns kümmerte.

Das heißt, wir waren gar nicht allein.

Jetzt hörte ich sie, ihr unterdrücktes Lachen. »Psst, Eli«, sagte sie kichernd. »Sie schläft.«

»Dann werden wir sie eben wecken«, erwiderte er und lachte ebenfalls.

Kapitel 9

Das Rattern des Zuges war beruhigend, ein Geräusch und eine Bewegung, auf die ich keinen Einfluß hatte. Ohne eine Hand – die meine kam mir vor, als ob sie einen Zentner wog – rühren zu müssen, wurde ich durch Zeit und Raum gerissen. Ich saß da, hielt das Gesicht in die Morgensonne und dachte daran, wie es gewesen war, wenn Daddy Nachtschicht hatte und in der Frühe heimkam. Mama war schon auf, briet Speck, buk Brötchen und machte ihm die Fischsuppe, die er so gern aß. Ich hörte sie miteinander reden, dieses leise Dahinfließen ihrer Stimmen, so ähnlich wie die Bewegung des Zuges, und auch damals spürte ich die Morgensonne im Gesicht, wenn sie durchs Fenster auf das frisch bezogene Bett schien, in dem ich mit Callie und Jane schlief. Ich liebte es, den morgendlichen Geräuschen in der Küche zu lauschen, liebte das Wissen, daß der Tag angebrochen war und damit weitergehen würde, daß Daddy sich schlafen legte und wir Kinder hinaus in den Garten gingen, Gemüse ernteten und uns um unsere jüngeren Geschwister kümmerten, damit Mama nicht soviel zu tun hatte. Unter der alten Eiche hinten im Hof würden wir Striche in den Sand ziehen, die Wände für unser ausgedachtes Haus. Die großen, dicken, knorrigen Wurzeln würden unsere Sofas und Stühle sein, und ein Eckchen würde Josh gehören, dem Baby, das auf diese Weise sein eigenes kleines Zimmer bekam.

Ich mußte nur ganz fest die Augen schließen und mich dem Rattern des Zuges überlassen, dann konnte ich dorthin zurückkehren und mir mein eigenes Zimmer um mich herum malen, die unsichtbaren Wände, die Callie und Jane dennoch respektierten, und sogar Daddy, wenn er rauskam, um zu sehen, was wir trieben. Er blieb immer in der angedeuteten Tür stehen und gab acht, daß er nicht auf die Möbel trat, die wir in den Sand gemalt hatten. Ich kniff die Augen zu, um die Tränen zurückzudrängen.

Kaum daß Elikah das Abteil verlassen hatte, setzte Janelle sich neben mich. »Dir ist das schwere Essen nicht bekommen.« Sie sagte das, als ob es eine unumstößliche Tatsache wäre. »Elikah sagt, du hättest zuviel gegessen.«

Ich hielt mich an der Kante meines Sitzes fest und überließ mich weiter dem Schaukeln des Zuges.

»Ich hab' mir im Hotel Eistee machen lassen. Inzwischen ist er warm, aber vielleicht tut er dir trotzdem gut.« Sie lehnte sich zurück.

»Nein danke.«

»Hast du gestern abend getanzt?«

Ich dachte an den Raum mit dem gedämpften Licht und an die Musik, die wie Rauch aus den glänzenden Blasinstrumenten aufgestiegen war. »Ja. Wir haben getanzt.«

»Hab' ich dir doch gesagt.« Sie faßte nach meinem Arm. »Hast ein bißchen zuviel getrunken, was? Es war gar nicht das Essen. Du hast getrunken.«

Ich widersprach nicht. Wozu auch?

»Vernell auch, aber ich hab' keinen Tropfen angerührt. Darum ist mir heute auch nicht übel.«

Wir hielten im Bahnhof Bay St. Louis – dem ersten in Mississippi. Den Lake Pontchartrain, der sich wie eine spiegelblanke Wellblechfläche von einem Horizont zum anderen erstreckte, hatten wir bereits hinter uns gelassen. Dann glitt schimmernd das Meer am Fenster vorüber, das sich weit in die Ferne erstreckte. Die Strände hatten die Farbe von Musselin; sie waren nicht so weiß, wie ich sie mir immer vorgestellt hatte. Das war mir auf der Hinfahrt entgangen.

»Vernell hat gesagt, ich solle dich in Ruhe lassen, aber ich warte doch schon die ganze Zeit auf eine Gelegenheit, mit dir zu reden.«

Ich versteifte mich, spürte wie der Schmerz in mir hochkroch. »Mir ist nicht gut«, erklärte ich ihr.

»Es geht um JoHanna McVay«, fuhr sie ungerührt fort. »Ich weiß ja, Mattie, daß du ein weiches Herz hast, und ein bißchen einfältig bist du obendrein, aber mit dieser Frau darfst du dich nun wirklich nicht abgeben. Die ganze Stadt weiß, daß du mit ihr bei der Taufe warst, bei der Mary Lincoln ertrunken ist, und daß das nur passiert ist, weil Duncan Mary verflucht hat. Schau mal, damit hast du Elikah wirklich Schande gemacht. Begreifst du denn nicht, daß du vorsichtig sein mußt, Kleines? Wenn du etwas anstellst, fällt das doch auf ihn zurück.«

Ich bohrte die Fingernägel ins Polster, klammerte mich fest, hielt an mich. Ich durfte ihr nicht ins Gesicht sehen, weil ich ihr sonst ihr hübsches, kleines Schnüffelnäschen plattgehauen hätte. Ich konnte beinahe in der Handfläche spüren, wie der Knorpel ihrer Nasenspitze nachgab. Mir schwirrte der Kopf.

»Ich will dir ja keine Vorhaltungen machen, Mattie, aber es gibt über diese Frau ein paar Dinge, die du wissen mußt. Sie hat einen Ruf. Einen schlechten. Die ganze Stadt weiß, daß sie Liebhaber gehabt hat. Mindestens zwei.«

Ich beachtete sie nicht und starrte stur aus dem Fenster, vor dem die Kiefern vorübersausten. Hin und wieder tauchte in der Ferne ein Haus auf, und am Strand gab es ein paar größere Gebäude. Villen.

»JoHanna stellt sich überall in der Stadt zur Schau. Allein schon ihr Gang reicht aus, um aufzufallen. Das Kind erzieht sie regelrecht zur Außenseiterin. Der einzige Freund, den die Kleine hat, ist dieser häßliche alte Hahn.«

»Pecos liebt Duncan.« Das sagte ich nicht, um den Hahn zu verteidigen, der mir wahrhaftig nicht besonders ans Herz gewachsen war. Aber es stimmte, er liebte Duncan. »Er würde jeden umbringen, der ihr etwas zuleide tun will.«

»Das ist doch lächerlich, Mattie. Ein Hahn ist doch kein Wachhund. So viel Verstand hat er gar nicht. Du redest dummes Zeug. Und selbst wenn dieser Hahn so intelligent wie Thomas Edison wäre, würde dadurch das, was in diesem Hause los ist, auch nicht besser. Zwei Liebhaber! Ich könnte durchaus Namen nennen.«

»Weiß Will davon?« Ich glaubte ihr kein Wort. Wenn eine Frau einen Mann wie Will McVay hatte, suchte sie sich doch keinen anderen. Janelle war nichts weiter als eine alte Klatschbase.

»Wer weiß, was Will weiß oder woher. Mit dem macht sie eh, was sie will, das sagt jeder in der Stadt. Und es ist allgemein bekannt, daß sie schon einmal schwanger war, vor Duncan, und damals das Kind nicht bekommen hat. Darum verzieht sie die Kleine ja auch so.«

Die Dinge, die Janelle sagte, waren böse und gemein. Liebhaber waren eine Sache, aber eine Abtreibung … So was würde JoHanna nie tun. Niemals. Ein anständiger Mensch kam überhaupt nicht auf einen solchen Gedanken. Nicht mal, wenn er völlig verzweifelt war und glaubte, er müßte sterben vor Angst. Ein ungeborenes Kind zu töten, das war die größte Sünde, das schwerste Verbrechen, das eine Frau begehen konnte.

»JoHanna tut immer so, als ob ihr alles egal sei, aber im Grunde ihres Herzens weiß sie ganz genau, daß Gott sie bestrafen wird, und das hat er jetzt getan.«

»Sie bestrafen? Wie meinst du das?« Endlich hatte Janelle es geschafft, mich zu erschrecken. Mit Gottes Strafen kannte ich mich aus. JoHanna glaubte nicht daran, Janelle schon, und ich, ich wußte nicht so recht, was ich glauben sollte. Ich hatte sowieso das Gefühl, daß das Leben zum größten Teil aus Strafen bestand, ganz egal, ob man sie verdient hatte oder nicht.

»Na, du weißt doch, was mit Duncan passiert ist, und das war nur eine Warnung. Aber JoHanna hat nichts daraus gelernt. Sie ist unmoralisch. Sie hat überhaupt kein Schamgefühl. Allein schon wie sie sich kleidet, wie eine von der Straße. Vielleicht hält sie es für die neueste Mode, aber sie ist achtundvierzig und zieht sich an wie ein Künstlerliebchen aus einem Pariser Freudenhaus. Diese Hüte und diese Kleider, das schickt sich doch nicht.« Janelle rang vor Empörung die Hände. »Der liebe Gott duldet solch ein Benehmen nicht, nicht in einer anständigen Stadt. Soll sie doch nach Paris gehen, nach Europa, wenn sie's da so wunderbar findet.«

»Sie ist schön.« Ich sagte es so leise, daß ich nicht sicher war, ob Janelle es gehört hatte.

»Schön? Sag bloß, du findest es schön, daß sich alle Männer in der Stadt den Hals nach ihr verrenken, wenn sie vorbeigeht. Also, ich bitte dich, unter diesen unanständigen Kleidern sieht man ja, wie sie mit dem Hintern wackelt. Und ohne Ärmel, und dann dieses kleine Balg, das tanzt, als hätt's den Teufel im Leib.«

»Duncan kann nicht mehr tanzen. Sie kann ja nicht mal mehr gehen.«

»Dieser Leiterwagen, dieser Hahn. Peinlich. Die macht sich doch lächerlich, und dich gleich mit – und Elikah obendrein, wenn man dich mit ihr zusammen sieht.«

Ich ließ den Sitz los und blickte Janelle in die Augen. »Wieso hast du eigentlich solche Angst vor ihr?«

Janelle machte den Mund auf und wollte etwas sagten, doch fürs erste fehlten ihr die Worte. Dann aber legte sie los: »Wie redest du denn mit mir? Ich wollte dir doch nur einen guten Rat geben, helfen wollte ich dir. Und du wagst es, so mit mir ...« Sie sprang auf und hielt sich wegen des Schaukelns des Zuges an der Rückenlehne meines Sitzes fest. »Ich sag' dir bloß eins, du, in Zukunft werd' ich mir die Mühe sparen, von mir hörst du nichts mehr zu diesem Thema. Aber denk an meine Worte. Eines Tages wird es dir leid tun, daß du je mit dieser Frau gesprochen hast. Und wenn du so weitermachst, ist dein Ruf in der Stadt bald ruiniert. Dann lädt dich kein anständiger Mensch mehr zu sich ein.« Sie sprang auf und verließ das Abteil.

»Von denen, die du für anständig hältst, will ich auch gar nicht eingeladen werden«, antwortete ich, doch sie war schon weg.

Kapitel 10

Während ich in New Orleans gewesen war, waren JoHanna und Duncan nach Hause gekommen und bereits wieder weggefahren. Sie waren wieder in Fitler bei JoHannas Tante Sadie, erzählte mir Floyd. Floyd war mit den beiden befreundet, und ich glaube, das war auch der Grund, weshalb es mich an dem Mittwoch nach meiner Rückkehr in die Schuhmacherei zog. Über New Orleans hatte ich mit niemandem gesprochen, auch nicht über meine Übelkeit. Ich hatte angefangen, darüber nachzudenken, wie ich meinem Leben ein Ende bereiten konnte. Vielleicht war es dieser Gedanke, der mich dazu bewegte, mir jemanden zu suchen, der mich mit Worten und Geschichten von meiner Verzweiflung ablenken konnte und der irgendwie, und sei es auch noch so vage, mit JoHanna verbunden war. Wie dem auch sei, ich ging in die Schuhmacherei, natürlich unter dem Vorwand, ein Paar Schuhe zur Reparatur abgeben zu wollen.

Floyd war hinten in der dunklen Werkstatt, in der es nach Leder und Schuhwichse roch. Moses' Schuhmacherei befand sich in einem langgestreckten, schmalen Holzhaus, in dessen Schaufenster ein roh zusammengezimmertes Regal mit allerlei Stiefeln stand. Zwischen dem vorderen Teil, dem Verkaufsbereich, und der geräumigeren Werkstatt, die hinten lag, war das Kontor; dort saß Axim Moses an seinem Schreibpult. Das Kontor hatte einen soliden Holzboden, wirkte aber durch die bis zur Decke reichenden Balken eher wie ein Pferdestall. Neben dem Kontor führte ein schmaler Korridor zu dem Raum, in dem Floyd an dem einzigen Fenster saß und in seine Arbeit vertieft war. Künstliches Licht gab es nicht.

Er saß rittlings auf einer Holzbank, vor sich einen hölzernen Fuß, den er nutzte, um an Stiefeln und Schuhen arbeiten zu können, ohne sie festhalten zu müssen. Mit großer Sorgfalt und erstaunlicher Fingerfertigkeit brachte er das Oberleder eines sehr eleganten Stiefels an. Axim Moses war in seinem Kontor mit Papieren beschäftigt, und so ging ich gleich nach hinten durch.

Als ich Floyds Lächeln sah, kamen mir fast die Tränen. Er freute sich ehrlich, mich zu sehen.

»Hallo, Miss Mills.«

»Laß dich nicht stören«, sagte ich, damit er wegen meines eh nur vorgeschobenen Anliegens nicht seine Arbeit vernachlässigte.

»Möchten Sie ein Paar Schuhe?« Er warf einen Blick auf die, die ich trug. Sie waren neu, paßten aber nicht richtig. Meine Füße waren lang und schlank, und wenn ich ein Weilchen in diesen Schuhen gelaufen war, drückten sie vorn an den Zehen. »Diese da sitzen nämlich nicht gut.«

»Nein, nein, ich wollte nur mal so vorbeischauen. Über ein Paar neue Schuhe reden wir vielleicht ein anderes Mal.«

Er stand auf und kam zu mir herüber, kniete sich vor mir hin und betrachtete eingehend meine Schuhe. Dann drückte er mir an den Zehen herum. Mir stockte der Atem, als er mir so nahe kam.

Elikah gab sich Tag für Tag große Mühe mit seinem Aussehen; Will sah auf seine Art gut aus und war sich dessen durchaus bewußt. Floyd jedoch hatte nicht die leiseste Ahnung, wie schön, wie männlich er war.

»Die passen Ihnen ja gar nicht. Ihre Zehen sind ja ganz verkrampft darin.« Er drückte so fest zu, daß ich aufstöhnte. »Entschuldigung«, sagte er und blickte zu mir hoch. »In diesen Schuhen kriegen Sie noch Arthritis. Ihre Füße könnten verkrüppeln.«

Irgendwie gelang es ihm, meinen Fuß anzuheben und mir den Schuh auszuziehen. Sofort spürte ich eine Erleichterung, zumindest auf dieser Seite.

Ehe ich wußte, wie mir geschah, hatte Floyd mir ein Stück Papier unter den Fuß geschoben und einen Bleistift hinterm Ohr hervorgeholt. Damit zeichnete er sorgfältig den Umriß meines Fußes nach.

»Und jetzt den zweiten«, sagte er.

»Den zweiten?«

»Kein Fuß ist wie der andere. Es wär ja Unfug, ein Paar Schuhe zu machen, von dem der rechte paßt und der linke nicht.«

Ich ließ mir den anderen Schuh auch noch ausziehen und stand nun barfuß da. Ich dummes Ding! Ich hatte es gerade nötig zu sagen, daß Floyd verrückt sei. Wenn Elikah jetzt in den Laden käme und mich barfuß hier rumstehen sähe, noch dazu mit einem Mann, der vor mir auf den Knien lag, dann könnte ich aber was erleben.

»Floyd, ich …«

Er griff nach meiner Hand und legte sie sich auf die Schulter, damit ich nicht die Balance verlor. »Momentchen noch.«

Der Bleistift fuhr um meinen Fuß herum und kitzelte mir am Spann.

»Sehen Sie, hier müssen Sie auf die Ferse achten und rechts auf den großen Zeh. Sie haben einen schmalen Fuß.« Er zog die Zeichnung unter meiner Sohle hervor und tippte mit dem Bleistift auf die Stellen.

Ich guckte mich um und vergewisserte mich, daß Mr. Moses noch immer in seinem Kontor zu tun hatte. Er saß mit dem Rücken zu mir und hatte den Kopf über die Papiere auf seinem Schreibpult gebeugt.

»Setzen Sie sich.« Floyd zeigte auf einen Stuhl. Dann rutschte er auf den Knien zu mir herüber. »Ich muß noch mehr messen.«

»Ich hab' doch im Moment gar kein Geld für neue Schuhe, Floyd.« Das mußte ich ihm sagen. Seine durch und durch aufrichtige Arglosigkeit beschämte mich. Und sie brachte mich ganz durcheinander. »Ich wollte nur mal so vorbeischauen. Und fragen, ob Sie was von JoHanna gehört haben.«

»Sie kommen morgen wieder. Dann machen wir ein Picknick. Das hat JoHanna mir geschrieben. Bruner hat mir den Brief heute früh gegeben.« Er hatte ein Bandmaß in der Hand. »Stehen Sie mal auf«, sagte er, über meinen Fuß gebeugt.

Er maß die Länge von den Zehen zum Spann, zur Ferse und zum Knöchel und schrieb die Zahlen auf die beiden Blätter mit den Umrissen meiner Füße.

»Ich kann mir im Moment wirklich keine Schuhe machen lassen«, sagte ich noch einmal.

Er bedeutete mir, mich wieder hinzusetzen, hob meinen linken Fuß an und drehte ihn prüfend erst zur einen, dann zur anderen Seite. Er war so in seine Arbeit vertieft, daß ich plötzlich neugierig wurde. Fast kam es mir vor, als wäre es gar nicht mehr mein Fuß, sondern der von jemand anderem. Ein sonderbares, bleiches Ding, das unmerklich und völlig schmerzlos unten aus meinem Bein herausgewachsen war. Doch als seine Finger dann vorsichtig und prüfend die Sohle des Fußes betasteten, da spürte ich nur zu deutlich, daß dieser Fuß zu mir gehörte.

Inzwischen war ich nicht mehr so verkrampft und fand es auch nicht mehr so peinlich, mich auf diese Weise von ihm berühren zu lassen. Was er da tat, war ganz normal, das machte er mit jedem, der kam und sich ein Paar Schuhe anfertigen lassen wollte. Eigentlich war es gar kein unangenehmes Gefühl, wenn seine warmen Hände mir über die Füße strichen. Er drückte behutsam auf die Hornhaut an der Ferse und am Ballen.

»Das kommt, weil die Schuhe nicht richtig sitzen«, sagte er nickend. »Sie scheuern. Daran kann man schon sehen, daß sie nicht passen.«

So lang und schmal meine Füße auch waren, im Vergleich zu seiner riesigen Hand wirkten sie winzig.

»Ich hätte da ein ganz feines Leder. Daraus mache ich die Stiefel hier für Sheriff Grissham.« Er stand mit einer raschen, geschmeidigen Bewegung auf und ging an seine Werkbank, um den halbfertigen Stiefel zu holen. »Sehen Sie mal. Bei dem Muster hat mir Duncan geholfen.«

Ich nahm das Leder, das noch warm war von der Berührung seiner Hand. Es war das Oberleder eines Stiefels, reich verziert mit lauter kleinen Löchern, die ein Muster ergaben, wie ich es noch nie zuvor gesehen hatte.

»Das ist Schlangenleder«, sagte er und zeigte dann auf das sonderbare Muster. »Ich hab' es genauso gemacht, wie Duncan es mir gesagt hat. Sie hat es aufgemalt und mir erklärt, wie es aussehen muß, und ich hab' es prima hingekriegt.«

»Es sieht schön aus.« Ich hielt das Leder in die Sonne, deren breiter Strahl durchs Fenster fiel. Es war, als erwache die Schlangenhaut zum Leben, als bewege sich ihre ehemalige Trägerin mit geschmeidiger Anmut. »Das sieht wirklich schön aus, Floyd.« Ich hätte nie für möglich gehalten, daß er in seinem Handwerk so ein Künstler war. Elegante Lederstiefel, ja, dafür war er bekannt. Aber dieses verschlungene Muster hier, das war ein richtiges Gemälde.

Als ich ihn anblickte, hatte sich sein Gesicht verfinstert. »Was ist denn?« Auf einmal fand ich es wieder irgendwie unanständig, mit nackten Füßen dort herumzustehen.

»Es ist aus einem von Duncans Träumen. Sie war ganz aufgelöst.«

Ich konnte ihm nicht recht folgen. »Was denn für ein Traum? Was ist aus einem Traum?«

»Na, das Muster auf dem Stiefel. Duncan träumt immer von einem Mann, der im Wasser ist. Aber es ist kein ganzer Traum, nur Bruchstücke.« Floyd guckte zu mir hoch, seine Finger massierten selbstvergessen meinen Fuß. »Der Traum macht ihr angst.«

Wenn Duncan ganz aufgelöst gewesen war, hatte das garantiert damit zu tun, daß Mary Lincoln ertrunken war. Und das war wohl auch der Grund, weshalb JoHanna so lange mit ihr in Fitler blieb. Nach dem Vorfall bei der Taufe war es auch besser, daß die beiden sich rar machten. Wenigstens bis Will aus Washington zurückkam. Die Leute in Jexville taten beinah so, als wäre es Duncans Schuld, daß Mary ertrunken war.

Ich spürte Floyds Hand auf meiner Schulter und zuckte erschrocken zusammen. »Duncan sagt, in dem Traum ist es, als ob sie unter Wasser ist und nicht wieder hoch kann. JoHanna hat sie nichts davon erzählt. Nur mir«, sagte er mit einer Mischung aus Stolz und Beunruhigung in der Stimme. »Sie dürfen mit niemandem darüber sprechen. Sonst ist Duncan mir böse.«

»Nein, Floyd, ich spreche mit niemandem darüber.« Bei mir war sein Geheimnis vollkommen sicher. Ich hatte genug eigene Geheimnisse, die ich mit niemandem teilen konnte. »Und Sie sagen, heute kommt JoHanna wieder?«

»Vielleicht genau in dieser Minute. Miss Nell holt die beiden ab. Sie ist nach Fitler gefahren, um die Familie von ihrer Mama zu besuchen, und bringt JoHanna und Duncan mit nach Hause. Ich muß noch zu Mara, Brötchen kaufen, als Überraschung für JoHanna und Duncan. Ich kann für Sie auch eins mitbringen.«

Ich legte ihm die Hand auf den Arm und war erstaunt, wie hart die Muskeln waren, die sich unter dem Stoff seines Hemdes abzeichneten. »Danke, Floyd, aber ich bleibe lieber daheim und mache Elikah Abendbrot.« Ein Picknick, nein, das ging beim besten Willen nicht, andererseits mußte ich unbedingt mit JoHanna reden. Unter vier Augen.

Er nickte. »Ich werde Duncan die Geschichte von den Piraten auf dem Pascagoula erzählen. Es ist eine wahre Geschichte.«

»Vielleicht kann ich sie mir ein andermal anhören.«

»Der berühmteste Pirat hieß Jean Picard.« Er grinste mich an und war sichtlich stolz auf sich. »JoHanna hat mir beigebracht, wie man den Namen richtig ausspricht. Sie sagt, das ist Französisch. Er ist in New Augusta aufgehängt worden. Den Galgen haben sie direkt neben dem Gericht aufgestellt. An derselben Stelle, wo sie den alten James Copeland aufgeknüpft haben.«

Von James Copeland hatte ich schon gehört, aber Jean Picard? Der Name war mir neu. Wahrscheinlich hatte sich JoHanna das Ganze ausgedacht und es Duncan erzählt, und so war es schließlich in Floyds Geschichtensammlung gewandert. Und nachdem er die Geschichte mehrmals erzählt hatte, hielt er sie nun für wahr. Das war Floyds Schwäche. Er war nicht verrückt, wie ich anfangs gedacht hatte, er war nur einfältig. Er glaubte alles, was man ihm sagte, sogar daß sein eigener Vater ein Revolverheld gewesen war. Das war eines von den weniger harmlosen Lügenmärchen, die die Leute in der Stadt erfunden hatten, aber Floyd glaubte daran, er glaubte so fest daran, daß nicht einmal JoHanna ihn davon abbringen konnte.

»Ich würde schon gern hören, wie das mit James Copeland und Jean Picard gewesen ist, aber es geht nicht.« Ich wies ihn erst gar nicht darauf hin, daß ich eigentlich auch nicht zu dem Picknick eingeladen war.

»Na gut.« Er beugte sich zu mir rüber und wies mit seinem langen Arm auf die Blätter mit meinen aufgemalten Füßen. »Wenn Sie Schuhe möchten, ich hab' jetzt alles, was ich brauche. Sie müssen mir nur noch sagen, was Sie wollen.«

»Darüber reden wir, wenn ich ein bißchen Geld übrig habe.« Ich stand auf und schlüpfte in meine unbequemen Schuhe. Floyd ging wieder an seine Werkbank und nahm den kleinen Hammer zur Hand, mit dem er das Leder weich klopfte. Ich blieb noch einen Moment stehen und sah ihm zu. Welche seltsame Krankheit hielt ihn in dieser kindlichen Zutraulichkeit, diesem kindlichen Staunen gefangen? War das ein Geschenk, oder war es eine Strafe?

Während ich so dastand und zusah, wie er das Leder bearbeitete, mußte ich mir eingestehen, daß Floyd wohl viel glücklicher war als ich.

Kapitel 11

Na, Mattie, Eier mit Schinken gefällig?« JoHanna drehte sich mit der Gabel in der Hand zu mir um. Auf dem Herd zischte und fauchte die gußeiserne Pfanne, in der die Schinkenstreifen brieten.

»Nein danke.« Ich schluckte; vor mir stand die Tasse Kaffee, die ich noch gar nicht angerührt hatte. Vollkommen abwesend fuhr ich mit dem Finger über den Tassenrand. Ich saß in JoHannas Küche und hatte furchtbare Angst. Eigentlich war ich wegen Janelles Tratsch hergekommen, und nun, als ich JoHanna in ihrer kurzärmeligen Bluse am Herd stehen sah, als ich die blassen, aber muskulösen Arme betrachtete und den mit feinem kastanienbraunem Flaum bedeckten Kopf, da brachte ich es einfach nicht über mich, ihr die Frage zu stellen, die mir auf der Seele brannte.

»Du hast wohl eine schlaflose Nacht gehabt, was?«

Sie sah mich nicht einmal an. Sie wendete den Schinken.

»Stimmt.«

»Wegen Elikah?«

»Nein.« Ich schluckte wieder und wärmte mir die Hände am Kaffee. »Naja, ja und nein.«

»Bist du schwanger?« Sie drehte sich um und musterte mich mit ihren unheimlich blauen Augen.

»Ich glaube … kann sein.« Ich fing an zu weinen. »Ich will nicht sterben.«

Ihr Lächeln kam prompt. »Daß man bei der Geburt stirbt, ist ja wohl eher die Ausnahme, Mattie. Das weißt du ganz genau. Man hat Angst davor, aber es ist eine ganz natürliche Sache.« Sie legte die Gabel hin und kam um den Tisch herum, um mir die Hände auf die Schultern zu legen. Dabei hob sie meinen langen, schweren Zopf hoch.

Am liebsten hätte ich den Kopf auf die Tischplatte gelegt und geheult. Doch ich kämpfte tapfer gegen die Tränen und streckte mich. Ihr in die Augen sehen konnte ich dabei nicht, aber sagen konnte ich es ihr: »Ich will dieses Kind nicht. Wenn ich es kriegen muß, dann bringe ich mich um, damit es nicht geboren wird.«

Sie zupfte weiter an meinen Haaren herum, sanft und vorsichtig, wie eine Mutter, die eine verknotete Stelle entwirrt. Schließlich ließ sie den Zopf fallen und ging wieder zum Herd, um den Schinken zu wenden. Sie nahm ihn heraus, legte ihn zum Abtropfen auf ein Stück Papier und nahm die Pfanne vom Feuer. »Ich mach' nur schnell die Eier für Duncan fertig«, sagte sie. »Dann können wir ein Stück spazierengehen.«

Ich wischte mir die Tränen ab und war fest entschlossen, nicht noch einmal zu weinen. Wenn ich weinte, würde sie mir nicht glauben. Dann würde sie denken, daß ich mich wie ein kleines Kind benahm und einfach nur wegen meines Zustands durcheinander war.

Mit dem Geschick der erfahrenen Köchin schlug sie die Eier ins heiße Fett und wendete sie. Es dauerte keine Minute, da hatte sie das Essen fertig. »Duncan frühstückt im Bett, aber danach muß sie aufstehen und Laufübungen machen. Ich glaube, sie kriegt langsam etwas mehr Kraft in den Beinen.«

Sie redete, als ob sie vergessen hätte, was ich gerade gesagt hatte. Das machte mich ein bißchen sicherer und gab mir Gelegenheit, mich wieder zu fassen.

Sie stellte den Teller samt einem Milchkrug und einem gefüllten Toastständer auf ein Tablett. Dann stieß sie mit dem Hintern die Küchentür auf, doch plötzlich hielt sie inne und sah mich an. »Ach, Mattie, willst du wohl so gut sein und Pecos ein paar Brotrinden hinwerfen?« Und damit verschwand sie durch die Tür.

Ich nahm die Krusten und ging nach draußen. Zwar waren Pecos und ich noch immer nicht gerade ein Herz und eine Seele, aber wenigstens hatte er es aufgegeben, mich verjagen zu wollen. Als ich gerade alle Rinden verfüttert hatte, stand JoHanna mit der Schürze in der Hand auf der Treppe. Sie warf die Schürze einfach auf den Boden, winkte mir, ihr zu folgen, und ging quer durch den Garten, direkt in den Wald.

Wir liefen zirka eine Viertelstunde, bis wir an einen kleinen, vollkommen von Bäumen überkrönten Bach kamen. Wir gingen stromabwärts zu einer Stelle, wo der Bach beinah viermal so breit und um einiges tiefer war als weiter oben und die Strömung weniger stark. JoHanna fing an, sich ihrer Kleider zu entledigen. »Ich muß unbedingt ein bißchen schwimmen«, sagte sie.

Ich schlug beschämt die Augen nieder. Ich hatte mich noch nie vor einer Frau ausgezogen, außer vor meiner Mutter und meinen Schwestern, und das war vor meiner Heirat gewesen. JoHanna hatte mir schon einmal erzählt, daß sie mitunter nackt badete, aber ich hatte ihr nicht so recht geglaubt. Sie hatte keinen Badeanzug mitgenommen.

»Mit Rücksicht auf dein empfindsames Gemüt werde ich in Unterwäsche schwimmen.« JoHanna machte sich über mich lustig, das merkte ich an ihrem Ton und an der Wortwahl. Ich blickte auf und sah sie in Büstenhalter und Unterrock vor mir stehen, mit nicht viel mehr als je ein bißchen Spitze oben und unten. »Du solltest es auch mal probieren. Nach dem Schwimmen kann ich immer viel klarer denken. Wir müssen ja nicht lange im Wasser bleiben. Duncan braucht mich sowieso bald wieder, damit ich ihr beim Anziehen helfe.«

Sie ging in das schwarze Wasser und schrie kurz auf, weil es so kalt war. Als sie bis zu den Knien drin war, tauchte sie unter und kam am anderen Ufer wieder hoch. »Im ersten Moment ist es wahnsinnig kalt, aber wenigstens ist hier das Wasser tief genug.« Sie zeigte stromabwärts. »Will hat den Bibern ein bißchen beim Dammbau geholfen, damit wir schwimmen können.«

Der Gedanke an Will ließ mich erröten. Ich konnte mir schon vorstellen, daß er und JoHanna hier so manches Mal herumtollten, nackt wie Adam und Eva.

»Na komm schon, Mattie. Bis du zu Hause bist, ist deine Unterwäsche längst wieder trocken. Ehrlich, danach geht's dir garantiert besser.«

Ich knöpfte mir mein grünes Kleid auf. Es fiel mir um die Füße. Ich stieg heraus und ließ auch die Schuhe stehen. Der Boden war schwarz und lehmig, und das dichte Laub der Bäume schützte die kleine Badestelle vor der Sonne. Ich ging bis zu den Knöcheln ins Wasser. Es war bitterkalt.

»Komm ein bißchen tiefer rein, und dann tauch unter und schwimm einfach. Laufen ist viel zu anstrengend.« JoHanna schwamm ein paar Züge. Sie lag auf dem Bauch und ließ sich von der Strömung treiben.

Ich konnte leidlich schwimmen, allerdings mit kurzen, unrhythmischen Stößen, die mich über Wasser hielten und mit denen ich sogar vorwärtskam, wenn auch zentimeterweise; doch gegen JoHannas Schwimmkünste war das gar nichts. Anstatt unterzutauchen, hockte ich mich ins Wasser, und die jähe Kälte ließ mir fast das Herz stehenbleiben.

»Ich liebe meine kurzen Haare.« JoHanna fuhr sich mit der Hand über den Flaum; irgendwie hatte sie es geschafft, daß er jetzt gleichmäßiger wuchs. Vielleicht hatte ihr die Tante beim Schneiden geholfen. »Jetzt kann ich einfach den Kopf unter die Pumpe halten, wenn mir heiß ist. So schön kühl. So schön einfach.« Sie lachte. »Ich hab' mich immer gewundert, wieso die Männer ihre Haare kurz tragen. Jetzt weiß ich's.«

Ich strampelte wie eine Verrückte mit Armen und Beinen, weil mir so kalt war. Aber JoHanna hatte recht. Langsam gewöhnte ich mich an das Wasser. »Wirst du sie … dir noch … mal lang wachsen lassen … deine Haare?«

Sie lachte über meine Frage. »Das werd' ich wohl müssen. Duncan hat es sowieso schon nicht leicht, ich kann ihr doch das Leben nicht noch schwerer machen. Im Herbst muß sie wieder zur Schule.«

An die Schule hatte ich noch gar nicht gedacht. Die arme Duncan. Wie sollte sie denn mit den anderen Kindern zurechtkommen, wenn alle dachten, sie hätte Mary verflucht? Und außerdem brauchte sie dann ja auch einen Rollstuhl.

»Komm hier rüber, Mattie.«

JoHannas Stimme klang weich. Ich schaute auf. Das Wasser ging ihr knapp über die Brüste, die deutlich durch den Spitzenbüstenhalter zu sehen waren. Sie winkte mir, ins Tiefe zu kommen, zu ihr.

Der Grund war sandig, außer an manchen Stellen, wo ich mit den Zehen den harten Lehm fühlen konnte. Nicht so glatt, wie ich ihn mir vorgestellt hatte. Ich ging zu JoHanna, vorsichtig, damit ich nicht von der Strömung abgetrieben wurde, die stärker war, als sie aussah, sogar hier im Tiefen. Wenn Will ein kleines Stück weiter unten nicht den Damm gebaut hätte, wäre der Bach nur so dahingeschossen. Tapfer gegen die Strömung kämpfend, schaffte ich es bis zu ihr, ohne umgerissen zu werden. Je tiefer ich kam, desto ruhiger wurde das Wasser.

»Keine Angst«, sagte JoHanna, legte mir ihren Arm in den Nacken und stützte mich von hinten. Einen entsetzlichen Augenblick lang mußte ich daran denken, wie Mary Lincoln gekämpft hatte, doch JoHannas Stimme beruhigte mich.

»Keine Angst. Ich hab' dich. Leg dich einfach zurück. Laß dich treiben. Ich halte dich.«

Ich fühlte ihre Hände unter den Schultern. Meine Beine waren von ganz allein hochgekommen, und sie hielt mich mit einer Hand unter den Knien fest.

»Mach die Augen zu.« JoHanna lächelte zu mir herab. Sie fand es lustig, wie verkrampft ich dalag. »Ich laß dich nicht los, Mattie. Ich schwör's dir. Ich laß dich nicht untergehen.«

Ich schloß die Augen und ließ den Kopf einfach ins Wasser hängen, bis es mir über die Ohren reichte. Ich spürte mein schweres Haar hinter mir treiben. Mein Kopf zeigte stromabwärts, und das Wasser schien eilig an mir vorbeizufließen. Verspielt huschten über mir in den Bäumen die Sonnenstrahlen durchs Geäst und tanzten über meine Lider. Es war wie Hypnose. Ich merkte, wie sich mein Körper mehr und mehr entspannte.

»So ist es gut«, sagte JoHanna.

Sie stand vollkommen still. Welch eine Selbstbeherrschung. Sie war mein Tau, mein Anker. Solange sie mich festhielt, konnte die Strömung mich nicht mit sich fortreißen. Ich schlug die Augen auf und sah ihr ins Gesicht.

»Erzähl mir, was los ist«, sagte sie.

Ich sah, wie sich ihre Lippen bewegten und die Worte formten. Sie klangen verzerrt, doch ich konnte sie deutlich hören. Alle harten Laute waren verschwunden, wie vom Wasser abgeschliffen.

»Falls ich wirklich schwanger bin, will ich das Kind nicht. Eher sterbe ich, als von Elikah ein Kind zu kriegen.« Meine Stimme hallte mir in den Ohren. Ich beobachtete ihr Gesicht, sah aber keine Reaktion.

»Weiß Elikah Bescheid?«

Wieder formten ihre Lippen Worte, die wie von weit her zu mir kamen, mir gleichsam ins Ohr flossen.

»Nein.«

Sie nickte. »Bleib ganz ruhig.« Sie schloß die Augen und begann sich sehr, sehr langsam im Kreis zu drehen. Mein von ihren Händen gelenkter Körper folgte den Bewegungen, ich schloß die Augen und überließ mich dem Wechselspiel von Licht und Schatten und dem Feuerwerk der Sonne hinter meinen Lidern. Ich hatte JoHanna meine schmählichsten Gedanken gestanden, und sie hatte keinen Abscheu empfunden. Sie war nicht der Meinung, daß ich ein Ungeheuer sei.

Ich merkte, wie sie mir die Hand unter den Knien wegzog und meine Beine ganz langsam sanken, bis ich mit den Füßen auf dem sandigen Grund stand. Es fiel mir nicht leicht, den Kopf aus dem Wasser zu heben. Mein Haar war naß und schwer und wollte mich nach unten ziehen. Schließlich stand ich aufrecht und öffnete die Augen.

»In Mobile gibt es einen Arzt. Wenn Will mit dem Wagen zurück ist, bringe ich dich hin. Aber du darfst es niemandem sagen, Mattie. Und du mußt wissen, daß du danach vielleicht nie mehr Kinder kriegen kannst.«

Mir war, als wäre ich ganz und gar in der Gewalt des Wassers, als hätte ich selbst keine Macht darüber, was ich sagte oder tat. »Ich will keine Kinder kriegen! Niemals!«

Sie strich mir über die Wange. »Bist du dir da wirklich sicher?«

»Ganz sicher.« Ich sah ihr ins Gesicht, und ihre Miene verriet mir, was für eine Ungeheuerlichkeit mir da entschlüpft war. Doch wie sollte sie begreifen, warum ich so dachte? Mit Worten war das nicht zu erklären. Ich konnte mich ja selbst nicht richtig verstehen. Ich wußte nur, daß es richtig war.

»Ich schwimme noch ein bißchen. Geh schon ans Ufer und laß dich trocknen. Du hast viel längere Haare als ich, die trocknen nicht so schnell.«

Sie wußte, daß ich nicht mit nassen Haaren nach Hause kommen durfte, aber so dick und lang sie auch waren, bis ich wieder in Jexville war, würden sie längst trocken sein. Um die Mittagszeit würden es mindestens achtunddreißig Grad sein. Ganz schön heiß für das Picknick mit Duncan und Floyd.

Auf dem Rückweg erzählte mir JoHanna von dem Gelee aus wilden Muskatellertrauben, das ihre Tante Sadie gemacht hatte. Sie waren in die Sumpfgebiete entlang des Pascagoula gegangen und hatten die Trauben selbst gepflückt. JoHanna redete und redete, als wollte sie mein furchtbares Geständnis damit beiseiteschieben. Als wir kurz vor der Gartentür waren, hörten wir plötzlich ein Klirren, wie wenn Geschirr zu Boden fällt.

»Duncan!« JoHanna rannte los, ich hinterdrein.

Pecos saß im Fenster und machte einen Lärm, der Tote hätte aufwecken können. Wir liefen zur Hintertür und stürzten ins Haus.

»Duncan!« JoHanna blieb gar nicht erst in der Küche stehen, sondern rannte sofort in Duncans Zimmer.

»Mama!« Duncans Stimme klang ganz verstört. »Da war schon wieder dieser Mann. Er war unter der Brücke. Er wollte mich packen. Mama, er hat meinen Namen gerufen und die Hand nach mir ausgestreckt!«

Ich blieb draußen vor der Tür, wie gelähmt vor Entsetzen über ihre Worte. Ihre Stimme war so angsterfüllt, so von Panik ergriffen. Fast bildete ich mir ein zu hören, wie ihr Herz klopfte.

»Ach, Duncan.« JoHannas Worte waren beruhigend und ängstlich zugleich. »Das ist doch nur ein Traum, mein Liebes. Er kriegt dich nicht. Du weißt doch, wenn er dich schnappen will, hol' ich einfach die Schaufel aus dem Garten und schlag' ihn tot.«

Ich sah, wie sie sich aufs Bett setzte und Duncan in den Arm nahm. Pecos saß immer noch im Fenster und krähte, hatte sich aber schon ein wenig beruhigt. Da hörte ich, wie Duncan etwas sagte, was mir die Sprache verschlug.

»Du kannst ihn nicht totschlagen, Mama. Er ist ja schon tot.«

Ich mußte mich an der Wand festhalten. Dann ging ich ins Zimmer und sah das zerbrochene Geschirr auf dem Boden und JoHanna, die neben Duncan auf dem Bett lag und die Kleine fest im Arm hielt. Wortlos bückte ich mich, um die Scherben aufzusammeln.

»Und wenn er auch tot ist, deshalb laß ich trotzdem nicht zu, daß er dich holt.«

Ich schaute kurz zu JoHanna hinüber und stellte fest, daß sie genauso kreidebleich war wie ihre Tochter. Das frische Wangenrot, das sie nach dem Schwimmen gehabt hatte, war weg.

Sie spürte, daß ich sie ansah. »Duncan hat immer wieder diesen Alptraum.«

»Ich hab' gefrühstückt, und danach bin ich noch mal eingeschlafen.« Duncan sah zu Boden. »Entschuldige bitte, Mattie. Ich wollte das Geschirr nicht kaputtmachen. Ich hab' versucht zu fliehen, ich bin gerannt, aber ich war doch im Wasser, und meine Beine haben nicht richtig funktioniert.«

Ich strich ihr übers Bein. »Ach was, ist schon gut. Deine Mama hat genug Teller.« Plötzlich spürte ich, wie ihr Bein unter meiner Berührung zuckte, als ob ich sie gezwickt hätte. »Duncan?«

»Was?«

Ich stand langsam auf. Vielleicht war es ja nur Einbildung gewesen. »Dein Bein. Es hat sich bewegt.«

JoHanna setzte sich hin und legte die Hände auf Duncans Beine. »Kannst du sie bewegen?«

Duncan legte die Stirn in Falten, ihre dunklen Augen verengten sich vor Konzentration. Sie kniff den Mund zusammen, stemmte die Ellbogen aufs Kopfkissen und richtete sich auf.

»Tatsächlich!« JoHanna sprang auf und warf jubelnd die Arme hoch. »Sie haben sich bewegt! Alle beide, Duncan! Sie haben sich bewegt!« Sie warf sich aufs Bett, drückte Duncan an sich, stand wieder auf und stürzte auf mich zu, um mich gleichfalls zu umarmen. »Sie haben sich bewegt!«

Pecos flatterte ins Zimmer und landete auf Duncans Bett. Der Hahn sah mich an, legte den Kopf schräg und warf mir erneut einen Blick zu. Dann schlug er drohend mit den Flügeln, damit ich ihm, bedingt durch die Gefühlsausbrüche in diesem Raum, nur nicht zu nahe kam.

»Pecos!« Duncan packte ihn am Bein und zog ihn zu sich heran. »Daß du Mattie ja nichts tust!«

JoHanna ging in die Knie und gab Duncan einen Kuß auf die Stirn. »Das kommt, weil wir in Fitler so oft schwimmen gegangen sind. Ich hab' dir ja gleich gesagt, der Fluß wirkt Wunder und er gibt dir deine Muskeln wieder.« Sie hüpfte auf und ab vor lauter Freude.

Duncan lächelte sie an. »Nein, nein, das war der Traum. Ich hab' geträumt, daß ich renne, und da hab' ich's halt probiert. Dadurch hab' ich ja auch im Schlaf das Tablett runtergeworfen.«

JoHanna griff nach Duncans Händen und küßte sie. »Dann danke Gott für den Traum, Duncan. Wenn dich erst ein Ertrunkener jagen muß, damit du wieder laufen lernst, dann soll er ruhig öfter erscheinen.«

»Ein Ertrunkener?« Meine Frage verhallte ungehört im Jubel.

»Ein Ertrunkener?« fragte ich noch einmal.

»Na, der Mann in dem Traum, an der Brücke, im Wasser.«

»An den Brückenpfeilern«, erläuterte JoHanna.

»Er wartet dort und ruft, ich soll zu ihm kommen.«

Während Duncan sprach, beruhigte JoHanna sich allmählich. Sie betrachtete ihre Tochter und hörte sich die Erzählung über den Traum jetzt mit größerer Aufmerksamkeit an.

»Und er ruft deinen Namen?«

Die Kleine nickte. »Er ruft ›Dun-can‹! Und er streckt die Arme nach mir aus. Um seinen Körper lagen einmal Ketten, aber sie sind hinuntergerutscht, weil er …« Sie senkte die Stimme. »Er ist so eine Art Skelett, aber nicht richtig. Nur, daß die Fische ihm zwischen den Rippen hindurchschwimmen.« Duncan schloß die Augen. »Er will, daß ich komme und mich unter Wasser neben ihn setze.«

Die letzten Worte hatte sie geflüstert.

»Das hast du mir noch nie erzählt«, sagte JoHanna und strich Duncan über den Kopf.

»Jedesmal, wenn ich diesen Traum habe, erfahre ich ein bißchen mehr.« Duncan sah ihre Mutter an. »Ich will das nicht mehr träumen.«

»Wenn du erst wieder richtig laufen und tanzen kannst, dann hören diese Träume sicher auf. Dein Körper ist es gewohnt, auf den Beinen zu sein und herumzutoben. Normalerweise gehst du ins Bett und schläfst sofort ein.« Sie küßte Duncan auf den Scheitel und strich ihr mit der Hand über das feine, dunkle Haar, das schon fast einen halben Zentimeter lang war. Wenn die beiden blond gewesen wären und in der Sonne gestanden hätten, hätten sie sicher ausgesehen wie zwei große Butterblumen. »Dein Körper hat einen Schock erlitten, genau wie dein Verstand, aber jetzt normalisieren sich die Dinge wieder. Du wirst schon sehen.«

»Gut.« Duncan lächelte erst JoHanna und dann mich an. »Bleib doch zum Picknick, Mattie. Bitte! Es wird bestimmt lustig. Floyd hat dich sehr gern.«

»Woher weißt du denn das«, ging ich auf ihren neckenden Tonfall ein. Ich wollte zu gern, daß wir drei diesen Alptraum endlich vergessen konnten.

»Ich weiß es eben.« Duncan lächelte schelmisch, aber voller Freude.

»Das stimmt«, sagte nun auch JoHanna. »Er hat dich wirklich sehr gern. Er sagt, du seist nett.«

»Ich hab' ja kaum ein Wort mit ihm gesprochen.« Die beiden machten mich ganz verlegen.

»Na und? Floyd merkt sofort, ob jemand ein guter Mensch ist.« In einem Anflug von Traurigkeit verdüsterte sich plötzlich ihr Gesicht. »Wenn er doch nur die schlechten auch so gut erkennen könnte.« JoHanna nahm das Tablett mit den Scherben, die ich aufgesammelt hatte. »Jetzt muß ich aber schnell die Sandwiches für das Picknick machen. Was ist, Mattie, kommst du nun mit? Floyd bringt besonders süßen Kuchen aus Maras Bäckerei mit, und er hat gesagt, daß er dir gern auch ein Stück mitbringt, falls du es dir doch noch anders überlegst.«

Was würde Elikah wohl dazu sagen, wenn er zum Essen kam, und ich hatte nicht gekocht? Was würde er mit mir machen, wenn ich heimkam? Ich brauchte meine Fragen nicht laut auszusprechen. JoHanna las sie mir von den Augen ab.

»Elikah übernehme ich. Ich kläre das mit ihm.« Sie gab Duncan noch einen Kuß, dann stand sie auf. »Mattie ist gleich wieder da und hilft dir mit deinen Beinen. Du machst so lange deine Übungen, Duncan. Aber alle. Nicht schummeln, verstanden?«

Duncan verdrehte die Augen. »Vielleicht sollte ich doch lieber auf den nächsten Traum warten.«

»Vielleicht sollte ich dich doch lieber in den Po kneifen«, drohte JoHanna im Scherz und machte Anstalten, ihrer Drohung Taten folgen zu lassen. Duncan quiekte und versprach zu tun, wie ihr geheißen.

JoHanna winkte mir, ihr in die Küche zu folgen, und blieb vor dem Telefon stehen. »Elikah hat doch Telefon im Frisiersalon, nicht wahr?«

Ich nickte. Er hatte sich vor kurzem eins einbauen lassen, angeblich, weil er es fürs Geschäft brauchte, aber ich wußte, daß er es vor allem zum Tratschen brauchte und für Tommy Ladnier und seine Freunde, damit die es bequemer hatten.

JoHanna betätigte die Kurbel des Telefons und bat die Vermittlung, sie mit dem Frisiersalon zu verbinden. Sie sah mich an, und ihre blauen Augen blitzten fröhlich. Dann hielt sie kurz die Sprechmuschel zu. »Dir ist doch klar, daß gleich die ganze Stadt Bescheid weiß, nur, daß du dich nachher nicht wunderst.«

Ich nickte und überlegte krampfhaft, was sie ihm wohl sagen wollte. Gleichzeitig fragte ich mich, wie ich das später würde büßen müssen.

»Elikah? Hier ist JoHanna McVay.« Sie zog die Brauen hoch. »Ich rufe wegen Mattie an, du, ich hab' leider eine schlechte Nachricht für dich.«

Ich hörte seine Stimme, verstand aber nicht, was er sagte.

»Ich wollte heute früh in die Stadt, und da hab' ich sie am Straßenrand liegen sehen. Scheint so, als ob sie … eine Frauensache, du verstehst schon. Ich hab' sie erst mal mit zu uns genommen und ins Bett gesteckt. Es ist vielleicht besser, wenn sie heute nicht mehr aufstehen muß.«

Wieder sagte er etwas. Seine Stimme klang jetzt erregter.

»Tja, das ist schwierig für eine Frau. Ich glaube, es wäre das beste, du ließest sie hier. Ich muß ja wegen Duncan sowieso zu Hause bleiben, da kann ich mich doch um sie kümmern. Sie hat ja sonst niemanden, der nach ihr sieht. Vielleicht willst du zu uns zum Abendessen kommen?«

Ich schüttelte erschrocken den Kopf, doch dann sah ich, daß JoHanna sich mit Mühe das Lachen verkniff. Ihre Stimme klang furchtbar ernst, sehr teilnahmsvoll, sehr herzlich, in ihren Augen aber stand etwas ganz anderes geschrieben.

»Ich ruf' gleich noch mal Doc Westfall an, aber ich glaube, ich weiß schon, was sie braucht. Wenn die Blutungen stärker werden sollten, melde ich mich noch mal bei dir.«

Er erwiderte irgendwas.

»Also, das möchte ich dir wirklich nicht am Telefon erklären. Ich will Mattie nicht noch mehr aufregen.«

Wieder sprach er.

»Da du ja nicht zu uns zum Abendessen kommen willst, werde ich dich morgen früh im Geschäft anrufen und dir sagen, wie es ihr geht.« Sie hängte ein.

»Was hat er gesagt?«

JoHanna sah mich an. »Er war schrecklich verständnisvoll. Zu verständnisvoll.« Sie wartete, daß ich etwas entgegnete.

Ich wollte ihr von New Orleans erzählen, aber ich schwieg. Ich brachte es einfach nicht fertig, darüber zu sprechen. Ich sah zu Boden. Dann spürte ich ihre Hand auf der Schulter. »Mattie, was wirst du jetzt machen?«

Ich schüttelte den Kopf. »Ich weiß es nicht.«

»Wir schreiben deiner Mutter einen Brief.«

Ich schüttelte abermals den Kopf. »Dorthin gehe ich nicht zurück. Jojo ist genauso schlimm. Genauso gemein.« Mir tropfte eine Träne von der Nase.

»Zu dumm, daß er nicht zum Abendessen kommt. Sonst hätten wir ihn vergiften können.«

Ich blickte rasch auf, konnte aber nicht erkennen, ob sie das im Scherz gesagt hatte, um meine Laune aufzubessern, oder ob sie es ernst meinte.

Kapitel 12

»Erzähl uns doch die Geschichte, wie Mr. Senseney verschwunden ist.« Duncan hatte ein angebissenes Sandwich in der Hand und schwenkte es wie ein königliches Zepter in Floyds Richtung.

»Na gut.« Floyd saß an einen Baumstamm gelehnt, und sein dichtes blondes Haar, das in Kinnhöhe gerade abgeschnitten war, schimmerte feucht. Die knabenhafte Frisur stand in krassem Gegensatz zu den breiten bronzefarbenen Schultern. Von JoHanna wußte ich, daß er schon dreiundzwanzig war. Die gebräunte Brust war unbehaart, aber dennoch alles andere als kindlich. Ich senkte den Blick und hörte dem Geplauder zu.

Wir hatten beschlossen, nicht erst lange zu wandern und dann das Picknick zu machen, sondern gleich an den Bach hinterm Haus zu gehen, zu dem verborgenen Plätzchen, wo JoHanna und ich am Morgen gebadet hatten. So liefen wir nicht Gefahr, daß jemand uns auf der Straße sah und es Elikah erzählte. Oder Doc Westfall. JoHanna hatte den Arzt nämlich angerufen und ihm allerlei Einzelheiten geschildert, die sich für mich nach einer Fehlgeburt anhörten. Der Doc war einverstanden gewesen, Elikah anzurufen und ihn davon zu überzeugen, daß es das beste sei, wenn ich ein paar Tage bei einer Freundin bliebe, die sich um mich kümmern könnte, ohne daß es für mich Scham oder Schande bedeutete. Ihren Worten nach war ich in einem bedauernswerten Zustand.

Als wir dann unten am Bach saßen, fühlte ich mich trotz all meiner Ängste und Sorgen glücklich und unbeschwert und so satt, daß ich mich rücklings auf den kühlen, weichen Boden legte, während Floyd zu erzählen begann.

JoHanna lehnte ebenfalls an dem großen, glatten Baumstamm; sie hielt Duncan im Arm, und so war ich der Zuhörer, den Floyd am besten sehen konnte. Er saß breitbeinig da, die Hände auf den Knien, den Oberkörper nach vorn gebeugt, und begann. Wenn Floyd den Revolverhelden spielen oder Geschichten erzählen konnte, war er der glücklichste Mensch auf der Welt.

»Waren Sie schon mal in Fitler, Mattie?« fragte er.

»Nein, aber ich möchte gern mal hin. JoHanna hat mir erzählt, wie es dort ist.«

»Früher war Fitler die größte Stadt hier in der Gegend, eine blühende Stadt.« Er beugte sich noch weiter vor und warf JoHanna einen Blick zu, stolz, daß er ihren Ausdruck benutzt hatte. »Das war so um 1880 und hielt an, bis Mr. Kretzler bei uns in Jexville die Eisenbahn gebaut hat. Das hat Fitler sozusagen das Leben ausgesaugt.«

»Die Eisenbahn fährt nach der Uhr, und der Fluß hat seinen eigenen Fahrplan«, sagte JoHanna. »Als die Menschen noch vom Fluß abhängig waren, ging es anständiger zu. Da konnten sie sich keine Gemeinheiten leisten, weil sie zusammenhalten mußten.«

Floyd nickte, als ob JoHanna nur aussprach, was er gedacht hatte. »Stimmt. Aber Tatsache ist, wenn sie die Brücke über den Pascagoula zu Ende gebaut hätten, wäre nicht Fitler zugrunde gegangen, sondern Jexville. Darum ist es ja auch so spannend, das, was mit Jacob Senseney passiert ist, dem Mann, der das Geld gehabt hat, um die Brücke bauen zu lassen.«

Duncan, immer noch in den Armen ihrer Mutter, beugte sich vor. Sie war erschöpft von dem Alptraum und den Übungen, die wir gemacht hatten, leider ohne daß ihr Bein besser geworden war. Doch sie wollte auf keinen Fall einschlafen und etwas verpassen. »Der alte Mr. Senseney ist einfach verschwunden, man hat nie wieder von ihm gehört. Manche sagen …«

»Duncan!« JoHanna hielt ihr den Mund zu und zog sie wieder an sich. Sie mußte lachen, weil Duncan sich so erbittert wehrte, allerdings nur aus Spaß. »Du wolltest doch, daß Floyd die Geschichte erzählt, also verdirb Mattie nun gefälligst nicht die Freude.«

Duncan quiekte, doch dann nickte sie, was soviel heißen sollte wie: Ja doch, ich bin ja schon wieder lieb. JoHanna nahm die Hand wieder weg.

»Jedenfalls war in Fitler jede Menge los.« Floyd schüttelte sich die Haare aus dem Gesicht und lächelte mich an. »Die Hauptstraße war über anderthalb Kilometer lang, und es gab fünf Saloons, und in dreien davon war ein Bordell in der oberen Etage. Direkt neben dem vornehmsten Bordell lag das Gefängnis, daneben das Maklerbüro und weiter unten drei Cafés und ein Restaurant mit einem französischen Koch aus New Orleans.« Er sah JoHanna an, und sie nickte. »JoHanna hat schon mal in dem französischen Restaurant gegessen. Crêpes hat sie bestellt, sagt sie!« Er grinste über beide Ohren, weil er das Wort untergebracht hatte. »Und andere Sachen, an die ich gar nicht denken will.«

JoHanna lachte. »Meine Eltern sind nach Fitler gekommen, um ins Holzgeschäft einzusteigen. Sie wollten dort eine große Sägemühle errichten, als Konkurrenz zu der am Pascagoula. Das Problem bei der Sache war, daß es keine Möglichkeit gab, das Bauholz auf dem Landweg zu transportieren. In Pascagoula hat man's einfach auf Schiffe geladen und auf dem Wasser zum Markt gebracht. Fitler brauchte einen Transportweg zu Lande. Eine Eisenbahn. Und um die Eisenbahn zu bauen, war die Brücke nötig. Die Fähre zu benutzen war wegen der starken Strömung zu riskant.« Sie strich Duncan über den Kopf und schwieg.

Janelle hatte mir einmal erzählt, daß JoHannas Eltern mit eben dieser Fähre untergegangen und ertrunken waren. Und trotz allem zog es sie immer wieder an den Fluß, mehr noch, sie schwamm sogar mit Duncan im Pascagoula. Fast so, als ob sie dem Fluß trotzen wollte. Oder sich vielleicht mit ihm verbünden?

Floyd hob ein Stöckchen vom Boden auf und drehte es in seinen großen Händen. »Mr. Senseney war ein Yankee aus Minnesota. Es heißt, er ist das schwarze Schaf in der Familie gewesen und ist in den Süden gekommen, weil der Sheriff hinter ihm her war.«

»Was hatte er denn angestellt?« redete ich dazwischen, ohne vorher nachzudenken. »Entschuldigung, Floyd.«

»Ist schon gut. Da hört man die verschiedensten Sachen.« Er warf JoHanna einen Blick zu, als ob er hoffte, daß sie einspringen würde. Als sie es nicht tat, fuhr er mit kaum wahrnehmbarem Zaudern in der Stimme fort: »Angeblich soll er noch einen großen Bruder gehabt haben, und diesem ältesten Sohn hat sein Vater alles vererbt. Das wird hier bei uns oft so gemacht: Der Älteste erbt, und die anderen müssen sehen, wo sie bleiben. Damit der Grund und Boden nicht auseinandergerissen wird.«

»Bei den Familien, die überhaupt soviel haben.« In meinem Kommentar schwang ungewollte Bitterkeit mit; er polterte mitten in die Geschichte hinein wie ein Stein. Ein paar Sekunden lang herrschte Schweigen. Dann schrie ein Rotschwanzbussard, die Spannung löste sich, und Floyd sprach weiter.

»Jacob Senseney soll das ganze Geld aus dem Familienunternehmen gestohlen und sich damit in den Süden abgesetzt haben, um dort sein Glück zu machen.« Floyd grinste. »Es heißt, er hat einen Brief hinterlassen, in dem stand, er nimmt sich nur einen Teil von dem, was ihm zusteht. Vielleicht hat er recht gehabt, vielleicht aber auch nicht. Nach dem, was ich gehört habe, ist nie ein Gesetzeshüter gekommen und hat ihn gesucht, und hier unten in Mississippi hat er ein Vermögen gemacht mit Land und Bauholz. Zwei von den Saloons in Fitler haben ihm gehört, und zwar zwei von den ganz verrufenen; sie befanden sich auf Hausbooten, die den Fluß rauf- und runtergefahren sind. Sein ganzer Stolz aber war ein alter Raddampfer namens *Mon Ami*. Auch wieder so ein französisches Wort. Das heißt ›mein Liebster‹. Mr. Senseney hing an dem alten Dampfer. Er ist ständig damit unterwegs gewesen, immer den Fluß rauf und runter. Sie haben dort Karten gespielt und solche Dinge.«

Fast hätte ich dazwischengerufen, daß bei Elikah sonntags auch immer Karten gespielt wurde, doch ich hielt lieber den Mund.

Schließlich war nicht ich es, die hier erzählen wollte, und außerdem war der Tag so schön, daß ich nicht einmal Elikahs Namen aussprechen mochte.

»Mr. Senseney hat sich dann mit JoHannas Daddy zusammengetan, und es hat nicht lange gedauert, da war die Brücke nicht mehr nur ein Traum. Der Bau sollte hundertfünfundzwanzigtausend Dollar kosten, und der Staat gab keinen Penny dazu. Oben am Zusammenfluß von Leaf und Chickasawhay wär' die Strömung viel zu stark, behaupteten die Ingenieure von der Regierung, aber Mr. Dunagan, also JoHannas Daddy, und Mr. Senseney haben selbst einen Ingenieur beauftragt, und der sagte, es könnte klappen.«

Floyd sprach schnell und routiniert. Er mußte die Geschichte schon oft erzählt haben, nachdem er sie irgendwo gehört hatte. Aber vielleicht war er auch einfach nur ein begabter Geschichtenerzähler. Sein Gesicht war voller Leben; die blauen Augen blickten mich mit jener Zutraulichkeit an, die, wie sich später herausstellen sollte, seine größte Schwäche war. Er vertraute darauf, daß ich ihm zuhörte, daß ich glaubte, was er glaubte. Er vertraute darauf, daß meine Hingabe genauso groß war wie die seine, und genau das war der Grund, weshalb sich ganz Jexville über ihn lustig machte und ihn auslachte. Er aber, in seiner grenzenlosen Unschuld, glaubte tatsächlich, Leute wie Clyde Odom würden sich einfach nur an seinem Spiel beteiligen.

»Stimmt etwas nicht, Mattie?« Er sah mich erschrocken und besorgt an.

»Nein, Floyd.« Ich berührte kurz sein Knie und spürte die steinharten, jugendlich-männlichen Muskeln. »Ich hab' nur ganz aufmerksam zugehört. Bitte, erzähl weiter.«

Er nickte und fuhr fort. »Also hat man sich darauf geeinigt, daß der Staat, wenn Dunagan und Senseney die Brücke bauen, dafür sorgen würde, daß die Durchgangsstraße in Fitler ausgebaut wird, im Norden nach Meridian und im Süden nach Mobile. Diese Straße war nämlich ein Teil der alten Nationalstraße, und ganz schön befahren.« Er warf JoHanna einen Blick zu. »Die Fähre hielt den Verkehr natürlich auf.«

»Warum hat man denn nicht einfach zwei kleinere Brücken gebaut, eine über den Leaf und eine über den Chickasawhay?« Ich hatte diese beiden Flüsse noch nie gesehen, aber das Wort Chickasawhay gefiel mir gar zu gut. Es klang wie Musik in meinen Ohren, und ich wollte es unbedingt einmal selbst aussprechen.

Floyd guckte zu JoHanna und Duncan, die den Kopf an die Brust ihrer Mutter gelehnt hatte und gegen den Schlaf ankämpfte. Ihre sonst so scharfen Augen sahen müde und trüb aus. Pecos hatte sich neben ihr in einem alten Heidelbeergestrüpp niedergelassen und den Kopf unter die Flügel gesteckt.

JoHanna sprach mit leiser, sanfter Stimme: »Am Zusammenfluß der beiden Flüsse sind ausgedehnte Sümpfe, besonders an der Stelle, wo die Brücke gebaut werden sollte. Und wenn man weiter flußaufwärts gebaut hätte, hätte man auf all die Vorteile verzichten müssen, die der breitere, tiefere Pascagoula für die Stadt als Wasserstraße bot. Daddy und Mr. Senseney meinten, entweder in Fitler oder gar nicht. Zumal Mr. Senseney dort ja jede Menge Grund und Boden besaß, und Wachstum für ihn auch mehr Geld bedeutet hätte.«

Ich nickte.

»Ja, und dann geschah dieser schreckliche Unfall mit der Fähre, bei dem Mr. und Mrs. Dunagan ertrunken sind.« Floyd spürte sehr wohl, daß er das besser nicht erwähnt hätte, und darum sprach er sehr schnell und wechselte sofort das Thema. »Aber Mr. Senseney war fest entschlossen, seinen Plan zu verwirklichen. Er hat ein, zwei Jahre gebraucht, bis er alles beisammen hatte und anfangen konnte, die Zementpfeiler gießen zu lassen, die die Brücke in der schnellen Strömung stützen sollten. Es war eine Sensation, und die Leute kamen von überallher, um bei der Arbeit zuzusehen, die nur sehr langsam voranging. Doch dann standen die Pfeiler schließlich. In jenem Frühling kam die schlimmste Flut, die es je gegeben hatte. Ein Pfeiler wurde von einem Schleppkahn gerammt, der sich losgerissen hatte. Aber die Pfeiler hielten stand! Man konnte darangehen, die Brückenbahn zu bauen!«

Floyd beugte sich mit leuchtenden Augen zu mir herüber. Gott, was für ein gutaussehender Mann! Und er war sich dessen so gar nicht bewußt. Am liebsten hätte ich die Hand ausgestreckt und ihm übers Gesicht gestrichen, doch ich wußte, daß es falsch gewesen wäre. Ganz egal, was ich dabei im Sinn haben mochte, es wäre nicht recht gewesen. Es hätte nicht gezählt, daß ich ihn doch nur wegen seiner Empfindsamkeit berühren wollte, seiner Fähigkeit, zu staunen. Ich behielt die Hand im Schoß.

»Mr. Senseney war an jenem Abend in dem größten seiner Saloons, der The Watering Hole hieß, und erzählte, er wolle am nächsten Morgen in aller Frühe nach New Augusta aufbrechen, um dort Baumaterial zu kaufen. Von da aus wolle er den Pascagoula weiter runterfahren und noch mehr Material kaufen. Er hatte nämlich den Plan, die Brücke von beiden Seiten gleichzeitig zu bauen! Dann wäre die Sache in einem halben Jahr erledigt, meinte er, und danach würde er sich mit dem Vorstand der South-Central-Eisenbahngesellschaft treffen. Versteht ihr, wenn es möglich war, eine Brücke für Fuhrwerke über den Fluß zu bauen, wäre das der Beweis, daß man etwas weiter stromabwärts auch eine Eisenbahnbrücke errichten konnte. Als er dort an der Bar saß, war er so aus dem Häuschen, daß er allen etwas zu trinken spendierte und selbst auch ein bißchen zuviel getrunken hat. Irgendwann in der Nacht ging er dann nach Hause.«

Duncan war über der wohlbekannten Geschichte eingeschlafen, ich aber lauschte gebannt. »Und dann?«

»Mr. Senseney hatte ja gesagt, er wolle am Morgen aufbrechen, und darum hat sich zunächst mal wochenlang kein Mensch gefragt, wo er abgeblieben war. Schließlich war es ein weiter Weg bis nach New Augusta und wieder zurück, und er hatte ja auch gesagt, daß er gleich noch weiter stromabwärts bis nach Pascagoula wollte, und die *Mon Ami* war auch weg. Also dachten alle, er sei mit dem Dampfer unterwegs. Doch als nach fünf Wochen immer noch nichts von ihm oder seinem Baumaterial zu sehen war, begannen die Leute, sich zu wundern. Er kam nicht, um Pacht zu kassieren, er kümmerte sich nicht um seine Geschäfte, und die *Mon Ami* kehrte zurück, und der Kapitän sagte, er habe nicht die leiseste Ahnung, wo Jacob Senseney abgeblieben sei. Daraufhin schickte man ein Telegramm an eine Familie seines Namens in Foley, Minnesota, die offenbar mit ihm verwandt war, doch dort war er auch nicht. Er war einfach verschwunden.«

Floyd zog die Brauen hoch und sah mich mit seinen freundlichen blauen Augen an. »Und man hat ihn nie gefunden.«

»Und was ist aus der Brücke geworden?« fragte ich.

»Die ist niemals fertig gebaut worden«, sagte JoHanna. »Die Pfeiler stehen bis heute im Wasser und halten stand, genau wie Daddy und Mr. Senseney es vorausgesagt hatten. Aber niemand anderes hatte das Geld, um das nötige Baumaterial zu kaufen, und dann fiel die Entscheidung, die Eisenbahnlinie durch Jexville zu führen. Das war das Ende von Fitler, und der Traum von der Brücke war damit auch ausgeträumt.«

»Das ist aber eine traurige Geschichte.« Ich fühlte mich ganz leer. »All die viele Arbeit, all die Träume. Und was glaubt ihr, wo Mr. Senseney hingegangen sein könnte?«

»Die Leute haben gedacht, er ist umgebracht worden, aber es wurde nie eine Leiche gefunden. Manche haben auch gesagt, er hat Angst gekriegt, das Geld genommen und sich abgesetzt. Zum Teil war es ja Daddys Geld, von dem ich später mal etwas bekommen sollte.« JoHanna redete, als ob es um Murmeln oder Spielkarten ging, um irgendwas Unwichtiges jedenfalls.

»Ein Teil von den hundertfünfundzwanzigtausend Dollar hat dir gehört?«

JoHanna lächelte müde. Die Sache schien für sie erledigt zu sein. »Die Hälfte. Die Hälfte des Geldes für die Brücke kam von Daddy, und Mr. Senseney hat gesagt, er würde Daddys Traum verwirklichen und mir dann mein Geld zurückgeben und obendrein noch einen Teil des Profits aus seinem Landbesitz.«

»Und was ist damit passiert?«

»Es gab nichts Schriftliches. Sein Grund und Boden ist teils verkauft und teils gestohlen worden, und das Geld hat man wahrscheinlich seiner Familie in Minnesota geschickt.«

»Aber das ist ja schrecklich, JoHanna.«

»Mir hat es nie an etwas gefehlt.« Sie zuckte mit den Schultern, behutsam, damit Duncan nicht wach wurde. »Du brauchst kein Mitleid mit mir zu haben, Mattie. Ich hatte ein gutes Leben. Ein sehr gutes sogar. Bis auf ein paar Schicksalsschläge hab' ich großes Glück gehabt. Ich wußte ja gar nichts von dem Geld, bis es weg war, deshalb hat's mir darum auch nie leid getan. Nur manchmal.« Ihr Lächeln wurde noch müder. »Nur manchmal, wenn ich denke, ich hätte etwas Gutes damit tun können. Aber ...« Sie schüttelte den Kopf und ließ den Satz unvollendet. »Ich glaube, Mr. Senseney ist umgebracht worden. Die Leute sagen zwar, er sei ein Halunke gewesen und habe sich mit dem Geld abgesetzt, aber das habe ich nie geglaubt.«

»Haben die Gesetzeshüter nie nach ihm gesucht?«

Jetzt war JoHannas Lächeln schon fast kein Lächeln mehr. »Das Gesetz kann immer nur so gut sein wie die Gemeinschaft, der es dient.«

»Und Fitler war schlecht?« Nach dem, was JoHanna erzählt hatte, herrschten in der Stadt recht lockere Sitten, aber sie war doch nicht sündhaft.

»Jexville ist dann die Hauptstadt des County geworden. Dort war der Sheriff. Und was mit Mr. Senseney passiert war, das hat im Grunde keinen weiter interessiert.«

»Weil Jexville einen Vorteil davon hatte.«

Man mußte wahrlich nicht besonders intelligent sein, um zu diesem Schluß zu gelangen.

Floyd nahm sich das letzte noch verbliebene Sandwich und biß hinein. Er kaute und schluckte. »Es heißt, der Geist von Mr. Senseney spukt in der alten Hauptstraße von Fitler. JoHanna und Duncan wollen irgendwann mal nachts mit mir hinfahren, damit wir ihn sehen. Ich wette, ich kann mit ihm sprechen.«

»Ganz bestimmt kannst du das, Floyd. Du bist ein Unschuldsengel, die Geister wissen, daß sie dir vertrauen können.« JoHanna langte um den Baum herum und strich ihm über den Arm. »Aber jetzt mußt du wieder zurück zu Mr. Moses in den Laden und heute abend die Zeit nacharbeiten, die du hier mit uns verbracht hast.

Und denk dran, du darfst niemandem sagen, daß Mattie bei uns ist. Das ist unser Geheimnis.«

»Bleibt Mattie denn jetzt immer hier draußen bei dir und Will?« Floyd grinste mich an. »Vielleicht kann ich dann ja auch hierbleiben.«

»Ich muß bald wieder nach Hause zu Elikah«, erklärte ich ihm. »Morgen.«

»Und ich muß arbeiten gehen.« Er stand auf und räumte die Picknicksachen zusammen. »Ich nehme Duncan«, sagte er, als er sah, daß JoHanna mit ihrer Tochter im Arm aufzustehen versuchte. Er hob die Kleine hoch, als sei sie leicht wie eine Feder. Die dünnen, weißen Beine, an denen noch ein paar blaue Flecken und Schrammen zu sehen waren, baumelten herunter, aber sie schlief tief und fest. Duncan war furchtbar enttäuscht gewesen, daß die Übungen, die sie am Vormittag gemacht hatte, keine Wirkung gezeigt hatten.

JoHanna griff nach dem einen leblos herabhängenden Fuß und hielt ihn in der Hand. Sie betrachtete ihn, als sähe sie ihn zum erstenmal. »Duncan hat wieder den Traum gehabt.«

Floyd schaute zu ihr hinunter. »Niemand wird ihr etwas zuleide tun, JoHanna. Ich würde nie zulassen, daß ihr jemand etwas tut.«

JoHanna stand auf. »Ich weiß, Floyd. Du und Pecos, ihr seid ihre Schutzengel.«

»Duncan hilft mir bei der Arbeit.« Floyd hielt das Mädchen so, daß er ihm ins Gesicht sehen konnte. »Sie erzählt mir interessante Sachen.«

»Das glaub' ich«, sagte JoHanna leicht skeptisch.

»Sie hat für Floyd ein Muster gezeichnet.« Irgendwie hatte ich das Bedürfnis, ihm beizustehen, damit JoHanna ihm auch wirklich glaubte, was er sagte, und nicht nur so tat. »Es ist wunderschön. Für ein Paar Stiefel, das er gerade in Arbeit hat.«

JoHanna strich Duncan über den Kopf, daß das feine, dunkle Haar sich sträubte wie das glatte Fell einer Katze. »Vielleicht wird Duncan einmal Malerin.«

»Oder Tänzerin«, sagte ich. »Wenn ihre Beine wieder gut sind.«

»Oder Geschichtenerzählerin«, fügte Floyd hinzu.

JoHanna küßte Duncan behutsam auf die Stirn. »Uns soll's recht sein, nicht wahr, Hauptsache, sie wird glücklich.«

»Sie kann werden, was sie will, Hauptsache, sie wird glücklich«, bekräftigte Floyd.

JoHanna nahm den Picknickkorb, stieß Pecos mit dem Knie an und winkte mir, mit ihr vorauszugehen, während Floyd mit Duncan uns nach Hause folgte.

Kapitel 13

Als wir aus dem Wald kamen, bog JoHanna lachend in den Pfad zum Haus ein; sie amüsierte sich über etwas, das Floyd über Pecos gesagt hatte. Ich war die erste, die Wills Auto sah. Es parkte hinter dem Seifenbaum, ein rotes, funkelndes Ungeheuer von einem Auto.

Mir gingen zwei Sachen gleichzeitig durch den Kopf. Erstens, daß Will wieder da war, und zweitens, daß JoHanna mich nun nach Mobile zu diesem Arzt fahren konnte. Auf einmal war mir, als wäre alle Luft aus meinen Lungen entwichen, als wären alle Geräusche auf der Welt verstummt. Ich nahm nur noch dröhnende Stille rings um mich her wahr, Hitze und Sonnenlicht. Weißglühendes Licht, das auf der Motorhaube tanzte.

»Mattie!« Ich spürte, wie JoHannas Hand nach meinem Ellbogen griff und mich abfing, während Floyd mir von hinten zwischen die Schulterblätter faßte, um mich zu stützen.

Die Geräusche kehrten zurück, das Licht war nicht mehr so grell, und ich bekam wieder Luft. »Es geht schon wieder.«

»Ich hab' Will noch gar nicht erwartet.« JoHanna hörte sich besorgt und aufgeregt an.

»Soll ich Duncan in die Hängematte legen oder ins Bett?« fragte Floyd. Er sah zur Straße. »Langsam muß ich mich nämlich beeilen. Mr. Moses denkt bestimmt schon, ich komme überhaupt nicht mehr wieder.«

»Die Hängematte ist schon in Ordnung.« JoHanna schaute abermals zur Hintertür, als ob sie damit rechnete, daß Will gleich dort auftauchen würde.

»Danke für das Picknick«, sagte Floyd und legte Duncan in das handgeknüpfte Netz, das zwischen dem Seifenbaum und einem viel kleineren knorrigen Graubartbaum hing. Beide warfen große Schatten, so daß es in ihrem Schutz gut zehn Grad kühler war. Eine Spottdrossel zeterte mit uns, weil wir ihre Ruhe störten.

»Danke für die Geschichte, Floyd«, sagte ich, weil JoHanna schon wieder zur Hintertür sah. »Geh ruhig. Ich bleib' hier und passe auf Duncan auf.«

Floyd winkte und zog los, seine langen Beine bewegten sich mit der Anmut eines Panthers, und er hatte nicht die leiseste Ahnung, daß sein Körper Zeichen sendete, die sein Kopf nicht zu deuten vermochte.

»Ich bin gleich wieder da.« JoHanna ging zur Wäscheleine und hielt sich mit der Linken daran fest. Ihr Blick war auf das Küchenfenster gerichtet. »Könntest du wohl ein Auge auf Duncan haben?«

JoHanna schien mir nervös, beinahe ängstlich. Hatten sie und Will sich etwa gestritten? »Geh nur, sieh nach, was mit Will ist.« Ich trat neben die Hängematte und setzte mich auf den Boden, wo ich mich an die glatte Rinde des Seifenbaums lehnte, was den Vogel noch wütender machte. Ich ließ ihn schimpfen und sah Duncan an. Der Alptraum, von dem sie am Morgen gepeinigt worden war, hatte in ihrem Gesicht nicht die geringste Spur hinterlassen. Ihre Augen waren entspannt geschlossen, die gekräuselten Lippen unberührt wie eine Rosenknospe.

JoHanna schaute einen Moment lang zu uns beiden herüber, dann ließ sie die Wäscheleine los. Sie zögerte kurz, wie ein Reh, das unter einem Ast steht und einen Menschen wittert, und ging endlich entschlossen auf die Tür zu. Sobald sie sich in Bewegung gesetzt hatte, war kein Zaudern mehr zu spüren, kein Abwägen anderer Möglichkeiten.

»Will?« sagte sie, während sie die Treppe hinaufstieg und die Fliegentür öffnete. Er trat aus dem Schatten, umfaßte sie, drückte sie an sich und hob sie mit einem Brummen hoch.

Es sah aus, als ob sie kämpften. Ich richtete mich etwas auf. Meine Hand krampfte sich um ein Holzscheit, das nach dem Spalten im Garten liegengeblieben war. Mit erschreckender Wucht knallte die Fliegentür zu, und dann waren die beiden in der Küche verschwunden. Die Herdklappe wurde zugeschlagen. Ich stand langsam auf, das Stück Holz in der Hand, und sah noch einmal nach, ob Duncan auch wirklich schlief. Dann hörte ich die beiden wieder.

»Du gemeiner Kerl! An meinem Schmorbraten bist du gewesen. Kein Wunder, daß du dich wie ein Dieb ins Haus geschlichen hast! Bist nicht mal rausgekommen und hast nach uns geschaut!«

»Eine brave Ehefrau wäre hiergewesen und hätte mir mein Essen vorgesetzt.«

»Brave Ehefrau, ach ja? Das wünschst du dir wohl, was, eine brave Ehefrau?« JoHannas Stimme wurde mit jedem Wort schriller. Ich sah zu Duncan. Sie schlief immer noch ganz fest, und ich hielt weiterhin mein Holzscheit in der Hand.

Wills Lachen war unerwartet und laut. »Wenn ich mir eine brave Ehefrau gewünscht hätte, dann hätte ich doch dich nicht geheiratet.«

»Willst du jetzt Braten haben, oder willst du das hier?«

JoHannas Stimme klang herausfordernd; eine wüste, verwegene Note schwang darin mit, und ich wußte, auch ohne es zu sehen, was sie ihm anbot. Ich setzte mich wieder unter den Baum, denn ich hatte richtig weiche Knie vor lauter Erleichterung.

»Du schamloses Luder«, sagte Will und lachte schon wieder. »Hoffentlich verdirbst du Mattie nicht mit deinem Benehmen.«

»Ach, Mattie.« JoHannas Lachen brach ab, und ihre Stimme wurde so leise, daß ich nicht mehr verstehen konnte, was sie sagte.

Ich lehnte mich wieder an den Baum und ließ das Holzscheit los. Ich hatte mir einen Splitter eingerissen, in den Daumen, und versuchte nun, ihn herauszuziehen.

Wieder schlug die Herdklappe zu, und erneut war leises Gemurmel aus der Küche zu hören. Ich versuchte gar nicht erst zu verstehen, was sie sagten. Ich wollte gar nicht wissen, was JoHanna Will über mich erzählte.

Mein Blick fiel auf Duncans schlafendes Gesicht. JoHanna war neununddreißig gewesen, als Duncan geboren wurde. Ihr erstes Kind. Ihr einziges, soweit ich wußte.

Duncan hatte JoHannas Nase und Augenbrauen und das Kinn und die Augen von Will. Sie hatte auch seine dichten schwarzen Wimpern geerbt. Und JoHannas Wesen. Sie war die perfekte Mischung aus den beiden McVays und dabei doch ein ganz einzigartiges, selbständiges Geschöpf. Ich streckte die Hand aus und strich über den zarten Flaum ihres nachwachsenden Haars. Sie lächelte mich im Schlaf an.

Meine Hand zitterte. Ich zog sie zurück, bevor das Mädchen aufwachte. Die Sonne blinzelte durch das Filigran der Seifenbaumblätter, wärmte Duncan die Haut und überzog sie mit einem cremefarbenen Schimmer. Sie war ein schönes Kind, so offen, so lebensfroh. Ich guckte mir ihre Beine an, die jetzt noch fahler schienen, so daß die blauen Flecken noch deutlicher hervortraten. Sie wirkten ein bißchen wie abgestorben. Die Brandwunden waren verheilt, und die Narben verblaßten allmählich. Eines Tages wären sie vielleicht gar nicht mehr zu sehen. Und während ich Duncan so betrachtete, zuckte ihr Fuß wieder.

In dem Moment spürte ich ihren Blick. Ich hob den Kopf und sah ihr in die braunen Augen.

»Meine Beine werden wieder gut«, sagte sie. »Ich will nach Fitler zurück, um im Fluß zu schwimmen. Mama sagt, das Wasser wirkt Wunder.«

»JoHanna fährt ganz bestimmt wieder mit dir zu ihrer Tante. Sie ist ja anscheinend gern in Fitler, lieber als in Jexville.«

»Wo sind eigentlich Mama und Daddy?«

»Im Haus.«

Duncan lächelte. »Kämpfen sie miteinander?«

»Das hab' ich auch erst gedacht, aber ich glaube nicht.«

Duncans Lächeln wurde breiter. »Schwer zu sagen, nicht wahr? Manchmal tun sie so, als ob sie sich gegenseitig in Stücke reißen wollen.« Sie sah meine Miene. »Wirklich. Das ist nicht übertrieben. Einmal hat Daddy ihr die Bluse runtergerissen. Sie stand in der Küche am Ausguß, und er kam rein und ...«

»Duncan, ich glaube nicht …«

»Aber so sind sie nun mal. Mama hat mir gesagt, daß Mann und Frau Leidenschaft füreinander empfinden sollen. Daddy hat natürlich gedacht, ich sei über Nacht bei Tante Sadie.« Sie zwinkerte. »Das war vielleicht komisch. Er hat sich tausendmal entschuldigt.«

Ich konnte nicht mehr an mich halten. »Die Bluse runtergerissen hat er ihr? Und sie, was hat sie dann gemacht? Ihn geschlagen?«

Duncan lachte. »Sie hat ihm das Hemd runtergerissen. Und dann haben sie sich ganz, ganz doll geküßt, und er hat sie mit dem Rücken auf den Küchentisch gelegt, und da bin ich hinten zur Tür reingekommen.« Sie grinste mich an. »Da sind eine Menge Teller und Gläser zu Bruch gegangen. Schockierend, was?«

Ihr Grinsen war ansteckend. »Ja, wirklich.«

»Mattie, erzähl mir eine Geschichte.«

Ich horchte ein paar Sekunden zum Haus rüber, wo es jetzt ganz still war, und beschloß, daß es wohl das beste war, wenn Duncan und ich hier draußen blieben.

Das Bild von Will mit der zerrissenen weißen Bluse in der Hand wollte mir nicht aus dem Kopf gehen. Meine Haut brannte vor Hitze, und ich wollte im Schatten der Bäume sitzen bleiben. Drinnen war das Lachen verhallt. Nur noch das Rauschen des leichten Windes in den Bäumen über uns war zu hören und die zeternde Spottdrossel. Es war ein angenehmer Ort. »Ich kenne aber nicht so schöne Geschichten wie Floyd. In der Stadt, wo ich aufgewachsen bin, gab es keine Geschichten, jedenfalls weiß ich keine. Meine Mutter hat uns manchmal erzählt, wie es war, als sie in West Virginia gelebt hat und ihr Vater bei einem Grubenunglück ums Leben gekommen ist. Er war nämlich Bergmann.« Mama hat ihren Daddy sehr liebgehabt, und irgendwie hat es sie getröstet, wenn sie über ihn reden und uns beschreiben konnte, wie er jeden Morgen mit seiner Brotbüchse in der Hand die Straße zum Schacht runtergegangen ist.

Duncan mußte nicht erfahren, wie siebenunddreißig Männer unter einem Haufen Schutt lebendig begraben wurden. Wenn ich daran dachte, sah ich meinen Großvater immer vor mir, wie er eine

Straße entlangging, die direkt ins Grab führte. Der Eingang zum Schacht hatte die Form eines aufrecht stehenden Sarges. Und ich sah ihn langsam auf den Eingang zugehen und im Dunkeln verschwinden, aus dem er nie mehr wiederkam. Ich hatte ihn zwar nie kennengelernt, und doch sah ich ihn ganz deutlich vor mir.

»Ihr Vater ist lebendig begraben worden?« Duncan hatte sich auf die schaurige Tatsache gestürzt und ließ sich ihre Worte auf der Zunge zergehen.

»Mh. Vielleicht erzähle ich dir doch lieber eine Geschichte, die ich mal in einem Buch gelesen habe.«

Die Bücher, die ich mir kostenlos aus der Leihbücherei hatte borgen können, hatte ich ganz vergessen. Einmal lieh ich mir ein rotes aus, mit Ledereinband, worin lauter Geschichten aus der ganzen Welt standen. Ich liebte dieses Buch. Immer wieder hatte ich es verlängern lassen, bis die Bibliothekarin gesagt hatte, daß ich es jetzt ein halbes Jahr lang nicht mehr bekommen könnte. Und als ich danach wieder hinkam, hatte es jemand gestohlen.

»Ich hab' eine Menge Bücher.« Duncans braune Augen sahen nachdenklich aus. »Vielleicht willst du dir welche von mir leihen?«

»Das wäre wunderbar.« Es machte mir nichts aus, daß es wahrscheinlich Bücher für neunjährige Mädchen waren. Ich konnte gut lesen, und ich liebte Geschichten, egal, welche.

»Erzähl mir von etwas, das du gelesen hast.«

Und so erzählte ich ihr die Geschichte von der Schönen Wassilissa, in der ein verfallenes Häuschen vorkam, das auf vier Beinen stand, und ein kleines Mädchen, das darin gefangengehalten wurde. Die Geschichte gefiel Duncan so gut, daß ich ihr auch noch die von den drei Männern mit den wundersamen Kräften erzählte, die durchs Land zogen. Sie hießen Langbein, Baumstark und Scharfauge. Die Namen machten sie neugierig, und sie hörte aufmerksam zu.

»Du erzählst zwar nicht solche Geschichten wie Floyd, aber deine sind auch schön, nur anders.«

»Du kannst mir ja auch mal eine erzählen«, schlug ich vor. Der Nachmittag verging, und im Haus war kein Mucks zu hören. Ich sah Duncan kurz an, doch sie interessierte sich offensichtlich nicht für ihre Eltern.

»Wirst du jetzt für immer in Jexville bleiben, Mattie, wo du doch nun mit Mr. Mills verheiratet bist?«

Ihre Frage verblüffte mich. Ich wollte nicht an die Zukunft denken. Und erst recht nicht in Begriffen wie für immer. Ich wollte nicht einmal daran denken, daß ich wieder heimgehen mußte. JoHanna hatte ein bißchen geflunkert, so daß ich wenigstens diese Nacht bei ihr bleiben konnte. Doch was dann? Diese Frage erzeugte in mir ein Gefühl der Ratlosigkeit, das beängstigender war als Schmerz.

»Es gefällt dir nicht in Jexville«, stellte Duncan fest.

»Ich weiß nicht, ich bin noch nicht lange genug hier, um das sagen zu können.« Ich wollte das Thema wechseln. »Hast du Pecos eigentlich schon lange?«

»Du willst also nichts von dir erzählen.« Sie nickte. »Ich hab' Pecos gekriegt, als ich acht war. Daddy hat ihn aus der Futterhandlung.«

»Von den Leatherwoods?« fragte ich erstaunt. Wahrscheinlich hatte ich mir vorgestellt, Pecos hätte ein exotischeres Zuhause gehabt als die Futter- und Sämereienhandlung in Jexville.

»Er hatte ein gebrochenes Bein, und da hat Daddy ihn mitgenommen. Mr. Leatherwood wollte ihn nämlich töten.«

»Und Will hat das Bein wieder geheilt?«

»Mama. Sie weiß, wie man Tiere gesund macht. Und Menschen auch.« Duncan faßte nach ihren Beinen. »Mir wird es auch bald wieder bessergehen. Sie hat's mir versprochen. Jedesmal, wenn wir nach Fitler fahren, spüre ich, daß meine Beinen stärker werden.« Sie rieb sich den Spann. »Ich hab' schon wieder ein bißchen mehr Gefühl.«

Im Haus blieb alles still, und soweit ich mich erinnern konnte, war dies der erste Nachmittag, an dem ich keine lange Liste von Pflichten zu erledigen hatte. Solange ich nicht nach Hause ging, hatte ich auch nichts zu tun. Ich konnte einfach so mit Duncan und Pecos im Garten sitzen.

»Sieh mal.« Duncan zeigte auf ihren linken Fuß. »Siehst du? Ich kann ihn schon wieder beugen und strecken.«

»Beugen und strecken?«

»Das ist Ballett. Das machen die Ballerinen. Eine Übung. Hat mir Mama beigebracht, bevor mich der Blitz getroffen hat.«

»Ballett?« JoHanna war doch wirklich immer für eine Überraschung gut.

»Naja, Mama sagt, das ist ihre eigene Variante. Einfach so aus Spaß.«

»Wenn's dir wieder gutgeht, kann sie's uns ja beiden beibringen.« Elikah würde rotsehen. Ich und Ballett. Dafür würde er mich hassen, auf jene düstere Art, die mir soviel Angst machte und mir doch auch ein Gefühl von Macht gab. Einer Macht, für die die Angst sich lohnte.

»Bringst du mich ins Haus, Mattie?«

Ich zögerte. »Vielleicht warten wir lieber, bis JoHanna uns Bescheid sagt.«

»Sei nicht albern. Wir stören die beiden schon nicht, ganz egal, was sie treiben. Die sind in ihrem Zimmer, haben die Tür zu, und ich lasse sie in Ruhe. Wir haben eine Abmachung. Manchmal höre ich sie lachen, aber ich klopfe nie bei ihnen an.«

»Wir können doch auch den Leiterwagen nehmen und ein bißchen herumfahren. Ich ziehe dich.« Ich wollte Wills Lachen nicht hören, wollte mir nicht vorstellen, wie er ohne Hemd aussah.

Duncan überlegte einen Moment. »Na gut. Aber wenn wir zurück sind, muß Mama uns Limonade machen. Ich hab' so lange keine mehr bekommen, und ich weiß genau, daß Daddy mir Zitronen mitgebracht hat.« Sie sah zu mir auf. »Das vergißt er nie.«

Kapitel 14

Als wir von unserer kleinen Spazierfahrt mit dem Leiterwagen zurückkamen, hatte JoHanna uns bereits einen großen Krug Limonade zubereitet. Will hielt ein Schläfchen. Vielleicht täuschte ich mich, aber irgendwie kam es mir so vor, als funkelten JoHannas Augen noch mehr als sonst, und sie schwebte fast hin und her, während sie Erbsen, Okraschoten und Maisbrot für unser Abendessen vorbereitete. Erst als Duncan im Badezuber saß, zog sie mich in der stillen Küche auf einen Stuhl.

»Will sagt, ich kann den Wagen morgen haben. Bist du dir wirklich sicher, Mattie?«

Vor drei Sekunden war ich mir noch hundertprozentig sicher gewesen, jetzt aber, als ich es JoHanna sagen wollte, hatte ich auf einmal das Gefühl, in einen gebärmutterartigen Kokon aus grellem Licht und bleierner Sprachlosigkeit eingesponnen zu sein. Die leere Hülle meines Körpers saß hier am Tisch, ich selbst aber war weit weg, umgeben von Licht und dröhnender Stille, und konnte keinen Finger rühren.

JoHanna legte mir die Hand auf die Schulter. »Du *mußt* es nicht tun. Das Leben ist nicht zu Ende, nur weil man ein Kind hat. Du ahnst nicht, wieviel Freude, Liebe und Glück dir so ein kleines Baby schenken kann.«

Ich fand die Sprache wieder, doch meine Stimme klang gepreßt, und ich hatte das schreckliche Gefühl, daß sie mir in die Kehle schnitt. »Wenn ich ein Kind bekomme, gibt es kein Entrinnen mehr.«

JoHanna stand auf, kam zu mir und drückte meinen Kopf an

ihre Brust. Sie beruhigte mich und strich mir übers Haar, wie sie es immer bei Duncan machte. »Ganz ruhig, Mattie, ganz ruhig. Niemand zwingt dich zu irgendwas. Aber die Sache ist nicht ungefährlich. Du kannst dabei sterben. Oder unfruchtbar werden.«

Ich ließ mich von ihr streicheln, sehnte mich nach ihrer tröstenden Berührung. Meine Mutter hatte immer ein Kind auf der Hüfte und eins am Rockzipfel gehabt. Da blieben für uns größere weder Zärtlichkeiten noch liebe Worte. Es wäre ihr gar nicht in den Sinn gekommen, daß wir uns möglicherweise nach etwas Nestwärme sehnten.

»Ich möchte doch nur, daß du es dir genau überlegst, Mattie. Du mußt nicht bei Elikah bleiben. Wenn du wieder nach Hause möchtest, fahre ich dich nach Meridian. Das läßt sich alles organisieren. Und wenn das nicht geht, dann gibt es Heime, wo du hingehen kannst. Anständige Häuser, wo du mit deinem Baby liebevolle Betreuung findest.«

Ich wollte nicht in so ein Heim, wo lauter schwangere Mädchen waren, Mädchen, die ihre Kinder in die Welt setzten und dann ihre Sachen packten und weggingen und ihr Baby abschüttelten wie eine alte Haut. Ein Kind war doch keine Sache, die man einfach irgendwo liegenlassen konnte. Wie sollte ich JoHanna erklären, daß es in meinem Leben immer nur Männer wie Jojo und Elikah gegeben hatte und Frauen wie meine Mutter, die zu niedergedrückt waren, zu schwach, um ihre Kinder zu beschützen? Ich wollte um alles in der Welt verhindern, daß ich ein Baby bekam, das in einer solchen Umgebung aufwachsen mußte.

»Du mußt dich ja nicht sofort entscheiden«, sagte JoHanna, und ich spürte ihren Atem über mein Haar streichen wie einen Hauch von Zärtlichkeit. »Denk jetzt nicht daran. Morgen werden wir sehen, was der Doktor meint. Und dann kannst du dir immer noch überlegen, was du tun willst.« Sie nahm mich bei den Schultern und kniete sich hin, so daß unsere Augen auf gleicher Höhe waren. »Aber eins muß ich dir sagen, Mattie. Eine Abtreibung ist gefährlich. Es gibt sehr viele Risiken. Nicht nur für deinen Körper, sondern auch für deine Seele. Wenn du dich dafür entscheidest, mußt du mir versprechen, daß du nie wieder daran denkst. Vergangenes zu bereuen ist ein Luxus, den sich nur wenige Menschen leisten können.«

»So, wie ich nach Jexville gekommen bin, habe ich keine Vergangenheit, und wenn ich wirklich schwanger bin, dann habe ich mit Sicherheit auch keine Zukunft mehr.«

»Ach, Mattie.« JoHanna kamen die Tränen. »Natürlich hast du eine Zukunft, du mußt nur etwas daraus machen. Manche Menschen kriegen ihre Zukunft sozusagen geschenkt wie einen freien Weg ohne jedes Hindernis, der vor ihnen liegt. Du bist in einer Felsspalte geboren worden, aber du kannst hinausklettern, kannst dich aus eigener Kraft nach oben ziehen. Das kannst du. Du bist stark.«

Sie sah mich mit ihren blauen Augen an, eindringlich, als wollte sie mich überreden, ihr zu glauben, mir etwas abgeben von ihrer eigenen Kraft. »Ich weiß nicht«, sagte ich.

Sie nickte. »Morgen.« Dann stand sie auf und ging an den Herd, um nach dem Maisbrot zu schauen. Die Hitze des Tages hatte sich noch nicht gelegt, und eigentlich war es viel zu heiß zum Backen, doch Will war heimgekommen.

»Ich helfe eben Duncan aus dem Zuber, und dann setz' ich noch einmal Wasser auf. Nach einem schönen warmen Bad geht es dir sicher besser«, sagte sie.

»Nein.« Ich stand auf. »Ich glaube, ich gehe noch einmal runter zum Bach. Es ist so heiß.«

Sie stemmte die Hände in die Hüften und lehnte sich an den Ausguß. »Willst du einen Badeanzug? Ich hab' zwei.«

Ich schüttelte den Kopf. »Nein, danke.«

»Viel Spaß.« Sie lächelte. »Auf der Wäscheleine sind Handtücher. Bedien dich.«

»Duncan hat gesagt, ich könnte mir Bücher von ihr borgen.«

»Sie stehen im Bücherregal, in ihrem Zimmer.«

Ich suchte mir ein dickes aus. Dabei hörte ich, wie Duncan im Zuber vor sich hin summte. Und Pecos begleitete sie mit einer Art Hahnengesang. Das Buch in der Hand, ging ich hinaus und gab acht, daß die Fliegentür nicht zuknallte. Ich nahm mir zwei Handtücher von der Leine, ein hellgrünes und ein gelbes. Der Nachmittag lag vor mir wie ein Stück Zeit, das ganz und gar aus meinem sonstigen Leben herausgefallen war. Mir war, als hätte jemand den Deckel einer finsteren Kiste geöffnet, so daß auf einmal das Sonnenlicht auf mich herabscheinen konnte. Für ein, zwei Stunden konnte ich die herrliche Einsamkeit der Wälder und den Zauber eines Buches genießen.

Als ich mit nassem Haar aus dem Wald kam und die Tropfen mir über den Rücken rannen, blieb ich neben der letzten Kiefer stehen, um Will und Duncan zu beobachten. Sie saß auf einer Schaukel, er schob sie an. Ich sah, wieviel besser ihre Beine geworden waren. Sie konnte sie schon vor sich ausgestreckt halten und flog quietschend mit gestreckten Zehen durch die Luft.

Will gab ihr einen kräftigen Schubs, so daß sie bis in die Äste der Magnolie flog, deren Schoten prall waren von den roten Samen. Zu Hause hatten wir Kinder uns immer mit den Schoten beworfen, manchmal aus Spaß, aber manchmal auch mit ernsten Absichten. Man konnte Schrammen davon kriegen. Doch es war trotzdem immer wieder interessant, sie zu betrachten und anzufassen. JoHanna hätte bestimmt nichts dagegen, wenn ich mir ein paar mitnahm. Ich überlegte, ob es mir wohl gelingen würde, in meinem kahlen Garten einen Magnolienbaum heranzuziehen. Im Garten von Elikah, dachte ich, und in dem Moment war mir klar, daß er noch immer Macht über mich hatte.

»Mattie?«

Ich drehte mich um. JoHanna lag in der Hängematte. Ich hatte sie vollkommen übersehen. »Will hat schon den halben Braten aufgegessen, aber zum Abendbrot ist noch jede Menge da.« Sie beobachtete lächelnd ihren Mann und ihre Tochter. »Duncans Beine werden immer besser.«

»Ich weiß.« Ich setzte mich unter den Seifenbaum. Von hier aus konnte ich JoHanna genauso eingehend betrachten wie vorhin Duncan. Im Licht des Nachmittags traten die Fältchen deutlicher hervor. Mit den kurzen Haaren sah sie älter aus, erschöpfter. Ihre blauen Augen aber konnte nichts trüben. Sie waren alterslos wie aus einem festen, im Feuer der Erde geschmiedeten und dann mit dem Blau des Himmels glasierten Material.

»Will fährt morgen nach New York. Wir bringen ihn nach Mobile zum Bahnhof.«

»Und Duncan?« Unfaßbar! JoHanna hatte doch nicht etwa vor, Will mitzunehmen. Doch nicht, wenn wir zum Arzt wollten. Und erst recht nicht Duncan. Ein Kind durfte doch nicht miterleben, was nicht einmal ich selbst mir vorzustellen wagte, weil ich ahnte, wie furchtbar es war.

»Ich hab' Will nur erzählt, daß wir einkaufen gehen wollen. Duncan kann bei Floyd in der Schusterwerkstatt bleiben. Ich hab' schon bei Mr. Moses angerufen und ihn gefragt.«

»Danke.« Ich hätte heulen können vor Erleichterung. »Du hast Will wirklich nichts gesagt?«

Sie schüttelte den Kopf. »Ich liebe ihn mehr als alles auf der Welt, abgesehen von Duncan natürlich. Aber trotzdem, Mann ist Mann. Die müssen nicht alles wissen. Und manches wollen sie auch gar nicht wissen. Das bleibt unter uns, Mattie. Solange wir leben. Das ist unser Geheimnis.«

»Warum tust du das?« Diese Frage hatte ich mir schon die ganze Zeit gestellt. Abtreibung war verboten. JoHanna konnte ins Gefängnis kommen. Der Arzt auch. Und ich? Ich wäre genau wie er und wie JoHanna des Mordes schuldig.

JoHanna rupfte einen hohen, schlanken Bahiagrashalm aus. Sie drückte das saftige Ende zwischen den Zähnen aus. »Ich glaube, das Schlimmste auf der Welt ist, auf ihr nicht willkommen zu sein. Und das Zweitschlimmste ist, gegen jemanden, den man liebt, als Waffe benutzt zu werden.«

Das war keine klare Antwort auf meine Frage. »Du nimmst so ein großes Risiko auf dich. Wieso? Wieso meinetwegen?«

Sie kaute immer noch auf dem Grashalm herum und sog ihn mit den Lippen ein, so daß das untere Ende ganz in ihrem Mund verschwand. »Wenn die Welt vollkommen wäre, Mattie, dann wäre sie so eingerichtet, daß nur die Frauen schwanger werden, die wirklich Kinder haben wollen. Ich weiß nicht sehr viel über dich, und ausfragen möchte ich dich nicht, aber ich habe den Eindruck, daß du in deinem Leben noch niemals selbst über dich bestimmen konntest.« Sie schaute zu Boden. »Ich möchte, daß du bei dieser Sache ein Mitspracherecht hast. Schließlich kommt es doch in erster Linie auf die Mutter an, und wenn sie das Kind nicht will, was nützt es dann, daß alle anderen es wollen?«

Ich mußte an die Nacht in New Orleans denken, und eine Woge von brennender Scham, Entsetzen und Ekel rollte über mich hinweg. »Du weißt ja nicht, was er mir angetan hat.« Ich grub die Finger in die Erde. Die Graswurzeln klammerten sich hartnäckig an die Krume, die sich in meiner Hand zu einem Klumpen zusammenballte und mir Halt gab, bis das Schlimmste vorüber war.

»Erzähl es mir, wenn es dir hilft«, sagte sie so leise, daß ich mich erst beruhigen mußte, damit ich sie verstehen konnte. »Ich hör' dir zu. Und ich verspreche dir, daß ich es nicht weitersage. Aber ich kann dir nicht versprechen, daß ich ihn nicht hassen werde, und Haß kann seltsame Dinge hervorbringen.«

Ich blickte zu ihr auf.

»Liebe und Haß. Beide sind sie der Nährboden für folgenschwere Taten, im Guten wie im Bösen.«

Es widerstrebte mir noch immer, ihr alles zu erzählen. Wenn das, was in New Orleans geschehen war, ausgesprochen würde, würde es uns beide ein für allemal verändern. Sie würde nie ganz verstehen können, was in mir vorging. Ich konnte ihr die eigentliche Wahrheit ja nicht einmal sagen, weil diese Wahrheit von Stunde zu Stunde, von Tag zu Tag eine andere war. Manchmal kam mir alles gar nicht so schlimm vor. Dann konnte ich mit den Schultern zucken und hatte wirklich das Gefühl, daß es vorbei und vergessen war, eine Nacht unter Millionen anderen, ein Alptraum, den ich geträumt und überstanden hatte und der mit dem Tageslicht von mir gewichen war. Aber manchmal war mir, als wäre mein Innerstes von Fäulnis zerfressen, als würde ich langsam, aber unaufhaltsam absterben.

Ich konnte ihr die Wahrheit sagen, nur welche Wahrheit wäre

das? Ich konnte es ihr erzählen, doch das würde mich noch mehr verändern.

»Wenn wir aus Mobile zurück sind, darf ich dann mit dir und Duncan mit nach Fitler fahren?«

JoHanna nahm meine nassen Haare in die Hand und hob sie an, so daß mir die Kühle jäh über den warmen, feuchten Rücken strich. »In Fitler wird es dir gefallen, Mattie.«

Plötzlich hatte ich den Drang, etwas zu tun, mich irgendwie nützlich zu machen, wenigstens ein paar Minuten lang. »Bleib hier und ruh dich aus. Ich decke den Tisch fürs Abendessen. Trinken wir die Limonade?«

»Nur Duncan. Für uns hat Will eine Flasche Wein mitgebracht, die er von einem der Senatoren bekommen hat, einen guten Merlot. Der paßt ausgezeichnet zum Braten. Die Gläser sind im Eßzimmer, die kleineren, schalenförmigen.«

Ich hatte mir ihre vielen verschieden geformten Gläser angeschaut, ohne zu bemerken, daß JoHanna mich dabei beobachtet hatte. Irgendwie kam ich mir in dem Moment vor wie ein Kind – ein geliebtes Kind – und lächelte sie an. Dann drehte ich mich um und rannte durch den Garten und die Treppe hinauf. Oben angekommen, stieg mir der Duft des Bratens in die Nase, und mir lief das Wasser im Munde zusammen. Ich hatte noch nie solchen Hunger gehabt, solch einen Appetit.

Als wir uns zu Tisch setzten, hatte die Hitze noch nicht nachgelassen, doch Will wollte am nächsten Morgen zeitig zum Bahnhof, und abgesehen davon mußten wir ja auch so früh wie möglich nach Mobile. Beim Essen staunte ich selbst, wieviel ich verdrückte und wie fröhlich und vollkommen unbekümmert ich lachte. Nur Will McVay konnte eine Frau so verzaubern.

Er neckte mich so übermütig, daß Duncan und JoHanna lachen mußten, weil ich immerzu rot wurde, was mir den Abend noch heißer erscheinen ließ. Und nebenbei erzählte er uns von den mächtigen Männern, die er in Washington getroffen hatte und deren einzige Sorge darin bestand, ob das Wachs auf den Automobilen, die sie fuhren, auch ordentlich glänzte und ihre Anzüge auch elegant genug geschnitten waren. Er schaffte es, daß wir über diese fernen Wesen, die mir immer wie Übermenschen vorgekommen waren, lachten. Und mit diesem Lachen machte er mir die Tür zur Welt ein kleines Stück weiter auf. Und als er dann sagte, nächsten Sommer, wenn Duncans Beine wieder richtig gut wären, wollte er uns alle mit der Eisenbahn mitnehmen nach New York, da hatte ich das Gefühl, daß das wirklich geschehen könnte. New York. Mit Will als Stadtführer. Vorstellen konnte ich es mir.

JoHanna war schon mal dort gewesen, sogar mehr als einmal, aber Duncan noch nicht. Es würde unser gemeinsames Abenteuer werden.

»Dann mußt du mir aber Tanzen beibringen, bevor wir fahren«, rief ich ihr über den Tisch zu. »Ich hab' gelesen, daß es dort Hotels mit Orchestern gibt, die die ganze Nacht spielen, und Clubs, wo die Leute tanzen gehen und sich die Musik anhören.« Plötzlich tauchte vor mir das Bild von schwarzen Musikern in einem bläulich erleuchteten Raum auf, und ich konnte nicht mehr weiterreden. Mir wurde schwindlig, ich spürte den süßen Geschmack von geschmuggeltem Rum im Hals und mußte würgen. Die Gabel fiel mir aus der Hand.

»Mattie?« Will, der neben mir saß, griff nach meinem Arm. »Alles in Ordnung mit Ihnen?«

Mein Blick begegnete dem von JoHanna. Sie hatte ein Stück Maisbrot in der Hand, von dem sie gerade abbeißen wollte, war aber in der Bewegung erstarrt, und was sie in meinem Gesicht sah, rührte sie zu Tränen. Selbst Duncan wurde bleich und starrte auf ihren Teller.

Will stand auf. Er hielt mich immer noch am Arm fest. »Kommen Sie, wir gehen raus zur Schaukel, ein bißchen an die frische Luft.« Er brachte mich hinaus. Vorher drehte er sich noch einmal zu JoHanna um und warf ihr einen fragenden Blick zu, als wollte er sagen, zum Teufel noch mal, was ist hier eigentlich los?

Er hob mich auf die Schaukel und setzte sich neben mich. Nicht zu dicht, aber auch nicht allzuweit weg. Eben wie ein Freund. Er stieß uns vom Boden ab, so daß wir leicht in Schwung kamen und stetig zum tröstlichen Gesang der quietschenden Ketten hin- und herschaukelten.

Als ich nichts sagte, seufzte er. »Mattie, wenn er Ihnen irgendwie weh tut, sagen Sie's mir, dann kümmere ich mich darum.«

Ich glaube, noch nie im Leben hatte mich etwas so geängstigt wie diese Worte. Einmal, als Jojo mich in den Unterleib getreten hatte und ich sah, wie er den Fuß zurückzog, um noch einmal zu treten, dachte ich, ich müßte sterben. Das hier aber war anders. Es war noch schrecklicher. Ich konnte Will nicht ansehen. Ich hatte Angst, er könnte mir etwas vom Gesicht ablesen, was ihn zur Tat schreiten ließe. Ich zweifelte keinen Augenblick daran, daß er sofort in sein blitzendes rotes Automobil steigen, zu meinem kleinen Haus fahren, Elikah auf die Straße zerren und ihn totschlagen würde. Will hatte so etwas Entschlossenes an sich. Es war wie JoHannas Gang, wie eine Naturgewalt, die, einmal entfesselt, nicht mehr aufzuhalten war.

Wir schaukelten weiter, und das Schweigen zog sich in die Länge.

»Mattie, wenn dieser Mann Ihnen irgend etwas angetan hat, dann müssen Sie es mir sagen.«

Ich mußte sprechen. »Es ist schon gut, Will.«

»Dann hat er Sie also nur gekränkt?« In seiner Stimme schwang Erleichterung mit.

»Ja. Gekränkt.« Wie albern sich das anhörte, als ob Elikah gesagt hätte, das Brathähnchen sei mir zu trocken geraten oder die Brötchen zu platt und nicht locker genug. Aber, Herrgott noch mal, ich wollte auf keinen Fall, daß Will erfuhr, was wirklich passiert war.

Wieder spürte ich seine Hand auf meinem Arm und zuckte zusammen, und als ich ihm im schwindenden Abendlicht in die Augen sah, wußte ich, er glaubte mir nicht.

»Mattie, wenn er Ihnen jemals etwas zuleide tun sollte, kümmere ich mich darum.«

Ich konnte den Blick nicht von seinen braunen Augen lassen. Die bernsteinfarbene Mitte war verschwunden. Sie waren jetzt ganz dunkel, hart und zornig, und es war ein kalter Zorn.

»Kein Mann hat das Recht, einer Frau weh zu tun. Nicht um alles in der Welt. Unter gar keinen Umständen. Ein Mann, der eine Frau schlägt, ist ein Feigling.«

Einen Moment lang hatte ich geglaubt, Will wüßte irgendwoher, was Elikah mir angetan hatte, doch nein, er glaubte nur, ich würde geschlagen. Die Erleichterung gab mir die Kraft zu nicken. »Mir fehlt nichts.« Ich nickte abermals.

»Bestimmt nicht?«

Draußen vor der Fliegentür hatten die Frösche und die Grillen mit ihrem Konzert begonnen. Die Hitze hatte sich etwas gegeben und lag auf meiner Haut wie eine warme, sanfte Berührung. »Ich war noch nie so glücklich wie jetzt – in vielen Dingen.« Ich legte den Kopf in den Nacken. »Ich hab' nie Freunde gehabt, die mir helfen konnten. Jetzt habe ich Sie und JoHanna. Ich bin nicht mehr so allein.«

Er streckte die Hand aus und strich mir mit dem Finger über die Wange; ich glaube, er wollte sehen, ob ich zusammenzuckte. »Sie sind ein reizendes Kind, Mattie. Und eines Tages werden Sie zu einer schönen Frau heranreifen. Ich werde nicht zulassen, daß Elikah das verhindert.«

»Es geht mir gut.«

Und in diesem Augenblick glaubte ich daran.

Kapitel 15

Auf der Fahrt nach Mobile trug JoHanna ihren Hut mit den Hahnenfedern. Mir hatte sie ein leichtes Matrosenkleid geliehen, das zwar dunkel war, aber keine Ärmel hatte und durch seinen sackartigen Schnitt angenehm kühl war. Sie gab mir auch einen marineblauen Hut mit Schleier, der neben mir auf dem Sitz lag, als Will mit uns um die Stadt herum auf die alte Nationalstraße zufuhr, die nach Mobile führte.

Will war im Morgengrauen aufgestanden und mit Duncan in Rebas Café frühstücken gegangen. Das liebten sie beide über alles. JoHanna hatte mir gesagt, ich dürfte weder essen noch Wasser trinken, weil mir sonst schlecht werden würde. Ich hätte sowieso keinen Bissen runtergekriegt. Der Appetit vom Vorabend war längst vergangen und mit ihm der letzte kleine Hoffnungsschimmer, daß sich doch noch alles zum Guten wenden könnte. Ich saß schweigend und verängstigt hinten auf dem Rücksitz. JoHanna warf mir von Zeit zu Zeit aufmunternde Blicke zu, die meine Stimmung aber nicht besserten.

Am Bahnhof verabschiedeten wir uns von Will. Er küßte JoHanna lange und leidenschaftlich vor allen Leuten. Viele lächelten über diesen Kuß, doch das war den beiden egal. JoHanna winkte, bis der Zug in einer Dampfwolke und einem Nebel aufspritzender Schottersteinchen verschwunden war.

Auf dem Weg zum Auto sprach JoHanna kein Wort. Sie fuhr ebenso entschlossen, wie sie ging. Beide Hände am Lenkrad, die Augen starr geradeaus, steuerte sie ihr Ziel an. Ich wollte nicht reden. Wenn sie mich noch einmal gefragt hätte, ob ich wirklich wollte, hätte ich mich vielleicht nicht mehr getraut, es tatsächlich zu tun.

Das Haus, vor dem wir hielten, war ein dunkler, zweigeschossiger Backsteinbau. Schöne, verschnörkelte schmiedeeiserne Gitter formten kleine Balkons vor den Fenstern auf jeder Etage. Das Gebäude sah düster und ernst aus, aber nicht schmutzig. Und überhaupt nicht so, wie ich es mir vorgestellt hatte. Wir parkten im Schatten einer immergrünen Eiche, die auf der gegenüberliegenden Straßenseite stand und aussah, als verneigte sie sich höflich vor dem Haus.

»Warte hier«, sagte JoHanna. »Ich muß erst mit ihm reden.«

Kalte Angst ergriff mich. »Meinst du, er könnte es nicht tun?«

Sie schwieg einen Moment. »Vielleicht bist du ja gar nicht schwanger, Mattie. Vielleicht liegt es an etwas anderem. Und wenn doch, ja, vielleicht lehnt er's ab.«

»Aber er hat so was doch schon öfter gemacht?« Völlig verzweifelt griff ich nach JoHannas Arm.

»Er ist Arzt.« Sie schüttelte den Kopf. »Ob er einverstanden ist oder nicht … Je weniger du weißt, desto besser. Für mich, für ihn und für dich.«

Die Möglichkeit, daß er ablehnen könnte, warf mich vollkommen aus der Bahn. Ich fiel in ein tiefes Loch, tief wie ein Grab. Meine Hilflosigkeit raubte mir den Atem. Ich nickte, ja, ich war bereit, im Wagen zu warten.

JoHanna stieg aus, ging mit großen Schritten über die Straße und betrat das Gebäude.

Ich weiß nicht, wie lange sie fortblieb. Eine Weile. Der Ledersitz des Automobils wurde heiß, selbst dort, im Schatten des Baumes. Mein Verstand schien abgeschaltet zu sein. Ich saß da und betrachtete zerstreut die Passanten. Es waren größtenteils Männer; manche hatten Anzüge an, andere Hemd und Hose, die Tracht der einfachen Arbeiter. Manche starrten mich an; manche gingen einfach vorbei, als ob ich Luft wäre. Ich setzte den Hut auf, zog mir den Schleier vors Gesicht und wartete.

Dann kam JoHanna wieder. Ihrer Miene konnte ich nichts entnehmen. Sie trat an meine Tür, öffnete sie und winkte mir auszusteigen.

Zusammen gingen wir zur Rückseite des Gebäudes. Wir traten ein und gingen die Treppe hinauf. Auf jedem Absatz führten hohe Flügeltüren zu den einzelnen Wohnungen, doch wir gingen bis ganz nach oben in den zweiten Stock und dann weiter durch einen langen, dunklen holzgetäfelten Korridor.

JoHanna führte mich in einen Raum, in dessen Mitte eine schmale Liege mit einer Lampe am Fußende stand. Der Schleier vor meinem Gesicht zerteilte den Raum in viele winzige diamantenförmige Stücke, kleine Bruchstücke des Grauens.

Durch die halbgeschlossenen Holzjalousien streute die Sonne ihr Licht. Ein paar Strahlen fielen auf ein Sammelsurium silberner Instrumente, die ordentlich in Reih und Glied auf einem weißen Tuch lagen. Auf einem Tischchen stand eine Flasche, daneben lagen ein silbernes Sieb und ein Baumwolltuch. Nichts in diesem Raum strömte Vertrautheit aus, bis auf JoHanna, an die ich mich drückte.

»Zuerst einmal wird er dich untersuchen.« JoHanna starrte auf ihre Füße. »Ich muß so lange draußen warten.«

»Nicht weggehen.« Ich faßte nach ihrer Hand. »JoHanna, ich hab' Angst.«

Sie sah mir in die Augen. Ihr Blick war ausdruckslos. »Ich darf nicht drinbleiben. Ich muß draußen warten. Mattie, der Mann riskiert Kopf und Kragen. Entweder, wir machen, was er will, oder er läßt es bleiben.«

»Wird es weh tun?«

»Ja«, sagte sie nüchtern. »Er kann dir keinen Äther geben. Er entspannt die Gebärmuttermuskulatur, sagt er, und dann könnte es zu sehr bluten.« Sie schluckte, ich sah, wie sich ihr Kehlkopf bewegte. »Er gibt dir Morphium, aber du wirst nicht richtig schlafen. Wenn es vorbei ist, darf ich wieder reinkommen und mich zu dir setzen. Und dann fahren wir nach Hause. Bevor es dunkel wird, müssen wir hier weg sein.«

Ich schaute mich in dem Raum um. Die Instrumente sahen abschreckend aus. Ich wollte eins in die Hand nehmen, doch JoHannas Stimme ließ mich innehalten.

»Nichts anfassen!«

»Kennst du noch andere?«

Sie antwortete nicht.

»Kennst du noch andere Frauen, die es haben machen lassen? Wo sind sie?«

Sie zögerte immer noch. »Nein. Du bist eine Ausnahme.«

»Wieso tut er das dann für mich?«

Sie holte tief Luft, überlegte, wieviel sie mir anvertrauen sollte. »Weil er keine andere Wahl hat.«

Ich wollte nicht wissen, was sie wußte, womit sie den Doktor zwingen konnte, seinen Beruf, seine Freiheit, seine Zukunft aufs Spiel zu setzen. Sie sah die lähmende Angst in meinem Gesicht und sprach wieder.

»Niemand von uns ist gern hier in diesem Raum. Du nicht, ich nicht und er auch nicht. Keiner von uns weiß, ob das, was wir hier machen, richtig ist. Aber darum geht es jetzt nicht. Das einzige, worauf es ankommt, ist, daß du es heil überstehst.«

JoHanna war der stärkste Mensch, dem ich je begegnet war, aber was ich in diesem Moment brauchte, das konnte nicht einmal sie mir geben.

»Du wartest draußen?«

»Ja, direkt vor der Tür.« Sie streckte die Hand nach mir aus. »Mattie, es ist noch nicht zu spät. Du kannst es dir noch einmal überlegen.«

»Wie teuer ist es eigentlich?« An Geld hatte ich überhaupt noch nicht gedacht. Wieso hatte ich nicht daran gedacht, was es kostete? Ich würde doch nie und nimmer in der Lage sein, JoHanna und Will das Geld wiederzugeben.

»Geld spielt dabei keine Rolle. Das ist das letzte, worüber du dir jetzt Sorgen machen mußt.« Sie hob die Hand und wischte den Gedanken mit einer wegwerfenden Geste beiseite.

Sie drehte sich um und sah durch die geöffnete Zimmertür. An der anderen Seite der Wand rührte sich ein Schatten. Dort draußen wartete der Arzt. An der Art, wie er sich bewegte, merkte ich, daß er ungeduldig war.

»Ich muß gehen«, sagte sie. »Mattie …?«

»Geh«, flüsterte ich kaum hörbar.

»Zieh die Unterwäsche aus und stell dich dort ans Ende des Tisches. Und dann leg dich einfach auf den Rücken und schließ die Augen. Und mach sie auf keinen Fall wieder auf. Bloß nicht hinsehen. Wenn du nicht hinsiehst, wirst du dich später auch an nichts mehr erinnern.«

Sie sprach schnell und verzweifelt. Sie war beunruhigt, das machte mir angst. Und wenn ich nun starb? Was würde sie dann mit meiner Leiche machen? Sie konnte mich doch nicht hier in diesem kahlen Zimmer lassen. Wie würde sie mich zurückschaffen nach Jexville?

»Ach, Mattie.« Sie drehte sich um und flüchtete aus dem Raum.

Ich zog meine Unterwäsche aus und wußte nicht, wo ich sie hintun sollte. Sie auf dem Boden liegenzulassen sähe obszön aus. Also knüllte ich sie zusammen und behielt sie in der Hand, und dann legte ich mich auf die harte, schmale Liege. Ich schloß die Augen und wartete, daß die Tür zuging.

Der Doktor sprach nicht mit mir. Ich kniff die Augen ganz fest zu, so fest ich konnte. Ich versuchte an frühere Sommertage zu denken, wenn ich mit Callie und Lena Rae auf dem Feld hinterm Haus spielte. Die Zeit, bevor Jojo kam, als wir nichts weiter brauchten als Mama und die rote, lehmige Erde.

Wenn er mir weh tat, schrie ich nicht, sondern konzentrierte mich darauf, vollkommen still zu sein. Er sagte nicht, daß ich schwanger war, aber er sagte auch nicht, daß ich es nicht war. Er sagte überhaupt nichts.

Er hob meinen Arm an und drehte ihn so herum, daß die Ellbogenbeuge frei lag. Ich spürte einen brennenden Stich. Ich wollte mich ihm entziehen, doch er hielt mich fest, und sein Griff war viel fester, als ich erwartet hatte.

»Das ist Morphium«, sagte er. Er legte meinen Arm wieder hin und trat zurück. Ich spürte, daß er sich ein Stück entfernt hatte. Ich hörte ihn an dem Tischchen hantieren, hörte das Klirren der metallenen Instrumente. Ich wollte weinen, hatte aber Angst, wenn ich es täte, würde er angewidert gehen. Er räusperte sich, doch es klang seltsam, wie der mißglückte Versuch, einen Ton hervorzubringen.

In der Dunkelheit unter meinen geschlossenen Lidern vermischten sich Geräusche und wirbelnde Farben zu einem einzigen Strudel. Ich hörte einen großen Vogel, der meinen Namen rief, und Wasser, das ans Ufer klatschte. Ich machte die Augen einen winzigen Spaltbreit auf und sah ihn, einen Mann in mittleren Jahren mit Brille und besorgter Miene. Er stand neben mir und hob meinen Arm an. Ich fühlte einen Widerstand und wollte mich dagegen wehren, doch meine Arme versagten mir den Dienst. Mein Körper wollte dem Fluchtbefehl nicht gehorchen.

»Sie müssen ganz still liegen«, sagte er. In seiner Stimme war keine Gefühlsregung. Kein Mitleid. Kein Ärger darüber, daß man ihm diese Situation aufgezwungen hatte. »Das Morphium wird Ihnen helfen, aber es kann trotzdem weh tun. Versuchen Sie bitte, nicht zu schreien.«

Ich wollte etwas sagen, doch die Zunge klebte mir am Gaumen, meine Lippen waren geschwollen, ich bekam sie nicht auseinander. Er brachte meine Beine in die richtige Position, und dann kam erst der richtige Schmerz.

Wie lange es gedauert hat, vermag ich nicht zu sagen. Irgendwann schwebte JoHannas Gesicht über mir. Sie weinte und hielt mir den Mund mit einem Handtuch zu, um meine Schreie zu ersticken. Es gab Komplikationen. Das hörte ich an der Angst in ihrer Stimme und an der Antwort des Doktors, die angespannt und sorgenvoll klang. Mein schwerer Körper wollte aufstehen, wollte weg, doch ich konnte mich nicht bewegen. Ich wußte nicht, ob das an den Riemen lag oder am Morphium. Ich überließ mich ganz und gar meinem Entsetzen, meinem schlechten Gewissen und meiner Scham.

Ich erwachte in einem finsteren Tunnel. In der Ferne hörte ich Kinder singen. Ich wußte, wenn ich es schaffte, dorthin zu kommen, wo der Gesang war, wäre ich gerettet. Ihre Stimmen würden mich zu einem Ort geleiten, an dem ich in Sicherheit wäre. JoHanna rief nach mir, doch ich wollte mit den Kindern gehen. Der Tunnel war schwarz, ich rannte. Im letzten Moment hielt ich inne.

Ich stand an einem steilen Abhang, an dessen Fuß die Kinder warteten und zu mir hoch schauten. Sie hatten scharfe Instrumente in den Händen, und ihre Augen waren leer und hungrig. Rings um sie herum loderten Flammen, und es roch nach Schwefel. Ich spürte, wie sich in meiner Kehle ein Schrei zusammenballte und hervorbrach.

»Mattie.« Auf meinem Gesicht lag ein kaltes, feuchtes Tuch, durch das ein Flüstern zu mir drang. »Komm zu dir, Mattie. Es ist vorbei.«

Meine Augen waren wie zugeleimt, doch nach diesem Traum wollte ich sie öffnen und sehen, wo ich war. Ich wußte, daß es ein Traum gewesen war. Ein Alptraum. Aber mein Herz hämmerte noch immer, und mir war, als ob man mir etwas aus dem Leib gerissen hätte. »Werde ich sterben?« Meine Stimme war heiser und rauh, und der Hals tat mir weh, wenn ich sprach.

»Nein.« JoHanna legte mir das Tuch auf die Augen, so daß mir das kalte Wasser unter die Lider sickern konnte.

»Der Arzt?«

»Er ist weg.«

»Können wir jetzt gehen?«

»Bald. Wenn es nicht wieder anfängt zu bluten.«

Ich wollte hinunterfassen, doch JoHanna zog meine Hand zurück.

»Nicht, Mattie. Ganz still liegen.«

Sie gab mir ein winziges Bröckchen Eis. Fast sofort wurde mir übel. JoHanna reichte mir eine Brechschale und hielt mich fest, während ich mich übergab.

»Versuch es zu unterdrücken«, sagte sie. »Sonst fängt es wieder an zu bluten.«

Ich nickte, weil ich es nicht riskieren wollte, noch einmal zu sprechen. Was würde jetzt mit mir geschehen? Ich machte die

Augen auf. Ich war immer noch in demselben Raum, lag immer noch auf der schmalen Liege. Der einzige Unterschied war, daß das Licht, das durch die Jalousien fiel, sich verändert hatte. Es war später Nachmittag.

»Wenn du kannst, müssen wir hier weg«, sagte JoHanna. Sie sah sich nervös um. »Ich geh' den Wagen holen und halte hinten an der Treppe. Du wartest hier. Und versuch, dich nicht zu bewegen.«

Ich hätte mich gar nicht bewegen können, nicht mal für eine Million Dollar. Mein Körper brannte wie Feuer. Mir war furchtbar schlecht von diesem brennenden, klopfenden Schmerz. Ich hatte nicht gefragt, was man mit mir machen würde, um das Kind zu entfernen. Ich hatte es nicht wissen wollen. Jetzt würde ich es nie mehr vergessen.

Ich hatte kein Zeitgefühl, als ich auf JoHanna wartete. Mehrmals duselte ich für ein paar Augenblicke ein, kam wieder zu mir und kehrte zurück in eine Wirklichkeit, die zu grauenvoll war, um wirklich zu sein. Doch ich wußte, sie war es, und wartete weiter. Dann hörte ich JoHannas Schritte und wie sie die Tür öffnete. Ich spürte ihre Hand auf meinem Arm. Sie half mir dabei, mich aufzurichten, und zwang mich, die Augen wieder aufzumachen. Der Raum war immer noch derselbe. Aus irgendeinem Grund erstaunte mich das.

»Wenn du es die Treppe runter schaffst, fahren wir auf dem schnellsten Weg heim.« Sie bückte sich nach meinem Hut, der auf dem Boden lag, setzte ihn mir auf und zupfte den Schleier zurecht.

Ich traute mir keineswegs zu, die Treppe hinunterzugehen, doch was blieb mir anderes übrig? Wir mußten weg. Ich hörte die Verzweiflung in JoHannas Stimme. Es war eine lange Fahrt bis nach Hause, und es wurde schon dunkel.

»Duncan?« fragte ich.

»Floyd kümmert sich um sie.« JoHanna griff nach meinem Ellbogen. »Duncan geht's gut, Mattie. Im Moment mache ich mir nur Sorgen um dich. Wenn wir erst mal zu Hause sind, wird alles besser.«

Ich glitt vom Operationstisch und spürte den Boden unter den

Füßen. Überraschenderweise konnte ich stehen, und mit JoHannas Hilfe ging ich durch den Raum und die Treppe hinunter. Als ich im Wagen saß, fingen die Krämpfe von neuem an, aber ich sagte kein Wort. JoHanna machte sich schon genug Sorgen. Wenn wir erst in Jexville waren und ich mich hinlegen konnte, würde es mir auch wieder gutgehen.

»Fahr zu«, sagte ich, als sie hinterm Lenkrad saß.

Und das tat sie. Sie fuhr noch schneller als Will und kümmerte sich noch weniger als er um den übrigen Verkehr. Wir fuhren direkt in den Sonnenuntergang hinein, und ich schloß die Augen und war auf einmal in einer rotglühenden Kammer, in der Blut an den Wänden herunterrann, und in einem Raum, ein paar Türen weiter, hörte ich Babys schreien.

Kapitel 16

Wir hielten nur kurz in Jexville, um Duncan abzuholen, die mit Floyd und Pecos bei Nell Anderson war. Während JoHanna ins Haus ging und die beiden rief, hockte ich im Auto, gefangen in einem Netz aus Alpträumen. Ein paar Minuten später machten wir uns alle zusammen auf den Weg nach Fitler zu JoHannas Tante Sadie.

Als Duncan und Floyd mich erblickten, verstummten beide augenblicklich. JoHanna fragte sie, ob sie einen schönen Tag gehabt hatten, und entschuldigte sich, daß wir so spät dran waren. »Mattie ist krank«, sagte sie. »Tante Sadie weiß bestimmt, wie man ihr helfen kann.«

»Und wo ist Mr. Mills?« fragte Duncan.

»Er muß arbeiten und konnte nicht mitkommen.« JoHanna trat das Gaspedal durch und trieb den Wagen in einem Wahnsinnstempo über die holprige Straße. Während der dreistündigen Fahrt von Mobile nach Jexville war mein Körper ganz und gar zu sich gekommen. Der Schmerz war nun so heftig, so übermächtig, daß ich gar nicht sagen konnte, von wo er ausging. Am liebsten hätte ich mich zusammengerollt und mich irgendwo verkrochen. Nicht einmal die Nennung von Elikahs Namen machte mir noch etwas aus. Was konnte er mir noch antun, was schlimmer wäre als das hier?

»Was hat Mattie denn?« fragte Duncan. Sie berührte mich vorsichtig. »Sie schwitzt, und gleichzeitig friert sie.«

»Sie hat, äh, sie hat sich erkältet.« JoHannas Lüge klang allzu unglaubwürdig. Ich merkte, daß Duncan ihr das nicht abnahm.

Doch sie hakte nicht noch einmal nach, sondern lehnte sich zurück und löcherte von nun an Floyd mit ihren Fragen.

Der Nachthimmel über uns sah aus wie mit Sternen bestickter Samt. Es war Anfang September. Bald würden die Nächte kühler werden, der Himmel dunkler und klarer. Im Oktober war es normalerweise trocken, aber der November konnte so oder so sein. Ich ging die Monate durch, die Jahreszeiten, dachte an das, was immer wiederkehrte, was vorhersehbar war, an eine Zukunft, der die vergangenen zwölf Stunden nichts anhaben konnten.

Sollten wir durch die Stadt Fitler gefahren sein, habe ich nichts davon mitbekommen. Ich sah Bäume und Sterne und das kahle, von den Scheinwerfern des Automobils erhellte Stück Straße vor uns. Schließlich steuerten wir eine Veranda an. Der Wagen wurde langsamer und blieb stehen.

»Floyd, sei doch bitte so lieb und trag Duncan ins Haus«, sagte JoHanna. »Duncan, du hältst Pecos fest, bis ich ihn in dein Zimmer bringen kann. Sadie wird verrückt, wenn der Hahn durch die Wohnung rennt. Floyd, sag bitte Tante Sadie, daß ich hier draußen bin. Ich brauche ihre Hilfe. Und sie soll Licht mitbringen.«

Ich versuchte mich zu bewegen, doch meine Beine gehorchten mir nicht. »Mein Körper will einfach nicht machen, was ich ihm sage«, erklärte ich und mußte ein bißchen lachen, weil es so idiotisch klang.

»Sei still.« JoHannas Stimme klang fest und ruhig.

In der Tür tauchte eine Gestalt auf, eine kleine Frau, die sich sehr gerade hielt. Sie hatte eine brennende Laterne in der Hand und kam zum Wagen, zur Beifahrerseite. Sie leuchtete mir ins Gesicht. »Was ist denn?«

»Sie blutet«, seufzte JoHanna. »Wir müssen etwas tun, damit es aufhört.«

»Floyd soll sie reintragen.« Tante Sadie ging ins Haus, um Floyd zu holen; sie hielt die Laterne, während er mich hochhob.

Ich schrie unwillkürlich auf. Es klang wie der Schrei eines verwundeten Tieres, ich konnte nichts dafür. Floyd trug mich ins Haus, in ein Zimmer, das Tante Sadie ihm zeigte. Das Bett, das darin stand, war schmal und mit blütenweißer Wäsche bezogen. Floyd legte mich hin und trat zurück. Am linken Arm hatte er einen Blutfleck. Mein Blut. Es sickerte ihm in den Ärmel. »Werde ich jetzt sterben?«

»Kann sein, kann nicht sein.« Tante Sadie bedeutete Floyd, aus dem Zimmer zu gehen. »Kümmer dich um Duncan«, befahl sie ihm in strengem, fast schon barschem Ton. »JoHanna, du gehst Wasser aufsetzen.« Mit ihrer Nichte redete sie genauso forsch.

Als alle das Zimmer verlassen hatten, wandte sie sich an mich. »Fehlgeburt oder Abtreibung?«

»Ein Arzt …«

Sie ließ mich nicht ausreden. »Als ihr in Mobile losgefahren seid, hast du da schon geblutet?«

»Da hatte es aufgehört.«

»Gut. Beweg dich so wenig wie möglich. Während der Fahrt wird wohl ein Blutgefäß geplatzt sein. Vielleicht hört's von selbst wieder auf. Wenn nicht … naja, wahrscheinlich hört's ja wirklich von selbst auf. Ich koch' dir jetzt einen Tee, den trinkst du aus bis zum letzten Tropfen.«

Wenn ich daran dachte, daß ich irgend etwas zu mir nehmen sollte, wurde mir übel, doch die kleine Frau duldete keine Widerrede. Sie ging aus dem Zimmer, und ich war froh, auf der weichen Matratze zu liegen.

JoHanna brachte den Tee. Er schmeckte gräßlich, aber ich trank ihn brav aus. Dann schlief ich ein, und im Traum hörte ich Duncan und Floyd. Sie tanzten. Duncan war eine junge Frau, und ihr Haar war wieder richtig lang, ihr Körper gesund und schön. Und Floyd war irgendwie zu Verstand gekommen. Sie wollten heiraten und aus Fitler fortgehen, zusammen, glücklich.

Als ich aufwachte, stand eine kleine ältere Frau am Fußende meines Bettes und sah mich an. Sie hatte klare, leuchtend blaue Augen. Die Falten rings um diese Augen kamen nicht vom Lachen. Sie sah aus wie jemand, der sich das Leben zu genau angeschaut hatte und feststellen mußte, daß es traurig war.

»Die Blutung hat von alleine aufgehört«, sagte sie. »Wenn's

nicht noch mal anfängt, bist du bald wieder gesund. JoHanna macht dir ein paar Eier. Du mußt alles aufessen. Siehst ja aus wie 'ne junge Kuh, die sie auf 'ner kahlgefressenen Weide vergessen haben. Wenn du noch mehr Blut verloren hättest, wärst du nicht mehr zu retten gewesen.«

Mit dieser erfreulichen Bemerkung verließ sie das Zimmer, und ich machte es mir im Bett so bequem wie möglich.

Der Raum war klein, hatte aber ein Fenster, durch das die frische Septembermorgenluft hereinkam. Draußen bildeten Eichen einen grünen Tunnel über der Straße. Bäume, die genauso hoch waren wie die in Mobile, genauso dicht belaubt und genauso gebeugt unter der Last jener großen, schweren Flechten. Diesen tief herabhängenden grauen Bewuchs nannte man Spanisches Moos, wie Elikah mir gesagt hatte, als wir in Mobile gewesen waren.

Als ich genauer hinsah, bemerkte ich Umrisse von Gebäuden. Geschwärztes Holz, das einen düsteren Kontrast zum hellen Himmel bildete. Vom Bett aus konnte ich nicht erkennen, ob sich diese Häuser noch im Bau befanden oder ob es die halbverfallenen Bauten der einstmals blühenden Stadt waren, von der ich soviel gehört hatte.

JoHanna kam mit einem Tablett herein. »So, das ist Fitler. Oder das, was davon übrig ist«, sagte sie und stellte mir das Tablett auf den Schoß. »Heute kannst du noch nicht aufstehen, meint Tante Sadie, aber in ein, zwei Tagen machen wir einen Stadtbummel, dann zeige ich dir alles.«

Ein, zwei Tage. Ich erschrak. Gestern war ich den ganzen Tag fort gewesen und die Nacht noch obendrein. Ohne Elikah ein Wort zu sagen. Und jetzt war ich in einer anderen Stadt, und er hatte keine Ahnung, wo ich steckte.

»Mach dir keine Sorgen wegen Elikah. Er soll sich ruhig wundern, wo du abgeblieben bist, das schadet ihm gar nichts. Floyd kann ihm morgen oder übermorgen eine Nachricht bringen.« Sie deutete auf das Tablett. »Iß jetzt. Duncan hat übrigens letzte Nacht schon wieder so merkwürdig geträumt.« Sie schüttelte den Kopf. »Eine Phantasie hat dieses Kind, aber sie will unbedingt mit Mr. Lassiter reden; sie besteht darauf, daß ich sie zu ihm bringe.«

»Mr. Lassiter?« Den Namen hatte ich noch nie gehört.

»Der Flößer. Ihm gehört die Firma, die die Stämme auf dem Fluß transportiert. Ein sehr netter Mann. Duncan behauptet steif und fest, er werde ertrinken.« Sie lächelte, doch ihr Lächeln war nicht ganz ehrlich. Sie war beunruhigt und wollte es nicht zeigen. »Ich schick' dir Duncan her, damit sie dir ihren Traum erzählt. Dann kannst du dir selbst einen Reim darauf machen.«

Sadie brachte mir noch mehr Tee und schickte JoHanna aus dem Zimmer. Diesmal schmeckte der Tee anders, und sie hatte ihn mit Honig gesüßt, um zu überdecken, daß illegaler Alkohol darin war. Das Gebräu hatte einen scharfen, brennenden, reinen Geschmack. Ich hatte es noch nicht ganz ausgetrunken, da fielen mir schon die Augen zu. Eine warme Luftböe trug mich mit sich fort, und ich schwebte über den Bäumen, die im leichten Windhauch schwankten, und das Spanische Moos tanzte und malte ein eigenartiges Schattenmuster in den Sand von Fitler.

Ich erwachte von Stimmengewirr. Zuerst wußte ich gar nicht, wo ich war und wer da sprach, doch wenig später erkannte ich JoHannas Stimme, die nervös klang, und dann Duncans und die von Tante Sadie. Schließlich nahm ich noch eine vierte Stimme wahr, von einem Mann. Es war nicht Floyds liebe, freundliche Stimme. Dieser Mann sprach tief und volltönend, selbstsicher und in entschiedenem Ton, wie jemand, der es gewohnt war, daß man ihm gehorchte. Ich war mir sicher, daß es der Sheriff war, der mich und JoHanna holen kam.

Von Angst erfaßt, zwang ich mich, trotzdem genau hinzuhören, die Worte zu erfassen und zu verstehen.

»Sie will es Ihnen unbedingt selbst sagen, Red.« JoHannas Stimme klang verlegen, als wollte sie sich für etwas entschuldigen. »Ich wollte sie gerade zum Fluß runterbringen, damit sie mit Ihnen sprechen kann, aber sie hat Floyd geschickt, hinter meinem Rücken.«

»Er muß es wissen.« In Duncans Stimme war keine Spur von Verlegenheit. »Du glaubst mir nicht, Mama, aber er muß es wissen. Er darf nicht mehr ins Wasser gehen, sonst ertrinkt er.«

»Duncan.« JoHannas Ton war vorwurfsvoll.

»Ich hab's Mary Lincoln gesagt, aber sie wollte ja nicht hören. Ich hab' es ihr ganz deutlich gesagt. Obwohl ich mir nicht sicher war, daß es wirklich passieren würde. Aber jetzt weiß ich, es wird passieren. Diesmal habe ich es ganz deutlich gesehen.«

»Duncan ...« JoHanna kochte hörbar vor Wut.

»Laß sie, Jo. Sie soll mir sagen, was ich wissen muß. Die Kleine will mir doch nur helfen.« Der Mann hörte sich aufrichtig an, aber auch ein bißchen belustigt und gönnerhaft. Ich konnte mir gut vorstellen, wie Duncan dieser herablassende Ton schmeckte. Wenn sie ihre Beine hätte bewegen können, hätte sie ihn wahrscheinlich vors Schienbein getreten. Doch Duncan blieb ruhig und begann zu sprechen.

»Es war ein frischer Tag, kühl, als wenn der Sommer langsam zu Ende geht und man sich noch nicht recht vorstellen kann, daß bald der Herbst kommt.« Duncan hielt inne. »Das Wetter war gut. Daran kann ich mich erinnern, weil Mama durch den Sand ging. Ich saß im Leiterwagen, das heißt, ich konnte die Beine noch nicht wieder bewegen. Wir wollten runter zum Fluß, Floyd abholen, der angeln war.«

Inzwischen waren alle verstummt, wenn auch vielleicht nicht wegen der Geschichte selbst, so doch zumindest angesichts der vielen Details, mit denen Duncan diese auszuschmücken wußte. Die anderen hörten ihr zu, und auch ich ließ mich durch die Bilder, die Duncan uns vor Augen führte, von meinen eigenen Alpträumen ablenken.

»Unten am Wasser waren Ihre Männer und haben aus Baumstämmen ein riesiges Floß gemacht. Ich bat Mama, mich näher heranzuschieben. Ich sehe nämlich so gern zu, wenn die Männer die Stämme zusammentragen und sie vertäuen. Daddy sagt, irgendwann fährt er mit mir auf einem Floß den Fluß hinunter.«

Wieder machte Duncan eine Pause, und ich wußte, daß sie mit dieser Bemerkung JoHannas Widerspruch herausgefordert hatte.

»Erzähl den Traum«, sagte JoHanna knapp.

Mir war klar, daß über diesen Ausflug mit dem Floß später noch einmal geredet werden würde, wenn der Mann wieder an seine Arbeit gegangen wäre.

»Und dann sind Sie gekommen und haben sich auf ein Floß gestellt, das die Männer gerade zusammenfügten. In der Hand hatten Sie einen Haken, und damit haben Sie einen großen Stamm herangezogen. Alle lachten. Das Wetter war so schön, und der Pascagoula war recht flach, aber tief genug, um die Stämme schwimmen zu lassen.« Duncan holte Luft.

»Ich weiß auch nicht, wie es passiert ist, aber der Stamm hat sich unter Ihnen gedreht. Im ersten Moment sah es so aus, als ob Sie sich noch fangen könnten. Die Männer lachten immer noch. Aber dann sind Sie abgerutscht. Ihr rechtes Bein klemmte zwischen den Stämmen, und die sind mit voller Wucht zusammengestoßen.«

Es herrschte Totenstille. Ich spürte, daß meine Haut kalt wurde und prickelte.

»Erzähl weiter, Duncan.« Die Stimme des Mannes klang jetzt nicht mehr herablassend.

»Ich hab' Knochen splittern hören, und Sie haben geschrien. Sie wollten das Bein noch rausziehen, aber die Stämme haben den Knöchel und das Bein zerschmettert. Die Männer sind zu Ihnen hinübergerannt, sind über die Stämme gesprungen und durch den Fluß gewatet, so schnell wie ich noch nie jemanden habe waten sehen. Dann sind die Stämme, zwischen denen Sie eingeklemmt waren, plötzlich auseinandergetrieben, und Sie waren weg, unten, unter dem Floß. Und Sie sind ertrunken.«

»Na, das war mir ja ein schöner Traum.« In der Stimme des Mannes schwang eine nicht ganz echte Fröhlichkeit mit. »Und du bist sicher, daß ich das war?«

»Ja, Sir. Und mir war klar, daß ich es Ihnen sagen mußte. Sie dürfen nur nicht auf die Flöße gehen bei schönem Wetter. Dann wird der Traum auch nicht wahr. Dann können Sie nicht eingeklemmt werden.«

»Ein guter Rat.«

»Hören Sie, Red«, mischte sich JoHanna ein, »Duncan hat darauf bestanden, Ihnen das zu erzählen. Und ich finde, sie hat recht gehabt, Sie müssen es wissen.«

»Ja sicher, einem Zug, den man sieht, kann man ausweichen.«

Ich merkte, daß er Duncan nicht so ganz glaubte. Aber immerhin hatte sie ihm einen kleinen Schrecken eingejagt, und vielleicht genügte das ja schon, daß er sich vorläufig von den Flößen fernhielt.

»Als ich aufgewacht bin, hab' ich immer noch den heißen Sand unter den nackten Füßen gespürt, durch den ich gerannt bin«, sagte Duncan.

»Red ...« JoHanna wußte nicht, was sie noch sagen sollte.

Ich lag in meinem Zimmer, von den Stimmen durch eine Holzwand und mehrere offene Türen getrennt, und zog mir das Bettuch bis unters Kinn. Draußen war es heiß, und wenn ich aus dem Fenster schaute, konnte ich unter dem Eichentunnel die Hitze über dem Sand der Straße flimmern sehen. Duncans Worte jagten mir einen kalten Schauer über den Rücken. Was war dieses kleine Mädchen doch für eine wortgewandte Erzählerin, und vielleicht hatte es wirklich das Zweite Gesicht. Ich zweifelte keine Sekunde daran, daß die anderen, die dort in der Küche um den Tisch versammelt saßen, ebenso wie ich den Hauch des Todes spürten.

»Tun Sie sich selbst den Gefallen, Red. Halten Sie sich fern von den Flößen. Es kann schließlich nicht schaden, nicht wahr? Wenn das Kind wirklich hellsehen kann, könnte es Ihnen das Leben retten. Und wenn nicht, schadet es auch nicht. Sie haben doch Ihre Leute. Die können die Arbeit genausogut machen wie Sie. Sie verlieren ja nichts dabei.« Tante Sadies Stimme war fest und klar wie immer.

Diese Frau war ungemein nüchtern. Und sehr direkt. Aber sie neigte nicht dazu, das, was sie sah, sofort zu be- oder gar zu verurteilen. Sie wußte, daß ich abgetrieben hatte, doch das war für sie nur eine Tatsache, die sie berücksichtigen mußte, wenn sie mir helfen wollte.

Ich hörte Stühle auf dem Hartholzfußboden scharren. »Danke, Miss Sadie, für den köstlichen Früchtekuchen und den Kaffee. Ich weiß, daß Sie meine Männer einmal in der Woche zu Kaffee und Kuchen einladen.« Er lachte. »Das ist sehr nett von Ihnen. Die Burschen müssen hart arbeiten, und viele sind monatelang von ihren Familien getrennt.«

»Ein Stück süßer Kuchen und ein heißer Kaffee, das ist eine geringe Gabe. Sie sind all die Jahre lang auch gut zu mir gewesen, Red. Sie und Ihre Männer. Wenn Sie JoHanna und Duncan unten am Wasser sehen, sagen Sie Ihren Jungs, sie sollen auf die beiden aufpassen. JoHanna denkt immer, sie ist so was wie ein Fisch, und Duncan, ach ja, ich weiß nicht, was aus Duncan einmal werden wird.«

»Eine Tänzerin«, rief Duncan.

Für den Bruchteil einer Sekunde herrschte betretenes Schweigen, denn ihre Worte hatten allen in Erinnerung gerufen, daß sie die Beine nicht bewegen konnte. Noch nicht. Obwohl sie sich schon etwas gekräftigt hatten. Aber an Tanzen war noch lange, lange nicht zu denken. Und da fiel mir plötzlich die letzte Szene aus ihrem Traum ein: der heiße Sand, durch den sie gerannt war. Nein, Duncan hatte nicht das Zweite Gesicht; sie war einfach nur ein kleines Mädchen mit einer blühenden Phantasie.

»JoHanna hat diesen reizenden Jungen mit hergebracht, diesen Floyd. Er ist gerade unten am Fluß und angelt.« Geschirr klapperte, und ich wußte, daß Tante Sadie oder JoHanna jetzt den Tisch abräumte. »Ein gutaussehender Bursche, nur sehr einfältig. Auf ihn müßt ihr auch ein Auge haben. Er kennt die Strömung in diesem Fluß nicht, hat keine Ahnung, wie sie einen ausgewachsenen Mann packen und runterziehen kann und ihn dann nie wieder hergibt.«

»Floyd gehorcht, wenn man ihm etwas sagt«, fügte JoHanna hinzu. »Er macht keinen Ärger. Wenn ihr ihn an einer gefährlichen Stelle seht, sagt es ihm einfach. Er tut, was ihr sagt.«

»Wird gemacht. So, meine Männer denken sicher schon, ich esse Miss Sadie all ihren Kuchen weg und trinke den Kaffee ganz alleine. Die tun bestimmt keinen Handschlag aus lauter Eifersucht.«

Schritte gingen auf die Hintertür zu.

»Kommen Sie bald mal wieder vorbei, Red«, sagte Tante Sadie.

»Und geben Sie gut auf sich acht«, rief JoHanna ihm nach.

»Ertrinken Sie nicht«, sang Duncan, die noch immer am Küchentisch saß. Und kaum, daß der Mann gegangen war, bat sie: »Darf ich jetzt zu Mattie?«

JoHanna schwieg, aber ich hörte den Stuhl über den Boden scharren. Sie hob Duncan hoch. Und im nächsten Augenblick standen die beiden bei mir in der Tür.

»Du bist ja wach«, rief Duncan erfreut. »Und du siehst auch schon viel besser aus. Letzte Nacht hast du entsetzlich ausgesehen. Setz mich zu ihr aufs Bett, Mama.«

JoHanna sah mich fragend an. Ich nickte. Es ging mir wirklich viel besser. Die Krämpfe hatten aufgehört. Ich hatte schon wieder einen Bärenhunger. Und ich freute mich, Duncan zu sehen.

»Wollen wir Karten spielen?« fragte Duncan. »Wenn ich krank bin, spielt Mama immer Karten mit mir.«

JoHanna stand in der Tür und wartete, ob ich Duncan bei mir behalten wollte oder nicht. Diese einfache Geste rührte mich zu Tränen.

»Mattie?« JoHanna kam näher.

Ich lachte und ließ meinen Tränen freien Lauf. »Du wartest, daß ich mich entscheide, was ich will. Das hat mich einfach gerührt.« Ich lachte, und Duncan und JoHanna fielen ein. »Ich möchte sehr gern mit Duncan Karten spielen.« Ich sah auf und wischte mir mit dem Handrücken die feuchten Wangen ab. »Und außerdem möchte ich sehr gern ein Stück Kuchen und eine Tasse Kaffee haben.«

»Das dürfte sich machen lassen«, sagte JoHanna. »Ich hol' nur schnell die Karten.«

Sie ging aus dem Zimmer, und Duncan sah mich mit ernster Miene an. »Ich finde Mr. Lassiter wirklich nett«, sagte sie. »Ich habe Floyd gebeten, mich in dein Zimmer zu bringen, bevor er angeln gegangen ist, aber da hast du gerade geschlafen. Ich wollte dir meinen Traum erzählen.«

»Ich hab' alles mit angehört.«

Sie betrachtete den cremefarbenen Chenilleüberwurf auf dem Bett und zupfte daran herum. »Ich glaube, er hat mich verstanden.« Sie blickte auf, ihre braunen Augen waren wie verschleiert und schauten ins Leere. »Seit dem Blitzschlag kann ich manchmal Farben fühlen.«

Ich legte meine Hand auf ihre, die reglos auf dem Überwurf lag. »Wie meinst du das, Duncan?« Ich wußte nicht, ob ich das wirklich wissen wollte, aber sie war entschlossen, es mir zu erzählen.

»Ich fühle sie, genau wie Hitze und Kälte, nur stärker.«

»Was heißt stärker?«

»Zum Beispiel, als Floyd mit mir im Wald war, da haben wir diese wilde Blume gefunden. Sie war so blau, daß es richtig weh getan hat. Ich dachte, mir zerspringt das Herz.«

Sie war vollkommen aufrichtig. Ein kleines Mädchen, das sich vor der Kraft seiner Sinne fürchtete.

»Ist dir so was auch schon mal passiert?« fragte sie.

»Nein.« Ich versuchte mich zu erinnern, aber mir fiel kein vergleichbares Erlebnis ein.

»Vorgestern hab' ich vor dem Fenster einen Kardinalsvogel gesehen. Er flog von der Wäscheleine zum Seifenbaum und dann runter auf die Wiese und hat sich mit Pecos angelegt.« Sie grinste. »Das kommt manchmal vor, daß sich andere Vögel mit ihm anlegen, weil er nicht so genau weiß, daß er ein Hahn ist.«

»Wo ist Pecos eigentlich?«

»Tante Sadie mag ihn nicht im Haus haben. Er ist draußen auf der Veranda, aber am Abend hol' ich ihn wieder rein.«

»Und was war mit dem Kardinalsvogel?« Ich hatte das seltsame Verlangen, mehr darüber zu hören. Von draußen wehte Gelächter herüber. Die Männer arbeiteten auf dem Fluß. Das Echo hatte jenen wogenden Klang, der typisch war, wenn die Geräusche vom Wasser her kamen.

»Das sind Mr. Lassiters Leute. Er hat sechs oder sieben Camps im Wald, wo sie Bäume fällen und zusammentragen. Und dann hat er noch Männer, die die Stämme den Pascagoula runter flößen.«

Duncans Lächeln schwand allmählich. »Jedenfalls war der Kardinal da draußen, und ich hab' ihn beobachtet. Und auf einmal kam es mir so vor, als hätte die ganze übrige Welt die Farbe verloren. Da war dieser Vogel, und sein Rot war so intensiv, daß ich fühlen konnte, wie sein Herz schlug. Er war zu rot, um lange am Leben zu bleiben. Sein Herz schlug so schnell. Und ich fing an zu weinen, weil er so schön war und so bald sterben sollte.« Während sie sprach, stiegen ihr Tränen in die Augen.

»Und das mit der Farbe, ist dir das schon öfter passiert?«

»Seit dem Blitzschlag. Immer wenn ich mal alleine bin, dann ...«

»Dann was?«

»Es ist ein wunderbares Gefühl, nur, daß es auch sehr, sehr weh tut.« Sie sah mich fragend an. »Zuerst gibt mir die Farbe ein Gefühl, als hätte ich alle Freude dieser Welt in meiner Brust. Aber das bleibt nur ein paar Sekunden so, und dann kommt der Schmerz.« Sie schaute mich an, als ob sie eine Antwort erwartete.

»Ich weiß nicht, Duncan. Kannst du dem denn nicht Einhalt gebieten?«

»Ich weiß nicht. Ich weiß nicht, ob ich das möchte.«

Ich hörte, wie JoHanna sich in der Küche zu schaffen machte und mit Geschirr klapperte. Sie tat meinen Kuchen auf einen Teller. »Was sagt denn JoHanna dazu?«

Duncan sah auf den Überwurf und begann von neuem, an dem cremefarbenen Stoff herumzuzupfen. »Sie sagt, daß im Leben Freude und Schmerz zusammengehören. Wenn das eine kommt, ist das andere nicht weit.« Sie blickte zu mir auf. »Sie sagt, es ist ein Geschenk, wenn man Gefühle ganz stark empfinden kann, aber ich muß lernen, wann es gut ist, etwas zu empfinden. Ich muß lernen, mich zu schützen.« Sie holte tief Luft. »Denn wenn ich mich nicht schützen kann, sagt sie, dann kriege ich Angst davor, etwas zu empfinden, und dann sterbe ich nach und nach ab.«

Ich konnte kaum glauben, daß JoHanna Duncan so etwas gesagt haben sollte, doch Duncans Gesicht ließ keinen Zweifel daran, daß es wahr war. Sie hatte Angst, und das beunruhigte mich. »Es ist immer gut, sich zu schützen.« Ich versuchte mir durch das Dickicht aus Gefühlen und Ängsten, die ich nicht verstand, einen Weg zu bahnen. Wovor wollte JoHanna ihre Tochter warnen?

»Mattie, hast du schon einmal vor deinen eigenen Gefühlen Angst gehabt?«

Ja, o ja. Vor meinem geistigen Auge flackerte die Nacht in New Orleans auf. Meine Scham hatte mich fast umgebracht. Ich hatte Angst. Vor Elikah und davor, was er mir angetan hatte, aber auch vor mir selbst. Wozu ich inzwischen fähig war. Duncan beobachtete mich so eingehend, daß mir klar war, ich brauchte ihr nicht zu antworten. Sie las mir die Antwort vom Gesicht ab. »Weißt du, Duncan, vielleicht mußt du dich vor allem vor den Dingen schützen, die andere Menschen tun.« Ich zögerte. »Die Farben, die du fühlst, sind rein. Das bist du. Wenn du das ... ganz genau so auf andere überträgst, bringst du dich in Gefahr.« Ich war mir nicht sicher, ob ich ihr damit half. Oder mir selbst. Da hörte ich JoHannas Schritte und war unsagbar erleichtert. Ich wollte nicht über diese Dinge reden. Ich wollte nicht an Elikah denken. Ich richtete mich auf und spürte auf einmal ganz deutlich den Stempel, den er mir aufgedrückt hatte. Entrinnen konnte ich ihm nicht, doch diesen Tag, diesen Morgen, diesen Augenblick, da die Sonne ins Fenster schien und ihre Strahlen schräg auf mein Bett fielen, den sollte er mir nicht verderben dürfen. »Da kommt deine Mutter.«

»Früchtekuchen«, sagte Duncan, schon wieder fröhlicher. »Mama hat gesagt, wenn Floyd uns irgendwo einen Handwagen besorgen kann, können wir nachher zum Fluß gehen.«

JoHanna stand in der Tür, in den Händen ein Tablett mit einem großen Stück Kuchen, dampfendem Kaffee und einer kleinen, schlanken Vase, in der eine Rose steckte. Als ich das Oktoberhimmelrosa dieser schönen Blume sah, fühlte ich zwar nichts von dem, was Duncan mir beschrieben hatte, trotzdem schossen mir bei ihrem Anblick die Tränen in die Augen.

»Falls Mattie sich danach fühlt und falls Tante Sadie es erlaubt, kann sie mitkommen zum Fluß, hab' ich gesagt. Aber jetzt laß sie doch erst mal ihren Kuchen essen, und dann sehen wir weiter.« Sie schaute mich an.

»Ein kleiner Spaziergang tut mir vielleicht ganz gut. Ich hab' ziemliche Schmerzen.« An manchen Stellen war der Schmerz sehr stark, doch an anderen war er so, daß ich das Gefühl hatte, wenn ich ein Stück ginge, würde er nachlassen.

»Wir werden sehen.« Sie stellte mir das Tablett auf den Schoß, nahm das Kartenspiel herunter und drückte es Duncan in die Hand. »Aber nur ein paar Spiele, dann gehen wir beide einkaufen.«

»Wann kommt denn Floyd wieder?«

»Zum Mittagessen. Und dann überlegen wir uns, ob wir zum Fluß gehen.« Sie trat ans Fenster und schaute hinaus. »Wenn du hier stehst, kannst du sie sehen«, sagte sie.

»Den Fluß«, übersetzte Duncan. »Mama sagt immer, das Wasser sei weiblich.« Sie sah meinen neugierigen Blick. »Sie sagt, daß die Indianer den Mississippi den Vater aller Wasser genannt haben, war das einzige, was sie falsch gemacht haben, außer, daß sie die ersten Weißen, die hierhergekommen sind, nicht auf der Stelle getötet haben.«

»Ich glaube nicht, daß die Indianer wirklich Vater aller Wasser gemeint haben«, sagte JoHanna, zum Fenster gewandt. Dann drehte sie sich zu uns herum, und ich sah ein schelmisches Blitzen in ihren Augen. »Vater ist die Übersetzung der Spanier für den indianischen Ausdruck. Die spanische Gesellschaft war zu der Zeit – und ist es eigentlich bis heute, muß ich sagen – durch und durch patriarchalisch. Da war natürlich jeder Würdenträger und jeder, der irgendwie Macht hatte, männlichen Geschlechts.« Sie hob die Brauen. »Ganz im Sinne der Männer, die den Ausdruck zuerst gehört haben.«

Ich war überrascht von meinem eigenen Lachen. »Wie kommst du bloß immer auf solche Dinge?«

Sie grinste von einem Ohr zum anderen. »Das fragt Will mich auch jedesmal. Aber er wartet nicht, bis ich antworte. Ich glaube, in Wirklichkeit will er die Antwort gar nicht wissen. Und du?«

Plötzlich spürte ich die Gefahr. Was sie mir anbot, war nicht einfach nur die Antwort auf eine Frage – es war revolutionär. Ich merkte, wie mein Lächeln schwand, und versuchte mit aller Kraft, die Fröhlichkeit des Augenblicks zu retten.

JoHanna kam zum Bett. Sie legte mir die Hand auf die Stirn. »Kalt«, sagte sie. »Das Schlimmste hast du hinter dir, Mattie, wie Tante Sadie gesagt hat. Ich glaube, du kannst tatsächlich nach dem Mittagessen aufstehen, wenn du willst.«

»Ich will.«

»Gut, dann gehen wir zum Fluß.« Duncans Augen strahlten, und ein schelmisches Funkeln tanzte darin, genauso selbstvergessen wie Duncan damals Charleston getanzt hatte. »Sie möchte dich kennenlernen, Mattie. Sie hat diesen Sommer schon soviel über dich gehört, von mir und von Mama.«

Kapitel 17

Der Pascagoula war ganz anders, als ich erwartet hatte. Ich hatte ihn mir immer als einen tief dunkelblauen Fluß mit Trauerweiden an den Ufern vorgestellt, einen Fluß wie aus dem Bilderbuch, der sich still und verträumt an lauter kleinen Ortschaften entlangwand. In einer Hinsicht stimmte meine Vorstellung: Auf der einen Seite war das Ufer flach, während auf der anderen schroffe Felsen aufragten, doch das war auch der einzige Punkt, in dem ich recht gehabt hatte.

Wir waren am Ende der Straße angelangt, genau an der Stelle, wo vor über dreißig Jahren die Brücke gebaut werden sollte. Das war der angenehmste Weg, für den wir uns mit Rücksicht auf unseren Zustand entschieden hatten. Vor uns lag das Wasser wie ein Element mit hypnotischen Fähigkeiten.

Der Fluß selbst war rötlichgelb und sah träge aus. Doch der erste Eindruck täuschte. Nördlich von uns hatten Regenfälle das Wasser aufgewühlt, so daß es wie aufgedunsen wirkte, und daher, so erklärte mir JoHanna, käme auch die scheinbare Schwerfälligkeit. In Wirklichkeit aber, warnte sie uns, sei der Fluß alles andere als langsam. Ganz im Gegenteil. Der Strom floß nicht einfach so vor sich hin, wie ich geglaubt hatte, sondern es gab überall kleine Strudel. An manchen Stellen war das Wasser glatt wie eine Glasscheibe. Doch plötzlich begann die spiegelblanke Fläche zu brodeln, es bildeten sich Wirbel, und man sah regelrecht den Sog. Was gerade da war, wurde rücksichtslos verschlungen, egal ob es ein Stück Treibholz war, eine Flasche oder ein Mensch. Der Fluß nahm sich, was er kriegen konnte, meinte JoHanna. Manchmal holte er sich nur kurz seinen Tribut und zog sich dann wieder zurück, ebenso plötzlich wie er gekommen war. Mitunter gab er ihn etwas weiter stromabwärts wieder her, doch nicht selten blieb er für alle Zeit verschwunden. Auf dem Grund des Pascagoula, sagte JoHanna, lag ein Schatz von Reichtümern und zerschellten Träumen.

JoHanna sagte auch, daß das Wasser am nächsten Tag wieder klar sein würde, und dann könnten wir schwimmen, vorausgesetzt, Tante Sadie erlaubte mir, in den Fluß zu gehen. Gegen ein heißes Bad hätte die Tante gewiß nichts einzuwenden, an die heilenden Kräfte des Pascagoula aber glaubte sie nicht. Sadie hatte Angst, ich könnte mir beim Schwimmen eine Infektion holen.

Ich war erleichtert, denn ich teilte Tante Sadies Ansicht. Ich zog es vor, am Ufer zu sitzen und zuzusehen, wie Duncan und JoHanna, Floyd und selbst Pecos, der verrückte Hahn, sich in die trüben Wellen stürzten.

Da JoHanna darauf bestanden hatte, daß Floyd mich in einem Handwagen ziehen sollte, genau wie sie es mit Duncan tat, gingen wir nicht so weit stromaufwärts, wie Duncan gern wollte. Es gab dort so eine bestimmte Stelle mit einer Sandbank, die die Kleine ganz besonders liebte. Dorthin würden wir am nächsten Tag gehen, meinte JoHanna, wenn wir wieder laufen und schwimmen könnten, für heute aber sollten wir uns mit Schauen begnügen.

Die riesigen, traurigen Pfeiler aus Backstein und Mörtel, die aus dem Wasser ragten, erinnerten an die nie gebaute Brücke. Über fünfzehn Meter hoch und so breit wie eine halbe Lokomotive, ragten sie über die Wasseroberfläche und trotzten noch immer der reißenden Strömung. Sie standen jeweils zwei und zwei zusammen, insgesamt fünfzehn Paar. Ich konnte mir überhaupt nicht vorstellen, wie die Männer sie in den Grund des Flusses hatten rammen können, ohne fortgerissen zu werden.

»Den Plan, wie die Brücke aussehen sollte, hat mein Vater gezeichnet«, sagte JoHanna. »Er war zwar kein Architekt, aber er hatte die Gabe, Dinge zu entwerfen. Er hatte alles bis ins kleinste Detail aufgemalt, sogar die zierlichen schmiedeeisernen Ornamente.« Sie lächelte. »Nur gut, daß er diese kahlen, nutzlosen Stützpfeiler hier nicht mehr hat sehen müssen. Das hätte ihm das Herz gebrochen.«

»Glaubst du, Mr. Senseney ist noch am Leben und baut anderswo irgendwelche Sachen?« Die hundertfünfundzwanzigtausend Dollar, die mit ihm verschwunden waren, ließen mir keine Ruhe. Zweiundsechzigtausendfünfhundert davon hatten JoHanna gehört. Ich hatte nachgerechnet.

»Nein, das glaube ich nicht.« JoHannas Hände lagen auf der Deichsel von Duncans Wagen. »Ich glaube nicht, daß er noch lebt. Ich nehme an, er ist in New Augusta umgebracht worden, als er Baumaterial kaufen wollte. In den Wäldern dort wimmelt es von gesetzlosen Gesellen und dergleichen. Ich denke, Mr. Senseney hat zuviel Geld bei sich gehabt, und er hat halt mitunter ganz gern ein bißchen geprahlt.«

JoHannas Blick wirkte eigentümlich abweisend, und so suchte ich schnell nach einem anderen Gesprächsthema. »Ob wir auf dem Rückweg mal in der Stadt anhalten könnten?« Wir waren so schnell hindurchgefahren, wie die beiden die Leiterwagen auf der sandigen Straße hatten ziehen können. JoHanna hatte nicht viel gesagt über die öden Holzgerippe, die von den Häusern übriggeblieben waren, die Skelette der Vergangenheit. Mir war nicht klar, ob JoHanna es so eilig gehabt hatte, durch die Stadt zu kommen, weil sie nicht darüber reden wollte, oder ob sie einfach nur so schnell wie möglich zum Fluß kommen wollte. Duncan hatte mir erzählt, wie sehr ihre Mutter sich immer nach dem Wasser sehnte, wie gern sie es betrachtete.

»Ich mache eine Besichtigungstour mit dir«, sagte JoHanna.

»Dann geh' ich derweil noch mal angeln.« Floyd blickte aufs Wasser. »Da ist ein ganz großer Fisch drin. Ich hab' eine Menge Geschichten gehört über den riesigen Burschen.« Floyd sah uns nacheinander an. »Der wiegt über hundert Pfund. Wenn ich den fangen könnte, dann wär' ich wer.«

Die Deichsel von Duncans Handwagen fiel dumpf in den Sand. Mit einem raschen Schritt stand JoHanna neben Floyd. Sie legte ihm die Hand auf die Wange und blickte ihm tief in die Augen. »Du bist wer, Floyd. Du bist etwas ganz Besonderes. Du mußt dich nicht beweisen, indem du einen Fisch fängst oder sonst irgendwas Großartiges tust.«

Floyd grinste schief, und eine warme Röte überflog sein Gesicht. »Das sagen Sie immer, Miss JoHanna. Ja, Sie finden vielleicht, daß ich was ganz Besonderes bin, aber die Leute in Jexville, die sind da ganz anderer Meinung. Die denken, ich bin verrückt.«

Ich schlug beschämt die Augen nieder. Floyd war nicht so einfältig, wie ich geglaubt hatte. Er wußte durchaus, wie die Leute über ihn redeten. Wie denn auch nicht? Sie taten es ja in seiner Gegenwart, als ob er sie nicht verstehen könnte.

»Für die Schwächen anderer Menschen bist du nicht verantwortlich, Floyd. Du bist du, und das ist sehr viel. Du schenkst den Leuten deine Aufrichtigkeit, und sie merken gar nicht, was für ein wertvolles Geschenk du ihnen damit machst. Aber wenn du ihnen ein hübsches Kleid schenkst, dann denken sie, sie haben etwas Wertvolles bekommen.« Sie strich ihm übers Kinn. »Du bist etwas ganz Besonderes. Fang den Fisch, wenn es dir Freude macht, aber tu es für dich.«

»Vielleicht käm' dann mein Bild in die Zeitung.« Floyd drehte sich um und schaute aufs Wasser. »Das wär' doch mal was. Vielleicht würde meine Mama lesen, was sie über mich schreiben, und dann wüßte sie endlich, daß was aus mir geworden ist und daß sie mich nicht einfach hätte verlassen dürfen.«

Flußabwärts waren die Männer dabei, mit viel Lärm die Flöße zu vertäuen, irgendwer pfiff eine schräge Melodie. Ich betrachtete meine Hände, die in der hellen Sonne extrem bleich aussahen.

»Kommt, wir gehen zurück in die Stadt«, sagte JoHanna. »Mal sehen, was der Fluß uns morgen zu erzählen hat.«

»Ich komme heute noch mal her«, versprach Floyd dem Fluß. Dann drehte er den Wagen, in dem ich saß, um und machte sich auf den Weg zurück nach Fitler, in die Geisterstadt.

Die eigentliche Stadt, das also, was einmal Fitler gewesen war, lag nur knapp einen Kilometer vom Fluß entfernt. Anders als in

Jexville, wo man sämtliche Bäume gefällt hatte, um die Redemption Road zu einer geraden Linie zu machen, schlängelte sich die Hauptstraße von Fitler gleich einer Slalomstrecke um mächtige Eichen herum. Wo früher die etwas zurückgebauten Häuser gestanden hatten, machte sich jetzt der Wildwuchs breit. Wir bummelten gemächlich dahin, blieben hier und da stehen, um uns die Blumen anzusehen oder die dornigen wilden Birnen, die dünne Schuhsohlen durchbohren konnten. Und dabei hatte ich die ganze Zeit das ungute Gefühl, daß uns jemand verfolgte, jemand, der uns im Schutz der zu beiden Seiten der Straße aufragenden Bäume nachschlich. Immer wieder reckte ich mich in meinem Wagen und blickte um mich, konnte aber nichts sehen. Mein schlechtes Gewissen schien mir einen Streich zu spielen, es spiegelte mir vor, Elikah hätte seinen Frisiersalon im Stich gelassen und wäre nach Fitler gekommen, um mir nachzuspionieren. Als ob er wüßte, was ich getan hatte. Ich versuchte, das Gefühl, daß ich beobachtet wurde, zu verdrängen.

Mitten in der Stadt blieb JoHanna mit Duncans Wagen stehen und schaute sich um. »Als ich klein war, gab's da drüben in der Bar ein Klavier, in Mr. Senseneys Bar. Jeden Abend erklangen dort all die lustigen Lieder, die die Männer so gern hörten. Aber manchmal kam frühmorgens eine von den Huren runter und spielte. Ich wollte sie immer fragen, was es für eine Melodie war, so eine seltsame, eindringliche Weise. Ich hab' mich aus Tante Sadies Haus fortgeschlichen, bin im Nachthemd hergekommen und hab' mich da drüben in dem alten Gebüsch versteckt und gelauscht. Ich sah sie hinter der Gardine, sie kann nicht viel älter als ich gewesen sein. Aber bevor ich mit ihr sprechen konnte, hat sie einer umgebracht.«

»Umgebracht?« fragte ich.

»Ein Mann hat ihr die Kehle durchgeschnitten; sie war verblutet, eh der Doktor kam.« JoHanna sah unverwandt auf die Überreste des einstöckigen Gebäudes. »Es wurden immer mal Leichen angeschwemmt unten am Pascagoula, bisweilen zwei in einer Woche. Das Kartenspiel hat eine Menge Schurken hergebracht. In den schwimmenden Saloons gab's ständig Mord und Totschlag. Das waren Hausboote, die hier anlegten und warteten, daß die Spieler an Bord kamen. Dann ging's wieder auf den Fluß und weiter zu irgendeiner versteckten Bucht, wo von neuem festgemacht wurde. In diesen Höllenlöchern gab's weder Recht noch Ordnung.«

»Und dann gibt es noch den Piratenschatz«, sagte Duncan.

»Das ist eine Legende, die Massen von Glücksjägern nach Fitler gelockt hat«, bestätigte JoHanna. »Floyd weiß ein paar Geschichten darüber zu erzählen.«

»Wo sind denn die Menschen alle geblieben?« Ich ließ den Blick über die verfallenen Bauten dieser Stadt schweifen, die doch früher einmal dreißig oder mehr Geschäfte gehabt hatte. Jetzt war nur noch ein kleiner Krämerladen übrig, der auch als Post- und Telegrafenamt diente und im Hinterzimmer einen Erfrischungsraum hatte. Die hölzernen Gerippe der verfallenen Häuser sahen aus wie eine Fata Morgana. Auf den ersten Blick dachte man, man befinde sich tatsächlich in einer Stadt, doch wenn man genauer hinsah, gab es keine. Ich konnte mir kaum vorstellen, daß es sie jemals gegeben hatte. Der Gegensatz zu dem, was ich von Jexville kannte, war allzu groß.

»Die meisten sind in andere Städte am Fluß gezogen. Oder an die Küste.« JoHanna zog sich den Hut, ohne den sie nie ausging, tiefer in die Stirn, um ihre Augen vor der Nachmittagssonne zu schützen. »Lonnie und Frank, die im Last Chance hinter der Theke arbeiteten, sind jetzt bei Tommy Ladnier, hab' ich gehört. Bei ihm zu Hause. Zwei hübsche junge Burschen, wenn ich mich recht entsinne. Die geben Tommys kleinen Abendgesellschaften sicher eine elegante Note.«

»Mr. Ladnier ist immer so schön angezogen«, sagte Floyd. »Ich mach' gerade ein Paar Stiefel für ihn. Ganz was Besonderes.«

Ich ließ den Blick über die verlassene Straße schweifen. »Was wär' denn in Fitler los gewesen, wenn's damals schon die Prohibition gegeben hätte?«

JoHanna zuckte mit den Schultern. »Nichts weiter. Dasselbe wie in allen anderen Uferstädten. Wie in Jexville. Jeder hat heimlich seinen Alkohol im Schrank. Man versteckt ihn einfach und tut so, als würde man keinen trinken. Wir leben nun mal in einem Land, in dem die Heuchelei regiert.«

Plötzlich merkte ich, daß ich eine Gänsehaut bekam, und im selben Moment stieß Pecos ein gellendes, entsetztes Krähen aus und flatterte von Duncans Wagen hoch. Wir waren wie vom Donner gerührt. Wie auf Kommando fuhren wir herum und sahen, keine zwei Meter hinter uns, einen hochgewachsenen, dunkelhaarigen Mann. Er war so lautlos näher gekommen, daß wir ihn überhaupt nicht gehört hatten.

»Sie haben recht«, sagte er, als hätte er schon seit einiger Zeit an unserer Unterhaltung teilgenommen. »Die Leute hierzulande wollen so leben, wie sie es im Kino sehen, aber es soll keiner wissen, was sie tun.«

Wieso reagierte JoHanna nicht? Wieso machte sie dem Mann keine Vorhaltungen, weil er uns so einen Schrecken eingejagt hatte, weil er uns nachgeschlichen war und uns belauscht hatte? Sie sah ihn nur an, atemlos, als täte ihr plötzlich etwas weh. Seine dunklen Augen blickten stolz und unverhohlen an ihr hinab. Dieser Blick verfehlte nicht seine Wirkung. Er sprach zu ihr auf eine Art, die mir einen Schauer über den Rücken jagte. Ihr Mund öffnete sich, sie schien etwas sagen zu wollen, aber sie brachte kein Wort heraus.

»Wer sind Sie?« fragte sie schließlich.

Doch noch ehe der Mann antworten konnte, war Floyd herumgewirbelt, ging nach Revolverheldenmanier in die Knie und hob langsam die Hände, bis sie über den beiden Holzpistolen waren, die er immer bei sich hatte.

Das Gesicht des Fremden wurde ernst. Er kniff die Augen zusammen, ging leicht in die Knie und nahm die Hände an die Hüften. »Können wir reden?« fragte er in ebenso drohendem wie bittendem Ton.

»Vorsicht, Floyd«, warnte Duncan.

Floyd zögerte und bewegte sich so weit nach vorn, daß er JoHanna mit seinem Körper vor dem möglichen Kugelhagel schützen konnte. »Hände hoch.« Er zog die rechte Pistole und richtete sie auf die Brust des Fremden.

Der Fremde gehorchte und nahm seine großen Hände langsam nach oben. Er hatte sich ergeben, obwohl ihm gewiß nicht entgangen war, daß Floyds Pistolen aus Holz waren. Mit keiner Regung ließ er sich anmerken, daß das Ganze ein Narrenspiel war. Er behandelte Floyd, als ob er tatsächlich bewaffnet wäre. Floyds Gesicht glühte richtig vor Stolz.

»Laß gut sein, Floyd.« JoHanna legte ihm beschwichtigend die Hand auf den Arm, als glaubte sie, daß er eine geladene Waffe hätte.

Ja, waren die denn alle miteinander verrückt geworden?

»Vielleicht erzählt er uns ja, wie er heißt«, meinte JoHanna vielsagend, »bevor du ihn kaltmachen mußt.«

Der Fremde kam einen Schritt nach vorn, die Linke noch immer erhoben, und streckte ihr seine Rechte entgegen. »John Doggett. Und Sie sind JoHanna McVay.« Er sah Duncan an. »Du mußt die Tochter sein, Duncan. Und?« Er sah Floyd und mich an.

Da merkte ich, daß ich den Atem anhielt. Das war ein Wegelagerer, eine Gestalt aus den dunklen Tiefen meiner Phantasie. Wenn ich zwinkern würde, wäre er wahrscheinlich weg.

»Mattie und Floyd, meine Freunde.« JoHanna trat einen Schritt vor, als wollte sie uns vor den allzu neugierigen Blicken des Mannes abschirmen.

Er nickte Floyd zu. »Ausgezeichnet, wie Sie Mrs. McVay beschützt haben.« Er sah mich an und überlegte, wer ich wohl sein mochte. »Und ihre Familie«, sprach er weiter und wandte seine Aufmerksamkeit wieder JoHanna zu. »Ich hab' viel von Ihnen gehört.« Er redete, als ob er mit ihr allein wäre. Doch im nächsten Moment verwischte er diesen Eindruck schon wieder, indem er lächelnd auf Duncan schaute und hinzufügte: »Und von Ihrer schönen Tochter.«

»Das will ich gerne glauben. Schließlich zählt das Tratschen genauso zu den sündhaften kleinen Vergnügungen wie die Heuchelei, nicht wahr?« JoHannas Stimme hatte einen seltsam hochmütigen Unterton.

Doch der Mann wurde nicht wütend. Er lachte sie nur an. Und plötzlich kam mir komischerweise der Gedanke an Will.

»Besonders vergnüglich an diesem Tratsch finde ich das, was Sie über den Fluß sagen.« Die letzten Worte klangen gar nicht mehr spöttisch. »Sie wissen, was er für Kräfte hat.«

JoHanna stand da wie von einem Zauber gebannt, der sie mal zurückweichen, mal sich dem Fremden nähern ließ. Dabei bewegte sich ihr Körper nicht einen Millimeter von der Stelle. »Ich respektiere den Fluß. Die Natur überhaupt.«

Der fremde Mann nickte, und seine dunklen Augen erforschten ihr Gesicht. Er war alterslos. Oder vielleicht eher von unbestimmbarem Alter. Er konnte genausogut fünfundzwanzig sein wie fünfundvierzig. Der herbstliche Bronzeton seiner Haut schien natürlich zu sein, nicht von der Sonne gebräunt, und sein dunkles Haar war, wie mir jetzt auffiel, im Nacken zu einem Pferdeschwanz zusammengebunden. Es gab kein Grau darin, und doch lag etwas in seinen Zügen, das ihn älter erscheinen ließ, aber sobald er lächelte, wirkte er augenblicklich wieder eher jung. Ich hatte irgendwie das idiotische Gefühl, daß er aus der Vergangenheit kam.

»Meine Familie hat früher am Fluß gewohnt.«

Diese eigentlich durchaus nicht ungewöhnliche Bemerkung hatte auf JoHanna eine erstaunliche Wirkung. Sie konnte kein Auge von ihm lassen.

»Sind Sie hier aus der Gegend?« Floyd hatte neben Duncan Stellung bezogen und streichelte Pecos mit seiner großen, sanften Hand den Kopf und das gesträubte Federkleid.

»Ja.«

Das war keine richtige Antwort und sollte wohl auch keine sein.

»Wohnen Sie hier in Fitler?« fragte ich. Mir war nicht wohl in seiner Gegenwart. Nicht etwa, daß ich Angst vor ihm hatte. Das gewiß nicht. Aber mich beunruhigte die Art, wie es ihm gelang, uns alle in seinen Bann zu ziehen. Er hatte eine faszinierende Ausstrahlung, und allmählich wurde mir klar, daß er sicherlich nicht weg wäre, wenn ich zwinkern würde.

»Manchmal.« Er lächelte mich an, was zwar mein ungutes Gefühl ein wenig besänftigte, aber gleichzeitig meinen Ärger um einiges wachsen ließ.

»Sie sind ein Chickasaw, nicht wahr?« JoHanna ging näher an ihn heran und betrachtete eingehend sein Gesicht, als sei er eine Statue, ein Gegenstand, um den man in aller Ruhe herumgehen und den man anschauen konnte, ohne ihn zu kränken. Sie hob die Hand, als wollte sie ihn berühren, ließ sie aber gleich wieder sinken.

»Pascagoula, Chickasaw, Irokese, Schotte, Ire, Waliser«, er preßte die Lippen zusammen und zog die Augenbrauen hoch, »kurzum, ein Wilder.«

JoHanna lachte laut auf, und Floyd und Duncan lachten mit. Ich saß im Wagen, den Kopf in der prallen Sonne, und überlegte, ob ich etwa schon phantasierte vor lauter Hitze. Ich musterte John Doggetts Kleidung. Er trug ein kragenloses, am Hals nicht zugeknöpftes Hemd, eine graue, ziemlich verschlissene Hose, die eine kräftige, aber hagere Gestalt erahnen ließ, und ein Paar abgestoßene Stiefel, die sicher einmal teuer gewesen waren. An seinem Aufzug war nichts Ungewöhnliches, außer daß diese Kleider tatsächlich einen Hauch von Wildheit an sich hatten. Das stand ihm gut zu Gesicht, obwohl ich in seinen Augen keine Spur von Gewalttätigkeit erkennen konnte. Irgend etwas war darin, doch keine Grausamkeit.

»Was machen Sie in Fitler, Mr. Doggett?« JoHanna griff nach der Wagendeichsel.

»Ich bin hergekommen, um mehr über eine gestrenge Herrin zu erfahren.«

JoHanna lachte über seinen Scherz. »Den Fluß, meinen Sie wohl?«

»Der Fluß gehört auch mit zu ihrem Reich.« Das klang nicht mehr scherzhaft. Er war ganz ernst, und dabei redete er doch in Rätseln. »Ich meine die Natur. Ich bin gekommen, weil ich erkennen will, welchen Platz ich darin habe.«

JoHanna sah ihn aus dem Augenwinkel an, sagte aber nichts.

»Und wohin soll dieser Treck hier gehen? Nachdem wir uns nun darauf geeinigt haben, daß ich ein Wilder bin, größtenteils ein Indianer, und Sie so einen tapferen Cowboy als Beschützer bei sich haben, wie wär's mit einer kleinen Schlacht?«

JoHanna schüttelte den Kopf. »Keine Schießereien mehr heute. Wir müssen nach Hause. Duncan und Mattie waren schon viel zu lange in der Sonne.« Sie setzte sich in Bewegung, und Floyd, der meinen Wagen zog, folgte ihr auf dem Fuße.

John Doggett schloß sich uns an. Er ging links von JoHanna, ein, zwei Schritte hinter ihr. Er bot ihr nicht an, den Wagen für sie zu ziehen. Offenbar sagte ihm sein Instinkt, daß sie ihm nie und nimmer ihre Tochter überlassen hätte. Um Floyd, Duncan und mich kümmerte er sich überhaupt nicht. Er sprach ausschließlich mit JoHanna.

»Mich interessiert die alte Stadt. Ich mag die Gegend. Ich überlege, ob ich nicht ein Stück Land kaufen und mir hier ein Haus bauen soll.«

»Schwierig, in einer Geisterstadt sein Brot zu verdienen«, erwiderte JoHanna sachlich und ohne kritischen Unterton in der Stimme.

»Ich schreibe. Damit verdient man nirgendwo leicht sein Brot.«

JoHanna drehte sich nach ihm um. »Was für ein Schriftsteller sind Sie denn?«

»Ich schreibe über die Wahrheit.«

Der Mann hatte jede Menge nichtssagende Antworten auf Lager, doch JoHanna schien das gar nicht zu bemerken und wenn doch, dann nahm sie es ihm offenbar nicht übel. Ihr Blick ruhte auf dem Fluß, wo eine Gruppe von sechs Männern zusammen am Ufer stand, während drei weitere draußen auf den Baumstämmen balancierten und daraus ein Floß bauten. Die Regenfälle weiter landeinwärts hatten den Fluß anschwellen lassen wie selten im September, und die Flößer wollten das Hochwasser ausnutzen.

»Schreiben Sie Bücher, Mr. Doggett?« fragte ich.

»Ich schreibe über die Vergangenheit. Darüber, wie das Leben früher war.«

»Ein Historiker!« rief JoHanna aus.

»Ein Laie. Und, ehrlich gesagt, lese ich, was ich kriegen kann, um mich zurechtzufinden. Und ich reise viel.«

»Ein Herumtreiber.« Das war ein hartes Wort, und ich wußte

selbst nicht, warum ich es gesagt hatte. Er hatte mir doch nichts zuleide getan.

Er drehte sich zu mir um und sah mich mit einem schmalen Lächeln an. »Manche würden mich einen Herumtreiber nennen. Aber ich hab' schon Schlimmeres zu hören gekriegt.« Sein Lächeln wurde breiter. »Aber auch schon viele nettere Dinge.«

JoHanna lachte, und ich wurde rot.

»Warum ziehen Sie denn die beiden jungen Damen im Handwagen?« fragte er.

Duncan, die schon viel zu lange geschwiegen hatte, antwortete prompt: »Mich hat der Blitz getroffen, ich kann die Beine nicht bewegen. Noch nicht wieder. Und Mattie hat letzte Nacht geblutet.«

Eine scharlachrote Welle brennender Scham schwappte über meine geschlossenen Lider. Als ich die Augen öffnete, sah niemand mich an.

»Dich hat der Blitz getroffen?« John Doggett starrte Duncan mit neu erwachtem Interesse an.

»Ein direkter Schlag.« Duncan nahm den Strohhut ab, den JoHanna ihr mit roten Bändern geschmückt hatte. »Meine Haare waren völlig verbrannt. Da hat Mama sich ihre auch abgeschnitten. Ich hab' gedacht, sie hat den Verstand verloren, aber jetzt fühlen wir uns beide richtig wohl mit unseren kurzen Haaren. Vielleicht lassen wir sie uns bis Weihnachten wieder wachsen.« Sie strich sich über den Flaum, und während die Haare unter ihrer Handfläche dahinglitten, konnte man die weiße Kopfhaut sehen.

»Und was ist mit deinen Beinen?« John Doggett trat zurück, so daß er in den Handwagen sehen konnte, und musterte Duncans bleiche Beine.

»Mama sagt, der Fluß mache sie wieder gesund.« Duncan hatte offenbar Gefallen an dem Fremden gefunden.

»Darf ich?« fragte er und beugte sich vor, als wollte er eines ihrer Beine anheben.

JoHanna, die die ganze Zeit nach hinten geschaut und alles mit angesehen hatte, blieb mit dem Wagen stehen. Wir hatten die Hauptstraße von Fitler hinter uns gelassen; zwei Ecken weiter war

Tante Sadies Haus. Wir waren also fast daheim, und ich war versucht, Floyd zu bitten, daß er mit mir vorausfahren sollte. Doch ich ließ es bleiben. Ich saß ganz still da und schaute zu, wie John Doggett sich hinkniete und Duncans linkes Bein anhob. Er schob ihr die eine Hand unters Knie, und mit der anderen hielt er ihren Knöchel fest. Dann winkelte er das Bein an und bewegte es hin und her wie bei einer Marionette.

Ich guckte zu den Männern auf dem Fluß hinüber. Sie lachten und neckten ihre Kameraden, die auf den Stämmen balancierten, und drohten ihnen im Scherz, die dicken Stämme ins Rollen zu bringen. Der Tag war warm und das Wasser sicher nicht unangenehm. Da begannen zwei der Männer einen Wettkampf. Sie standen beide zusammen auf einem riesigen Kiefernstamm. Der eine sorgte dafür, daß der Stamm immer schneller im Uhrzeigersinn herumwirbelte, und der andere versuchte das Gleichgewicht zu halten und den Stamm in die entgegengesetzte Richtung zu drehen.

Solche Wettkämpfe hatte ich schon des öfteren gesehen, auf dem Pearl, einem Fluß unweit von Meridian. Ich konzentrierte mich ganz und gar auf das Geschehen auf dem Fluß und bemühte mich, diesen John Doggett und die Dummheiten, die er mit Duncan machte, geflissentlich zu übersehen. Ich war wütend, daß JoHanna es zuließ. Dieser Mann weckte mit idiotischen Vorhersagen bei Duncan Hoffnungen, und wenn die Heilung dann nicht so schnell ginge, wie er es ihr versprochen hatte, würde sie enttäuscht sein.

»Die Muskeln sind vorhanden, nur zu schwach«, sagte er, während er mit den Fingern die Wade und den Oberschenkel abtastete. »Kannst du stehen?«

»Nein«, sagte Duncan zögernd, als ob sie sich dessen nicht ganz sicher wäre.

John Doggett hob sie vom Wagen. Ich machte den Mund auf und wollte protestieren, doch dann wandte ich mich lieber wieder dem Fluß zu. JoHanna stand einfach nur da. Ich verstand nicht, wie sie so unbeweglich dort stehen konnte, die Deichsel in der Hand, und kein Wort über die Lippen brachte.

Ganz behutsam stellte John Doggett Duncan auf den Boden. Er stützte sie und redete ihr zu, einen Schritt zu machen. Und Duncan, das Gesicht vor Anstrengung verzerrt, schaffte es, ein Bein anzuheben und es mehrere Zentimeter nach vorn zu bewegen. John Doggetts Hände hielten sie fest, so daß sie nicht umfallen konnte, und seine Stimme bestärkte sie: »Lauf, Duncan. Du kannst es. Ich halte dich. Mach einen Schritt.«

Voller Hoffnung hauchte JoHanna den Namen ihrer Tochter: »Duncan.«

Die Männer auf dem Baumstamm hatten den Wettkampf abgebrochen. Reglos standen sie da, was ein wahres Kunststück war auf einem schwimmenden Stamm. Etwas in ihrer Haltung ließ mich ein wenig weiter nach Norden schauen. Dort war ein Mann, den ich bis dahin noch gar nicht gesehen hatte, ein Mann mit Tauen, Pflöcken und einem Hammer. Er richtete sich auf, stand kerzengerade da, und plötzlich sah ich, wie er schwankte.

Von weitem – zwischen ihm und uns hier auf der Straße lagen etwa dreihundert Meter – sah es aus, als hätte er nur kurz das Gleichgewicht verloren. Ich hörte, wie die Baumstämme im Wasser zusammenstießen; der Fluß dämpfte den Aufprall und trieb sie wieder auseinander, um sie aufs neue gegeneinanderzudrücken.

Ich sah zum Fluß, hörte aber, wie Duncan tief Luft holte. Ich fuhr herum, starrte sie an und sah in ihrer Miene jenen wissenden Ausdruck. Abwehrend hob sie die Hände und schrie:

»Red! Red! Red!« Mit jedem Schrei rannte sie einen Schritt vorwärts.

Als Duncan hinfiel, vernahm ich den Todesschrei eines Mannes. Ich blickte auf und sah den hochgewachsenen Mann mit dem Hammer auf dem Floß zusammenknicken. Er ging ganz langsam in die Knie, wie jemand, der für eine furchtbare Sünde um Vergebung bitten wollte. Die Männer versuchten über die Stämme zu ihm zu gelangen. Es sah aus, als liefen sie übers Wasser. Doch sie waren zu langsam, der Fluß zu schnell. Die Stämme trieben auseinander, und Red Lassiter verschwand unter dem Floß.

Kapitel 18

Es war kein Doc Westfall in der Nähe, den man zu Duncan hätte rufen können, und Red Lassiter brauchte keinen Arzt mehr. Er war verloren, der Fluß hatte ihn verschluckt. Seinen Stiefel hatte man gefunden, eingeklemmt zwischen den Stämmen, er selbst aber war nicht mehr aufgetaucht. Verschwunden.

John Doggett trug Duncan in Tante Sadies Haus, JoHanna folgte ihm auf den Fersen. Floyd war zurückgeblieben und zerrte mich mit dem Handwagen durch den Sand. Nur zu gern wäre ich gelaufen, doch ich hatte JoHanna versprechen müssen, vernünftig zu sein, und wußte, ehrlich gesagt, auch gar nicht, ob ich mich überhaupt auf den Beinen würde halten können. Seit der Abtreibung stürmten allerlei seltsame Gefühle und Gedanken auf mich ein. Immer wieder gingen mir schaurige Vorstellungen durch den Kopf, und so war ich mir auf einmal nicht sicher, ob das, was ich soeben gesehen hatte, wahr war. Es hätte auch ein Traum sein können. Ich versuchte mir einzureden, daß ich jeden Moment aufwachen würde, und dann würde ich sehen, daß niemand vor meinen Augen ertrunken war. Ich hatte Red Lassiter zwar niemals persönlich kennengelernt, doch seine Stimme und seine Art zu reden hatten mir gefallen.

Vorn an der Veranda angekommen, bestand ich darauf, zu Fuß ins Haus zu gehen, wo JoHanna und Tante Sadie sich um Duncan bemühten. Sie hatten die Kleine auf Sadies Brokatsofa gelegt. Auf dem bunten Stoff sah sie entsetzlich bleich aus, ihre Augen waren geschlossen wie bei einer Toten, und ihre Hand baumelte schlaff herunter, als würde sie sie nie wieder anheben können. Nur ihr viel zu rascher Atem zeigte, daß sie noch am Leben war. Ich sah, daß sie wieder zurückgeglitten war zu jenem Ort, wo sie weder gehen noch sprechen konnte, einem sicheren Ort, verborgen unter der dünnen Haut ihrer Lider und in den tiefsten Winkeln ihrer Seele.

»Sie ist gelaufen«, flüsterte JoHanna, über das Kind gebeugt. »Sie ist wirklich gelaufen, Sadie.«

»Gerannt ist sie«, berichtigte Floyd und stellte sich neben JoHanna. »Sie wollte den Mann vor dem Ertrinken retten.«

Ich blieb an der Tür stehen und wußte nicht, was ich tun sollte. John Doggett war nirgendwo zu sehen, was mich nicht überraschte. Schließlich hatte ich schon auf der Straße mehr oder minder damit gerechnet, daß er sich vor meinen Augen in Luft auflösen würde. Jetzt war ich froh, daß er verschwunden war. Er beunruhigte mich auf eine Weise, die ich mir nicht erklären konnte.

»Duncan?« JoHanna strich ihrer Tochter über die Wange. »Duncan?«

In ihrer Stimme war Angst.

»Meinst du, Red hat irgendwem erzählt, was Duncan ihm vorausgesagt hat?« Sadies Frage klang forsch wie immer, und mir war sofort klar, worauf sie hinauswollte.

»Ich weiß nicht.« JoHanna konnte nicht klar denken. »Wieso?«

»Wenn sich rumspricht, daß sie schon wieder jemandem weisgesagt hat, daß er ertrinkt, wird alles noch schlimmer.« Sadie trat ans Fenster und ließ die Jalousie herunter, um Duncans Gesicht vor der Sonne zu schützen. »Laß sie schlafen. Und ihr anderen kommt alle mit in die Küche.« Sie packte JoHanna mit festem Griff am Arm und führte sie zum Küchentisch, wo sie sie mit sanfter Gewalt auf einen Stuhl drückte.

Da ich sowieso nur herumstand und nichts zu tun hatte, war ich froh, endlich eine Anweisung zu bekommen. Ich folgte Sadie aufs Wort, und als sie mir bedeutete, ich solle Kaffee kochen, machte ich mich sofort daran. Nachdem meine Hände beschäftigt waren, fiel mir auch das Atmen wieder leichter. Ich hatte so lange die Luft angehalten, bis mir die Rippen weh getan hatten.

»Und wenn Duncan nun aufwacht?« Floyd mochte sie offenbar

nicht allein lassen, obwohl sie doch nur nebenan auf dem Sofa lag. Er tippte JoHanna am Ellbogen an. »Und wenn sie nun wach wird und merkt, daß sie ganz allein ist? Soll ich nicht lieber bei ihr sitzen bleiben?«

JoHanna beruhigte sich so weit, daß sie Floyd in die Augen sehen konnte. Sie strich ihm liebevoll das dichte honigblonde Haar aus der Stirn. »Ja, Floyd, bleib bei ihr sitzen. Vielleicht erzählst du ihr eine ihrer Lieblingsgeschichten. Ich weiß, sie schläft, aber ich glaube, sie kann dich trotzdem hören. Die Geschichte wäre dann eine Art Wegweiser, wie wir im Wald den Heimweg kennzeichnen. Wenn sie dir zuhört, findet sie wieder nach Hause, dann weiß sie, daß wir hier sind.« JoHanna war ergriffen, ihre Stimme bebte, aber sie lächelte und zwinkerte dabei, um die Tränen zurückzudrängen. »Würdest du das tun, Floyd?«

Er stand auf, ein Kind in Männergestalt. »Ich zeige ihr den Weg nach Hause«, sagte er und wischte JoHanna die Tränen von den Wangen. Dann drehte er sich um und ging ins Nebenzimmer.

Deutlich drang seine klare Stimme zu uns herüber, während wir schweigend in der Küche saßen und darauf warteten, daß das Kaffeewasser kochte.

»Ich glaube, deine Lieblingsgeschichte ist die von Miss Kretzlers Geist auf der Courting Bridge. Die hab' ich dir jedenfalls öfter als alle anderen erzählt, und darum will ich jetzt auch damit anfangen. Aber denk dran, das war vor langer, langer Zeit, im Großen Krieg ...«

»Gott segne ihn«, sagte Sadie. Es war so ziemlich das Gefühlvollste, was ich sie je habe sagen hören. »Setz dich sofort hin, JoHanna, sonst kippst du mir auch noch um. Und noch ein Bett voll Kümmernis, das können wir nun wirklich nicht gebrauchen.«

Sie mußte bemerkt haben, daß ich rot geworden war vor Scham, denn sie drehte sich hektisch zu mir um. »Das war nicht gegen dich gerichtet, Mattie. Ich will nur nicht, daß JoHanna ohnmächtig wird. Ich muß runter zum Fluß, rauskriegen, was Red Lassiter den Männern dort erzählt hat. Red war ein braver Bursche, aber er hat ein bißchen viel geredet.« Sie schüttelte den Kopf.

»Je eher wir Bescheid wissen, desto besser sind wir vorbereitet.« Sie band sich die Schürze ab und drückte sie mir in die Hand. »Sorg dafür, daß JoHanna eine Tasse guten, starken Kaffee trinkt. Und daß sie ganz still sitzenbleibt, während sie ihn trinkt. Und du, nimm dir auch eine, aber mit reichlich Sahne und Zucker. Bleibt mir ja hier am Tisch sitzen, bis ich wieder da bin, ihr zwei. Und nutzt die Zeit, um richtig durchzuatmen, denn wenn ich zurück bin, wird es einiges zu tun geben.«

Sie ging durch die Hintertür hinaus und knallte die Fliegentür zu. Ich trat ans Küchenfenster und sah ihr nach, wie sie die Straße hinunterlief, zu der Stelle am Ufer, wo Red Lassiter ertrunken war, und mit ihren kleinen Füßen eine leichte Spur im Sand hinterließ.

»Das ist zuviel.« JoHanna saß da, hatte die Ellbogen auf die Tischplatte gestützt und die Hände vorm Gesicht. »Duncan hat gesagt, es war ein Herbsttag. Kein heißer Tag, hat sie gesagt. Wir haben September. Es ist doch noch so gut wie Sommer.«

Das Wasser kochte, und ich goß es auf das Kaffeepulver, das ich schon in den Filter getan hatte. Dann nahm ich Tassen, Untertassen und Löffel aus dem Schrank und holte Sahne und Zucker. Eigentlich war es viel zu heiß für Kaffee, aber ich brauchte welchen.

Immer noch war Floyds Stimme aus dem Nebenzimmer zu hören, wo er, mal lauter, mal leiser, die Geschichte erzählte, die Duncan so gut gefiel. Plötzlich mußte ich die Tränen zurückhalten und war furchtbar wütend auf meine elende Schwäche. JoHanna war so stark gewesen, als es darum ging, mir zu helfen. Sie hatte mir den Mund mit einem Handtuch zugehalten, um meine Schreie zu ersticken, während entsetzliche Dinge mit mir geschahen. Floyd knüpfte für Duncan eine Rettungsleine aus Worten, die sie liebte. Und ich konnte nicht einmal Kaffee kochen, ohne die Fassung zu verlieren.

Ich goß Kaffee in zwei Tassen und schob JoHanna die eine hin. »Trink«, sagte ich.

JoHanna sah mich an und nahm die Tasse in die Hand.

»Wann kommt Will nach Hause?« Ich überlegte, ob es überhaupt möglich wäre, von dem uralten Postamt aus eine Verbindung nach New York zustande zu bringen.

»In zwei Wochen. Aber ich rufe ihn nicht an, es sei denn, Duncans Zustand wird sehr viel schlechter.«

»JoHanna!« rief ich ungläubig.

Sie holte ganz tief Luft. Ich sah, wie ihr Busen sich hob und senkte. »Diese Reise ist wichtig, Mattie. Es geht um unseren Lebensunterhalt. Wenn ich Will anrufe, kommt er sofort heim. Und wenn ich ihn nicht unbedingt brauche, wär's ein Fehler, ihn anzurufen. Er ist inzwischen fast zweitausend Kilometer weit weg. Stell dir doch mal vor, wie ihm zumute wäre, wenn er wüßte, was passiert ist. Er würde vor Sorge nicht aus noch ein wissen. Und was könnte er denn tun, wenn er hier wäre? Nichts.«

Sie hatte recht. Ich trat in die Wohnzimmertür und schaute hinüber zu Floyd. Er hatte sich einen Stuhl ans Sofa gezogen und saß dort, hielt Duncans schlaffe Hand und redete mit ihr, als wäre sie hellwach und hing an seinen Lippen. Doch Duncan hatte sich in einen tiefen Schlaf zurückgezogen. Will hätte auch nur dastehen und sie ansehen können, genau wie ich jetzt. Ich ging wieder in die Küche und setzte mich an den Tisch.

»Und wenn es nun in Jexville Ärger gibt? Wirst du dann bei Will anrufen?« Falls sich die Nachricht von Duncans Weissagung bis nach Jexville herumsprach, würde es auf jeden Fall Ärger geben. Soviel war sicher.

»Sie werden sie schon nicht gleich als Hexe verbrennen.« JoHanna lächelte, zwar schwach, aber sie lächelte.

»Ihr solltet hierbleiben, hier in Fitler.« Ich tat eine große Portion der dicken Sahne in meinen Kaffee und nahm drei Löffel Zucker. Normalerweise trank ich ihn schwarz, jetzt aber hatte ich regelrecht Heißhunger auf das Fett und den süßen Geschmack. »Am besten wär's, wenn Floyd und ich alleine zurückgingen. Wir könnten versuchen, das Schlimmste zu verhindern.«

JoHanna hob ihre Kaffeetasse, trank aber nicht. »Und Elikah?«

Sein Name warf einen Schatten in Sadies helle Küche. Was sollte mit Elikah werden? »Ich weiß nicht.«

»Hast du denn keine Angst?«

Jetzt, wo sie ihre Aufmerksamkeit auf mich lenkte, war JoHanna fast wieder ganz die alte. Sie saß nicht mehr so mutlos da wie vorhin, ließ nicht mehr den Kopf hängen, und ihre Augen leuchteten blau wie eh und je.

»Kann schon sein, daß ich Angst habe, aber ich muß ja doch zurück. Oder ich muß ihn verlassen.« Ich trank einen Schluck Kaffee und leckte mir über die Lippen. »Und so weit, daß ich ihn verlassen kann, bin ich noch nicht«, fügte ich hinzu. »Ich bin noch nicht so weit, daß ich mir überlege, wo ich hingehen könnte.« Das kam der Wahrheit näher.

Die Fliegentür quietschte, und Sadie kam über die hintere Veranda in die Küche. Sie ging direkt zum Herd und goß sich eine Tasse Kaffee ein. Dann setzte sie sich zu uns an den Tisch. Sie sah erst mich und dann JoHanna an. »Er hat es den Männern erzählt.«

JoHanna regte sich nicht. Mir war klar, daß sie nichts anderes erwartet hatte. Sie hatte es gewußt.

»Und was sagen sie?«

»Daß Duncan hellsehen kann. Daß sie in die Zukunft sehen kann.« Sadie öffnete die beiden obersten Knöpfe an ihrem Kleid, und ich merkte, wie schwer sie atmete. Sie war zu schnell gelaufen und obendrein noch in der prallen Sonne. Ich holte den Wasserkrug und goß ihr ein Glas ein. Sie nahm es und dankte mir mit einem Kopfnicken.

»Wie schlimm steht es?« fragte JoHanna.

»Schwer zu sagen. Sie können es nicht so ganz glauben, aber immerhin sind sie neugierig geworden.«

»Neugierde ist doch nichts Schlechtes«, sagte JoHanna zögernd, als ob sie sich selbst nicht sicher wäre, daß sie recht hatte.

»Die Leute hier können uns im Grunde egal sein. Das Problem sind die Leute in Jexville. Und die werden sich nicht einfach damit abfinden, daß Duncan die Fähigkeit besitzt, den Tod vorauszusagen.« Die Blicke der beiden Frauen trafen sich. »Vor dir haben sie eh schon Angst, JoHanna. Gut möglich, daß sie das an Duncan auslassen werden.«

JoHanna nickte, behielt aber den Kopf oben. »Das tun sie jetzt schon.« Ihre Augen blitzten. »Vielleicht ist die Angst unser stärkster Verbündeter.«

Sadie schüttelte den Kopf. »Tu ja nichts, was die Lage noch zuspitzen könnte. Ich kenne dich, Jo. In- und auswendig kenne ich dich. Sonst lassen sie sich vielleicht von dir auf der Nase herumtanzen, wenn du ihnen mit deinen Ideen und deinen verrückten Einfällen kommst. Aber diesmal nicht. Diesmal werden sie sagen, daß Gott die Hand im Spiel hat. Oder der Teufel, das sogar noch eher. Reiz sie nicht, Duncan zuliebe. Warte, bis Gras über die Sache gewachsen ist.«

Ihre Worte jagten mir einen kalten Schauer über den Rücken. JoHanna lebte mit Will, Duncan und Pecos in einem sonnigen Haus ziemlich weit außerhalb der Stadt. Sie las Bücher, hörte Musik und wartete, daß Will nach Hause kam und sie neckte und liebte. Sie hörte nicht, was die Männer unten in Jexville murmelten, sie sah nicht, wie die Frauen hinter ihren Gesangbüchern die Köpfe zusammensteckten und tuschelten wie ein aufgebrachter Wespenschwarm. JoHanna war nicht naiv. Sie wußte durchaus, daß die Frauen über sie redeten. Aber woher sollte sie wissen, wie groß der Groll war, den ganz Jexville gegen sie hegte? Mir war es nach wie vor ein Rätsel, warum Will so beliebt war und JoHanna so verhaßt. Und Duncan würde nicht den Schutz genießen, den ihre Mutter hatte. Wäre sie ein Junge gewesen, hätte man sie bedauert, weil sie JoHanna McVays Kind war. Doch als Mädchen war sie die verkleinerte Ausgabe von JoHanna. Ihre hellseherischen Fähigkeiten würden ihr nur Kummer einbringen.

»Was schlägst du also vor?« JoHannas Stimme klang kühl, und ich spürte, wie sehr Tante Sadies Worte sie verletzt hatten.

»Bleibt hier bei mir. Wenigstens bis Will wieder da ist. Vielleicht auch länger, wenn's sein muß.«

»Und was ist mit der Schule?«

Sadie lachte höhnisch auf. »Die Schule hat dich doch noch nie interessiert. Duncan geht ja eh kaum hin. Was sie weiß, lernt sie von dir. Das Kind kann lesen, schreiben und rechnen. Meinst du, diese dumme Lehrerin kann Duncan die Welt besser erklären als du? Cornelia glaubt doch heute noch, daß die Erde eine Scheibe ist, oder nicht?«

Ich stand auf und schenkte noch einmal Kaffee ein, damit die anderen mein Lächeln nicht sahen. Die Situation war gewiß nicht komisch. Beileibe nicht. Aber was Tante Sadie da gerade über Cornelia Tucker gesagt hatte, das paßte wirklich wie die Faust aufs Auge. Die großbusige, breithüftige Cornelia Tucker leitete den Methodistenchor und die Gemeindeschule von Jexville. Sie gab Unterricht, von ihr stammte die Schulordnung, und sie stellte auch den Stundenplan zusammen und sprach das Morgengebet. Und damit sie dies alles ungehindert tun und ihr niemand ins Handwerk pfuschen konnte, befand sich die Schule auch noch in dem Haus, in dem sie wohnte.

»Duncan hat ein Recht darauf, zur Schule zu gehen.« JoHanna war wütend. »Will zahlt schließlich Steuern. Es muß doch möglich sein, daß Duncan in die Schule gehen kann, ohne ausgelacht und bestraft zu werden.«

»Wenn du unbedingt willst, daß Duncan in die Schule geht, mußt du dir die Haare wieder lang wachsen lassen, dir ein Korsett kaufen und Plätzchen backen.« Tante Sadie stellte ihre Kaffeetasse ab, daß es krachte und die Tasse samt Untertasse zerbrach. »Als ob du plötzlich eine sittsame Matrone werden wolltest, genau so redest du, JoHanna. Auf einmal faselst du von Recht und Ordnung. Auf einmal möchtest du, daß Duncan zur Schule geht. Ach, nimm mich doch nicht auf den Arm, mir wird ja richtig schlecht von soviel Falschheit.«

JoHanna, die gerade trinken wollte, hielt inne. Und auch ich, eben im Begriff, mich wieder hinzusetzen, erstarrte. Sadies Kaffee floß durch die gesprungene Tasse und ergoß sich als braunes Rinnsal über den Tisch. Ich sah fasziniert zu, war aber so eingeschüchtert, daß ich es nicht fertigbrachte, einfach aufzustehen und den Wischlappen zu holen.

»Also.« JoHanna sagte nur dieses eine Wort und löste ihren Blick von Sadies Augen, um mich anzusehen. »Also, da hört sich doch alles auf.« Sie fing an zu lachen. »Ich würde dich gern auf den Arm nehmen, du altes Schlachtroß.« Sie lachte und lachte, bis sie sich ganz erschöpft gegen die Stuhllehne fallen ließ.

Da brach auch Sadie in Lachen aus. Und dieses helle Lachen stand im krassen Gegensatz zu ihrer sonst immer so rauhen Stimme. Als wenn jemand ein rostiges Scharnier aus seiner Verklemmung gelöst hätte. Und nun fing ich ebenfalls an zu lachen und kam gar nicht mehr dazu, Sadie oder JoHanna zuzuhören. Es war, als ob ein Damm gebrochen wäre; das Lachen strömte einfach so aus uns heraus und riß die Mauern aus Schmerz und Furcht nieder, die uns gefangengehalten hatten. Jedesmal, wenn wir einander ansahen, begannen wir von neuem zu lachen, bis ich halb über dem Tisch lag, zu erschöpft, um mich wieder richtig hinzusetzen, und JoHanna endlich einen Wischlappen für den verschütteten Kaffee holte.

Sadie stand auf und warf die Scherben in den Müll. »Wir sind uns also einig«, sagte sie, immer noch glucksend. »Du bleibst mit Duncan hier.«

Das gefiel mir nicht. Ich wollte, daß JoHanna wieder mit nach Jexville kam. Daß sie bei mir war. Doch sie und Duncan waren hier besser aufgehoben. Floyd und ich würden zurückkehren, jeder in sein Leben.

»Abgemacht«, sagte JoHanna. Sie stand auf. »Aber du mußt nicht gleich wieder zurück, Mattie. Du kannst ruhig noch ein, zwei Tage hierbleiben.«

Sadie spürte die Spannung, die einen Augenblick lang zwischen uns herrschte. »Entschuldigt mich, ich geh' nur mal nach der Wäsche gucken.« Und im nächsten Moment fiel die Hintertür krachend ins Schloß, und Tante Sadie war draußen.

Ich sah JoHanna in die Augen. »Elikah.« Das Wort quälte mich wie eine Krankheit. Wie etwas, von dem ich nicht genesen, dem ich nicht entrinnen konnte.

»Ich gebe Floyd einen Brief für ihn mit.«

Ich wollte daran glauben, daß JoHanna in der Lage war, etwas zu schreiben, das wie ein Wunder wirkte und mir die Möglichkeit gab, noch länger hierzubleiben. Aber ich hatte Angst. Elikah wollte, daß in seinem Haus alles seinen gewohnten Gang ging, wollte die Eier zum Frühstück so, daß das Weiße fest, das Gelbe aber noch flüssig war, der Schinken knusprig, aber nicht trocken, und der Toast sollte dieselbe Farbe haben wie das Heu, das auf den Feldern trocknete. Es gab so vieles, das haargenau so gemacht werden mußte, wie er es gewohnt war, und wenn ich nicht da war, wer sollte es dann für ihn tun?

»Mattie, wenn du nach Hause gehst und Verkehr mit ihm hast, könnte es wieder anfangen zu bluten. Das könnte dein Tod sein.«

JoHanna sagte das ganz sachlich, doch mir schoß trotzdem die Schamröte ins Gesicht. »Das tue ich nicht.« Ich schluckte den bitteren Geschmack herunter, der mir in die Kehle steigen wollte.

»Ich habe das Gefühl, daß Elikah sich nicht groß darum kümmern wird, wenn du nein sagst. Wenn dem so ist, könnte es dich das Leben kosten.«

Ich starrte zu Boden und hörte, wie Sadie sich an der Hintertür zu schaffen machte. Sie hatte bestimmt beide Arme voll mit sauberem Bettzeug und mit unserer Wäsche, die sie, umsichtig wie sie war, mit ausgewaschen hatte. Sie hatte ein gutes Herz, was sie freilich gut zu verbergen wußte. »Ich muß nach Hause«, sagte ich eigensinnig.

»Willst du denn nach Hause?«

JoHanna setzte mich regelrecht unter Druck. Ich blickte auf und sah sie an. Ihre blauen Augen blickten nicht unfreundlich, aber unnachgiebig. »Nein.«

»Gut. Dann bleibst du noch ein paar Tage hier.« Aus einer Schublade holte sie einen Stift und einen Schreibblock. »Ich schreibe ihm einen Brief, den Floyd ihm dann geben kann, versiegelt natürlich. Ich verspreche dir, daß es klappen wird.«

»Er wird furchtbar wütend sein.«

JoHanna setzte sich an den Tisch und nahm den Stift zur Hand. »Kann schon sein, aber er wird es nicht wagen, dich anzurühren«, sagte sie und begann zu schreiben.

Nach ein paar Minuten war der Brief fertig. Sie hatte ihn geschrieben, ohne einmal innezuhalten, ohne ein einziges Wort auszustreichen. Nun las sie ihn mir vor: »Lieber Elikah, ich habe Mattie zu meiner Tante Sadie gebracht, damit sie ihr hilft. Sie hat hohes Fieber und hat sogar phantasiert. Sie hat Angst, daß ihr jemand etwas antut, und ruft immerzu Deinen Namen. Es würde ihr sehr, sehr guttun, wenn Du herkommen und sie besuchen könntest, aber ich weiß, Du mußt dich um das Geschäft kümmern. Deshalb werde ich sie pflegen, bis es ihr besser geht. Sie ist wirklich außer sich und weiß nicht, was sie redet, und sie sagt die unglaublichsten Sachen. Ich frage mich, wie sie auf so was kommt? Aber mach dir keine Sorgen, wir kriegen sie schon wieder hin. JoHanna McVay.«

Sie sah mich erwartungsvoll an. Ich war mir nicht sicher, ob das wirklich eine so gute Idee war. »Dann denkt er doch, ich sage, daß er mir etwas angetan hat.«

»Ja, aber der Witz dabei ist ja, daß ich es so schreibe, als ob ich es nicht glauben würde. Da kann er nur hoffen, daß du wieder zu dir kommst, bevor ich doch noch glaube, was du sagst. Und daß du nach Jexville kommst, will er natürlich auch nicht, denn sonst könnte es ja sein, daß man Doc Westfall rufen muß und der dann auch noch mitkriegt, was du im Fieber so zusammenphantasierst.«

Das Spiel mit Elikahs Angst machte mir Freude, aber es hatte auch etwas Bedrohliches. Dieser Mann war imstande, sich den halben Zeh abzuschneiden, und sei es einfach nur, um etwas zu beweisen.

»Und wie kommt Floyd nach Hause?« Noch hatte ich nicht in den Plan eingewilligt.

»Nell oder irgend jemand anders aus Jexville kommt heute abend zum Einkaufen her.« Sie grinste. »Und um uns den neuesten Klatsch zu erzählen.«

»Möchte Floyd denn wieder zurück?« Mir war gerade aufgefallen, daß er genau in dem Moment mit seiner Geschichte fertig gewesen war, als JoHanna und Sadie begonnen hatten, sich anzuschreien.

»Aber ja doch.« JoHanna schüttelte bedächtig den Kopf. »Floyd liebt seine Arbeit, Mattie. Niemand kann so gute Schuhe machen wie er. Darauf ist er stolz. Er muß zurück.«

»Aber die lachen ihn doch alle aus.«

»Stimmt, aber trotzdem lassen sie sich ihre Sonntagsschuhe von ihm machen.« Sie stand auf. »Das genügt ihm.« Sie ging zur Tür und schaute nach Floyd, der still dasaß und Duncans Hand hielt. Als sie sich wieder umdrehte, hatte sie Tränen in den Augen.

»Was soll ich nur machen?« fragte sie. »Was mache ich nur, wenn alles noch einmal von vorne anfängt, wenn sie weder sprechen noch laufen kann?«

»Red keinen Unsinn, JoHanna.« Ich zog unsicher die Schultern hoch. »Das ist nur der Schreck. Sie war so schockiert von der Sache mit Red, darum schläft sie jetzt. Wenn sie aufwacht, ist sie wieder genauso, wie sie war. Und dann geht es jeden Tag ein Stück weiter voran.« Ich nahm JoHanna in den Arm und wußte zum erstenmal im Leben, wie es war, wenn man jemanden belog, um ihm einen Augenblick lang Trost zu spenden. Ich gab ihr ein klein wenig von dem zurück, was sie so großzügig und tapfer nach allen Seiten verschenkte. Ich nahm sie fest in den Arm und wußte, sie brauchte mich hier, und das gab mir die Kraft, Elikah die Stirn zu bieten.

Kapitel 19

Ich hörte, wie jemand meinen Namen rief, aber die Stimme schien aus weiter Ferne zu kommen. Dann krabbelte mir etwas über die Wange. Ich fuhr hoch und zwang mich, wach zu werden und dieses Etwas abzuschütteln, das mir übers Gesicht kroch. Als ich die Augen aufmachte, sah ich Duncans Lächeln über mir, eingerahmt von ihren Fingern, die wie Spinnenbeine über meiner Nase schwebten.

»Aufstehen, du Schlafmütze«, sagte sie. »Sadie hat schon das Frühstück fertig. Sie sagt, du kannst ruhig im Nachthemd an den Tisch kommen.«

Hinter Duncan stand Floyd und hielt sie fest. Er war kein bißchen peinlich berührt, mich, eine erwachsene Frau, im Bett liegen zu sehen. Ich merkte deutlich, daß ich für ihn nichts weiter war als eine Freundin von Duncan und JoHanna. Anstatt mir die Decke bis zum Kinn hochzuziehen, griff ich nach Duncans Hand. »So, so, du bist also wach und redest wieder mit uns.« Ich zog ein bißchen, als ob ich sie aus Floyd Armen reißen wollte, und sie kreischte vor Vergnügen.

»Sie ist aufgewacht und hatte einen Bärenhunger.« Floyd schaukelte sie in seinen Armen. »Und ich auch. Nun mach schon, Mattie. Tante Sadie hat Brötchen gebacken und Specksoße gemacht.«

Ich schlug die Decke zurück und tappte barfuß und mit wirrem Haar in die Küche. Als ich mich auf meinen Stuhl fallen ließ, lachte JoHanna mich aus.

»Na, so was, Duncan, da ist ja eine kleine Fee zu uns zum Frühstück gekommen.«

In ihrer Stimme schwangen Freude und Erleichterung mit. Sie strahlte vor Glück, und dieses Glück erhellte den ganzen Raum. Ein Blick auf den Tisch zeigte mir, daß Sadie nach Südstaatenart auf Duncans Genesung reagiert hatte. In der Mitte stand ein riesiger Teller mit gebratenem Schinken. Ringsherum sah ich Brötchen so groß wie Kuchen, eine Schüssel voll Rührei mit Käse, ein Glas mit Sadies herrlichem Weißdorngelee, dazu Butter, und außerdem trug sie gerade eine dampfende Schale mit gelber Maisgrütze auf. Mir lief das Wasser im Mund zusammen.

»Haut rein«, sagte sie auf ihre ruppige Art.

Floyd ließ sich nicht lange bitten, Duncan auch nicht. Sie fielen über das Essen her und futterten um die Wette. JoHanna und ich wechselten einen Blick.

Als wir am Abend zu Bett gegangen waren, hatte Duncan noch immer tief geschlafen. Da hatte sie bereits wieder Farbe gehabt, und ihre Beine hatten gezuckt wie bei einem Hund, der träumt, daß er einen Hasen jagt. Diese einfache Reaktion hatte JoHanna die Kraft gegeben, geduldig abzuwarten. Floyd hatte die Kleine in JoHannas Bett getragen, und wir waren alle eine halbe Stunde dort stehen geblieben und hatten sie betrachtet. Pecos hatte im offenen Fenster Stellung bezogen und jedesmal, wenn sich einer von uns zu heftig bewegte, mit den Flügeln geschlagen. Tante Sadie hatte so getan, als ob er Luft wäre; sie hatte keine Lust gehabt, über den Vogel im Haus zu diskutieren, wo doch Duncan reglos wie eine Tote dalag und nur hin und wieder ein wenig zuckte. Nach Abendessen hatte keinem von uns der Sinn gestanden, dazu waren wir viel zu sehr in Sorge, zumal wir nicht wußten, wie wir dem Kind hätten helfen sollen.

Doch über Nacht war Duncan aus dem geheimnisvollen Reich, in das sie sich geflüchtet hatte, zu uns zurückgekehrt. Der Schlaf hatte sie geheilt oder ihr wenigstens die Kraft zum Kämpfen gegeben. Die Haut unter ihren Augen schimmerte bläulich, und ihr Lächeln wirkte ein bißchen angestrengt, ihr Appetit aber war höchst erfreulich. Sie und Floyd schaufelten sich große Schinkenscheiben auf ihre Gabeln und langten ein ums andere Mal nach den Brötchen und der Butter.

Nachdem sich die beiden ausgehungerten Raubtiere ihre Teller vollgeladen hatten, griffen auch JoHanna, Sadie und ich zu. Es bedurfte keiner Worte. Das Klappern des Bestecks sagte alles, und Floyds und Duncans Kichern war Unterhaltung genug.

Ich aß, bis ich nicht mehr konnte. Normalerweise hätte ich mich meiner Gier geschämt, doch dazu bestand kein Anlaß, da sich die ganze Tischgesellschaft derselben Sünde schuldig machte. Selbst JoHanna lehnte sich stöhnend zurück und rieb sich den Bauch. »Es wird mich teuer zu stehen kommen, daß ich so viel gefuttert habe«, sagte sie lachend.

»Jetzt müssen wir schwimmen gehen. Das ist gut für die Verdauung.« Duncan sah uns entschlossen an. »Du hast gesagt, heute können wir an den Fluß gehen, Mama. Und Floyd muß bald weg. Und in ein, zwei Tagen ist Mattie auch fort. Wir sollten also keine Zeit mehr verlieren.«

Ich konnte es nicht fassen. Duncan wollte also wirklich wieder zum Fluß, und das keine vierundzwanzig Stunden, nachdem sie gesehen hatte, wie ein Mann ertrunken war. Der Pascagoula war wunderschön, das konnte ich nicht bestreiten. Aber er hatte Kräfte, die man nicht unterschätzen durfte. Kräfte, denen ich nicht gewachsen war. Und erst recht nicht Duncan, die ja nicht mal die Beine bewegen konnte. Wenn sie in die Strömung geriet, wäre sie verloren.

JoHanna zögerte. »Vielleicht sollten wir lieber zu Hause bleiben, Duncan.«

Ich wußte, wie sehr sie den Fluß liebte, um so mehr verblüffte mich der Ton, in dem sie das sagte. Vielleicht galt ihre Sorge ja eher dem Gerede als dem Fluß. Aus den Augen, aus dem Sinn, vielleicht war das der Gedanke, der ihr durch den Kopf ging.

»Du glaubst wohl, nur weil Mr. Lassiter ertrunken ist, hab' ich jetzt Angst vor dem Fluß.« Duncan legte ihr Besteck auf den Teller. »Dafür kann doch der Fluß nichts. Der ist nicht böse, das weiß ich ganz genau.«

Alles schwieg, es herrschte eine bedrückende Stille, die allein JoHanna brechen konnte. »Also gut, wir gehen zum Fluß, aber daß wir auch schwimmen, kann ich dir nicht versprechen.« Sie stützte sich von der Tischkante ab und stand auf. »Es kommt ganz drauf an, wie stark die Strömung ist und ob das Wasser klar ist. Gestern war es zu schlammig. Wir werden sehen.«

»Es ist bestimmt klar«, prophezeite Duncan mit einer solchen Gewißheit, daß abermals alle Geräusche im Raum verstummten.

»Wenn wir nicht schwimmen können, dann können wir ja angeln«, sagte Floyd, dem beides gleichermaßen recht zu sein schien. Ihm war JoHannas Wunsch in jedem Fall Befehl.

Ich half beim Tischabräumen und zog mich zurück. Durch die Aufregungen des Vortags hatte ich wieder eine leichte Blutung bekommen, doch das hatte ich JoHanna nicht erzählt. Duncan machte ihr schon genug Sorgen, darum hatte ich Sadie gebeten, mir vor dem Zubettgehen eine Tasse Kräutertee zu brühen.

Der Ausflug zum Fluß war mir unheimlich. Duncan mochte keine Angst haben, ich aber hatte welche. Das gelbe Wasser des Flusses sah aus wie schwerer Sand, imstande, einen Menschen in die Tiefe zu ziehen und ihn dort festzuhalten.

Ich ließ mir viel Zeit bei der Toilette. Sadie packte uns inzwischen ein Picknick ein, und Floyd buddelte nach Würmern zum Angeln. JoHanna badete Duncan und zog sie an, und ehe die Sonne ihren höchsten Stand erreicht hatte, waren wir unterwegs.

Ich bestand darauf, zu Fuß zu gehen, und Duncan hatte Floyd überredet, sie huckepack zu tragen. Da wir also keinen Handwagen mitgenommen hatten, mußte Pecos die ganze Strecke im Hahnenschritt zurücklegen. Er erheiterte uns, indem er immer ein Stück vorauslief, dann stehenblieb und wie aufgezogen rechts und links im Sand herumpickte, als suchte er nach Brillanten und Smaragden, um danach weiter vorauszulaufen. JoHanna trug den Picknickkorb und ich Duncans Hut.

»Ich hab' Angst, sie ins Wasser gehen zu lassen«, sagte JoHanna, als wir einmal ein paar Schritte hinter Duncan und Floyd zurückgefallen waren. »Zum erstenmal in meinem Leben habe ich Angst vor dem Fluß.«

»Wer an deiner Stelle hätte denn keine Angst, nach dem, was gestern passiert ist.«

JoHanna schüttelte den Kopf. »Nicht, weil Red ertrunken ist. Duncans Träume machen mir Sorgen.« Trotz der Hutkrempe, die ihr Gesicht überschattete, sah ich, daß sie die Stirn gerunzelt hatte. »Es ist dieser Traum mit dem Mann, der unter Wasser nach ihr ruft.« Sie nahm den Korb in die andere Hand.

»Du meinst, es wird noch jemand ertrinken?«

JoHanna nagte an der Unterlippe. Ich bemerkte, wie die Haut durch den Druck der Zähne die Farbe verlor. »Ich fürchte, es könnte Duncan sein«, flüsterte sie.

Ich kam ins Taumeln, fast so, als hätte sie mir einen gewaltigen Hieb versetzt.

»Aber sie sagt doch, es sei ein Mann«, flüsterte ich so aufgeregt, daß Floyd seine Schritte verlangsamte und Duncan sich nach uns umdrehte.

»Was habt ihr denn?« fragte sie und sah JoHanna mit ihren braunen Augen an. Als JoHanna nicht sofort antwortete, zappelte Duncan so heftig auf Floyds Rücken herum, daß dieser sie herunterließ und auf den Arm nahm, damit sie sich besser umsehen konnte. »Mama, was hast du denn?«

JoHanna hörte auf, an ihrer Unterlippe zu nagen, und lächelte. »Mattie sagt, daß sie heute nicht ins Wasser möchte. Da hab' ich ihr versprochen, daß wir alle mit ihr zusammen am Ufer sitzen bleiben.«

Ich schaute zu Pecos, und mir wurde bewußt, daß ich soeben zum erstenmal Zeuge geworden war, wie JoHanna Duncan belogen hatte. Und daß ich es richtig fand. Ich hatte Angst, und so war diese Lüge doch eigentlich keine. Der Hahn spürte meinen Blick. Er drehte sich um, ließ den Kopf wie einen Pfeil vorschnellen, als wollte er sich auf mich stürzen, und fauchte mich an.

Duncan lachte so laut, daß ich nicht umhin konnte, sie wieder anzusehen. JoHannas Entschluß störte sie nicht weiter; sie war so großzügig, uns eine Szene zu ersparen und meine Ängstlichkeit zu tolerieren. »Vorsicht, Mattie, Pecos hat's auf dich abgesehen.«

»Pecos hat mich immer im Griff«, erwiderte ich und konnte endlich auch wieder lächeln.

»Dann picknicken wir eben, und Floyd erzählt uns eine Geschichte.« Duncan kletterte wieder auf seine breiten Schultern, beugte sich hinunter und zwickte ihn in den Allerwertesten. Er machte einen Satz und drehte sich im Kreis, wobei er Duncan mit dem Kopf nach unten an den Beinen festhielt, so daß sie vor Entzücken jauchzte.

Wir waren ganz allein auf der Straße, frei von all den Zwängen, die ich in Jexville empfand. Ich knöpfte mir den Kragen auf und ließ mir von der frischen Morgenluft Hals und Brust kühlen. Und plötzlich fiel mir ein, daß JoHanna gar keine Badeanzüge mitgenommen hatte. Sie hatte also von vornherein nicht vorgehabt, Duncan ins Wasser zu lassen.

Wir gingen weiter, und Floyd neckte Duncan auf seine liebevolle Art. JoHanna sprach nicht mehr von ihrer Angst um Duncan, doch die Sorge stand ihr ins Gesicht geschrieben. Das Blau ihrer Augen hatte einen leicht violetten Schleier.

Diesmal gingen wir nicht zu den Brückenpfeilern, wo wir tags zuvor gewesen waren, sondern ließen uns von Duncan zu einer Stelle etwas weiter nördlich führen, wo die ohnehin schon schmale Straße von immer dichter werdenden Holunderbüschen und Blaubeersträuchern gesäumt war. Im Wald stand eine undurchdringliche Wand aus Hartriegelsträuchern, deren Blätter schon allmählich hellgrün wurden – ein untrügliches Zeichen für ihr nahendes Ende. Noch ein paar Wochen, und es würde Herbst sein, meine liebste Jahreszeit.

Die meisten wilden Bäume und Büsche kannte ich, zum Beispiel die Muskatellerranken, denen auch schon anzusehen war, daß der Sommer sich neigte. Keine dreißig Meter neben der Straße wucherte ein richtiger Urwald von niedrigen Bäumen und Sträuchern, die von dicken Weinranken umsponnen und verwoben waren.

Duncans Anweisungen folgend, führte Floyd uns zu einer Öffnung im Pflanzenwall, einem kleinen Tunnel, der so niedrig war, daß wir alle uns bücken mußten, um durch das dichte Grün hindurchzukommen. Ich achtete so konzentriert darauf, wohin ich meine Füße setzte, daß ich, als ich wieder in die Sonne trat, erst mal einen Augenblick stehenbleiben mußte, geblendet von dem grellen Licht und dem weißen Sand.

Ich hatte von azurblauem Wasser und Stränden mit Zuckersand geträumt, doch nie und nimmer hätte ich geglaubt, daß ein Stück von diesem Traum ausgerechnet in Fitler, Mississippi, wahr werden würde. Das Wasser war zwar nicht türkisfarben, und es gab auch keine Wellen, die ans Ufer schlugen, doch der Sand war rein wie Zucker- oder Eisberge – ein langer Streifen von weißem Sand, der hinter der Biegung des Flusses verschwand und sich hell vom gelblichbraunen Wasser abhob.

»Ist das schön!« Ich nahm eine Handvoll Sand und ließ ihn durch die Finger rieseln.

»Zieh mir die Schuhe aus«, rief Duncan und zappelte auf Floyds Arm herum. Er streifte ihr die Schuhe von den Füßen, die er in den Sand fallen ließ, und zog ihr die Socken aus. Danach stellte er die Kleine ganz vorsichtig hin und hielt sie fest.

»Das fühlt sich herrlich an.« Sie bewegte die Zehen im Sand und bohrte eine kleine Kuhle.

»Herrlich«, stimmte JoHanna zu, den Blick auf Duncans Füße gerichtet. Duncan hatte selbst gegenüber dem Vortag schon wieder Fortschritte gemacht.

»Na los, Mattie. Zieh die Schuhe aus. Du auch, Mama«, befahl sie. »Dann gehen wir ganz dicht ans Wasser.« Sie blickte auf. »Alle zusammen.«

JoHanna setzte sich in den Sand und zog sich brav die Schuhe aus; ich tat es ihr nach.

»Floyd?«

Duncan, die sich immer noch ganz allein auf den Beinen hielt, schaute zu ihm auf.

»Gehen wir schwimmen?« Er sah JoHanna an.

»Erst mal sehen, wie Duncan läuft«, wandte JoHanna ein. Sie stand auf und knöpfte sich den Rock auf. Sie mußte gespürt haben, wie ich sie anstarrte, denn während sie aus dem Rock stieg, der wie eine bunte Wolke im Sand liegenblieb, guckte sie zu mir herunter und sagte lachend: »Mein Unterrock kann sich durchaus sehen lassen. Ich rate dir, mach es wie ich.« Und damit knöpfte sie sich auch noch die Bluse auf.

Reglos sah ich zu, wie sie sie über die Arme zog und neben dem Rock in den Sand fallen ließ. Sie hatte ein mit Spitze besetztes und mit rosaroten Rosen besticktes Mieder an, und die gleiche Spitze und die gleichen Rosen waren auch am Saum ihres Unterrocks zu sehen. Die Baumwolle flatterte leicht im Wind, der vom Fluß herüberwehte.

»Sei kein Dummkopf, Mattie. Mach's dir bequem. Es ist ja nur der Fluß!« Duncan machte sich über mich lustig, und als ich aufblickte, sah ich, daß auch sie nur im Unterrock dort stand und ihr Kleid neben Floyd auf dem Boden lag. Der Gedanke, daß auch er sich die Hose ausziehen könnte, ließ mich erröten, und ich guckte schnell weg.

»Wenn ich mit Mama allein bin, gehen wir immer nackt rein.« Duncan wollte mich necken, aber ich wußte ja, daß es stimmte. Floyd schien diese Vorstellung nicht im mindesten zu schrecken.

Vielleicht waren diese drei Menschen einfach vollkommen unschuldig, überlegte ich, und ich war die einzige hier, die sündige Gedanken hatte. Vielleicht hatte ich zu oft gehört, daß ein harmloses Vergnügen, zum Beispiel die Sonne und das Wasser an meine Haut zu lassen, etwas anderes nach sich ziehen könnte. Mit gesenktem Blick sah ich zu, wie JoHanna zu Duncan ging, sie hochhob und sie so lange herumwirbelte, bis beide lachend in den heißen weißen Sand sanken. An dem, was sie dort taten, war nichts Schlechtes. Auch nicht daran, wie Floyd ihnen lächelnd zuschaute und sich mit ihnen freute. Schlecht war allein mein Schamgefühl, das es mir verbot, ebenfalls Freude an diesem unschuldigen Treiben zu haben.

Ich griff nach den Knöpfen meiner Bluse, doch dann hielten meine Finger inne. Ich konnte mich einfach nicht überwinden. Eine furchtbare Erkenntnis lähmte mich und führte dazu, daß mir die Hand wie eine abgeschossene Taube schlaff in den Schoß fiel – Duncan, Floyd und selbst JoHanna waren unschuldig. Ich nicht. Ich hatte die Grenzen der Unschuld hinter mir gelassen, anfangs gezwungen durch Elikahs Hände und dann aus eigenem Entschluß. Ich wußte jetzt Dinge, die ich niemals hatte erfahren wollen und die mich ein für allemal verändert hatten. Ich konnte mir nicht einfach den Rock ausziehen. Ich war mir ja nicht sicher, ob ich nicht wieder angefangen hatte zu bluten. Ich war keine sorglose Mutter, die unbekümmert mit ihrer Tochter herumtollen konnte. Mein Kind würde niemals irgendwo an einem Flußufer im heißen Sand stehen.

JoHanna kam auf mich zugerannt, doch plötzlich blieb sie stehen. Als sie mich ansah, spiegelte sich in ihren Augen mein ganzer Schmerz. Und da sie mir nicht helfen konnte, schonte sie mich, wandte sich wieder Duncan zu und breitete die Arme aus: »Kannst du zu mir laufen?« fragte sie.

Duncans Lächeln verschwand, und ihre Miene wurde angestrengt und konzentriert. Floyd hielt sie an den Schultern fest, und sie biß die Zähne zusammen und starrte hinunter auf ihren rechten Fuß. »Beweg dich!« befahl sie ihm.

Ihr Bein zitterte, doch es schob sich diesmal nicht nach vorn.

»Beweg dich!« Duncans Stimme schnitt in die Geräusche des Waldes und ließ die kleinen Drosseln, die im Unterholz rumorten, einen Augenblick lang reglos verharren. Pecos, der am Ufer herumgepickt hatte, hob den Kopf und erstarrte.

Duncan schaute ihre Mutter an. In ihren Augen war Angst. »Mama ...«

JoHanna lächelte. »Ist ja gut, Duncan. Du bist gestern gelaufen. Du wirst wieder laufen.«

»Mama!« Duncans Blick verdüsterte sich, und plötzlich hob sie ohne Vorwarnung die Faust und schlug sich so fest sie konnte auf den rechten Oberschenkel. »Verdammtes Ding!« Sie hob abermals die Hand, doch Floyd war schneller und hielt sie fest, bevor sie sich von neuem schlagen konnte. Sie rang mit Floyd, um ihre Hand freizubekommen, und JoHanna rannte durch den Sand zu ihr hinüber.

»Duncan.« JoHanna schloß sie in die Arme. »Ach, Duncan.«

»Ich hab' gedacht, ich kann. Ich hab' gewußt, daß ich es kann.«

Duncan keuchte vor Kummer, aber sie weinte nicht. »Ich hasse meine Beine! Ich hasse sie. Sie wollen einfach nicht mehr arbeiten, und ich hab's satt, mich wie ein kleines Baby herumtragen zu lassen. Ich will rennen! Ich will tanzen!«

Ich saß im Sand und wußte nicht, was ich tun sollte. Floyd stand ebenso hilflos da wie ich. Da schlug Pecos auf einmal Alarm. Er sträubte die Federn und stürzte, halb laufend, halb flatternd, auf den grünen Tunnel zu, der zur Straße führte. Ich schaute auf und erblickte hinter den Bäumen einen hochgewachsenen Mann von düsterer Schönheit.

John Doggett kam über den Sand auf JoHanna und Duncan zu. Er achtete überhaupt nicht auf Pecos. Mir nickte er zu, und Floyd lächelte er an, doch sein Ziel war JoHanna, und er ging unverzüglich zu ihr hinüber. Er kniete sich neben sie in den Sand und sah Duncan an.

»Es gibt ein paar Dinge, die du im Wasser tun kannst, um deine Beine zu kräftigen. Die Muskeln sind da. Sie schlafen nur, und gestern hast du sie ziemlich abrupt geweckt.«

Seine Stimme war fest, klar und beruhigend. Duncan sah ihn wütend an. Sie öffnete den Mund, um irgendeine zornige Bemerkung zu machen, ich weiß nicht, was für eine. Doch es kam nichts über ihre Lippen, und dann wich der Schmerz aus ihrem Gesicht.

JoHanna ließ kein Auge von ihm. Sie streckte den Arm nach Duncan aus und legte ihr die Hand auf die Wange.

»Darf ich sie ins Wasser tragen und ihr dort ein paar Übungen zeigen?«

»Das hat JoHanna schon getan. Wir gehen heute nicht ins Wasser«, sagte ich, während ich aufstand. Eigentlich hatte ich JoHanna ihre Kleider bringen wollen, ich entschied mich aber im letzten Moment dagegen. Da endlich schaute JoHanna mich an, und ich war mir sicher, daß sie meine Verwirrung bemerkte, denn sie schüttelte den Kopf. Eine sanfte Geste, die ich indes sofort verstand.

»Was für Übungen?« Duncans Zorn war verraucht. Ihre Enttäuschung hatte der Hoffnung Platz gemacht, daß jemand ihr helfen würde.

»Treten, Anheben. Die Strömung unterstützt deine Bewegungen, und gleichzeitig zwingt die Kraft des Wassers die Muskeln zu arbeiten.« Er sprach mit Duncan wie mit einer Erwachsenen. »Floyd wird mir bestimmt helfen, so daß deine Mutter keine Angst um dich haben muß.«

»JoHanna hat gesagt, wir gehen heute nicht ins Wasser.« Ich ging zu der Gruppe hinüber und stellte mich neben Floyd, so daß ich JoHanna und John Doggett im Blick hatte.

»Mattie ...« JoHanna sah mich verwirrt an. »Was ist denn nur in dich gefahren?« Ich guckte JoHanna an und ignorierte John Doggett, der mich anstarrte, als wäre ich nicht ganz richtig im Kopf. Er war nicht böse über meinen barschen Ton, sondern eher neugierig, warum ich so empört auf seine schlichte Hilfsbereitschaft reagierte. Ich wandte mich an JoHanna. »Du hast gesagt, du wolltest nicht ins Wasser, weißt du das nicht mehr?« Mir sank der Mut. Ich wollte sie an den Traum erinnern, doch Duncan hörte uns zu.

»Wir halten sie ganz fest«, versicherte mir Floyd. »Ich würde sie doch niemals untergehen lassen.« Er lächelte Duncan zu. »Willst du rein?«

»Na sicher.« Duncan streckte ihm die Arme entgegen.

Floyd hob sie hoch, streifte sich die Schuhe ab und ging mit ihr zum Ufer. John Doggett stand auf und gesellte sich zu ihnen, wobei er erst auf dem einen, dann auf dem anderen Bein hüpfte, um sich seiner Schuhe zu entledigen.

»JoHanna!« flüsterte ich drängend. »Du kennst doch diesen Mann gar nicht. Wie kannst du ihm nur Duncan überlassen?« Ich traute meinen Augen nicht. Ich sah mich nach dem Hahn um. Nicht einmal Pecos unternahm etwas, um Duncan zu beschützen. Er hatte warnend mit den Flügeln geschlagen und war auf Doggett zugerannt, doch dann war er wieder zu dem dunklen Lehmflecken zurückgekehrt und pickte an den trocknenden Muscheln herum.

»Nein«, sagte JoHanna, den Blick auf die drei geheftet, die gerade ins Wasser gingen. »Ich habe Duncan Floyd anvertraut. John Doggett ist nur dabei.«

»Und wenn er nun ein Mörder ist?«

JoHanna lächelte gedankenverloren und sah mich nicht an. »Nein, er ist nur ein Mann, der es versteht, immer genau im rechten Moment aufzutauchen und ein bißchen nett zu einem kleinen Mädchen zu sein.«

»Wieso glaubst du, daß er weiß, wie ihren Beinen zu helfen ist?«

Endlich wandte sich JoHanna mir zu. »Es ist nicht wichtig, Mattie, was er weiß oder nicht weiß. Wichtig ist, daß Duncan glaubt, er kann ihr helfen. Sie wollte gerade aufgeben. Wenn sie es nicht mal mehr versucht, wird sie nie wieder laufen können. Das einzige, was er ihr geben kann, ist Hoffnung. Ein bißchen Hokuspokus, damit sie weiterkämpft.«

Ich lachte kurz auf. »Duncan wollte doch nicht aufgeben. Sie war einfach nur enttäuscht.«

Irgendwie erwartete ich, daß meine Hartnäckigkeit JoHanna wütend machen würde, doch das war nicht der Fall. Sie warf mir einen Blick zu, aus dem so etwas wie Stolz sprach. »Du bist ja eine richtige kleine wilde Rose, Mattie.« Sie stand auf und sah zum Fluß.

»Ich hab' keine Stacheln.« Ihre Worte hatten mich gekränkt.

Sie drehte sich zu mir um, die Sonne stand direkt über ihr, und mir fiel auf, daß John Doggett ihren geschorenen Kopf, an den ich ja mittlerweile gewöhnt war, keines Blickes gewürdigt hatte. »Eine wilde Rose besteht ja auch nicht nur aus Stacheln, Mattie, aber du hast durchaus ein paar, unter anderem. Und die braucht man auch zum Überleben.« Sie lachte, wandte sich wieder dem Fluß zu und ging mit ihren langen, ausholenden Schritten hinunter zu der Gruppe, die bis zur Taille im Wasser stand.

Kapitel 20

Eine halbe Stunde saß ich im Sand, bis mein dunkler Faltenrock der reinste Backofen war. Schließlich zog ich ihn bis zu den Knien hoch, doch nicht mal das brachte Linderung. Die ersten zwanzig Minuten beobachtete ich Doggett mit Argusaugen, doch er kümmerte sich nur um Duncan. Er hatte ihr die Hände unter den Rücken gelegt, hielt sie so über Wasser und redete ihr gut zu, sie solle versuchen zu strampeln. Ein paarmal ließ er sie so weit hineingleiten, daß sie nur vom Wasser getragen wurde. Soweit ich erkennen konnte, zeigte er die ganze Zeit über keinerlei Interesse für JoHanna, obwohl deren Unterrock inzwischen klatschnaß war und an ihr klebte wie eine zweite Haut.

Ich jedoch nutzte die Gelegenheit, sie mir genauer anzusehen. Sie war achtundvierzig, also eigentlich an der Schwelle zum Alter. Im Gegensatz zu den meisten Frauen hatte sie kein Fett angesetzt. Nur die leicht hängenden Brüste und die etwas dicker gewordenen Oberschenkel verrieten, daß die Jugend schon hinter ihr lag. Falls sich ihre Taille gegenüber früher verändert hatte, war sie doch noch immer schmal und fest genug. Die Arme, die bei einer Frau als erstes altern, waren lang und schlank. Anmutig. Sie bewegte sich geschmeidig wie ein junges Mädchen. Vital. Ich lächelte über das Wort. JoHanna McVay war vital. Vielleicht war das das Geheimnis ihrer Jugendlichkeit.

Sie schenkte Doggett nicht mehr Aufmerksamkeit als Floyd, doch sie lachte mit den beiden Männern, während Duncan mit finsterer Entschlossenheit, die mir wie aus Angst geboren vorkam, gegen die Schwere des Wassers ankämpfte. JoHanna kannte ihre

Tochter. Duncan fürchtete, daß sie nie wieder würde laufen können. Wenn sie trotzdem Zuversicht zeigte, tat sie es JoHanna zuliebe. Und meinetwegen. Und für Will. Und für Floyd. In Wahrheit aber rechnete sie mit dem Schlimmsten.

Der Gedanke an Will bereitete mir Unbehagen. Was er wohl dazu sagen würde, daß seine Frau hier im Unterrock mit zwei gutaussehenden Kerlen im Wasser herumplanschte, von denen der eine – weiß Gott – ein gestandener Mann war. Doch JoHanna benahm sich vollkommen natürlich und entspannt; sie würde sicher nichts tun, was Will mißfiel. Sie liebte ihren Mann.

Im Unterschied zu Doggett offenbarte Floyd mehr denn je sein kindliches Wesen. Er schickte sich sogleich in die Rolle des Dienenden und tat alles, was der andere ihm befahl. Doggett verpackte seine Befehle in freundliche Worte und sprach in einem Ton mit Floyd, der diesem das Gefühl vermittelte, er sei ihm eine große Hilfe, auch wenn es nur darum ging, Duncans Bein anzuheben und ihren Kopf über Wasser zu halten. Doggett war ein Mann, der sich überall durchsetzen konnte und sich von niemandem in die Quere kommen ließ.

Irgendwas kitzelte mich am Arm, und als ich nachschaute, sah ich Pecos, der so dicht neben mir stand, daß seine Federn meine Haut streiften. Mit seinen Perlenaugen beobachtete er scharf, was im Wasser vor sich ging, und auf einmal fühlte ich mich diesem Vogel verwandt. Er konnte Doggett auch nicht leiden.

Von der heißen, sengenden Sonne hatte ich Kopfschmerzen bekommen, und das schwere Frühstück lag mir im Magen wie Blei. Ich wußte, daß ich nicht mehr länger an dieser Stelle sitzen bleiben konnte, sondern Bewegung brauchte, daß ich mich vor der Sonne schützen und mich von meiner Besorgnis über das Treiben dort unten ablenken mußte. Als ich gerade aufstehen wollte, drehte sich JoHanna plötzlich im Wasser zu mir um und sah mich eindringlich an.

»Zeit fürs Mittagessen«, rief sie, während sie herauswatete in ihrem Unterrock, der ihr an Bauch und Hüften und an den Oberschenkeln klebte. Lachend kam sie durch den Sand auf mich zugerannt, lupfte den Unterrock und wrang ihn am Körper aus, so daß das kalte Wasser mir auf den Kopf tropfte. Eigentlich wollte ich wütend werden, doch der Guß war zu angenehm und JoHannas Gesicht zu fröhlich. Sie beugte sich zu mir herunter.

»Sie hat kräftig die Beine bewegt. Allmählich werden sie wieder lebendig.« Sie legte mir die Hand auf die Stirn und sah mich besorgt an. »Du bist ja ganz heiß, Mattie. Ich hätte dich nicht hier in der Sonne sitzen lassen dürfen.« Sie stand auf. »Floyd!«

»Ich kann alleine aufstehen.« Floyd kam mit Duncan im Arm aus dem Wasser. Ich sah zu ihm hinüber und schüttelte den Kopf. Wenigstens hatte sie nicht Doggett gebeten, daß er mir half.

Von JoHanna gestützt und von Pecos bewacht, ging ich durch den heißen Sand in den Schatten der Bäume. Der Unterschied war erstaunlich. Wir stellten uns unter eine mächtige, von wilden Glyzinien überwucherte Wassereiche, unter der es mindestens zehn Grad kühler war. Das dichte Laubwerk versperrte der sengenden Sonne den Weg, und ich spürte hinter meiner Stirn, daß ich mich langsam entspannte. Sofort war mir wohler. Die Kopfschmerzen hörten auf, und auch der Druck im Magen ließ nach.

»Du hättest einen Hitzschlag kriegen können, Mattie, wie konntest du nur die ganze Zeit mit diesem dunklen Rock und ohne Hut da draußen sitzen!« rief JoHanna halb vorwurfsvoll, halb verärgert über sich selbst. »Wie konnten wir nur so dumm sein, wir zwei!«

Warum war ich nicht von selbst aufgestanden und in den Schatten gegangen? Ich war doch nicht verrückt! Ich lebte schon mein ganzes Leben lang in Mississippi und wußte genau, wie gefährlich die Sonne war. Als ich die Hand an die Stirn legte, spürte ich die Hitze. Ich würde bestimmt einen Sonnenbrand bekommen, auf der Brust und im Gesicht. Das war ärgerlich, aber kein Drama, schließlich wäre es nicht der erste.

Floyd rannte ans Ufer zurück und holte den Krug mit dem Tee, den er in weiser Voraussicht im kalten Wasser vertäut hatte. Dann setzten wir uns hin und aßen. Ich war zwar immer noch satt vom Frühstück, doch ich wußte, daß JoHanna sich noch mehr Sorgen machen würde, wenn ich mir nicht Mühe gab und wenigstens ein paar Bissen zu mir nahm. Ich griff nach dem in eine schöne Stoffserviette eingewickelten Sandwich und dem Glas Tee, das Floyd mir eingeschenkt hatte, und lehnte mich an eine Tellerblütenmagnolie.

Als ich nach Jexville gekommen war, hatte ich in Jeb Fairleys Garten gerade noch die letzten Blüten eines solchen Baumes gesehen. Sie hatten einen Durchmesser von mindestens dreißig Zentimetern und dufteten nach Zitronen. Jeb war nicht entgangen, wie fasziniert ich war. Wenn man die vanilleweißen Blütenblätter anfaßte, so hatte er mir erklärt, wurden sie auf der Stelle braun. So empfindlich waren sie. Genau wie die Frauen in den Südstaaten, sagte er. Aber Jeb war ein Kavalier alter Schule. Er würde niemals seine Frau verprügeln, wenn er eine hätte.

Auf einmal sah ich in Gedanken Elikah vor mir, ein Hirngespinst aus Angst und Verzweiflung. Ich trank den süßen Tee und spürte den bitteren Nachgeschmack meiner Ehe. Ich dachte daran, was sie aus mir gemacht hatte. Wo war der Fehler? Er war ein schöner Mann, das sagte jeder. Dennoch anders als Will. Im Gegensatz zu JoHannas Mann war Elikah recht eitel, und er konnte grausam sein. Ich hatte mir anfangs fest vorgenommen, ihn zu lieben. In den ersten Tagen nach der Hochzeit hatte ich noch geglaubt, daß ich es könnte.

Ich betrachtete das Sandwich in meiner Hand, wickelte es langsam aus und beobachtete dabei durch die gesenkten Wimpern JoHanna. Wie sehr hätte ich mir eine Beziehung gewünscht wie die zwischen Will und ihr. Ich wollte mit meinem Mann lachen, spielen, reden können und ihn lieben. Und wenn wir ein Kind in die Welt setzen würden, dann sollte es ein Wunschkind sein, ein Kind der Liebe.

»Nun iß schon, Mattie, oder magst du nicht?«

Duncans Frage riß mich aus meinen Grübeleien, und nun merkte ich auf einmal, daß alle mich anstarrten. Ich wickelte das Sandwich aus, biß ab, zwang mich, zu kauen und runterzuschlucken, und trank Tee dazu, damit es besser rutschte.

»Erzähl uns doch eine Geschichte, Floyd«, sagte JoHanna, um die anderen von mir abzulenken. Sie lehnte sich an einen Baumstamm und kaute auf einem Zweiglein; ihr eigenes Sandwich lag zur Hälfte aufgegessen auf ihrem Schoß. Kein Wunder, wir hatten eben alle beide zu gut gefrühstückt. Nur Floyd und Duncan, die in einem Alter war, in dem man eigentlich immer Hunger hatte, langten zu. Und Doggett verzehrte gemächlich ein Schinkensandwich.

»Vielleicht kennt John ja eine Geschichte.« Duncan blitzte ihn mit leuchtenden Augen an, um ihn aus der Reserve zu locken. »Floyd ist der beste Geschichtenerzähler von ganz Chickasaw County. Und Mattie kann auch ganz gut erzählen.«

Doggett lächelte zurückhaltend. »Ich kenne zwar die eine oder andere Geschichte, aber als Geschichtenerzähler würde ich mich nicht bezeichnen.«

So ein Schlitzohr. Er hatte doch gesagt, er sei Schriftsteller. Da war es ja wohl nur natürlich, daß er Geschichten erzählen konnte. Wieso tat der Kerl nur immer so bescheiden? Ich gab Pecos ein paar Bissen Brot und legte mein Sandwich dann ebenfalls weg. Wir waren anscheinend dabei, Freundschaft zu schließen, der Vogel und ich. Er bedrohte Doggett nicht direkt, wollte aber offenkundig ebenfalls nichts mit ihm zu tun haben.

Genau wie ich hatte er sich aufs Beobachten verlegt.

Unverdrossen weiterlächelnd, wenn auch mit einem ganz kurzen Stirnrunzeln, erwiderte Doggett meinen forschenden Blick. »Ich kenne eine Geschichte über den Fluß«, sagte er. Sie stammt von meinen Vorfahren.«

»Von welchen? Von den indianischen, den irischen oder den Wilden?« fragte ich schnippisch.

JoHanna hörte auf zu kauen und sah mich an, sagte aber nichts, sondern überließ es Doggett, sich aus der Affäre zu ziehen.

»Von den Indianern«, sagte er mit seiner sanften, gelassenen Stimme. »Von den Pascagoula. Sie haben wenig zurückgelassen, nur ihre Legenden und ihre Grabhügel. Der weiße Mann hat sie auf dem Pfad der Tränen nach Westen davongejagt, sofern er sie nicht auf der Stelle umgebracht hat.«

Ich konnte diesen Mann nicht leiden, und doch ging mir sein stiller Zorn zu Herzen. Die Geschichte der Indianer kam in den Schulbüchern nicht vor. Seminolen, Choctaws, Creeks, ganze Völker wurden in ein, zwei Absätzen unter der Überschrift »Die ersten Siedler erobern das Territorium« abgehandelt oder einfach als »unzivilisierte Indianerstämme« abgetan. Von den Ausrottungsfeldzügen berichtete man den Kindern kein Wort. Ich aber hatte die Folgen mit eigenen Augen gesehen, in Meridian, unweit von Philadelphia, wo man die letzten Überreste eines Stammes in einem Reservat zusammengetrieben hatte, Menschen ohne Vergangenheit und ohne Zukunft. Der weiße Mann hatte alles ausgelöscht, was sie je gewesen waren. Und was sie hätten sein können, verhinderte das Gesetz. Die Indianer hatten nicht einmal ein Zehntel der Rechte oder der Macht, die die Schwarzen besaßen.

»Eine Geschichte über diesen Fluß hier?« Duncan hatte sich aus JoHannas Armen befreit und saß nun allein dort, praktisch zu John Doggetts Füßen. Diese Stiefel. Wieder fiel mir auf, wie schön sie waren, nur leider völlig ungepflegt und kein bißchen blank. Das Oberleder war aus einem mir völlig unbekannten Material und hatte ein eingestepptes Muster. Die Stiefel waren das einzige, woraus man schließen konnte, daß ihr Träger nicht gänzlich uneitel war. Aber da hatte er sich nun solch kostbares Schuhwerk gekauft, und dann putzte er es nicht mal. Vielleicht hatte er sie ja einem Toten weggenommen? Ich mußte lächeln, weil mir diese Vorstellung durchaus ins Konzept paßte.

»So, ich glaube, Mattie ist jetzt soweit.« Doggett sah mich an und zog eine Braue hoch. Ich spürte, wie mir ein Schauer über die Arme rieselte. Nicht daß ich Angst vor ihm gehabt hätte. Aber er war wie eine Schlange. Schön, hypnotisierend und höchstwahrscheinlich äußerst gefährlich. Und doch konnte ich nicht leugnen, daß er Charme hatte. Ich spürte ihn, ohne daß er mich anfaßte.

»Vor langer, langer Zeit, als der Mond auf niemand anderen als auf die Rothäute schien, auf das Volk meiner Väter, lebte eine schöne Häuptlingstochter namens Anola. Ihr Vater war der mächtige Herrscher des kriegerischen Stammes der Biloxi.«

Doggett war kein Geschichtenerzähler. Er war ein Dichter. Seine Stimme war ein Instrument, das er zum Klingen brachte, seine Worte die Verse eines Liedes. Er ruckte und riß an mir und zog mich ganz tief hinein in seine Wärme. Ich zwang mich, den anderen in die Gesichter zu sehen, und mußte feststellen, daß es ihnen genauso ging. Selbst Pecos schien wie in Trance.

»Nun war Anola einem jungen Krieger ihres Stammes versprochen, einem Mann, den sie nicht liebte, doch sie war die Tochter des Häuptlings und kannte ihre Pflichten. So kam es, daß man sie in den östlichsten Teil des Biloxi-Reiches sandte, wo sie alles lernen sollte, was eine gute Ehefrau wissen mußte, und daranging, die Häute ihres Brautgewandes zu verzieren.«

»Mußte sie die Häute weichkauen?« fragte Duncan ernsthaft und ohne die leiseste Spur von Verachtung.

»Anola war eine Häuptlingstochter. Solche Pflichten oblagen ihr nicht«, erwiderte Doggett mit einem belustigten Lächeln.

»Woher hatte sie denn den Schmuck?« wollte Duncan wissen.

»Das war natürlich ein anderer Schmuck als der, den man heute trägt.« Duncan nahm ein Stöckchen zur Hand und zeichnete etwas in den Sand. »Zum Beispiel hat man schön gefärbte Muscheln genommen, oder man hat sie mit Naturfarben bemalt. Und dann verwendete man natürlich Edelsteine und Halbedelsteine, Federn, geschnitztes und bemaltes Holz. Die Indianer waren sehr erfindungsreich.«

»Die kunsthandwerklichen Gegenstände, die ich gesehen habe, Schmuckstücke und Töpferwaren, waren primitiv, aber wunderschön«, fügte JoHanna hinzu. »Und diese Naturfarben sind zum Teil erstaunlich intensiv.«

Doggett ließ seinen Blick eine Sekunde zu lang auf ihrem Busen ruhen. Dann sprach er weiter. »Die Häute für das Brautgewand wurden wieder und wieder mit Kräutern gebleicht, so lange, bis das Leder ganz hell war und die Verzierung besser zur Geltung kam. Anola allerdings kam nicht sehr weit mit ihren Hochzeitsvorbereitungen, denn das Schicksal hatte etwas anderes mit ihr vor. Eines Tages ging sie in den Wald, um zu schauen, ob sie noch etwas ganz

Besonderes fand, womit sie ihr Kleid verzieren konnte. Es war ein warmer Herbsttag, und sie beschloß, sich bis hinunter an den Pascagoula zu wagen. Man hatte sie ermahnt, ja nicht zu dicht ans Wasser zu gehen. Die Strömung war trügerisch, und außerdem durchstreiften Horden von Pascagoula-Indianern die Ufergegend, mit denen die Biloxi in Fehde lagen.«

Er hielt inne und sah JoHanna an. »Weil Anola eine Frau war, war es ihr unbegreiflich, wie zwei Stämme, die sich nicht einmal kannten, einander hassen konnten. Sie konnte einfach nicht glauben, daß ein Indianer, ganz gleich von welchem Stamm, einer unschuldigen Frau, die nach den Schätzen der Erde Ausschau hielt, um ihr Brautgewand zu verzieren, etwas antun könnte.«

»Sie haben sie getötet!« Duncan riß entsetzt die Augen auf, genau wie Floyd, der unterdessen immer näher an sie herangerückt war und nun ganz dicht neben ihr saß.

»Nein, sie haben sie nicht getötet.« Doggett beeilte sich, ihre Angst zu zerstreuen. »Anola war gerade dabei, mit einem Stock eine Muschel aus dem dicken, dunklen Lehm zu graben, als sie Gelächter übers Wasser hallen hörte. Wasser kann Geräusche sehr gut weiterleiten, besonders ein Fluß mit starker Strömung. Sie wußte, daß der Mann, der da gelacht hatte, nicht unmittelbar in ihrer Nähe war, doch sie konnte der Versuchung nicht widerstehen nachzuschauen, wer es wagte, sich mitten im Wald so lautstark bemerkbar zu machen, ohne Angst, daß ihn jemand hören könnte. Sie ließ die vielen Dinge, die sie am Ufer gesammelt hatte, einfach liegen, schlich sich in den Wald zurück und ging vorsichtig stromaufwärts.

Was sie dort sah, sollte ihr Leben ein für allemal verändern. Im Fluß badete ein Pascagoula-Krieger; er planschte und lachte nach Herzenslust. Gerade als Anola sich im Gebüsch versteckt hatte, erhob sich der junge Krieger aus den Fluten, sein Körper war über und über mit glitzernden Wasserperlen benetzt, und kam direkt auf sie zu.

Die Legende sagt, daß Anola aus ihrem Versteck hervortrat und sich ihm zeigte. Er sah sie, und lange blieben sie so stehen und schauten einander an. Alle Geschöpfe des Waldes erstarrten vor dem, was da vor ihren Augen geschah. Anola und Altama waren sofort ineinander verliebt. Und nie mehr kehrte die schöne Jungfrau zurück, weder zu ihren Schätzen, die sie am Ufer hatte liegenlassen, noch zu ihrem Brautgewand oder zu dem jungen Indianer, dem sie versprochen war. Sie ging, ohne zu zögern, zum Fluß, um zusammen mit Altama, dem Häuptlingssohn des Stammes der Pascagoula, ans andere Ufer zu schwimmen.«

Doggett senkte die Stimme und blickte auf seine Stiefelspitzen. Beinahe verlegen streckte er die Hand aus und wischte sie ab, als hätte er plötzlich bemerkt, wie schmutzig sie waren.

»Eine Liebesgeschichte hatte ich nicht erwartet«, sagte JoHanna trocken, aber mit leicht geöffneten, feucht schimmernden Lippen. Sie war genauso gerührt von der Erzählung wie wir alle.

»Und dann haben sie glücklich und in Frieden gelebt bis ans Ende ihrer Tage, ja?« fragte Floyd.

»Nein, das nicht«, erwiderte Doggett zu unser aller Überraschung. »So gern ich sagen würde, daß es so war. Ich habe darüber, offen gestanden, noch nie nachgedacht, aber für die Indianer gibt es kein glückliches Ende, nicht einmal in den Legenden. Die Liebe zwischen der schönen Anola und dem Prinzen Altama führte zu einem Krieg.« Er schaute auf die Muster, die er in den Sand gezeichnet hatte.

»Haben Altama und die Pascagoula gewonnen?« fragte Duncan, die immer alles ganz genau wissen wollte.

Doggett seufzte, als hätten sich die Dinge, von denen er erzählte, erst vor einer Woche zugetragen. »Es war eine Vollmondnacht, als die Biloxi die Pascagoula überfielen, um sie zu töten oder zu Sklaven zu machen.«

»Die Indianer hatten Sklaven?« Duncan war verblüfft.

»Die Sklaverei war früher sehr verbreitet«, erwiderte JoHanna, um gleich darauf den Finger an die Lippen zu legen, damit Doggett seine Geschichte zu Ende bringen konnte.

»Anola kletterte damals auf den höchsten Felsen über dem Fluß. Sie suchte sich eine Stelle aus, an der ihre Gestalt im Mondlicht deutlich zu sehen war, so daß die Biloxi sie erkennen mußten. Sie rief nach ihrem Vater und flehte ihn an, das Blutvergießen zu beenden. Sie sei freiwillig mit Altama gegangen, sagte sie, sie liebe den Häuptlingssohn mehr als ihr Leben. Sie bat ihren Vater, ihr, seiner Lieblingstochter, zuliebe, die Waffen niederzulegen, damit beide Stämme in Frieden leben könnten. Doch ihr Vater hörte nicht auf sie. Als Altamas Braut war sie für ihn keine Biloxi mehr.«

»Wie konnte er nur so hartherzig sein?« Duncan hatte Tränen in den Augen.

»Die Pascagoula waren nicht so kriegerisch wie die Biloxi, und außerdem hatten Fieber und Seuchen unter ihnen grassiert, so daß sie auch weniger Krieger hatten als diese. Mehr noch als den Tod fürchteten sie jedoch die Sklaverei. Anola fand schließlich einen Ausweg. Sie rief die Pascagoula zu sich und führte sie hinunter ans Wasser, wo der Mond mit seinem silbernen Licht ihnen einen Pfad in die ewigen Jagdgründe wies. Mit süßer, tränenerstickter Stimme hieß sie sie, sich an den Händen zu fassen und sich auf einem Streifen Ufersand, ganz ähnlich dem, den wir dort vor uns sehen, aufzustellen. Dann stiegen sie einer nach dem anderen ins Wasser des Flusses, ihren Todesgesang auf den Lippen, und ertranken. In stillen Vollmondnächten, wenn der Mond rot ist wie Blut, kann man vom Grunde ihre Stimmen hören.«

Der Wind rauschte in den wilden Glyzinien über mir und ließ einen Schwall von Blättern niederregnen. Ein junges Kardinalsvogelweibchen hockte neben Doggett auf einem Zweig und beäugte Pecos. Sie stieß zwei trillernde Pfiffe aus, die in einem hohen Ton verklangen, ganz so, als wollte sie den Hahn fragen, mit was für Leuten er da bloß verkehrte.

»Ist das eine wahre Geschichte?« fragte Duncan, halb in der Hoffnung, halb in der Angst, dies alles könnte sich tatsächlich zugetragen haben.

»Es ist eine Legende meines Volkes. Sie stammt aus einer Zeit lange vor meiner Geburt, doch eines kann ich mit Bestimmtheit sagen: Der Gesang ist wirklich manchmal zu hören. Darum nennt man den Fluß auch den Singenden Fluß.«

»Haben Sie den Gesang schon mal gehört?« erkundigte sich Floyd.

»Ja, schon zweimal. Und beide Male im Herbst, in der Nacht des Hunter's Moon.«

Duncan streckte die Hand aus und tippte John Doggett ans Schienbein. »Wirst du uns hinführen, daß wir es auch hören, im Oktober, wenn wieder Vollmond ist?«

Doggett schaute an ihr vorbei zu JoHanna, um zu sehen, was sie von dieser Bitte hielt. JoHanna nickte, ganz leicht, aber sie nickte.

»Natürlich. Mit dem größten Vergnügen, aber nur, wenn du mir versprichst, daß du bis dahin laufen kannst. Ich möchte nämlich, daß wir dann ein Stück ins Wasser waten, damit wir das Beben der Stimmen auf der Haut fühlen können.«

Ich machte den Mund auf, um zu protestieren, doch dann biß ich mir auf die Zunge. Es stand mir nicht zu, mich einzumischen, aber ich konnte einfach nicht begreifen, wie JoHanna so einem Unfug nicht widersprechen konnte. Duncan sollte im Oktober nachts durch den Fluß waten. Das war doch heller Wahnsinn. Und wenn sie nun bis dahin noch nicht wieder laufen konnte? Man konnte das Kind doch nicht derartig unter Druck setzen.

»Bis dahin kann ich ganz bestimmt wieder laufen, meinst du nicht?« Duncans Augen leuchteten voller Zuversicht. »Du wirst mir doch helfen, nicht wahr, John?«

Abermals wartete Doggett JoHannas Nicken ab. »Gewiß, aber heute nicht mehr allzu lange. Es muß Schritt für Schritt vor sich gehen. Einen Muskel muß man nämlich genauso behutsam wecken wie einen Menschen. Du willst doch nicht zu ungestüm sein und ihn erschrecken.«

Duncan lachte, und Floyd stand sofort bereitwillig auf und schickte sich an, sie ins Wasser zu tragen. Auch JoHanna und ich erhoben uns.

»Ich glaube, ich geh' heim und helfe Tante Sadie mit ihren Kräutern. Sie hat gesagt, sie will mir zeigen, welche von ihnen blutstillend sind. Das möchte ich sehr gern lernen.«

JoHanna konnte ich mit meiner kleinen, mit ernsthafter Miene vorgebrachten Rede natürlich nichts vormachen, doch sie drang nicht weiter in mich.

»Ist gut. Es ist ja auch wirklich kein Vergnügen, im heißen Sand herumzusitzen.« Sie ließ den Blick an meinem Rock hinunterwandern. »Blutest du?«

»Ich glaube nicht«, sagte ich und schüttelte den Kopf. »Ich weiß es aber nicht genau. Eigentlich geht es mir ausgezeichnet, aber ich hab' genug von der Sonne. Und außerdem möchte ich unbedingt lernen, was Sadie mir beibringen will.«

»Sie ist eine richtige Hexe.« JoHanna gab mir ihren Hut. »Setz ihn auf dem Heimweg auf. Dein Kopf glüht ja schon, sogar hier im Schatten.«

»Und du ...?«

»Ob du es glaubst oder nicht, aber seit ich die Haare so kurz trage, weisen sie die Sonnenstrahlen regelrecht ab.«

So etwas Verrücktes hatte ich noch nie gehört. Ich mußte lachen.

»Nun geh schon. Aber laß dir Zeit und sei vorsichtig. Soll ich dich begleiten?«

»Und Duncan mit diesem John Doggett und mit Floyd allein lassen. Nie im Leben.«

Sie lachte ebenfalls und deutete auf den grünen Tunnel. Dann wandte sie sich wieder dem Fluß zu, der Stelle, wo die zwei Männer bis zur Taille im Wasser standen, während ihre Stiefel und Schuhe im Sand herumlagen und anzeigten, woher sie gegangen waren – so wie die Brotkrumen, die Hänsel und Gretel ausgestreut hatten, damit sie wieder nach Hause fanden. Duncans gespielte Angstschreie bewogen JoHanna, mich endgültig stehenzulassen. Ehe sie noch recht wußte, was sie tat, rannte sie zu ihrem Kind. Unterwegs drehte sie sich noch einmal nach mir um. »Sei vorsichtig, Mattie. Und mach dir keine Sorgen. Hier ist alles in Ordnung. Duncans Zustand wird immer besser.«

Ich winkte wortlos zurück und machte mich auf den Weg zur Straße.

Ich ließ mir Zeit, betrachtete Blätter und Büsche, die ich nicht kannte, und pflückte verschiedene Pflanzen, nach deren Namen ich Tante Sadie fragen wollte. Vielleicht brachte ich ihr ja etwas mit, das sie gebrauchen konnte. Ich nahm nur die ungewöhnlichen Gewächse, und manche zog ich sogar mit der Wurzel aus. Je mehr ich mich auf das Sammeln konzentrierte, desto ruhiger wurde ich. Vielleicht war John Doggett ja wirklich das, was er zu sein behauptete: ein Schriftsteller, der Indianerblut in den Adern hatte und die Gegend liebte und einfach hergekommen war, um über sie zu schreiben. Vielleicht war im Grunde ich es, die sich von ihm angezogen fühlte, und nicht JoHanna. Sicher, er war mir unheimlich, wenn ich auch selbst nicht recht wußte, warum, aber ich war immerhin so ehrlich gegenüber mir selbst, mir einzugestehen, wie sehr er mich faszinierte. Und erregte.

Die Wahrheit war, daß er eine Versuchung darstellte; er lockte mich mit etwas Undefinierbarem, etwas, das mir ebenso köstlich wie verlockend vorkam. Er war die verbotene Frucht. Und wieder mußte ich an die Schlange denken und an Adam und Eva.

So kam es, daß meine Gedanken sowieso schon ein wenig düster waren, als er keine fünf Schritte vor mir aus dem Wald trat.

Ich habe nicht geschrien, aber ich mußte mir buchstäblich auf die Zunge beißen, um es nicht zu tun. »Was wollen Sie?« fragte ich barsch.

»Ich wollte Sie nicht erschrecken, Mattie. Ich habe eine Abkürzung durch den Wald genommen, damit ich Sie noch einholen kann.«

»Wo sind denn JoHanna und Duncan?«

»Im Wasser mit Floyd. Sie warten auf mich.«

»Und wieso sind Sie dann hier?«

»Aus Neugierde. Warum können Sie mich nicht leiden? Oder sollte ich lieber sagen, warum bin ich Ihnen so zuwider? Ich habe Ihnen doch nichts getan.«

Einen Moment lang glaubte ich, er wüßte die Antwort schon und wollte mich nur in Verlegenheit bringen, doch seine dunklen Augen sahen bekümmert aus.

»Ich wäre gern Ihr Freund.«

Seine Direktheit zwang mich, den Blick zu senken. Ich konnte ihm nicht ins Gesicht sehen.

»Sie glauben, ich will JoHanna Schaden zufügen, nicht wahr?«

Ich hob den Blick wieder und schaute ihm fest in die Augen. »Ja.«

»Ich müßte lügen, wenn ich behaupten wollte, daß ich mich nicht zu ihr hingezogen fühle.«

Da hatten wir es. »Sie ist mit Will verheiratet, und sie liebt ihn.« Mir war, als fehlte mir die Luft, um den Satz zu Ende zu bringen. »Sie lieben sich. Halten Sie sich da raus, Doggett. Lassen Sie sie in Ruhe.«

Er machte sich nicht über mich lustig, wie ich erwartet hatte. »Ich will ihr nicht schaden.«

»Und Will? Trifft das auf ihn genauso zu?«

Sein Lächeln war traurig, nicht spöttisch. »Wenn Sie sich zu seiner Anwältin machen, dann muß er wohl ein anständiger Mensch sein. Und wie ich sehe, sind Sie selbst ein klein wenig in ihn verliebt.«

»Nie und nimmer würde ich …«

Er schüttelte nachdenklich den Kopf, was mich daran hinderte, meinen Widerspruch auszusprechen. »Sie sind eine ehrbare junge Frau, Mattie. Daran habe ich nicht den leisesten Zweifel. Und viel zu jung, um die Frau von Elikah Mills zu sein.«

Daß er Elikahs Namen ins Spiel brachte, war für mich wie ein Schlag ins Gesicht. »Was wissen Sie von Elikah?«

»Genug.« Er wich meinem Blick nicht aus.

Da fiel mir ein, daß er erzählt hatte, er habe die ertrunkenen Indianer zweimal singen hören, beide Male im Herbst, in der Nacht des Hunter's Moon. Er mußte also schon seit einiger Zeit in Fitler oder irgendwo in der Nähe des Flusses leben. War er in Jexville gewesen? Hatte Elikah ihn geschickt, um mich zu suchen? Ich öffnete den Mund und rang nach Luft. Mir war, als ob ich ersticken müßte.

Er griff nach meinen Armen. »Ruhig«, sagte er, ohne den Blick von mir zu lassen. »Elikah ist also ein Mann, dessen Name allein seine junge Frau in Angst und Schrecken versetzt.«

Seine Stimme klang zornig. Nein, er war wohl nicht ausgeschickt worden, um mir nachzuspionieren oder mich nach Hause zu bringen.

»Woher kennen Sie meinen Mann?«

Etwas wie Mitleid verdüsterte seinen Blick. »Möchten Sie die Wahrheit wissen?«

Ich schüttelte seine Hände ab. »Natürlich will ich die Wahrheit wissen.«

»Ich habe von Elikah Mills gehört. Er hat keinen guten Ruf in den größeren Städten.«

Meine Wangen brannten vor Scham, doch ich straffte mich und dachte nicht daran, seinem Blick auszuweichen. Mir war klar, was für ein Ruf Elikah vorauseilen mußte.

»Ich wollte Ihnen nur sagen, daß ich bei Ihnen Güte sehe. Und Unschuld. Es tut mir leid, daß Sie mit Elikah verheiratet sind, denn bei ihm kann ich wenig Gutes erkennen.«

So gern ich meinen Mann auch in Schutz genommen hätte, es gelang mir nicht. Ich schluckte. »Ich durfte mir nicht aussuchen, wen ich heiratete, wohl aber, mit wem ich befreundet sein wollte. Denken Sie, was Sie wollen, nur hüten Sie sich gut, JoHanna oder Duncan Kummer zu bereiten.« Damit drehte ich mich um, ließ ihn stehen und ging die sandige Straße nach Fitler hinunter. In der Ferne, direkt über den Kronen der mächtigen Eichen, sah ich das altersschwarze Gerippe eines der höheren Gebäude.

Während ich die Straße entlangeilte, spürte ich seinen Blick im Rücken, doch er rief mir nicht nach, und ich schaute mich erst wieder um, als ich um die Kurve gebogen war. Ich versteckte mich hinter einer großen immergrünen Eiche und hielt Ausschau nach ihm, doch die Straße war leer.

Sicher hatte er irgendeine Abkürzung genommen, die ich nicht kannte. Doch ich hatte das überaus beunruhigende Gefühl, daß er einfach verschwunden war.

Kapitel 21

Fünf von den Blumen, Wurzeln und Blättern, die ich gesammelt hatte, wählte Tante Sadie zum Trocknen aus. Besonders genau nahm sie eine kleine Pflanze in Augenschein, die nicht einmal dreißig Zentimeter hoch war und mattgelbe Blütentrichter hatte, deren Inneres nach unten hin tief dunkelviolett war. Ich hatte sie vor allem wegen der ungewöhnlichen Blüten gepflückt. Tante Sadie wog sie in der Hand wie etwas sehr Schweres, etwas, das mindestens fünf Pfund wog.

»Was ist es?« Ich wollte die Pflanze berühren, doch Sadie zog die Hand weg.

»Im Volksmund hat sie mehrere Namen. Wo hast du sie gefunden?«

Ein einstmals weißer Lattenzaun hatte meine Neugierde geweckt, und so hatte ich die Straße verlassen und war auf ein Gelände geraten, wo früher einmal eine Ansiedlung gewesen sein mußte. »Auf einem kleinen Friedhof. Eckhart war der Name auf dem Grabstein.« Ich kam mir vor, als hätte sie mich dabei ertappt, daß ich etwas Verbotenes getan hatte. »Es muß schon lange niemand mehr dort gewesen sein. Es war nur noch ein Schornstein da und ein paar alte Bretter.«

»Ich kenne das Gelände.« Tante Sadie ging mit der Pflanze in der Hand zum Herd und setzte Wasser auf. »Stand sie zur Straße hin?«

»Ringsherum um eine Kreppmyrte standen Zaunlilien, die hab' ich gepflückt, und da hab' ich die alten Grabsteine bemerkt. Ich bin hingegangen, um sie mir anzusehen. Da sind mir diese Blüten aufgefallen. Sie sehen so ungewöhnlich aus.«

»Waren dort noch mehr davon?«

»Nur um das eine Grab herum. Lillith Eckhart. Gestorben 1885. Sie ist gar nicht alt geworden. Geboren ist sie im Krieg.«

Sadie betrachtete abermals die Pflanze. »Im Bürgerkrieg. Lillith war ungefähr so alt wie ich; wir sind etwa zur selben Zeit nach Fitler gekommen. Als ich sie kannte, war sie eine schöne junge Frau.« Sadie knipste ein Blatt ab, roch daran und hob schnell wieder den Kopf. »Riecht nach Tabak.«

Ich wartete, daß sie weitererzählte, doch sie schwieg.

»Was ist es denn für eine Pflanze?«

»Im Volksmund heißt sie Jupiterbohne oder Teufelsauge.«

»Ist sie ein Heilkraut?«

»Ja. Sie kann sehr beruhigend wirken, wenn einmal jemand aufgeregt ist.«

»Wie Kamillentee?« Tante Sadie hatte mir eine Tasse davon gegeben, und er hatte mich wirklich entspannt.

»Ja.« Sie ging auf die Veranda und legte die Pflanze in eine schattige Ecke.

»Ist die Kraft in der Wurzel oder in den Blättern?« fragte ich. Sie hatte mir nämlich schon erklärt, daß die Kraft der einzelnen Pflanzen an unterschiedlichen Stellen zu suchen war.

»In beidem, und in ein paar Wochen wird sie Samen haben, die ebenfalls nützlich sind. Aber wenn man Kamillentee hat, braucht man normalerweise kein Teufelsauge.« Sie griff nach dem Wasserkessel, der gerade anfing zu pfeifen. »Na, wie wär's mit einer Tasse Tee und einem Schläfchen? Die Sonne hat dir die Haut verbrannt und dir die Kraft ausgesaugt. Du siehst erschöpft aus, Kind.«

Ich war wirklich erschöpft. Die Sonne, das Unbehagen, das ich in John Doggetts Gegenwart gespürt hatte, die Kühle im Haus, das Gefühl von Geborgenheit, das ich bei Tante Sadie empfand, all das zusammen sorgte dafür, daß ich mich auf einmal ganz schlapp fühlte. Ich mußte mir eingestehen, daß ich noch nicht wieder ganz wiederhergestellt war. »Ach ja, ein Schläfchen wär' vielleicht nicht schlecht, es sei denn, Sie brauchen meine Hilfe bei den Pflanzen.«

»Ruh dich aus, solange Duncan und der Hahn aus dem Haus

sind. Ich weiß wirklich nicht, warum ich nicht von Anfang an verboten habe, daß mir dieses Federvieh ins Haus kommt. Dieser Dreckskerl.«

Ich lächelte über die Empörung in ihrer Stimme. Schließlich war ich die einzige, der sie sagen konnte, was sie von Pecos hielt. Duncan, Floyd und JoHanna nahmen den Vogel immer in Schutz und fanden, er habe ein Recht darauf, im Haus zu sein. Selbst ich war ihm inzwischen freundlicher gesonnen, weil er sich nicht auf Doggetts Seite geschlagen hatte.

Bei dem Gedanken an Doggett legte ich unwillkürlich die Stirn in Falten, was Tante Sadie nicht entging.

»Irgendwas nicht in Ordnung?«

»Dieser Mann, dieser John Doggett, er sagt, er sei Schriftsteller. Stimmt das?«

»Ich hab' gehört, er lebt irgendwo oben am Chickasawhay und arbeitet an einem historischen Roman oder so. Bis gestern glaubte ich allerdings, er wär' gar nicht mehr hier in der Gegend.«

»Dann ist er wohl schon ziemlich lange hier?«

»Er kommt und geht. Wenn man sich gerade an ihn gewöhnt hat, ist er schon wieder weg. Er soll ja Indianerblut in den Adern haben.«

»Hat er auch. Behauptet er jedenfalls.«

Nun war Tante Sadies Neugierde geweckt. »Ich hab' inzwischen fast geglaubt, er sei ein Gespenst, und auf einmal stand er gestern hier im Garten. Man hat so manches über ihn geredet, aber kaum einer hat ihn je zu Gesicht gekriegt. Er ist ein gutaussehender Kerl.«

Ja, er sah gut aus, doch das wollte ich nicht zugeben. »Er ist seltsam.« Ich zuckte mit den Schultern und nahm die Tasse mit dem Kamillentee entgegen, den sie für mich gebrüht hatte. Dann griff ich nach dem klebrigen Honigglas. »Er ist mit Duncan, JoHanna und Floyd unten am Fluß.« Ich blickte auf, wollte sehen, wie sie reagierte. Zu meiner Enttäuschung reagierte sie gar nicht. Ich hätte genausogut von Nell Anderson reden können.

Tante Sadie wrang ein Wischtuch aus und machte die Herdplatte sauber. »Hoffentlich kriegt JoHanna was über ihn raus. Ich bin wirklich neugierig. Er kommt und geht, aber die meiste Zeit ist er für sich.« Sie kicherte leise in sich hinein. »Ich mag es, wenn jemand so ist. Daran sieht man, daß er mit sich zurechtkommt. Das kann nicht jeder.«

»Es sei denn, er hat was zu verbergen.«

Tante Sadies Lächeln verschwand. »Was ist los, Mattie?«

Ich war froh, daß ich mich an der heißen, dickwandigen Teetasse festhalten konnte. »Ich glaube, er hat sich in JoHanna verliebt.«

Sie blieb ganz ruhig, zog sich einen Stuhl heran und setzte sich vorn auf die Kante. »Sind sie auf dem Sandstreifen?«

Ich nickte. »Sie versuchen Duncans Beine zu kräftigen. Mr. Doggett sagt, bis zum Oktobervollmond kann sie wieder laufen. Hoffentlich wird sie da nicht enttäuscht.«

Sadie stand auf, trocknete sich rasch die Hände an der Schürze und band sie ab. Sie nahm JoHannas Hut, der neben mir auf einem Stuhl lag.

»Ich glaube, ich geh' lieber mal runter und bring' ihr den Hut. Sie kann sich doch nicht die pralle Sonne ins Gesicht scheinen lassen, dazu ist sie dann doch ein bißchen zu alt.«

»Soll ich mitkommen?«

Sie schüttelte den Kopf. »Nein, du legst dich hin. Ich wollte sowieso noch Sassafraswurzel holen, ich kenn' da eine Stelle, nicht weit vom Sandstreifen. Da kann ich die Gelegenheit nutzen.« Sie setzte sich den Hut auf und ging zur Vordertür. Dort drehte sie sich noch einmal zu mir um, lächelte und schob ein klein wenig das Kinn vor. »Als ich jung war, hab' ich Hüte geliebt. Ich glaube, darin kommt JoHanna nach mir. Sogar heute geht's mir noch so, ich muß nur einen Hut aufhaben, gleich fühl' ich mich wunder wie schön.« Sie zog leise die Tür hinter sich zu und ging.

Lächelnd leerte ich meine Teetasse und stieg aus meinen Kleidern. Die schweren weißen Decken auf meinem Bett sahen ungeheuer einladend aus.

Ich erwachte vom köstlichen Geruch nach Gebackenem und Stimmen, die aus der Küche zu mir drangen. Dazwischen erklang immer wieder Duncans glockenhelles Lachen wie von einem milden Wind herangeweht. Ich räkelte mich in meinem Bett und horchte als unverschämte Lauscherin an der Wand, was die McVays sich zu erzählen hatten. Ihre lebhafte Unterhaltung wirkte beruhigend auf mich und erinnerte mich daran, wie Mama, wenn ich manchmal – sehr selten – morgens verschlafen hatte, schon mit Callie und Lena Rae in der Küche war und die drei die anderen Kinder weckten und ihnen zu essen gaben. Vom Geruch der Erdnußbutterkekse knurrte mir ganz laut der Magen.

»In zwei Wochen kann ich wieder laufen«, verkündete Duncan. »John hat gesagt, daß die Muskeln zum Aufwachen bereit sind.«

»Du wirst wieder laufen, wenn du soweit bist, aber laufen wirst du auf jeden Fall wieder«, erwiderte JoHanna.

»Ein Jammer, daß John nicht mit uns Abendbrot essen wollte«, sagte Tante Sadie.

»Ein Jammer, daß Floyd schon wieder weg mußte«, echote Duncan in schelmischem Ton.

Entschlossen stand ich auf, denn Sadies Bemerkung hatte mir das Vergnügen am Dösen gründlich verdorben. Sie hatte John Doggett also eingeladen, mit uns Abendbrot zu essen. Offenbar hatte sie sich von dem Burschen genauso becircen lassen wie alle anderen. Bis auf Pecos und mich.

Meine Haare waren völlig zerzaust, aber kämmen konnte ich mich nicht, weil mir die ganze Kopfhaut weh tat. Deshalb strich ich die Haare leidlich glatt und ging in die Küche.

»Mattie.« JoHanna kam auf mich zu und faßte mich bei den Händen. Sie hatte ein bißchen Kuchenteig an der linken Wange. »Wie geht's dir?«

»Prima.« Ich ließ mir meine Besorgnis nicht anmerken. »Der Schlaf hat mir gutgetan. Das riecht ja köstlich hier.«

»Im Wasser hab' ich laufen können«, rief Duncan mir zu. Sie saß am Tisch, vor sich einen halbleeren Teller mit Keksen, und Pecos pickte ihr unterm Tisch die Kekskrümel aus der Hand.

»Wann seid ihr denn zurückgekommen?« Mir war, als wären Wochen vergangen.

»So ungefähr vor einer Stunde. Jedenfalls zeitig genug, um Kekse zu backen, die Duncan allerdings schon zur Hälfte aufgegessen hat. Sofern sie sie nicht an diesen hinterhältigen Vogel verfüttert hat.« Tante Sadie schaute Duncan über den Brillenrand an, damit sie sich ja nicht einbildete, ihre Fütterungsaktion sei unbemerkt geblieben.

»Im Wasser bin ich gelaufen«, sagte Duncan unbeirrt.

»Gelaufen bist du?«

»John hat gesagt, das Wasser hat mich oben gehalten, aber wenn ich übe und hart arbeite, kann ich es schaffen, auch an Land zu laufen. Er hat gesagt, ich bin wie eine Amphibie!« Sie schlug mit der flachen Hand leicht auf den Tisch und lachte. »Ein Frosch oder so was. Die können sich im Wasser auch besser bewegen als an Land.«

JoHanna entging nicht, wie verstört ich war. Sie legte mir den Arm um die Schultern und ging mit mir auf die kleine Veranda draußen vor der Küche, wo Sadie meine Pflanzen zum Trocknen hingehängt hatte.

»Mattie …«

»Und wenn sie nun nicht wieder laufen lernt?« Ich sah JoHanna an. »Du läßt zu, daß dieser Doggett ihr Hoffnungen macht, die bitter enttäuscht werden könnten.«

»Mattie …«

»Wie kannst du ihm das nur erlauben, JoHanna? Du kennst den Mann doch gar nicht.«

»Mattie …«

»Was Will wohl dazu sagen würde?«

»Mattie!« Ihre Stimme überschlug sich regelrecht. Da hielt ich den Mund. Ich sah sie an und merkte erst jetzt, wie ich keuchte.

»Duncans Beine sind schon viel besser. Gestern ist sie gelaufen; heute ist es wieder ein Stück vorwärtsgegangen. John macht ihr keine falschen Hoffnungen. In zwei Wochen kann sie wieder laufen, das weiß ich.«

»Wieso bist du dir da so sicher? Nur, weil er es sagt?« Ich sprach ganz leise.

»In zwei Wochen läuft sie wieder.« Sie strich mir eine verirrte Haarsträhne aus dem Gesicht. »Ich war diejenige, die gesagt hat, in zwei Wochen läuft sie wieder. John hat nur wiederholt, was ich gesagt habe. Ich war das, nicht er.«

Damit hatte sie mir den Wind aus den Segeln genommen. Ich trat einen Schritt zurück. »Verzeih mir, ich hätte dich nicht so anfahren dürfen.«

»Du magst John nicht, und du möchtest nicht, daß Duncan ein Leid geschieht. Du brauchst dich nicht zu entschuldigen, Mattie.«

»Ist Floyd schon weg?«

»Nell hat ihn mitgenommen.«

»Vielleicht hätte ich auch mitfahren sollen«, sagte ich und war im selben Moment furchtbar wütend auf mich, aber dieser John Doggett hatte mir den Aufenthalt in Fitler vollkommen verleidet. Durch ihn war hier alles anders geworden. Mir blieb nichts weiter übrig, als wieder nach Jexville zurückzukehren. Und je länger ich das vor mir herschob, desto schwieriger würde es werden.

»Du mußt überhaupt nie wieder dorthin zurück.«

JoHanna hatte gut reden. Aber sie war im Irrtum, ich wußte es besser. Ich wußte, daß ich zurück mußte. Um das, was ich angefangen hatte, zu Ende zu bringen. Oder vielleicht auch einfach nur so weiterzumachen wie bisher. »Wenn ich du wäre, müßte ich nicht zurück. Aber ich bin nicht du.« Ich brachte es nicht fertig, ihr in die Augen zu sehen. »Mein Gefühl sagt mir, daß ich keine andere Wahl habe.«

Sie nahm mich in den Arm und drückte mich an sich. Ihr Körper war warm von der Hitze des Herdes. »Ach, Mattie. Natürlich mußt du machen, was du für richtig hältst. Wenn du meinst, du mußt zurück, dann mußt du gehen. Aber wenn dieser Mann dir etwas antun will, versprich mir, daß du mich dann zu Hilfe rufst.«

Ich war nahe daran zu sagen, daß ich wohl besser Will zu Hilfe rufen würde, doch ich kämpfte das Verlangen nieder, sie zu kränken, ein Verlangen, das ich mir selbst nicht erklären konnte und von dem ich nur wußte, daß es falsch war. »Wenn er gemein zu mir ist, verlasse ich ihn wieder«, versprach ich ihr.

»Morgen suchen sie Red Lassiters Leiche. Jeb kommt mit dem Wagen her. Er soll den Toten nach Jexville bringen, falls sie ihn finden. Jeb hat sicher nichts dagegen, dich auf dem Rückweg mitzunehmen.« JoHanna seufzte. »Ach, wenn du doch nur für immer hierbleiben könntest.«

»Warum zieht ihr eigentlich nicht ganz hierher?« Will war viel unterwegs, aber er konnte genausogut von Fitler aus reisen. »Oder ihr könntet ja auch nach Natchez ziehen oder nach New Orleans oder New York.« Will hatte eine Menge Kunden in den großen Städten. Für ihn wäre es im Grunde wirklich gescheiter gewesen, in irgendeiner Stadt zu wohnen, und auch JoHanna wäre glücklicher an einem Ort, wo es Theater, Tanzsäle, Bibliotheken und noch andere freidenkende Frauen wie sie gab.

Sie erriet meine Gedanken, und ihr Lächeln wurde intensiver. »Auch wenn sich Tante Sadie noch so sehr darüber lustig macht, ich lebe in Jexville, weil Duncan dort zur Schule gehen kann. Dir ist sicher nicht entgangen, daß es in Fitler keine Kinder gibt. Und außerdem hat Will einen Bruder, der in Kali Oka lebt, es sind also auch familiäre Bindungen da.« Sie schüttelte den Kopf. »Und zum Teil ist es sicher auch typisch Dunagansche Dickschädeligkeit. Meine Eltern sind hierhergekommen, um ihr Glück zu machen. Ich glaube, ich will mich einfach nicht von ein paar engstirnigen, selbstgerechten Leuten, die mir das Leben schwermachen, vertreiben lassen. Und schließlich und endlich bleibt ja auch noch Tante Sadie. Sie fühlt sich hier wohl, und ich möchte sie nicht gern allein lassen. Sie will zwar nicht, daß ich ihr ständig auf die Nerven gehe, aber ich muß in der Nähe sein, falls sie mich braucht.«

Was konnte ich zu alldem sagen? Wenigstens spielte Angst keine Rolle in ihren Überlegungen.

»Egal, wie du dich heute entscheidest, es gibt immer ein Morgen. Du kannst nach Jexville zurückkehren, aber niemand kann dich daran hindern, in einer Woche oder in einem Monat wieder wegzugehen. Oder in einem Jahr.«

Ich merkte, wie mir plötzlich die Tränen in die Augen stiegen, heiße, brennende Tränen. »Es sei denn, ich hätte ein Kind.« Ich schluckte. »Wie ist es nur möglich, daß ich an dem, was ich von ganzem Herzen lieben würde, zugrunde gehen könnte?«

JoHanna legte mir die Hände auf die Schultern und hielt mich fest. »Das ist immer so, wenn eine Frau ein Kind bekommt, Mattie. Wenn man seine Kinder wirklich liebt, besteht immer die Gefahr, daß man daran zugrunde geht. Wenn du älter und stärker bist, empfindest du die Gefahr vielleicht nicht mehr so sehr. Oder sie macht dir keine Angst mehr.«

Ich schaute in ihr freundliches Gesicht, und da wußte ich, daß ich niemals Kinder haben würde. Ich wußte es genauso sicher, wie ich wußte, daß ich nicht mehr wachsen würde oder daß meine Haare nie so blond werden würden wie die von Callie. Es war einfach eine Tatsache, die unabänderlich und endgültig war, wie sehr ich sie auch bedauern oder meinen Entschluß bereuen mochte. Instinktiv strich ich mir über den Bauch. JoHanna sah den Reflex, doch sie verstand nicht, welche Bedeutung er für mich hatte.

»Hast du Schmerzen?«

»Nein.« Ich ließ die Hände sinken. »Nein, mir fehlt nichts«, beteuerte ich und wußte im selben Moment, daß in mir etwas abgestorben war. Vielleicht nicht gerade ein Organ oder ein Stück Gewebe, aber doch etwas, das nötig war, um ein neues Leben hervorbringen zu können. Und es spielte keine Rolle, was dieses Etwas getötet hatte, ob es der Arzt mit seinen Instrumenten gewesen war oder ich selbst mit meiner Angst.

»Mattie, bist du wirklich sicher, daß dir nichts fehlt?« JoHannas forschender Blick musterte zuerst mein Gesicht und glitt dann an meinem Körper hinab. »Blutest du?«

»Nein, wirklich nicht.« Ich zuckte mit den Schultern. »Ich muß halt aufpassen, daß ich nicht noch einmal schwanger werde.«

»Und wie willst du das machen?«

Ihre Frage hatte einen leicht spöttischen Unterton. Ich war nicht so dumm, mir einzubilden, daß Elikah mich, wenn ich wieder daheim wäre, nicht zur Erfüllung meiner ehelichen Pflichten nötigen würde. Ich starrte auf ein abgetretenes Dielenstück und spürte auf einmal sehr heftig, wie meine Haut vom Sonnenbrand glühte.

»Es gibt durchaus Möglichkeiten, sich vor einer Schwangerschaft zu schützen.« JoHanna hatte plötzlich Mitleid mit mir und hörte auf zu spötteln.

»Diese Dinger würde Elikah niemals benutzen.« Wie oft hatte er mir schon erklärt, daß der eigentliche Genuß davon abhing, die Frau wirklich zu spüren. Und außerdem wäre er nie und nimmer bereit gewesen, etwas zu tun, das dem Bild von vollkommener Männlichkeit, das er vor sich hertrug, Abbruch getan hätte.

»Es gibt aber noch etwas anderes. Etwas, das du bei dir einführst und nachher wieder herausnimmst.«

»Das ich einführe?« Ich hob den Blick und sah sie an, teils schockiert und abgestoßen, teils in der Erwartung, wieder das schelmische Blitzen in ihren blauen Augen zu sehen, doch sie meinte es ernst.

»Meine liebe Mattie, es ist ein weitverbreiteter Irrglaube, daß dir die Finger abfallen und dir Hörner wachsen, wenn du dich selbst anfaßt.«

Ich konnte es nicht fassen. »Und was soll das sein?«

»Es ist wie ein Schwamm. Es hindert die Spermien daran, weit genug vorzudringen. Eine Sperre, wenn du so willst.«

Sie lächelte wieder. Die Vorstellung schien sie zu amüsieren.

»Und wie kriegt man es wieder raus, wenn es einmal in einem drin ist?«

»Du ziehst es einfach raus. Man braucht ein bißchen Übung, aber das kannst du lernen. Und das beste dabei ist, daß Elikah überhaupt nichts davon mitkriegt.«

»Und das soll funktionieren?«

JoHanna wischte sich den Teig von der Wange. »Nichts ist vollkommen, aber es geht ganz gut.«

Der Gedanke, so etwas zu tun, bereitete mir zwar immer noch Unbehagen, doch dann mußte ich an den Arzt in Mobile denken, daran, was ich dort gemacht hatte, und da wußte ich, daß ich die Sache mit dem kleinen Schwamm wohl hinkriegen würde.

»Wo bekommt man denn so ein Ding?«

»Bei Doc Westfall.«

Ich zuckte zusammen. »Aber den kann ich doch unmöglich danach fragen. Diese Demütigung kann ich Elikah nicht antun. Das darf doch niemand wissen!« Plötzlich stand der Schutz, den JoHanna mir vorgeschlagen hatte, nicht mehr zur Debatte, und wieder schwappte eine Welle der Angst über mich hinweg.

»Doc Westfall erzählt Elikah garantiert nichts davon. Außerdem vermutet er, daß du eine Fehlgeburt gehabt hast. Er wird sich denken, daß du etwas Zeit brauchst, um wieder ganz gesund zu werden, bevor du es noch mal versuchst. Das kannst du ihm sogar sagen.«

Es fiel mir schwer, ihr zu glauben. »Und du meinst wirklich, Elikah erfährt nichts davon? Die Männer können doch alle den Mund nicht halten.«

JoHanna lächelte mich aufmunternd an. »Doc Westfall hält dicht. Und Elikah wird er ganz gewiß nichts sagen.«

Ich nickte. »Das könnte ich machen.« Ich holte tief Luft. »Ich schaffe das.«

»Ja, du schaffst das.« Sie ging zur Wäscheleine, wo Tante Sadie meine Pflanzen zum Trocknen aufgehängt hatte. »Schwarzwurz«, sagte sie. »Tante Sadie hat sich bestimmt gefreut, daß du ihr den mitgebracht hast.«

Die unbekannte Blume, dich ich gefunden hatte, war nicht mehr da. Ich ahnte, daß sie sie weggeworfen hatte, ohne es mir zu sagen, weil sie mich nicht kränken wollte. Denn so rauh Tante Sadies Schale auch war, sie hatte ein weiches Herz.

»Mama!« Duncans fröhlicher Ruf zog JoHanna zurück in die Küche. »Pecos hat Tante Sadie in den Po gepickt!« Sie lachte, und Tante Sadie schimpfte wütend mit dem Vogel.

»Na warte, du Dreckskerl, ich krieg' dich!«

Wir liefen in die Küche und sahen Sadie, die den Vogel mit einem Besen um den Tisch herumscheuchte.

»Rettet Pecos!« Duncan lachte, aber ihr Gesicht sah auch irgendwie besorgt aus.

»Sieh bloß zu, daß du mir aus dem Hause kommst, du krallenfüßiger Satan!« Sadie holte so heftig aus, daß ein Stuhl umkippte.

»Sadie!« JoHanna warf sich ins Getümmel, allerdings mehr der Tante als des Hahnes wegen.

»Lauf, Pecos! Lauf!« Duncan hämmerte auf den Tisch ein und feuerte den Vogel an.

Pecos rannte wie ein Wilder auf mich zu, und da er in Sachen John Doggett auf meiner Seite gewesen war, lief ich schnell zur Hintertür und hielt sie ihm auf. Husch, flatterte er hinaus auf den Hof, blieb dort stehen, neigte den Kopf zur Seite und sah Tante Sadie an, die keuchend mit gezücktem Besen in der Tür stand.

»Aus diesem Vogel mach' ich Brathähnchen!« schwor sie. »Mit Kartoffelklößen.«

Pecos schlug drohend mit den Flügeln, und dann senkte er den Kopf und stieß einen heiser fluchenden Hahnenschrei aus.

»Du Satansbraten!« Sie schüttelte den Besen. »Deine Tage sind gezählt!«

JoHanna gab sich Mühe, nicht zu lachen, und auch ich mußte mich zusammenreißen.

»Oder deine, wenn du seinetwegen einen Schlaganfall kriegst«, sagte JoHanna und griff behutsam nach dem Besenstiel. »Na, nun komm wieder in die Küche, dann trinken wir ein Gläschen von dem Muskatellerwein, den du unterm Ausguß versteckt hast.«

Sadie fuhr zu JoHanna herum. »Diesmal ist er zu weit gegangen, JoHanna. Ich stand am Herd und wollte die Kekse rausholen, und da hat er mich in den Po gepickt, dieser gefiederte Dreckskerl.«

JoHanna lachte auf. »Na, so zäh wie dein alter Po ist, wird's ihm nicht viel geschadet haben. So, und jetzt trinken wir ein Glas.«

Kapitel 22

JoHanna goß mir eine Tasse Kaffee ein und sagte, er sei gut gegen Kopfschmerzen. Mir brummte der Schädel. Ich hatte zu spät bemerkt, daß Tante Sadies Muskatellerwein nicht ganz ohne war. Ein bißchen beschwipst waren wir alle drei gewesen, hatten gelacht und das Grammophon im Wohnzimmer angekurbelt. Tante Sadie hatte mir Walzer beigebracht, und JoHanna hatte mir gezeigt, wie man den etwas beschwingteren Charleston tanzte. Und Duncan, fröhlich, weil sie felsenfest davon überzeugt war, daß sie selbst auch bald wieder würde tanzen können, hatte mir Anweisungen gegeben und mich angefeuert. Erschöpft von soviel Vergnügen und ganz heiß vor lauter Übermut und Freude, war ich ins Bett gefallen, nicht ahnend, daß das Verhängnis schon über meinem Kopfkissen schwebte und nur darauf wartete, daß der Tag anbrach.

»Das ist nur ein Kater«, sagte JoHanna. »Das geht vorbei.«

Ich starrte sie an und staunte, daß sie sich nicht genauso elend fühlte. Sie hatte nicht weniger getrunken als ich. Eher noch mehr.

»Alles eine Sache der Übung«, sagte sie, als hätte sie erraten, worüber ich gerade nachgedacht hatte. »Und außerdem bin ich zehn Kilo schwerer als du. Wenn du erst mal ein bißchen Fleisch auf den Knochen hast, kannst du auch mehr trinken und mußt weniger leiden.« Sie kicherte.

Tante Sadie kam ins Zimmer. Sie sah richtig verwegen aus in ihrem schönen lavendelfarbenen Kleid, das im weichen, weißen Morgenlicht glänzte. Die Wimpern hinter der Brille wirkten dunkler als sonst, und auf den Lippen lag ein Hauch Rosarot. Als hätte sie der Wein irgendwie belebt und ihr Blut in Wallung gebracht.

»Wo ist denn Duncan?« fragte sie.

»Sie schläft noch.« JoHanna lächelte. »Sie hat sich gestern bei den Übungen im Wasser verausgabt, und obendrein hat sie uns bis spät in die Nacht beim Tanzen zugeschaut. Ein, zwei Stunden wird sie bestimmt noch schlafen.«

Sadie nickte und kam mit ihrer Kaffeetasse zu uns an den Tisch. »Das ist gut. Heute suchen sie den Fluß nach Reds Leiche ab. Als ich gestern auf der Post war, hat Karl gesagt, daß Männer aus Jexville und Leakesville rüberkommen. Es ist sicher besser, wenn Duncan das nicht sieht.«

»Da hast du schon recht, aber …« JoHanna machte ein sorgenvolles Gesicht. »Wir werden uns wohl trotzdem mal am Fluß zeigen müssen. Um den Klatschbasen das Maul zu stopfen. Wir können uns nicht einfach hier im Haus einigeln, sonst wird alles nur noch schlimmer, wenn wir uns dann irgendwann wieder draußen blicken lassen.«

Tante Sadie trommelte mit den Fingern auf die Tischplatte. »Muß denn das unbedingt am Fluß sein? Ausgerechnet heute, wenn sie die Leiche rausholen? Wer weiß, was sie finden, ich meine, wie er aussieht.«

»Ja, es muß am Fluß sein, nur dort. Aber wir bleiben nicht lange. Ich pass' schon auf, daß Duncan nichts sieht. Wir kreuzen einfach kurz mal dort auf, damit die Leute sehen, daß wir uns nicht verkriechen. Sie sollen merken, daß ich keine Angst habe, ihnen unter die Augen zu treten. Und Duncan hat auch keine Angst. Wir gehen beizeiten ans Ufer runter, gleich wenn sie anfangen, und dann kommen wir sofort wieder heim.« Sie blickte in ihre Kaffeetasse.

Nein, JoHanna hatte keine Angst, jedenfalls nicht um sich selbst. Wohl aber um Duncan. Mir machte sie nichts vor, und ich konnte nur hoffen, daß sie eine so gute Schauspielerin war, daß es ihr gelang, die Leute, denen sie gegenübertreten wollte, darüber hinwegzutäuschen. Wenn sie erst merkten, wo JoHannas wunder

Punkt war … Ich konnte mir vorstellen, welche Genugtuung es Elikah bereiten würde, bei JoHanna auch nur das geringste Anzeichen von Angst zu entdecken. Und Elikah war nicht der einzige, dem jede Gelegenheit recht gewesen wäre, ihr was am Zeug zu flicken.

»Jeb kommt auch.« Sadie legte ein Holzscheit in den Herd. »Arme Ritter«, verkündete sie. »Hat sich Duncan zum Frühstück gewünscht.«

Bei dem Gedanken an Essen rebellierte mein Magen, aber gleichzeitig hatte ich Hunger – ein Konflikt, der die Kopfschmerzen verstärkte.

»Stärke saugt den Alkohol auf. Du mußt was essen, dann geht's dir gleich besser.« Trotz ihrer Sorge um Duncan hatte JoHanna für mich und mein Elend ein Lächeln übrig.

Sadie stand auf und schlug Eier in eine Schüssel. »Ich werd' schon mal anfangen. Ich hab' heute morgen einiges zu erledigen.«

JoHanna, die sich noch gar nicht hingesetzt hatte, nahm ihr die Schüssel aus der Hand. »Arme Ritter kann ich Duncan auch selbst machen, wenn sie wach ist. Du geh lieber und kümmer dich um deine Erledigungen.« Sie zog eine Augenbraue hoch. »Obwohl da vermutlich eh nix Gescheites bei rauskommt.«

Sadie gab JoHanna einen Klaps auf den Arm. »Hör auf, mich auf die Schippe zu nehmen, dazu bin ich zu alt.«

»Du und zu alt? Nie und nimmer, Sadie.« JoHanna küßte ihre Tante auf die Wange, und dann scheuchte sie sie aus der Küche. »So, und nun mach, daß du wegkommst, sonst muß ich Pecos auf dich hetzen.« Woraufhin wir Sadies Stimme aus dem Schlafzimmer hörten. »Wenn dieser verdammte Vogel mit seinen krummen Krallen auch nur einen Fuß in mein Haus setzt, dann hau' ich ihn in die Pfanne und mach' Klöße dazu.«

Da mischte sich Duncans Stimme ein: »Probier doch mal, Pecos einen Kuß zu geben, Tante Sadie, vielleicht verwandelt er sich in einen schönen Königssohn.« Allgemeines Gelächter. Dann wieder Duncan: »Mama, ich sterbe vor Hunger. Kommst du mich holen?«

Ich gab JoHanna zu verstehen, daß ich Duncan tragen könnte.

Zwar nicht so mühelos wie Floyd, und auch nicht so sicher und so geübt wie JoHanna, aber die fünfzehn Meter vom Bett zum Küchentisch würde ich schon schaffen, auch wenn ich zwischendurch stehenbleiben und mich ausruhen mußte. Ich stand etwas zu schnell auf, und schon von dieser kleinen Anstrengung platzte mir fast der Schädel, als würde darin ein Schmied an seinem Amboß stehen und auf ein rotglühendes Hufeisen einhämmern. Die Hammerschläge dröhnten mir in den Ohren, doch ich machte mich trotzdem auf den Weg.

»Sehr gesund siehst du nicht aus«, rief Duncan mir lächelnd zu.

»Kopfschmerzen.«

»Kater«, erwiderte sie wissend. »War wohl ein bißchen zuviel des Guten gestern.« Sie lachte mich aus.

»Ich finde das überhaupt nicht lustig.«

»Hast recht.« Ihre Stimme hatte auf einmal den spöttischen Unterton verloren. »Ich hab' was ganz, ganz Merkwürdiges geträumt.« Sie streckte die Arme aus und klammerte sich an mich, so daß ich über ihr Bett gebeugt stand und mich nicht von der Stelle rühren konnte.

»Was denn?«

»Ach, was ganz Schreckliches.« Ihre Stimme klang ganz entspannt und kein bißchen ängstlich und paßte so gar nicht zu dem, was sie sagte.

Ich hob sie hoch und machte mich auf den Weg in die Küche.

»Ich erzähl's dir, wenn wir bei Mama sind. Es ist mir zu anstrengend, alles zwei-, dreimal runterzubeten.«

»Stimmt.« Ich kitzelte sie ein bißchen. »Du stehst wohl gern im Mittelpunkt, was?«

Als wir in die Küche kamen, legte JoHanna gerade zwei in Teig gewälzte Brotscheiben in die Pfanne, in der das Fett siedete. Ich setzte Duncan auf einen Stuhl.

»Ich hab' von einem furchtbaren Unwetter geträumt. Der Sturm war so wild, daß ganze Häuser umgefallen sind, und überall lagen entwurzelte Bäume herum.«

Es war, als ließen Duncans Worte die Zeit stillstehen. JoHanna stand reglos da, und auch ich lauschte wie gebannt, und nur noch die brutzelnden Brotscheiben zischten und fauchten hin und wieder im heißen Fett.

JoHanna fand als erste die Fassung wieder. »Na, wenigstens ist keiner ertrunken«, sagte sie, indem sie geschickt die Brotscheiben wendete.

»Doch, ganz viele. Dutzende von Menschen.« Duncan beugte sich vor. »Es war entsetzlich, eine richtige Katastrophe. Überall Leichen, sogar oben in den Bäumen waren welche.«

JoHanna fuhr herum. »Duncan!« rief sie in schneidendem Ton.

Duncans eben noch so lebhafte, eifrige Miene verfinsterte sich; sie kämpfte mit den Tränen.

JoHanna warf die Gabel in die Pfanne und lief zu ihrer Tochter. »Entschuldige. Es ist nur, weil... weil du so aufgeregt geplappert hast, obwohl es doch um den Tod ging.«

Duncan, noch immer tapfer bemüht, nicht zu weinen, blickte zu ihrer Mutter auf. »Aber es war doch auch aufregend.« Sie schluckte. »Bin ich böse?«

»Nein, meine Kleine, du bist nicht böse.«

»Du hast aber so getan, als ob ich's wäre«, murmelte Duncan, an JoHannas Brust gelehnt, mit einer Stimme, die ganz dumpf klang vor Kummer.

»Ich hab's nicht so gemeint. Weißt du, ich hab' einfach die Fassung verloren, weil du immer so furchtbare Träume hast.«

»Das mach' ich doch nicht mit Absicht.«

»Ich weiß.« JoHanna wiegte sie sanft in den Armen. »Ich weiß.« Sie trat zurück und wischte Duncan mit ihrem Blusenzipfel die Tränen ab. »So, und beim Frühstück erzählst du uns jetzt alles über deinen Traum. Nur gut, daß wir Mattie haben, sonst wären die Armen Ritter verbrannt.«

Ich stellte den beiden ihre gefüllten Teller hin und legte auch für mich eine Scheibe Brot in die Pfanne. Ich hatte Hunger, aber keinen Appetit. Doch mein Verlangen, den Kater loszuwerden, war größer als meine Angst vor dem Bauchgrimmen. Und außerdem wollte ich Duncans Traum hören.

»Er war nicht so deutlich wie der mit Red Lassiter.« Duncan nahm den kleinen Krug, den JoHanna ihr reichte, und goß Sirup auf ihr Brot. »Irgendwie war alles mehr durcheinander, es geschah nicht so der Reihe nach, ich kann gar nicht sagen, wie es angefangen hat. Und die Toten hab' ich auch alle nicht gekannt.«

»Das ist ja beruhigend«, sagte JoHanna munter, doch als sie nach dem Sirup griff, zitterte ihre Hand. »Dann hat der Traum vielleicht nicht in Jexville oder in Fitler gespielt.«

Duncan, die den Mund voll hatte, hörte auf zu kauen. »Das könnte sein«, sagte sie und leckte sich den Sirup von den Lippen. »Ich hab' nämlich überhaupt nichts wiedererkannt. Und alles ist irgendwie ... geflogen. Ich hab' lauter Sachen gesehen, aber sie waren so schnell wieder weg, daß ich sie mir gar nicht richtig einprägen konnte. Wenn ich wenigstens noch wüßte, wie es angefangen hat.«

»Sachen?« JoHanna wartete. Sie hatte noch keinen Bissen zu sich genommen.

»Umgestürzte Bäume. Eingefallene Häuser.« Duncan legte die Gabel hin und dachte nach. »Die Toten in den Bäumen – es sah aus, als ob jemand sie genommen und hochgeschleudert hätte. Wie in diesen Sagen, wenn Zeus auf die Menschen zornig ist und einen Wutanfall hat.« Sie schob das Kinn vor, genau wie JoHanna es immer tat, und sah ihre Mutter an. JoHanna stand die Sorge ins Gesicht geschrieben. »Der Anblick war entsetzlich, aber ich hatte überhaupt keine Angst.«

»Dann war es also nicht so«, sagte JoHanna langsam, »wie bei dem Traum von Mary Lincoln und bei dem von Red? Ich meine, die Toten waren alle an Land, ja? Keine Ertrunkenen?«

»Es waren Boote mit Menschen draußen auf dem Meer. Für sie war es furchtbar: Fünfzehn Meter hohe Wellen sind über ihnen zusammengeschlagen. Und dann dieser Sturm! Aber ich weiß nicht, was mit den Booten und mit den Menschen in den Häusern passiert ist. Irgendwie bin ich nur daran vorbeigehuscht. Jedenfalls hat alles um mich herum geweint und geschrien. Als ob eine ganze Stadt untergegangen wäre.«

JoHanna zeigte auf das Glas Milch neben Duncans Teller.

»Trink«, sagte sie. Ihr Ton, ihr ganzes Verhalten wirkte irgendwie erleichtert. »Hört sich an, als ob du von einem schweren Unwetter geträumt hättest. Vielleicht hat Floyd dir von dem Hurrikan erzählt, der vor zwanzig Jahren hier in der Gegend gewütet hat. Er hat entsetzlichen Schaden angerichtet, bis weit ins Landesinnere hinein, sogar noch hier in Fitler.«

Duncan zog die Brauen hoch. »Ja, davon hat mir Floyd erzählt.« Sie nickte, und ich sah, daß sie ebenso erleichtert war wie JoHanna, dabei hatte sie doch so gleichgültig getan, als sie uns ihren Traum erzählte. »Ich hab' schon öfter von Dingen geträumt, die er mir erzählt hat. Besonders von Miss Kretzler, die so einsam unter der Courting Bridge ertrunken ist.« Sie fröstelte.

JoHanna hatte ihr Gleichgewicht wiedergefunden. Sie stand auf und schenkte uns Kaffee nach. »Trink deine Milch, Duncan. Sie ist gut für die Knochen. Ich glaube, du hast einfach etwas geträumt, was Floyd dir erzählt hat, und daran hast du dich im Schlaf erinnert.« Sie strich Duncan über den Kopf. »Du hast ja gesagt, daß dir das alles keine Angst gemacht hat.«

Duncan hatte den Mund voll und konnte nicht antworten. Sie schüttelte nur den Kopf, schluckte einen großen Bissen herunter und holte Luft. »Nein, es war, als wenn ich von oben zugeguckt hätte.« Sie sprach nachdenklich und überlegte sich jedes Wort genau. »Ich konnte den Leuten nicht helfen, nicht mal denen, die geweint und um Hilfe geschrien haben. Ich konnte nur zuschauen, was passierte.«

»Nun gut, da dich der Traum nicht allzusehr aufgeregt zu haben scheint, würde ich vorschlagen, wir vergessen ihn einfach. Du gehörst in die Badewanne. Heute kommt Jeb Fairley, wir müssen mit ihm zusammen runter zum Fluß.«

»Sie suchen Mr. Lassiter, nicht wahr?«

Ich verschüttete meinen Kaffee. Duncans Scharfsinn war wirklich beängstigend. Das konnte nicht gutgehen.

»Ja.« JoHanna schob ihren noch halbvollen Teller von sich. »Und wir bringen den Leuten was zu essen. Niemand soll denken, daß wir Angst haben oder uns verstecken.«

»Weil ich ihm den Traum erzählt habe, und er hat mit den anderen darüber gesprochen. Und dann ist er ertrunken.«

JoHanna nickte und stand auf. »Ja, so kann man das sagen.«

»Sagen die Leute jetzt, ich wäre böse?«

JoHanna hatte ihren Teller genommen und wollte ihn gerade zum Ausguß bringen, nun jedoch blieb sie stehen und sah ihre Tochter lange an. »Kann sein. Und wenn wir so tun, als ob wir Angst hätten, geben wir diesem Geschwätz noch zusätzlich Nahrung. Aber wie dem auch sei, davon, was die Leute sagen, lassen wir uns noch lange nicht aus der Ruhe bringen.«

Duncan schob schweigend den Teller von sich. Auch sie hatte ihr Frühstück nur zur Hälfte aufgegessen. »Ich hatte wohl doch nicht so großen Hunger, wie ich zuerst gedacht habe.«

»Laß, JoHanna. Geh du Duncan baden, ich spüle so lange das Geschirr ab«, sagte ich und war im Nu am Ausguß, so daß sie gar nicht erst mit dem Abwasch beginnen konnte.

»Jeb müßte so ungefähr in einer Stunde hier sein. Er hat sicher nichts gegen eine Tasse Kaffee, und Sadie ist heute schon ganz früh aufgestanden und hat einen Früchtekuchen gebacken.« JoHannas Gesicht entspannte sich. Ein Lächeln trat in ihre Züge. »So, und nun wollen wir uns mal fertig machen und runtergehen zum Fluß, damit wir mit eigenen Ohren hören, was man sich über uns erzählt.«

Duncan saß im Handwagen, Pecos hockte als stolzer, eitler Gockel neben ihr. Tante Sadie war eine halbe Stunde vor unserem Aufbruch durch die Hintertür verschwunden. Sie war mächtig in Eile gewesen und hatte einen Strohhut aufgehabt, dessen Krempe zwar ringsherum mit wilden Lupinen und Astern geschmückt war, was aber nicht JoHannas Werk sein konnte, denn dafür war er zu schlicht.

Wir gingen in gemütlichem Tempo und hielten uns im Schatten der großen, dicken Eichen. Wenn JoHanna dem Gerede wirklich einen Riegel vorschieben wollte, dann jedenfalls nicht dadurch, daß sie sich weniger auffällig gab als sonst. Sie trug wieder ihren großen Hut, was schon provozierend genug war, wenn auch nicht ganz so provozierend wie ihr kurzgeschnittenes Haar. Duncan, barhäuptig, nur mit dem seidigen schwarzen Haarflaum auf dem Kopf, trommelte mit den Hacken den Takt zu JoHannas Schritten auf den Boden des Wagens. Wenn ich an JoHannas Stelle gewesen wäre, hätte ich das Automobil genommen und Pecos im Haus eingesperrt.

An dem sanft abfallenden Ufer waren an die dreißig Männer versammelt. Sie unterhielten sich leise und zeigten auf den Fluß. Manche wateten ins Wasser, die Hände auf dem Holz der kleinen Boote, die dort vertäut waren. Als wir näher kamen, hatten die meisten Boote gerade abgelegt, jedes mit zwei bis drei Männern an Bord.

Es war ungewöhnlich still dort unten. Kein Gelächter hallte übers Wasser, keine Späße, keine Witzeleien. Wir hörten das Wasser an die drei übriggebliebenen Boote klatschen.

»Tante Sadie läßt ausrichten, daß sie euch heute mittag Huhn mit Klößen bringt«, sagte JoHanna zu einem hochgewachsenen, knochigen Mann, der gerade ins Wasser gewatet war, um eines der Boote loszubinden. Er war sonnengebräunt und hatte ein dickes, zusammengerolltes Tau über der Schulter. Er drehte sich zu ihr um, doch er sah sie nicht an. Sein Blick blieb an Duncan hängen.

»Da werden sich die Männer aber freuen«, sagte er, während er sich wieder umdrehte und nervös aufs Wasser starrte.

»Nun komm schon, Diego.« Der Mann im Boot gestikulierte ungeduldig. »Wenn wir uns nicht beeilen, sind wir genau in der größten Hitze draußen auf dem Fluß.«

Diego nahm das Tau und warf es in hohem Bogen übers Wasser. Der Haken mit den vier spitzen Zacken blitzte in der Sonne und krachte dann auf die Bootsplanken. Diego blickte noch einmal auf Duncan, dann drehte er sich um. Er bekreuzigte sich rasch, stieg ins Boot und stieß es mit einem Fuß vom Ufer ab.

»Heute vormittag finden sie ihn garantiert nicht«, sagte Duncan, und ihre helle Stimme hallte zu den Männern herüber. Derjenige, der Diego gerufen hatte, warf ihr einen ängstlichen Blick zu, ehe er das Paddel nahm und es mit seinen muskulösen Armen ins Wasser tauchte.

JoHanna hielt die Deichsel fest und sah zu, wie die Boote sich fächerförmig stromabwärts über den Fluß verteilten, ausgehend von der Stelle, an der Red unter dem Floß verschwunden war.

»Inzwischen kann er ja schon halb in Pascagoula sein«, sinnierte Duncan. »Was der Fluß erst mal in den Klauen hat…« Sie ließ den Satz unbeendet.

»Kommt, wir gehen heim und bereiten die Klöße vor.« JoHanna drehte um.

»Gehen wir denn gar nicht ins Wasser? Ich muß doch die Übungen für meine Beine machen«, maulte Duncan.

»Heute nicht.« JoHanna blieb stehen und sah ihre Tochter lange an. »Ich komme nachher noch mal her und bringe den Männern das Essen, und du bleibst mit Mattie bei Tante Sadie. Und daß du mir ja nichts sagst, was sich auch nur im entferntesten nach einer Prophezeiung anhört.«

»Heute vormittag finden sie ihn garantiert nicht.« Duncan schob trotzig das Kinn vor. Ihre braunen Augen blitzen vor Wut. Sie war beleidigt.

»Kann sein, daß sie ihn nie finden, Duncan, aber ich will nicht, daß du das aussprichst.«

Kapitel 23

Nachmittags um drei fanden sie Red endlich. Als ihn der spitze Metallhaken zu fassen kriegte, holte er noch etwas anderes mit hinauf: ein einstmals weißes, sorgsam gehäkeltes Häubchen für ein neugeborenes Baby. Für ein Mädchen. An der winzigen Krempe waren noch Überreste von blaßrosa Litze zu erkennen. Die trügerische Strömung hatte Red die langen Schleifenbänder um die Hand gewickelt und die Leiche zusammen mit dem Häubchen in die Nähe des Ufers geschwemmt.

Während JoHanna und Duncan ein Schläfchen hielten, war ich zum Fluß gegangen, um Sadies Topf, in dem die Klöße gewesen waren, wieder abzuholen. Als ich den schweren Topf gerade auf den Wagen geladen hatte, hallte ein lauter Schrei übers Wasser. Es war Diegos Haken, der sich an Reds Leichnam verfangen hatte, nicht mal zweihundert Meter von der Stelle entfernt, an der er zwischen den Flößen untergegangen war.

Das Boot kam aufs Ufer zu, den Toten im Schlepptau. Ich sah eine Hand auf dem Wasser treiben, fast so, als wollte Red mir zuwinken oder als ob er zu schwimmen versuchte. Aber so war es nicht. Die starren Arme hatten eine merkwürdige Haltung, abwehrend, wie eine Geste, um sich vor einem furchtbaren Anblick zu schützen.

Diego sah mich unsicher an, dann sprang er ins seichte Wasser und zog den Leichnam auf den schmalen Sandstreifen am Ufer. Ich konnte den Blick nicht abwenden, nicht mal, als er sich bückte, um den Haken zu lösen. Ich hörte ihn leise auf Spanisch fluchen, als er den Toten an Land zerrte. Das Häubchen hing an Reds Arm.

Diegos Schrei ließ die anderen Suchmannschaften umkehren. Beinahe feierlich näherten sich die kleinen Boote dem Ufer. Red Lassiter war ertrunken, und der Fluß hatte das Beweisstück hergegeben.

Jeb Fairley wartete schon auf mich, als ich mit dem Kloßtopf und der Nachricht, daß man Red Lassiter gefunden hatte, zu Tante Sadie zurückkam. Er erhob sich von seinem Stuhl auf der Veranda und ging hinunter zum Fluß. Eine Stunde später war er wieder da, bereit, mit mir nach Hause zu fahren. Während ich mich verabschiedete, marschierte er ungeduldig durch den Garten nach draußen. Tante Sadie umarmte mich kräftig, dann versuchte sie Pecos einzufangen und ihn zu mir ins Auto zu setzen. Duncan winkte von der Veranda aus, und JoHanna kam nach draußen und bat Jeb, auf mich aufzupassen. Wenn nichts Unvorhergesehenes dazwischenkäme, sagte sie, würden sie hierbleiben, bis Will wieder da wäre.

Wir fuhren in östlicher Richtung. Hinter uns tauchte die untergehende Sonne die moosüberwucherten Eichen in rosig flammendes Licht. Auf dem Rücksitz lag, in weiße Tücher gehüllt, Red Lassiters Leichnam. Es war Eile geboten. Die warmen Fluten des Pascagoula und die Septemberhitze hatten bereits ihre Spuren hinterlassen. Red war von Kopf bis Fuß eingewickelt. Ich fragte nicht, wie sie es geschafft hatten, seine Arme herunterzubiegen.

Das Babyhäubchen hatte Jeb ihm vom Arm gewickelt und es zum Trocknen auf Sadies Veranda gehängt. Sadie konnte sich nicht erinnern, daß in Fitler irgendwann einmal ein Baby ertrunken wäre, aber es hatte mehrere Fährunglücke gegeben, bei denen etliche Kleiderkoffer untergegangen waren. Und wer konnte wissen, was für Tragödien sich weiter stromaufwärts ereignet hatten. Ich gab mir Mühe, nicht über all das nachzudenken, während wir im wechselnden Licht dahinfuhren, und Jexville kam näher und näher.

Es war schon dunkel, als Jeb zum erstenmal sprach, leise und mit sanfter Stimme, ganz so, als wollte er Red nicht stören, der dort hinten auf dem Rücksitz lag.

»Jexville ist ganz schön in Aufruhr wegen Duncan.« Er sah mich an. »Und über Sie zerreißen die Leute sich auch ganz schön das Maul.«

»Und wie geht's Elikah?« Ich faltete die Hände im Schoß. Mein Mann war bestimmt nicht entzückt, daß ich auf diese Art ins Gerede gekommen war.

»Der hält sich zurück.«

Die Straße hatte tiefe Furchen, so daß wir nur langsam vorankamen, denn Jeb wollte dem alten Wagen nicht zuviel zumuten. Er räusperte sich, was wohl eine Art Warnung für mich bedeuten sollte, und ich kämpfte tapfer gegen meine Angst an. Was hatte Elikah gesagt?

»Ich hätte Sadie heiraten sollen.«

Im ersten Moment dachte ich, ich hätte nicht recht gehört, doch als ich Jeb ansah, begriff ich, daß er es ernst gemeint hatte. Er saß da und starrte auf den kleinen Lichtkegel, den die Scheinwerfer vor uns auf die rote Sandstraße malten. Jebs Hände umschlossen das Lenkrad, sein Blick wirkte entspannt, war es aber nicht. Ich bemerkte zum erstenmal, daß er älter war, als ich ihn geschätzt hatte, und mir fiel wieder ein, wie Tante Sadie am Morgen mit ihrem schmucken Hut auf dem Kopf aus dem Haus gegangen und den ganzen Tag fortgeblieben war.

»Und warum haben Sie's nicht getan?« Soweit ich wußte, waren beide ihr Leben lang unverheiratet geblieben.

»Das hab' ich mich auch schon so manches Mal gefragt. Und dann sind mir immer hundert gute Gründe eingefallen, mit denen ich die Tatsache bemänteln konnte, daß ich einfach ein Feigling war.«

Ich wollte die Hand ausstrecken und ihn berühren, ihn trösten, doch seine abweisende Miene ließ mich innehalten. Er wollte nicht von mir getröstet werden. Er wollte etwas anderes. Etwas, das viel schwerer zu verstehen war.

»1883 bin ich nach Fitler gekommen; damals war die Stadt gerade dabei, sich von den Folgen des Bürgerkriegs zu erholen. Es war ein Zufall, der mich dort hingeführt hatte, aber das erste, was ich sah, als ich vom Dampfer stieg, war Sadie. Sie stand zusammen mit anderen jungen Frauen im Schatten einer großen Eiche und lachte über irgend etwas, was die eine oder andere aus der Gruppe gesagt hatte. Man hatte mir gesagt, Lillith sei die Schönste, aber ich schwöre Ihnen, ich hab' sie gar nicht angesehen. Ich hatte nur Augen für Sadie.«

Die Kühle des Septemberabends wehte durch das offene Wagenfenster zu uns herein. Das anfangs so laute Dröhnen des Motors nahm ich inzwischen kaum noch wahr. Wir fuhren an einem kleinen, durch einen Biberdamm entstandenen Teich vorbei, wo die Frösche quakten. Ansonsten gab es meilenweit keine lebende Seele, und ich fuhr in einem Automobil, zusammen mit einem Mann, der mit seinen Gedanken in der Vergangenheit weilte, und einem in Tücher eingehüllten Leichnam. Daher fragte ich mich, ob Jeb Fairley nicht vielleicht eher mit Red sprach als mit mir.

»Ich habe mich sofort in Sadie verliebt. Es war Liebe auf den ersten Blick. Und ich habe nie aufgehört, sie zu lieben.«

»Warum heiraten Sie sie dann nicht?« Ich hatte immer noch nicht gelernt, meine Zunge im Zaum zu halten. Meine Frage hatte sich vielleicht etwas plump angehört, aber sie war ehrlich gemeint. Schließlich waren sie beide frei. Sie konnten immer noch heiraten. Und Kinder, die etwas dagegen hätten einwenden können, gab es auch keine, jedenfalls soweit mir bekannt war.

Er warf mir einen Blick zu. »Kennen Sie die Geschichte denn nicht?«

Eine Weile fuhren wir schweigend weiter, und ich überlegte, ob ich ihn drängen oder abwarten sollte, bis er von selbst fortfuhr. Als ich gerade die Hoffnung aufgeben wollte und mir schon sicher war, daß er kein Wort mehr sagen würde, fing er wieder an zu reden.

»Lillith D'Olive war ein merkwürdiges Mädchen. Ihr Vater hatte eine Tungölfarm. Ölfirnißbäume, wissen Sie. Die Familie hatte eine Menge Land nördlich von Fitler. Ja, und Lillith wurde nach Fitler geschickt, damit sie sich um die kranke Schwester ihres Vaters kümmerte und ein paar Männer kennenlernte. Sie war zwanzig, und es wurde Zeit, daß sie heiratete. An Verehrern herrschte auch kein Mangel; das Problem war nur, daß Lillith sich einfach nicht entscheiden konnte. Sie hatte ihre eigenen Vorstellungen von der Liebe und von der Ehe. Wenn Lillith über die Straße ging, kamen alle Männer aus den Läden und Saloons und boten an, sie zu begleiten. Sie hätte jeden hier in der Gegend haben können, und Gott allein weiß, warum sie sich ausgerechnet diesen Edgar Eckhart ausgesucht hat.«

Lillith Eckhart. Ich spürte förmlich den kühlen Marmor ihres Grabsteins unter meiner Hand. Sie war 1885 gestorben, nur zwei Jahre, nachdem Jeb nach Fitler gekommen war.

»Sie war noch sehr jung. Woran ist sie denn gestorben?« Das hatte Sadie mir nämlich nicht erzählt.

»Durch den Strang.« Er starrte weiter in die auf der Straße tanzenden Scheinwerferkegel. »Die erste und einzige Frau in diesem Teil des Landes, die hingerichtet wurde.«

Ich schnappte nach Luft. »Durch den Strang?«

»Der Galgen hat mitten auf der Hauptstraße gestanden.«

»In Fitler?« Ich muß einen äußerst dummen Eindruck gemacht haben, aber ich war wie vor den Kopf geschlagen. JoHanna und Duncan hatten mir soviel über die Stadt erzählt, ich hatte Sadie gesehen und erlebt, wie sehr sie Fitler liebte, aber daß man dort einen Menschen aufgehängt hatte, das wäre mir nie in den Sinn gekommen. Und schon gar nicht eine Frau von gerade einmal zweiundzwanzig Jahren. »Was hatte sie denn getan?«

»Ihren Mann umgebracht, so jedenfalls stand es in der Anklageschrift und im Urteilsspruch.«

Ich spürte einen stechenden Schmerz im Unterleib und hätte beinahe laut aufgeschrien, doch ich umklammerte den Türgriff und biß die Zähne zusammen. Schweißperlen traten mir auf die Stirn, ich stöhnte leise, aber der Wind wehte mein Stöhnen fort, so daß Jeb es nicht hörte, und der Mann hinten auf dem Rücksitz war sowieso für immer taub. Es war kein eigentlicher Schmerz, eher die Erinnerung daran. Und sie ging so schnell wieder vorbei, wie sie gekommen war.

»Edgar Eckhart war ein Hurensohn. Ein rechter Grobian, obwohl er auch richtig nett sein konnte, wenn er wollte. Lillith war bis über beide Ohren in ihn verliebt.«

»Na, sie muß ja vielleicht ein dummes Ding gewesen sein«, rief ich ohne jedes Mitleid mit der Frau, die schon so lange tot war. Wie konnte man einen Mann lieben, der einen verprügelte? Das konnte ich nicht begreifen. Ich liebte Elikah nicht, obwohl ich es gern getan hätte. Jedenfalls zu Anfang. Doch ich hatte bald eingesehen, daß ich meinen Körper zwar nicht vor seinen Schlägen schützen konnte, wohl aber mein Herz vor seiner Grausamkeit. »Ein ganz dummes Ding.«

»Nicht dümmer als ich.« Er drosselte das Tempo und hielt unter den ausladenden Ästen einer Roteiche an.

Die großen Blätter versperrten mir die Sicht auf den Nachthimmel, und plötzlich überfiel mich eine böse Vorahnung. Ich wollte nicht, daß wir hier stehenblieben. Wir waren ohnehin schon spät dran, es war längst dunkel. Wenn wir noch mehr Zeit einbüßten, konnte es passieren, daß ich den Mut verlor und nie wieder zu Elikah zurückkehrte.

Jeb schien zu spüren, was in mir vorging. Er drehte sich zu mir um. »Haben Sie was dagegen, wenn wir einen Moment Pause machen? Red ist es egal.« Er lachte leise. »Er hat immer Geduld gehabt mit seinen Freunden, aber vor fast vierzig Jahren hat er mir gesagt, daß ich ein Idiot sei. Und da hat er ganz recht gehabt.«

Jeb Fairley war für mich nie etwas anderes gewesen als ein netter Nachbar, ein älterer Mann, der sich um seine eigenen Angelegenheiten kümmerte, aber immer ein Nicken und ein Lächeln für mich hatte. Nun klang seine Stimme heiser. Er hatte Kummer und brauchte jemanden, der ihm zuhörte.

»Haben Sie Lillith geliebt?«

»Nein, nicht Lillith. Ich habe immer nur Sadie geliebt. Bis auf den heutigen Tag.«

Ich mußte an den verwegenen Hut denken, an den Hauch Lippenstift. Sadie liebte ihn auch. Offenbar hatten sie den Tag zusammen verbracht. Sie erwiderte seine Gefühle. Was stand zwischen ihnen? »Nun machen Sie es doch nicht so spannend, ich platze gleich vor Neugierde«, sagte ich ungeduldig, bedauerte meinen forschen Ton aber sofort wieder.

»Es dauerte nicht lange, und ganz Fitler wußte Bescheid, wie es um Lilliths und Edgars Ehe bestellt war. Er hat im Saloon getrunken, und wenn er dann nach Hause kam, hat er sie geschlagen. Anfangs hat sie versucht es geheimzuhalten und ist einfach daheim geblieben, doch Sadie hat keine Ruhe gegeben und ist immer wieder zu ihr hin, bis sie endlich mit ihr in die Stadt gegangen ist. Sie und Lillith sind zusammen die Hauptstraße rauf und runter spaziert, Lillith mit blauen Augen und büschelweise ausgerissenem Haar.«

Mein Herz hämmerte wie wild. Jeb Fairley hatte mich unversehens in die Enge getrieben. Er wohnte ja direkt neben uns. Wieviel hatte er gehört? Was wußte er von meiner Ehe?

»Sadie hat natürlich gedacht, irgendwer würde etwas unternehmen. Aber nachdem Lillith Edgar einmal geheiratet hatte, war sie seine Frau. Wenn ein Mann seine Frau und seine Kinder bestrafte, war das seine Privatangelegenheit, da mischte man sich nicht ein.«

Ich spürte, daß er mich ansah, während er leise weitersprach. Er war im Bilde – mir war nur nicht klar, wieviel er wußte. Ich schluckte und schwieg.

»Es gehörte sich zwar nicht, aber es war seine Privatangelegenheit. Und so kam es, daß Lillith Edgar vergiftet hat. Als ihr niemand helfen wollte, hat sie ihn umgebracht.«

Ich wollte nichts mehr hören. »Und dafür hat man sie aufgehängt.«

»Ganz recht. Vor der ganzen Stadt. Und keiner von uns ist aufgestanden und hat versucht, es zu verhindern, obwohl wir alle gewußt haben, daß sie nur aus Notwehr gehandelt hatte.«

»Und darum will Sadie Sie nicht heiraten.«

»Ach, wenn es doch bloß so wäre.« Er holte rasselnd Luft. »Nun können Sie sich den Rest auch noch anhören. Ich habe ihr nie einen Antrag gemacht. Wissen Sie, Sadie ist mit Lillith zusammen auf den Galgen geklettert. Sie hat hinabgesehen auf die Männer der Stadt und hat uns zugerufen, daß wir allesamt Feiglinge seien. Sadie hat ihrer Freundin beigestanden und versucht, sie zu beschützen, und zum Dank dafür hat man sie fortan geächtet, und alle haben einen großen Bogen um sie gemacht. Sadie hat mich nicht geheiratet, weil ich sie nicht darum gebeten habe. Weder ich noch sonst irgendeiner.«

Es war so dunkel, daß ich nicht sehen konnte, wie er ausstieg, doch ich hörte, daß die Tür geöffnet wurde und dann wie er den alten Wagen ankurbelte. Der Motor stotterte ein paarmal und kam dann in Gang. Jeb setzte sich wieder hinters Lenkrad.

Den Rest der Fahrt schwiegen wir. Jeb hatte mir nicht nur seine Vergangenheit offenbart, sondern auch ein paar schlimme Wahrheiten.

Anstatt gleich zum Leichenbestatter zu fahren, bog er erst einmal ab, um mich heimzubringen. Vor meinem Haus bremste er und blieb mit laufendem Motor stehen. »Soll ich mit reinkommen?«

In der Küche brannte Licht, ansonsten aber war alles dunkel. Elikah war sicher Karten spielen gegangen. »Nein.« Meine Stimme bebte, und ich konnte nichts dagegen tun. Ich hatte Angst.

»Mattie«, er strich mir über die Wange und drehte mein Gesicht zu sich herum. »Ich hoffe, daß es nie dazu kommt, aber ich gebe Ihnen mein Wort. Ein zweites Mal werde ich nicht feige sein. Wenn Elikah Sie wieder schlägt, kommen Sie zu mir.«

»Keine Sorge, mir wird schon nichts passieren.« Ich öffnete die Tür und stieg aus und wünschte mir nichts sehnlicher, als sofort wieder einsteigen zu können. Hinten auf dem Rücksitz war Red an die andere Tür gesackt, eine betrunkene Mumie. Plötzlich fiel mir ein, daß keiner seiner Angehörigen mit auf dem Fluß gewesen war, um nach ihm zu suchen.

»Hat Red eigentlich eine Frau?«

Jeb räusperte sich. »Nein. Ich weiß nicht genau, aber ich glaube, er war in JoHanna verliebt. Und als sie Will geheiratet hat, da hat er sich wohl gedacht, er ist besser dran, wenn er alleine bleibt.«

Ich machte mich auf den Weg. »Wenn man mich braucht, um die Leiche zu versorgen, dann komme ich.«

Er gab Gas. »Passen Sie auf sich auf, Mattie.« Dann war er verschwunden, und ich stand allein vor meinem dunklen Haus.

Kapitel 24

»Mattie.«

Mir blieb fast das Herz stehen, und das Blut dröhnte mir in den Ohren, donnernd wie ein Eisenbahnzug. Elikahs Stimme war von der vorderen Veranda hergekommen. Großer Gott, er saß im Dunkeln auf der Schaukel. Ich hatte noch nie erlebt, daß sich dieser Mann, aus welchem Grund auch immer, auf der Veranda aufhielt.

»Willst du da unten stehenbleiben, oder kommst du endlich rauf?«

Außerstande, etwas zu erwidern, ging ich die Treppe hoch und wollte eigentlich durch die vordere Tür ins Haus schlüpfen.

»Komm her«, sagte er, »setz dich zu mir auf die Schaukel. Ich hab' gerade hier draußen in der kühlen Nachtluft gesessen und mich gefragt, wann du wohl heimkommst. Ich dachte schon, du kommst überhaupt nicht mehr wieder.«

Ich horchte vergebens auf einen drohenden Unterton in seiner Stimme. Er hörte sich traurig an und ein bißchen niedergeschlagen. Das war ein Elikah, den ich noch nicht kannte und dem ich nicht über den Weg traute. Sein Atem würde einiges erklären. Ich mußte nur nahe genug herangehen, um ihn zu riechen.

»Ich bin müde, Elikah. Mr. Fairley hat mich hergebracht, mich und Red Lassiter. Man hat ihn heute im Fluß gefunden.«

»Furchtbar, eine Tragödie.« Die Schaukel ächzte unter seinem Gewicht. »Red war so beliebt. Ein bißchen sonderbar war er ja, hat ganz allein da drüben in Fitler gelebt, und dabei waren die letzten dreißig Jahre fünf Dutzend Frauen hinter ihm her. Aber er war eine durch und durch ehrliche Haut, das kann man nicht anders sagen.«

Ich griff nach der Fliegentür, bereit sie zu öffnen. Seine Worte bedurften keiner Antwort, und irgendwie machte er mich nervös, dieser neue Elikah, so still, so in sich gekehrt, wie er dort draußen allein auf der Schaukel saß. Ich traute dem Frieden nicht. Das letztemal, als Elikah mir ein anderes von seinen zahlreichen Gesichtern gezeigt hatte – o weh, ich verging fast vor Scham bei dem Gedanken.

»Na komm, setz dich doch einen Moment zu mir.« Er klopfte auf den Platz neben sich. »Wie hat es dir denn in Fitler gefallen?«

Was war mit seinem Haß auf JoHanna? Warum war er nicht wütend, daß ich einfach so ein paar Tage weggeblieben war? Hatte er etwa wirklich geglaubt, was in JoHannas Brief gestanden hatte? Vielleicht wollte er mich so erwischen, wollte sich die Mühe sparen, mich erst zu jagen, damit er mich verprügeln konnte. Meine Finger hielten noch immer den Türknauf fest. Sie waren schon ganz klamm und steif geworden. Aber ich konnte nicht loslassen. Dieser Türknauf war meine Rettung, und doch schaffte ich es nicht, die Tür zu öffnen.

Er hielt im Dunkeln etwas in der Hand. »Ich hab' hier was«, sagte er mit düster-lockender Stimme. »Ich hab' hier draußen gesessen und an deiner Haarbürste gerochen. Deine Haare riechen immer so nach Regen, Mattie. Nachts, wenn ich aufwache, möchte ich jedesmal die Nase in dem Kopfkissen neben mir vergraben.«

Ich sah zur Straße. War ich im falschen Haus? Oder war Elikah so betrunken, daß er sogar schon die Spielregeln unserer Ehe vergessen hatte?

»Komm her, daß ich dir die Haare bürsten kann.«

Ach, du lieber Gott. Ich konnte mich kaum rühren vor Angst. Das hier war ja noch schlimmer, als wenn er wütend war, noch schlimmer, als wenn er brutal war und grob. Noch schlimmer als der Riemen.

»Ich bin müde«, brachte ich mühsam heraus und verfluchte mich, weil ich so feige war.

»Du hast es verloren, das Kind, nicht wahr?«

War da ein anklagender Unterton in seiner Stimme gewesen? Ich wollte wegrennen, die Treppe hinunterstürzen und schreiend auf die Redemption Road laufen. Aber ich war nicht schnell genug. Er würde mich fangen und mich nach Hause schleppen. Und es war niemand da, der mir helfen konnte. Jeb Fairley war noch beim Leichenbestatter.

»Komm schon her, Mattie. Ich bin dein Mann.« Er klopfte abermals auf die Schaukel.

Ich mußte zu ihm gehen. Es gab keinen anderen Ausweg. Meine Finger ließen den Türknauf los, und meine Füße gingen über die grauen Bohlen. Als ich an der Schaukel war, drehte ich mich um und setzte mich hin, so daß er nur mein Profil sehen konnte.

»Du hast es verloren, das Kind?« fragte er wieder.

»Ja.« Ich schaute hinaus in die schwarze Nacht.

»Wie schade.« Er machte sich nicht die Mühe, seine Erleichterung zu verbergen.

Ich hatte damit gerechnet, daß er wütend war, doch seine Erleichterung machte alles nur noch schlimmer. Er wollte gar kein Kind. Er war genauso widernatürlich wie ich.

»Dreh dich um.« Seine Hände faßten mich bei den Schultern und drehten mich so weit herum, daß ich mit dem Rücken beinahe an ihm lehnte. »So, und nun halt ganz still.«

Die Bürste kratzte und ziepte. Der Sonnenbrand auf der Kopfhaut war noch nicht ganz weg, aber ich zuckte nicht. Elikah war einer von den Männern, die erst richtig in Fahrt kamen, wenn sie einem Schmerz zufügen konnten. Und ich wollte nicht, daß er in Fahrt kam.

»Ich kann nicht deine Frau sein. Jedenfalls vorläufig nicht«, sagte ich in die Dunkelheit und fühlte, wie sich meine Fingernägel in die Handflächen gruben.

»Sagt wer?« Er bürstete langsam und gleichmäßig weiter.

»JoHanna hat mit Doc Westfall gesprochen.«

»JoHanna steckt ihre Nase wohl gern in unsere Angelegenheiten, was?«

Da war es, das wütende Zischen. »Ich war so krank, daß sie Angst um mich gehabt hat. Die Blutungen wollten einfach nicht aufhören. Sie hat ihn angerufen, weil sie sich Sorgen gemacht hat, daß es noch schlimmer wird.«

»Aber jetzt blutest du nicht mehr.« Das war keine Frage, sondern eine Feststellung.

»Kaum noch.« Ich wollte von der Schaukel springen, wollte laufen und laufen, bis ich nicht mehr weiter konnte. Langsam strich die Bürste durch mein Haar.

»Wie weich deine Haare sind.«

Er beugte sich vor. Ich spürte seinen Atem im Nacken. Er hob meine Haare an. Meine Haut kribbelte. Sein Atem war warm in der kühlen Nachtluft. Seine glühenden Lippen berührten ganz sacht meinen Hals. Mir stiegen die Tränen in die Augen, doch ich drängte sie zurück.

Er griff wieder zur Bürste, zog sie durch mein von der Autofahrt zerzaustes Haar. Vorsichtig entwirrte er die Knoten, und das Schweigen zwischen uns wurde immer größer und schluckte nach und nach die ganze Luft auf der Veranda.

Wieder spürte ich die Bürste, ich hörte die Borsten knistern.

»Ich hab' schon gedacht, daß du weggelaufen bist, daß du wieder nach Hause gegangen bist.« Er bürstete ungerührt weiter, immer von oben nach unten, von oben nach unten.

»Nein, nach Hause geh' ich nicht mehr zurück.« Nach Hause zurückzukehren war keine Lösung. In Jexville hatte ich wenigstens JoHanna. Und Duncan und Floyd und Will. In Meridian konnte mir nicht mal meine eigene Mutter helfen, wenn ich in Schwierigkeiten war. »Nein«, sagte ich noch einmal, ohne es zu wollen, »nach Hause geh' ich nicht mehr zurück.«

»Und was sagt der Doktor, wann du wieder meine Frau sein kannst?« fragte er in leicht spöttischem Ton.

»In zwei Wochen.«

»Das ist eine lange Zeit für einen Mann wie mich. Ich hab' gedacht, ich hätte ein gutes, gesundes Mädchen geheiratet. Dein Stiefvater hat mir die reinste Perle verkauft.«

»Das mußt du mit Jojo ausmachen.« Ich stand abrupt auf.

Seine Hand war schnell im Dunkeln. Er packte mich am Handgelenk und zog mich mit festem Griff wieder an sich.

»Elikah, wenn die Blutungen wieder anfangen …« Ich wehrte mich nicht. Wozu auch.

Er zog mich zu sich auf den Schoß und legte mir die Hände auf die Schultern. »Beruhige dich, Mattie.« Er sprach ganz leise. »Ich will dir doch bloß sagen, daß du mir gefehlt hast.«

Ich saß vollkommen reglos auf seinem Schoß.

»Hast du denn gar keine Sehnsucht nach mir gehabt, nicht mal ein ganz kleines bißchen?«

Das war eine neue Foltermethode. Er hatte mich noch nie gezwungen, bestimmte Dinge zu sagen. Elikah hielt nicht viel von Worten, er war ein Mann der Tat.

»Ich war viel zu krank, um nach irgendwem Sehnsucht zu haben.«

»Und sobald es dir wieder besserging, bist du zu mir nach Hause gekommen.«

Ich widersprach nicht. Es hatte keinen Sinn, ihn zu reizen.

»Du bist erwachsener geworden, seit du hier bist, Mattie.« Sein Daumen streichelte meine Wange, ganz, ganz sacht. Ich hatte einmal zugesehen, wie Elikah jemanden rasiert hatte. Er konnte sehr zart sein mit seinen Händen, wenn er dazu aufgelegt war.

»Du wirst allmählich eine richtig schöne Frau, Mattie.« Sein Daumen fuhr an meiner Unterlippe entlang. »So zart.« Er schob mir mit dem Daumen die Lippen auseinander und berührte ganz sacht meine Zähne. »Krieg' ich denn nicht mal einen Kuß? Wenigstens einen Begrüßungskuß?«

Ich mußte an JoHanna und Will denken und daran, wie er sie geküßt hatte, als er von seiner Reise zurückgekommen war. Mir stiegen die Tränen in die Augen. Ich beugte mich vor und küßte Elikah flüchtig auf den Mund. Zu meiner Überraschung roch sein Atem nicht nach Alkohol.

»So ist es brav, Mattie.« Er rückte ein wenig zur Seite und gab mir auf diese Weise zu verstehen, daß ich aufstehen durfte. »Ich möchte wetten, daß du jetzt Lust auf ein schönes heißes Bad hast. Oder nicht?« Er stand neben mir.

Ich wußte nicht, was ich ihm antworten sollte.

»Mattie, willst du ein Bad nehmen? Ich lass' dir Wasser ein.«

Er mußte verrückt geworden sein. Das war garantiert irgendein übler Trick, aber ich kam nicht dahinter, was für einer. »Ja, gern.« Ich ging zur Tür.

»Na, wenigstens hast du endlich gesagt, was du willst.« Er hielt mir die Tür auf und blieb auf dem Weg in die Küche immer hinter mir. Alles sah verblüffend ordentlich aus. Selbst das Geschirr war abgewaschen und eingeräumt. Ich drehte mich um und sah ihn erstaunt an.

»Ich freu' mich, daß du wieder da bist, Mattie.« Er griff nach dem großen Wasserkessel. »So, und jetzt richte ich dir erst mal dein Bad.«

»Wer hat denn die Küche saubergemacht?« Ich konnte nicht glauben, daß er das getan hatte. Vielleicht hatte er ja während meiner Abwesenheit gar nicht zu Hause gegessen.

Er blieb in der Tür stehen, den Kessel in der Hand. »Ach so, das war meine Cousine, habe ich dir das nicht gesagt?«

Elikah hatte keine Verwandten. Jedenfalls hatte er mir nie erzählt, daß er welche hatte. »Was denn für eine Cousine?«

»Lola. Sie ist hergekommen und hat sich ein bißchen um mich gekümmert. Und wenn du sagst, daß du mir im Moment keine vollwertige Ehefrau sein kannst, bleibt sie vielleicht noch ein paar Tage hier und nimmt dir ein paar Pflichten ab.« Er baute sich vor mir auf und schwenkte den leeren Kessel lässig hin und her. »Wenn dir diese Lösung nicht gefällt, räumt Lola das Bett natürlich wieder für dich.«

Er schien meine Gedanken erraten zu haben, denn er lachte und strich sacht mit dem Finger an meinem Schlüsselbein entlang hinab zur Brust. »Ich dachte immer, die Nacht in New Orleans hat dir Spaß gemacht. Nach dem ersten Schreck hat es dir doch prima gefallen, oder etwa nicht?« Er nahm meine linke Brust in die Hand und drückte sie ein bißchen. »Das war vielleicht ein Bild, ihr beide zusammen.«

»Elikah…« Ich hatte Mühe, seinen Namen auszusprechen. Wenn er sich etwas in den Kopf gesetzt hatte, war ich machtlos, das hatte ich in New Orleans begriffen. Betteln hätte ihn nur noch mehr erregt. »Ich kann … nichts tun. Der Doktor…«

Seine Finger drückten ganz fest zu, aber nur einmal, dann ließ er mich los, ging zum Eimer, goß Wasser in den Kessel und heizte den Herd. Als er sich wieder zu mir umdrehte, war das Lachen aus seinem Gesicht verschwunden. Im Lampenlicht sahen seine Augen hohl und unergründlich aus. Doch seine Stimme war klar, und ich erkannte, daß er es genoß, mich warten zu lassen und mich zu quälen.

»Vielleicht nicht heute nacht. Oder morgen nacht. Aber nicht mehr lange, dann kannst du alles tun, was ich dir sage. Und jetzt mach dich fertig, daß du baden kannst.«

Kapitel 25

Es verwirrte mich zwar einigermaßen, daß Lola sich in Elikahs Bett wie zu Hause fühlte, doch im Grunde fand ich es gar nicht mal so schlimm. Viel mehr ärgerte mich, daß er ihr erlaubt hatte, auch in meiner Küche ein- und auszugehen, als sei sie ein willkommener Gast. Elikah ließ weder ihr noch mir gegenüber einen Zweifel daran, daß dieses Arrangement nur für die Dauer meiner Genesung galt. Sobald ich wieder in der Lage sein würde, ihm eine »vollwertige Ehefrau« zu sein, hatte Lola ihre Schuldigkeit getan. Dann war ich wieder an der Reihe.

Sie zuckte angesichts dessen nur gelangweilt mit den Schultern und starrte mich mit ihren ausdruckslosen braunen Augen an, um gleich darauf den Blick an den Küchenschränken entlangwandern zu lassen und begehrlich die Dosen und Krüge zu betrachten.

Sie schlang wie ein hungriges Tier und hatte auch die entsprechenden Tischsitten. Morgens, wenn Elikah zur Arbeit ging, verließ auch sie das Haus.

Ich hatte keine Ahnung, wo Elikah sie aufgegabelt hatte und was sie machte, wenn sie nicht mit ihm zusammen war. Auf jeden Fall war sie nicht aus Jexville, und sie schien sich auch keine Sorgen darum zu machen, wo sie hingehen sollte, wenn sie nicht mehr bei uns wohnen konnte. Sie war aus zwei Gründen hier: erstens, um Elikah zu befriedigen, und zweitens, um zu essen, bis beim besten Willen nichts mehr reinging und sie beinah platzte. Wenn ich ihren hungrigen Blick sah, konnte ich ihr das viele Essen, das sie verschlang, nicht mal mißgönnen, mich ärgerte nur, daß ich pausenlos kochen und Geschirr spülen mußte. Die Spielregeln waren eindeutig festgelegt. Wenn ich schon nicht meine ehelichen Pflichten erfüllen konnte, sollte ich wenigstens den Haushalt versorgen.

Es vergingen zwei Tage, die ich damit zubrachte, Essen zu kochen und mich soviel wie möglich in der Stadt aufzuhalten. Ich ging ins Textilgeschäft und begutachtete jede staubige Knopfbüchse, jeden Stoffballen, jede Schachtel mit Spitzenunterwäsche. Olivia zeigte mir hauchzarte Strümpfe und zog sie sich langsam über ihren runden, weißen Arm, damit ich sah, wie dünn und makellos sie waren. Wenn sie sich mit einem Blick nach nebenan, in den anderen Teil des Ladens, vergewissert hatte, daß die alte Mrs. Tisdale beschäftigt war, führte sie mir vor, wie man die Strümpfe hochrollte, nur gerade bis übers Knie, weil es so am elegantesten aussähe. Ich spürte die Neugierde, mit der sie mich musterte, doch sie meinte es nicht böse, sondern wollte mir auf diese Weise sagen, daß wir Freundinnen werden könnten.

Ein, zwei Stunden verbrachte ich in der Bäckerei und schaute zu, wie Mara mit ihren kräftigen Fingern den Teig bearbeitete. Sie brachte mir bei, wie man ihn knetete, wie man ihn sich gefügig machte, die geschmeidigen Rollen zu Zöpfen flocht und das süße Brot backte, das es bei ihr für einen Penny das Stück zu kaufen gab. Sie freute sich, daß ich ihr, wenn auch ohne große Übung, zur Hand ging, und fragte nicht, warum ich nicht zu Hause war und auf meinen Mann wartete. Überhaupt schien sich, egal, wo ich hinkam, niemand darüber zu wundern, daß ich offenbar nicht das liebende Weib war, das ich hätte sein sollen.

Einen Teil des Tages verbrachte ich bei Floyd in der Schuhmacherei. Er war schon ziemlich weit mit den schönen Stiefeln für Sheriff Grissham. Noch schöner aber waren die Stiefel für Tommy Ladnier, den Schmuggler. Mr. Ladnier hatte sich ein paar hohe schwarze Stiefel bestellt, die mir gerade wegen ihrer Schlichtheit besonders gut gefielen. Ich hatte ihn ein paarmal kurz zu Gesicht bekommen und wußte, mit diesen kniehohen Stiefeln und den weißen Seidenhemden, die er trug, würde er aussehen wie ein Seeräuber. Für mich war er ein Mann, der ohne Bedenken jeden kaltgemacht hätte, der sich ihm in den Weg stellte. Floyd aber erzählte mir, daß er, was die Stiefel anging, sehr umgänglich gewesen sei. Seine Stimme, sagte Floyd, sei angenehm wie der Fluß, wenn er ans Ufer plätscherte, und er sei auch nie ausfallend oder unwirsch geworden, nicht mal, als Floyd immer wieder Maß nehmen mußte, weil die Stiefel doch an den Waden ganz eng anliegen und bis zum Knie reichen sollten.

Mr. Moses hatte nichts dagegen, daß ich hinten in der Werkstatt auf einem Schemel saß und Floyd Gesellschaft leistete. Einmal bat er mich sogar, mich um die Kasse zu kümmern, falls Kundschaft käme. Im ersten Moment sah ich darin einen Vertrauensbeweis und freute mich, weil ich offenbar im Laden willkommen war, doch dann fiel mir ein, daß Axim Moses natürlich über die andere Frau in meinem Haus Bescheid wußte und einfach nur Mitleid mit mir hatte. Elikah war der Typ Mann, der sich mit so etwas brüstete, da war ich mir sicher.

Manchmal trat ich ans Fenster der Schuhmacherei und schaute hinüber zum Frisiersalon. Elikah hatte zahlreiche Stammkunden, und wenn die Männer herauskamen, grinsten sie und rieben sich die frisch rasierten Wangen. Von Zeit zu Zeit sah ich Elikah am Fenster vorbeigehen und schwungvoll den Frisierumhang ausschütteln, bevor er ihn dem nächsten Kunden umlegte, und von drinnen hallte das Lachen über die Straße. Ein Lachen, von dem mir glühend heiß wurde, und so trat ich jedesmal schnell wieder zurück, um Floyd zuzusehen, der am Fenster saß und arbeitete.

Floyd sprach mich auch auf Red Lassiters Begräbnis an. Wir beschlossen, zusammen hinzugehen, damit wir mit vereinten Kräften alle etwaigen Fragen in bezug auf Duncan abwehren konnten. Wir wollten stellvertretend für die McVays dort erscheinen.

Das Begräbnis sollte am nächsten Vormittag um zehn stattfinden, und als ich an jenem Morgen auf dem Sofa erwachte, das mir als Bettstatt diente, stellte ich fest, daß über Nacht der Herbst nach Jexville gekommen war. Die Bäume hatten es schon seit Tagen angekündigt, hatten mit ihren immer noch grünen Blättern geraschelt, doch die Hitze hatte nicht nachgelassen, und die Sonne war genauso sengend gewesen wie zuvor. Doch als ich jetzt meine Kleider zusammensuchte und hineinschlüpfte, merkte ich, daß es merklich kühler geworden war. Es war Zeit, für Elikah Kaffee zu kochen und ihm Frühstück zu machen. Zeit, das Tier zu füttern. Nach dem Rumpeln und Stöhnen der letzten Nacht zu urteilen, mußte Lola am Verhungern sein.

Ich setzte Kaffeewasser auf, briet Schinken, machte die Maisgrütze und schlug für Elikah und Lola Eier auf. Inzwischen war es mir schon beinah angenehm, daß sie da war. Sie hatte noch kein Wort mit mir gesprochen, und ich hatte auch gar keine Lust, mich mit ihr zu unterhalten, aber irgendwie störte es mich auch nicht mehr so sehr, ihr zu essen zu geben. Elikah kam in die Küche und kümmerte sich weder um sie noch um mich. Wir waren ja nur Weiber und hatten ihn zu bedienen. Ich kochte, sie übernahm die anderen Pflichten. Eigentlich gar keine schlechte Lösung.

»Verrat mir dein Geheimnis, Mattie.«

Um ein Haar hätte ich die Schüssel mit den Eiern fallen lassen. Ich konnte ihm ja schwerlich sagen, wie angenehm mir die Strafe war, die er sich für mich ausgedacht hatte. Ich ließ drei Eier in das heiße Fett gleiten und sagte dann: »Heute wird Red begraben.«

»Und deswegen lächelst du?« Er klopfte ungeduldig mit der Gabel auf den Tisch.

Ich wendete die Eier. »Drei Tage haben sie gewartet, ob sich noch irgendwelche Verwandten melden, aber anscheinend gibt es keine. Ich bin froh, daß er endlich unter die Erde kommt. Red hat wirklich ein würdevolles Begräbnis verdient. Gehst du hin?«

»Nein. Ich schließe zwar den Laden, aber ich muß mich um die Abrechnung kümmern. Das kann ich in der Zeit machen.«

Ich nickte und legte die Eier und vier Scheiben Schinken auf einen Teller, gab ein paar Löffel Grütze dazu und setzte ihm das Ganze vor. Dann nahm ich den goldbraunen Toast aus dem Herd.

»Lola!« brüllte Elikah, obwohl sie keinen Meter weit weg saß.

»Was ist?«

»Sag Mattie, was du haben willst.«

Lola zuckte mit den Schultern und starrte gierig auf seinen Teller. Sie hatte hellbraunes, fast blondes Haar und einen Pony, der ihr schnurgerade in die Augen hing. Sie zuckte abermals mit den Schultern. »Ist egal, mir schmeckt alles, was sie kocht.«

Ich machte für sie das gleiche wie für Elikah, dann goß ich mir eine Tasse Kaffee ein.

»Du mußt auch was essen, Mattie. Wenn du nichts ißt, kommst du nie wieder auf die Beine.«

»Ich komm' schon wieder auf die Beine, Elikah.« Ich ging zur Tür. »Ich muß mich jetzt für das Begräbnis fertigmachen. Und vorher hab' ich noch ein paar Sachen zu erledigen.«

Floyd saß neben mir auf der gepolsterten Kirchenbank, sein blaues Flanellhemd hatte genau die gleiche Farbe wie seine Augen. Die Wände der Kirche waren weiß, die Balken oben an der hohen Decke aber düster und aus rohem Holz. Das gab dem geweihten Raum etwas Trübsinniges. In der Mitte, zwischen den dunklen Bankreihen, war ein Gang, an dessen Ende der Altar stand, vor dem auf Sägeböcken der Sarg aufgebahrt war. Ein kunstvolles Gesteck aus Sonnenbräuten und wilden Astern bedeckte das frische Kiefernholz. Sie waren das einzige Bunte in diesem Saal, das einzige, was schön anzusehen war.

Wir waren beizeiten dagewesen und hatten uns in die hinterste Reihe gesetzt. Die anderen Leute hatten sich zwar nach uns umgeschaut, aber nicht so, daß es peinlich gewesen wäre. Wir waren einfach da und erwiesen dem Mann, dem Duncan den Tod prophezeit hatte, die letzte Ehre. Stellvertretend für JoHanna und Duncan.

Janelle Baxley ließ sich auf dem Platz neben mir nieder. »Hab' ich mir doch gleich gedacht, daß JoHanna sich nicht hertraut«, sagte sie. Sie sah starr geradeaus. »Ich hab' dich gewarnt, Mattie. Die ganze Stadt zerreißt sich das Maul über die McVays. Und über dich wird auch geredet«, zischte Janelle mir zu, ohne den Mund richtig aufzumachen oder mich oder Floyd auch nur einmal anzusehen. Sie guckte die ganze Zeit nach vorn, wo Red Lassiters

Leichnam in seiner gefirnißten Kiefernholzkiste lag. Janelle tat so, als ob die anderen nicht merken sollten, daß sie sich mit solchen wie uns abgab. Reverend Bates hingegen schaute immer wieder aus dem kleinen Raum neben dem Altar zu uns herüber und warf uns böse Blicke zu.

Ich hatte gehört, daß ein Prediger aus Waynesboro die Grabrede halten sollte. Wenn Bates, der sich damals, als Mary Lincoln ertrunken war, ans Ufer des Flusses geflüchtet hatte, den Gottesdienst geleitet hätte, wäre ich vielleicht nicht hingegangen. Für mich war er kein Gottesmann. Janelles Stimme summte mir im Ohr wie eine große grüne Schmeißfliege.

»Dir würden die Haare zu Berge stehen, wenn du wüßtest, wozu JoHanna McVay imstande ist.« Sie zerknüllte ein Taschentuch in den feuchten Händen. »Diese Frau gehört aus der Stadt gejagt. Mitsamt ihrer kleinen Todesprophetin. Red wär' heute noch am Leben ...«

»Ich war dabei, Janelle, ich hab' gesehen, wie es passiert ist. Duncan hatte nicht das mindeste damit zu tun, das würde Red dir sicher gern bestätigen, ich glaube nur, er macht sich nichts aus Klatsch und Tratsch.«

»Mattie!« Sie starrte mich mit ihren blauen Augen an, und ihre Krähenfüße waren vor Empörung ganz weiß geworden. »Er ist doch tot!«

»Na, Gott sei Dank, schließlich sind wir gerade dabei, ihn zu beerdigen.« Ich wartete einen Herzschlag lang, bevor ich weitersprach. Sie war offensichtlich ganz wild auf Einzelheiten, auf Klatsch, auf irgend etwas, worauf sie rumkauen, worüber sie sich das Maul zerreißen konnte. »Ich war dabei, als man die Leiche fand.« Ich konnte nicht an mich halten. »Der Spanier, dieser Diego, hat ihn gefunden, nicht weit von der Stelle, wo er unter das Floß gekommen war. JoHanna sagt, es ist ungewöhnlich, daß der Fluß jemanden runterzieht und ihn nicht wegträgt. Man könnte fast denken, der Pascagoula hat ihn an sich gedrückt wie eine Mutter ihren verlorenen Sohn.«

Janelle wollte aufspringen, doch in dem Moment setzten sich

Agnes und Chas Leatherwood neben uns. Die rausgeputzte Annabelle nahmen sie in die Mitte. Außer ihr waren noch etwa ein Dutzend andere Kinder da. Agnes beugte sich vor und guckte mich an, neugierig, ob JoHannas rabenschwarze Seele schon auf mich abgefärbt hatte. Floyd schien sie gar nicht wahrzunehmen. Er saß auf der anderen Seite neben mir und fühlte sich durch diese Mißachtung kein bißchen gekränkt. Er erwartete gar nicht, daß diese Frauen ihn beachteten. Und auf einmal wurde mir klar, daß sie ihn sicher freundlicher behandelt hätten, wenn er ein häßlicher Schwachkopf gewesen wäre. Doch weil er gut aussah, weil er einen makellosen Körper hatte, darum waren sie besonders gemein zu ihm. Weil er nicht zu übersehen war, weil ihnen seine Schönheit in den Augen brannte, darum wurde er von diesen Frauen so geflissentlich übersehen.

»Stimmt es, daß Duncan Red prophezeit hat, daß er ertrinkt?« fragte mich Agnes, wobei sie sich an Janelle vorbei zu mir herüberbeugte. Sie gab sich Mühe, leise zu sprechen, doch ihr Flüstern war weithin zu hören, und prompt drehten sich die Leute nach uns um und warfen uns teils ungläubige, teils tadelnde und teils auch neugierige Blicke zu.

Ich hatte mir meine Antwort auf diese Frage seit Tagen zurechtgelegt, doch nun fand ich sie nicht mehr gut genug. Es ging schließlich darum, welche Antwort für Duncan am besten war. Plötzlich spürte ich, wie Floyd nach meiner Hand faßte. Er redete nicht mit diesen Frauen. Offenbar hielt er es für ratsam, sie nicht mal anzusehen. Aber er hörte jedes Wort.

Ich drehte mich zu Agnes und Janelle um. Sie waren wirklich noch dümmer als Pecos. »Duncan hatte einen Traum, und sie hat zu Mr. Lassiter gesagt, daß die Flöße gefährlich sind. Das war alles.«

»Wir haben aber gehört, daß er ein paar Stunden, nachdem sie ihm das gesagt hat, ertrunken ist.« Nun hatte bei Janelle die Tratschsucht über die Empörung gesiegt. Sie sah mich an.

»Red ist zum Kaffeetrinken vorbeigekommen, und Duncan hat mit ihm geplaudert. Dann ist er runter zum Fluß und hat an einem der Flöße gearbeitet. Dabei ist er ertrunken. Aber schließlich weiß jeder, der seine Sinne beisammen hat, wie gefährlich diese Flöße sind. Red hat einfach Pech gehabt ...«

»Gefährlich ist dieses Kind. Erst Mary, jetzt Red. Wer weiß, wer als nächster drankommt?« Agnes Leatherwood nahm die dicke Annabelle in den Arm und drückte sie an sich. »Wenn sie was über mein Schätzchen erzählt, dann ... dann werd' ich ...«

»Was werden Sie dann, Agnes?« Ich sah sie durchdringend an. Sie sollte es nur wagen, ihre Drohung zu vollenden. »Duncan hat Mary Lincoln nicht untergetaucht. Und sie hat Red nicht unter das Floß gestoßen. Sie ist ein kleines Mädchen, sie kann ja nicht mal laufen. Wieso habt ihr eigentlich alle solche Angst vor ihr?«

Das hatte gesessen. Agnes setzte sich auf. »Was erlauben Sie sich eigentlich?« fragte sie. »Ihr Mann hat Sie gekauft, das weiß doch die ganze Stadt, und Sie führen sich hier auf wie die Königin von England.«

Da hatte ich also den Zorn von Duncan abgelenkt und auf mich gezogen, und das war nun auch nicht gerade das, was ich mir vorgenommen hatte.

Janelle sah sich in der Kirche um und stellte fest, daß der halbe Saal zu uns herüberstarrte und unsere im Flüsterton geführte Auseinandersetzung von allen Seiten beobachtet wurde. Reverend Bates kam drei Schritte auf uns zu, hielt aber inne, als ein hochgewachsener Mann mit weißem Haar und schwarzem Talar sich der Kanzel näherte. Janelle legte Agnes und mir beschwichtigend die Hand auf den Arm. »Das muß Reverend Ellzey sein. Nun beruhige dich doch, Agnes. Siehst du, Mattie, ich hab' dir gleich gesagt, daß du dich nicht mit dieser Frau einlassen sollst. Es bringt dir nichts als Ärger ein. Jetzt zieht alles über dich her, und obendrein hast du auch noch deinem Mann Schande gemacht.«

Das war so schreiend ungerecht, daß ich mich fast vergessen hätte, doch Floyd faßte nach meiner Hand und hielt mich fest, so daß ich meinen Platz nicht verlassen konnte. Trotzdem gelang es mir, mich zu Janelle umzudrehen. »Was redest du denn da von Schande! Du hast ja keine Ahnung! Wenn du wüßtest ...«

»Mattie!« Floyd legte mir den Arm um die Schultern und zog mich mit sanfter Gewalt weg. Ich wollte mich wieder umdrehen, aber er ließ mich nicht los. »Sei still, Mattie«, sagte er leise und mit sanfter Stimme, doch sein Griff war fest und entschlossen und zwang mich, nach vorn zum Altar zu schauen.

»Großer Gott, nun seht euch das an!« Agnes sprang auf. »Er hat sie angefaßt. Er hat es doch tatsächlich gewagt, sie anzufassen und ihr zu sagen, was sie tun und lassen soll, als ob sie seine … Nicht genug damit, daß JoHanna ein Kind großzieht, das seine Künste vom Teufel gelernt hat, jetzt läßt sich das Pack auch noch von diesem Verrückten da anfassen.« Agnes wich entsetzt vor mir zurück, wie vor einer Aussätzigen. »Wir haben Floyd in dieser Stadt geduldet, weil er uns leid getan hat. Aber jetzt müssen wir die Bürger zusammenrufen und beraten, was wir mit ihm machen. Frei rumlaufen lassen kann man ihn jedenfalls nicht mehr.«

Alles verrenkte sich die Hälse nach uns. Die Lage war schon schwierig genug gewesen, und ich dummes Ding hatte alles nur noch schlimmer gemacht. Für mich, für JoHanna und Duncan, vor allem aber für Floyd. Er würde es ausbaden müssen. Er war der Schwächste, an ihn trauten sie sich am ehesten heran.

Vorsichtig nahm ich Floyds Hand weg, stand auf, blieb in der Kirchenbank stehen und sah Agnes in die Augen. »Floyd ist rein und unschuldig.« Am liebsten hätte ich ihr die strähnigen Haare vom Kopf gerissen und sie ihr in den Mund gestopft. »Er ist nicht fähig, etwas Böses zu tun. Sie aber sind bis obenhin voll von Bosheit. Er hat mich berührt, ja, das hat er. Und damit hat er Sie vor einer ganz gewaltigen Tracht Prügel bewahrt. Die schmutzigen Taten, die Sie Floyd unterschieben wollen, kommen allein aus Ihrer schmutzigen Phantasie.«

Rachel Carpenter, die eine Bank vor mir saß, stand auf, und als sie sich umdrehte, hätte sie mit ihren breiten Hüften beinahe ihren Mann von seinem Platz geschubst. Ihr fleischiges Gesicht war weiß vor Zorn. »Wie, du wagst es, in unsere Stadt zu kommen und uns zu drohen? Jeder hier war bereit, dir zu helfen, darüber hinwegzusehen, daß du bettelarm bist, ein Nichts! Aber drohen lassen wir uns nicht, weder von dir noch von diesem Teufelsgeschöpf oder dem armen Irren da.«

Floyd stand langsam auf und ballte die Fäuste. Er stellte sich schützend vor mich und blickte finster in die Runde.

Rachel Carpenter wich erschrocken zurück. »Jetzt verstehe ich, wieso dein Mann sich eine Hure ins Haus geholt hat; du hast ihn dazu getrieben.« Sie stieß ihren Mann in die Seite. »Komm, wir suchen uns einen anderen Platz.« Sie sah Agnes an. Auch Chas war aufgestanden und hatte seiner Frau die Hand auf die rundliche Schulter gelegt. Er warf mir einen halb mitleidigen, halb verächtlichen Blick zu und zerrte Agnes hoch. Um ein Haar hätten die beiden Annabelle Lee mit ihrer Leibesfülle zerquetscht.

Auch Janelle suchte das Weite. Keuchend und mit bebendem Busen stand sie auf, sah Floyd und mich ängstlich an und lief hinüber auf die andere Seite des Kirchenschiffs. Als ich wieder nach vorn schaute, sah ich, wie der fremde Prediger, der gekommen war, um den Trauergottesdienst für Red Lassiter zu halten, unschlüssig auf der Kanzel stand und besorgt die Lippen zusammenpreßte. Doch im nächsten Moment veränderte sich sein Gesichtsausdruck; ich folgte seinem Blick zur Eingangstür, wo JoHanna stand – mit Duncan im Arm.

»JoHanna!« rief Floyd mit unüberhörbarer Erleichterung in der Stimme. Er sprang auf und lief zu ihr, um ihr Duncan abzunehmen.

Von der Last ihres Kindes befreit, stürmte JoHanna vorwärts. Ihre blauen Augen sprühten vor Zorn. Agnes Leatherwood versteckte sich hinter dem breiten Rücken ihres Mannes. Rachel Carpenter starrte zu Boden. Und Janelle stieß einen spitzen Schrei aus, als ob sie eine Wespe gestochen hätte.

»Wir sind hier versammelt, um Red Lassiter die letzte Ehre zu erweisen«, sagte der Prediger beherrscht. »Bitte nehmen Sie Ihre Plätze ein, damit wir anfangen können.«

In dem Moment lief Reverend Bates vor zur Kanzel, streckte seinen langen Arm aus und zeigte auf JoHanna. »Diese Frau dort hat in einem Gotteshaus nichts zu suchen.« Und dann deutete er auf Floyd und mich. »Hinaus mit euch.«

Der fremde Prediger machte keine Anstalten, beiseite zu treten. »Halt, Reverend Bates. Gottes Haus steht allen offen.«

Reverend Bates schaute in die Runde und suchte Rückhalt bei seinen Schäfchen. »Das lassen wir uns nicht bieten …«

»Sie widern mich an.« JoHannas Worte hallten schaurig durch die Kirche. »Sie fallen über ein Kind von sechzehn Jahren her und über einen jungen Mann, der nicht fähig oder nicht willens ist, sich zu verteidigen, und all das obendrein an einem Ort, von dem Sie behaupten, er sei der Frömmigkeit und dem Glauben geweiht.« Sie zeigte mit ausgestrecktem Arm durch den Saal. »Wenn es einen allmächtigen Gott gäbe, dann würde er euch alle miteianander ins Verderben stürzen und euch alles nehmen, was euch teuer ist. Er würde alles vernichten, was ihr besitzt.« Sie nickte mir zu, und ich beeilte mich, daß ich zur Tür kam. »Ich werde Red auf dem Friedhof die letzte Ehre erweisen.« Sie drehte sich um und führte unsere kleine Prozession aus der düsteren Kirche ins Freie, hinaus in den frischen, klaren Herbstmorgen. Pecos wartete schon auf uns, er hockte auf der Rückenlehne des Schaukelstuhls, der wieder auf dem Leiterwagen festgebunden war.

Das Murmeln der Gemeinde war bis auf die Straße zu hören. Es klang wie ein Hornissenschwarm oder ein Nest voller Schlangen. Die beiden Prediger brüllten sich an, und dieses Spektakel war es wohl, was die anderen davon abhielt, aus dem Saal zu laufen und sich auf uns zu stürzen.

»Es tut mir leid, JoHanna.« Ich hatte angefangen zu weinen. »Es tut mir ja so leid.«

»Was tut dir leid?« Sie kochte vor Wut. Sie packte mich bei den Schultern und schüttelte mich so lange, bis ich ihr in die Augen sah. »Was? Daß du nicht genauso feige und gemein bist wie die da? Ich hab' alles mit angehört, ich hab' gehört, wie du Duncan und Floyd in Schutz genommen hast. Die da drin sind lauter engstirnige, scheinheilige Dummköpfe. Sie sehen in allem etwas Schlechtes, weil sie selbst schlecht sind.«

Floyd hatte Duncan ganz vorsichtig auf den Leiterwagen gesetzt. Er nahm die Deichsel und machte sich auf den Weg in Richtung Peterson Lane. Er spürte, daß es Zeit war zu gehen.

»Wir werden nicht davonlaufen«, rief JoHanna, als sie merkte, was er vorhatte. Sie lief hinter ihm her und legte ihm die Hand auf die Schulter. »Sie denken, ich hab' Angst vor ihnen, aber da haben sie sich getäuscht.«

»Wir bringen Duncan nach Hause.« Floyd ließ sich nicht beirren. Er ging mit großen Schritten weiter, und blickte dabei stur zu Boden.

»Wir laufen nicht davon.« Sie faßte ihn am Arm und trat haltsuchend einen Schritt zurück.

Floyd zog sie einfach hinter sich her wie ein bockiges Hündchen.

»Floyd! Bleib sofort stehen! Wir dürfen jetzt nicht einfach davonlaufen!«

Da blieb er wirklich stehen und sah sie an. Seine blauen Augen wirkten verstört. »Sie mögen mich nicht, mich und Mattie. Und dich und Duncan mögen sie auch nicht. Sie wollen uns weh tun. Warum, JoHanna?«

Das brachte sie zur Vernunft. Sie strich ihm sanft über den Arm. »Weil sie dumm sind, Floyd. Die Dummheit ist schuld, sie macht sie zu dem, was sie sind.« Sie seufzte. »Du hast recht. Gehen wir heim. Das hier ist nicht der rechte Augenblick für eine Auseinandersetzung.«

Ich war ein Stück zurückgeblieben und wünschte mir nichts sehnlicher, als daß sie endlich nach Hause gingen. Ich konnte mich nicht wie sie in den Schutz der Peterson Lane flüchten. Das, was ich getan hatte, würde sich in Windeseile bis in den Frisiersalon herumgesprochen haben. Elikah hätte genug Zeit, sich die Sache durch den Kopf gehen zu lassen, und wenn er dann zum Mittagessen heimkam, würde er platzen vor Wut. Am besten, ich ging einfach zu ihm ins Geschäft und brachte es hinter mich.

Die drei waren gerade mal ein paar Schritte gegangen, da krähte Pecos plötzlich laut, flatterte vom Wagen herunter und rannte zu mir zurück.

Duncan fuhr herum und sah, wie ich dort stand und der Vogel im Kreis um mich herumrannte und mir in die Fersen pickte, als wollte er mich vorwärtsscheuchen.

»Mattie kommt nicht mit.« Duncan war immer noch kreidebleich im Gesicht.

Floyd blieb stehen; JoHanna kehrte um und kam langsam auf mich zu.

»Ich muß hierbleiben. Ich muß mich Elikah stellen, je eher, desto besser.«

JoHanna blieb stehen. Sie sah besorgt aus, und dadurch vertieften sich die vielen kleinen Fältchen in ihrem Gesicht zu tiefen Furchen. Die ständige Sonne hatte ihre Spuren hinterlassen, und das würde man ihr nun von Jahr zu Jahr deutlicher ansehen. »Du mußt nicht hierbleiben.«

Ich nickte. »Doch.«

»Stimmt das, was Rachel gesagt hat? Das mit Elikah?«

»Daß er sich eine Hure ins Haus geholt hat? Ja, das stimmt.« Ich merkte, wie sich mein Mund zu einem bitteren Lächeln verzog. »So lange, bis ich ihm wieder eine vollwertige Ehefrau sein kann.«

JoHanna biß sich auf die Lippen. »Wieso willst du zu ihm zurückgehen?«

Darauf hatte ich selbst keine Antwort. Ich wußte nur, daß ich es tun mußte. Und gleichzeitig hatte ich Angst. JoHanna und Duncan hatten im Moment nur Floyd als Beschützer. Wenn ich in der Stadt blieb, würde sich der Groll vielleicht gegen mich richten. Zumindest bis Will zurück war, und ich war fest entschlossen, dafür zu sorgen, daß er so schnell wie möglich wiederkam.

»Dann soll Floyd dich begleiten.« JoHanna machte sich offensichtlich Sorgen um mich.

»Nein!« Das wäre genau das Falsche.

Sie hatte verstanden. Verzweifelt nagte sie an ihrer Unterlippe. »Bitte, Mattie. Komm doch mit uns mit.«

»Ich muß es hinter mich bringen, bevor Elikah darüber nachdenken kann.«

Duncan reckte das Kinn empor und sah mir in die Augen. Wie auf ein stummes Signal ließ Pecos davon ab, mich vorwärtsscheuchen zu wollen, und rannte krähend zum Leiterwagen. Ein ungelenker Sprung und ein paar Flügelschläge und schon saß er neben Duncan. »Mach dir keine Sorgen wegen der Leute in der Stadt, Mattie.« Ein Lächeln huschte über ihr Gesicht. »Nicht mehr lange, dann werden sie jede Menge zu tun haben. Dann kommen sie gar nicht mehr dazu, dir zu schaden.« Sie wandte sich Pecos zu und streichelte sein Gefieder.

Kapitel 26

Ein kalter Lappen auf meinem Gesicht und leises, besorgtes Gemurmel brachten mich wieder zu mir. Ich ließ die Augen geschlossen und überlegte, wo ich mich befand und was mit mir geschehen war. Die Stimme der Frau erkannte ich nicht, ich merkte nur, wie sie mich am Hals berührte, ganz leicht, um mir den Puls zu fühlen.

»Hast sie ja fast umgebracht«, sagte die Stimme, aber nicht etwa vorwurfsvoll, sondern ganz nüchtern und sachlich.

»Die eigene Frau und macht mir nichts als Schande! Läßt sich von diesem Verrückten anfassen. Und wie sie mit Mrs. Leatherwood und den anderen Ladys geredet hat.« Elikah hörte sich nicht ganz so forsch an wie sonst, aber immer noch recht selbstbewußt.

»Wenn du sie noch mal verprügelst, ich glaub', dann ist sie hin. Und du kommst ins Kittchen.«

Da wußte ich, daß es Lola war, die sprach. Und Lola war es auch, die mir den kalten Lappen aufs Gesicht gelegt hatte. Ich wollte die Augen öffnen, doch es ging nicht. Also hob ich die Hand und hörte Lola aufatmen; sie war erleichtert, daß ich noch lebte.

Vorsichtig tastete ich mein Gesicht ab und stellte fest, daß die Augen vollkommen zugeschwollen waren. Jetzt fiel mir wieder ein, daß Elikah mich mit der flachen Hand geschlagen hatte, so fest, daß die Lippe aufgeplatzt war. Anscheinend hatte er aber auch die Fäuste sprechen lassen. Ich holte tief Luft und wimmerte vor Schmerzen.

»Die Rippen sind gebrochen«, sagte Lola fachmännisch. »Weil

du sie getreten hast.« Sie sprach mit Elikah. »Hol mal lieber den Doktor.«

»Nein!«

In seiner Stimme schwang Angst mit, aber nicht um mich. Angst vor Strafe für das, was er getan hatte. JoHannas Einschätzung war richtig gewesen. Niemand sollte wissen, wie er mich behandelte.

»Wenn du keinen Doktor holst, hau' ich ab. Nicht daß es heißt, ich bin mitschuldig, wenn sie stirbt.«

Lola war viel gerissener, als ich geglaubt hatte. Ich wollte sie anlächeln, sie ermutigen, doch ich konnte nur stöhnen. Meine Zunge war so geschwollen, daß ich kein Wort herausbrachte.

Ich fühlte, wie mir kaltes Wasser über die Lippen lief, und machte den Mund so weit auf, daß Lola mir ein paar Tropfen einflößen konnte. Beim Schlucken ächzte ich vor Schmerzen.

»Geh den Doktor holen. Ich sag', sie ist auf der Straße gestolpert und unters Pferd gekommen.« Lola hatte offenbar Erfahrung im Erklären von Wunden und Verletzungen.

»Und was für ein Pferd?« Elikah ließ sich den Vorschlag durch den Kopf gehen.

»Na, irgendein Pferd halt, ist doch egal, was für eins.« Sie tauchte den Lappen ins Wasser und legte ihn mir wieder aufs Gesicht, aber nicht mehr so behutsam wie vorhin. »Dein Pferd draußen auf dem Hof. Du kannst ja schlecht sagen, es war ein fremdes.«

»Du hast recht.« Elikah überlegte, was ihm passieren konnte. Ihm war nicht wohl in seiner Haut, und das verschaffte mir ein klein wenig Genugtuung. »Jetzt geh schon und hol den Doktor. Ich bleib' hier. Sag ihm das mit dem Pferd, und sag ihm auch, ich hab' sie reingeschleppt und ihr geholfen.«

Lola richtete sich auf. »Irgendwie lustig«, sagte sie mit Bitterkeit in der Stimme. »Ich hätte nicht gedacht, daß du so ein Schlappschwanz bist.«

»Halt's Maul, du, sonst ...«

»Was sonst? Wag es ja nicht, mich anzufassen, sonst geh' ich auf der Stelle zum Sheriff.«

Hinter Lolas leerem Blick schien sich ein scharfer Verstand zu verbergen. Und Mut, was ich ihr nie und nimmer zugetraut hätte. Ich wollte nicht, daß sie wegging. Womöglich würde Elikah versuchen, mich umzubringen, solange sie fort war, und ich konnte kaum die Hand heben.

»Hau ab!« preßte Elikah zähneknirschend hervor. »Wenn der Doktor sie untersucht hat, verschwindest du. Daß das klar ist!«

Lola lachte schrill. »Ich krieg' 'ne ganze Menge mit. Und ich bin froh, wenn ich dich gemeinen Dreckskerl nicht mehr sehen muß, aber es wird dich einiges kosten, wenn du mich loswerden willst. Es muß sich schon für mich lohnen, wenn ich geh'. Vergiß nicht, ich bin nicht deine Frau. Mich kannst du nicht so behandeln wie sie, das käm' dich teuer zu stehen.«

»Hau ab!« Er griff sich irgendwas von der Anrichte und warf damit nach Lola. Sie schrie auf. Glas zersplitterte. Er hatte das Parfumfläschchen zerbrochen, das mir JoHanna geschenkt hatte. Kein großer Verlust, verglichen mit dem, was er mir angetan hatte. Ich fragte mich, was außer den Rippen noch alles gebrochen sein mochte, aber ich hatte nicht den Mut, der Frage auf den Grund zu gehen.

Ich hörte Lolas Schritte. Sie ging durch die Küche zur Haustür und dann nach draußen. Woher sie wohl wußte, wo Doc Westfall seine Praxis hatte? Doch dann spürte ich, wie Elikah nach meiner Hand faßte, und ich dachte nicht mehr an Lola.

»Du kommst schon wieder auf die Beine, Mattie.«

Ich versuchte, nicht zu atmen. Ich wünschte mir von ganzem Herzen, ich könnte einfach den Atem anhalten und sterben. An meinem ganzen Körper gab es keine einzige Stelle, die mir nicht weh tat.

»Welcher Teufel hat dich bloß geritten, daß du dich von diesem Irren hast anfassen lassen?« Er wartete nicht auf meine Antwort, aber ich hätte ja sowieso nichts sagen können. »Der ist nicht so harmlos, wie die Leute glauben. Langsam ist er, das schon, aber nicht so blöd, daß er nicht merkt, wenn eine Frau ihm entgegenkommt.«

Ich schüttelte ganz leicht den Kopf, eine Bewegung, die einen rasenden Schmerz unter meiner Schädeldecke verursachte. Links waren zwei Zähne locker. Ich war vollkommen hilflos und spürte, daß mir heiße Tränen aus den Augen quollen. Und wenn ich nun blind war? Was, wenn er mir die Augen kaputtgemacht hatte?

»Nicht weinen«, sagte er und streichelte sacht mein Gesicht. »Wenn du weinst, staut sich das Blut im Kopf, und dann wird's nur noch schlimmer.«

Er sprach so vernünftig, so freundlich, und das machte mich so wütend, daß die Tränen sofort versiegten. Dieser Dreckskerl, im Frisiersalon hatte er mich zusammengeschlagen, vor den Augen von drei anderen Männern, und dann hatte er mich an den Haaren auf die Straße geschleift. Und niemand hatte mir geholfen. Als wir dann zu Hause waren, ging es erst richtig los. Lola mochte sein, wie sie wollte, aber sie war dazwischengegangen.

Er drückte meine Hand fester. Ich versuchte sie wegzuziehen, doch schon bei der kleinsten Bewegung spürte ich einen stechenden Schmerz in der Seite, der sich sogleich im ganzen Körper ausbreitete.

»Daß du ja den Mund hältst, wenn der Doktor kommt, verstanden?«

Ich nickte. Ich konnte sowieso nichts sagen, und ich wollte nicht, daß er mich umbrachte, bevor der Arzt hier war.

»Das hast du dir selbst zuzuschreiben, Mattie, und das weißt du auch. Durchgebrannt bist du mit JoHanna McVay, hast vergessen, wo du hingehörst. Deren Mann hat vielleicht nichts dagegen, wenn sie durch die Gegend zieht und sich zur Schau stellt und tut, was ihr gefällt, aber ich bin nicht Will McVay. Ich lasse mich nicht von dir demütigen.« Er drückte meine Hand so fest, daß ich dachte, er bricht mir die Knochen. »Vergiß das ja nicht noch einmal. Hörst du?«

Ich nickte und atmete auf, als er meine Hand losließ. Ich hörte, wie er aufstand und in die Küche ging, wo er anscheinend Holz in den Herd legte.

»Ich mach' dir Wasser warm. Ein schönes heißes Bad lindert den Schmerz.«

Mir war zum Heulen. Ich konnte mich überhaupt nicht bewegen, geschweige denn in den Zuber steigen.

»Ich helf' dir, und danach kannst du schlafen. Wer weiß, wann Doc Westfall kommt. Ich hab' gehört, daß er zu einer Entbindung nach Greene County mußte. Wir haben also reichlich Zeit, dich erst mal anständig zu waschen.«

In dem warmen, von meinem Blut verfärbten Badewasser verlor ich das Bewußtsein. Elikah und Lola gelang es, mich aus dem Zuber zu heben und mir ein Nachthemd überzuziehen, bevor Doc Westfall eintraf.

Ich kam erst wieder zu mir, als ich die Stimme des Doktors hörte, und öffnete die Augen so weit, daß ich sein besorgtes Gesicht sehen konnte und den dichten weißen Haarschopf, von dem es eingerahmt war und der im durch das Schlafzimmerfenster einfallenden Gegenlicht schimmerte. Dieser Anblick half mir mehr als jede Medizin.

Er sah mich an und schickte Lola aus dem Raum. Elikah wollte dableiben, doch der Doktor sagte, er könne keine Zuschauer gebrauchen. Und wenn Elikah uns nicht allein ließe, würde er ein paar Männer holen und mich auf einer Trage in seine Praxis bringen lassen, damit er mich gründlich untersuchen könnte. Elikah, der den überaus besorgten Ehemann mimte, verzog sich in die Küche, ließ aber die Tür offen, so daß er hören konnte, was ich sagte.

»Und das soll ein Pferd gewesen sein?« fragte Doc Westfall, während er meine Lider hochzog und mich skeptisch musterte.

Ob ich nun endlich gelernt hatte, den Mund zu halten? Ich hatte mir jedenfalls fest vorgenommen, nichts zu sagen, was Elikah Anlaß geben konnte, mich noch einmal zu schlagen.

»Die Frau, die mich geholt hat, hat gesagt, Sie sind unter ein Pferd gekommen. Wie ist denn das passiert, Mattie?«

Ich konzentrierte mich ganz und gar aufs Atmen. Als er meine Rippen abtastete, schrie ich auf vor Schmerz.

Er untersuchte mich in aller Ruhe von Kopf bis Fuß, besah sich die Blutergüsse und Schwellungen. Besonders gründlich befaßte er sich mit meinem Unterleib, den er so lange befühlte, bis ich aufstöhnte. Dann nahm er die Tücher weg, die Lola mir zwischen die Beine gelegt hatte, um das Blut aufzufangen.

»O Gott«, murmelte er und drückte und tastete immer noch weiter.

»Na, wie sieht's aus, Doc?« rief Elikah aus der Küche.

Der Doktor antwortete nicht. Er begann, mich zu verbinden. Zunächst half er mir, mich aufzusetzen, und umwickelte mir den Brustkorb fest mit langen Mullbinden.

»Meine Augen?« Meine Stimme hörte sich an, als hätte ich den Mund voll Watte.

»Die Sehkraft müßte eigentlich in Ordnung sein, nur rundrum ist alles blau. Ein Glück, daß die Wangenknochen nicht gebrochen sind.«

»Hat sie was gesagt?« Elikah kam an die Tür.

»Sie hat nach ihren Augen gefragt. Ich hab' noch nie erlebt, daß jemand, der unter ein Pferd gekommen ist, ein blaues Auge hat, und bei ihr sind alle beide blau«, sagte der Doktor, ohne mit dem Verbinden aufzuhören. Er erwartete nicht, daß Elikah darauf antwortete.

»Es war grauenhaft; ich hab' so was auch noch nie gesehen. Die alte Mable ist einfach über sie drübergetrampelt. Das Pferd hat normalerweise ein Gemüt wie 'n Schaukelpferd, aber es ist durchgegangen. Mattie wollte noch zur Seite rollen, dabei ist sie erst richtig unter die Stute gekommen. Wenn ich sie nicht schreien gehört hätte und gleich rausgerannt wäre, um sie rauszuziehen, ich glaub', das Tier hätte sie glatt totgetrampelt.«

»Bestimmt.« Der Doktor legte mir den Finger auf die Lippen. »Machen Sie mal den Mund auf, Mattie.« Ich schaffte es, die Lippen einen Spaltbreit zu öffnen. Er schaute mir in den Mund. »Ich brauche kaltes Wasser.«

Als Elikah nicht reagierte, wandte der Doktor rasch den Kopf. »Sie sollen mir kaltes Wasser bringen. Und wenn Sie Ihre elende Seele nicht anders retten können, verkaufen Sie sie meinethalben dem Teufel, aber jetzt verschwinden Sie und holen Sie mir Wasser.«

Elikah schüttelte drohend die Faust. »Das geht Sie nichts an, Doc.«

Doc Westfall nahm die Finger aus meinem Mund. »Die Rippen sind gebrochen, die Augen zugeschwollen, und die Zähne haben Sie ihr auch fast ausgeschlagen«, seine Stimme wurde mit jedem Wort lauter, »und das sind nur die Kleinigkeiten. Sie hat Blutungen, Mills. Aus der Gebärmutter. Ich hab' keine Ahnung, ob da drin irgendwas aufgeplatzt ist oder ob sie eine Fehlgeburt gehabt hat, weil Sie sie so verprügelt haben. Aber wenn sie nicht aufhört zu bluten oder wenn ihr noch irgendwas passiert, dann hängen Sie wegen Mordes.«

»Das hier ist mein Haus. Sie ist meine Frau ...«

»Jetzt hören Sie mir mal gut zu, Elikah. Sie haben dieses Kind genug mißhandelt. Egal, was Mattie getan hat, sie hat es bestimmt nicht verdient, daß man sie beinah totschlägt.«

»Ein Mann wird ja wohl noch das Recht haben, seine Frau zu bestrafen, wenn sie ihm Schande macht und ihn demütigt.«

»Das nennen Sie bestrafen?« Doc Westfall hatte sich auf einen Stuhl fallen lassen. »Bringen Sie mir kaltes Wasser, und dann machen Sie, daß Sie wegkommen. Am besten, Sie holen JoHanna McVay her.«

»Das wär das letzte, was ich täte. Die ist doch an allem schuld.«

Der Doktor seufzte. »Dann sehen Sie zu, daß eine andere Frau kommt. Mattie braucht eine Pflegerin.«

Elikah stapfte wieder in die Küche. »Lola!« brüllte er. »Lola!«

Aber Lola war verschwunden, und ich bezweifelte, daß sie vorhatte, jemals wiederzukommen. Wenn sie ihre Sinne beisammen hatte, würde sie sich gewiß nicht noch einmal hier blicken lassen. Als Elikah sah, daß sein Rufen zwecklos war, brachte er kaltes Wasser, das mir der Doktor vorsichtig einflößte. Er befahl mir, es runterzuschlucken.

»Sie muß Wasser trinken, und ich gebe ihr etwas gegen die Schmerzen.« Er bückte sich nach seiner Tasche und nahm ein Fläschchen und eine Spritze heraus. »Ein bißchen Morphium, damit sie erst mal das Schlimmste übersteht.«

»Nein.« Ich mußte an das Morphium denken, das mir der Arzt in Mobile gegeben hatte. »Nein.«

Doc Westfall zögerte. »Aber es lindert die Schmerzen.«

»Nein.« Ich wolle nicht in benebeltem Zustand Elikahs Gnade ausgeliefert sein. Ich mußte einen klaren Kopf behalten, damit er mich nicht im Schlaf umbrachte.

»Mattie, die Rippenbrüche sind sehr, sehr schmerzhaft, und wie schlimm das andere noch wird, kann ich nicht sagen.«

»Es wird schon gehen«, flüsterte ich. Mein einziger Wunsch war, so schnell wie möglich aufstehen und mich zu JoHanna schleppen zu können. Wenn es mir gelänge, Floyd zu benachrichtigen, könnte er JoHanna Bescheid sagen, und dann kämen sie mich holen. Sie und Will.

»Na bitte, sie möchte nichts haben. Also hat sie gar nicht so große Schmerzen, wie Sie denken.« Elikah kam etwas weiter ins Zimmer. »So, wenn Sie fertig sind, sehen Sie zu, daß Sie verschwinden. Nur, weil Sie Arzt sind, haben Sie noch lange nicht das Recht, sich in anderer Leute Privatangelegenheiten einzumischen.«

Doc Westfall stand auf. »Ich komme morgen noch einmal her, Mattie.«

»Doc, das hier geht niemanden etwas an, ist das klar?«

Doc Westfall schloß seine Tasche. Ich öffnete die Augen einen Spaltbreit und konnte leidlich erkennen, wie er Elikah wütend anstarrte. »Ein junges Mädchen halbtot zu schlagen, das ist wahrhaftig keine Heldentat. Daß Sie hartherzig sind, war mir schon lange klar, Elikah. Man erzählt sich ja so einiges über Sie. Aber mit solcher Brutalität auf eine junge Frau einzuschlagen, nein, daß Sie so tief sinken könnten, das hätte ich nicht für möglich gehalten.« Er ließ Elikah einfach stehen und eilte aus dem Haus.

Elikah trat ans Bett. Er berührte leicht meinen zugedeckten Fuß. »Hör zu, Mattie, diese Sache geht nur uns beide etwas an. In ein, zwei Tagen bist du wieder ganz die alte. Du wirst schon sehen. Du behältst bestimmt nichts zurück.«

Er ging aus dem Zimmer, und ich konnte endlich weinen.

Lola war tatsächlich verschwunden. Und sie hatte Elikahs Geldbeutel mitgehen lassen, in dem über zwanzig Dollar gewesen waren. Sie hatte geahnt, daß Elikah gar nicht daran dachte, sie ohne weiteres für ihre Dienste zu entlohnen, und da hatte sie halt genommen, was sie kriegen konnte, und war auf und davon. Ich beneidete sie glühend.

Elikah erzählte in der Stadt herum, ich sei für ein, zwei Wochen zu meiner kranken Mutter gefahren. Er ging eigens in der Schuhmacherei vorbei, um es Floyd zu sagen, damit die Nachricht auf diesem Weg zu JoHanna gelangte, denn er wollte auf keinen Fall, daß sie nach mir schauen kam. Janelle, Rachel und Agnes wußten wahrscheinlich, daß Elikah nicht die Wahrheit sagte, doch sie hielten dicht. Ich war allein mit Elikah, war darauf angewiesen, daß er mir Essen und Wasser brachte und den Nachttopf leerte. Er tat all dies, als sei ich seine innigst geliebte Frau, ein Mensch, der ihm lieb und teuer war. Wenn er mir meine Suppe eingeflößt hatte, setzte er sich mit seinem Teller zu mir ans Bett, und während er sein Abendbrot verspeiste, erzählte er mir den neuesten Klatsch. Ich konnte nicht verstehen, was er damit bezweckte. Er benahm sich so, als bedeutete ich ihm etwas. Oder als genieße er meine Hilflosigkeit.

Meine Erniedrigung war ebenso vollkommen wie meine Isolation. Der einzige, der zu mir durfte, war Doc Westfall, und wenn er kam, machte Elikah vorher immer das Zimmer sauber und sorgte dafür, daß ich ordentlich gewaschen und gekämmt war.

Am vierten Tag konnte ich zum erstenmal aufstehen. Während Elikah auf der Arbeit war, ging ich in die Küche und vergewisserte mich, daß die weißen Gardinen mit Lochstickerei, die ich schon wenige Tage nach der Hochzeit angebracht hatte, auch richtig zugezogen waren und keiner mich sehen konnte. Diese Gardinen hatte mir Callie geschenkt. Dabei hatte sie mich umarmt und gesagt, sie seien für die Küche, damit es dort gemütlich wäre, und in den Romanen bekämen Bräute auch immer Gardinen mit Lochstickerei für die Küche geschenkt. Ich strich über den Stoff und wünschte mir, ich wäre wieder in Meridian, damals, zu der Zeit, als mir niemand etwas tun konnte. Aber das war schon sehr, sehr lange her, das war vor Daddys Tod gewesen, und doch konnte ich mich noch genau daran erinnern. In Gedanken verweilte ich lange in dieser Zeit, und erst, als Elikah heimkam, kehrte ich wieder zurück in die Gegenwart, in mein quälendes wirkliches Leben.

So stand ich in der Küche oder im Schlafzimmer am Fenster und sah, wie dort draußen der Herbst Einzug hielt und sich häuslich einrichtete. Es war Mitte September, und die Kühle, die ich am Morgen von Reds Begräbnis zum erstenmal gespürt hatte, war geblieben. Am südlichen Horizont ballten sich die Wolken, doch sie bewegten sich nicht auf Jexville zu. Sie narrten mit ihrem Versprechen, daß bald ein mächtiges Gewitter käme. Tagsüber war herrliches Wetter, doch die Erde brauchte Regen. Das sah ich daran, wie schlaff die Blätter an den Sträuchern hingen und wie braun das versengte Gras war.

Während ich so am Fenster saß und acht gab, daß die Gardinen geschlossen waren und mich keiner sehen konnte, hörte ich Bruner, den Gemüsemann, rufen. Mitunter erspähte ich auch Jeb Fairley. Nur zu gern hätte ich ihm einen Wink gegeben, damit er kam und mir half, doch ich traute mich nicht. Elikah hatte mich fast umgebracht. Aber die Fürsorge, mit der er mich in den letzten drei Tagen behandelt hatte, war mir auch nicht geheuer. Ich war vollkommen durcheinander. Wie war es nur möglich, daß mich derselbe Mann, der mir grinsend in die Rippen getreten hatte, jetzt auf einmal mit Suppe fütterte. Wie sehr ich auch darüber nachdachte, das Ganze war wie ein Puzzlespiel, bei dem ein Teilchen fehlte, und ich wußte einfach nicht, welches.

Als Floyd mir in der Kirche den Arm um die Schultern gelegt hatte, war mir sofort klar gewesen, daß Elikah außer sich sein würde. Aber ich hatte gedacht, er würde mir die Chance geben, ihm alles zu erklären. Nicht einmal in meinen wildesten Phantasien hatte ich mir vorstellen können, daß er mich beinah umbringen würde. Eine Tracht Prügel hatte ich erwartet, und zwar eine gepfefferte. Aber doch nicht, daß er mich dermaßen zusammenschlagen würde. Andererseits konnte ich nicht bestreiten, daß ich zugelassen hatte, daß Floyd mich berührte. Und das in aller Öffentlichkeit. Janelle hatte mich ja gleich gewarnt, daß das Folgen haben und daß so was jeden Ehemann zur Raserei treiben würde.

Die Stunden vergingen, und ich versuchte eine Lösung für meine Probleme zu finden. Doc Westfall kam jeden Tag und warf einen Blick auf den Herd, um sich zu vergewissern, daß Elikah mir auch etwas zu essen gab. Wie durch ein Wunder hatten meine Zähne aufgehört zu wackeln, aber der Doktor riet mir trotzdem, vorerst keine feste Nahrung zu mir zu nehmen. Die Blutung war zum Glück zum Stillstand gekommen, und obwohl Doc Westfall sich fragte, was sie ausgelöst hatte, stellte er mir keine Fragen, die mich hätten in die Enge treiben können. Er erzählte mir, daß JoHanna und Duncan nach dem Skandal bei Reds Begräbnis nach Fitler zurückgefahren waren. Duncan, habe er gehört, könne endlich wieder einigermaßen laufen, und obwohl es inzwischen schon kühler war, gehe JoHanna nach wie vor jeden Tag mit ihr an den Fluß, damit sie im Wasser ihre Übungen machen konnte.

John Doggett erwähnte er nicht, und ich glaubte allmählich, daß er nur ein Phantom gewesen war. Immer wieder geisterte sein Bild durch meine Träume – ein hochgewachsener Mann, der keine Worte brauchte, um präsent zu sein. Jedesmal, wenn JoHanna mir im Traum erschien, stand er hinter ihr. Ob als Beschützer oder als Gefahr, das konnte ich nicht erkennen. Und bei jeder Begegnung wurde er unwirklicher. Dieser John Doggett war das erste Anzeichen dafür, daß es mir schwerzufallen begann, zwischen Vergangenheit und Gegenwart, zwischen Wirklichkeit und Erinnerung zu unterscheiden.

Ich ging durchs Haus und sah die Sonne auf- und wieder untergehen. Wenn ich aus dem Fenster blickte, sah ich, wie sich die Gewitterwolken zusammenballten, während die Sonne golden durch die jeden Tag anders gefärbten einsamen Platanen auf dem leeren Grundstück gegenüber unserem Haus schien. In meiner Phantasie war ich wieder das kleine Mädchen, das raschelnd durch die ersten gefallenen Blätter lief. Ich saß am Fenster und spürte es regelrecht unter den Sohlen knistern, wie damals, auf dem langen Weg zur Schule. Genauso nahm ich den Zederngeruch wahr, wenn die warmen Unterhemden und Pullover wieder hervorgeholt wurden und die dicken Socken. Es war Herbst und meine liebste Jahreszeit.

Als der körperliche Schmerz allmählich nachließ, war ich in der Lage, die kleinen Freuden aus längst vergangener Zeit im Geiste noch einmal an mir vorüberziehen zu lassen. Meine Phantasie war mir viel näher als die Gegenwart. Augenblicke aus der Vergangenheit dehnten sich aus zu Tagen, in denen alle meine Sinne erstaunlich wach waren und es kein Leiden gab, keine Grausamkeit. Wenn Elikah nach Hause kam, saß ich am Fenster und sah hinaus, sah Dinge aus der Vergangenheit, die ich so lange verklärt und ausgeschmückt hatte, bis sie genauso wirklich waren wie das Fensterbrett, auf dem meine Hand lag. Merkwürdig aufmerksam brachte er mich dann wieder ins Bett, gab mir zu essen, redete von diesem und jenem und versuchte, meine Aufmerksamkeit auf irgendeinen Ort oder irgendwelche Menschen zu lenken, die ich gar nicht kannte oder gänzlich aus meinem Gedächtnis verbannt hatte.

Endlich war es mir gelungen, aus Jexville zu entkommen.

Ich war nicht unglücklich. Gut möglich, daß ich noch nie so glücklich gewesen war wie jetzt. Ich hatte die Fähigkeit verloren, das zu beurteilen. Da waren die Fenster, da war Elikah, und da war das Essen, das er mir brachte. Das alles war wirklich, doch die Wirklichkeit besaß keinen Wert mehr für mich. Wenn ich gegessen hatte oder wenn Elikah endlich eingeschlafen war, stand ich leise auf und ging wieder ans Fenster. Denn nur dort war ich fähig, etwas zu empfinden.

Das Küchenfenster blickte auf die Koppel, auf der Mable weidete. Ich kannte die Stute, und manchmal stellte ich mir vor, wie ich mich hinausschlich, sie sattelte und davonritt. Aber nicht, um ein bestimmtes Ziel zu erreichen, sondern einfach nur, weil ich Lust hatte zu reiten. Doch ich hütete mich, das Haus zu verlassen. Elikah hatte mir eingeschärft, daß ich »verreist« war. Außer Doc Westfall sollte kein Mensch in der Stadt wissen, daß ich in Wirklichkeit im Haus von einem Raum zum anderen wanderte und mal aus diesem, mal aus jenem Fenster sah. Der Gedanke, daß Elikah glaubte, er hätte mich eingesperrt, amüsierte mich. Ich hatte gelernt, in die Ferne zu schweifen und Orte zu besuchen, die er sich überhaupt nicht vorstellen konnte. Nicht ich war gefangen, sondern er selbst.

Im übrigen war ich noch nicht so weit abwesend, daß mir unser Rollentausch entgangen wäre, denn jetzt war er der Diener, und auch das machte mir Freude. Ich hatte noch kein einziges Mal versucht, Feuer anzuzünden oder einen Teller abzuwaschen. Das waren Fertigkeiten, die zu einer anderen Mattie gehörten. Ich brauchte weder Nahrung noch Geschirr, außer wenn er mich zum Essen nötigte. Das einzige, was ich brauchte, war mein Fenster, wo ich der kleinen Mattie zusah und dem Geschrei eines Neugeborenen nachging. Das Baby brüllte unentwegt, und Mattie mit ihrem dichten, lockigen Haar, den dicken Zöpfen, die ihr hinten auf dem Rücken wippten, rannte durch den engen grünen Blättertunnel, der zum blendend weißen Sand am Ufer eines rötlichen Flusses führte. Mattie hob das Kind hoch in den blauen Himmel. Das Baby streckte Mattie die Arme mit den kleinen, runden Fäusten entgegen und war endlich zufrieden.

»Mattie?«

Aus dem grünen Tunnel rief jemand nach ihr, jemand, den sie nicht sehen konnte. Die Stimme bebte vor Angst. Ich zuckte zusammen und war im Nu vom Fenster verschwunden. In der Küchentür stand eine Frau, deren Haar so kurz war, daß es aussah, als hätte sie eine Badekappe auf. Und hinter ihr standen Doc Westfall und Elikah.

»Mattie, ich bin's, JoHanna.«

Ich erkannte ihre Stimme, doch ihr Aussehen entsetzte mich. Ich schlug erschrocken die Hände vors Gesicht.

»Mattie!« Mit drei langen Schritten durchquerte sie den Raum und nahm mich in die Arme. Sie hielt mich fest, so fest, daß mir die Rippen weh taten, doch gleichzeitig war es gut so, denn ich spürte ihre Wärme. Ihre Tränen tropften auf meinen Scheitel wie kleine, heiße Nägel aus Mitleid.

»Du bist ein toter Mann, Elikah Mills«, rief sie mit einem solchen Zorn in der Stimme, daß ich mir vorstellte, ihre Worte wären scharfe Messer, die durch den Raum flogen und Elikah durchbohrten. Ich sah vor mir, wie er zerteilt am Boden lag, genau wie die Hühner, die ich vor langer, langer Zeit irgendwo an einem Ort, an den ich mich nicht mehr erinnern konnte, für ein Festmahl im Freien zubereitet hatte.

»Ich packe ihr ein paar Sachen ein.« Doc Westfall ging ins Schlafzimmer, und Elikah blieb einfach in der Tür stehen. Seine Hände hingen an den Seiten herunter wie tot. Diese Hände, die ich so bewundert hatte, wenn er mich fütterte, wie sie genau die richtige Menge Kartoffeln auf den Löffel geladen und mir alles mit so geschmeidigen Bewegungen in den Mund geschoben hatten. Und niemals hatten sie gekleckert, sich nicht ein einziges Mal vertan. Jetzt waren sie leblos. Er sah mich nicht an.

Als der Doktor mit einer kleinen Tasche wiederkam, aus der eine Garnitur Unterwäsche von mir heraushing, trat Elikah beiseite, um mir Platz zu machen. Die Frau, die mich noch immer fest im Arm hielt, führte mich durch das Haus nach draußen ins graue Licht eines nahenden Gewitters. Die Sonne war verschwunden, und die schweren Wolkenmassen bewegten sich endlich auf uns zu.

Kapitel 27

Die Frau mit den seltsamen Haaren kniete vor mir in der lichtdurchfluteten Küche und fuhr mir weinend mit dem Finger über das noch immer von blauen Flecken entstellte Gesicht. In der Tür stand ein Mädchen, das eine genauso merkwürdige Frisur hatte und ebenfalls weinte. Die beiden sahen mich an, als ob irgend etwas an mir fehlte, etwas furchtbar Wichtiges. Ich tastete mich von Kopf bis Fuß ab, um mich zu versichern, daß noch alles da war. Es waren etliche Tage vergangen, seit sie mich in dieses Haus gebracht hatten, und die zwei fingen jeden Morgen, sobald sie mich sahen, zu weinen an. Sie kochten Kaffee, stellten eine Tasse vor mir auf den Tisch, berührten mich und weinten.

»Mattie, sieh mich an.« Die Frau legte mir die Hand auf die Wange und drückte mein Gesicht sacht nach unten, so daß ich sie anschauen mußte. Sie hatte tiefblaue Augen, und wenn ihr Blick auf mir lag, war es wie ein Streicheln. Auch heute weinte sie.

»Was ist denn?« Meine Stimme hörte sich komisch an, weil ich kaum noch sprach. In der Welt, in der ich mich am liebsten aufhielt, gab es keine Sprache. Nur ein Gleiten durch die Zeit. Und Empfindungen. Ich sah an ihr vorbei aus dem Fenster, in dem ein großer Hahn saß und den Kopf mal zur einen, mal zur anderen Seite neigte, als würde er uns beobachten. Als er meinen Blick wahrnahm, schlug er mit den Flügeln und stieß einen drohenden Laut aus. Er warf sich in die Brust und schlug abermals mit den Flügeln, und es sah aus, als wolle er auf mich zutanzen. Auch der Hahn war immer da.

»Pecos.« Das Mädchen schimpfte mit dem Hahn. »Wenn du dich nicht anständig benehmen kannst, geh raus.«

Aber er störte mich nicht. Er war interessant. Ich hatte noch nie einen Hahn gesehen, der im Haus war.

Die Frau brachte mich in ein Zimmer, in dem ein Bett stand, und schlug die kühlen Laken zurück. Wunderschöne pfirsichfarbene Vorhänge wehten im Wind. Die Luft roch nach Gewitter. Ich drehte mich um und sah aus dem Fenster. Seit Tagen lag dieses Gewitter in der Luft, dichte, finstere Wolken hatten sich am Horizont zusammengeballt. Nun war es endlich über uns.

»Mattie, ich schreibe deiner Mutter. Und deinen Schwestern, Callie und Lena Rae. Ich werde ihnen berichten, wie Elikah dich zugerichtet hat, und sie bitten, daß sie dich besuchen kommen.«

»Callie?« Es gab irgend etwas, was ich meiner Schwester sagen mußte. Etwas Wichtiges. Jetzt fiel es mir wieder ein! »Schreib ihr, sie soll ja nicht heiraten. Egal, was Jojo sagt.«

Die Frau faßte mir behutsam unters Kinn. »Ja, Mattie. Callie und Lena Rae. Sie lieben dich. Und wir lieben dich auch, Mattie. Duncan und ich. Versuch doch, dich zu erinnern.« Ihr Gesicht hellte sich auf, und sie lief aus dem Zimmer, um gleich darauf mit einem riesigen, mit bunten Hahnenfedern geschmückten Strohhut auf dem Kopf zurückzukehren. »JoHanna McVay und Duncan, ihre Tochter. Kannst du dich noch an uns erinnern? Tanz uns doch etwas vor, Duncan.«

Duncan lachte, summte eine Ragtime-Melodie und machte mit ihren steifen Beinen ein paar ungelenke Tanzschritte. Als sie fertig war, klatschte die Frau Beifall, und ich klatschte ebenfalls, aus Höflichkeit.

»JoHanna«, sagte die Frau. »Sprich mir nach, Mattie. Sag meinen Namen.«

»JoHanna.« Ein warmes Gefühl durchströmte mich. »JoHanna McVay.«

Verblüffung trat in ihre Miene und dann Freude. »Ja, Mattie, ja. Ich bin JoHanna.« Sie winkte das Mädchen herbei, legte ihm den Arm um die Schultern und drückte es an sich. »Und Duncan.«

»Grammophon.« Ich erinnerte mich, daß ich die beiden schon einmal mit einem Grammophon gesehen hatte.

»Ach, Mattie.« Nun legte die Frau mir den anderen Arm um die Schultern und drückte mich gleichfalls an sich. Dann küßte sie uns beide auf den Scheitel. »Langsam, aber sicher kommst du zu uns zurück. Und jetzt möchte ich, daß du schläfst. Doc Westfall hat gesagt, schlafen ist die beste Medizin.« Sie kniete sich neben mich und band die Schnürsenkel an einem meiner Schuhe auf. Das Mädchen kniete sich auch hin und tat dasselbe mit meinem anderen Schuh. Ich hätte es auch selbst machen können, aber sie gewähren zu lassen war einfacher, als sie abzuschütteln. Als sie fertig waren, hoben sie meine Beine ins Bett und deckten mich mit einer weichen Decke zu.

»Du kannst aus dem Fenster schauen, wenn du möchtest.« Jo-Hanna zeigte auf die Vorhänge, die sich in der heftigen, heißen Brise blähten. »Ich muß gehen und uns was zum Abendessen kochen. Ruf mich, wenn du irgendwas brauchst.« Sie gab mir einen Kuß auf die Stirn. »Egal, was.«

In meinem Kopf ging eine Alarmglocke los. Sie war zu nah, zu wirklich. Das konnte mich verletzen. Ich sah an ihr vorbei aus dem Fenster, was ungefährlicher war. Auf der Leine flatterten Wäschestücke im böigen Wind. Hinter einem Laken trat meine Schwester hervor. Sie spielte mit meiner nächstjüngeren Schwester zwischen der Wäsche. Ich konnte mich nicht an ihre Namen erinnern, aber ich kannte sie, wußte, die eine war zehn, die andere elf Jahre alt. Sie rannten zwischen den Wäschestücken herum, lachten und versuchten sich gegenseitig zu fangen. Ich winkte ihnen lächelnd zu, doch wegen des Gewitters konnten sie mich nicht hören.

»Da draußen ist doch niemand, Mama«, flüsterte das Mädchen in der Tür. »Wem winkt sie denn?«

Die Frau schüttelte den Kopf und bedeutete dem Mädchen, still zu sein. »Als der Doktor uns aus Fitler abgeholt hat, hat er gesagt, Mattie kann nicht mehr richtig unterscheiden, was wirklich ist und was sie sich nur einbildet. Für sie ist dort draußen jemand, Duncan. Die da draußen sieht sie besser als uns. Und darum müssen wir sie dazu bringen, daß sie den Blick wieder auf uns richtet.«

»Und wie?« Das Mädchen ging auf wackligen Beinen im Zimmer herum. Das rechte zog sie beim Laufen ein bißchen nach.

Sie lenkte mich von meinen Schwestern draußen im Garten ab. Ich stand auf und trat ans Fenster, damit ich die beiden besser sehen konnte. Der Himmel wurde immer grauer und düsterer, und der Wind blies mit aller Kraft. Es würde ein heftiges Gewitter geben.

Die Frau kam und führte mich wieder zum Bett. »Ruh dich ein bißchen aus, Mattie.« Ihre Worte klangen sanft und gleichzeitig befehlend. Was Befehle waren, hatte ich von Elikah gelernt. Ich legte mich hin und faltete die Hände auf dem Bauch.

»Auweia, jetzt sieht sie ja aus wie eine Leiche!«

»Duncan!« Die Frau schüttelte den Kopf. »Sie kann dich hören, auch wenn es nicht den Anschein hat.«

»Er hat sie so geprügelt, daß sie den Verstand verloren hat.« Duncans Stimme brach. »Was meinst du, Mama, ob sie jemals wieder richtig gesund wird?«

Ihre Besorgnis kränkte mich, doch was sollte ich machen? Wenn ich gekonnt hätte, hätte ich sie gern beruhigt, aber was hätte ich ihr sagen sollen? Ich sah zum Fenster und hatte nur den einen Wunsch, daß sie verschwanden und mich allein ließen, damit ich wieder aufstehen und hinausschauen konnte.

Die Frau legte dem Mädchen den Arm um die Schultern, und dann gingen sie zusammen aus dem Raum, ließen die Tür aber angelehnt. Ich lag auf dem Bett und hörte sie draußen reden. Es war noch eine Männerstimme hinzugekommen. Eine angenehme, tiefe, leise Männerstimme. Als ich mir sicher war, daß sie ganz in ihre Unterhaltung versunken waren, stand ich auf und trat ans Fenster. Unter einem Seifenbaum stand ein Automobil, ein Auburn. Ich betrachtete es. Es sah sehr schön aus, und auf einmal erinnerte ich mich an einen gutaussehenden, dunkelhaarigen, gepflegten Mann mit einem gutmütig spöttischen Lächeln in den schokoladenbraunen Augen. Doch im selben Moment läutete in meinem Kopf schon wieder die Alarmglocke, und ich erkannte, daß der Wagen in Wirklichkeit ein Feuerwehrauto war. Meine Schwestern hatten sich dahinter versteckt, sie guckten hinter der breiten silbernen Stoßstange hervor und lachten mich aus. Sie waren jetzt älter als vorhin, als sie an der Wäscheleine gespielt hatten. Älter und hübscher. Sie hatten schöne Kleider an und lachten den feschen Feuerwehrmännern oben auf dem Wagen zu. Doch die Feuerwehrmänner zeigten auf mich. Sie streckten mir die Arme entgegen und winkten mir, aus dem Fenster zu klettern und zu ihnen auf den großen roten Wagen zu steigen. Sie wollten ein Stück mit mir spazierenfahren.

»Mattie.«

Ich tat so, als hätte ich die Männerstimme hinter mir nicht gehört. Die Feuerwehrmänner sagten nichts. Sie lächelten nur und nickten. Sie gestikulierten und gaben mir wortlos zu verstehen, daß sie mich gern hatten, daß sie mich mitnehmen wollten in ihrem großen roten Feuerwehrauto.

Zwei starke Hände faßten mich bei den Schultern. Nur allzu wirklich spürte ich den Griff durch Kleid und Haut hindurch, bis auf die Knochen. Ich wehrte mich, ich drehte und wand mich, um sie abzuschütteln, diese großen Hände, die mich scheinbar irgendwohin drängen wollten, wo ich nicht hinwollte.

»Mattie.« Der Mann schob mich zum Bett, und als es ihm gelungen war, mich runterzudrücken, hielt er mich mit einer Hand fest und strich sich mit der anderen die langen schwarzen Haare aus dem Gesicht.

»Ganz ruhig, Mattie, ich bin's, John Doggett.«

Wie ein Echo hallte mir der Name durch den Kopf und war dann wieder verklungen.

»Ganz ruhig.« Er hielt mich mit der Rechten fest und zog sich mit der Linken einen Stuhl ans Bett. »Ganz ruhig.« Zentimeter um Zentimeter zog er die Hand zurück, immer auf der Hut, daß ich nicht etwa aufsprang und wegzulaufen versuchte. Aber das ließ ich hübsch bleiben. Am Ende hätte er mich noch geschlagen.

»JoHanna und Duncan sind Floyd holen gegangen. Ich hab' versprochen, daß ich bei Ihnen bleibe, bis sie wieder da sind. Ich erzähle Ihnen eine Geschichte, hab' ich versprochen.«

Er lächelte. Wie schön er ist, dachte ich. Wenn er doch nur nicht so laut reden würde. Wenn er doch nur den Mund hielte und seine Augen sprechen ließe. Ich legte ihm die Finger auf die Lippen, und da war er still. Er griff nach meinen Fingern und drückte sie einen Moment, bevor er meine Hand aufs Bett legte. Dort hielt er sie ganz sanft fest. Dann nickte er und sah mich eindringlich an. Seine Augen waren tiefschwarz, die Brauen zwei gerade Striche, die aber jetzt gerunzelt waren, weil er sich konzentrierte. Er beugte sich über mich, und ich sah seine dichten, langen Wimpern und die Bartstoppeln unter der Haut. Und mein ziellos umherwandernder Blick kehrte immer wieder zurück zu seinen Augen. Und dann sah ich mich selbst in ihren schwarzen Tiefen. Mein Gesicht war nicht mehr geschwollen, doch die Blutergüsse waren noch da, dunkelviolett mit grünen Rändern. Sie heilten ab. Ich wollte mein Gesicht betasten und sah, wie sich meine Hand in seinen Augen spiegelte.

Mattie.

Er sprach das Wort nicht aus, und trotzdem hörte ich es.

Komm zurück zu uns, Mattie.

Er rief mich mit seinen Augen. Stumm. Ohne die Lippen zu bewegen.

Bitte, Mattie.

Ich hörte seine Stimme, doch seine Lippen bewegten sich nicht. Da strich ich ihm abermals mit dem Finger über den Mund und spürte, wie er sich ein ganz klein wenig verzog – zu einem Lächeln.

»JoHanna hat mich gebeten, Ihnen eine Geschichte zu erzählen, Mattie«, sagte er, meine Finger noch an den Lippen, und ich fühlte seinen warmen Atem. »Ich hab' eine für Sie ausgesucht, die Ihnen bestimmt gefallen wird. Und wenn Sie meine Geschichte nicht mögen, warten wir auf Floyd, den Meistererzähler. Er kann mich ablösen. Fürs erste aber erzähle ich Ihnen eine Geschichte von einem jungen Mädchen und einem Fluß und von dem Abenteuer, das das Mädchen dort erlebt hat.«

Ich schloß die Augen und konnte seine Worte an meinen Fingern spüren, und ich hörte zu.

Als ich wieder wach wurde, war es unnatürlich finster, und draußen hörte ich ängstliche Stimmen. Leute rannten in der Dunkelheit hin und her, Glas splitterte, und eine Frau fluchte äußerst einfallsreich. Ich hatte keine Ahnung, wie lange ich geschlafen hatte und wo ich war. Aber ich hatte geschlafen. Ich hatte endlich geschlafen, nach all den vielen Nächten, die ich am Fenster gesessen und hinausgeschaut hatte. Die Erinnerungen in meinem Kopf waren zur Ruhe gekommen.

»Wo ist Pecos?« rief das Mädchen, das nicht richtig laufen konnte. Ihre Stimme erkannte ich sofort.

»Der Vogel ist schlau genug, sich in Sicherheit zu bringen, Duncan. Darum ist er seit einer Stunde verschwunden. Er hat längst gemerkt, daß jeden Moment ein Unwetter kommen kann, und hat sich ein sicheres Plätzchen gesucht. Und genau das werden wir jetzt auch tun.«

»Ich geh' ihn suchen.«

»Nur über meine Leiche. Ich hab' schon genug Sorgen am Hals. Es kommt überhaupt nicht in Frage, daß du bei diesem Wetter vor die Tür gehst.«

»Ich hab' keine Angst vor Gewitter.« Die Worte des Mädchens klangen trotzig.

»Ich auch nicht. Trotzdem bleibst du hier. Das ist nämlich kein gewöhnliches Gewitter, Duncan. Merkst du nicht, daß das ein gefährliches Unwetter ist?«

Dann sprach eine leise Männerstimme: »Du mußt dir vorstellen, Duncan, Zeus sitzt da oben in den Wolken und hat beschlossen, eine große Tragödie über uns Sterbliche zu bringen. Damit die Götter was zu lachen haben.«

»Auweia«, sagte das Mädchen mit sarkastischem Unterton. »Das ist nichts weiter als ein längst überfälliges Gewitter, aber seit ich damals vom Blitz getroffen worden bin, tut Mama immer so, als ob ein paar Regentropfen mich umbringen könnten.«

»Du bleibst im Haus, Duncan. Pecos wird schon wiederkommen, wenn ihm danach ist.«

»Ist schon gut. Duncan, ich geh' Pecos suchen.«

Das war eine neue Stimme. Jünger als die des anderen Mannes. Hell und klar. Ihr Klang gefiel mir gut. Ich kannte diesen Mann. In seiner Nähe fühlte ich mich sicher.

Eine Tür fiel ins Schloß, und dann hörte ich jemanden die hölzernen Stufen hinuntersteigen.

Irgendwer war in meinem Zimmer gewesen und hatte das Fenster geschlossen. Ich stand auf und öffnete es wieder. Die pfirsichfarbenen Vorhänge, fließend wie Seide, flatterten im Wind, sie wickelten sich um mich, und ich spürte ihre kühle, zärtliche Liebkosung auf der Haut. Draußen hörte ich den Mann mit dem goldfarbenen Haar nach dem Hahn rufen, der Pecos hieß. Das Gewitter hatte den Mond und die Sterne verdrängt, und die schweren schwarzen Wolken zogen wie ein mitternächtliches Heer ganz dicht über dem Erdboden dahin.

Der Mann wurde von dem Licht, das aus dem Küchenfenster in den Garten fiel, beschienen. Sein langes goldfarbenes Haar strahlte. Floyd. Ich kannte ihn. Ich wußte, daß ich ihn gern hatte. Er war sanft, liebenswürdig. Irgendwann in der Vergangenheit war er einmal gut zu mir gewesen. Leider konnte ich mich nicht erinnern, wann und warum. Der Wind drückte ihm das Hemd an die muskulöse Brust. Er reckte das Kinn und rief nach dem Hahn. »Pe-cos! Pe-cos!« Er rief laut und mit kräftiger Stimme, doch der Wind riß ihm die Worte aus dem Mund und wehte sie fort. Ich sah, wie stark der Mann war, aber der Wind riß ihn beinahe um. Er kämpfte sich zu dem Schuppen vor, wollte die Tür öffnen, doch der Wind blies dagegen. Der Mann war wirklich stark, aber der Wind ebenfalls und so böig, daß der Mann kaum dagegen ankam. Doch plötzlich gab die Tür nach und flog ihm entgegen. Ein gackernder, flügelschlagender Federwisch kam aus dem Schuppen geschossen. Halb rennend, halb fliegend, bewegte sich der Vogel durch den Garten, geradewegs auf das Fenster zu, an dem ich stand.

Ehe ich mich von der Stelle rühren konnte, war er schon heraufgeflattert und stürzte sich auf mich. Ich spürte, wie sich seine Krallen in meinen Arm gruben, und hörte mich schreien, doch es klang wie aus weiter Ferne.

Hinter mir hörte ich eilige Schritte, und plötzlich war ich von dem Mann, der Frau und dem Mädchen umringt. Die Frau hielt meinen Arm, und der Mann drückte auf die Wunden, um das Blut zu stoppen. Im Schein einer Laterne sah ich zu, wie das dunkelrote Blut mir von den Fingern rann und auf die gebohnerten Dielen tropfte.

Es tat nicht weh, noch nicht, aber ich wußte, daß sich das bald ändern würde. Als ich mir mit der anderen Hand die Haare aus dem Gesicht streichen wollte, sah ich die alte hakenförmige Narbe auf meiner Handfläche. Sie stammte auch von dem Hahn. Jetzt erinnerte ich mich. Pecos. Das rotbraune Bündel aus Federn und Krallen, als ich damals mit einem Leiterwagen, auf dem ein Grammophon gestanden hatte, in der Gluthitze den Garten betreten hatte. Pecos! Jetzt erinnerte ich mich wieder!

JoHanna, Duncan und John Doggett standen um mich herum und redeten aufgeregt durcheinander; sie holten Verbandszeug und Terpentin. In einer Zimmerecke hockte der Hahn, und seine kleinen Perlenaugen verfolgten jede meiner Bewegungen. Wir sahen uns an, er schlug mit den Flügeln und guckte drohend in meine Richtung.

»Pecos, du verdammtes Biest«, sagte ich. »Das ist jetzt schon das zweite Mal, daß du mich verletzt hast. Eigentlich müßte man dich mit dem Bürzel voran in den Suppentopf stecken. Tante Sadie hatte ganz recht, als sie gesagt hat, sie macht Brathähnchen mit Kartoffelklößen aus dir.«

Die anderen schwiegen völlig verdutzt. Ich sah sie an.

»Wie spät ist es eigentlich«, fragte ich.

»Kurz vor zehn. Du hast zwölf Stunden durchgeschlafen.« JoHannas Stimme klang mühsam beherrscht, eine ruhige, besonnene Stimme.

Ich nickte. JoHanna schaute mich ganz seltsam an, und Duncan hatte endlich aufgehört zu weinen. Floyd stand in der Tür, und John Doggett saß neben mir auf der Bettkante und drückte ein Tuch auf die beinahe zwanzig Zentimeter lange Schramme, die Pecos mir verpaßt hatte und die vom Handgelenk bis hinauf zum

Ellbogen reichte. Ich hatte noch genau Johns Augenbrauen vor Augen und seine Lippen, die sich bewegten, als er mir von dem Mädchen erzählt hatte, das am Pascagoula bei den Indianern lebte.

»Wie schön, daß du wieder bei uns bist, Mattie«, sagte Jo-Hanna. Sie strich mir über die Wange, faßte mir unters Kinn und drehte meinen Kopf in den Schein der Petroleumlampe, die sie in der anderen Hand hielt. Dann betrachtete sie forschend mein Gesicht. »Weißt du, wer ich bin?«

»Na, jedenfalls nicht Mary Pickford.«

Meine Antwort brachte die anderen zum Lachen. Es war ein Lachen, das unsicher und verhalten begann, dann aber, nachdem sie sich gegenseitig angesehen hatten, immer lauter und fröhlicher wurde. Schließlich lachten sie alle Tränen.

»Ausgerechnet Pecos hat es geschafft, sie zurückzuholen«, rief Floyd, »wer hätte das gedacht!« Er nahm den Hahn und setzte ihn sich auf die Schulter. »Wenn John Mattie versorgt hat, sollten wir schleunigst die Fenster vernageln. Das sieht ziemlich sicher nach einem Orkan aus. Da zieht ein ganz, ganz böses Unwetter herauf.«

Kapitel 28

Nachdem die Wunde, die Pecos mir verpaßt hatte, gesäubert und verbunden war, aß ich einen Teller Kartoffelsuppe und legte mich wieder schlafen. Hin und wieder wurde ich von dem scharrenden Geräusch wach, das der Hahn mit seinen Krallen auf dem Holzfußboden neben dem Bett machte. Bewachte Pecos meinen Schlaf oder war er ärgerlich, daß ich in Duncans Bett lag? Die Frage beschäftigte mich nie länger als ein paar Sekunden, dann kehrte ich jedesmal wieder zurück in die schützende Dunkelheit eines traumlosen Schlafes. Als ich endlich aufwachte, war das Licht gespenstisch grau, und der Wind heulte ums Haus und ließ Schwälle von Regenwasser an die Scheiben der von innen mit Brettern vernagelten Fenster prasseln. Es hörte sich an, als ob jemand einen Krug mit Kieselsteinen schüttelte. Im ersten Moment wollte ich mir instinktiv die Decke über den Kopf ziehen. Das Haus ächzte, als ob es bersten wollte, und auch die Bäume draußen im Garten kämpften tapfer gegen den Sturm. Sie duckten sich stöhnend und richteten sich wieder auf. Ihr Rauschen bildete eine Art Kontrapunkt zu dem wütenden Heulen des Windes.

Ich wußte sofort, wo ich war. Mein Arm und die Tatsache, daß Pecos im Zimmer war und auf der Rückenlehne des Schaukelstuhls hockte, den JoHanna sich geholt hatte, um bei mir zu wachen, all das war Beweis genug dafür, daß ich das, was sich zugetragen hatte, bevor ich eingeschlafen war, nicht geträumt hatte. Ich lag in Duncans Bett und war froh, wieder in die Gegenwart zurückgekehrt zu sein. Meine Flucht hatte mich in die Vergangenheit geführt, allerdings in eine Vergangenheit, die es nie gegeben hatte. Und das wußte ich auch. Ich hatte mich freiwillig dafür entschieden, vor der Gegenwart zu flüchten, die mir unerträglich gewesen war. JoHanna, die gekommen war, um mich zu retten, John Doggetts Stimme, die mich so eigentümlich in ihren Bann gezogen hatte, und Pecos' versehentlicher Angriff. Dies alles zusammen hatte mir irgendwie die Tür geöffnet, den Weg zurück in die Gegenwart gezeigt.

Ich streckte mich auf den blütenweißen Laken aus und hatte ganz tief im Inneren ein höchst sonderbares Gefühl. Wenn der Wind sich für kurze Zeit legte, konnte ich in der Küche Stimmen hören. Rings um das Haus tobte das Unwetter, und ich lag da und fühlte mich sicher und geborgen. Ein bißchen Angst hatte ich schon, aber die meiste Zeit überwog das Gefühl von Sicherheit und Geborgenheit. Ich stand auf, zog den Morgenrock über, den mir JoHanna ans Fußende des Bettes gelegt hatte, und ging zu den anderen.

Die ganze Gesellschaft war um den Küchentisch versammelt und spielte Karten. JoHanna hatte Duncan auf dem Schoß, und Floyd und John saßen rechts und links neben den beiden. Pecos folgte mir in die Küche, wo ich mich auf den noch freien vierten Stuhl setzte.

»Das ist ein Hurrikan«, sagte JoHanna. »Er wird Unheil über viele Menschen bringen.« Die kleine Lampe auf dem Tisch tauchte unsere Hände und Gesichter in einen goldgelben Lichtkreis. Eine sonderbare Beleuchtung war das. Draußen schimmerte es perlmuttgrau, als hätte sich die Sonne aus dem Staub gemacht und uns einen schwachen Ersatz geschickt.

»Ob das Haus das aushält?« Als ich noch in Meridian wohnte, hatte ich von Hurrikans gehört, die aber nur die Küstenregion heimsuchten. Das hatte ich jedenfalls bis jetzt geglaubt. Jexville allerdings lag über sechzig Kilometer von der Mobile Bay entfernt, und von dort war es noch mal ein gutes Stück bis zum offenen Meer, zum Golf von Mexiko. Die Reichweite dieser ganz schweren Stürme war offensichtlich ziemlich groß.

»Dieses Haus ist solide gebaut.« JoHanna ließ den Blick durch die Küche schweifen. Just in dem Moment krachte draußen ein großer Ast gegen die Wand. »Wenn natürlich einer von den Bäumen drauf fällt …« Sie brauchte nicht weiterzureden. Die mächtigen Eichen vor dem Haus hatten zwar tief in den Boden reichende Wurzeln, boten dem Wind aber auch eine ausgezeichnete Angriffsfläche. Ich hätte gern hinausgeschaut, aber ich traute mich nicht. Das Brausen des Windes reichte aus, um mich davon zu überzeugen, daß ich die verheerende Kraft des Sturmes nicht unbedingt am eigenen Leib spüren mußte. Ich blieb lieber bei meinen Freunden im gemütlichen Schein der Lampe sitzen.

»Was ist eigentlich mit Will?« fragte ich.

»Er ist immer noch in New York. Sobald wie möglich werde ich ihm Bescheid geben, daß bei uns alles in Ordnung ist.« Sie schloß Duncan noch fester in die Arme.

Duncan bewegte sich, so daß JoHanna den Griff wieder lockern mußte. Die Kleine neigte den Kopf zur Seite, was Pecos, der neben ihr stand, sogleich nachahmte. »Ich mag den Sturm«, sagte sie. »Ich hör' gern die Geräusche des Windes. Sie sind irgendwie beängstigend. Diese Wut.« Sie griff nach der Hand ihrer Mutter. »Aber von uns war keiner dabei in dem Traum. Es waren nur Fremde.«

Eine merkwürdige Stimmung breitete sich am Tisch aus. Angst? Böse Vorahnungen? Ich wußte es nicht.

»Du magst den Sturm, weil du meinst, daß er uns nichts tun wird«, sagte JoHanna nachdenklich. »Aber eine Menge Menschen werden darin umkommen. Das letzte große Unwetter war 1906; damals sind sämtliche Holzhäuser von der Küste bis rauf nach Fitler dem Erdboden gleichgemacht worden. Nichts hat der zerstörerischen Kraft widerstanden. Manche Leute haben sich bis heute nicht davon erholt, und jetzt haben wir schon wieder eines.«

Duncan drehte sich zu ihrer Mutter um und las in deren Miene mehr, als Worte sagen konnten. »Du behauptest doch immer, die Natur ist das Höchste und daß die Menschen vergessen, welche Macht sie hat. Die Natur, sagst du immer, ist die einzige Gewalt, der sich der Mensch beugen muß, und daß es gut ist, wenn wir wissen, wir sind nicht allmächtig.«

Als niemand etwas einwandte, fuhr Duncan fort, und ihre

Stimme wurde immer selbstsicherer: »Du sagst immer, wenn die Menschen erst mal in der Lage sind, das Wetter zu beeinflussen, zerstören sie die Erde.« Sie wandte sich an John Doggett. »Und du sagst das auch. Ich hab' doch gehört, wie du mit Mama darüber gesprochen hast.«

Doggetts Lächeln sah traurig aus. »Das stimmt, Duncan, aber manches lernen die Menschen nur unter großen Schmerzen, und es ist schwer, ihnen dabei zuschauen zu müssen. Die Natur macht keinen Unterschied zwischen den Guten und den Bösen. Sie straft beide.«

Seine Worte trafen mich wie ein Schlag ins Genick, und plötzlich streifte mich eine schlimme Ahnung. Ich hatte seine Anwesenheit in diesem Hause einfach so hingenommen. Als ich aus meinem Loch hinausgeklettert war, hatte ich mich an seinen Worten emporgezogen. Sie hatten mir Halt gegeben. Aber was hatte er eigentlich hier zu suchen? Ich senkte den Blick und sah ihn verstohlen an. Er war entspannt, aber traurig.

»Manche Leute brauchen den Schmerz«, sagte Duncan wie zu sich selbst. Um ihren Mund lag ein harter Zug, der sie älter machte. »Das hab' ich in dem Traum gesehen, und es wird alle in Jexville treffen.« Sie legte ihre Karten mit der Bildseite nach unten auf den Tisch. »Ich muß immer an diesen Traum denken, und ich weiß, ein Teil davon spielt hier bei uns in Chickasaw County. Leute, die ertrinken. Wasser, das Bäche und Gräben überflutet.« Sie runzelte die Stirn und strich müde mit der Faust darüber. »Aber das ergibt irgendwie keinen Sinn. Die Toten sind auf so was Ähnlichem wie einer Farm. Nicht alle an der Küste.«

JoHanna zog ihre Tochter an sich und umarmte sie ganz fest. »Still, Duncan.« Dann schaute sie über Duncans Kopf hinweg zu Floyd, der ein besorgtes Gesicht machte.

»Was ist denn nur los?« Ich spürte die Spannung, ohne recht zu verstehen, woher sie kam. Das Unwetter würde schreckliche Schäden anrichten, aber wir konnten es doch nicht verhindern, und außerdem waren wir in Sicherheit. Ebenso wie Will, der in New York war. Was ging hier vor? Was war es, das ich nicht begriff?

Sie wechselten einen Blick, als wollten sie sich darüber verständigen, ob sie es mir sagen sollten oder nicht.

»Das beste wäre, wir gingen alle miteinander so schnell wie möglich nach Fitler.« JoHanna sah auf Duncans Hand, die auf dem Tisch lag. »Das wäre am gescheitesten.«

Sie hatten Angst, oder zumindest waren sie beunruhigt. »Aber warum denn?«

»Du kannst dich doch noch an Reds Begräbnis erinnern, nicht wahr, Mattie?«

Auf einmal stand mir die Szene wieder vor Augen, und ich glühte vor Scham. Ich hatte sie nicht vergessen. Ich hatte sie nur aus meinem Gedächtnis verbannt. Jetzt spürte ich, wie ich unter Floyds Blick errötete. Er hatte mich berührt. Nicht unanständig, und doch gehörte sich so etwas einfach nicht. Darum hatte Elikah mich geschlagen. O ja, und ob ich mich daran erinnerte.

»Wie ich sehe, weißt du noch, was passiert ist.« JoHanna zögerte. »Ich habe damals von einer Naturkatastrophe gesprochen, von dem Verderben, das Gott über die Leute dort bringen wird. Tja, und jetzt ist es da.« Sie zeigte zum Fenster. »Das wird das Faß zum Überlaufen bringen. Sie werden denken, daß Duncan und ich das Unwetter heraufbeschworen haben. Sie werden es nicht wagen zu sagen, daß wir Hexen sind, aber sie werden es glauben. Im Grunde ihres Herzens.«

»Die haben kein Herz«, sagte ich bitter. »Und was sie denken, kann uns doch egal sein.«

»Mir nicht. Ich habe den größten Teil meines Lebens hier verbracht, ohne mich darum zu kümmern, was die Leute denken. Sie haben mir immer gegrollt, aber ich hatte nie Angst vor ihnen. Doch dieses Unwetter … dieses Ausgeliefertsein. Es würde mich nicht wundern, wenn sie sich dafür an uns rächen. An Duncan.«

O ja, das würden sie. JoHanna brauchte nichts weiter zu sagen. Und wie sie das würden. Das Wüten des Sturmes war nichts gegen das, was diese Leute anrichten würden. Sie hatten Angst, sie fühlten sich bedroht. Da war ein hilfloses Kind in ihren Augen genau die richtige Zielscheibe.

»Ich hab' Tommy Ladniers Stiefel auf dem Ladentisch vergessen.« Floyd sprang auf und ging in der Küche auf und ab. »Vielleicht sollte ich noch mal losgehen und sie in Sicherheit bringen.«

»Denen passiert schon nichts«, sagten JoHanna und John wie aus einem Munde. JoHanna überlegte kurz und ging zum Telefon, das an der Wand hing. »Wir können ja rasch anrufen.« Sie probierte es, doch das Telefon war tot.

»Bäume sind auf die Drähte gestürzt«, sagte John. »Es wär' ein Wunder gewesen, wenn's funktioniert hätte.«

»Mr. Ladnier wird fuchsteufelswild, wenn die Stiefel beschädigt werden.« Floyd kam wieder an den Tisch.

»Gegen einen Hurrikan hast du keine Chance, Floyd.« John schob seinen Stuhl zurück. »Ich mach' Feuer und koch' uns eine Kanne Kaffee. Im Moment ist es kühl, aber sobald sich das Unwetter verzogen hat, wird es draußen brütend warm werden.«

»Der Sommer ist vorbei«, wagte ich einzuwenden.

»Weit gefehlt. Warten Sie's nur ab. Wenn sich das Unwetter verzogen hat, wird es wieder genauso heiß wie im August. Stickig und heiß. Ich möchte jetzt Kaffee trinken, und dann kann die Hitze kommen.« Er ging zum Herd, bereitete alles vor und benahm sich ganz so, als ob er in JoHannas Küche zu Hause wäre.

Ich wollte etwas sagen, doch es hatte eh keinen Sinn. Und das mit dem Kaffee war ja auch keine schlechte Idee. Kaffee und vielleicht eine Scheibe Toast. Ich hatte mal wieder einen Bärenhunger.

Floyd, der sich immer noch große Sorgen wegen Tommy Ladniers Stiefeln machte, litt in den vielen Stunden, die der Sturm anhielt, noch mehr als alle anderen. Wir tranken Kaffee und unterhielten uns.

John hatte lange Zeit direkt an der Küste gelebt und wußte allerlei Geschichten von Stürmen zu erzählen, die zwischen Key West und Galveston gewütet hatten. Er hielt uns mit lustigen Anekdoten bei Laune. Seiner Meinung nach bekamen wir nur die westliche, also die abgeschwächte Flanke des Hurrikans zu spüren. Die Ostflanke sei viel stärker, und wieviel Schaden so ein Hurrikan anrichte, das hänge auch davon ab, ob Ebbe oder Flut sei, erklärte er uns.

Stundenlang heulte der Wind, und es regnete und regnete, Äste krachten herunter, und dann und wann flog irgendein Gegenstand, den der Wind mit sich fortgerissen hatte, draußen an eine Mauer. Wir vertrieben uns, so gut es ging, die Zeit. JoHanna und Duncan brachten uns Rommé bei, ein Spiel, dem Floyd nicht viel abgewinnen konnte. John hingegen war entzückt, als sich herausstellte, daß ich ein Händchen fürs Kartenspiel hatte, und zeigte mir, wie man pokerte. Ich stellte mir vor, wie entsetzt Elikah darüber wäre, und freute mich. Wenn ich gerade nicht an der Reihe war, malte ich mir aus, wie Elikah im Sturm unter dem dicksten Baum der Welt begraben wurde.

Irgendwann schauten wir zur Uhr und sahen, daß es schon nach Mittag war. Wir kochten die nächste Kanne Kaffee und aßen wieder Toast. Einmal ging ich zum Fenster und sah hinaus, wobei ich das Gefühl hatte, daß der Wind schwächer geworden war.

John Doggett stellte sich neben mich und legte mir behutsam die Hand auf die Schulter. »Wir haben Glück. Das Schlimmste ist erst mal vorbei.«

»Was meinen Sie, ob der Sturm großen Schaden angerichtet hat?« Vor meinem geistigen Auge sah ich einen großen Baum, unter dem gerade noch Elikahs Schuhspitze hervorsah, und ich schöpfte Hoffnung.

»Der Hurrikan selbst nicht. Ein paar Bäume werden umgestürzt sein und hier und da eine Scheune oder ein Haus beschädigt. Wirklich gefährlich sind für uns hier, so weit im Landesinneren, die Tornados, die mit dem Hurrikan kommen. Und diesmal kommen mit Sicherheit welche. Die wirklich großen Zerstörungen richten die Tornados an.«

Vielleicht war Elikah in so einen Wirbelsturm geraten und einfach weggeweht worden, irgendwohin, wo man ihn nie mehr wiederfand. Das gefiel mir eigentlich noch besser als die Idee mit dem Baum. Dann würde ich nicht mal so tun müssen, als ob ich um ihn trauerte. Ich könnte sagen, er ist weg, und das war's. Er ist weg, einfach so.

Als der Wind abflaute und der Regen aufhörte, war es bereits nach zwei Uhr. Wie John vorausgesagt hatte, kam gleich danach die Sonne hervor, als wollte sie sich rächen. John und Floyd holten Hämmer und Stemmeisen und lösten die Bretter von den Fenstern. Keine der Scheiben war zerbrochen, und als die Bretter entfernt waren, konnten wir schließlich in den Garten sehen. Rechts und links vom Haus war alles mit Zweigen und Laub übersät. Doch der Seifenbaum hatte keinen Schaden genommen, und Wills Auburn hatte John vorher ein Stück abseits geparkt. Nun klebten grüne und braune Blätter auf dem knallroten Lack, ansonsten aber war der Wagen unversehrt. Wir gingen zur Hintertür hinaus, um uns ein Bild von dem Schaden zu machen, den der Sturm angerichtet hatte, allen voran JoHanna mit Duncan auf dem Arm.

Die großen alten Eichen am Straßenrand hatten überlebt und nur ein paar dicke Äste eingebüßt. Man brauchte nur ordentlich aufzuräumen, dann würden die Folgen des Sturms bis zum nächsten Frühling schon gar nicht mehr zu sehen sein.

Die Zeder aber hatte weniger Glück gehabt. In etwa vier Metern Höhe war der Stamm geborsten, so daß die gesamte Krone heruntergebrochen war und diese Seite des Gartens zur Hälfte unter ihrem Grün begraben hatte.

»Oje«, rief JoHanna, setzte Duncan ab und rannte zu dem Baum. Sie umfaßte den rötlichen Stamm mit beiden Händen und tastete ihn von oben bis unten ab, ungefähr so, wie sie meinen Körper nach möglichen Knochenbrüchen abgetastet hatte.

»Wenn wir ihn unterhalb der Bruchstelle absägen, bleibt er vielleicht am Leben.« John ging zu ihr und legte ihr die Hand auf die Schulter. »Ach, Jo, das tut mir leid für dich.«

»Wie oft hab' ich nachmittags unter diesen Zweigen gesessen.« JoHanna seufzte. »Holt die Säge aus dem Schuppen. Vielleicht kannst du ihn mit Floyd zusammen stutzen, eh wir in die Stadt fahren.« Sie kam wieder zu uns und strich Duncan übers Haar. »Die Zweige waren zu dicht. Der Wind ...« Sie schüttelte den Kopf.

Floyd holte die Säge aus dem Schuppen, dem die Tür fehlte. JoHanna ging zurück ins Haus; ich schüttelte währenddessen zusammen mit Duncan die Blätter aus der Hängematte, und dann setzten wir uns in den Schatten und guckten den Männern bei der Arbeit zu. Besonders John zog meinen Blick auf sich, was ich mir nur ungern eingestand. Er war nicht so breit in den Schultern wie Floyd, doch als er das Hemd auszog, sah ich, wie hart seine Muskeln waren und wie gut er gebaut war. Dieser Mann hatte nicht die zarten Hände eines Schriftstellers, sondern er war sehr wohl in der Lage, sich sein Brot auch mit harter körperlicher Arbeit zu verdienen. Er zog eine Schnur aus der Hosentasche und band sich das lange schwarze Haar im Nacken zusammen. Dann griff er nach der Säge und paßte sich Floyds Rhythmus an. Sie waren so gegensätzlich wie Tag und Nacht, dunkel der eine, hell der andere. Floyd schwitzte genauso wie John, doch er hatte sein Hemd anbehalten. Er hatte es eilig, in die Stadt zu kommen und sich um die Stiefel zu kümmern.

Duncan litt unter der Hitze und wollte wieder ins Haus. Sie hakte sich bei mir ein und ging langsam, mit vorsichtigen Schritten, das Gesicht verzerrt von der grimmigen Entschlossenheit, mit der sie sich wieder und wieder zwang, einen Fuß vor den anderen zu setzen. Sie hatte inzwischen wieder mehr Kraft in den Beinen. Viel mehr Kraft.

Nachdem ich Duncan ins Haus gebracht hatte, half ich, draußen die kleineren Holzstücke aufzusammeln, und fragte mich, ob JoHanna es wohl über sich brachte, ihren geliebten Baum im Winter im Kamin zu verheizen. Floyd war sich sicher, daß sie es tat. JoHanna liebte den Baum, doch davon, daß man ihn im Garten verrotten ließ, würde er auch nicht wieder lebendig. Und außerdem hoffte sie ja, daß der Stamm noch einmal neue Triebe bekam.

Nach anderthalb Stunden hatten wir es geschafft. Über drei Meter des Stammes waren heil geblieben. Der Rest war zersägt und in Scheite zerhackt. Die Sonne brannte mit einer solchen Kraft, daß die Pfützen dampften, und die Luft wurde immer feuchter und klebriger. Ich sehnte mich nach einem kühlen Bad im Fluß.

Doch statt dessen ließen Floyd, John und ich uns nacheinander Wasser aus der Pumpe über die Köpfe laufen und schrien, weil es so kalt war. Dann erschienen JoHanna und Duncan mit Handtüchern und einem Picknickkorb in der Hintertür und winkten mit den Autoschlüsseln. Wir hatten vor, Floyd zur Schuhmacherei zu bringen, damit er sein Werk retten konnte. Und danach wollten wir ein wenig durch die Gegend fahren und anschließend nach Fitler, um nach Tante Sadie zu sehen. Als wir in den Wagen stiegen und ich mit Duncan, Floyd und Pecos auf dem Rücksitz Platz nahm, meinte John, es könnte sein, daß die Straßen nicht befahrbar wären. JoHannas Zeder sei mit Sicherheit nicht der einzige Baum, der dem Wind zum Opfer gefallen war, man müsse damit rechnen, daß alle paar Meter ein Stamm die Fahrbahn blockiere. Also wurde die Säge in den Kofferraum gepackt, zusammen mit den Arbeitshandschuhen und der Wasserflasche.

Eine Stunde und drei Bäume später hatte JoHanna eingesehen, daß Floyd zu Fuß schneller in die Stadt käme. Nicht weit vom Haus der McVays endete die Peterson Lane in einer Sackgasse, wo wenig Verkehr war. Die belebteren Straßen waren bestimmt schon geräumt, JoHanna aber würde in den nächsten ein, zwei Tagen nirgendwohin fahren können.

Sie stopfte Floyd ein paar Sandwiches in die Taschen und guckte verwundert, als John sich auch welche nahm.

»Ich hab' gedacht, ich begleite Floyd und seh' mal nach, wie es in der Stadt aussieht, solange er sich um seine Sachen kümmert. Ich möchte wissen, wie groß die Schäden sind.« In seinen Worten schwang Sorge mit.

»Ja, das ist eine gute Idee.« JoHanna schaute auf die Straße, als erwartete sie, daß dort gleich General Sherman aufkreuzte, in jeder Hand eine Fackel. »Danke, John. Du bist ein guter Freund.«

»Ich schaue auch mal nach Matties Mann.« In seinem Gesicht zuckte ein Muskel, und in seinen Augen flackerte Zorn. Von einer Sekunde auf die andere war er wie verwandelt. Ein Wilder. Das war das treffende Wort. Ich wünschte mir beinah, er würde sich Elikah vornehmen. Seine Frau schlagen, das konnte mein Mann, das war eine Kleinigkeit für ihn. Mit John Doggett aber würde er bestimmt nicht so leicht fertigwerden.

»Mach keine Dummheiten, John«, sagte JoHanna. »Die wissen nicht, was sie tun ...« Ihr Blick fiel auf Floyd, der auf der Straße stand, die Beine leicht gespreizt, und auf John wartete.

Wieder zuckte es in Johns Gesicht.

Als JoHanna fortfuhr, hatte ihre Stimme einen eindringlichen Ton: »Du kannst Jexville verlassen, John, ich auch, wenn's sein muß. Und Mattie kann mitkommen. Aber Floyd würde nie hier weggehen. Nicht mal mit mir. Das hier ist sein Zuhause. Ein anderes will er nicht.«

John nickte kurz. Er nahm die Sandwiches in die andere Hand und gab JoHanna einen flüchtigen Kuß auf die Wange – eine Geste, die mich einigermaßen verwirrte, obwohl darin weder Leidenschaft noch Verliebtheit lag. Ich wandte mich diskret ab und sah rasch zu Duncan und Pecos, damit JoHanna und John sich ungestört fühlen konnten.

Dann sprach JoHanna weiter, und was sie jetzt sagte, verwirrte mich noch mehr. Ich sah sie verdutzt an.

»Ob du wohl beim Telegrafenamt vorbeigehen könntest? Sie sollen Will ins Waldorf telegrafieren, daß wir alle wohlauf sind. Damit er sich keine Sorgen macht.«

John nickte und ging dann zu Floyd. »Wir kommen nachher wieder her. Wenn in der Stadt Hilfe gebraucht wird, packen wir mit an. Ihr drei braucht uns ja vorläufig nicht, oder?«

»Ich will's mir auch ansehen.« Duncan war wieder ins Auto gestiegen und saß neben Pecos. »Ich will wissen, ob es wirklich so war wie in meinem Traum. Dazu muß ich's mir ansehen.«

JoHanna ging nicht auf ihre Tochter ein. »Sei vorsichtig, John!«

»Wird gemacht.« Er ging los, und Floyd lief neben ihm her.

John kam schließlich allein zurück, schmutzig und bekümmert. Floyd hatte beschlossen, in der Stadt zu bleiben und Axim Moses in der Schuhmacherei beim Aufräumen zu helfen. Der Wind hatte Elikahs Zunftzeichen, die Barbierstange, aus der Verankerung gerissen; sie war ins Schaufenster des Schuhmacherladens geflogen, so daß der Regen dort ungehindert hatte eindringen können. Und entsprechend sah es nun darin aus. Nur den exquisiten Stiefeln von Tommy Ladnier, die oben auf dem Ladentisch gelegen hatten, war nichts passiert, worüber Floyd so erleichtert war, daß er Axim unbedingt zur Hand gehen wollte.

Im großen und ganzen war Jexville glimpflich davongekommen – ein paar kaputte Fensterscheiben, ein paar umgekippte Bäume, die auf Telegrafendrähte gefallen waren, hier und da war ein Schuppen oder ein Nebengebäude eingestürzt –, allerdings gab es eine Ausnahme.

Chas Leatherwood war tot. Der Sturm hatte das Dach der großen Scheune neben der Futterhandlung abgedeckt, und als Chas versuchen wollte, das Heu abzustützen, war eine hohe, vom Regen völlig durchnäßte Heuwand umgekippt und hatte ihn unter sich begraben.

JoHanna setzte Wasser auf, damit John, der, schmutzverkrustet bis über die Ohren, Heu im Haar und an den Kleidern, am Küchentisch saß und ihr über die Stimmung in der Stadt berichtete, ein Bad nehmen konnte. Ich setzte mich ihm gegenüber. Duncan, erschöpft vom Laufen und enttäuscht, weil sie sich die Sturmschäden nicht hatte ansehen dürfen, lag in ihrem Bett und schlief unter Pecos' wachsamem Blick.

John erzählte uns in allen Einzelheiten, was sich in der Futterhandlung abgespielt hatte, nachdem Chas ums Leben gekommen war. Agnes hatte einen hysterischen Anfall gehabt. Doc Westfall hatte ihr eine Beruhigungsspritze gegeben, und Annabelle Lee Leatherwood hatte man fürs erste zu Rachel Carpenter gebracht.

»Hat Agnes meinen oder Duncans Namen erwähnt?« JoHanna gab sich Mühe, gelassen zu bleiben, doch ich merkte genau, daß sie sich Sorgen machte. Große Sorgen.

John trank einen Schluck von dem heißen Tee, den sie ihm gekocht hatte, und sah mich an. »Ja, das hat sie.«

JoHanna, die hinter ihm stand, mußte sich einen Moment an seiner Schulter festhalten. »Und? War's sehr schlimm?«

»Ich denke, ihr solltet die Stadt verlassen, du und Duncan. Und vielleicht nehmt ihr Floyd auch mit.« Er strich sich die Haare aus dem Gesicht. »Es sind Worte gefallen wie Rache. Sie wollen herkommen und es euch heimzahlen.«

»Und Mattie?«

»Im Moment scheinen sie sich alle einig zu sein, daß Elikah Mattie deutlich gezeigt hat, wer der Herr im Hause ist«, sagte er bitter und hielt sein Teeglas so fest umklammert, daß er ganz weiße Fingerknöchel bekam. »Die meisten sind der Meinung, daß du ein wüstes, gefährliches Frauenzimmer bist, das Mattie auf die schiefe Bahn gebracht hat, und daß Elikah ihr lediglich ein bißchen Verstand eingeprügelt hat. Wahrscheinlich wissen sie gar nicht, daß du sie schon wieder in deinen Klauen hast.«

»Agnes weiß ja nicht, was sie redet. Chas war doch ihr ein und alles.« JoHanna suchte nach Worten. »Wenn sie erst mal darüber hinweg sind …«

»Es war nicht nur Agnes. Die anderen, die Männer, sie haben die verrücktesten Sachen gesagt. Sobald sie die Leiche geborgen hatten, bin ich wieder hergekommen. Ich hatte Angst, dich allein zu lassen.«

»Und Floyd?« JoHanna schaute zur Hintertür, als ob er jeden Moment hereinkommen könnte.

»Um den mußt du dir keine Sorgen machen. Er ist bei Mr. Moses, und der Laden liegt ja am anderen Ende der Stadt. Er sagt, er bleibt über Nacht dort.«

JoHanna lief zur Tür. »Mir wäre wohler, wenn er hier wäre.«

»Unsere Lage ist auch nicht die beste. Vergiß nicht, daß wir hier nicht wegkönnen.«

JoHanna nickte, schaute aber immer wieder aus dem Fenster. »Und sie können nicht hierherkommen. Jedenfalls nicht mit Autos oder anderen Fuhrwerken.«

»Das ist doch alles bloß Gerede, JoHanna«, versuchte ich sie zu beruhigen, obwohl ich selbst nicht glaubte, was ich sagte. Schließlich hatte ich die Leute in Jexville oft genug wütend und haßerfüllt über JoHanna reden hören. Und wie, womit wollten sie es ihr wohl heimzahlen? Die Frage lag mir auf der Zunge, doch ich schluckte sie herunter, denn im Grunde hatte ich Angst vor der Antwort.

»Irgendwie müssen wir uns nach Fitler durchschlagen.« John wollte aufstehen, doch da fiel sein Blick auf mich, und er blieb sitzen. »Ich habe Will ein Telegramm geschickt. Die Leitungen sind zwar kaputt, aber sie sind schon dabei, sie wieder zu flicken.« John reckte leicht das Kinn. »Ich hab' geschrieben, er soll so schnell wie möglich heimkommen.«

JoHanna drehte sich von der Tür her zu ihm herum. Sie hob unwillkürlich die Hand und legte sie auf die Brust. »Das war wahrscheinlich richtig.«

»Mich kennt niemand in der Stadt.« Er stand langsam auf und blieb am Tisch stehen. »Sie haben mir ein paar Fragen gestellt, aber ich hab' ihnen erzählt, ich sei unterwegs und der Sturm habe mich am Weiterziehen gehindert. Ein paar Männer hatten gehört, wie es anderswo aussieht. Das Unwetter hat großen Schaden angerichtet. In Florida muß es besonders schlimm sein. Tausende sind umgekommen. Und in Mobile hat es vor allem die Seite zum Meer hin erwischt. Sieht ganz so aus, als ob der Sturm am ärgsten in Florida zugeschlagen hat und dann zum Golf zurückgekehrt ist, um sich noch mal neuen Schwung zu holen. Selbst wenn Will die Nachricht morgen bekommt, braucht er sicher mindestens vier, fünf Tage, bis er hier ist. Darum hab' ich mir gedacht, je eher er sich auf den Weg macht, desto besser.«

»Ja«, sagte JoHanna und nickte.

»Ich kann jederzeit gehen, JoHanna. Du brauchst Will. Vor ihm haben die Männer in der Stadt Respekt. Vielleicht sogar ein wenig Angst.«

JoHanna drehte uns den Rücken zu. »Mattie?« Ihre Stimme zitterte leicht.

»Ja?«

»Könntest du bitte auf Duncan aufpassen? Ich, äh, ich hab' draußen was zu erledigen.«

Sie weinte.

»Ich hör' ja, wenn sie wach wird. Ich hab' mir überlegt, daß ich uns einen Dattelpflaumenpudding machen könnte. Ein paar Schritte die Straße runter ist ein Baum. Wenn Duncan ausgeschlafen hat, können wir hingehen und die Früchte einsammeln, die der Wind runtergeschüttelt hat.«

»Danke.« JoHanna durchquerte mit großen Schritten die Küche und ging hinaus in den Garten. Die Fliegentür fiel krachend zu, und als ich aus dem Fenster schaute, sah ich sie zum Bach hinunterrennen.

John trat verlegen von einem Fuß auf den anderen. Er wollte etwas sagen, blieb aber stumm. Um seinen Mund lagen tiefe Sorgenfalten.

»Ich habe Angst um sie«, sagte er schließlich zögernd.

»Wegen der Männer in der Stadt oder wegen Ihnen?«

»Beides.« Er ging hinaus, und wieder knallte die Fliegentür.

Am Waldrand holte er JoHanna ein. Er legte ihr die Hand auf die Schulter und drehte sie zu sich herum. Mit einem kleinen, kaum hörbaren Schrei sank sie ihm in die Arme und weinte sich an seiner Brust aus.

Kapitel 29

Duncan wurde am Nachmittag wach und half mir beim Aufsammeln der vielen wilden Dattelpflaumen, harte und kleine Früchte, die in Hülle und Fülle zu Boden gefallen waren. Wir mußten gut aufpassen. Wenn die Früchte auch nur noch das geringste bißchen grün waren, waren sie nämlich essigsauer, und es dauerte ewig, bis man diesen Geschmack wieder aus dem Mund bekam. Aus den reifen Dattelpflaumen aber konnte man einen köstlichen brotartigen Pudding machen. Der Nachmittag verging mit dem Vorbereiten der Zutaten, dem Zerstampfen der Früchte und dem Backen. Ein herrlicher Geruch breitete sich in der Küche aus, und Duncan konnte es kaum erwarten, daß der Pudding fertig war. JoHanna und John hingegen, die erst am Abend wiederkamen, hatten keinen Hunger. Ich auch nicht. Nach dem Abendessen gingen Duncan und ich schlafen. Wir teilten uns das Doppelbett in ihrem Zimmer.

Die Hitze und die Dunkelheit senkten sich über das Haus, als stünde es in einem großen schwarzen, fest mit einem Deckel verschlossenen Kessel. Duncan war sofort in tiefen Schlaf gefallen, ich aber fand keine Ruhe. JoHanna und John hatten noch stundenlang im Wohnzimmer gesessen und sich unterhalten, jetzt aber war die Schlafzimmertür fest zu, und von dort drinnen war kein Laut zu hören.

Geräuschlos zogen sich die langen, dunklen Nachtstunden dahin, nur Duncan murmelte ab und an leise im Schlaf, und manchmal raschelte es, wenn Pecos sich bewegte, und vor dem Gazefenster summten die Moskitos. Und dann die Hitze. Diese stickige Hitze, die mir aufs Herz drückte.

Als ich die Wärme im Bett nicht mehr aushielt, stand ich auf und trat ans Fenster. Die schönen pfirsichfarbenen Vorhänge hingen schlaff herunter. Draußen regte sich kein Lüftchen, das sie hätte bauschen können. Mir fiel ein, was John uns vorhergesagt hatte. Wie recht er gehabt hatte. Es war noch heißer als im August. Die Natur war noch lange nicht mit uns fertig.

Duncan warf sich im Bett herum und riß die Arme hoch.

»Nein«, preßte sie mit erstickter Stimme hervor.

Danach bewegte sie sich nicht mehr. Ich wartete. Sie hatte geträumt, aber vielleicht war der Alptraum jetzt vorbei, und sie hatte wieder ihre Ruhe.

Doch da drehte sie sich von neuem herum und hob die Arme, als wollte sie einen Schlag abwehren. »Nein! Nein!« rief sie, diesmal lauter und deutlicher.

Ich ging zu ihr und legte ihr die Hand auf die heiße Stirn. Fieber hatte sie nicht. Sie war nur heiß und völlig fertig mit den Nerven, wie wir alle nach diesem Hurrikan.

»Bitte!« Sie warf den Kopf hin und her. »Bitte nicht!«

»Duncan.« Ich streichelte ihr Gesicht, um sie zu beruhigen, damit sie ohne böse Träume weiterschlafen konnte. »Ist ja gut. Es ist doch nur ein Traum.«

»Nein!« Das Wort war ein Schrei. Sie saß kerzengerade im Bett, hatte die Augen weit aufgerissen und starrte ins Mondlicht, das durch das Fenster fiel. Ihr Blick war wie der einer Wahnsinnigen. »Mama!« schrie sie wie von Sinnen. »Mama!«

Ich nahm sie bei den Schultern und schüttelte sie sanft, und als sie nicht reagierte, schüttelte ich sie heftiger. »Duncan! Wach auf!«

»Mama!« In ihren Augen war nur noch das Weiße zu sehen. Sie hatte Schaum im Mundwinkel. »Mama! Nein!«

Da flog nebenan die Tür auf, und im nächsten Moment stürzte JoHanna ins Zimmer. Sie war nur mit Wills Morgenrock bekleidet. Und gleich darauf erschien auch John Doggett in weißen Baumwollunterhosen.

»Duncan.« Mit einem Satz war JoHanna bei ihrer Tochter. »Was ist denn los, Duncan? Ich bin ja bei dir.«

Duncan blinzelte, der Wahnsinn schwand aus ihren Augen, sie sah auf zu ihrer Mutter und ließ ihren Tränen freien Lauf. »Er hat mich wieder gepackt. Unten am Grund des Flusses. Er hat mich festgehalten und wollte mich nicht loslassen, und dann bin ich ertrunken!« schluchzte sie. »Und im Wasser war Sand, ich hatte überall Sand, in der Nase, im Mund, in den Augen, lauter Sandkörner in den Augen! Und als ich ihn ansah, kroch ein Aal aus seiner Augenhöhle. Ich hab' seine Zähne gesehen und die weißen Kieferknochen!« Ihr Gesicht fiel in sich zusammen, sie schluchzte, blind von Tränen.

JoHanna drückte sie an sich, streichelte ihr den Rücken und wiegte sie sanft in den Armen. »Es war doch nur ein Traum, Duncan. Nur ein Traum. Dir kann überhaupt nichts geschehen. Wir sind alle bei dir, ich, Mattie und John. Es war nur ein Traum.«

John und ich standen hilflos am Fußende des Bettes, und wir wußten nicht, was wir machen sollten. Duncans Angst hatte sich auf mich übertragen, so daß ich trotz der Hitze und der hohen Luftfeuchtigkeit eine Gänsehaut hatte und fror wie in einem eisigen Wind.

John entschuldigte sich und ging, um sich anzuziehen. JoHanna wiegte Duncan weiter, und ich lief in die Küche und setzte Teewasser auf. Milch für Kakao hatten wir nicht bekommen können. Die Straßen waren blockiert, so daß es keine Möglichkeit gab, in die Stadt zu gelangen, und anders als die meisten Menschen auf dem Land hatte JoHanna keine Kuh, denn Will war zu oft unterwegs, und JoHanna wollte unabhängig sein und jederzeit nach Fitler fahren können, wenn ihr danach war. Darum kochte ich Kamillentee, von dem mir Tante Sadie erklärt hatte, daß er beruhigend und krampflösend wirkte.

JoHanna kam mit Duncan in die Küche. Sie zündete die Lampe an, und wieder saßen wir alle um den Tisch. Als Duncan ihren Tee ausgetrunken und sich so weit gefaßt hatte, daß sie wieder ohne zu schluchzen atmen konnte, nahm JoHanna ihre Hand.

»So, Duncan, und nun erzähl uns deinen Traum. In allen Einzelheiten.«

Duncan sah ihrer Mutter in die Augen. »Nein.«

»Aber Duncan, wenn du ihn uns erzählen würdest, könnten wir versuchen, ihn zu verstehen. Wir müssen rauskriegen, warum gerade dieser Traum dir solche Angst macht. Bei den anderen war es doch nicht so.«

»Du würdest ja wohl auch die Fassung verlieren, wenn dich ein Mann mit sich in die Tiefe ziehen wollte, dem die Haut in Fetzen von den Knochen hängt und aus dessen Brustkorb dir das Maul von einem riesigen Raubfisch entgegenkommt.« Sie redete sich in Rage.

»Na bitte, das ist ja schon gar kein schlechter Anfang, Duncan. Erzähl weiter. Kennst du diesen Mann?«

Duncans Augen waren dunkel. Zorn flackerte darin auf. »Ich will zu Daddy.«

JoHanna blieb ruhig. »Will kann dir das nicht abnehmen, Duncan. Das ist eine Sache, die du allein durchstehen mußt. Wir wollen dir ja helfen. Ich, Mattie und John. Und Floyd natürlich, wenn er morgen wiederkommt. Aber jetzt mußt du mir erst mal sagen, ob du diesen Mann kennst?«

Duncan zögerte. Das Flackern in ihren Augen erlosch. Sie begann wieder zu weinen. »Ich hab' ihn gekannt, aber ich konnte nicht rauskriegen, wer er war.« Sie rang nach Luft. »Ich konnte ihn nicht leiden. Er wollte mich mit sich runterziehen.«

»Hat er irgendwas an sich gehabt, was du wiedererkannt hast?« fragte John leise.

Duncan nickte. »Die Stiefel«, antwortete sie flüsternd.

JoHanna warf mir einen Blick zu. »Die Stiefel? Was war mit ihnen?«

»Sie waren genauso wie die, an denen Floyd gerade arbeitet.«

»Die für Tommy Ladnier?« fragte ich.

Sie schüttelte den Kopf. »Die anderen. Die mit dem schönen Muster. Die Stiefel hatten das gleiche Muster. Darum konnte ich es ja auch zeichnen, weil die Stiefel von dem Mann unter Wasser auch dieses Muster haben.« Duncan starrte in ihre Teetasse. Sie erschauerte. »Er hat auf die Stiefel gezeigt und die Lippen bewegt, aber es kamen keine Worte raus. Irgendwas wollte er mir sagen. Irgendwas mit den Stiefeln.« Plötzlich blickte sie auf, und ihre Augen waren weit aufgerissen und starr vor Angst. »Ich mach' mir Sorgen um Floyd, Mama. Ich hab' Angst, ihm passiert was.«

Anstatt Duncan diese Angst auszureden, nahm JoHanna einfach nur die Hand ihrer Tochter, küßte sie und drückte sie sich an die Wange. »Ich mache mir auch Sorgen um ihn. Vielleicht kann John morgen in die Stadt gehen und ihn wieder herbringen. Auf jeden Fall werden wir uns um ihn kümmern.«

Duncan seufzte. »Bitte, John.«

»Aber natürlich.« John war sichtlich erleichtert, und mir war klar, wenn Duncan ihn in diesem Augenblick gebeten hätte zu gehen, dann wäre er gegangen. Ich war mir nicht sicher, ob sie wußte, welche Rolle er im Leben ihrer Mutter spielte. Oder ihres Vaters. Ich war mir ja nicht mal sicher, was ich von all dem halten sollte.

»Erzähl uns den ganzen Traum«, versuchte JoHanna sie zu überreden.

John zog seinen Stuhl näher heran. »Vielleicht ist ein Schlüssel darin versteckt, Duncan. Irgend etwas, was wir wissen müssen. Damit wir dich oder Floyd beschützen können.«

Duncan trank einen Schluck Tee und schlürfte dabei ein bißchen. »Na gut«, willigte sie schließlich ein. »Es ist ja bloß, weil er so schrecklich ist.« Sie sah mich an. »Hast du dich sehr erschreckt, Mattie?«

»Allerdings!« sagte ich lächelnd. »Aber bestimmt nicht so schlimm wie du.«

»Da hast du wohl recht.« Sie kicherte. »Es fängt damit an, daß ich am Ufer des Pascagoula stehe. Der Fluß führt Hochwasser, und die Strömung ist stark. Alle möglichen Dinge treiben vorbei. Schaukelstühle, in denen alte Frauen sitzen, Zuber mit merkwürdigen Männern, die gerade ein Bad nehmen, Heuballen mit Hühnern drauf.« Sie schüttelte den Kopf. »Das ist alles sehr seltsam, weil diese Sachen ja eigentlich alle untergehen und auf den Grund sinken müßten. Aber sie treiben ganz schnell vorbei; der Fluß scheint es furchtbar eilig zu haben.«

Ich beobachtete JoHannas Gesicht. Sie war mehr als beunruhigt, was sie sich aber nicht anmerken lassen wollte. Mir fiel ein, wie groß ihre Angst gewesen war, daß Duncan eines Tages ihr eigenes Ertrinken voraussagen könnte, und mir war, als spürte ich den Atem des Todes durch den Raum wehen.

»Ich glaube, als ich da am Ufer stand, war ich viel älter als jetzt. Noch älter als Mattie sogar. Ich war schon erwachsen. Jedenfalls stieg das Wasser immer höher, bis es meine Füße bedeckte und dann die Knöchel, und als es mir bis zu den Knien ging und ich weglaufen wollte, steckte ich im Schlamm fest. Ich wußte, daß ich untergehen würde, aber das hat mich nicht weiter gekümmert, denn vor dem Fluß hatte ich keine Angst.«

Wir beugten uns immer weiter und weiter zu Duncan herüber, wie gebannt von ihren Worten und von den sonderbaren Schatten, die das Lampenlicht auf ihr Gesicht warf, das inzwischen vor Schweiß glänzte. Die Nacht war klar, und trotzdem kam es mir so vor, als hätte die Hitze einen Dunstschleier über uns geworfen, der den Sternen ihren Glanz nahm und jeden Luftzug drosselte. Duncan hatte in ihrem Traum keine Angst vor dem Fluß gehabt, ich aber rang mit dem entsetzlichen Gefühl, an ihren Worten ersticken zu müssen.

»Das Wasser stieg immer höher und höher, und als ich ganz untergetaucht war, ließ der Schlamm mich wieder los.« Duncans Hände waren zu Fäusten geballt, die jedoch reglos auf dem Tisch lagen. JoHannas Hand lag daneben, ohne sie zu berühren.

»Ich sah den Mann. Unten an den Brückenpfeilern war er und hat mich beobachtet. Er hat gewartet, daß ich zu ihm runterkomme. Die Strömung um mich herum war stark, aber ich hielt ganz still, wie ein großer Fisch, der im Wasser treiben kann, ohne sich zu bewegen. Irgendwie hab' ich mich dem Wasser entgegengestemmt und bin losgegangen, gegen den Strom. Es war dunkel, und ich konnte nicht allzuviel sehen, aber ich hatte keine Angst. Der Mann saß an dem Pfeiler, er lehnte mit dem Rücken an den Steinen, als ob er sich von einer schweren Arbeit ausruhen würde. Als ich näher herankam, sah ich, daß ...«

Zum erstenmal hielt sie inne. »… daß er gar nicht richtig da war. Es haben Teile seines Fleisches gefehlt. Große Stücke, die von ihm abgefallen waren und ringsherum verstreut lagen.«

John nahm Duncans Hand, öffnete ihr behutsam die Faust und bog die Finger gerade.

»Erzähl uns, was dann passiert ist«, sagte er leise.

Duncan hob den Blick und sah ihn an. Ihre dunklen Augen, die denen von Will so ähnlich waren, hatten einen ängstlichen Ausdruck. »Er hat mir gewinkt, daß ich näher kommen soll. Er hat gesagt: ›Duncan, du kennst mich. Sag die Wahrheit. Du bist genauso schuldig wie alle anderen.‹« Sie seufzte tief auf. »Und dann hat er auf seine Stiefel gezeigt. Seine Beinknochen steckten in den Stiefeln, die neu und schön waren, mit diesem hübschen Oberleder. Und als ich sie mir ansah, griff er mit seiner knochigen Hand nach meinem Arm.« Duncan starrte auf die Tischplatte und erzählte mit beinahe ausdrucksloser Stimme ihren Traum zu Ende. »Ich sah ihn an, und aus seinem Brustkorb glotzte mich ein riesiger Raubfisch an. Der Fisch grinste und schwamm weg. Aus der Augenhöhle des Mannes kroch ein Aal und riß das Maul auf, so daß die Zähne zu sehen waren. Dann hab' ich den Mann lachen hören, dabei lachte er gar nicht. Es waren nur Luftblasen, die geblubbert haben. Und da hab' ich erst die Kette bemerkt, mit der er gefesselt war. Eine dicke, schwere rostige Kette, und er sagte, der Rost würde ihn bald befreien, und dann würde er aufstehen und es uns allen heimzahlen.« Sie holte tief Luft und seufzte erschöpft. »Das ist alles.«

»Für wen sind eigentlich die Stiefel, an denen Floyd gerade arbeitet?« fragte John.

»Für Sheriff Grissham«, antwortete ich. Ich dachte daran, wie ich mich mit Floyd über diese Stiefel unterhalten hatte, wie er mir erzählt hatte, daß das Muster auf dem Oberleder von Duncan stammte. »Er macht sie auf besonderen Wunsch des Sheriffs.«

»Sind sie schon fertig?«

Das wußte ich nicht genau, aber als ich ihn das letztemal in der Schuhmacherwerkstatt besucht hatte, waren sie fast fertig gewesen.

Damals, bevor mich Elikah so schlimm geschlagen hatte. »Wahrscheinlich.«

John nickte nachdenklich. »Also wirklich, Duncan, ich muß schon sagen, das ist ja vielleicht ein Traum.« Er hielt immer noch ihre Hand, die er mit sanfter Gewalt geöffnet hatte. Er führte sie an die Lippen und küßte sie. »Wenn du groß bist, wirst du bestimmt mal Schauspielerin. Oder Schriftstellerin. Was meinst du, JoHanna?«

JoHanna lächelte, etwas gequält zwar, aber sie lächelte. »Ich hab' immer gedacht, Duncan wird einmal Tänzerin. Wie Isadora Duncan, nach der ich sie benannt habe. Ein bißchen skandalumwittert, aber wunderschön.«

»Genau wie ihre Mutter«, sagte John.

Sie versuchten, Duncans Traum von einer anderen Seite zu sehen, und was Duncan anging, hatten sie damit auch Erfolg. Sie lächelte zögernd. Es war richtig gewesen, daß sie den Traum erzählt hatte. Jetzt war sie befreit. Ich stand auf und nahm ihre Tasse, um ihr noch einen Tee zu machen. Draußen wurde es schon hell, und wir hatten beschlossen, daß wir, so gut es ging, die Straße zur Stadt räumen wollten. Vor uns lag ein langer, harter Tag, zumal Floyd nicht da war und John beim Sägen helfen konnte. Doch ich wollte, daß die Straße so schnell wie möglich wieder befahrbar war, falls Will früher als erwartet zurückkäme. Ich wußte nicht, was ich von Duncans Traum halten sollte.

Ich glaubte nicht daran, daß sie ertrinken könnte. Trotzdem sollte Will endlich heimkommen. Mit ihm würde auch die Vernunft wieder einkehren, dessen war ich mir sicher.

Kapitel 30

Um sieben waren wir wieder auf den Beinen und hatten sogar schon gefrühstückt. Ausgerechnet Duncan war die einzige von uns, die einigermaßen ausgeschlafen wirkte. Trotz der Angst, die sie ausgestanden hatte, war sie putzmunter und zog ihre Mutter und mich auf, weil wir Arbeitshosen anhatten. Wenn wir Männerarbeit verrichten wollten, hatte JoHanna erklärt, müßten wir auch Männersachen tragen. Beim Sägen und Bäumeschleppen wären Röcke viel zu gefährlich. Das hatte mich überzeugt. Die Hose, die sie mir gab, war zwar ein bißchen zu groß, aber ich hielt sie um die Taille mit einem von Wills abgelegten Gürteln zusammen und fühlte mich darin so unbeschwert wie seit meiner Kindheit nicht mehr. Als ich in JoHannas Schlafzimmer vor dem Drehspiegel stand, die Arme in die Hüften gestemmt, und meine männliche Silhouette bewunderte, kam Duncan hinzu.

»Du wirst noch genauso wie Mama«, sagte sie. Sie stand im Schein der Sonnenstrahlen, die durch das große Fenster hereinfielen und den ganzen Raum mitsamt dem Bett in weißgelbes Licht tauchten. Auch sie trug Hosen und auf dem Kopf eine keck zur Seite geschobene Schottenmütze. »Nicht mehr lange, dann haben die Männer in der Stadt vor dir auch alle Angst.«

»Na, hoffentlich«, entgegnete ich mit einem Zorn in der Stimme, der mich selbst verblüffte.

Da erst wurde ihr klar, was sie gesagt hatte, und sie bekam einen roten Kopf. »Entschuldige, Mattie.« Duncan hielt sich am Türrahmen fest. Sie hatte zwar schon wieder mehr Kraft in den Beinen, aber es fiel ihr immer noch schwer, längere Zeit zu stehen, ohne sich irgendwo anlehnen zu können. »Es tut mir wirklich sehr, sehr leid, was mit dir passiert ist. Aber die blauen Flecken sind schon viel blasser geworden. Und deinen Rippen geht's sicher auch viel besser.«

Als ich mich im Spiegel betrachtet hatte, hatte ich gar nicht auf die blaugrünen Stellen rings um die Augen und die Schramme an der Wange geachtet. Ich hatte mich angeschaut, ohne die Prügelmale wahrzunehmen. Mein Gesicht hatte ich vollkommen übersehen, aber es stimmte, die Wunden waren fast abgeheilt. Elikahs Schläge würden äußerlich keine Spuren hinterlassen. In meinem Inneren aber sah es anders aus. In mir wuchs etwas heran, etwas, das gegen die Wände meines Körpers stieß und hinauswollte. Doch ich hatte Angst, es freizulassen, Angst davor, was daraus werden konnte. Vielleicht konnte ich es austreiben, wenn ich bis zum Umfallen arbeitete.

In dem Moment sah ich Duncan im Spiegel, und mir fiel ein, daß sie noch immer auf Antwort wartete. »Ja, mir geht's schon wieder ganz gut«, sagte ich.

»Warte, bis Daddy erst wieder da ist, der schlägt Elikah windelweich für das, was er dir angetan hat«, prophezeite Duncan leise, aber im Brustton der Überzeugung.

Ich drehte mich um und sah sie an. »Ich möchte aber gar nicht, daß Will das tut.«

»Nein?« Duncan war sichtlich enttäuscht. »Warum?«

Ja, warum? Eigentlich gefiel mir die Vorstellung, daß Elikahs Gesicht genauso geschunden wäre wie meines. Irgendwann während des Unwetters war mir etwas durch den Kopf gegangen. Das einzige Mittel gegen seine Schläge war zurückzuschlagen. Das war schon wahr. Ich hatte Elikah nur ein einziges Mal ängstlich erlebt, und das war, als JoHanna ihm die Meinung gesagt hatte. Rein körperlich war sie ihm natürlich unterlegen, aber er hatte Angst, daß sie ihn in der Stadt unmöglich machte. Doc Westfall war an seine Schweigepflicht gebunden. Nicht so JoHanna. Sie konnte und sie würde allen sagen, was er getan hatte. Und sie ließ sich von ihm nicht so einschüchtern wie ich.

»Willst du ihn ins Gefängnis bringen?« fragte Duncan.

»Wie kommst du denn darauf?« Was für eine abwegige Idee. Er war mein Mann. Kein Gericht der Welt würde ihn verurteilen, nur weil er mich geschlagen hatte.

»Ich hab' gehört, wie Mama und John sich unterhalten haben. John hat gesagt, es wär' das beste, du würdest dir einen guten Anwalt nehmen und Elikah verklagen. Selbst wenn sie ihn nicht verurteilen, meinte John, würde die Schande ihn schon lehren, sich anständig zu benehmen. Es sei denn, er bringt dich um, eh du gegen ihn aussagen kannst.«

Natürlich konnte man darüber nachdenken, Elikah anzuklagen, aber seine Schande würde ja auch an mir hängenbleiben. Wie ein Schlag ins Gesicht traf mich die Erinnerung an jene Nacht in New Orleans – ein brodelndes Durcheinander von Bildern. Ich senkte den Blick, damit ich Duncan nicht mehr ins Gesicht sehen mußte.

»Was hast du denn, Mattie?« Sie kam mit langsamen, vorsichtigen Schritten auf mich zu und legte mir die Hand auf die Schulter. »Was ist denn los?«

»Ich weiß nicht, ob das Gericht der richtige Ort ist, um das auszutragen.« Ich rang mir ein Lächeln ab. »Eigentlich gefällt mir der Gedanke an Wills Faust in Elikahs Gesicht.«

»Mir auch.« Duncan grinste. »Wußtest du schon, daß Daddy ein hervorragender Boxer ist?«

»Will?« Er war immer so korrekt gekleidet, ein Gentleman vom Scheitel bis zur Sohle. Es fiel mir schwer, mir vorzustellen, wie er mit erhobenen Fäusten im Ring stand und einem Sportsfreund eins auf die Nase gab.

»An der Universität war er in der Boxmannschaft.«

Ich hatte geahnt, daß Will studiert hatte. »An welcher Universität?«

»Ach, irgendwo in Virginia.« Duncan zuckte mit den Schultern. »Er fand's gar nicht so übel dort, sagt er, aber er war trotzdem froh, als er die Universität verlassen konnte.«

»Und dann ist er Geschäftsmann geworden?« Ich hatte mir schon oft Gedanken über Will gemacht. Wo er wohl herkam? Und wie er JoHanna kennengelernt hatte? Ob es bei den beiden auch so gewesen war wie bei Jeb Fairley und Sadie, Liebe auf den ersten Blick? Doch meine strahlenden Phantasien von JoHanna und Will wurden von einem Schatten verdüstert. John Doggett. Er war mir nicht mehr zuwider. Die Umstände und unsere gemeinsame Liebe zu JoHanna hatten uns einander nähergebracht. Doch gerade die Tatsache, daß ich ihn inzwischen richtig gern hatte, gab mir das Gefühl, Will zu hintergehen. Ich hätte sehr gern gewußt, wie Duncan das alles empfand. Und warum JoHanna ihr so etwas zumutete. Duncan liebte ihren Vater über alles, das war nicht zu übersehen. Vielleicht verstand sie noch nicht, was JoHannas Verhältnis zu John für Will bedeutete. Vielleicht verstand ich es ja auch nicht. Vielleicht wußte ich einfach noch nicht, wie das Leben war.

»Na, ihr beiden, seid ihr fertig?« JoHanna erschien in der Tür. Die Hose betonte ihren wohlgeformten Po und die immer noch schlanke Taille. Wills Hemd, das sie in die Hose gestopft hatte, war ihr viel zu weit und klaffte oben am Hals weit auseinander, so daß man ihren Brustansatz sehen konnte. Sie sah fesch und sexy aus. Ich warf rasch noch einen Blick in den Spiegel und stellte fest, daß ich dagegen nur aussah wie ein Junge. Die paar sanften Rundungen, die ich in letzter Zeit bekommen hatte, waren durch die gerade überstandene Krankheit aufgezehrt worden.

»Na los, ihr zwei. John hat schon die Sachen in den Wagen gebracht, ich will nach Jexville, Floyd abholen, und dann schleunigst weiter nach Fitler.«

Sie sprach es nicht offen aus, aber sie machte sich allmählich Sorgen um Floyd. Anscheinend hatte sie heimlich damit gerechnet, daß er zum Frühstück hier wäre. So weit war der Weg ja nicht, und wie oft war er schon unverhofft zur Hintertür hereinspaziert, wenn sie gerade den Tisch gedeckt hatte. Für Duncan war es immer eine besondere Freude, wenn der Tag damit begann, daß Floyd zu ihnen kam.

Wir liefen hinaus in die Sonne, die schon wieder viel zu heiß brannte. Nur noch eine Woche, dann war es Oktober, und draußen war eine Hitze wie im Juli. John saß am Lenkrad. Ich zuckte zusammen, und mir schoß der Gedanke durch den Kopf, daß er dort nicht hingehörte. Das war nicht sein Platz. Doch ich sagte nichts, sondern setzte mich schweigend nach hinten zu Duncan und dem Hahn.

»Wenn wir die Straße geräumt haben, muß ich noch in den Krämerladen und ein paar Vorräte einkaufen.« JoHanna nahm auf dem Beifahrersitz Platz.

»Aber nicht in diesen Hosen da, das läßt du hübsch bleiben«, sagte John ruhig, aber bestimmt. Dennoch war JoHannas entgeisterter Blick wohl seinem Ton zuzuschreiben.

»Ich …«

»Ich möchte schließlich nicht, daß du vor Sonnenuntergang unter der Erde bist. Du weißt doch selbst, was in der Stadt los ist, JoHanna. Willst du denn noch Salz in die Wunden streuen? Und ich fahre auch nicht mit euch nach Jexville rein. Es gibt schon genug Gerede.«

JoHanna sah starr geradeaus. Duncan stupste mich am Knie an. Sie zog eine Grimasse. »Und woher sollen wir was zu essen kriegen?« fragte sie. »Wir brauchen Milch und Brot und ein paar Zimtbrötchen von Mara. Und Maismehl. Und …«

John drehte sich zu ihr um und verdrehte die Augen. »Ach, du armes Kind, hast wohl Angst, daß du verhungerst, was? Ich steige einfach am Stadtrand aus, gehe zu Fuß weiter und besorge euch alles, was ihr haben wollt. Ihr könnt gern eine Runde durch die Stadt fahren, damit die Leute sehen, daß ihr keine Angst habt. Aber daß ihr mir ja nicht aussteigt mit euren Hosen. Das gibt nur wieder böses Blut. Ein Stück vor der Stadt warte ich dann auf euch, und ihr nehmt mich mit den Einkäufen mit.«

»Aha, du hast ja schon alles genau geplant.« Aus JoHannas Tonfall ließ sich nicht entnehmen, was in ihr vorging, und ihre Miene konnte ich nicht sehen, da sie nach wie vor stur geradeaus starrte.

»Das soll keine Bevormundung sein, JoHanna, ich habe Angst. Die Stadt ist das reinste Hornissennest. Aber das willst du anscheinend nicht zur Kenntnis nehmen. Die Männer … sie haben Angst. Und aus Angst tun Menschen mitunter die entsetzlichsten Dinge. Dinge, die sie hinterher bereuen, aber dann ist es zu spät.«

JoHannas Schultern entkrampften sich, genau wie meine. »Du hast ganz recht, wir wollen die Leute nicht noch mehr provozieren. Aber es macht mich jedesmal rasend, wenn ich daran denke, daß ich mich nach deren dummen Verhaltensmaßregeln und Moralprinzipien richten soll.«

»Ich kann mir nur schwer vorstellen, daß du dich nach irgend etwas richtest«, sagte John, und in seiner vollen, sonoren Stimme schwang Belustigung mit. »Wenn das Unwetter mit seinen Folgen nicht gewesen wäre, dann würde ich sagen, geh doch ruhig in Hosen. Aber die Leute sind außer sich. Sie haben die Macht von etwas zu spüren gekriegt, das sie nicht bändigen können, und nun brauchen sie einen Sündenbock. Und der bist du, und das weißt du auch. Und Duncan. Und Mattie und ich gleich mit, wenn wir in die Schußlinie geraten.«

»Du hast ja recht«, räumte JoHanna gnädig ein. »Dein Plan ist gut, John. So, und jetzt wollen wir uns endlich den ersten Baum vornehmen.«

Zuerst waren wir nur erstaunt, wie viele Bäume der Sturm entwurzelt hatte, doch dann fehlten uns vor Entsetzen die Worte, und so fuhren wir schweigend weiter in Richtung Jexville. Hier und da waren hohe Kiefernstämme umgestürzt und lagen kreuz und quer auf der Straße, und viele Bäume waren nur wenige Zentimeter über den Wurzeln abgeknickt. John erklärte Duncan, daß Kiefern lange Pfahlwurzeln hatten, die tief in die Erde reichten, wohingegen das flache, weitverzweigte Wurzelwerk der umgestürzten Wasser- und Roteichen schutzlos der heißen Sonne ausgeliefert war. Die Bäume lagen auf der Seite, zu groß, als daß man sie wieder hätte aufrichten können, und würden langsam, aber sicher absterben. JoHanna warf einen Blick auf diese Sturmopfer und mußte sich abwenden.

»Und was ist mit den Menschen?« fragte Duncan.

»Das werden wir sehen, wenn wir in der Stadt sind«, erwiderte JoHanna in einem Ton, der keine weiteren Fragen zuließ.

Bis zum Mittag hatten wir fünf Bäume beseitigt, aber nur einer von ihnen war richtig groß gewesen, eine mächtige Weihrauchkiefer, die die Holzfäller anscheinend übersehen hatten. Nachdem wir sie beiseite geschafft hatten, fuhren wir noch ein Stück weiter und stellten zu unserer Verblüffung fest, daß man auch von der Stadt her schon damit angefangen hatte, die Peterson Lane zu räumen, und wir uns nicht mehr weiter anstrengen mußten. Also bogen wir mit dem großen Auburn in ein nahezu unversehrtes Wäldchen ein und verspeisten unser Picknick. Ganz unsichtbar waren wir dort freilich nicht, doch John hatte eigens so geparkt, daß wir zumindest teilweise verdeckt waren und notfalls schnell wegfahren konnten – mit dem Kühler zur Straße, und zwar in Richtung Jexville. Während wir unsere Sandwiches auspackten und die Gläser voll süßen Tee gossen, horchte ich angestrengt, ob ich irgendwelche Motorengeräusche hören konnte, doch es schien sich kein Fahrzeug zu nähern.

»Meinst du, die übrigen Straßen sind auch schon geräumt?« fragte JoHanna, die sich darüber wunderte, daß man sich ausgerechnet mit der Reinigung einer Straße, die in einer Sackgasse endete, so beeilt hatte.

»Könnte sein.« John schaute angestrengt den hitzeflimmernden roten Lehmweg hinunter. Seine Miene war verschlossen, als ob seine Gedanken zu intim wären, um sie jemandem mitzuteilen.

Doch JoHanna fiel es nicht schwer, sie zu erraten. »Du denkst, sie wollten zu unserem Haus, nicht wahr?«

»In der Tat.« Er stand auf, zog sein Taschentuch aus der Hosentasche und wischte sich den Schweiß von der Stirn. Neben ihm auf der blaßgelben Leinenserviette lag das angebissene Sandwich mit Eiersalat, das JoHanna für ihn gemacht hatte.

»Und warum sind sie nicht gekommen?«

»Vielleicht, weil ihr Zorn bei der Arbeit verraucht ist, als sie die schweren Bäume wegschafften.« Er lehnte sich an eine Platane, an der kein einziges Blatt mehr war. »Oder vielleicht haben sie sowieso alle Straßen geräumt und sind bei dieser hier von der Dunkelheit überrascht worden.« Er winkelte ein Knie an und stützte sich mit dem Fuß am Stamm ab, was ihm den Anschein von Gelassenheit geben sollte, doch sein Blick strafte die lässige Pose Lügen.

Ich sah ihm ins Gesicht und spürte, wie mir ein kalter Schauer über den Rücken lief. Er verheimlichte uns etwas, irgend etwas, das er offenbar gestern in der Stadt erlebt hatte. Er hatte bewußt untertrieben, damit JoHanna sich nicht unnötig aufregte. Aber er war beunruhigt. Und als er sich bückte, um sein Sandwich aufzuheben, rutschte eines seiner Hosenbeine ein Stück an der Wade hinauf, und da sah ich, daß oben im Stiefelschaft eine Pistole steckte.

Er mußte gespürt haben, daß ich ihn ansah, denn er schaute zu mir auf, und unsere Blicke begegneten sich. Er brauchte nichts zu sagen; ich wußte auch so, daß ich den Mund zu halten hatte. Ohne Worte, aber unmißverständlich erklärte er mir alles auf seine eigentümliche Weise: Die Waffe hatte er bei sich, um JoHanna, Duncan und mich zu beschützen. Man mußte die beiden aber nicht unbedingt darauf aufmerksam machen. Es war besser, wenn JoHanna nichts davon wußte.

Ich hatte kapiert. Ich stand auf und ging zum Wagen, um uns allen neuen Tee einzuschenken. Da hörte ich hinter mir leise die Kiefernnadeln knistern, die der Wind heruntergeweht hatte und die nun wie ein dicker Teppich auf dem Boden lagen.

»Können Sie mit einer Waffe umgehen, Mattie?« fragte John. Ich konzentrierte mich aufs Eingießen. Einmal, als Jojo betrunken gewesen war, hatte er mich gezwungen, mit seinem Revolver zu schießen. Ich konnte mich noch genau daran erinnern, was es für ein Gefühl war, die Waffe in der Hand zu halten, das kalte Metall zu spüren und den kleinen Schreck im Moment des Abdrückens. Jojo hatte einen Mordsspaß gehabt, weil er mir die Waffe aufgedrängt hatte und nun hinter mir stand und meine Hand so lenkte, daß der Revolver auf Callie zielte, die gerade im Hof herumtollte. Er hatte seinen Finger um den meinen gelegt und ihn gegen den Abzugshahn gedrückt. Callie war schreiend weggerannt, und ich hatte mit Jojo gerungen, damit er Callie nicht töten konnte. Mir war übel geworden von seinem fauligen Whiskyatem, aber ich durfte nicht in Ohnmacht fallen, weil ich doch nicht zulassen konnte, daß er Callie umbrachte. Ich mußte den Revolver mit aller Kraft nach unten pressen, und da merkte ich, wie sein Finger langsam abdrückte. Ich riß die Waffe mit einem Ruck wieder hoch und sah, wie der rote Sand zu meinen Füßen aufstob. Callie kreischte, raste los und versteckte sich schnell hinter einem Baum oder einem alten Faß.

Johns Hände faßten nach meinen Schultern. »Mattie?«

Ich atmete durch, sog tief die klare, lieblich duftende Luft ein. Kein Whiskygeruch, kein Geruch nach Schießpulver oder Angst. Ich sah ihn an, und er lockerte den Griff. »Mir fehlt nichts.«

»Können Sie mit einer Waffe umgehen?« fragte er in drängendem Ton.

»Wenn es sein muß.« Wäre es mir gelungen, Jojo den Revolver zu entwinden, hätte ich ihn niedergeschossen. Ich hätte ihn erschießen können – um Callie zu retten. Und für JoHanna und Duncan könnte ich so etwas ebenso tun.

John zog einen winzig kleinen silbernen Derringer aus der Tasche. »Der trifft nur aus nächster Nähe. Es sind zwei Schüsse drin, Sie müssen also gut zielen. Am besten aufs Herz. Die Brust ist ein relativ großes Ziel, da trifft man am ehesten. Außerdem leidet der andere nicht so lange. Und Mattie«, sagte er, während er mir den mit schönen Schnitzereien verzierten Elfenbeingriff in die Hand drückte, »benutzen Sie ihn nur, wenn es unbedingt sein muß. Sie dürfen Duncan nicht kriegen. Sie würden sie umbringen. Später würde es ihnen wahrscheinlich leid tun, aber das macht die Kleine nicht wieder lebendig.«

»Hat JoHanna eine Waffe?«

Er sah mir fest in die Augen. »Nein. Ehrlich gesagt, ich glaube, in dem Punkt sind Sie ihr überlegen. Ich vertraue Ihnen.«

Er wollte gehen, doch ich faßte unwillkürlich nach seinem weißen Hemd und hielt ihn fest. Er drehte sich zu mir herum; sein Gesicht war zu einer Maske erstarrt.

»Warum fahren wir nicht zurück zur Farm? Wir müssen doch nicht in die Stadt. Können wir denn nicht einfach ein paar Tage abwarten? Bis sich die Gemüter beruhigt haben. Wozu müssen wir denn da hinfahren und es drauf ankommen lassen, daß sie uns was tun?«

»Weil ich Angst habe, daß sie, wenn wir nicht zu ihnen gehen, zu uns kommen. Wenn sie die Farm einkesseln, wenn sie uns überraschen, dann haben Duncan und JoHanna keine Chance. Nun sind wenigstens die Hauptstraßen geräumt. JoHanna hat den Wagen, der Auburn ist schnell, mit dem kann es kein anderes Fahrzeug in Jexville aufnehmen. Und ich kann das eine Ende der Stadt blockieren und sie aufhalten, bis JoHanna weg ist.«

»Und was wird dann aus Ihnen?«

Sein verwegenes Grinsen war nur eine seiner vielen Masken, diesmal die des tollkühnen Draufgängers à la Errol Flynn. »Ich hab' im Moment sowieso keine Lust mehr, weiter an meinem Buch zu schreiben. Und wenn die Leute sich erst mal beruhigt haben, werden sie ihre Wut bestimmt nicht an einem Mann auslassen.« Behutsam löste er meine Hand von seinem Hemd und ging wieder zurück zum Picknickplatz, wo JoHanna und Duncan mit raschen, entschlossenen Gesten die Reste zusammenräumten.

Ich beobachtete die beiden, und mir war klar, daß JoHanna sich der Gefahr ebenso bewußt war wie John. Sie wollte nur nicht, daß Duncan und ich es merkten. Jetzt gab es keine Ausflüchte mehr. Wir waren unterwegs zu einem Ort, wo alles passieren konnte. Den Menschen, die seit kurzem meine Nachbarn waren und die sie, JoHanna, fast schon ihr ganzes Leben lang kannte, war das Schlimmste zuzutrauen. Selbst ein Überfall auf ihre Tochter.

An den Eisenbahnschienen am westlichen Stadtrand stieg John aus, und ich setzte mich auf den Beifahrersitz. »Sie sollen dich sehen. Fahr langsam, JoHanna, aber nicht zu langsam. Und nicht anhalten. Egal, was passiert.«

JoHanna nickte und hielt krampfhaft das Lenkrad fest. »Ich fahr' in Richtung Mobile, dann dreh' ich um und komme zurück, und wir treffen uns auf der Straße, die zur Farm führt. In vierzig Minuten.«

John nickte. »Der Einkaufszettel.«

JoHanna zog ein Stück Papier aus der Brusttasche von Wills

Hemd und drückte ihn mir in die Hand. Als ich ihn John reichen wollte, sah ich, daß drei Dinge darauf notiert waren. Milch, Zimtbrötchen und Maismehl. Duncans Wünsche.

»Nichts von dem, was da draufsteht, ist lebenswichtig.« Ehe ich John den Zettel geben konnte, hatte JoHanna ihn schon wieder an sich genommen.

»Wenn es Ärger gibt, werde ich meine Zeit wohl kaum damit verplempern, dir süße Milch zu besorgen.« Er grinste und trat einen Schritt zurück. »Jetzt kommt es auf Sie an, Mattie«, sagte er leise.

Wir ließen ihn am Straßenrand stehen und fuhren los.

Gleich hinter den Schienen bog JoHanna in die Redemption Road ein, die direkt in die Stadt hineinführte. Wir holperten über die Schienen, und dann drosselte sie das Tempo. Die Futterhandlung war böse zugerichtet. Weniger der Laden selbst, der weitgehend verschont geblieben war, als vielmehr die große Scheune, die daneben gestanden hatte und die jetzt nur noch ein Trümmerhaufen war. Wie es aussah, hatte der Wind das Dach weggefegt, so daß der Regen ungehindert eindringen und der große Heuschober sich mit Wasser vollsaugen konnte. Das nasse Heu war dann anscheinend ins Rutschen gekommen und hatte die Holzstangen umgeworfen, die es halten sollten. Offenbar war Chas Leatherwood genau in dem Moment hinausgegangen und hatte versucht, die Stützen wieder aufzurichten, damit das Dach nicht ganz in sich zusammenfiel. Im Vorbeifahren sahen wir den großen, schweren, dunklen Heuschober. Es roch vermodert, obwohl die Sonne darauf schien. John hatte erzählt, daß man Chas' Leiche unter der Heulawine hervorgezogen hatte. Er war erstickt. Das Gewicht all des Heus und der Sauerstoffmangel hatten ihn umgebracht. Es mußte ein schrecklicher, angstvoller Tod gewesen sein.

Auf dem Hof neben der Scheune arbeiteten mindestens ein Dutzend Männer, und als JoHanna langsam vorüberfuhr, ließen sie ihre Sägen und Seile sinken und starrten uns an. Wir winkten nicht, aber wir wandten uns auch nicht ab. Wir fuhren weiter geradeaus, als hätten wir in der Stadt etwas zu erledigen.

Ich sah, wie JoHannas Blick in den Seitenspiegel fiel und einen Moment lang dort verharrte. Langsam drehte ich mich um und sah zurück. Ich wollte auf keinen Fall Duncans Aufmerksamkeit erregen. Die Männer standen immer noch auf dem Hof, manche auf ihre Heugabeln gestützt, andere mit schlaff herunterhängenden Armen, die Säge in der Hand. Sie hatten sich zu einem dichten Grüppchen zusammengeschart und schienen etwas auszuhecken. Einen Plan. Während ich noch guckte, löste sich ein junger Bursche aus der Gruppe und rannte mit riesigen Schritten stadteinwärts, quer über die unbebauten Flächen und durch die Gärten hinter den Häusern. Die Männer schauten dem Jungen nach, doch dann richtete sich ihre Aufmerksamkeit wieder auf uns, und ich spürte ihre Blicke noch im Rücken, als ihnen das Leatherwoodsche Haus schon die Sicht auf unseren Wagen versperrte. Ich faßte unwillkürlich nach der Pistole in meiner Hosentasche. Sicher fühlte ich mich dadurch zwar nicht, aber ich fühlte mich besser.

Das Haus der Leatherwoods war von der Futterhandlung durch ein drei Morgen großes Feld getrennt, das nun als Parkplatz für zwei ältere Fahrzeuge und drei Fuhrwerke diente. Eines der Autos gehörte Doc Westfall. Im Haus waren sämtliche Vorhänge zugezogen.

JoHanna bog nach links in die Paradise Street ab und dann gleich wieder nach links in die Canaan Street, wo sie vor meinem Haus anhielt. In dem Moment, als die Räder sich nicht mehr drehten, wuchs meine Angst ins Unermeßliche. In Sicherheit waren wir nur, wenn wir in Bewegung waren. Auf der Flucht. Doch ein Blick auf JoHannas Kehlkopf sagte mir, daß sie sich der Gefahr bewußt war und selbst auch einen Plan hatte.

Ich betrachtete das Haus, das ich zum erstenmal als Braut betreten hatte. Die Schaukel hing noch vorn auf der Veranda, aber die beiden Fensterläden waren nicht mehr da. Die Scheune hinter dem Haus hatte anscheinend nichts abgekriegt, und Mable stand am Hoftor und fraß Gras. Ihr schien das Unwetter kein Haar gekrümmt zu haben. Als wir an Jeb Fairleys Haus vorbeigekommen waren, hatte ich zu meiner Erleichterung festgestellt, daß auch die

Tellerblütenmagnolie den Sturm überlebt hatte. Ich hatte mir Sorgen gemacht, der große Baum könnte umgeknickt sein.

JoHanna griff nach dem Zündschlüssel, schaltete den Motor aber nicht ab. »Lauf schnell rein und hol dir ein paar Anziehsachen«, sagte sie. »Duncan und ich, wir warten hier. Wie ich Elikah kenne, ist er viel zu geldgierig, um den Laden heute geschlossen zu lassen.« Sie brauchte mir nicht zu sagen, daß dies für mich die letzte Chance war, mir die Dinge, die ich haben wollte, aus Elikahs Haus zu holen. JoHanna hatte nicht die Absicht, jemals wieder hierher zurückzukehren, nicht um alles in der Welt.

»Ich will meine Kleider nicht mehr haben.« Ich brauchte das Haus nur anzusehen, schon lief es mir eiskalt den Rücken hinunter. Selbst die vordere Veranda, einst mein Lieblingsplatz, war mir durch Elikahs Berührung zuwider geworden. Nichts sollte mich mehr an mein Leben mit Elikah Mills erinnern. Ich wollte irgendwohin, wo ich noch mal von vorn anfangen konnte.

»Bist du dir sicher?«

Gab es dort in diesem Haus irgend etwas, das mir fehlen würde? Irgend etwas, das ich als mein Eigentum betrachten konnte? Ich nickte. »Ja, ich bin mir sicher. Wir können weiterfahren.«

JoHanna ließ die Kupplung los, wir drehten um und fuhren die Canaan Street hinunter in Richtung Mercy Street. Wir bogen rechts ab, und als wir am Krämerladen vorbeikamen, wo John für uns einkaufen wollte, drosselten wir das Tempo.

Das Schaufenster war zertrümmert, und drinnen waren mehrere Männer dabei, die Scherben wegzufegen und sauberzumachen. Als sie das rote Automobil erblickten, hörten sie schlagartig auf zu arbeiten und starrten uns hinterher. Wie von einer magischen Kraft gezogen ließen sie ihre Besen und Feudel fallen und traten durch das kaputte Fenster hinaus auf die Straße.

Sie folgten uns. Ohne besondere Eile zwar, aber sie folgten uns, und ich spürte, wie mir ein Kribbeln den Rücken hinunterlief.

Wir bogen rechts ab in die Redemption Road und fuhren abermals in östlicher Richtung, und ich faßte mich wieder. Die Geschäfte entlang der Hauptstraße hatten keine allzu schweren Schäden abgekriegt, manche waren sogar völlig unversehrt. Ein paar Meter noch, dann würden wir am Frisiersalon vorbeikommen, und da konnte es passieren, daß ich Elikah sah. Und er mich. Ich tastete nach dem hübsch verzierten Griff des Derringers in meiner Tasche. Ob JoHanna wußte, daß John ihn mir gegeben hatte? Bestimmt nicht, sonst hätte sie ihn sicher selbst haben wollen.

Direkt gegenüber von Elikahs Geschäft lag die Schuhmacherei. Wir schauten alle drei hinüber. Das Schaufenster war zerbrochen, und im Laden war alles dunkel. Vielleicht waren Floyd und Mr. Moses hinten in der Werkstatt oder bei Mr. Moses zu Hause, oder sie waren in die Liberty Street gegangen, um neues Leder zu besorgen. Ich hütete mich, einen Blick nach links zu werfen, wo der Frisiersalon war. JoHanna fuhr langsamer, blieb aber nicht stehen.

»Soll ich kurz anhalten und gucken, ob Floyd da ist?« fragte sie.

»Lieber nicht.« Ich schaute in Richtung Stadtgrenze. Überall am Straßenrand standen Fuhrwerke und Lastautos, aber irgendwie ging heute alles viel langsamer voran als sonst. Gnadenlos brannte die Sonne auf die rote Lehmstraße hernieder, und ich wischte mir den Schweiß von der Stirn, damit er mir nicht in die Augen lief. »Wir sollten lieber weiterfahren.«

Widerstrebend und ohne den Blick von der Schuhmacherei abzuwenden, gab JoHanna Gas. »John wird schon rauskriegen, was mit Floyd los ist.«

Duncan war ungewöhnlich still. Sie saß auf dem Rücksitz, drückte Pecos an sich, der neben ihr hockte, streichelte ihm den Kopf und guckte dabei angestrengt in den Laden. »Wenn ich doch nur mit ihm sprechen könnte«, sagte sie leise.

Während ich noch über Duncan nachdachte, trat JoHanna plötzlich dermaßen heftig auf die Bremse, daß ich gegen das Armaturenbrett geschleudert wurde und Duncan und der Hahn mit einem Ruck an die Rückenlehne flogen. Als ich mich wieder aufgerappelt hatte, sah ich vor uns auf der Straße fünf Männer stehen, die uns den Weg versperrten. In der Mitte Sheriff Grissham. Mein erster Gedanke war Floyd. Er würde jetzt sofort seine Revolverheldenpose einnehmen, auf die Kerle da vorn zielen und sich aufführen wie bei einer Wild-West-Schießerei. Grissham hob die Hand, und einen Moment lang fragte ich mich, ob er vielleicht einen sechsschüssigen Revolver unter der Jacke trug.

JoHanna brachte den Wagen zum Stehen, dachte aber gar nicht daran, den Motor abzustellen. Sie hielt den Arm aus dem Fenster auf der Fahrerseite, lehnte sich leicht nach draußen und rief: »Tag, Sheriff.«

Lange rührte sich niemand. Die Männer standen da und blockierten die Straße, waren sich aber offensichtlich unschlüssig, was sie als nächstes tun sollten. JoHanna lehnte sich an die Tür, lässig wie eine Katze in der Sonne. Hinter uns näherten sich die Männer aus dem Krämerladen und aus der Futterhandlung. Ob Elikah sich ihnen angeschlossen hatte, als sie am Frisiersalon vorbeimarschiert waren? Ich schlotterte vor Angst bei dem Gedanken.

»Ihr kommt wohl nachsehen, was ihr angerichtet habt?« rief Grissham mit gepreßter Stimme. Er trommelte sich mit den Fingern auf die rechte Hüfte, und da wußte ich, daß er tatsächlich eine Waffe hatte.

»Ich wollte schauen, wie die Stadt das Unwetter überstanden hat. Irgendwer hat anscheinend nachsehen wollen, wie's uns geht. Die Straße war zum größten Teil geräumt. Nett von euch, wo Will doch nicht da ist.« JoHanna trat ein paarmal leicht aufs Gaspedal und ließ den Motor aufheulen, damit die Kerle da draußen merkten, daß sie den Wagen jederzeit starten konnte. Sie brauchte nur die Kupplung loszulassen. »Tut mir leid, das mit Chas Leatherwood.«

»Das mußt du gerade sagen«, höhnte einer der Männer und trat vor. Er stand auf der Seite, auf der ich saß, und obwohl er noch ein gutes Stück von uns entfernt war, roch ich, daß er eine Fahne hatte.

»Ja, es tut mir leid«, erwiderte JoHanna, als sie sah, wie der Mann Duncan anstarrte, die ganz still in der Mitte des Rücksitzes saß und Pecos auf dem Schoß hatte. »Aber nicht so leid, daß ich dich nicht überfahren würde wie einen Mistkäfer, Boley Odom, wenn du meiner Tochter auch nur noch einen Schritt näher kommen solltest.«

Sie hatte es leise und in fast beiläufigem Ton gesagt, und es dauerte einen Augenblick, bis der Mann den Sinn ihrer Worte erfaßt hatte. Doch dann wich er ein Stück zurück, wechselte einen Blick mit dem Sheriff und blieb stehen.

»Die Leute in der Stadt sind ein bißchen beunruhigt Ihretwegen. Ihretwegen und wegen dem Mädchen da. Die Leute glauben, ihr zwei seid mit dem Teufel im Bunde.« Grissham sah uns ausdruckslos mit seinen wässrigen Augen an. Ich fragte mich, ob er selbst auch dieser Meinung war.

»Die Leute sollen glauben, was sie wollen. Meines Wissens gibt es hierzulande kein Gesetz, das den Leuten verbietet, irgendwelchen Unsinn zu glauben. Das ist das gute Recht eines jeden Amerikaners.« Sie lächelte. »Genauso wie es mein gutes Recht ist, diese Straße entlangzufahren. Es sei denn, ihr habt irgendwelche gerechtfertigten Anschuldigungen gegen mich vorzubringen.«

»Vielleicht sollte ich euch einsperren. Zu eurer eigenen Sicherheit.« Er erwiderte ihr Lächeln mit einem kalten, harten Grinsen.

»Nur zu, Sheriff, wenn Sie mit den Folgen klarkommen.« Jetzt war JoHannas Stimme nicht mehr leise und sanft, sondern messerscharf. »Ihnen ist doch klar, daß Will und ich dafür sorgen würden, daß das Wellen schlägt. Gerade letzte Woche hat Will geschäftlich mit Senator Brady zu tun gehabt. Ich bin sicher, der Senator wäre überglücklich, Ihnen erklären zu dürfen, wie es sich mit dem Recht des Sheriffs verhält, unbescholtene Bürger zu ihrer eigenen Sicherheit in Gewahrsam zu nehmen. Sie können ihm ja ein Telegramm schicken. Ich bin gern bereit, hier zu warten, bis die Antwort da ist.«

JoHanna war zu weit gegangen. Ich sah, wie der Mann ganz links außen seinen Revolver aus der Gesäßtasche zog. Die Lässigkeit, mit der er es tat, machte die Geste um so bedrohlicher. Er war weder ängstlich noch erregt. Er war eiskalt. Auch der Mann, der Boley Odom hieß, zog eine Pistole aus dem Gürtel.

Mein Blick fiel auf JoHannas heftig pulsierende Halsschlagader. Ihr Herz raste genauso wild und ungestüm wie meines. Ich langte nach hinten, griff nach Duncans Hand und drückte sie ganz fest, um ihr zu verstehen zu geben, daß sie still sein sollte.

»Drehen Sie um, Mrs. McVay«, sagte Grissham eisig.

»Warum sollte ich, Sheriff? Ich habe ein paar Sachen zu erledigen, und außerdem will ich meine Tochter nach Hause bringen. Wenn Sie später zu mir rauskommen und mich holen möchten, nur zu. Aber ich rate Ihnen, schicken Sie zuerst das Telegramm ab, bevor Sie sich auf Dinge einlassen, die Ihnen nachher leid tun.«

Die Macht, mit der JoHanna drohte, war anderthalbtausend Kilometer weit weg. Wie sollte diese Macht verhindern können, was in diesem Augenblick in Jexville geschah? Bislang waren Wills Beziehungen nach Washington das einzige gewesen, was JoHanna geschützt hatte. Jetzt aber reichte dieser Schutz nicht mehr.

Inzwischen standen die Männer aus dem Krämerladen und der Futterhandlung direkt hinter uns. Als ich mich umdrehte, um nach Duncan zu schauen, sah ich, daß zwei von ihnen bewaffnet waren. Wir saßen in der Falle. JoHanna hatte nur die Wahl, entweder die Männer vor uns oder die hinter uns zu überfahren, mehr Möglichkeiten blieben uns nicht, wenn wir hier rauskommen wollten. Allerdings konnte ich mir nicht vorstellen, daß der Wagen dazu stark genug war. Das schaffte nicht mal der große Auburn, eher würden sie uns alle erschießen. Mein einziger Trost war, daß Elikah nicht mit dabei war. Außer Boley Odom, der der Bruder von Clyde war, und dem Sheriff kannte ich keinen von diesen Männern.

»Los, aussteigen!« Jetzt hatte der Sheriff auch noch den letzten Rest Höflichkeit abgelegt. »Die Leute in der Stadt haben irgendwie den Eindruck, daß Sie und der kleine Krüppel da hinten mehr über Chas Leatherwoods Tod wissen, als Sie zugeben.«

»Halt, Sheriff!« rief eine Männerstimme. Sie kam von oben, und als ich herumfuhr und zu dem einzigen zweistöckigen Gebäude in ganz Jexville blickte, sah ich Doc Westfalls geöffnetes Fenster, aus dem ein auf die Straße gerichteter Gewehrlauf ragte. Hinter dem Gewehr war die wehende weiße Mähne des Doktors zu sehen. Er zielte genau auf die Brust des Sheriffs.

»Doc«, rief Grissham laut und gebieterisch, »halten Sie sich mal lieber da raus. Hier geht's nicht um Medizin.«

»Nein, hier geht's um Dummheit und Angst.« Der Doktor hielt

das Gewehr seelenruhig weiter im Anschlag. Hinter ihm bewegte sich etwas. John Doggett. Als er gesehen hatte, daß JoHanna in Schwierigkeiten war, war er zu Doc Westfall gegangen. Oder hatte ich mir nur eingebildet, daß sich hinter der weißen Haarwolke des Doktors ein Schatten bewegt hatte?

Grissham erhob abermals die Stimme. »Sie wollen doch nicht auf ihre alten Tage noch wegen Mordes ins Gefängnis kommen, Doc Westfall.«

»Ich hab' mir gedacht, ich verpasse Ihnen einen Bauchschuß, Quincy, und wenn mich Ihre Revolverhelden da unten nicht vorher abknallen, kann ich schnell runterkommen und Sie wieder zusammenflicken, bevor Sie tot sind. Das Schlimmste, was man mir dann anhängen könnte, wär' versuchter Totschlag. Und ich bin mir ziemlich sicher, bis zur Gerichtsverhandlung dürfte die Stimmung in der Stadt sich geändert haben. Bis dahin werden die Leute wohl wieder zur Vernunft gekommen sein und sich schämen, daß sie vor einer Neunjährigen Angst gehabt haben. So, und jetzt weg da. Lassen Sie Mrs. McVay und ihre Tochter durch.«

»Das wird Ihnen noch leid tun.« Ein paar Sekunden lang rührte sich Grissham nicht von der Stelle, doch dann trat er einen Schritt zurück, und da wußte ich, daß wir gewonnen hatten. Ich ließ den Derringer los und legte die zitternden Hände in den Schoß.

JoHanna nahm behutsam den Fuß von der Kupplung, so daß der Wagen ruhig anfuhr, ohne zu rucken oder zu stottern. Langsam bahnten wir uns einen Weg zwischen den Männern hindurch, erreichten ohne weitere Zwischenfälle die Stadtgrenze und fuhren weiter über Land. Zwei Hügel lagen hinter uns, als JoHanna zum erstenmal wieder tief Luft holte.

»Nun ist es doch anders gekommen, als ich mir erhofft hatte«, sagte sie, den Blick auf die Straße geheftet.

»Ich hasse diese Leute«, rief Duncan in so heftigem Ton, daß JoHanna kurz aufs Bremspedal trat und das Tempo drosselte. Ich sah auf die Straße und hielt Ausschau nach umgestürzten Bäumen, damit wir keine Panne hatten, denn JoHanna fuhr einfach drauflos, ohne auf irgend etwas zu achten.

Sie griff hinter sich und faßte nach Duncans Knie. »Hör auf, sie zu hassen, Duncan. Ich hasse sie auch nicht. Mit manchen hab' ich Mitleid. Mit Agnes zum Beispiel. Sie ist doch vollkommen hilflos, jetzt, wo Chas ihr nicht mehr sagt, was sie zu tun und zu lassen hat.« Und auf einmal klang ihre Stimme sehr traurig. »Sie fürchten uns, und wir bemitleiden sie.«

Ihre Worte rissen mich aus meiner Erstarrung. »Damit ist es nicht mehr getan, JoHanna. Dein Mitleid kannst du dir sparen; die würden sonstwas mit dir machen. Oder mir Duncan. Oder ...« Ich vermied es, Floyds Namen auszusprechen. »Diese Leute lassen sich von dir nicht belehren. Du benimmst dich genauso töricht wie sie. Sie werden nicht plötzlich alles begreifen. Weil sie es gar nicht begreifen wollen. Was die wollen, ist Schlagen und Gewalt ausüben, weil ihnen das Spaß macht.«

JoHannas Gesicht bekam wieder Farbe; sie gab Gas, der Wagen wirbelte eine mächtige Sandwolke hoch und schoß davon. »Du hast recht, Mattie.« Sie trat noch fester aufs Gaspedal. »Wir fahren erst mal ein Stück, damit der Doktor Zeit hat, sie zur Vernunft zu bringen. Vielleicht lassen sie uns ja jetzt in Frieden, nach diesem Zusammenstoß. Ich bin gespannt, was John zu erzählen hat.« Ihre Miene hellte sich auf, und der kühle Fahrtwind streichelte ihre Wangen. Sie zeigte auf ein vom Sturm verwüstetes Weihrauchkiefernwäldchen. »Hier scheint der Sturm auch großen Schaden angerichtet zu haben. Seht ihr, die Bäume sind alle in eine Richtung gefallen. Enorm, was der Wind für eine Kraft gehabt hat. Wäre es ein Tornado gewesen, läge kein Baum wie der andere. Dann dreht sich nämlich die Luft auf engstem Raum im Kreis.«

Immer wieder wies sie uns im Vorbeifahren auf irgendwelche Schäden hin, um uns abzulenken, damit wir erst einmal ein bißchen zur Ruhe kommen konnten, ehe wir umdrehen und nach Jexville zurückfahren mußten.

»Da vorn mußt du rechts abbiegen, Mama.« Es war das erste, was Duncan seit ihrem Wutausbruch sagte. Sie zeigte auf eine schmale Straße, einen rot leuchtenden Einschnitt inmitten zweier hoher Wassereichen, die wir ohne Duncans Hinweis glatt übersehen hätten.

»Wieso denn?« fragte JoHanna. »Das ist doch gar keine richtige Straße.«

»Ich will was nachsehen«, flüsterte Duncan. »Mein Traum. Eigentlich hat er ja nicht in Jexville gespielt, glaube ich, aber die Straße da vorn … die hab' ich gesehen. Und die Familie dort.« Sie runzelte nachdenklich die Stirn.

»Duncan, das sieht mir zu schlammig aus. Wir können es uns nicht leisten, hier steckenzubleiben. Schon gar nicht an einem Tag wie heute.« Da weder vor uns noch hinter uns ein anderer Wagen zu sehen war, drosselte JoHanna das Tempo und warf einen Blick in die rote Lehmstraße. »Sie hat so einen komischen Namen, aber ich hab' ihn vergessen. Wenn ich mich recht erinnere, endet sie in einer Sackgasse. Es kann schon sein, daß da hinten zwei, drei Farmerfamilien wohnen.«

»Bitte, Mama.« In Duncans Bettelei schwang etwas anderes mit, etwas Unheilvolles. »Ich kenn' die Straße aus dem Traum.«

»Nein, nein, lieber nicht.« JoHanna trat wieder auf das Gaspedal. »Wir nehmen die alte Ringstraße, die an Scotts Molkerei vorbeiführt.«

»Mama!« Duncan rüttelte an der Rückenlehne des Fahrersitzes. »Bitte fahr noch mal zurück. Bitte. Ich muß sehen, ob das …«

Duncan war verwöhnt, aber so quengelig wie heute hatte ich sie noch nie erlebt. Ich drehte mich um und wollte ihr einen tadelnden Blick zuwerfen, doch als ich ihre Miene sah, hielt ich inne. »Duncan, was ist denn mit dir?«

Duncan hatte Pecos losgelassen, der nun oben auf der Lehne des Sitzes hockte. Der Wind zerzauste ihm die Federn, so daß es aussah, als würde der plumpe alte Hahn im nächsten Moment losflattern und Hals über Kopf die Flucht ergreifen.

»Irgendwas ist mit dieser Straße. Bitte. Ich muß nachsehen.«

Bei der nächsten Gelegenheit drehte JoHanna um, fuhr zurück und bog in die schmale rote Gasse zwischen den Eichen ein. Wir holperten über die Furchen, und Pecos gackerte verschreckt. Auf der Hauptstraße konnte er sich vorstellen, er sei ein Adler, der sich hoch in die Lüfte schwang, hier aber mußte er um sein Leben fürchten und sich mit aller Kraft festhalten, damit er nicht aus dem Wagen geschleudert wurde.

Nachdem wir uns eine ganze Weile hatten durchschütteln lassen, brachte JoHanna den Wagen zum Stehen und schaute sich um. »So, Duncan, jetzt hab' ich aber genug. So richten wir höchstens den Wagen zugrunde, auch wenn glücklicherweise keine Bäume im Weg liegen.«

Zu beiden Seiten der Straße waren Felder; weit und breit gab es keinen Baum, der hätte umstürzen können, nur vernachlässigte, mit rostigem Stacheldraht umzäunte Flächen.

»Nur noch ein kleines Stück«, bettelte Duncan. Ihre Miene war nun nicht mehr finster, sondern verstört. »Bitte, nur noch ein paar Meter.« Sie war bleich, und die grüne Schottenmütze ließ ihre Alabasterhaut nur noch fahler erscheinen.

»Was suchst du denn genau?« fragte JoHanna und sah Duncan an. »Entweder du sagst es mir jetzt, oder wir fahren keinen Schritt weiter.«

»Ich hatte doch diesen Traum von dem Unwetter? Weißt du noch? Ich hab' gesagt, daß ich den Ort nicht gekannt habe. Und daß da Tote in den Bäumen waren.« Sie hielt mit ihren kleinen, kräftigen Fingern die Rückenlehne von JoHannas Sitz umklammert. »Das war hier.«

Ganz gleich, was von Duncans Worten zu halten war, ignorieren konnte man sie auf gar keinen Fall. JoHanna fuhr langsam weiter. Die Straße wurde noch schmaler, so daß der Wagen rechts und links von Buschwerk gestreift wurde. Doch schließlich nahm JoHanna den Fuß vom Gaspedal und hielt nach einer Stelle Ausschau, wo sie wenden konnte. »Wir müssen zu John«, sagte sie. »Ich glaube nicht, daß diese Straße irgendwo hinführt, Duncan.«

»Hört mal«, rief Duncan plötzlich. »Hört doch mal.«

JoHanna hielt an und horchte. Von fern war der Schmerzensschrei eines Tieres zu hören.

»Eine Kuh«, erklärte ich nach ein paar Minuten. »Vielleicht ist sie an einem Zaun hängengeblieben, oder sie ist sonst irgendwie in Not.«

»In dieser Jahreszeit wird sie jedenfalls nicht kalben«, sagte JoHanna.

Ich zuckte mit den Schultern. Es gab eine Menge arme Farmer, die sich, was das anging, nicht nach der Jahreszeit richteten. Sie nutzten jede Gelegenheit, ihre Kuh mit irgendeinem Bullen zusammenzusperren, und es war ihnen egal, ob das Kalb im Winter oder im Frühjahr kam.

JoHanna fuhr langsam weiter. Man sah ihr an, daß sie liebend gern umgekehrt wäre. »Langsam wird mir die Sache unheimlich«, sagte sie, und es klang ernster als beabsichtigt. Duncan war sichtlich aufgeregt, und auch mir lief ein Schauer über den Rücken. »Du hast doch gesagt, aus Jexville und der Umgebung ist niemand ertrunken. Die Leute hier draußen hätten schon in einen Fluß gehen oder sich mit der Nase nach oben auf ihre Höfe legen müssen, um im Regen zu ertrinken. Die Küste ist weit weg.«

Unwillkürlich griff ich nach der Pistole in meiner Tasche. Nie im Leben hätte ich gedacht, daß eine Waffe mir ein Gefühl von Sicherheit geben könnte. Ich hielt nach beiden Seiten Ausschau, ob uns vielleicht jemand überfallen wollte, und ich wußte, wenn dem so wäre, würde ich, ohne zu zögern, schießen. Genauso wie ich in der Stadt auf die Männer geschossen hätte, die uns bedrohten. Nie wieder würde ich mich zum Opfer machen lassen.

Wir kamen den verzweifelten Schreien der Kuh immer näher, bis ich das Tier plötzlich auf der Weide sah. Es stand da, das dicke Euter zwischen den gespreizten Hinterbeinen, und brüllte vor Schmerzen. Ein Blick auf das mächtig angeschwollene Euter verriet mir, warum. Die Kuh war schon lange nicht mehr gemolken worden. Sie mußte entsetzliche Schmerzen haben, und obwohl ich eine geschickte Melkerin war, zweifelte ich daran, daß es mir gelingen würde, sie von der Milch zu befreien und ihr die ersehnte Erleichterung zu verschaffen.

»Kannst du ihr helfen, Mattie?« fragte JoHanna, während ich schon die Tür öffnete, um auszusteigen.

»Ich werd's versuchen.«

Der Kuh ging es so schlecht, daß sie nicht mehr vor mir davonlaufen konnte; das machte die Sache leichter. Als ich nach ihrem strammen Euter tastete, wurden ihre Schmerzensschreie – wenn möglich – noch lauter. Ganz vorsichtig ergriff ich die Zitzen, damit die heiße, farblose Flüssigkeit ins spärliche Gras spritzen konnte. JoHanna stand vorn, streichelte der Kuh den Kopf und redete ihr gut zu. Duncan saß im Wagen und weinte, weil das arme Tier so leiden mußte.

Ich hatte immer gedacht, Kühe wären nicht gerade mit Verstand gesegnet, diese hier aber schien zu wissen, daß wir ihr helfen wollten. Darum hielt sie still und ließ sich das Quetschen und Drücken gefallen, das dazu diente, ihr Euter zu leeren. Als ich es geschafft hatte, war ich klatschnaß, und mir tat der Rücken weh.

»Geht's ihr jetzt besser, Mattie?« wollte JoHanna wissen.

Die Kuh hatte aufgehört zu brüllen.

»Ja, vorläufig schon, aber wir müssen unbedingt die Leute finden, denen sie gehört. Anscheinend ist sie tagelang nicht mehr gemolken worden.«

»Vielleicht ist sie bei dem Unwetter weggerannt.« JoHanna streichelte die Kuh zwischen den Augen, und zum Dank leckte das Tier ihr mit seiner großen, feuchten Zunge die Hand.

»Sie sieht wohlgenährt aus. Ich kann mir nicht vorstellen, daß sie weggerannt ist und nicht wieder nach Hause gefunden hat. Es sei denn, sie hat durch den Sturm die Orientierung verloren.«

Die Kuh stand auf einer kleinen Anhöhe, von der aus man eine recht gute Sicht hatte. Ich schaute, wohin die Straße führte. Ein Stück weiter vorn standen ein paar Eichen, und dahinter schien ein Gehöft zu liegen. »Vielleicht ist das dort ihr Zuhause.« Ich tätschelte der Kuh die Flanke. »Sehen wir uns den Hof doch mal aus der Nähe an.«

»Aber danach müssen wir zurück zu John. Wir können ihn schließlich nicht ewig dort an der Straße warten lassen.« Sie brauchte nichts weiter zu sagen. Wenn es Doc Westfall nicht gelungen war, die erhitzten Gemüter zu beruhigen, ließen sie ihre

Wut womöglich an dem Fremden aus. Zumal sie möglicherweise ahnten, daß er etwas mit uns zu tun hatte.

»Hinter den Bäumen da vorn kann ich wenden. Und wenn die Leute dort nicht die Besitzer sein sollten, können sie die Kuh sicherlich erst mal in Pflege nehmen.«

JoHanna ging mit großen Schritten zum Wagen und ließ, noch ehe ich wieder einsteigen konnte, den Motor an.

Duncan war die ganze Zeit hinten im Auto sitzen geblieben. Nun, als wir unter dem Eichenbaldachin auf das kleine Gehöft zufuhren, wirkte sie alles andere als gelassen. Ein paar Hühner kamen gackernd angelaufen, aber als Pecos vom Rücksitz sprang und sich zu ihnen gesellen wollte, rannten sie davon.

»Pecos!« schrie Duncan und lief dem Vogel nach, so gut sie konnte. Ihre Beine waren langsam, aber sie war fest entschlossen, den Vogel einzufangen, bevor jemand aus der Tür trat und ihn niederschoß.

Während JoHanna und Duncan mit dem verdammten Hahn beschäftigt waren, hatte ich Zeit, mir das Haus näher anzusehen. Es war solide und ausladend gebaut, und vorn an den Fenstern hingen gemusterte Baumwollvorhänge. Niemand trat ans Fenster oder an die Tür. Niemand kam heraus. Die Stille war unheimlich. Ich schluckte. Inzwischen hatte auch JoHanna gemerkt, daß hier etwas nicht stimmte. Sie warf mir einen beunruhigten Blick zu.

Alles in allem waren Haus und Hof recht gepflegt, allerdings lagen die Äste, die der Sturm heruntergerissen hatte, noch genauso da, wie sie gefallen waren. Eine Fensterscheibe war kaputt, aber keiner hatte die Scherben zusammengefegt. JoHanna ging zur Haustür. Anders als sonst, schritt sie diesmal langsam, vorsichtig, und ich beeilte mich, sie einzuholen.

Sie klopfte an, doch das Geräusch verhallte ungehört. Es war niemand daheim. Das Haus stand schweigend da, leer, als hätten die Bewohner es vor langer, langer Zeit verlassen. Oder als seien sie von einem Zauber gebannt worden.

»Vielleicht waren sie in die Stadt gefahren, und das Unwetter hat sie daran gehindert, rechtzeitig wieder heimzukommen. Am besten schreiben wir ihnen einen Zettel, daß wir ihre Kuh gemolken haben, aber sie sich unbedingt um sie kümmern sollen«, sagte ich in die Leere hinein, die das Haus umgab. Die alten Bohlen und Balken verschluckten meine Worte.

»Mama?« Duncans Stimme klang sonderbar.

»Was ist denn?« JoHanna ging zu dem kaputten Fenster und schaute hinein.

»Mama?« rief Duncan in noch eindringlicherem Ton.

»Was denn?« erwiderte JoHanna kurz angebunden und drehte sich um, um ihrer Tochter einen ärgerlichen Blick zuzuwerfen. Doch Duncans Miene ließ sie erstarren. Sie folgte mit den Augen Duncans Finger, der in die Höhe zeigte, und da sah sie sie.

Wir sahen sie.

Beinahe gleichzeitig.

In einer Eiche an der Rückseite des Hauses hingen fünf leblose Körper. Drei Kinder – eines von ihnen war ein ganz kleines Mädchen –, ein Mann und eine Frau.

JoHanna rannte über die Veranda und prallte mit mir zusammen. Irgendwie schafften wir es, uns aneinander festzuhalten und die Treppe hinunter zum Wagen zu laufen. In diesem Moment startete Pecos abermals eine Attacke auf die Hühner, die aufgeregt unter den an den Ästen hängenden Toten hin- und herrannten.

»Barmherziger Gott«, keuchte ich, und mein Atem hörte sich an, wie der Wind, der durch ein Maisfeld weht. »Gütiger, barmherziger Gott.« Ich konnte den Blick nicht von dem kleinen Mädchen abwenden. Es war höchstens drei Jahre alt, und das Nachthemd wehte ihm um die Füße.

JoHanna wirkte wie erstarrt. »Was mag da bloß geschehen sein?«

Duncan stand neben dem Wagen und starrte hinauf zu den Toten. »Zuerst hat er seine Frau getötet und dann die Kinder. Er hat sie im Graben vor dem Haus ertränkt, während des Unwetters. Und dann hat er sich selbst umgebracht.«

»Duncan!« JoHanna brach den Bann des grausigen Moments, indem sie um den Wagen herum zu ihrer Tochter rannte und sie in die Arme nahm. Doch Duncan stieß ihre Mutter von sich. »Der Traum war so wirr. Ich hab' die Toten in den Bäumen hängen sehen, aber nicht die Stricke. Ich wußte, daß sie ertrunken sind, aber nicht, wieso sie in den Bäumen hingen. Ich dachte, in dem Traum ging es um die Angst der Menschen vorm Ertrinken. Jetzt weiß ich, was passiert ist.« Sie sah ihre Mutter an, und ihre Augen funkelten vor Angst wie Diamanten. »Es ist genauso, wie ich es geträumt habe.«

Kapitel 31

Wir hatten es so eilig, dort wegzukommen, daß wir Pecos im Eifer des Gefechts beinah vergessen hätten. Doch Duncan bemerkte unser Versehen, und JoHanna hielt noch einmal kurz an, damit ich rasch aussteigen und den Hahn holen konnte. Aber zu meinem Entsetzen dachte Pecos überhaupt nicht daran, sich einfangen zu lassen. Er narrte mich mit allerlei Tricks und war fest entschlossen, vor den Hennen Eindruck zu schinden. Als ich versuchte, ihn zum Zaun zu scheuchen, rannte er ausgerechnet zu der Eiche, in der die Toten hingen, baute sich darunter auf und sah mich an, als wollte er sagen: »Komm doch her, wenn du dich traust.«

»Pecos!« fauchte ich ihn an. Wie gern hätte ich ihm in diesem Moment den Hals umgedreht! Doch dann machte er sich an eine der Hennen ran, und es gelang mir, ihn bei den Schwanzfedern und gleich darauf auch an seinem dürren Hals zu packen. Er pickte mich in die Wange und riß ein kleines Stückchen Fleisch heraus, doch ich hielt ihn fest und setzte ihn zu Duncan auf den Rücksitz. JoHanna wartete nicht mal, bis ich mich richtig hingesetzt und die Tür zugemacht hatte, sondern fuhr sofort los. Im Fahren reichte sie mir ein sauberes Taschentuch für meine blutende Wange, und Duncan entschuldigte sich für den Hahn, der freilich keine Reue zeigte.

Wieder streiften Zweige den Wagen, und wieder war der Weg holprig, doch JoHanna fuhr, als wäre der Teufel hinter uns her. Mit wirrem Blick und vor Verkrampfung weißen Fingerknöcheln hielt sie das Lenkrad umklammert und raste in halsbrecherischem

Tempo weiter. Endlich bog sie, ohne den Fuß vom Gas zu nehmen, in die Hauptstraße ein. Der Wagen rutschte über den Sand, fing sich jedoch wieder, und weiter ging's in Richtung Jexville. Im Vergleich zu dem grausigen Bild, das wir gerade gesehen hatten, war Jexville das kleinere Übel.

»Aber, Mama, wir können doch nicht einfach abhauen und die Leute da hängen lassen.«

Duncan hatte ganz ruhig gesprochen, woraufhin JoHanna so abrupt bremste, daß Pecos gegen meine Rückenlehne geschleudert wurde.

»Mama! Verdammt noch mal!« Duncan trat gegen den Sitz und schwieg dann störrisch. Sie nahm Pecos auf den Schoß, untersuchte ihn scheinbar eingehend und setzte den Hahn dann wieder neben sich.

»Duncan McVay!« rief JoHanna mit vor Angst und Tadel überkippender Stimme. »Was wir dort gesehen haben, ist vergessen! Dein Traum ist vergessen! Über diese Sache wird nicht mehr geredet! Nie mehr!«

Duncan hatte das Gesicht abgewandt und streichelte Pecos' Gefieder. Dicke Tränen tropften ihr auf die Hose und sickerten in den braunen Stoff.

»Hast du mich verstanden, Duncan?«

Sie nickte, und die Tränen liefen weiter.

Ich kniete mich auf den Beifahrersitz und griff ihr unters Kinn, um ihren Kopf zu heben, so daß JoHanna sehen konnte, daß sie weinte.

»Ach, Duncan.« JoHanna schaltete den Motor aus und kletterte auf den Rücksitz. Sie zog Duncan an sich, hielt sie fest und küßte ihr die Tränen vom Gesicht. »Verzeih mir, Duncan. Ich wollte dich nicht anschreien. Aber versteh doch, die Leute dort, die sind tot, und ich will nicht, daß man uns die Schuld daran gibt. Wir haben so schon genug Ärger in der Stadt, auch ohne diese fünf Toten.«

Damit hatte JoHanna allerdings recht. Es machte mich schon nervös, daß wir hier so mitten auf der Straße standen. Hinter jedem

Baum konnte der Sheriff lauern oder einer von den anderen Kerlen. Ich rutschte auf den Fahrersitz und fuhr los. John Doggett würde schon auf uns warten. Er würde am besten wissen, was mit den fünf Toten dort hinten an dieser schmalen, holprigen Straße geschehen sollte. Ich hatte noch das Bild vor Augen, wie sie da gehangen hatten, wie Schlachtvieh. Was, um alles in der Welt, war auf dieser gepflegten kleinen Farm passiert? Ob der Mann wirklich seine Familie umgebracht hatte, wie Duncan sagte? Oder war es ein Fremder gewesen, irgend jemand, der zufällig dort vorbeigekommen war und ausgenutzt hatte, daß der Hurrikan tobte und die Leute ganz allein dort draußen wohnten?

Trotz der Hitze – und der Tag war heißer als der Vorhof der Hölle – lief mir kalter Schweiß den Rücken herab, und auch in den Kniekehlen spürte ich die klebrige Feuchtigkeit.

Ich fuhr also los und betete im stillen, daß mir wieder einfiel, wo die Gänge waren. Jojo hatte mir das Autofahren beigebracht, damit ich ihm den Alkohol holen konnte, wenn er nicht aus dem Haus gehen wollte.

Jojo war nicht gerade ein nachsichtiger Fahrlehrer gewesen, einer, der nicht gleich die Geduld verlor, wenn mal die Gänge schrammten oder der Motor absoff, und darum fuhr ich an sich ganz gut, ich war nur etwas aus der Übung. Zweimal ruckte der Wagen an und kam sofort wieder zum Stehen.

Kurz vor der Stadt bog ich links ab in die Peterson Lane, die zum Haus der McVays führte. Durch die blitzende Frontscheibe sah ich die hochgewachsene, schlanke Gestalt von John Doggett am Straßenrand stehen.

Er stieg ein und setzte sich neben mich. JoHanna, Duncan und der Hahn hatten sich unterdessen ein bißchen beruhigt, aber wir waren immer noch kreidebleich und zitterten am ganzen Leib. Ich gab wie eine Irre Gas, bis John nach meiner Hand faßte. »Nicht so schnell, Mattie«, sagte er und schaute sich um, ob uns auch niemand folgte. Er klopfte auf die Tüte, die er bei sich hatte. »Wenn wir zehn Minuten länger brauchen, wird die Milch auch nicht sauer.« Seine Stimme klang heiter, seine Berührung wirkte gelassen, und doch war auch er nervös, was ich daran merkte, daß er sich alle paar Augenblicke umdrehte und zurücksah. So, als ob er erwartete, daß hinter der letzten Kurve irgendwelche Verfolger auftauchten.

JoHanna hatte Duncan auf den Schoß genommen, und das Mädchen drückte sich an sie wie ein kleines Kind. Es war das erste Mal nach dem Blitzschlag, daß ich es so hilflos erlebte. »Hast du Floyd gesehen?«

John zögerte. »Ich konnte ihn nicht finden, aber Mr. Moses auch nicht.«

»Hast du Mrs. Moses gefragt?«

»Sie behauptet, daß sie Bretter holen wollten, um das kaputte Fenster zuzunageln, aber sie hat damit gerechnet, daß sie zum Mittagessen wieder da sind. Sie haben das Maultier angespannt und sind zum Sägewerk gefahren, sagt sie. Ich bin dort hingegangen, aber da waren sie nicht. Auch von dem Maultier und dem Wagen war weit und breit nichts zu sehen. Vielleicht mußten sie noch woanders hin.«

Seine Worte klangen beunruhigend. »Waren sie vielleicht bei den Leatherwoods?« fragte ich.

»Da wollte mir keiner was sagen.« John wischte sich mit dem Ärmel den Schweiß von der Stirn. Er war verschwitzt, schmutzig und erschöpft. »Kann sein, daß sie keine Lust hatten, mit einem Fremden zu reden. Der Sturm hat die Leute sehr verschreckt.«

»Ja, das wird's sein.«

Ich warf rasch einen Blick nach hinten. JoHanna gab Duncan gerade einen Kuß auf die Stirn und drückte sie an die Brust. Duncan schien eingeschlafen zu sein. Oder war sie wieder in jenes Schweigen verfallen, das uns allen solche Angst gemacht hatte?

»Mattie«, sagte JoHanna leise, »erzähl John doch bitte, was wir für eine Entdeckung gemacht haben.«

Ich erzählte ihm die ganze Geschichte, angefangen von unserer Fahrt über die schmale Straße aus Duncans Traum, in die wir eingebogen waren, um uns die Zeit zu vertreiben, bis wir uns mit ihm treffen sollten. Und als ich auf das Grundstück der McVays fuhr, war ich bei den Erhängten angelangt. Ich zog den Zündschlüssel heraus und erzählte ihm von den Toten. Danach blieben wir noch eine Weile im Wagen sitzen, den ich im Schatten des großen Seifenbaumes geparkt hatte. Niemand sagte ein Wort.

John strich mir über die Wange, dort, wo Pecos mich gepickt hatte. »Also ehrlich, Mattie, Sie sehen aus, als wenn eine wilde Indianerhorde Sie überfallen hätte.«

Ich brach in Tränen aus, woraufhin auch Duncan und JoHanna tüchtig mitschluchzten. John, der ein Taschentuch in der Hand hatte, mit dem er mir das Blut abwischen wollte, sah uns eine nach der anderen an.

»Was machen wir denn jetzt?« fragte JoHanna und holte keuchend Luft. »John, man muß sie doch abschneiden, es sind Kinder dabei, aber wir können auf keinen Fall noch mal durch die Stadt fahren. Das ist zu riskant.«

»Da hast du recht.« Er stieg aus und bückte sich, um Duncan aus dem Wagen zu heben. Sie klammerte sich an seinen Hals und drückte das Gesicht an seine Brust.

»Aber man kann sie doch auch nicht da hängen lassen.« JoHanna stützte sich auf der Rückenlehne meines Sitzes ab und stieg ebenfalls aus.

»Natürlich geht das, und genau das werden wir tun«, sagte John entschieden und brachte Duncan ins Haus.

JoHanna stieß mich an, als Zeichen, daß ich aussteigen sollte, und dann gingen wir ebenfalls zum Haus. Pecos folgte uns auf den Fersen. Mir fiel auf, daß er ein paar von seinen langen Schwanzfedern eingebüßt hatte.

»Aber John, es muß doch was geschehen ...«

»Wir dürfen nicht noch einmal dorthin«, sagte ich. »Die Leute sind tot, wir können nichts mehr für sie tun.«

Wenn man in der Stadt erfuhr, daß wir von den Toten wußten, hätten wir noch mehr Ärger am Hals. Niemand würde uns glauben, daß wir zufällig diese schmale, gewundene Straße entlanggefahren waren. Wenn der Sheriff und seine Spießgesellen hörten, daß JoHanna und Duncan auf dieser kleinen Farm gewesen waren, wäre die Hölle los. Dann würde die Wut der Leute in Jexville überkochen, und Duncan wäre diejenige, an der sie es auslassen würden. Dieser Familie dort konnten wir sowieso nicht mehr helfen. Sie war tot. Und darum war es am besten, unnötigen Ärger zu vermeiden und den Mund zu halten und sich nie wieder auf dem Gehöft da draußen blicken zu lassen.

John brachte Duncan gleich in ihr Zimmer. Er legte sie ins Bett und wischte ihr die Tränen ab, die noch an ihren Wimpern hingen. JoHanna stand derweil neben dem Bett, ich einen halben Meter hinter ihr. Duncan war leichenblaß, ihre Augen wirkten riesengroß und ganz schwarz.

»Alles in Ordnung, Duncan?« fragte John.

Duncan nickte.

»Kannst du sprechen?« fragte ich, besorgt, sie könnte wieder einen Anfall von Stummheit haben.

Sie nickte abermals.

»Dann sprich. Sag irgendwas.«

»Bin ich daran schuld, daß diese Menschen tot sind?« Sie wandte sich an JoHanna.

JoHanna setzte sich auf die Bettkante. »Sie sind tot, weil jemand ein furchtbares Verbrechen begangen hat. Mit dir hat das überhaupt nichts zu tun.«

»Aber die Leute werden denken, ich bin schuld. Mattie hat ganz recht. Wenn wir sagen, daß wir dort waren, werden sie denken, wir haben die Menschen umgebracht.«

»Was die Leute denken, kann uns egal sein, Duncan. Du kennst die Wahrheit.« JoHanna strich Duncan das weiche dunkle Haar glatt und war ganz auf ihre Tochter konzentriert.

John gab mir ein Zeichen, und wir wollten gerade unauffällig aus dem Zimmer gehen, da hielt mich JoHanna an der Hose fest. Sie fühlte die Pistole in meiner Tasche und sah mich verblüfft an, sagte aber nichts, um Duncan nicht zu erschrecken. »Ich möchte, daß ihr mir zuhört. Dort draußen auf der Farm habe ich Angst bekommen und bin weggerannt. Ich habe mich benommen, als ob wir etwas Schlechtes getan hätten. Aber das haben wir nicht. Wir haben nichts Schlechtes getan.« Sie streichelte mechanisch über Duncans Haar. »Jemand hat diese Familie umgebracht. Ich weiß nicht, wer zu so was imstande ist, aber entweder war er sehr, sehr krank, oder er war sehr, sehr böse. Unser Unglück war, daß wir die Toten entdeckt haben.«

»Lassen wir sie jetzt da hängen?« Duncans Unterlippe zitterte. »Das kleine Mädchen ...«

John bückte sich zu ihr hinunter. »Sie sind tot, Duncan. Wir können ihnen nicht mehr helfen.«

»Aber ...«

»Kein Aber. Irgendwer wird sie finden und sich um sie kümmern. Wir müssen uns da raushalten. Wir haben nichts Schlechtes getan, aber die Leute in der Stadt werden anderer Meinung sein. Sie haben sowieso schon Angst.«

»Vor mir.«

»Vor dir«, gab er zu.

»Sie denken, ich bin böse.«

»Ach, die denken sich so allerlei, und das ist gefährlich, auch wenn sie noch so sehr im Irrtum sind.« John legte JoHanna die Hände auf die Schultern, doch er sprach an Duncan gewandt: »In deinem Traum, hast du da gesehen, wie der Mann seine Frau und die Kinder ertränkt hat?«

Duncan dachte angestrengt nach, ihr Blick ging ins Leere. »Ich hab' gesehn, wie sie auf dem Feld vorm Haus gelegen haben, einer neben dem anderen, die Frau und die Kinder, die beiden Jungen neben der Mutter und als letztes das kleine Mädchen.«

»Und der Mann, was hat er gemacht?«

»Er kniete am Graben, in dem das Wasser sehr schnell geflossen ist, und es hat geregnet. Ich dachte erst, er betet.« Sie schloß die Augen. »Aber er hatte sie gerade ertränkt.«

»Bist du dir ganz sicher?« fragte John.

»Was spielt denn das jetzt noch für eine Rolle?« rief JoHanna. »Sie sind tot. Und er ist auch tot.«

John richtete sich auf und sah mich an. »Nun ja«, sagte er, »wenn er sie nicht getötet hat, war es jemand anders. Und dieser Jemand liefe dann vermutlich immer noch frei herum. Darum spielt das eine Rolle.«

»Und was machen wir jetzt?« fragte JoHanna. Der Gedanke, daß jemand eine ganze Familie aufgehängt hatte, ließ ihr keine Ruhe. Sicher, die Leute waren tot, es machte ihnen nichts mehr aus, daß sie dort hingen. Aber sie gleichsam wie langsam reifende Früchte des Grauens da draußen in der Sonne hängen zu lassen, das hieße, noch ein zweites Verbrechen an ihnen zu begehen. Das einzig Richtige wäre gewesen, den Sheriff anzurufen, ihn über den Fund zu informieren und ihn zu bitten, hinzugehen und die Leichen abzuschneiden. Doch der Sheriff hätte JoHanna eine Menge Fragen gestellt, auf die sie keine plausible Antwort hatte.

»Hör auf, dich zu quälen.« John warf mir einen Blick zu, der mir signalisierte, daß wir die beiden allein lassen sollten, und ging aus dem Zimmer.

Er stand in der Küche und schaute durch das Fenster über dem Ausguß hinüber zum Seifenbaum. Der Garten war von Blättern übersät, die der Sturm heruntergeweht hatte.

»Es sieht nicht gut aus in der Stadt«, sagte er. »Es gibt eine Menge Gerede. Nachdem ihr weg wart, wollten sie herkommen und das Haus anzünden.«

»Und warum haben sie es nicht getan?«

»Doc Westfall hat ihnen den Kopf gewaschen. Ein paar von den Männern haben wirklich Angst, Mattie. Irgendwer muß sie aufgehetzt haben, jedenfalls wird allen Ernstes behauptet, JoHanna und Duncan hätten den bösen Blick. Die Leute, die diesen Unfug tatsächlich glauben, hat sich der Doktor vorgenommen. Aber die anderen, die hinter alldem stecken … Die wissen sehr wohl, daß es Quatsch ist, und sie machen das mit Absicht.« Er wich meinem Blick aus.

»Sie sprechen von Elikah, nicht wahr?« Mein Magen krampfte sich zusammen.

»Möglich. Er ist im Frisiersalon geblieben, hat sich keiner Gruppe angeschlossen, was ja eigentlich keinen Sinn ergibt.« Seine Finger umklammerten den Rand des Ausgusses und ließen ihn wieder los – festhalten, loslassen, immer abwechselnd. »Das ist es ja gerade, was mir angst macht. Die ganze Geschichte ist völlig absurd, aber jeder tut so, als ob sie vollkommen normal wäre.«

»Werden sie uns was tun?«

Wieder umklammerte er den Porzellanrand, um seine Nervosität abzureagieren. »Ich möchte, daß Sie mir helfen. Wir müssen JoHanna überreden, daß wir noch heute nacht hier verschwinden. Sie kann nach New Augusta fahren oder nach Hattiesburg. Ich gehe nach Mobile, dort warte ich auf Will und hole ihn von der Bahn ab.«

»Warum können wir nicht mitkommen nach Mobile? Es ist doch Unsinn, daß wir in die entgegengesetzte Richtung fahren, weg von Will.«

»Wegen der Sturmschäden. Ich weiß nicht, wie schwer sie sind, aber die Fahrt könnte gefährlich sein. Die Straßen nach Norden sind bestimmt frei. Und denken Sie an die Hitze. Nach so einem Unwetter brechen häufig Seuchen aus.«

»Gelbfieber.« Ich hatte von solchen Epidemien gehört. Aber so was gab es doch nur in Kriegszeiten. Jetzt konnte das doch nicht passieren, oder?

»Hattiesburg ist sicherer für euch.« Er gab sich einen Ruck und ließ den Rand des Ausgusses los. »Etwas Besseres fällt mir im Moment nicht ein.«

»Ich rede mit ihr.«

Endlich drehte er sich um. Er hatte offenbar noch etwas auf dem Herzen.

»Sie erzählen häßliche Sachen, Mattie. Über JoHanna. Über ihre Vergangenheit.«

»Was sagen sie denn?«

»Daß sie sich Liebhaber nimmt, wenn Will verreist ist. Daß Duncan gar nicht seine Tochter ist.« Er zögerte. »Daß sie ein Verhältnis hat mit Floyd. Und Sie, Mattie, sollen auch eins mit ihm haben.«

»Das ist doch dummes Zeug. Floyd weiß ja nicht mal…«

»Ich weiß.« Johns sanfter Ton ließ mich schweigen. »Aber auf die Wahrheit kommt es im Moment nicht an. Im Moment kommt es nur darauf an, daß ihr hier verschwindet.«

»Und was sagen sie sonst noch?«

»Naja, wegen Duncan. Sie sagen, sie ist böse. Gezeichnet. Ein Kind des Teufels.« Er versuchte zu lächeln, doch die Angst hatte seinen Mund erstarren lassen.

»Das ist das Dümmste, was ich je gehört habe. Außerdem ist sie Will McVay wie aus dem Gesicht geschnitten, das sieht doch ein Blinder.«

»Sie haben Angst, Mattie. Sie können weder richtig hinsehen noch einen klaren Gedanken fassen. Und ich habe Angst davor, daß sie herkommen und etwas tun, was ich nicht verhindern kann.«

»Wissen sie, daß Sie hier bei uns sind?«

Er ging zum Tisch und legte die Hände auf eine Stuhllehne. Er war es gewohnt zu handeln, von einem Ort zum anderen zu ziehen, und nun saß er in der Falle. Was immer er Will auch genommen hatte, er hatte es mit seiner Freiheit bezahlt. »Sie sind neugierig, wer ich bin, aber es gibt noch mehr Fremde in der Stadt, Leute, die durch das Unwetter hier festgehalten wurden. Ich hab' versucht, nicht zu viele Fragen zu stellen, aber diese Heimlichtuerei ... Egal, wo ich hinkam, überall hab' ich sie gespürt. Sie haben mich beobachtet, mich abgeschätzt. Sie haben irgendwas vor, und davon werden sie sich von einem Fremden nicht abhalten lassen. Die trauen niemandem über den Weg.«

»Ohne Floyd können wir hier nicht weg.« Ich ging an ihm vorbei zum Ausguß. Draußen wurde es langsam dunkel. Zeit, das Abendessen zu machen, doch ich hatte keinen Appetit und keine Idee, was ich kochen sollte. JoHanna war immer noch in Duncans Zimmer. Ich hörte, wie sie die Stimme hob und senkte und redete und redete, beruhigend, tröstend, mütterlich.

»Ich hab' ihn überall gesucht.«

Etwas in seiner Stimme ließ mich zusammenzucken. Ich drehte mich um und sah ihn an. »Sie glauben, man hat ihm etwas angetan?«

»Ich glaube, sie haben ihn«, sagte er zögernd.

»Sie?« Mir klopfte das Herz bis zum Hals. Ich dachte an Elikah, daran, wie er es genießen würde, so ein hilfloses Wesen wie Floyd zu quälen. »Wer sie?«

»Ein paar von den Männern. Ihr Mann, der Sheriff, dieser Odom. Ich weiß nicht alle Namen.«

»Und Mr. Moses?«

»Den kenne ich nicht. Seine Frau war ganz außer sich. Keine Ahnung, ob sie gewußt hat, wo die beiden sind, und es mir nur nicht sagen wollte, oder ob sie sich um ihren Mann tatsächlich Sorgen macht.«

»Sie wissen aber doch genau, daß Floyd nicht ganz richtig im Kopf ist.« Mir war, als gefriere mir das Blut in den Adern. Egal, wie schnell und wie laut mein Herz klopfte, das Blut war fest und kam nicht mehr weiter. Jeder Herzschlag war ein stechender Schmerz.

»Genau darum haben sie ihn ja mitgenommen. Floyd wehrt sich nicht. Er kommt gar nicht auf den Gedanken, daß ihm jemand was tun könnte.«

»Wir müssen ihn finden, John.« Meine Beine waren wie zu Eis erstarrt, mein Atem stockte. Ich konnte nicht mehr klar denken, dabei wollte ich etwas tun. Floyd. Sie würden ihn schlagen. Jede Sekunde war ein schmerzhafter Hieb.

Ehe ich mich versah, war John bei mir und half mir, mich hinzusetzen.

»Ich hab' ihn überall gesucht. Im Viehstall, im Gefängnis. Ich bin an der Mauer hochgeklettert und hab' durch die Gitterstäbe geschaut. Dort ist er nicht. Hinterm Frisiersalon bin ich gewesen, und die Futterhandlung hab' ich auch durchsucht. Ich weiß nicht, wo er ist.« Er strich mir über die Schultern. »Angeblich haben sie ihn weggebracht.«

»Wohin?« Ich drehte mich um, sah ihn an und rang die Hände. »Warum haben Sie das nicht gleich gesagt? Sie ahnen ja nicht, wozu die imstande sind.«

Doch an seinem Gesichtsausdruck sah ich, daß er es sehr wohl ahnte und daß er sich ziemlich sicher war, daß Floyd nicht mehr zu helfen war.

»Zu Tommy Ladnier.«

Ich sah ein Paar Stiefel vor mir. Hohe, schwarze Lederstiefel, elegant und glatt wie die Haut einer Peitschenschlange. Schwarze Stiefel, die in der Sonne glänzten und von einem Mann getragen wurden, der selbst geschmeidig wie eine Schlange war und ein träges, abschätziges Lächeln hatte.

»Tommy Ladnier, der Schmuggler?«

»Ich bin mir nicht ganz sicher, warum sie es mir gesagt haben. Vielleicht wollten sie mich aufstacheln. Es könnte eine Finte sein, aber diese schwarzen Stiefel, die waren nicht mehr in der Schuhmacherei.«

»Haben sie … konnte man aus ihrem Verhalten schließen, ob er noch lebt?« Ich spürte einen Kloß in der Kehle, ein Krebsgeschwür aus Angst, an dem ich zu ersticken drohte. Die Angst um Floyd und davor, was geschehen konnte, breitete sich in mir aus wie ein neues, bösartiges Organ, dessen Tentakeln mir in die zittrigen Beine krochen und ins Hirn, damit ich nicht mehr denken konnte.

Hätte John mich nicht festgehalten, wäre ich glatt vom Stuhl gesackt. Er richtete mich wieder auf, packte mich an den Schultern, kniete sich neben mich und schüttelte mich. »Nicht ohnmächtig werden, Mattie! Werden Sie ja nicht ohnmächtig! Dazu ist jetzt keine Zeit. Ich brauche Sie. JoHanna braucht Sie.« Er tastete nach dem Derringer, der noch in meiner Hosentasche steckte. »Herrgott noch mal, Mattie, Sie können mich doch jetzt nicht im Stich lassen.« Er drückte mir die Pistole in die Seite, so daß es weh tat. Mehr noch als die Angst. So war ich im Zwiespalt zwischen äußerem und innerem Schmerz.

Er zwang mich, ihn anzuschauen, ihm in die Augen zu sehen. Seine Stimme drang durch die Angst hindurch zu mir und nahm mich gefangen, zog mich wieder auf den Stuhl, an den Tisch in JoHannas Küche. Von weit her hörte ich das höhnische Krächzen einer dicken schwarzen Krähe draußen vor dem Fenster. Das heisere Gekrächze des Vogels war es, das mich in die Gegenwart zurückholte. Die Krähe war gekommen, um zwischen den Trümmern herumzupicken, die der Sturm hinterlassen hatte. Aasfresser, Krähen sind Aasfresser, sie fressen Totes, Todgeweihtes.

Als ich aufzustehen versuchte, wäre ich beinah umgefallen, doch John stützte mich. Ich trat ans Fenster. Die Krähe saß auf einem Zaunpfahl und starrte uns an. Sie wartete.

»Was soll ich also machen?« Ich konnte tun, was er sagte. Mir selbst etwas ausdenken konnte ich nicht, aber ich konnte tun, was er sagte.

»Packen Sie JoHannas Sachen. Und die von Duncan. Egal, was sie sagt, wir müssen sie hier wegschaffen. In den Norden. Nach Hattiesburg.«

»Wenn sie erfährt, was mit Floyd ist, wird sie nicht gehen.«

Als ich die Dielen knarren hörte, war es schon zu spät. Ich blickte John über die Schulter, und da stand sie in der Tür, stützte sich mit beiden Händen am Rahmen ab, als verlöre sie sonst den Halt.

»Was ist mit Floyd?«

Sie sprach sehr leise. Es klang wie Wasser, das über den harten, lehmigen Grund eines flachen Baches rinnt. Ein kaum hörbares Geräusch und doch verursacht von einer beständigen, nicht zu verleugnenden Kraft.

John erhob sich schweigend vom Fußboden und sah sie an. »Du mußt weg. Noch heute nacht. Mit Mattie und Duncan.«

Meine Angst breitete sich im Raum aus und streifte JoHanna, so daß sie zusammenzuckte. Mir kam der Gedanke, daß diese Frau es nicht gewohnt war, sich von Angst beherrschen zu lassen. Um so schmerzhafter war es für mich zu sehen, daß ihr die Furcht ins Gesicht geschrieben stand, die auch ich spürte. Doch JoHanna wehrte sich heftiger dagegen als ich. Wenn sie sich auch am Türrahmen festhalten mußte, sie gab nicht auf.

»Was ist mit Floyd?« Ihre Stimme zitterte nicht. Sie sprach ganz ruhig, als würde sie fragen, ob noch Eier da wären.

»JoHanna, sie sagen, Duncan ist die Tochter des Teufels. Sie haben den Verstand verloren vor Angst und Rachsucht. Sie werden Duncan etwas antun und dir auch, wenn du sie daran zu hindern versuchst.« Johns Stimme war heiser vor Hilflosigkeit und Sorge.

»Was ist mit Floyd?«, wiederholte JoHanna.

»Floyd können wir im Augenblick nicht helfen, weder du noch ich. Wenn du in Sicherheit bist, wenn Will wieder da ist, dann suchen wir ihn.«

»Dann weißt du also, daß ihm etwas zugestoßen ist?«

»Ich habe den Verdacht. Sicher bin ich mir nicht.«

»Wo ist er, John? Wohin haben sie ihn gebracht? Ist er noch am Leben?«

»Ich weiß es nicht, JoHanna.«

»Und wenn du es wüßtest, würdest du es mir nicht sagen, nicht wahr?«

Er seufzte und gab sich geschlagen. »Ich kann dich nicht belügen, Jo. Nicht mal, wenn deine Sicherheit auf dem Spiel steht. Du hast dich für deinen eigenen Weg entschieden, und ich will dich nicht mit einer Lüge auf diesen Weg schicken.«

JoHanna nickte – eine kaum wahrnehmbare Kopfbewegung. »Mattie, könntest du bitte die Reisetaschen aus meinem Schrank holen? Zwei. Pack ein paar Kleider für Duncan ein. Leichtes Zeug, praktische Dinge. Wir packen dann auch gleich unsere Sachen. Einen Moment noch.«

Ich schaute noch einmal kurz zu dem Zaunpfahl hinüber. Die Krähe starrte mich an, schlug einmal mit den Flügeln und erhob sich ungelenk in die Lüfte, um in den sich allmählich violett färbenden Himmel davonzufliegen, und von Osten brach die Nacht herein.

Ich ließ die beiden in der Küche allein und ging in JoHannas Schlafzimmer, wo ich jedes Wort verstehen konnte, das sie sagten. Sie stritten sich. Es ging hin und her. John berichtete ihr, was er auch mir erzählt hatte. Er hatte es ihr eigentlich nicht sagen wollen, doch das, was er über die Lüge gesagt hatte, war ihm ernst. Er konnte sie nicht hintergehen. Nicht mal, wenn ihre Sicherheit auf dem Spiel stand. Daß sie bereit war zu packen, machte ihm Hoffnung. Bis er begriff, wo sie hinwollte.

Kapitel 32

Es war also beschlossen. John würde zu Jeb Fairleys Haus gehen und dort einen anonymen Brief hinterlassen, in dem auf die Erhängten draußen an der Red Licorice Road hingewiesen wurde. JoHanna war inzwischen wieder eingefallen, wie die schmale, gewundene Straße hieß, die zu dem makaberen Ort führte, und Jeb war außer Doc Westfall der einzige, von dem sie meinte, daß er eine solche Nachricht ernst nehmen und sich an die Gesetzeshüter wenden würde. Im übrigen würde Jeb selbst dann den Mund halten, wenn er ahnte, von wem die Mitteilung kam. In dem Punkt war sich JoHanna hundertprozentig sicher, und ich gab ihr recht. Wenn er den Brief dort hingebracht hätte, sollte John im Schutze der Dunkelheit die Stadt nach Hinweisen auf Floyds Verbleib absuchen. Sheriff Grissham hatte nicht die Angewohnheit, des Nachts durch die Straßen zu patrouillieren, und bislang hatte es dafür ja auch noch nie einen Grund gegeben. JoHanna meinte, John sollte heimlich einen Blick in Axims Fenster werfen, das wäre wahrscheinlich aufschlußreicher, als lange herumzufragen. Sollte Mr. Moses freilich inzwischen wieder zu Hause bei seiner Frau sein – ohne Floyd –, dann würde John ihm allerdings doch ein paar Fragen stellen müssen.

John war mit diesem Plan keineswegs glücklich, ließ sich aber darauf ein, weil ihm auch nichts Besseres einfiel. Er setzte sich an den Küchentisch, nahm Papier und Federhalter und schrieb im Schein der kleinen Lampe den Text nieder, den er gemeinsam mit JoHanna formulierte. »An der Red Licorice Road sind fünf Tote. Ich weiß nicht, was da passiert ist, aber es ist grauenhaft. Etwa acht

Kilometer abseits von der Landstraße.« John faltete den Brief zusammen und stecke ihn in die Tasche.

Bis die beiden fertig waren, hatte ich für uns alle gepackt, außer für John, der schon selbst dafür gesorgt hatte, daß nichts, was ihm gehörte, im Haus zurückblieb. Er war mit wenig gekommen, und diese wenigen Dinge hatten in seinen Hosentaschen Platz gehabt und in dem kleinen Kleiderbündel, in dem er auch sein Tagebuch und die Schreibfeder aufbewahrte.

Sollte Johns Suche in Jexville erfolglos bleiben, so war ausgemacht, daß er sich Mable holte, die hinter Elikahs Haus stand, und nach Mobile ritt, von wo aus er uns seinen Bericht telegraphieren und auf Wills Zug warten sollte. JoHanna hatte ihm vorgeschlagen, ein Auto zu stehlen, aber John meinte, wenn die Straßen von umgestürzten Bäumen blockiert wären, käme er zu Pferde besser vorwärts. Mable war ein gutes Pferd, brav und gehorsam.

Als wir unser Gepäck in den Wagen brachten, war es bereits stockfinster. JoHanna machte sich nicht die Mühe, die Hintertür abzuschließen. Wozu? Wenn sie ins Haus wollten, kämen sie auch so hinein. Sie setzte sich hinters Lenkrad, John auf den Beifahrersitz, und dann fuhren wir durch die stickige Hitze der Nacht in Richtung Jexville.

John hatte JoHanna davon überzeugt, daß die Sache mit den Erhängten in der Stadt für Aufruhr sorgen und Floyd eine kleine Atempause lassen würde, wenn er denn tatsächlich in Biloxi im Haus von Tom Ladnier war. JoHanna hatte versprochen, nichts Unüberlegtes zu tun, sondern das Haus nur zu beobachten und erst später, wenn John und Will zu uns stießen, zu entscheiden, was geschehen sollte. Sie wußten beide, daß es wenig Sinn hatte, sich mit dem Sheriff dort unten an der Küste in Verbindung zu setzen. Tommy Ladnier hatte zwar nicht die politischen Verbindungen, über die Will verfügte, doch in der Gegend war er der starke Mann, und das hieß, daß die Sheriffs und die Richter dort unten mit Sicherheit nach seiner Pfeife tanzten. Tommy zahlte gutes Geld dafür, daß er das Recht auf seiner Seite hatte.

In kurzen, prägnanten Sätzen, die nichts mit seiner sonstigen

Redeweise gemein hatten, erklärte John, wie Floyd am besten zu helfen sei. Und während der Wagen durch die schwüle Nacht auf die Stadt zufuhr, versicherte er uns, er glaube nicht, daß Floyd tatsächlich in Lebensgefahr sei. Möglich, daß sie ihn geschlagen hätten, und ganz sicher hätten sie ihn gedemütigt, doch John war fest davon überzeugt, daß er noch lebte. Floyd könne sich nicht helfen, sagte er, und Männer wie Elikah und Clyde Odom würden gewiß keine Gelegenheit auslassen, ein hilfloses Wesen zu quälen. Aber sie hätten ihn bestimmt nicht ernsthaft verletzt. Wahrscheinlich amüsierten sie sich einfach nur auf seine Kosten und hielten ihn zum Spaß bei Tommy Ladnier fest, als Hofnarr sozusagen.

Ich saß auf dem Rücksitz, neben mir Duncan, die den ungewöhnlich braven Pecos im Arm hielt, und versuchte nicht an meinen Mann zu denken und an Clyde Odom, dem ich einmal auf der Redemption Road begegnet war. Ein Mann, dem es grausames Vergnügen bereitet hatte, Floyd zu erniedrigen und mir an die Brust zu fassen, weil er genau wußte, daß ich in Verhältnissen lebte, die es mir nicht gestatteten, mir eine solche Unverschämtheit zu verbitten. Clyde und sein Bruder Boley beherrschten, genau wie Elikah, die ganze Skala von Erniedrigung und Grausamkeit bis ins kleinste Detail. John konnte sich gar nicht vorstellen, wozu sie imstande waren. Aber wie lange würde Floyd sich das gefallen lassen? Sicher, er war einfältig, aber den Unterschied zwischen Recht und Unrecht, den kannte er. Und gerade weil er so einfältig war, konnte man damit rechnen, daß er sich wehrte, wenn sie zu weit gingen. Ich kniff die Augen zu und ließ mein Haar, das ich diesmal nicht hochgesteckt hatte, im heißen Wind flattern.

Will würde Floyd da rausholen. Will mit seinem besonnenen Blick und den breiten Schultern. Er würde dafür sorgen, daß sie Floyd laufen ließen. Denn Will hatte nicht nur Muskeln und Köpfchen, sondern er kannte in Washington jeden Senator und jeden Kongreßabgeordneten. John kannte Wills Reiseroute und würde ihn die ganze Zeit telegraphisch auf dem laufenden halten. Vielleicht machte Will sogar in Jackson Zwischenstation und redete ein Wörtchen mit dem Gouverneur. Will würde Floyd retten.

Der Wagen rumpelte über die Eisenbahnschienen und kam zum Stehen. Ich machte die Augen wieder auf und sah, daß John die Tür öffnete. Doch bevor er aussteigen konnte, hielt JoHanna ihn zurück.

»Sei vorsichtig«, flüsterte sie und führte seine Hand an die Lippen, den Kopf abgewandt, damit Duncan nicht sah, daß sie weinte. »Sei vorsichtig, John.«

»Bin ich.« Er stieg aus und ging davon, ohne sich noch einmal umzuschauen. Ein paar Sekunden, dann hatte die Dunkelheit ihn verschluckt, und ich mußte daran denken, wie ich ihm das erstemal begegnet war. Ich hatte immer gewußt, daß er eines Tages verschwinden würde, und nun überfiel mich die jähe, schreckliche Vorahnung, daß wir ihn vielleicht nie mehr wiedersehen würden. Wenn Will wieder da war, würde John zurückkehren in die Einsamkeit der Flußniederungen. Zurück zu seinem Buch, zurück in die Vergangenheit, denn die Zukunft versprach nicht das, wonach er sich sehnte. Er würde nicht versuchen, mit Will um die Zukunft zu kämpfen. Nicht mal daran denken würde er. Das, was zwischen ihm und JoHanna gewesen war, war vorbei. Die Bosheit der Leute in Jexville hatte es zerstört.

Vielleicht war es falsch, verboten, eine Sünde vor Gott. Aber mein Gefühl sagte mir, daß es nichts Unrechtes gewesen war.

Duncan war in einen unruhigen Schlaf gefallen, und ich kletterte nach vorn auf den Beifahrersitz. JoHanna wendete und fuhr in Richtung Küste.

»Er ist ein guter Mensch«, sagte sie, während der Wagen an Tempo gewann.

»Ja, das ist er wohl.«

JoHanna wischte sich die Tränen ab. »Wenn John irgendwas rauskriegt, das für uns wichtig ist, schickt er uns ein Telegramm ins Hotel. Ich hab' ihm gesagt, wir quartieren uns im Seaview ein.«

»JoHanna!« rief ich erschrocken. »Was hast du denn vor?«

»Was ich vorhabe, Mattie? Ich habe vor, alles zu tun, um Floyd zu befreien. Und danach verschwinden wir. Ich habe nie geglaubt, daß sie schlechte Menschen sind. Engstirnig, scheinheilig, bigott, das ja und in keinem geringen Maße. Aber ich hätte nie damit gerechnet, daß sie mir allen Ernstes etwas Böses tun könnten.«

»Sie haben Angst.«

»Wovor?« Sie hob vor Empörung die Stimme. »Vor einer Frau, die ihre Nase nicht in die Angelegenheiten anderer Leute steckt? Vor einem Kind, das das Leben liebt? O ja, wir sind wahrhaftig ein Gespann, vor dem man Angst haben muß.«

»Du machst ihnen angst, weil du die Hosen anhast. Nicht Wills Hosen. Du hast es nicht nötig, sie ihm wegzunehmen, weil du deine eigenen hast. Das, woran du glaubst, geht den Männern gegen den Strich.« Ich mußte daran denken, wie sie mir einmal ihre »Religion« erklärt hatte. »Wie du über den Boden denkst, den sie bestellen, die Tiere und Bäume, die sie sich unterwerfen. Die Frauen und Kinder, die sie beherrschen. Du willst, daß sie über ihre eigenen Bedürfnisse hinausdenken, ihre eigenen Interessen. Das paßt ihnen nicht.«

»Ich hab' nie versucht, irgendwem meine Überzeugungen aufzuzwingen. Nicht einem von ihnen.«

Ich sah endlich klar. »Nein, aber du hast sie zum Nachdenken gebracht. Und das ist in einer Stadt wie Jexville unverzeihlich.«

Wir fuhren ein paar Minuten schweigend weiter. Schließlich sah JoHanna mich an. Im dunstigen Licht des bleichen Mondes konnte ich nicht erkennen, ob ihre Miene bedrückt war oder einfach nur müde. »Sie müssen nachdenken, Mattie. Sie traben hintereinander her wie eine Herde vollgefressener Kühe. Sie sind ganz wild darauf, daß ihnen einer sagt, wo's langgeht, was sie machen sollen und wie sie's machen sollen. Besonders die Frauen.« Ihre Stimme klang hart und verbittert. »Besonders die Frauen. Ich hab' doch keinen Kreuzzug veranstaltet. Wie käme ich auch dazu. Ich habe mich nur geweigert, mich anzupassen, so zu tun, als wäre ich wie sie. Aber das eine sag' ich dir. Nicht einer von denen ist es wert, daß Floyd ihm auch nur ein Lächeln schenkt. Er braucht nicht erst lange nachzudenken, was er tun muß, um gütig zu sein. Bei ihm kommt die Güte von Herzen. Wir werden ihn finden, und dann gehen wir hier weg. Wir werden nicht mal mehr zurückkommen, um unsere Sachen zu holen. Wir haben alles, was wir brauchen.«

Sie wußte natürlich, daß wir gar nicht zurück konnten. Daß uns die Entscheidung abgenommen war. Jedenfalls weitgehend. Ich drehte mich nach Duncan um, die immer noch schlief. So ganz im Vertrauen darauf, daß wir sie beschützten. »Sie würden sie umbringen, JoHanna.«

»Ja. Zuzutrauen wär's ihnen. Das hab' auch ich jetzt endlich begriffen.«

»Du hättest John mitnehmen sollen.«

»Nein.« Sie wich einem kurzen Baumstamm aus, den man offenbar vergessen hatte wegzuräumen. »Wenn ich nicht befürchten müßte, daß Elikah dich wieder verprügelt, hätte ich nicht mal dich mitgenommen. Wer mein Freund ist, der lebt gefährlich. Nur meinetwegen sind sie auf die Idee gekommen, Floyd zu quälen. Weil er mein Freund ist.«

Ich mußte daran denken, wie wir damals am Fluß gewesen waren, um bei der Taufe zuzusehen. An dem Tag, als Mary Lincoln in ihrem blütenweißen Kleid ertrunken war, weil sich ihre lange Schärpe an den Wurzeln eines im Wasser liegenden Baumes verfangen hatte. Das Wasser hatte den Baum Zentimeter für Zentimeter über den sandigen Grund mitgeschleift. Es mußte Jahre gedauert haben, bis der Baum in diese Mulde gelangt war, in die schon unzählige Menschen eingetaucht worden waren, ohne Schaden zu nehmen. Auf dem Weg zu der Taufe hatte JoHanna mir von den Bäumen erzählt und von der Natur, davon, daß jedes Lebewesen kostbar sei. Geschöpfe wie Elikah waren in ihrer Welt nicht vorgekommen. Sie selbst konnte niemandem etwas zuleide tun, es sei denn aus Notwehr. Und darum hatte sie nicht wahrnehmen oder nicht wahrhaben wollen, daß andere dazu imstande waren. Jetzt war ihr klargeworden, was ich schon lange wußte, seit damals, als Jojo es mir eingebleut hatte. Ich kämpfte mit den Tränen. Wie gern hätte ich ihr diese Lektion erspart.

»Es liegt nicht daran, daß Floyd dein Freund ist«, sagte ich, als ich endlich die Kraft fand, die Hand auszustrecken und sie zu streicheln. »Elikah und Clyde und die anderen, sie haben es getan, weil sie nun mal so sind. Ihnen ist jeder Grund recht, um einen anderen Menschen zu vernichten. Und sie hätten jeden genommen, der schwächer ist als sie.« Ich drückte ihren Arm, und sie nahm die Hand vom Lenkrad und erwiderte die Geste. »Du bist nicht daran schuld, genausowenig wie Duncan am Tod dieser fünf Erhängten schuld ist. Du hättest es höchstens noch etwas hinauszögern können, weil sie vor dir ein bißchen Angst hatten.«

»O Gott, Mattie, und wenn ich nun doch für all das verantwortlich bin?«

Ich schüttelte den Kopf. »Du hast doch selbst gesagt, JoHanna, daß wir nun mal so sind, wie wir sind. Manche Menschen sind von Natur aus böse. Du hast sie nicht so gemacht, und du kannst nichts daran ändern, daß sie so sind. Überhaupt nichts.« Ich ließ ihr einen Moment Zeit zum Nachdenken. »Aber wir könnten klüger sein als sie, und ich bin mir nicht sicher, ob es wirklich klug ist, nach Biloxi zu fahren.«

JoHanna wischte sich mit dem Arm die Tränen aus dem Gesicht. »Wir haben keine andere Wahl, Mattie. Wir müssen Floyd finden, bevor es zu spät ist.«

Duncan bewegte sich auf dem Rücksitz, sie stöhnte leise und schlug die Augen auf. »Mama, ich muß mal Pipi.« Sie lehnte sich mit dem Kinn auf den Vordersitz. »Und außerdem hab' ich Hunger.«

JoHanna drückte mir noch einmal kurz die Hand, dann hielt sie wieder das Lenkrad fest. Ich merkte richtig, wie sie sich innerlich straffte, wie sie Kraft sammelte, um auf die Bedürfnisse ihrer Tochter einzugehen.

»Wir halten gleich an, Duncan, aber mit dem Essen mußt du warten, bis wir unten an der Küste sind, wir haben nämlich nichts zu essen mitgenommen.«

Ich lächelte in die Dunkelheit. Dann beugte ich mich nach hinten und nahm eine Tasche vom Rücksitz. »Falsch. Während du mit John in der Küche Komplotte geschmiedet hast, hab' ich Brot und Käse und die frische Milch eingepackt. Die muß getrunken werden, eh sie sauer wird.«

Duncan klatschte in die Hände und weckte damit Pecos auf, der auch eine Brotkruste haben wollte. Und während wir trockenes Brot und Käse aßen und die Milchflasche im Wagen kreisen ließen, vergaßen wir unsere schlimmsten Ängste, jedenfalls fürs erste. Duncan schlug vor, daß wir alle Tanzlieder singen sollten, die wir kannten, und so fuhren wir singend durch die Nacht, hinunter zur Küste, an der das Haus eines Schmugglers stand.

Kapitel 33

Sonderbare Kreisch- und Lachlaute drangen durch die Mauern des Schlafs zu meinem Bewußtsein vor. Ich öffnete mühsam die Augen und erblickte vor der langen, schimmernden roten Kühlerhaube das größte Gewässer, das ich je gesehen hatte. Rings um mich herum war alles grau in grau. Am meisten aber befremdete mich der Anblick einer Frau in aufgekrempelten Männerhosen und mit einem großen Strohhut auf dem Kopf, die dort vorn, wo die Wellen ans Ufer klatschten, im ersten Morgenlicht hinter einem aufgescheuchten Hahn herjagte, der seinerseits einen großen weiß-grauen Vogel verfolgte. Und auf dem Rücksitz des Wagens saß lachend Duncan McVay.

»Fang ihn, Mama!« rief sie, kletterte aus dem Wagen und lief auf ihre Mutter und Pecos zu. Ich rieb mir die Augen und sah zu, wie Duncan steifbeinig durch das hüfthohe Gras zum Wasser hinuntereilte. Hinter JoHanna verschmolz das Bleigrau des Himmels mit dem dunkleren Grau einer glänzenden Fläche. Das mußte der Sund von Mississippi sein. Ich krempelte mir die Ärmel runter und schlug den Kragen hoch. Die Hitzewelle nach dem Hurrikan war vorüber, der Herbst war zurückgekehrt und mit ihm die melancholischen Frühnebel und die feuchte Kühle.

»Schneid ihm den Weg ab, Duncan«, rief JoHanna und rannte weiter, um Pecos von der Seite zu erwischen.

Der Hahn ließ den Kopf immer abwechselnd vor- und zurückschnellen und schlug dabei mit den Flügeln, als vollführe er ein eigentümliches Ritual. So näherte er sich dem weißen Vogel, um im nächsten Moment wieder rückwärts von ihm fortzutanzen. Der weiße Vogel hatte einen mächtigen Schnabel. Groß genug, um Pecos in einem Stück zu verschlingen. Der Himmel war erfüllt von seltsamen Schreien, und als ich aufsah, entdeckte ich noch mehr von diesen weißen Vögeln, die in der Luft ganz anders aussahen als an Land. Anmutig und elegant kreisten sie über dem Wasser, um ab und an pfeilschnell hinabzustoßen. Auf einmal tat mir Pecos leid. Wie plump und täppisch er aussah. Und fliegen konnte er auch nicht. Nicht mal fünf Meter weit. Und ausgerechnet an einen dieser wunderschönen Himmelsstürmer hatte er sein Herz verloren. Ich stieg aus, denn zu dritt würde es uns vielleicht gelingen, ihn zu umzingeln. In Hose und Schnürschuhen rannte es sich viel leichter als im Kleid. Ich lief durchs Gras und bezog etwas weiter unten am Strand Stellung, um Mutter und Tochter beim Einfangen des Vogels behilflich zu sein.

Unterwegs rief ich mir die Ereignisse der Nacht noch einmal in Erinnerung. Ich hatte mich mit JoHanna unterhalten, bis ich vom monotonen Brummen des Motors und dem rhythmischen Flackern der Scheinwerfer, deren Lichtkegel die Straßenränder abtasteten, eingeschlafen war. Ich war Duncan ins Reich des Vergessens gefolgt. Und JoHanna hatte offenbar irgendwo am Straßenrand angehalten und ebenfalls geschlafen, anstatt direkt zum Hotel zu fahren. Als wir wach wurden, sahen wir das Wasser. Für mich war es das erstemal. JoHanna war schon öfter mit Will am Meer gewesen. Im Auto hatte sie mir erzählt, daß sie sogar gelegentlich an Tommy Ladniers Partys teilgenommen hatten.

JoHanna kannte Tommy viel besser, als sie John oder mir gegenüber zugegeben hatte. Sie kannten ihn beide, sie und Will. Das machte mir Sorgen.

»Pecos«, lockte JoHanna. »Na, komm schon her, du Dummerjan. Du hast dich in eine Möwe verguckt, aber die macht sich nichts aus dir.«

Pecos glaubte JoHanna kein Wort. Er schlug mit den Flügeln und tanzte auf die Möwe zu, gockelte und stolzierte vor ihr herum und krähte alle paar Minuten voller Inbrunst. Die Möwe beäugte ihn kühl und schien zu überlegen, ob sie ihn nicht doch lieber verschlingen sollte. Sie stand da auf ihren kurzen, dürren Beinchen, den Kopf dem Meer zugewandt, und scherte sich nicht um seine Annäherungsversuche. Über uns kreisten ihre Freundinnen und stürzten sich ab und zu in die donnernden Wogen, daß das Wasser nur so spritzte und ich erschrocken aufschrie. Eine von ihnen tauchte mit einem kleinen Fisch im Schnabel wieder aus dem brodelnden Gischt auf und erhob sich pfeilschnell in die Lüfte.

Die anderen zogen kreischend ihre Kreise und hielten nach weiteren Opfern Ausschau.

Pecos würdigte die Wasserkunststückchen der übrigen Möwen keines Blickes. Er hatte nur Augen für die eine, die noch immer dort am Ufer stand. Er wagte sich etwas weiter vor und trippelte einmal um sie herum, damit er sie aus einer anderen Perspektive begutachten konnte. Dann warf er sich in die Brust und schmetterte ihr ein überaus künstlerisches Kikeriki entgegen.

»Warum fliegt sie nicht weg?« fragte Duncan, die unterdessen bei JoHanna angelangt war. Sie stand neben ihrer Mutter und wunderte sich.

»Keine Ahnung.« JoHanna hatte es aufgegeben, Pecos einfangen zu wollen. Wenn die Möwe das Feld räumen würde, ständen unsere Chancen besser, ihn zu kriegen.

»Glaubst du, sie weiß, daß er ein Hahn ist?« fragte Duncan.

»Daß er keine Möwe ist, wird sie bemerkt haben. Ob sie allerdings weiß, was er tatsächlich ist, bezweifle ich. Aber eins kann ich dir sagen, wenn er nicht bald aufhört mit diesem Theater, dann kommt er heute abend als Brathähnchen auf den Tisch. Nichts als Ärger hat er uns in den letzten Tage gemacht, dieser Vogel. Tante Sadie hat schon recht. Für so was wie den gibt's im Haus nur einen Platz – den Kochtopf.«

Duncan lachte. »Aber er kann doch nichts dafür, Mama. Er ist verliebt.«

Duncan hatte es lustig gemeint, doch ihre Worte trafen JoHanna mitten ins Herz. Sie wurde blaß und lächelte gequält. »Ja, die Liebe ist eine Macht, mit der diejenigen, die nicht betroffen sind, wohl ein wenig Geduld haben sollten«, sagte sie und strich

Duncan durchs Haar. »Aber ich würde gern frühstücken und ein Bad nehmen. Vielleicht gehen wir schon mal ins Seaview und melden uns an.«

»Wieso sind wir denn nicht schon heute nacht zum Hotel gefahren?« fragte Duncan. »Du hättest uns doch wecken können, Mattie und mich, wenn du mit uns zum Strand runter wolltest.«

»Ich hab' nicht vorgehabt, die ganze Nacht zu verschlafen. Ich wollte ein Nickerchen machen, aber dann bin ich erst wach geworden, als mir der Frühnebel übers Gesicht gekrochen ist.« JoHanna lächelte und bückte sich, um Duncan einen Kuß auf die Wange zu geben. »So, nun fang deinen häßlichen Vogel da ein, und dann nehmen wir uns ein Zimmer.«

»Können wir Biloxi-Braten mit Maisgrütze essen?« Duncan leckte sich erwartungsvoll die Lippen.

»Keine schlechte Idee.«

Als Duncan meinen fragenden Blick sah, mußte sie lachen. »Das ist gebratene Meeräsche, Mattie, zusammen mit einem großen Teller voll heißer Maisgrütze mit Butter. Und vielleicht noch ein paar Brötchen, wenn wir Glück haben. Du wirst begeistert sein.«

Ich war inzwischen näher ans Wasser gegangen, um dem eigenartigen Geruch in der Luft und dem leichten Kribbeln auf meiner Zunge, wenn ich den Mund aufmachte, auf den Grund zu gehen.

»Das ist das Salzwasser, Mattie. Man spürt es richtig auf der Haut, leck mal.« JoHanna lächelte. »In diesem Wasser schwimmt es sich auch viel leichter. Es trägt dich fast von allein.«

Ich schaute zum Horizont, und mir war, als sähe ich etwas in der Ferne.

»Das ist eine kleine Grenzinsel. Bis dorthin geht der Sund. Jenseits dieser Insel beginnt der Golf von Mexiko. Du hast mir doch mal erzählt, daß du von blauem Wasser und weißen Stränden träumst.« JoHanna zeigte auf das kleine Stück Land, das meine Augen narrte, indem es mal sichtbar, mal unsichtbar war. Gerade noch war es einen Sekundenbruchteil zu sehen gewesen, und schon war es wieder im Dunst verschwunden. »Es gibt eine Fähre, die dort hinfährt. Einen Ausflugsdampfer nach Ship Island. Wir könnten dort ein Picknick machen, und dann kannst du dir den Golf ansehen. Wenn wir Floyd gefunden haben.«

Wir machten kehrt und wollten zum Wagen zurückgehen, als ich plötzlich wie gebannt im dunkelgrauen Lehm unmittelbar am Rand des Wassers stehenblieb. Ich war so sehr mit dem Meer und mit Pecos und seiner Romanze beschäftigt gewesen, daß ich ganz vergessen hatte, einmal nach hinten zu schauen. Keine hundert Meter entfernt stand das größte und prächtigste Haus, das ich je gesehen hatte. Mächtige Eichen, die das Meer mit offenen Armen zu begrüßen und die salzige Luft einzuatmen schienen, luden jeden, der vorüberkam, ein, hinzusehen und sie zu bewundern. Ich war so überwältigt von dem Anblick, daß es eine Weile dauerte, bis ich im Garten vor dem Anwesen den Rumpf eines Schiffes entdeckte. Die Säulen auf der rechten Seite des Hauses wirkten ziemlich baufällig, und an einem Baum lagen die Überreste eines Schaukelstuhls. Nach und nach entdeckte ich weitere Trümmer, und dann sah ich fünf Männer mit Leitern um die Ecke kommen, die sie an den Säulengang lehnten.

»Das war der Hurrikan«, sagte JoHanna. »So schlimm sieht's ja gar nicht mal aus. Das ist das Haus von DeSalvo.«

»Yancy DeSalvo?« Ich war sprachlos. Yancy DeSalvo, der Filmstar. Als Callie ihn zum erstenmal gesehen hatte, auf dem Plakat draußen am Star Theater in Meridian, hatte sie sich sofort unsterblich in ihn verliebt. Von ihr wußte ich auch, daß er aus Mississippi stammte. Callie hatte sich Sorgen gemacht, daß er beim Tonfilm wegen seines Dialekts womöglich keine Rollen mehr bekäme.

»Genaugenommen gehört das Haus seinen Eltern.« JoHanna lächelte über meine unverhohlene Ehrfurcht. »Aber er ist ziemlich oft hier.«

»Bist du ihm schon mal begegnet?« fragte ich ungläubig.

JoHanna sah versonnen zu dem Haus hinüber. »Auf einer von Tommy Ladniers Partys. Tommy umgibt sich gern mit interessanten Leuten.«

»Woran denkst du, JoHanna?« Ihre Miene wirkte ganz ruhig und gelassen, nicht aber ihre Augen, die flackerten wie ein heimlich loderndes Feuer.

»Tommys Haus liegt direkt am Wasser. Die Backsteinterrassen reichen bis runter an den Sund.« Sie dachte laut nach. »Wenn die DeSalvos sich Arbeiter haben kommen lassen, sind bei Tommy garantiert auch welche. Wenn die DeSalvos fünf oder zehn Mann beauftragt haben, um die Sturmschäden zu reparieren, dann Tommy fünfzig. Er muß ja immer alle übertrumpfen. Seine Eitelkeit bricht ihm noch mal das Genick, hab' ich mal zu ihm gesagt.«

Wenn ich sie richtig verstand ... aber nein, das war unmöglich. »Du meinst doch nicht im Ernst, wir können uns als Arbeiter ausgeben, und die nehmen uns das ab?« Wenn ich mir ihre Figur so ansah, na schön, sie hatte eine Hose an, das immerhin. Aber deshalb sah sie noch lange nicht wie ein Mann aus, und zwar weder von vorn, noch von hinten, noch von der Seite. Und ich, ich sah aus wie ein Junge. Ein schmächtiges, schwächliches Bürschlein, das niemand, der seine Sinne beisammen hatte, als Arbeiter einstellen würde.

»Nicht doch als Arbeiter.« JoHanna lächelte vergnügt. »Wir können Sandwiches machen und sie den Leuten verkaufen. Als Imbißverkäuferinnen gehen wir allemal durch. Und ich könnte mich so zurechtmachen, daß Tommy mich nicht erkennt.«

»Und ich?« fragte Duncan, die gespannt zugehört hatte.

»Du bleibst mit Pecos im Hotel.«

»Nein!« Duncan schob trotzig das Kinn vor. »Ich will Floyd auch helfen.«

JoHanna schaute sich nach Pecos um. Er führte noch immer seinen Balztanz vor der Möwe auf, die sich von seinen Aufmerksamkeiten nach wie vor nicht erweichen ließ. »Wenn du Floyd wirklich helfen willst, fang endlich diesen verdammten Hahn ein, und dann ab ins Seaview. Höchste Zeit, daß wir baden, uns umziehen und etwas essen. Und dann machen wir einen Plan.«

Duncan wandte sich ab und trat wütend nach einem Büschel Strandgras. »Ich will aber nicht im Hotel bleiben«, rief sie. »Ich will einfach nicht.«

Ich sah JoHanna an, die mit den Schultern zuckte. »Ich hab' ihr nie etwas versagt oder verboten. Wir müssen wohl alle lernen, daß es manchmal Dinge gibt, die wir einfach nicht haben können.«

Sie setzte sich hinters Lenkrad. Ich stieg ebenfalls ein. Eine Viertelstunde später war auch Duncan wieder da, völlig außer Atem, aber mit dem Hahn, den sie in ihr Hemd gewickelt hatte. Frierend und mit nacktem Oberkörper stand sie da, aber Pecos hatte sie erwischt. Zum Glück hatte ich daran gedacht, wenigstens einen Pullover für sie einzupacken. Den gab ich ihr nun, und dann fuhren wir in Richtung Hotel.

Wir kamen nur langsam vorwärts. Nachdem wir das weitgehend unversehrte Haus der DeSalvos gesehen hatten, waren wir nicht auf das Chaos gefaßt gewesen, das das Unwetter hier angerichtet hatte. Männer mit Zugsägen waren dabei, die Bäume fortzuschaffen, die der Sturm entwurzelt hatte. Mächtige Eichen mit haushohen Wurzeln waren einfach umgefallen. JoHanna war den Tränen nahe. »Einige von diesen Bäumen sind mehrere hundert Jahre alt«, sagte sie. »Manche haben den Sturm von 1906 überlebt, und jetzt sind sie hin.«

»Es sind doch noch so viele Bäume da, Mama.« Duncan tätschelte JoHannas Schultern. »Sieh mal, da vorn stehen jede Menge.«

Wir blickten auf einen Hain von immergrünen Eichen, der den Eingang zu einem großen, etwas zurückgebauten Haus bildete. An einer der Eichen standen mehrere Leitern, über die Männer in die Krone kletterten, in der die Trümmer eines kleinen Bootes hingen. Anscheinend hatten der Wind und das Wasser es erfaßt und dort hinaufgeschleudert.

Der Sturm hatte Dächer abgedeckt, ganze Häuser waren unter der Last des Wassers und dem Druck des Windes zusammengebrochen. Überall entlang der Küste waren die Piere und die Kais zerstört, die man für die Angler und ihre Kähne gebaut hatte. Meistens waren allenfalls die Pfähle stehengeblieben, so daß man gerade noch erkennen konnte, wo einmal ein hölzerner Pier gewesen war. Bedrückt angesichts all der Verheerungen, fuhr JoHanna langsam auf ein riesiges weißes Hotel zu, das wie ein ehemaliges Herrenhaus aussah. An der Vorderfront war ein Schild mit der Aufschrift Hotel Seaview angebracht, an dem lauter Blätter klebten, die aussahen, als wären sie in das Holz eingearbeitet.

JoHanna fuhr langsam die mit weißem Muschelsplitt bestreute Auffahrt hinauf. »Gott sei Dank«, sagte sie, »ich fürchtete schon, der Sturm hat das ganze Hotel weggeweht.«

Das massive Steinhaus, das nach vorn, zum Meer hin, ein von fünf mächtigen weißen Säulen getragenes Portal hatte, mußte dem Wind eine hervorragende Angriffsfläche geboten haben, aber die Mauern waren solide. Die Backsteine, so erzählte uns JoHanna, seien von Sklaven in Handarbeit hergestellt und dann mit schwerem Gips verputzt und weiß getüncht worden. Wir hielten vor dem Portal, wo ein Mann in roter Livree mir und JoHanna die Wagentür aufhielt und unser Gepäck herausnahm.

»Unten in der Halle ist es ein wenig feucht«, sagte er ohne den Anflug eines Lächelns. »Aber die Zimmer im ersten Stock sind bestens in Ordnung.«

JoHanna bedankte sich und gab ihm eine Münze, worauf er den Wagen wegfuhr, während ein anderer Mann unser Gepäck nahm und uns in die Halle folgte.

Seit meinem Ausflug nach Mobile und New Orleans hatte ich eine gewisse Vorstellung von der Pracht, die einen in einem guten Hotel erwartete, so daß ich nicht wie eine Landpomeranze dastehen und mir die Augen reiben mußte. Das Hotel war schön, trotz der Aufräumarbeiten, der Mädchen, die das Wasser aus den Teppichen rieben, und der Zimmerleute, die die Fenster erneuerten. Der Portier, der am Empfangstisch stand und unsere Anmeldung entgegennahm, und die Pagen, die uns unser Zimmer zeigten, übertrafen sich gegenseitig an Freundlichkeit. Duncan wachte mit Argusaugen über den Koffer, in dem sie Pecos versteckt hatte. Sie hatte furchtbare Angst, der Hahn könnte durchdrehen und sich verraten. Und so bekam sie nicht mit, daß JoHanna uns in das Anmeldebuch als Martha, Jane und Emily Lindsay eintrug. Das Kratzen der Feder auf dem dicken Papier jagte mir einen Schauer über den Rücken. Ich hatte einen Moment lang vergessen, weshalb wir nach Biloxi gekommen waren.

»Weiß John, wie er uns eine Nachricht zukommen lassen kann?« flüsterte ich JoHanna auf dem Weg zu unserem Zimmer zu, zu dem uns ein junger Mann in einem feschen roten Jackett führte, und sie nickte. »John kennt die Namen.«

Der Page trug unsere Koffer, als ob sie Luft wären. Er schloß die Tür auf, stellte das Gepäck ab, öffnete die Fenster und wartete diskret in der Tür, bis JoHanna ihm ebenfalls eine Münze in die Hand gedrückt hatte. Auch an der Ausstattung der Zimmer sah man, daß das Seaview ein teures Hotel war.

Ich trat ans Fenster und strich über den schweren rosa Stoff, aus dem die Portieren waren. Sie paßten zu der Tapete mit den Heckenrosen und den grünen Blättern, und diese wiederum paßte zu der dunkelrosa Chaiselongue, die seitlich vom Fenster stand. Draußen brannte die Sonne und vertrieb den grauen Dunst, und es sah ganz so aus, als sollte es trotz des kühlen Windes ein schöner Tag werden.

»Ich geh' zuerst in die Badewanne«, sagte JoHanna, die zusah, wie Duncan den Hahn befreite. »Und dann ist Mattie dran.«

»Ich hab' Hunger.« Duncan sah auf.

»Dann ruf den Zimmerkellner«, erwiderte JoHanna. »Und überleg dir, wo du den Vogel einsperrst. Nicht daß Pecos bei jeder Möwe Frühlingsgefühle kriegt und uns womöglich aus dem Fenster flattert.«

Duncan ging seufzend zum Klingelzug und zog ihn sacht. »Du tust so, als ob es dir nicht recht ist, daß Pecos und ich hier sind.«

JoHanna drehte sich zu ihr herum. »Stimmt, Duncan, es ist mir tatsächlich nicht recht. Weil ich dich nämlich liebe und dich keiner Gefahr aussetzen will. Wenn ich genug Zeit gehabt hätte, um dich nach Hattiesburg zu bringen, dann hätte ich es getan. Jetzt hör mir mal gut zu, Duncan, wenn du mir hier auch nur das kleinste bißchen Ärger machst, dann setze ich dich in den nächsten Zug nach New Orleans. Und dann bleibst du bei Vanessa.«

Angesichts dieser Drohung machte Duncan augenblicklich den

Mund zu. Sie wartete, bis ihre Mutter im Badezimmer verschwunden war und die Tür hinter sich zugemacht hatte, dann sagte sie zu mir: »Vanessa ist eine blöde Kuh. Ich hasse Vanessa.«

»Wer ist denn das?« fragte ich. JoHanna hatte den Namen noch nie erwähnt.

»Daddys Cousine. Sie kann uns nicht leiden, Mama und mich. Sie findet, es war ein großer Fehler von Daddy, daß er Mama geheiratet hat.«

»So was sagt sie?« Kaum zu glauben.

»Andauernd. Sie sagte uns das einfach so ins Gesicht, Mama, Daddy und mir.« Duncan grinste. »Zu mir sagt sie immer mißratenes Gör. Sie sagt, Mama hat Daddy verhext, und er kann den Bann nicht brechen.«

Ich ließ mich auf die Chaiselongue fallen und wartete darauf, daß ich entweder baden oder etwas essen konnte, egal, in welcher Reihenfolge. »Na, hoffentlich lern' ich sie nie kennen.«

Duncan trat ans Fenster und strich Pecos über den eifrig hin- und herruckenden Kopf. »Ich seh' schon, ich muß mit dem Hahn hier drinbleiben, und ihr dürft euch amüsieren.«

Kapitel 34

Mein Besuch bei Tommy Ladnier war alles andere als amüsant. Auch mit ihrem kurzen Stoppelhaar war JoHanna immer noch unverkennbar JoHanna, vielleicht sogar noch unverkennbarer als mit einer weniger auffälligen Frisur. Sie konnte sich nicht einfach unter die Arbeiter mischen und für einen Nickel das Stück Sandwiches und Kekse verkaufen. Ich dagegen schon. Und obwohl ich allein schon bei dem Gedanken, dort aufzukreuzen, weiche Knie bekam, war ich fest entschlossen, Floyd in jedem Fall zu finden.

JoHanna beschwatzte ein Zimmermädchen im Hotel, mir sein schlichtes blaues Kleid und seine weiße Schürze zu überlassen. Dann flocht sie mir mit geschickten Fingern das widerspenstige Haar zu einem Kranz und drückte mir den Korb mit Sandwiches und Haferkeksen in die Hand, den man uns in der Küche für unser »Picknick am Strand« zurechtgemacht hatte. Sie parkte den großen roten Wagen ungefähr vierhundert Meter vom Wasser entfernt in einem Pekanwäldchen, das der Sturm zwar übel zugerichtet hatte, aber von niemandem weiter beachtet wurde. Dort wollte JoHanna auf mich warten, während ich die Sandwiches verkaufte und mit den Arbeitern sprach. Sie ermahnte mich, um Männer in Anzügen einen großen Bogen zu machen und ja kein Wort mit den Frauen im Haus zu reden. Huren blieben nun einmal Huren, meinte sie, ihnen sei es letztendlich egal, ob sie ihren Körper verkauften oder ein Geheimnis.

Tommy Ladniers großes zweistöckiges Haus war reichlich mit Stuck verziert, blaß korallenrot getüncht und hatte ein schönes grünes Dach. Ringsherum erstreckten sich Parkanlagen mit dunkelgrünen Gardenien, und die Backsteinterrassen an der Rückseite, die wie eine riesige Treppe aussahen, reichten bis zum Wasser hinunter. Überall waren Arbeiter dabei, die größeren und kleineren Sturmschäden zu reparieren. Ich lief mit meinem Korb voller Sandwiches auf dem Anwesen herum, lächelte gequält und suchte nach einem Lebenszeichen von Floyd.

Die Arbeiter hatten Hunger, und so waren die Sandwiches im Nu verkauft, lange, bevor ich die Parkanlagen zu Ende durchforscht hatte. Ich strich um ein Nebengebäude, vor dem drei große Wagen parkten. Von Floyd keine Spur. In einem anderen Gebäude wurden Werkzeuge und Vorräte aufbewahrt, aber auch dort war nichts von ihm zu sehen. Dann ging ich nach hinten zu der Terrasse, die vor dem Unwetter mit Blumenrabatten gesäumt gewesen war. Gärtner waren dabei, die verwelkten Chrysanthemen und Geranien herauszuziehen, die das Salzwasser auf dem Gewissen hatte, frische Erde aufzuschütten und neue Blumen zu pflanzen. Ich lief mit meinem leeren Korb herum und betete, daß mich keiner fragte, was ich dort zu suchen hatte.

Draußen vor den großen Terrassentüren, die aus Dutzenden von Glasscheiben bestanden, saßen vier Männer in Anzughosen und weißen Hemden und beobachteten die Arbeiter. Sie trugen Hosenträger und Hüte, rauchten Zigaretten und hatten eine Menge zu lachen. Der eine bemerkte mich und sagte irgendwas zu den anderen. Sie lachten erneut, und einer von ihnen stand langsam auf. Ich tat so, als sähe ich ihn nicht, schlenkerte mit dem Korb und ging in die entgegengesetzte Richtung.

»He, du da!« Der Mann war jetzt direkt hinter mir.

Ich ging weiter, als ob ich ihn gar nicht bemerkt hätte, und zwang mich, nicht zu rennen, denn das hätte alles nur noch schlimmer gemacht.

»He, ich rede mit dir.« Ich spürte seine Hand auf der Schulter und drehte mich um.

Er musterte mich eingehend, und ich merkte, daß er sich wunderte. Zwar waren die blauen Flecke um meine Augen weitgehend verblaßt, doch wer genau hinsah, konnte leicht erkennen, daß ich geschlagen worden war. Und dann hatte ich ja noch die Schramme auf der Wange, die mir der Hahn vor ein paar Tagen verpaßt hatte.

»Was treibst du hier?« fragte der Mann.

»Ich hab' Sandwiches verkauft«, murmelte ich verängstigt – ein gefundenes Fressen für einen solchen Rüpel. Ich riß mich zusammen und schob trotzig das Kinn vor. »Für die Arbeiter. Sandwiches zum Frühstück.«

Er griff nach meinem leeren Korb und schüttelte ihn. »Ausverkauft, was?«

»Ja.« Meine Hand faßte unwillkürlich nach der Rocktasche, in der die Münzen waren. »Ich hab' alles verkauft. Ich wollte gerade wieder nach Hause.«

»Hat dir Mr. Ladnier erlaubt, auf seinem Anwesen Sandwiches zu verkaufen?« Die Frage war rhetorisch. Er wußte natürlich, daß ich keine Erlaubnis hatte.

»Nein. Ich hab' mir gedacht, daß er sicher nichts dagegen hat. So müssen die Leute nicht irgendwo draußen frühstücken und können mehr arbeiten.«

»Ach so, du wolltest also nur das Beste für Tommy?« Der Mann lächelte. Er hatte die größten Zähne, die ich je gesehen hatte – Zähne wie Klaviertasten –, und seine grauen Augen waren noch härter als die Backsteine der Terrasse.

»Nein, ich hab' mir bloß ein paar Cent verdienen wollen. Das Unwetter ...« Vorsicht, sagte ich mir, nicht mehr lügen als unbedingt nötig.

»Vielleicht redest du mal mit Mr. Ladnier. Ich weiß nicht so recht, ob er auch der Ansicht ist, daß dein kleiner Handel in seinem Interesse ist.« Sein Atem roch nach Zigarettenrauch, die Zähne waren gelb und fleckig.

»Wozu wollen Sie Mr. Ladnier stören? Ich geh' ja schon, und ich komme auch bestimmt nicht noch mal her.« Ich wollte an ihm vorbei, doch er packte mich am Arm.

»Du benimmst dich wie jemand, der ein schlechtes Gewissen

hat.« Er hielt meinen Arm so fest, daß es weh tat, und ich biß die Zähne zusammen, um nicht zu schreien.

»Ich hab' kein schlechtes Gewissen«, stieß ich hervor.

»Und das soll ich dir glauben?« fragte er mit einer ordentlichen Portion Sarkasmus in der Stimme.

»Hören Sie, Mr. …« Er reagierte nicht auf meinen Versuch, seinen Namen zu erfahren. »Ich will keinen Ärger machen. Ich will nach Hause.«

»Vielleicht findet Mr. Ladnier ja, daß du ihm was von deinen Einnahmen abgeben sollst. Immerhin hast du deine Sandwiches auf seinem Grund und Boden verkauft. Vielleicht will er einen Anteil haben.«

Ich schluckte. »Ich hab' gedacht, er hat nichts dagegen. Die Männer hatten Hunger. Meine Mutter hat gesagt, ich soll ein paar Sandwiches zurechtmachen und sie rüberbringen.«

»Wir werden gleich sehen, ob er was dagegen hat oder nicht.« Der Mann lachte und zerrte mich zum Haus. Die anderen Männer lachten ebenfalls.

»Na, hast du eine Schwerverbrecherin gefangen?« rief einer von ihnen. »Eine ganz gefährliche, was? Sie sieht aus, als ob sie vor kurzem Prügel bezogen hat.« Er beugte ich vor und hob mit dem Zeigefinger mein Kinn an. »Was hast du denn angestellt, daß sie dir so das Fell gegerbt haben?«

Ich hatte furchtbare Angst, doch ich schwieg. Sie waren zu viert, und alle vier glotzten sie mich an und streckten die Hände nach mir aus. JoHanna war zu weit weg, es gab niemanden, der mir helfen konnte. Wenn Tommy Ladnier den wahren Grund für mein Hiersein herausbekam, würde er mich wahrscheinlich umbringen und meine Leiche ins Meer werfen lassen. Mir blieb nichts anderes übrig, als nach dem Motto »Frechheit siegt« zu handeln.

Die Glastür ging auf, und ein hochgewachsener, schlanker Mann mit dunklem Schnurrbart trat heraus. Sein Haar war elegant zurückgekämmt, ganz à la Valentino, der Kragen seines weißen Hemdes stand offen. Er trug eine schwarze Hose. Und die schwarzen Stiefel von Floyd.

Als er sah, daß mein Blick an seinen Füßen hängenblieb, lächelte er und setzte ein Bein vor, damit ich den Stiefel in seiner ganzen Pracht bewundern konnte. »Schön, was?«

Ich nickte und starrte weiter wie gebannt auf den Stiefel.

»Was hat sie denn angestellt?« fragte Tommy Ladnier den Mann, der mich immer noch festhielt. Tommy roch nach Eau de Cologne, ein aufdringlicher und gleichzeitig feiner Geruch. Teuer. Das war mir sofort klar.

»Sie hat den Arbeitern im Park Sandwiches verkauft.«

Tommy Ladnier kam auf mich zu und zog das Tuch von meinem Korb. »Waren sie gut, die Sandwiches?«

»Ja, Sir. Roastbeef und Schinken.« Ich blickte auf den Korb, weil ich Angst hatte, ihm in die Augen zu sehen. Er kannte Elikah. Er kannte alle Welt. Was war, wenn er auch mich kannte?

»Hat unsere kleine Sandwichverkäuferin auch einen Namen?«

Mit dieser Frage hatte ich nicht gerechnet. Ich wußte nicht, was ich darauf antworten sollte. Meinen richtigen Namen konnte ich ihm nicht sagen. Und auch nicht den, den JoHanna im Hotel angegeben hatte.

»Ich glaube, sie braucht was zu trinken. Sie ist so ausgedörrt, daß sie nicht mal mehr ihren Namen sagen kann.«

Er hielt die Tür auf, und noch ehe ich um Hilfe schreien konnte, hatte mich der Mann, der mich am Arm festhielt, hineingestoßen.

JoHanna hatte gesagt, ich sollte mir das Haus genau ansehen, Floyd sei wahrscheinlich in einem der Nebengebäude. Aber dort war er nicht. Doch Tommy Ladnier hatte die Stiefel. Das war der Beweis dafür, daß Floyd nicht weit sein konnte. Wenn ich ihm helfen wollte, durfte ich nicht feige sein. Er mußte hier sein. Irgendwo hier. Und immerhin war ich jetzt im Haus, auch wenn einer von Tommy Ladniers Schlägertypen mir fast den Arm ausrenkte.

»Soll ich sie in die Küche bringen?« fragte der Mann, der mich festhielt.

Tommy lächelte träge. »Nein, in die Bibliothek. Und laß sie gefälligst los, sie ist eine Sandwichverkäuferin, keine Mörderin.«

Der Mann zog die Hand weg, als stünde mein Arm plötzlich in Flammen. Von der Treppe her hörte ich leises, gurrendes Gelächter.

»Junge, Junge, wenn Tommy sagt, spring aus dem Fenster, dann springst du, was, Teddy?«

»Halt die Klappe, Myra«, brüllte der Mann.

»Ich halt' erst die Klappe, wenn Tommy mir sagt, daß ich sie halten soll.«

»Halt die Klappe, Myra«, sagte Tommy. »Und mach dich nicht über Teddy lustig, sonst schick' ich dich nach Hause zu Mama.«

Das Mädchen setzte sich ungerührt auf die Treppe, so daß es uns durch die Geländersäulen beobachten konnte. Das mit schönen Schnitzereien verzierte Holz rahmte ihr blasses Gesicht ein, und die Säulen wurden von ihrem rotgoldenen Haar umspielt. »Wer ist denn die Süße?« fragte sie.

Tommy lachte und erwiderte mit nachgemachtem schottischem Akzent: »Eine junge Maid, die den Arbeitern Sandwiches verkauft hat. Eine brave junge Maid, die sich etwas verdienen wollte, um ihrer armen hungerleidenden Mutter unter die Arme zu greifen.« Tommys Ton war spaßig, er lachte, und doch lief mir ein Schauer über den Rücken.

»Aha, eine kleine Heilige.« Das Mädchen lachte ebenfalls. »Ach ja, Sandwiches verkaufen und nichts als Sandwiches – ein schöner Broterwerb, das war schon immer mein Traum.«

Die Männer lachten, und ich spürte, wie mich schon wieder die Angst überfiel. Dieses Haus war von Grund auf böse. Das Mädchen auf der Treppe hatte ein Nachthemd aus Spitze an, dabei war es schon kurz nach Mittag. Meine Zeit mit Elikah hatte mich einiges über das Leben gelehrt, ich war nicht mehr so naiv wie vor vier Monaten. Ob sie wohl zu Tommy Ladnier gehörte oder zu Teddy? Oder war sie für jeden da, der sie haben wollte?

»Geh mal Kaffee holen, Myra«, befahl Tommy, während wir ihm in ein großes Zimmer folgten, an dessen Wänden lauter Bücherregale standen, die bis hinauf zur Decke reichten. Das Feuer im Kamin war erloschen, doch der Geruch von verbranntem Holz hing noch im Raum und überdeckte den der Bücher. Geld. Macht. Danach stank es hier.

»Wer hat dich geschickt?« Tommy hatte sich blitzschnell zu mir herumgedreht.

Diese urplötzliche Verwandlung vom gemütlich plaudernden Lebemann zum Inquisitor verschlug mir die Sprache. »N-n-niemand«, brachte ich mühsam hervor. »Eigentlich wollte ich die Sandwiches am Strand verkaufen, aber da war keiner. Der Sturm …« Ich leckte mir nervös die Lippen. Mein Mund war völlig ausgetrocknet, und Myra kam und kam nicht. »Am Strand war keiner, und da hab' ich das Hämmern gehört und mir gedacht, daß die Männer hier vielleicht Hunger haben.« Mir fiel nichts mehr ein. Ich schwieg.

Tommy Ladnier sah mich merkwürdig an. Seine Pupillen huschten hin und her, eine winzige Bewegung nur, aber sie sagte mir, daß dieser Mann wahrscheinlich niemals wirklich schlief. Ihm entging nichts, nicht mal, wenn er die Augen geschlossen hatte. Ich mußte wegsehen.

»Und was machst du, wenn du nicht gerade Sandwiches verkaufst?«

Er spielte mit mir Katz und Maus, zur Belustigung der Männer, die jetzt lässig im Raum herumstanden. Sie grinsten sich an und warfen einander Blicke zu, als wollten sie sagen: »Ist er nicht ein toller Bursche, dieser Tommy?« Und: »Nun schaut euch doch bloß mal diese elende kleine Kreatur da an.«

»Ich putze, koche und nähe. Alles, was so anfällt.« Der Zorn hatte über meine Angst gesiegt. Am liebsten hätte ich ihm rundheraus gesagt, daß ich eigentlich nur wissen wollte, was er mit meinem Freund gemacht hatte. Aber das ging natürlich nicht.

»So, so, du suchst also einen Broterwerb, und da kommst du einfach zu mir in den Park und verkaufst Sandwiches. Wie wäre es, wenn ich dir Arbeit geben würde.«

Mir war klar, daß er den Männern eine Vorstellung gab, und darum wußte ich nicht, ob er es ernst meinte. »Was für eine Arbeit denn?« Ich hatte nämlich überdies den Verdacht, daß die Arbeit, die er einer Frau anzubieten hatte, nicht gerade nach meinem Geschmack wäre.

»In der Küche.« Er grinste. »Kinder nehm' ich nicht mit rauf. Nicht mal solche, die Spaß dran haben, sich hin und wieder ohrfeigen oder mit der Rute kitzeln zu lassen.« Er hob so schnell die Hand, daß ich gar nicht dazu kam, den Kopf wegzudrehen, und strich fast zärtlich mit dem Zeigefinger über die blaue Stelle unter meinem linken Auge.

Die Männer brüllten vor Lachen, und ich merkte, daß ich puterrot wurde. In der Küche zu arbeiten, das war ausgezeichnet, das war die Gelegenheit. »Darf ich gleich anfangen?« Sollten sie doch lachen, soviel sie wollten.

»Was kannst du denn kochen?« fragte er und musterte mich mit seinen grauen Augen.

»Ich kann alles kochen. Am besten kann ich Frühstück machen und Kuchen backen.«

Er zupfte an meiner rüschenbesetzten Schürze. »Aber was meine Eier angeht, bin ich eigen.«

»Welcher Mann ist das nicht?« erwiderte ich.

Diesmal lachten die Männer mit mir.

»Dillard, bring sie in die Küche und sag Love, daß sie ihre neue Hilfe ist. Love haßt es, zeitig aufzustehen und Frühstück zu machen. Sie ist bestimmt froh, wenn ihr das kleine Sandwichmädchen ein bißchen zur Hand geht.«

Ich wäre am liebsten in die Luft gesprungen vor Freude, doch ich riß mich zusammen. »Danke«, sagte ich nur, drehte mich um und wollte gehen.

Da packte mich Tommys Hand hinten am Hals und drückte zu, gerade fest genug, um mir zu zeigen, daß er mir weh tun konnte, wenn er wollte. Ich schloß die Augen, damit er meine Angst darin nicht sehen konnte, als er mich zu sich herumdrehte.

»Du hast uns noch gar nicht gesagt, wie du heißt.«

Ich machte die Augen wieder auf und sah seine langen, dunklen Wimpern. Er sah unglaublich gut aus. So gepflegt. »Lola«, flüsterte ich. Ich hatte beschlossen, den Namen der Frau zu benutzen, die meinen Platz in Elikahs Bett eingenommen hatte. Ihr war die Flucht gelungen, und Elikahs Geldbeutel hatte sie gleich mitgenommen. Vielleicht brächte ihr Name mir Glück.

»Die kleine Lola.« Er streichelte mich unterm Kinn. »Wenn du wirklich so eine gute Köchin bist, wie du sagst, können wir uns ja vielleicht mal ansehen, was du sonst noch für Talente hast.«

Die Männer lachten, und Tommy nickte, als Zeichen, daß ich gehen sollte. Der Lange, den er Dillard genannt hatte, erwartete mich schon an der Tür. Wortlos führte er mich in die große Küche, wo sich eine dicke schwarze Frau gerade über eine Backröhre voll heißer Brötchen beugte. Der süße, warme Hefegeruch erinnerte mich daran, daß es inzwischen Nachmittag war und ich seit dem Frühstück nichts mehr gegessen hatte.

»Ich bring' dir eine Küchenhilfe, Love. Tommy sagt, daß sie ab jetzt Frühstück machen soll, damit du nicht so zeitig raus mußt.«

Love drückte die Brötchen oben ein, beäugte sie kritisch und schob sie wieder in den Herd. Dann richtete sie sich auf und drehte sich zu mir herum. Ich hatte noch nie eine so große Frau gesehen. Sie war dunkelbraun wie Schokolade, hatte kleine Augen und eine Hakennase. »Du kannst Frühstück machen?«

»Ja.«

»Mr. Tommy ist 'n guter Herr, aber verschandelst du ihm seine Frühstückseier, dann verschandelt er dir dein Frätzchen mehr, als es eh schon ist.«

Ich konnte Floyd nur finden, wenn ich in dieser Küche blieb. »Ich kann sehr gut kochen.«

Sie sah mich von oben bis unten an. Ihr Blick blieb an meinem Unterleib hängen.

»Du wirst dich doch nicht mit irgend so 'm Schwein eingelassen haben und kriegst mir am Ende gleich 'n dicken Bauch, was?«

Mit dieser Frage hatte ich nicht gerechnet. »Nein.«

»Dann sieh zu, daß es dabei bleibt. Wenn du schwanger wirst, kommst du mir nich mehr in meine Küche. Einmal hat mir Mr. Tommy 'ne schwangere Hure angeschleppt. Nix wie Ärger hatt' ich da mit dem Brot und dem Kuchen. Die hat mir jeden Teig verdorben. Nix ist mehr aufgegangen, nur sie selbst. Sie hat den bösen Blick gehabt. Wo die war, da hat jeder Teig geklitscht.«

Ich sah zur Tür. Dillard war weg. »Kann ich jetzt nach Hause geh'n und morgen früh wiederkommen?«

Love nahm die Brötchen aus dem Ofen, bevor sie mir eine Antwort gab.

»Mr. Tommy will, daß wir hierbleiben. Er sieht's nich gern, wenn wir in der Gegend rumlaufen.«

»Aber ich muß doch erst mal meine Sachen holen.«

»Sag Dillard, daß er sie dir holen soll. Der hat eh nix zu tun. Oder laß dir von Mr. Tommy neue kaufen. Geld spielt bei dem keine Rolle.«

»Ich will aber lieber meine eigenen haben.« Ich schlich mich zur Tür, denn ich mußte schnellstens zu JoHanna, ihr sagen, daß alles in Ordnung war. Sie machte sich bestimmt schon Sorgen um mich. »Ich bin morgen früh vor Sonnenaufgang wieder da, und dann mach' ich mich sofort an die Arbeit. Für wieviel Leute soll ich denn Frühstück machen? Und um welche Uhrzeit möchte Mr. Ladnier frühstücken?«

»Meistens kommen sie in Schichten. Ungefähr vierzehn, mal ein paar mehr, mal ein paar weniger. Die Huren kriegen kein Frühstück, um die mußt du dich nich scheren. Die werden sagen, du sollst ihnen Kaffee und Toast raufbringen, aber mit dem Quatsch fang' lieber gar nicht erst an. Die spielen sich immer sonstwie auf, aber sie sind doch nix wie Huren, und das soll'n sie mal nicht vergessen.«

»Sind Sie morgen früh auch hier?« Ich hatte plötzlich Angst vor der eigenen Courage. Für vierzehn Leute hatte ich noch nie Frühstück gemacht.

Sie stemmte die Arme in die breiten Hüften und wartete. Dann sagte sie: »Was willst du eigentlich hier?«

»Ich brauche Arbeit.«

Sie kam mit ihren bis zu den Ellbogen mit Mehl bestäubten Armen um die Anrichte herum. »Und was willst du wirklich?«

Ich wußte nicht, was ich darauf sagen sollte. JoHannas Warnung fiel mir wieder ein. Sie hatte gesagt, ich sollte nicht mit den Frauen im Haus sprechen. Ich spürte Loves bohrenden Blick und sah ihr in die kleinen, tiefschwarzen Augen. Es war das erste Mal in meinem Leben, daß ich mich mit einer Schwarzen unterhielt. Was sollte ich tun, daß sie mir glaubte? »Ich brauche Arbeit.«

»Jetzt hör mir mal gut zu, mein Kind. Du wirst Love jetzt die Wahrheit sagen, oder ich rufe Mr. Tommy, daß er sie aus dir rausholt. Wenn du denkst, du kannst hier stehlen, schlag dir das mal ganz schnell aus dem Kopf. Niemand stiehlt bei Mr. Tommy. Niemand.«

»Ich bin keine Diebin.« Ich hatte mein Lebtag noch nicht gestohlen. Und es machte mich wütend, daß ausgerechnete eine Schwarze mich für eine Diebin hielt.

»Aber eine Köchin bist du auch nich. Also, was willst du hier? Zum letzten Mal! Sag die Wahrheit!«

Ich mußte mir irgendwas ausdenken, sonst würde sie Tommy Ladnier rufen, und dann wäre ich gefeuert, eh ich noch richtig angefangen hatte. Diese Frau war nicht nur dick, sie war auch schlau. »Ich suche jemanden«, flüsterte ich ganz leise, aber sie hatte jedes Wort gehört.

»Einen von Mr. Tommys jungen Männern, was?« Sie sah mich verächtlich an. »Du wirst doch deine Unschuld nicht an so einen verschleudern? Da wärst du schön dumm. Mach lieber, daß du wegkommst.«

Ich schüttelte den Kopf. »Ich suche jemand anderen.«

Sie sah mich an, aber nicht neugierig, sondern nachdenklich. Dann nagte sie versonnen an ihrer Unterlippe. »Du suchst diesen dummen Jungen. Diesen hübschen Kerl, der nix im Kopf hat.«

Ich nickte. »Floyd.«

Sie hörte auf, an ihrer Lippe zu nagen, und schüttelte den Kopf. »Mach, daß du wegkommst, und laß dich nie wieder hier blicken.« Sie trat hinter die Anrichte und nahm einen großen Pinsel zur Hand. Ohne mir noch einen Blick zuzuwerfen, tauchte sie den Pinsel in eine Schüssel mit geschmolzener Butter und machte sich über die Brötchen her. »Na los, verschwinde. Ich sag' Mr. Tommy, ich hab' dich nach Hause geschickt, weil du keine Ahnung vom Kochen hast. Wenn ich sag', daß ich dich rausgeschmissen hab', läßt er dich deiner Wege geh'n.«

»Aber ich muß Floyd finden.« Ich merkte, daß sie Mitleid mit mir hatte. Sie wollte es nicht, aber sie konnte nicht dagegen an.

»Der ist nicht mehr hier.«

»O nein!« stieß ich leise, aber offenbar so verzweifelt hervor, daß sie aufblickte und mich besorgt ansah. »Wo ist er dann?« fragte ich mit bebender Stimme.

»Heute ist er nicht mehr hiergewesen.« Mein Entsetzen machte ihr angst. Sie konnte meinen Blick nicht ertragen.

»Aber gestern war er noch da?«

»Verschwinde, Mädchen, solang 's noch geht. Und hör auf, mir Fragen zu stellen.« Sie fuhr mit dem Pinsel über die Brötchen, bis diese sich ganz mit Butter vollgesaugt hatten.

»Ich muß ihn finden. Er kann sich doch nicht wehren. Sagen Sie schon, war er gestern noch hier?«

»Gestern war er noch hier«, bejahte sie. »Ich hab' ihm arme Ritter gemacht. Seine Leibspeise, hat er gesagt.« Ihre Hand hielt mitten in der Bewegung inne. »Mit Puderzucker und Sirup wollte er sie haben, die armen Ritter. Der hat vielleicht reingehau'n, der Junge.«

Meine Verzweiflung wich einem Gefühl von Erleichterung. »Dann ging's ihm also gut? Er war nicht verletzt?«

»Nich schlimm.« Sie fuhr fort, die Brötchen zu bestreichen. »Kleines weißes Mädchen, mach, daß du aus der Küche kommst und aus'm Haus. Mach, daß du wegkommst, eh Mr. Tommy hört, was du für Fragen stellst. Denn wenn er's hört, hast du nix mehr zu lachen, du mageres kleines Ding«, sagte sie, ohne mich dabei anzusehen. Sie fuhr mit dem Pinsel über die warmen, knusprigen Brötchen.

»Sagen Sie mir nur noch, ob Floyd gesund war. Können Sie mir das sagen?«

Sie pinselte und pinselte, bis die glatten braunen Brötchen glänzten.

»Er war gesund.«

»Und wissen Sie, wo sie ihn hingebracht haben? Haben sie ihn nach Jexville zurückgebracht?«

Sie legte den Pinsel aus der Hand. »Irgendwo werden sie ihn schon hingebracht haben. Mr. Tommy erzählt Love doch nicht, wo er Leute hinbringt, die ihm Ärger machen. Kann sein, daß sie ihn nach Hause gebracht haben. Kann sein, daß sie mit ihm baden gegangen sind. So, kleines Mädchen, und jetzt raus hier!« Sie klatschte laut in die Hände, daß das Mehl nur so stob. »Verschwinde, eh's noch Ärger gibt. Ich zähl' bis zehn, und wenn du dann nicht weg bist, ruf' ich Mr. Tommy. Nicht, daß ich wegen dir selbst Scherereien kriege, nur, um deine weiße Haut zu retten, du dürres Ding. Also verschwinde!«

Kapitel 35

Ich rannte den ganzen Weg bis zu der Stelle, an der JoHanna den Wagen geparkt hatte. Das Bahiagras in dem Pekanwäldchen war den Sommer über kein einziges Mal gemäht worden. Meine Beine und mein Rock verfingen sich in den hohen wolligen Halmen, und alle paar Meter stolperte ich über einen abgebrochenen Ast, während ich zwischen scheinbar endlosen Reihen von toten grauen Bäumen dahinlief, immer abseits von der Straße, falls Love doch nicht Wort hielt oder Tommy und seine Kerle nicht davon überzeugen konnte, daß sie mich fortgejagt hatte. Du mußt JoHanna finden, sagte ich mir immer wieder, und sie dürfen dich nicht erwischen. Gleichzeitig jubelte ich innerlich vor Freude, weil Floyd bei Tommy Ladnier gewesen war und weil er gesund war.

Der Wagen war ein großer, grellroter Farbtupfer im Graugrün des Pekanwäldchens. Daneben sah ich JoHanna, die mit großen Schritten auf und ab ging.

»JoHanna!«, rief ich, sobald ich so nahe heran war, daß sie mich hören konnte, und kämpfte mich weiter vorwärts.

»Mattie!« Sie rannte auf mich zu. »Ach, Mattie, ich hab' schon gedacht, daß dir etwas zugestoßen ist.«

»Viel hat nicht gefehlt.« Ich schnappte nach Luft. »Also, wegen Floyd.« Ich faßte nach ihrer ausgestreckten Hand. »Er ist dort gewesen, aber jetzt ist er weg. Die Köchin sagt, er ist gesund, aber sie haben ihn irgendwoanders hingebracht.«

»Und wohin?«

Ich schüttelte den Kopf, immer noch nach Luft japsend. »Wohin, weiß sie auch nicht.«

»Bist du dir ganz sicher, daß er nicht mehr da ist? Vielleicht hat sie gelogen. Vielleicht hat sie dir nur irgendwas erzählt, damit sie dich los wird.«

Ich dachte an Love, wie sie dagestanden hatte, die Arme in die mächtigen Hüften gestemmt, und mich mit ihren kleinen Augen mitleidlos und ohne Trost angesehen hatte. »Ich glaub' nicht, daß sie gelogen hat.«

JoHanna bedeutete mir, in den Wagen zu steigen. »Wir müssen zu Duncan. Ich hab' ihr gesagt, wenn sie etwas braucht, soll sie den Zimmerkellner rufen, und ansonsten soll sie auf dem Zimmer bleiben.«

Aber …

Der Gedanke blieb unausgesprochen. Duncan war dazu erzogen worden, keine Angst zu haben. Sie hatte keine Ahnung, was sie anrichten konnte, wenn sie draußen herumstromerte und von den falschen Leuten gesehen wurde. Sie war wie JoHanna; auch sie konnte sich nicht vorstellen, daß sie in Gefahr schwebte, bis es dann zu spät war.

Als wir auf der Hauptstraße angelangt waren, mußten wir langsamer fahren. Zu beiden Seiten der Straße standen Maultiergespanne. Männer mit aufgekrempelten Ärmeln und schweißglänzenden Gesichtern luden Windbruch auf die Fuhrwerke, während die Maultiere geduldig dastanden und mit den Schwänzen peitschten, um die Gelbfliegen und die Moskitos zu verscheuchen, die der Sturm in riesigen Schwärmen hergetragen hatte.

Es kamen immer mehr Arbeiter. Der Nachmittagshimmel war immer noch grau, doch die Sonne brannte heiß und gnadenlos hernieder und heizte die Wolken auf. Es war stickig und schwül, doch die Männer arbeiteten gleichmütig weiter. Einige von ihnen hielten kurz inne, wenn sie uns kommen hörten, und winkten uns zu oder pfiffen, wenn wir vorbeifuhren. Ich staunte, wie viele von ihnen schwarze Haare und dunkle Haut hatten. Männer mit olivfarbenem Teint, Nachfahren von Seeleuten, die erstaunlich gut aussahen und uns strahlend anlächelten, während sie sich den Schweiß von der Stirn wischten. Die meisten rackerten sich tüchtig ab, doch hier und da sah man auch Männer vor ihren Gehöften stehen, die sich ungläubig die Verwüstung ansahen.

Wir fuhren an einem verlassenen Stück Strand vorbei, wo sich fünf schwarze Kränze vom Gras abhoben. Im ersten Moment hielt ich sie für dünne, in Schwarz gekleidete alte Frauen, doch dann drosselte JoHanna das Tempo, und da erkannte ich, daß es Kränze waren, die an stabilen, in den Sand gerammten Drahtgestellen hingen. Träge wehten die schwarzen Schleifen in der flauen Meeresbrise. Da sei wohl jemand auf See umgekommen, sagte JoHanna. Wahrscheinlich fünf Fischer. Die Kränze waren Trauerkränze. Für die Opfer des Meeres.

Ich mußte an die tote Familie an der Red Licorice Street denken, Opfer eines Sturmes, der viel schlimmer gewesen war als irgendein Hurrikan. Welchen Wahnsinn hatten da der Regen und der Wind entfacht, der dann diese brave kleine Familie vernichtete? Ich konnte einfach nicht glauben, daß ein Vater dazu fähig sein sollte, seine Kinder und seine Frau einen nach dem anderen zu ertränken. Nicht mal in einem Anfall von geistiger Umnachtung. Und schon gar nicht ein dreijähriges Mädchen. Ich hatte es, so gut es ging, vermieden, in die verzerrten Gesichter zu sehen, aber die kleinen Füße dieses Kindes konnte ich nicht vergessen, diese dunklen, violett angelaufenen Füße unter dem nassen Kleidchen. Bis in meine Träume verfolgte mich dieses Bild, die ganze Familie, die in meiner Phantasie noch immer dort hing.

JoHannas rasanter Fahrstil riß mich aus meinen trüben Gedanken. Sobald wir die Maultiergespanne hinter uns gelassen hatten, fuhr sie in halsbrecherischem Tempo. So brausten wir zum Seaview, und erst als der weiße Muschelsplitt in der Einfahrt unter den Reifen knirschte, entspannte sie sich und hielt sich nicht mehr so verkrampft am Lenkrad fest. Auch diesmal empfing uns ein junger Mann am Portal, und während wir ins Haus eilten, kümmerte er sich um den Wagen.

»Mrs. Lindsay?« Die Stimme des Portiers ließ uns mitten in der Halle stehenbleiben. »Ein Telegramm für sie.« Er wedelte mit einem Kuvert, und JoHanna lief an den Empfangsschalter und riß es ihm aus der Hand.

Sie öffnete hastig das Kuvert, und während sie den Text überflog, beobachtete ich ihre Miene. Sie sah mich mit merkwürdig ausdruckslosem Gesicht an. »Will ist unterwegs hierher. John geht zurück nach Jexville, um dort noch einmal nach Floyd zu suchen.«

»Ist das alles?« Ich hatte mehr erwartet. Mehr Einzelheiten. War es John gelungen, etwas über Floyd in Erfahrung zu bringen, wer ihn geholt und zu Tommy Ladnier gebracht hatte? Und was war mit der toten Familie? Wann würde Will hier sein?

JoHanna zerknüllte das Telegramm, behielt es aber in der Hand und lief hinauf zu unserem Zimmer. Nach dem Blick, den sie mir zugeworfen hatte, wäre ich eher splitternackt durch Jexville gegangen, als sie noch weiter nach dem Inhalt des Telegramms zu fragen.

Duncan saß auf dem Fußboden, um sich herum ein Berg von Zeitungspapierschnipseln. Sie hatte sich eine Zeitung und eine Schere bringen lassen und alle Berichte über das Unwetter ausgeschnitten. Die Artikel hatte sie zu drei Stapeln sortiert. Einen für Florida, einen für Alabama und einen für Mississippi. In Florida hatte es mehrere tausend Tote gegeben, als der Sturm vom Atlantik herangebraust war und über dem Golf von Mexiko neue Kräfte für den Angriff auf Mobile gesammelt hatte.

JoHanna ließ sich in einen Sessel fallen, las die Zeitungsausschnitte einen nach dem anderen durch und gab sie, mal seufzend, mal kopfschüttelnd an mich weiter. In Florida ging der Schaden in die Millionen. Besonders furchtbar war die Titelseite, auf der alle Orte mit der Zahl der Toten und Verletzten aufgelistet waren. »Miami: Tote, soweit bekannt – 194; Verletzte, soweit bekannt – 75; geschätzte Anzahl der Toten – 115; Schwerverletzte – 250. Über zehntausend Obdachlose.« So ging es weiter, den ganzen Bundesstaat durch. Miami Beach, Pompano, Hollywood und so weiter und so weiter.

Im Mobile Daily Register stand zu lesen, daß Mobile zweimal vom Sturm heimgesucht worden war mit Windgeschwindigkeiten von bis zu 150 Kilometern in der Stunde. Aber angeblich war dort niemand ums Leben gekommen. JoHanna reichte mir den Artikel und schüttelte den Kopf. »Wir haben großes Glück gehabt. Wie's aussieht, lag Mobile genau im Auge des Hurrikans.«

Ich wollte sagen, daß es in Mobile, das rechts von der Bucht lag, immerhin keine Toten gegeben hatte, in Jexville hingegen mindestens fünf. Doch weder JoHanna noch Duncan brauchten daran erinnert zu werden, und so schwieg ich und sah Pecos zu, der in den ungelesenen Teilen der Zeitung herumscharrte.

Eine leichte Brise bauschte die Vorhänge, Duncan lag auf dem Bauch und hatte die Beine in der Luft gekreuzt. Alles war so beschaulich, daß man sich das verheerende Unwetter schon fast gar nicht mehr vorstellen konnte. Ich trat ans Fenster und schaute über den Sund. Die See war unruhig, grau mit weißen Sprenkeln. Die Sonne hatte sich hervorgekämpft und ließ das Wasser funkeln, doch dann verschwand sie wieder hinter den Wolken.

»Kommt Will hierher?« fragte ich. Es war mir peinlich, JoHanna zu drängen, denn sie wollte offenbar nichts sagen, doch ich platzte schier vor Neugierde.

»Ja, auf direktem Weg. Er fährt gar nicht erst nach Mobile. John konnte ihn noch rechtzeitig benachrichtigen.«

»Und wann ist er hier?« Als Duncan mitbekam, daß von ihrem Vater die Rede war, hörte sie auf, die Unbeteiligte zu spielen. Zwar war sie immer noch beleidigt, weil wir sie allein gelassen hatten, doch die Freude darüber, daß Will bald da sein würde, war stärker als ihre schlechte Laune.

»Morgen nachmittag«, erwiderte JoHanna, und ihre Stimme gab nicht preis, was in ihr vorging.

»Morgen kommt Daddy?« Duncan ließ die Schere fallen und setzte sich hin. »Ich kann es kaum erwarten! Er wird Floyd finden, und dann wird alles wieder gut. Dann können wir wieder nach Hause. Pecos und ich, wir finden es nämlich ganz blöd, daß wir hier im Zimmer hocken und uns verstecken müssen.«

JoHanna lächelte skeptisch. »Ja, Duncan, Daddy wird dafür sorgen, daß die Dinge wieder in Ordnung kommen. Ganz bestimmt.« Sie stand auf und begann, im Zimmer auf und ab zu gehen.

»Und Floyd findet er auch, nicht wahr?«

Weder mir noch JoHanna war entgangen, daß Duncan ihre Feststellung zu einer Frage umformuliert hatte. Sie hatte noch kein Wort zu diesem Thema gesagt, aber natürlich beschäftigte sie sich damit, was mit Floyd war.

»Du hast wohl nicht zufällig ...« Mir versagte die Stimme. JoHanna und Duncan sahen mich an. Ich schluckte und begann noch einmal von vorn. »Du hast wohl nicht zufällig von Floyd geträumt?«

Duncan schüttelte den Kopf. Dann runzelte sie nachdenklich die Stirn. »Der Traum von dem Mann im Wasser war der letzte. Mama, du glaubst doch nicht, daß Floyd auch ertrunken ist? Als er von uns wegging, war der Sturm doch schon vorbei.«

»Nein«, sagte JoHanna traurig, »ich glaube nicht, daß er ertrunken ist.« Sie trat ans Fenster und sah hinaus auf die See.

»Dann findet Daddy ihn auch, und alles wird wieder gut.« Duncan streckte sich. »Und was machen wir, bis Daddy hier ist?« Sie sah mich an. JoHanna ging ins Badezimmer und zog die Tür hinter sich ins Schloß.

»Wir könnten Karten spielen. Rommé vielleicht oder Herz.« Ich hörte JoHanna weinen und tat mein Bestes, um Duncan abzulenken. »Oder wenn deine Mama hierbleibt und auf Pecos aufpaßt, könnten wir einen kleinen Rundgang durchs Hotel machen. Es ist doch so hübsch hier.«

Duncan spielte die Gleichgültige, doch sie hatte es eindeutig satt, im Zimmer zu sitzen, und darum stand sie auf und zog sich die Schuhe an.

»JoHanna, Duncan und ich, wir gehen ein bißchen spazieren. Paß bitte auf Pecos auf, ja?« rief ich durch die Badezimmertür.

»Aber bleibt auf dem Hotelgelände.« Ihre Stimme klang rauh und heiser.

»Mama?« Duncan tippte ganz kurz an das hölzerne Türblatt. Doch noch ehe JoHanna antworten konnte, lief sie aus dem Zimmer und knallte Pecos und mir die Tür vor der Nase zu.

Im Foyer hatte ich sie eingeholt. Ihre Beine schienen von Stunde zu Stunde kräftiger zu werden. Sie hatte ein kurzes Kleid an, einen dunkelgrünen Hänger, und mir fiel auf, daß langsam auch die Verbrennungsnarben verblaßten. Ihr Haar schien jeden Tag ein Stück zu wachsen. Dunkel, dicht und glänzend reflektierte es das spärliche Licht in der Halle und saugte sich gleichsam damit voll.

»Komm, wir gehen in den Park«, sagte sie und lief voraus.

Gärtner machten sich an den Rosensträuchern und Blumenbeeten zu schaffen. Der Wind hatte alle Blätter von den mächtigen Eichen geweht, die das Gelände begrenzten. Das Kreischen der Sägen hatte etwas Bedrohliches, doch der Geruch nach frischem Holz war vertraut und tröstlich. Männer stutzen abgebrochene Äste und reparierten Sturmschäden. Ein alter Mann im blauen Overall und einem ebenfalls blauen Arbeitshemd fand Gefallen an Duncan. Er zeigte ihr ein paar alte Äste, die so schwer und schön geschwungen waren, daß sie bis zur Erde hinabhingen. Man hatte sie miteinander verflochten, damit der Wind nicht noch mehr Schaden anrichten konnte. Im Frühling, versicherte er uns, werde der Park des Seaview wieder die Kulisse für prunkvolle Hochzeiten und Feste sein, auf denen die reichen Leute unter den Bäumen tanzten.

Sicher hatte der Hurrikan auch hier gewütet, das war unübersehbar, aber die Verheerung war nicht annähernd so schlimm wie die Spuren, die das Salzwasser in Tommy Ladniers terrassenartig abfallendem Park hinterlassen hatte. Der Mann winkte und kehrte zurück zu seiner Säge, und Duncan und ich schlenderten weiter über die mit Muschelsplitt bestreuten Wege. Duncan erzählte mir, wie viele Tonnen Austern gefangen und gegessen werden mußten, um so viel Muschelsplitt zu bekommen. Der Spaziergang, die Umgebung, die Geschäftigkeit hier unten im Park und die Freundlichkeit der Gärtner, all das zusammengenommen sorgte dafür, daß Duncan ihre schlechte Laune bald vergessen hatte. Sie rannte hin und her, unterhielt sich mit den Gärtnern, lachte, stellte Fragen und neckte alt und jung mit ihrem verschmitzten Lächeln und ihrer flinken Zunge. Es war eine Freude, sie wie ein ganz normales neunjähriges Mädchen auf dem Gelände dieses Luxushotels herumtollen zu sehen. Ich aber erschrak jedesmal, wenn ich um eine Ecke bog oder sich ein neuer Blick vor mir auftat, darüber, wie seltsam hier alles aussah. Der Tag war hochsommerlich warm, und doch gab es nirgendwo mehr ein grünes Fleckchen. Mein Körper fühlte sich wie im Sommer, meine Augen aber sagten mir, daß es schon Winter war. Das machte mir angst. Und weil ich dieses Gefühl weder wahrhaben noch ihm auf den Grund gehen wollte, hörte ich Duncans fröhlichem Geplapper zu und beobachtete, wie vergnügt die Arbeiter ihre Fragen beantworteten. Sie war ein intelligentes, frühreifes Kind, und hier, wo sie keiner kannte, fiel es ihr leicht, die Herzen der Menschen zu erobern.

JoHanna und Will würden vielleicht nie mehr nach Jexville zurückkehren. Vielleicht würden wir uns alle zusammen einen neuen Ort suchen, wo wir leben konnten. New Orleans, Natchez, St. Louis, Städte an einem Fluß, den JoHanna ebenso zu lieben lernen würde, wie sie den Pascagoula liebte.

Immer noch in dem langen blauen Sandwichverkäuferinnenkleid, hielt ich mich, wenn irgend möglich, im Schatten, und während Duncan durch die Gegend stromerte, verging ich schier vor Hitze und hing meinen Träumen nach. Ich wollte JoHanna ein wenig Zeit lassen, sich zu sammeln. Wohl wissend, daß wir im Zimmer den Stürmen ihrer Gefühle ausgeliefert wären, blieben wir länger im Freien, als wir ursprünglich vorgehabt hatten.

Nach einer Stunde aber waren wir so verschwitzt und von den juckenden Stichen der Bremsen und Moskitos übersät, daß selbst Duncan sich nur noch nach unserem vor Hitze und Moskitos geschützten Zimmer sehnte.

JoHanna öffnete uns die Tür. Sie hatte sich wieder gefangen. Lächelnd nahm sie Duncan in den Arm und drückte sie. »Morgen stehen wir ganz früh auf und fahren mit dem Ausflugsschiff nach Ship Island«, sagte sie. »Mattie wartet schon ihr ganzes Leben lang darauf, einmal den Golf zu sehen. Und wenn wir schon mal so nah dran sind, dürfen wir uns die Gelegenheit nicht entgehen lassen.«

Duncan klatschte vor Freude in die Hände, doch dann verdüsterte sich ihre Miene. »Und Pecos?«

JoHanna lachte. »Den hatte ich ganz vergessen.« Sie schaute hinüber zu dem Hahn, der aufs Fensterbrett gesprungen war und am Fliegengitter herumpickte. »Heute nachmittag können wir ihn ja noch mal runter an den Strand bringen, damit er seiner Möwendame nachsteigen kann. Aber morgen werden wir uns wohl einen Hühnerhof suchen müssen, wo wir ihn in Pflege geben können.«

»Und Daddy?«

»Bis er hier ist, sind wir längst wieder da und fertig zum Abmarsch.«

Duncan nickte. »Und dann suchen wir Floyd?«

JoHanna holte tief Luft, so daß sich ihre Brust ein klein wenig hob. »Ja, Duncan, Will wird ihn finden. Dein Vater kann Dinge, die wir nicht können. Wenn Floyd wieder in Jexville ist, werden die Männer ihm sagen, wo er steckt.«

Jexville. Wie war es nur möglich, daß dieser Name mich schmerzte wie ein Messerstich? Jexville. Das Wort ging mir durch Mark und Bein, und ich bekam weiche Knie. Ich bückte mich und begann, die herumliegenden Zeitungen aufzuheben. Wir würden also doch nach Jexville zurückkehren. Ich wurde von Angst gepackt. Irgendwie hatte ich es im Laufe dieses Tages geschafft zu vergessen, daß Jexville auf mich wartete. Ich hatte mich in einen Menschen verwandelt, der allein in der Gegenwart lebte.

In den vergangenen Tagen hatte ich eine ganze Reihe merkwürdiger Verwandlungen durchgemacht. Weil JoHanna es verlangt hatte, war ich das Sandwichmädchen geworden, das Tommy Ladnier ausspioniert hatte. Ich war auf seinem Grund und Boden umhergelaufen und hatte den Arbeitern meine Sandwiches und Kekse verkauft, und sie hatten mich für das gehalten, das ich vorgab zu sein. Dann, als Teddy mich am Arm gepackt hatte, als Tommy Ladnier mir in die Augen geschaut hatte, als der Wind mir im Wagen das Gesicht gekühlt hatte oder als mich die Bremsen in den Nacken gestochen hatten … Ich bestand nur noch aus einzelnen Wahrnehmungen und Gefühlen. Und diese standen in keinem Zusammenhang mit den Dingen, die ich in der Vergangenheit gefühlt oder gedacht hatte, und ich hatte kein Verlangen, in die Zukunft zu blicken.

Als ich die Zeitungen aufhob, berührten meine Finger das tiefe Burgunderrot und das Grau des Teppichs. Farbe, Struktur, der fade Geruch der Zeit. Blasse Sonnenstrahlen brachen durch die Wolkendecke, fielen schräg auf meine Hände und ließen meine Haut rauh und weiß aussehen. Hier, in diesem Augenblick, war ich etwas anderes, eine andere, und jede Unze Kraft in mir bäumte sich dagegen auf, nach Jexville zurückzukehren. Aber die Wirklichkeit war um so vieles stärker als ich. Und während ich das wollene Gewebe des Teppichs berührte und die Sonne auf der Haut spürte, war mir bewußt, daß ich nur auf der Durchreise war und dieser Ort nichts als eine behagliche Zwischenstation auf meinem Weg. Das Seaview war nur ein Aufschub. Ich war keine McVay. JoHanna konnte mich nicht zu ihresgleichen machen, sosehr ich mir auch wünschte, daß sie es könnte.

Die Zeitungsausschnitte fielen mir aus der Hand. Ich schluchzte.

»Duncan, setz Pecos in die Tasche dort und geh schon mal zum Wagen. Wir kommen gleich nach. Und laß ihn nicht raus aus der Tasche, unter gar keinen Umständen. Wenn der Portier unten am Empfang ihn sieht, können wir uns auf was gefaßt machen.« JoHanna kniete sich neben mich auf den Boden. »Du mußt nicht zurückgehen, Mattie. Wir können das Zimmer behalten, und du bleibst hier.«

Pecos und ich, wir heulten um die Wette. Er wehrte sich ebenso heftig gegen Duncans Hände, wie ich mich dagegen wehrte zu begreifen, in was für einer Lage ich war. JoHanna hielt mich an den Schultern fest und schwieg, bis Duncan den Hahn eingefangen und in der Tasche verstaut hatte und mit ihm verschwunden war.

»Hör zu, Mattie. Du kannst hierbleiben und die Scheidung einreichen. Will kann alles für dich regeln. Du mußt nicht zurück nach Jexville. Du mußt Elikah nie mehr wiedersehen. Außer natürlich vor Gericht, und selbst das läßt sich vielleicht verhindern. Ich weiß nicht genau, aber Will kennt sich aus in diesen Dingen.«

Sie strich mir übers Haar, streichelte mir den Rücken und redete. Meine Tränen waren versiegt, ich hörte ihr zu. Ich glaubte ihr jedes Wort, doch wie sollte ich ihr klarmachen, daß mir ihre Worte das Mark aus den Knochen sogen. Wenn sie die Mattie aus Jexville auslöschte, was blieb dann noch von mir übrig? Sicher konnte ich im Seaview bleiben, konnte baden und mich schön anziehen und zum Essen in den Speisesaal gehen, doch wer wäre ich dann?

Die Mattie, die mit zwei blonden kleinen Mädchen namens Callie und Lena Rae Brombeeren pflücken ging, hatte ich schon verloren. Manchmal hört ich die zwei noch lachen und erkannte ihre Stimmen. Aber sie waren fern und unerreichbar, wenn ich beschloß, nicht in der Vergangenheit zu leben. Wenn ich mir vorstellte, allein im Seaview zu wohnen, empfand ich eine schreckliche Leere. Ich malte mir aus, wie ich die Tage damit verbrachte, zu schlafen, mich anzuziehen, zu essen und am Strand spazierenzugehen. Doch welche Gedanken und Gefühle sollte eine solche Mattie haben? Diese Mattie gab es nicht. Noch nicht. Und vielleicht würde es sie auch nie geben.

Ich hörte das Rauschen des Meeres, hörte JoHannas vernünftige Worte und begriff die schreckliche Wahrheit, daß ich nach Jexville zurückkehren mußte. Vorwärtskommen konnte ich nur, wenn ich zurückging.

Kapitel 36

Ich stand an der Bugspitze des großen Dampfers, der schwankend die Wogen pflügte, den salzigen Geschmack des Sprühwassers auf der Zunge. Mein Blick war dem Horizont zugewandt, und der vorher winzig kleine Flecken Land wurde immer größer. So fuhren wir stampfend und schaukelnd auf Ship Island zu. Die Hitzewelle war über Nacht endlich verebbt, und das frische, klare, sonnige Herbstwetter dieses Morgens machte den Ausflug zum Golf von Mexiko zu einem wunderbaren Abenteuer. So jedenfalls wollte es JoHanna. Es machte sie verrückt, daß wir nichts tun konnten, um Floyd zu helfen. Sie mußte sich irgendwie ablenken. Ihre Haut sah auf einmal weiß und dünn aus, durchscheinend wie Papier, als wäre alle Feuchtigkeit darunter in der Sonne verdunstet. Duncan hingegen war voller Zuversicht, daß JoHanna und der so sehnlich erwartete Will dafür sorgen würden, daß die Dinge endlich wieder ins Lot kämen. Will würde Floyd finden, ganz egal, wo er steckte. Ich versuchte, nicht an all das zu denken, und tröstete mich damit, daß Duncan nicht von Floyd geträumt hatte. Zwischen den beiden bestand eine so innige Verbindung, daß ich mir sicher war, wenn ihm wirklich etwas zugestoßen wäre, würde sie es wissen. Daran klammerte ich mich, wenn die Verzweiflung mich zu übermannen drohte oder böse Ahnungen mir kalte Schauern über den Rücken jagten. Ich konnte es mir nicht leisten, meine unbegründeten Ängste zu nähren. Ich mußte all meinen Mut zusammennehmen und mich der Zukunft stellen.

Hinten auf dem Schiff saß JoHanna mit dem Korb, in dem die Sandwiches gewesen waren, die ich bei Tommy Ladnier verkauft hatte. Diesmal enthielt er unser Picknick. JoHanna hatte uns versprochen, daß wir über den weißen Sandstrand der Insel gehen, ein bißchen durch die Brandung waten und dann picknicken würden. Nachmittags um drei, wenn Wills Zug eintraf, wollten wir wieder in Biloxi sein. Ich verbot mir, weiter zu denken als zu dem Moment, da Will mit seiner Tasche in der einen und dem Hut in der anderen Hand aus der Eisenbahn stieg.

Vom Heck her drang schallendes Gelächter und begeistertes Händeklatschen an mein Ohr, und als ich mich umdrehte, sah ich Duncan, die den Umstehenden vorführte, wie man Charleston tanzte, einfach so, ohne Begleitmusik und ohne sich um die schlingernden Bewegungen des Dampfers zu kümmern. Ein junger Mann mit Sommersprossen ahmte eifrig jeden ihrer Schritte und jede ihrer Bewegungen nach.

»Das war schon viel besser, Michael. Du bist ein Naturtalent«, sagte Duncan und schob befriedigt das Kinn vor. »Du kannst uns ja mal besuchen, zu Hause haben wir nämlich Musik, da bring ich's dir in zehn Minuten bei.«

Duncan war der Star an Bord. Die Mannschaft, die anderen Passagiere, alle unterhielten sich mit ihr, alle waren sie von ihrem verwegenen Lächeln bezaubert, das sie von Will geerbt hatte. JoHanna saß ganz still da, den Korb auf dem Schoß, und ich sah an ihrer Haltung, daß sich ihre Sorgen keineswegs verflüchtigt hatten.

»Pecos kann auch Charleston tanzen«, erklärte Duncan den Umstehenden und erzählte von ihrem Hahn.

Wir hatten Pecos bei einem Farmer in der Nähe des Hotels gelassen, der versprochen hatte, ihn den Tag über auf seinem Hühnerhof zu beherbergen. Der Vogel brauchte dringend ein paar Erfolgserlebnisse. Gestern nachmittag hatte er schon wieder einer Möwe den Hof gemacht, wieder mit dem gleichen enttäuschenden Ergebnis, woraufhin er so sehr den Kopf hängen ließ, daß sein Kamm beinahe auf dem Boden schleifte. Wie sehr er auch gegockelt und sich in die Brust geworfen hatte, die Möwen hatten sich einfach nicht für ihn interessiert. Die Hennen, meinte JoHanna, seien sicher wesentlich aufgeschlossener, bei ihnen könnte er sich von der Schlappe erholen, die er bei den Möwen erlitten hatte. Ich hörte Duncan mit halbem Ohr zu und mußte lächeln. Duncan liebte diesen vermaledeiten Vogel, aber selbst sie schien froh zu sein, daß sie sich einmal einen Tag lang nicht um ihn kümmern mußte. Pecos konnte in der Tat sehr anstrengend sein.

Der Dampfer nahm eine besonders hohe Woge, und als er in das Wellental hinabglitt, schrien die drei anderen weiblichen Passagiere erschrocken auf. Anfangs hatten die schlingernden Bewegungen auch mich geängstigt, und ich hatte mich krampfhaft an der Reling festgehalten, doch inzwischen hatte ich mich an das Schaukeln gewöhnt. Es machte mir sogar Spaß. Meine einzige Sorge war, daß an Bord ein ziemliches Gedränge herrschte, so daß sich das Schiff mitunter gefährlich auf die Seite legte. Wenn wir eine Woge falsch nahmen, konnte man denken, das Wasser schwappte über den Rand, so daß wir immer mehr Tiefgang bekommen und schließlich untergehen würden. Ich schüttelte den Kopf über meine Todesphantasien und sah mich noch einmal nach JoHanna um.

Der junge Mann, der mit Duncan getanzt hatte, kam gerade in meine Richtung. Es waren mindestens fünfundzwanzig Leute auf dem Schiff, die sich alle ansehen wollten, was der Hurrikan auf der Grenzinsel angerichtet hatte. Ein paar von ihnen waren nicht nur aus Neugierde unterwegs. Sie hatten Geräte bei sich, um die Sturm- und Flutschäden zu vermessen, sie zu begutachten und Aufzeichnungen darüber zu machen. Zu dieser Gruppe gehörte auch der junge Mann, der sich mir jetzt näherte. Er hatte mir schon während der ersten Viertelstunde der Überfahrt erzählt, daß die Insel nur achthundert Meter breit war – ein kleines Stück Land, das die Grenze zwischen dem Golf und dem Sund markierte. Und daß es noch andere Inseln gab. Petit Bois, Horn. Eine weitere hieß Dauphin und lag vor der Küste von Alabama. Früher seien diese Inseln vermutlich alle Teil des Festlands gewesen, sagte er, und sie seien von diesem durch schwere Stürme abgetrennt worden, so daß sie nun im Wasser trieben und fortwährend ihre Größe veränderten.

Es hatte mir Freude gemacht, ihm zuzuhören. Er sprach leise, aber an dem Tonfall, mit dem er über die Inseln redete, merkte ich, daß er sie liebte. Mit dem lockigen Haar und den Sommersprossen erinnerte er mich an Adam Maxwell, einen Jungen, mit dem ich eine Zeitlang zur Schule gegangen war. Schon in der ersten Klasse hatte Adam gewußt, daß er einmal Tierarzt werden wollte. Als wir in der fünften Klasse waren, hatte sein Daddy einen schweren Unfall, ein Baumstamm war auf ihn gestürzt. Da mußte Adam die Schule verlassen und seiner Mutter auf der Farm helfen. Er sagte, er käme wieder, aber dazu war es nicht gekommen. Ich hatte gehört, daß sein Vater ein Krüppel geblieben war.

»Mattie, Mrs. McVay hat gesagt, ich soll Sie fragen, ob Sie auch nicht frieren.«

JoHanna hatte uns zwar jedem einen dicken Pullover gekauft, aber hier vorn war die Kälte deutlich zu spüren, stärker als am Heck. Ich wußte, daß der Wind mir Wangen und Nase gerötet hatte, doch ich hatte keine Lust, nach hinten zu gehen, wo sich alles drängte. Mir gefiel es hier vorn am Bug, denn hier war viel weniger Betrieb.

»Nein, überhaupt nicht.«

»Haben Sie was dagegen, wenn ich Ihnen ein bißchen Gesellschaft leiste?«

Seine Frage verwirrte mich, was nicht gut war. Mir war schon vorhin aufgefallen, daß er einen Blick auf meine Hände geworfen hatte. Ich hatte Elikahs Ehering abgenommen. Irgendwo zwischen Vergangenheit und Gegenwart hatte ich den schmalen Goldreif vom Finger gestreift und ihn einfach fallen lassen. Ich wußte nicht mehr genau, wann es gewesen war, und es war mir auch nicht so wichtig, daß ich mir Mühe geben mochte, mich daran zu erinnern.

»Aber gern, ich freue mich, wenn Sie mir Gesellschaft leisten«, erwiderte ich ihm ehrlichen Herzens. »Erzählen Sie mir mehr über die Insel.«

Er hieß Michael Garvi und ging mit uns zusammen am Strand entlang. Er krempelte sich die Hosenbeine hoch, ging ins Wasser und ließ sich von den Wellen die Zehen liebkosen, genau wie wir anderen. Wir standen in der Brandung und betrachteten Duncan, die vor Entzücken jubelte. Ich staunte, daß das azurblaue Wasser und die weißen Sanddünen tatsächlich ganz genauso aussahen, wie ich sie mir in meinen Träumen vorgestellt hatte, und das, obwohl ich – anders als Duncan – keine hellseherischen Fähigkeiten besaß. Wir gingen einmal um die ganze Insel herum, die tatsächlich so schmal war, wie Michael Garvi gesagt hatte. Der Kontrast zwischen dem Sund und dem Golf war unglaublich.

Wir tollten im reinen weißen Sand herum, ließen uns vom Gischt besprühen, kreischten und lachten. Wir bauten Burgen, die die Wellen, die mit ihren weißen Schaumkronen heranrollten, sogleich wieder zerstörten. Als wir erschöpft waren und unsere Kleidersäume gründlich durchnäßt, breiteten wir die rotkarierte Picknickdecke aus.

Michael Garvi aß mit uns, und als ich danach die Reste wieder in den Korb packte, blieb ich mit ihm allein, da JoHanna und Duncan durch den Sand gingen und rasch noch ein paar Muscheln suchten.

»Dürfte ich Sie vielleicht nächsten Sonntag besuchen kommen, Mattie? Ich könnte Sie zur Kirche begleiten.«

Diesmal war ich nicht verwirrt. »Ich fürchte, das wird nicht möglich sein, Michael.« Ich legte die Decke auf den Korb und sah ihn an. Warum war ich ihm nicht im Mai begegnet? Warum war ich ihm nicht begegnet, ehe Jojo mich an Elikah verkauft hatte? »Ich bin verheiratet.«

Die Worte hallten mir in den Ohren wie ein Todesurteil, aber ich hatte es ihm doch sagen müssen. Schließlich konnte ich nicht noch einen Unschuldigen mit in mein verpfuschtes Leben hineinziehen. Ich wußte ja nicht, ob ich Elikah jemals loswerden würde. Nach dem Gesetz war ich immer noch seine Frau. Ich hob die Hände. »Ich hab' zwar meinen Ehering weggeworfen, aber ich bin noch verheiratet.«

Er sah auf den Picknickkorb. »Mrs. McVay hat mir erzählt, daß Sie verheiratet sind.«

»Und was hat sie Ihnen sonst noch erzählt?«

Er zuckte mit den Schultern, dann blickte er mir endlich in die Augen. »Daß einem das Leben mitunter übel mitspielt. Sie meinte, es könnte nicht schaden, wenn ich Sie frage, Sie wüßten schon, was Sie zu tun hätten.«

»Ich habe keine Zukunft.« Ich schüttelte den Kopf. »Oder anders gesagt: Ich bin auf einem Weg, bei dem ich einfach nicht weiß, was mich beim nächsten Schritt erwartet.« Ein keilförmiger Schwarm von braunen Pelikanen kam von der Seite, wo der Sund lag, auf uns zugeflogen. Sie flogen in perfekter Formation, die häßlichen Beine nach hinten ausgestreckt, die Hälse eingezogen. Als sie sich am Strand niederließen, sahen sie aus wie vorsintflutliche Geschöpfe. »Ich habe den Faden in meinem Leben verloren, und nun muß ich dorthin zurückkehren, wo er mir entglitten ist.«

»Sie wollen zurück zu Ihrem Mann?« fragte er mit Mißbilligung in der Stimme, und die Sommersprossen auf seiner Nase, die wie hingetupft aussahen, wurden eine Nuance dunkler. »Mrs. McVay sagt, er sei kein besonders guter Mensch.«

»Ich weiß nicht, ob ich zu Elikah zurückgehe, aber auf jeden Fall fahre ich mit den McVays zurück nach Jexville. Wir müssen einen Freund suchen, der verschwunden ist. Und danach werde ich mir überlegen, was ich mache.«

»Aber falls Sie doch nach Biloxi zurückkommen, darf ich Sie dann wiedersehen?«

Ich lächelte. »Sehr, sehr gern.«

Duncan kletterte über eine kleine Düne und kam schreiend und sich immer wieder umguckend auf uns zugerannt. Hinter ihr tauchte JoHanna aus dem Gras auf, das Strandhafer hieß, wie Michael uns erklärt hatte. Sie schwenkte ein furchterregendes Tier in der Hand, das statt Krallen mächtige Scheren hatte. JoHanna hielt es in Duncans Richtung, so daß diese mehrmals hintereinander laut aufkreischte. Ihre Füße wirbelten den Sand auf und trugen sie im Eiltempo in unsere Richtung.

»Hilfe! Rettet mich! Die Krebsmama kommt!«

JoHanna kam keuchend heran und streckte uns das bläuliche

Biest entgegen, das sie am Rücken festhielt. Die Scheren schnappten in der Luft.

»Komm mir bloß nicht zu nahe mit dem Ding.« Ich versteckte mich hinter Michael, der das Ganze anscheinend ungemein lustig fand.

»Mein kleiner Freund hier hat Hunger. Er möchte gern ein Stück Duncan zum Nachtisch.« JoHanna kam mit dem schnappenden Ungeheuer immer näher.

Duncan klammerte sich kreischend an mich.

Wenig später wälzten wir uns im Sand, lachten und versuchten uns vor dem Scherenvieh zu retten, mit dem JoHanna uns aus Spaß bedrohte.

Auf einmal hörten wir die Schiffssirene heulen, und im Nu waren wir alle wieder auf den Beinen. JoHanna setzte den unterdessen wütend und ängstlich gewordenen Krebs wieder ins Wasser.

»Wie haben Sie den denn erwischt?« wollte Michael wissen.

»Mir einem Faden und etwas kaltem Huhn vom Picknick. Die Gier hat ihn übermannt, er hat nach dem Köder geschnappt und wollte ihn nicht wieder loslassen.« JoHanna kicherte vergnügt.

»Mama hat ihn gefangen, und dann hat sie mich damit gejagt.« Duncan sah JoHanna an und hob drohend den Zeigefinger. »Warte nur, das kriegst du wieder. Irgendwann fang' ich ein ganzes Weckglas voll Kakerlaken und tu sie dir ins Bett!«

»Na und, dann hau' ich dich eben mit deinem komischen Hahn zusammen in die Pfanne und fress' euch mit Kartoffelklößen.«

Ich war ein kleines Stück beiseite getreten, um dem Meer Lebewohl zu sagen. So lange hatte ich davon geträumt, und nun lag es vor mir, eine Kraft, die nie versiegen würde, ganz gleich, was in meinem Leben geschah. Michael hatte mir erzählt, daß es auf den Grenzinseln ein paar Holzhäuschen gab, die sich Leute dort gebaut hatten. Im Grunde nichts als bessere Hütten, hatte er gesagt, die man aber übers Wochenende mieten konnte. Und auf Horn Island, das etwas größer war, stand ein kleiner Kiefernwald, in dem es Rehe und Kaninchen gab, die es irgendwie schafften, die Hurrikans zu überleben.

Doch selbst ohne diese Holzhäuschen konnte man auf so einer Insel eine Weile leben. Man brauchte nur einen Lagerplatz zu suchen und konnte unterm Sternenbaldachin schlafen und das Meer rauschen hören, das keine zehn Schritte entfernt war. Während ich dastand und auf die unermüdlich heranrollenden Wellen sah, spürte ich mein Herz im Takt der Brandung schlagen. Auf einmal empfand ich eine tiefe Ruhe und wußte, daß ich mich fortan immer und überall nach dieser Ruhe sehnen würde. Egal, was mit Elikah passierte, ich würde noch einmal hierher zurückkehren, wenigstens noch ein einziges Mal, eine Nacht hier schlafen und einen ganzen Tag lang das Meer, den Sand und die Sonne genießen. Und wieder fortgehen.

»Fertig, Mattie?« Michael berührte mich leicht an der Schulter. Wieder heulte die Schiffssirene, dreimal laut und schrill.

»Ich komme wieder«, flüsterte ich dem Wasser zu. Und mir selbst.

Michael trug den Picknickkorb, und so gingen wir zur Spitze der Sandinsel, wo der Dampfer wartete. Auf der Rückfahrt saß er neben mir und erzählte mir von seiner Kindheit auf einer Farm, gut dreißig Kilometer nördlich vom Strand. Ich redete nicht viel von meiner Vergangenheit. Ich hatte alle Bande durchtrennt, damit ich überleben konnte, aber es war schön, ihm zuzuhören, als er davon sprach, daß er das Meer und die Grenzinseln schon immer geliebt habe und fest entschlossen gewesen sei, eines Tages in Biloxi zu leben. Allein mit seiner Willenskraft hatte er sich seinen Traum erfüllt. Verglichen damit war es vielleicht nicht viel, aber auch ich hatte endlich meinen Traum wahr gemacht, das blaue, blaue Meer zu sehen. Auch ich hatte ein Versprechen eingelöst, das ich mir selbst gegeben hatte.

Der Bahnhof von Biloxi bestand im wesentlichen aus einem engen Raum mit ein paar Stühlen und einem grünen Holzbahnsteig. Fauchend und zischend, eingehüllt in eine dicke dunkle Rauchwolke, fuhr die große schwarze Lok aus Richtung Hattiesburg ein. Will war der erste, der ausstieg, die braune Ledertasche in der Hand, den Mantel überm Arm und in der anderen Hand den Hut. Wie ein Filmstar breitete er die Arme aus, und JoHanna rannte los und fiel ihm um den Hals. Duncan hängte sich an sein Bein und umklammerte es, so fest sie nur konnte. Und inmitten all der Wiedersehensfreude schaffte er es noch, mir zuzuzwinkern und »Wie schön, daß Sie auch mitgekommen sind, Mattie« zu rufen, bevor JoHanna ihm einen Kuß gab. Hochrot im Gesicht und mit klopfendem Herzen wandte ich mich ab.

Ringsherum herrschte das übliche Durcheinander von Abschied und Ankunft. Hinter Will war eine Frau mit sieben kleinen Kindern ausgestiegen, die nun schreiend auf dem Bahnsteig hin- und herrannten und die Leute anrempelten – eine rechte Rasselbande. Der Schaffner, außer sich über die Rangen, verpaßte einem der Jungen gerade eine schallende Ohrfeige. Dann rief er: »Alles einsteigen«, und schon begannen sich die Räder des Zuges wieder zu drehen, und in dem ohrenbetäubenden Lärm gelang es mir, mich in den Warteraum zu verziehen, damit die McVays einen Augenblick für sich waren und sich erst einmal in Ruhe begrüßen konnten. Der Zug fuhr ab, und durch das schmutzige Fenster sah ich, wie Will sich bückte und Duncan auf den Arm nahm.

Dann wurden JoHanna, Will und Duncan mit einer Schar lärmender Menschen, von denen sie allerdings keine Notiz zu nehmen schienen, in die Halle getragen. Es war ein Wirbelwind aus Lachen und Umarmungen, der mich mit sich fortriß, hinaus auf den Bahnhofsvorplatz und hinein in den Auburn. Will setzte sich hinters Lenkrad, und während wir gemächlich dort entlangfuhren, wo vor kurzem noch Trümmer und umgestürzte Bäume die Straße blockiert hatten, erzählten JoHanna und Duncan ihm von dem Unwetter. Will kannte den Küstenstrich wie seine Westentasche und sagte uns bei jedem Anwesen, wer der Besitzer war, seit wann die Leute schon dort lebten und ob sie das Haus wiederaufbauen oder lieber fortziehen würden. Ich wunderte mich, wie gut er in Biloxi Bescheid wußte, wo er doch die meiste Zeit unterwegs war – in Washington, New York, Natchez oder Memphis.

Wir fuhren ins Hotel und holten unsere Sachen. JoHanna hatte schon alles zusammengepackt, die Taschen aber noch auf dem Zimmer gelassen. Außerdem wollte sie sich bei dem Zimmermädchen »erkenntlich zeigen«, das Pecos' Anwesenheit regelmäßig »übersehen« hatte. »Ich bin gleich wieder da«, sagte sie und stieg aus dem Wagen.

Duncan lief in den Park, um sich bei den Arbeitern zu verabschieden, mit denen sie sich angefreundet hatte, und JoHanna eilte die Treppe hinauf. Ich mochte nicht im Wagen sitzen bleiben und warten, darum stieg ich aus und wollte gerade loslaufen, um noch einmal nachzusehen, ob wir auch nichts vergessen hatten, als Will mich am Ellbogen zurückhielt.

»Wie geht es Ihnen, Mattie?« fragte er, und auf einmal war der lustige, leicht spöttische Ausdruck gänzlich aus seinen schokoladenbraunen Augen gewichen. JoHanna oder John mußten ihm telegrafiert haben, daß Elikah mich geschlagen hatte und wie krank ich danach gewesen war.

»Besser.«

»Sie können hierbleiben. Wir können das Zimmer behalten.«

Ich schüttelte den Kopf. »Nein, das will ich nicht.«

»Haben Sie sich das auch genau überlegt?«

Ich sah ihm in die Augen, und wieder fiel mir dieser Ring um die Iris auf, der dunkler war als die Mitte. »Ja, das habe ich.«

Er ließ mich nicht los, sondern sah an mir vorbei zum Haus hinüber, um sich zu vergewissern, daß JoHanna nicht gerade die Treppe hinunterkam.

»Wer ist John Doggett?«

Diese Frage hatte ich befürchtet, obgleich ich nicht erwartet hatte, daß er sie ausgerechnet mir stellen würde. JoHanna war seine Frau. Die Antwort lag bei ihr.

»Ein Schriftsteller. Wir haben ihn in Fitler kennengelernt.«

»Und was bedeutet er JoHanna?«

Ich konnte mich noch ganz genau daran erinnern, wie ich zum erstenmal erlebt hatte, daß JoHanna Duncan belog. Es war eine Notlüge gewesen, um Duncan zu schützen. Ich hatte nicht damit gerechnet, daß JoHanna jemals unaufrichtig sein könnte, nicht mal, wenn es zum Wohl ihres Kindes war. Aber die Wahrheit über John und JoHanna? Ich wußte sie nicht. Ich konnte mich ja nicht einmal der Wahrheit dessen stellen, was ich für Will empfand. Ich hatte mich in ihn verliebt, und das, obwohl ich wußte, daß er der Mann von JoHanna war, der einzigen Freundin, die ich auf dieser Welt hatte. Diese Wahrheit zuzugeben, und sei es auch nur vor mir selbst, ging über meine Kräfte. Wie konnte ich mich da erdreisten, über JoHannas wahre Gefühle zu befinden?

»Als JoHanna erfahren hat, wie schlimm Elikah mich geschlagen hatte, hat sie John gebeten, ihr zu helfen, mich dort rauszuholen. Sie waren ja nicht da, und sie muß wohl Angst gehabt haben, daß Elikah mir etwas antut, oder ihr. Oder uns beiden. Und dann kam das Unwetter, und da konnte er nicht wieder weg.«

Seine Miene blieb völlig unbewegt, nur seine Augen verdüsterten sich. »Verzeihen Sie, Mattie«, sagte er, ging an mir vorbei zur Treppe und folgte seiner Frau ins Hotel.

Ich setzte mich wieder ins Auto und wartete. Nach einer Weile kam Duncan wieder. Sie hatte einen Kranz aus Zaunlilien auf dem Kopf, den ihr der alte Gärtner zum Abschied geschenkt hatte. Freudestrahlend stand sie da und plapperte in einem fort. Alle paar Augenblicke sah sie hinüber zum Hotelportal und wartete auf ihren Vater. Duncan liebte ihre Mutter, Will aber betete sie an. Ich mochte mir nicht vorstellen, was dort oben in dem Zimmer im zweiten Stock gerade geredet wurde, wo die Vorhänge sich im Wind bauschten, der von den blauen Wassern des Golfs von Mexiko zu uns herüberwehte, über die schmale Insel mit dem Namen Ship Island und den dunkelgrauen Sund bis dort hinein ins Fenster.

»Was machen die denn noch? Es war doch schon alles gepackt. Wir müssen ja auch noch Pecos abholen.« Duncan stieg wieder aus und knallte ungeduldig die Wagentür zu. »Ich geh' sie holen.«

»Nein, Duncan, du wirst schön mit mir hier warten.«

»Wir müssen doch nach Jexville. Bald wird es dunkel, und dann können wir Floyd nicht mehr suchen.« Sie marschierte entschlossen die Auffahrt hinauf, und der Muschelsplitt knirschte unter ihren Füßen.

»Warte, Duncan. Bitte.«

Sie blieb stehen und drehte sich langsam um. »Was ist eigentlich los?«

»Ich glaube, deine Eltern brauchen ein bißchen Zeit zum Reden. Laß sie doch ein paar Minuten in Ruhe.«

»Und worüber?«

»Über das, was passiert ist. Will hat eine Menge versäumt. JoHanna muß ihm doch erst mal alles erzählen, damit er sich überlegen kann, wie wir am besten vorgehen.«

»Das kann sie ihm doch auch auf der Fahrt erzählen.« Duncan ging wieder los.

»Duncan...« Ich blickte auf und sah JoHanna allein auf der Treppe vor dem Portal stehen. Sie hatte unsere beiden Taschen in der Hand. Mir blieb fast das Herz stehen. Will kam nicht mit uns mit.

Doch da ging hinter ihr die Tür auf, und er trat nach draußen. Er nahm ihr die Taschen ab und ging mit Schritten, die noch größer als die ihren waren, an ihr vorbei und verstaute das Gepäck im Wagen. »Höchste Zeit, daß wir nach Hause fahren«, sagte er, kurbelte den Motor an und setzte sich hinters Lenkrad.

Als JoHanna ihn bat, zuerst zu der Farm zu fahren, wo wir Pecos abholen mußten, widersprach er nicht. Er sagte überhaupt nichts. Duncan stützte sich auf die Rückenlehne seines Sitzes und redete wie ein Wasserfall, doch als sie merkte, wie einsilbig er war, lehnte sie sich zurück und flüsterte mir zu: »Was ist denn nur los?«

Ich schüttelte den Kopf.

Auf der Farm angelangt, sprang Duncan aus dem Wagen, um ihren Hahn einzufangen. Will stieg ebenfalls aus und ging zur Haustür, um den Farmer dafür zu entlohnen, daß er Pecos Unterkunft gewährt hatte.

Ich saß also allein mit JoHanna im Wagen und wollte ihr erzählen, was ich gesagt hatte. Ein ums andere Mal war ich dieses Gespräch mit Will in Gedanken durchgegangen, nein, ich hatte nichts gesagt, woraus er schließen konnte, daß JoHanna ein Verhältnis mit John gehabt hatte. Ich hatte auch nicht die Absicht gehabt, etwas Derartiges zu sagen. Ganz bestimmt nicht. »Du, JoHanna, ich hab' ihm nichts gesagt wegen John«, platzte ich schließlich heraus.

Sie schwieg einen Moment. Ihr Blick ruhte auf Will, der ihr den Rücken zugewandt hatte und in der Haustür stand, wo er mit dem Farmer plauderte. Er nahm Geld aus der Tasche. Die Fliegentür ging auf, der Farmer nahm das Geld und steckte es ein.

»Hast du schon mal darüber nachgedacht, daß es verschiedene Grade von Abwesenheit gibt?« sagte JoHanna. »Daß ein Mensch körperlich weit weg sein kann, und trotzdem ist er da? Oder einer kann neben dir sitzen und ist trotzdem nicht bei dir?« Ihr versagte die Stimme. Sie schluckte. »Ich wollte mir noch so eine dunkle Brille kaufen, wie sie am Strand verkauft wurden. Eine Sonnenbrille. Hast du die auch gesehen?«

Ich hatte plötzlich Wut auf JoHanna – auf dieses Ausweichmanöver, darauf, was sie getan hatte. Ich stieg aus. Ich wollte Duncan helfen, den Hahn einzufangen. Wenn die Hennen auf dem Hühnerhof Pecos auch nur ein Mindestmaß an Aufmerksamkeit entgegengebracht hatten, würde er sich vielleicht gar nicht mehr einfangen lassen wollen. Und überhaupt, JoHanna sagte doch immer, jedes Wesen müsse nach seiner Natur leben dürfen, wieso verlangte sie dann nicht, daß Duncan den Vogel hier auf der Farm ließ? Hier konnte er doch wenigstens ein richtiger Hahn sein. Ich knallte die Wagentür zu und marschierte los.

Als ich ums Haus bog, kam mir Duncan entgegen. Pecos war nicht gerade glücklich darüber, daß sie ihn eingefangen hatte. Und Duncan auch nicht. Dicke Tränen liefen ihr über die Wangen. Sie trug den Hahn vor sich her, der die Krallen im Anschlag hatte und aussah, als ob er zum äußersten entschlossen wäre.

»Er will nicht mit mir mitkommen«, schluchzte sie. »Er will lieber hierbleiben.«

»Ach, Duncan.« Ich wollte zu ihr hingehen, aber ich fürchtete mich vor Pecos und seinen Krallen, mit denen ich schon zweimal Bekanntschaft gemacht hatte. Ich wußte schließlich, wie scharf diese Dinger waren und wie heftig man sich daran verletzen konnte.

»Er hat nach mir gepickt und ist auf mich losgegangen.« Sie schnappte nach Luft. »Das hat er noch nie mit mir gemacht. Wirklich noch nie!«

Ich hörte die Hennen über die neuesten Entwicklungen auf dem Hühnerhof tratschen. Auch Pecos hörte sie und fing an zu zappeln.

»Was soll ich denn bloß machen, Mattie?«

»Ach, Duncan. Ich könnte diesem Hahn den Hals umdrehen!« Nicht zu fassen, in nicht einmal zwanzig Minuten waren zwei McVays betrogen und verraten worden. »Wenn du ihn unbedingt mitnehmen willst, mußt du in Kauf nehmen, ihn die ganze Zeit festzuhalten, bis wir in Jexville sind. Wenn du erst mal mit ihm zu Hause bist, wird er schon wieder zur Besinnung kommen. Es hat ihm halt gefallen, der König auf dem Hühnerhof zu sein, und wer schon einmal König war, der findet sich eben nicht so leicht damit ab, wieder ein ganz normales Kuscheltier zu sein.«

Duncan sah sich nach dem Hühnerhof um. Die Hennen rannten aufgescheucht herum. Ob sie Pecos suchten? Aber wer wußte schon, was in einem Huhn vorgeht?

»Was soll ich denn bloß machen, Mattie?«

Ihr wurden langsam die Arme müde, sie zitterten ein bißchen. Duncan konnte den Vogel kaum noch halten. Pecos hatte es aufgegeben, sich zu wehren, aber er ließ kein Auge von den Hennen.

»Was ist denn los, Duncan?« Will war hinters Haus gekommen und beobachtete uns.

»Pecos will nicht mehr mein Kuscheltier sein«, sagte Duncan mit einer Tapferkeit in der Stimme, die mir die Tränen in die Augen steigen ließ. »Er ist lieber Hühnerkönig.«

»So, so.« Will ging zu ihr, strich ihr übers Haar und nahm ihr Pecos ab. Er wiegte den Hahn im Arm wie ein Baby und drehte den Kopf des Vogels mit dem Zeigefinger zu sich herum, so daß der Blick der kleinen Perlenaugen dem seinen nicht ausweichen konnte. »Hast du dir das auch gut überlegt, Pecos? Weißt du, Hahn auf einem Hühnerhof zu sein, das ist auch nicht unbedingt das Gelbe vom Ei.«

»Er findet's himmlisch.«

Will zog die Brauen hoch und sah Duncan an. »Vielleicht solltest du ihm mal sagen, daß er da höchstens noch ein Jahr zu leben hätte. Nächsten Herbst kommt ein neuer Hahn, und Pecos würde in der Bratpfanne landen.«

Duncans Tränen waren getrocknet. »Die würden ihn essen?«

»Aber Schätzchen, du glaubst doch nicht im Ernst, daß sich Mr. Longeneaux, wenn wir erst mal hier weg sind, noch die Mühe machen würde, sich zu merken, welcher von den Hähnen Pecos ist? Und selbst, wenn er's versucht, in ein, zwei Wochen hätte er's garantiert vergessen. Und nächstes Jahr …«

Duncan sah sich nach den Hühnern um. Sie hatten sich weitgehend beruhigt. Auch Pecos, der noch immer in Wills Armen lag, war wieder etwas umgänglicher geworden.

Duncan streckte ihrem Vater die Arme entgegen. Ganz vorsichtig und nicht ohne vorher nachzuschauen, ob der Hahn auch nicht mehr die Krallen herausgestreckt hatte, legte Will ihn hinein.

»Jetzt wollen wir aber endlich nach Hause fahren.« Duncan ging mit dem Hahn zum Wagen. »Dieses Unwetter hat alles durcheinandergebracht. Wenn wir daheim sind, kehrt wieder Ordnung ein, nicht wahr, Daddy?«

Als Will nicht antwortete, blieb sie stehen und sah sich nach ihm um. »Oder nicht?«

»Sagt mal, wie schwer sind eigentlich die Sturmschäden am Haus?« fragte er, während er Duncan und mir die Wagentür aufhielt, damit wir auf dem Rücksitz Platz nehmen konnten. Duncan setzte Pecos zwischen sich und die Tür. Der Motor heulte auf, und dann fuhren wir los nach Jexville, hinein in die Nacht.

Kapitel 37

Auf den letzten paar Meilen nach Jexville strahlten die Sterne heller denn je, und am Himmel hing ein bleicher Viertelmond. Ich mußte an die Sage von Anola und dem Hunter's Moon denken, die uns John Doggett erzählt hatte. Die Sage von dem Fluß, an dem man manchmal des Nachts dem Gesang der Toten lauschen konnte.

Duncan lag halb auf meinem Schoß und schlief, und ich genoß die Wärme, die von ihr ausging. Der Sommer war vorüber. Ich war durchgefroren vom frischen Fahrtwind und der eisigen Nachtluft. Doch kälter noch als die Nacht war das Schweigen auf den Vordersitzen. Die Hände am Lenkrad, steuerte Will den Wagen durch die Dunkelheit, in der nichts zu erkennen war als hier und da ein schlaftrunken vorübertaumelndes Insekt. Das einzige, was sich dort vorn bewegte, waren Wills Hände, die das Lenkrad mal nach der einen, mal zur anderen Seite einschlugen, um Unebenheiten auszuweichen und Kurven zu nehmen. JoHanna schien völlig versteinert.

Ich kuschelte mich an Duncan, zwischen deren Füßen der endlich ebenfalls eingeschlafene Pecos kauerte, und gab mir Mühe, den Groll nicht mehr zu beachten.

Als wir in die Peterson Lane einbogen, kannte ich mich sofort aus und richtete mich auf, um die vorübersausende Szenerie im Licht der Scheinwerfer nach Vertrautem abzusuchen. Es gab so vieles, was ich den beiden dort vorn gern gesagt hätte in diesen letzten Minuten der Fahrt, bevor die Räder stehenblieben und der Schwebezustand endete, in dem ich seit einiger Zeit gelebt hatte, so viele Dinge, die sich nicht in Worte fassen ließen, die ich nur fühlte. Ich wollte ihnen sagen, daß sie füreinander bestimmt waren, egal, was auch passierte. Sie waren eins, waren eine Einheit, die sie beide reicher machte. Ich wollte ihnen sagen, daß das, was zwischen sie getreten war, weder gewalttätig, noch grausam oder böse war und man es darum auch verzeihen konnte. Das alles wollte ich sagen, doch ich brachte kein Wort heraus. Meine Gefühle waren echt und wahr, aber es gab noch eine zweite Wahrheit. JoHanna hatte Will betrogen. Ein teuflischer Widerspruch. Wie war es möglich, daß diese beiden Wahrheiten nebeneinander bestehen konnten, ohne sich gegenseitig auszuschließen?

Als die hohen Eichen zu beiden Seiten des Hauses im Scheinwerferlicht auftauchten, atmete ich auf. Wir waren daheim. Wenn sie erst nicht mehr im Wagen saßen, würden sie vielleicht wieder miteinander reden. Wenn Duncan wach war, konnte sie ihnen möglicherweise helfen, zurückzufinden zu einem Leben ohne John Doggett oder seinem Schatten, der jetzt zwischen ihnen stand.

Als Will in die Auffahrt einbog, rappelte ich mich auf und wollte Duncan wecken. »Lassen Sie sie schlafen«, sagte Will und fuhr nicht nach hinten in den Garten, sondern hielt vorn an der Vortreppe, damit er Duncan und das Gepäck besser ins Haus tragen konnte.

Ich suchte gerade unten auf dem Boden des Wagens nach meinen Schuhen, als ich JoHannas leisen Aufschrei vernahm. Will hatte den Wagen zum Stehen gebracht und hörbar ausgeatmet. Ich schaute hinüber zum Haus, darauf gefaßt, daß es niedergebrannt war, doch dort stand es dunkel vor dem Firmament. Im Licht der Scheinwerfer sah ich Jeb Fairley auf den Stufen sitzen. Er saß völlig reglos da, so daß ich ihn zuerst gar nicht bemerkt hatte. Doch nun erhob er sich langsam und stand in der Kälte, schlank und hochaufgeschossen, ohne Jacke, mit schlaff herunterhängenden Armen, und wartete, daß wir ausstiegen.

»Jeb!« rief JoHanna, und es klang wie ein Hilferuf. Sie stolperte auf die Treppe zu. Will stellte den Motor ab, stieg aus und rannte los, um sie einzuholen. Es gab eine Rangelei. Will versuchte JoHanna festzuhalten, und sie wollte sich aus seinen Armen befreien und auf die Veranda stürmen. Wie in Zeitlupe glitten ihre Schatten an der Hauswand entlang, zwei lange, verzerrte, ineinander verschlungene Schemen, die vor dem Haus zu einem einzigen verschmolzen und an der Eingangstür und den Fenstern entlangkrochen wie in einem erbitterten, stummen, allein mit den Kräften des Willens ausgetragenen Kampf.

»Jeb!« JoHanna hatte sich fast befreit, doch Will hielt sie noch immer fest.

»Ich hab' nicht gewußt, wo ich ihn sonst hinbringen soll«, sagte Jeb leise.

Erst da bemerkte ich das Bündel auf der Veranda. Obenauf lag Jebs Jacke, und ich wunderte mich, wieso er sie nicht anhatte. Vorsichtig nahm ich Duncans Kopf von meinem Schoß, stieg aus und versuchte schnell zum Haus zu kommen, doch es ging nicht. Meine Bewegungen waren zäh und schwerfällig, als wenn man kalten Sirup auf einen Teller goß. Zu langsam.

»Mattie!« rief Will, aber er konnte JoHanna nicht loslassen. Sie war wie ein wildes Tier. Sie wehrte sich aus Leibeskräften und schlug mit den Fäusten auf ihn ein. Ihr Schatten huschte über die Hauswand, stürzte sich immer wieder auf Wills schlanke Silhouette und vereinigte sich mit ihr. Ich ging unterdessen die Treppe hinauf zu Jeb, der mich ansah.

»Tut mir leid, Mattie. Ich hab' getan, was ich konnte, um es zu verhindern.«

Ich hob die Jacke am Kragen hoch und erkannte Floyd. »Floyd?« Ich traute meinen Augen nicht. Unmöglich konnte dieses kalte, starre Antlitz das Gesicht des jungen Mannes sein, der mir so ans Herz gewachsen war. »Floyd?« fragte ich abermals. Ich wußte, daß er tot war, und trotzdem strich ich ihm über die Wange und hoffte inständig, daß noch ein Fünkchen Leben in ihm wäre. Doch er war kalt, und seine Haut fühlte sich nicht mehr an wie die eines Menschen.

Jeb reichte mir die Hand und half mir die Treppe hinauf. Hinter ihm sah ich JoHannas Schatten. Sie kämpfte nicht mehr. Sie lehnte an Wills Brust, von lautlosem Schluchzen geschüttelt.

»Duncan ist noch im Wagen«, sagte Will. Er wollte zu seiner Tochter, doch JoHanna hielt sich an ihm fest, sie hinderte ihn am Fortgehen und gab ihm gleichzeitig Halt. Duncan schlief noch immer. Wir konnten sie nicht wecken. Sie durfte Floyd nicht so sehen.

Ich sah Jeb an. Unglaublich, er war wirklich da. Er hielt mich fest. Ich zog meinen Arm fort, da ließ er mich los. »Wir müssen Duncan durch die Hintertür ins Haus bringen«, sagte ich zu ihm, ging die Treppe wieder hinunter und hob sie aus dem Wagen. Jeb wollte sie mir abnehmen, doch ich schüttelte den Kopf. Ihr kleiner Körper war warm und lebendig. Wirklich da. Duncan gehörte nicht zu diesem Alptraum. Während Jeb das Gepäck und den schlafenden Pecos nahm, drückte ich sie an mich. So gingen wir um das Haus herum zur Hintertür.

Duncan war federleicht. Ich trug sie durch die Küche in ihr Zimmer, wo ich sie aufs Bett legte und sie zudeckte. Sie war noch in Schuhen und Mantel, doch das machte nichts. Wer achtete schon auf so etwas in einem Moment wie diesem?

Jeb setzte den Hahn vor dem Bett ab und ging rückwärts aus dem Raum. »Ich hab' getan, was ich konnte«, sagte er noch einmal. »Aber ich war machtlos. Sie haben mich im Frisiersalon an einem Stuhl festgebunden. An einem Frisierstuhl.« Seine Stimme klang traurig und bitter.

Ich sah, wie sich seine Lippen bewegten, die von der Kälte immer noch dünn und blau waren. Ich hörte, was er sagte, ich verstand die Worte, doch nicht ihren Sinn. »Ich glaube, ich koche erst mal Kaffee.« Auf dem Weg in die Küche hörte ich JoHanna wehklagen. Laute, wie ich sie noch nie vernommen hatte, ein Schrei der Wut und des Schmerzes, der Schrei eines zu Tode verwundeten Tieres. Dann Schritte auf den Dielen der vorderen Veranda und abermals JoHannas Klageruf.

»Ganz ruhig.« Jeb Fairley nahm mich beim Ellbogen. Mir war nicht klar, ob er mich stützen oder zurückhalten wollte, aber ich war sowieso unfähig, mich von der Stelle zu rühren. Ich stand einfach nur da und überließ mich seinem Griff, bis es vorn auf der Veranda wieder still war.

Dann kam Will durch die vordere Haustür herein. Er ging zum Wäscheschrank am Ende des Flurs und nahm ein paar weiße Laken heraus. »Mattie«, sagte er, als er sich umdrehte und mich bemerkte, »würden Sie uns wohl eine Kanne Kaffee kochen? Wenn du mir vielleicht zur Hand gehen könntest, Jeb?«

»Wo ist JoHanna?« rief ich Will nach, der schon wieder auf dem Weg nach draußen war. »Geht es ihr gut?«

»Sie wird sich sicher gleich wieder fangen.« Er blickte in die Küche. »Kaffee ist jetzt genau das richtige.«

Ich zündete eine Petroleumlampe an. Mit demselben Streichholz machte ich Feuer im Herd, und während ich wartete, daß das Holz anbrannte, ließ ich Wasser ein und tat Kaffeepulver in den metallenen Filter. In meinem Kopf hämmerten die Sekunden, die Zeit rauschte vorbei. Das Leben ging weiter. Hier gab es andere Geräusche. Das Zischeln des Wassers, das Knacken der Holzscheite im Herd. Die Zeit ging weiter, und bald würde ich auch wieder in der Lage sein, etwas zu fühlen und das Geschehene an mich heranzulassen.

Die Haustür ging auf, und Will kam herein. Er ging in sein Zimmer und kam gleich darauf mit einem Anzug, Socken und einem Paar glänzenden schwarzen Schuhen zurück, in deren poliertem Leder sich der Widerschein der Lampe spiegelte.

»Mattie, würden Sie bitte Wasser aufsetzen? Nicht für Kaffee. Einen großen Kessel heißes Wasser«, sagte er mit vor Entsetzen rauher Stimme. »JoHanna will Floyd gleich draußen auf der Veranda waschen.«

»Soll ich ihr helfen?« Ich konnte das. Ich konnte ihr helfen, Floyd zu waschen. Er war doch mein Freund gewesen.

»Ich frage sie. Ist der Kaffee bald fertig?«

Ich zeigte auf den Kessel, der endlich anfing zu pfeifen. »Gleich. Er muß nur noch durchlaufen.«

»Ich frage JoHanna, ob sie Ihre Hilfe braucht.« Er ging wieder auf die Veranda und zog behutsam die Tür hinter sich zu.

Ich dachte darüber nach, wie wichtig die kleinsten Dinge wurden, wenn ein Leben verloschen war. Ich nahm den Kessel und goß das Wasser in den Filter, horchte, wie es durch das Pulver sickerte und unten auf den Boden der Kanne tropfte. Schon tausendmal hatte ich dieses Geräusch gehört, ich hatte nur nie darauf geachtet. Nebenan atmete Duncan, leise, rhythmisch und entspannt. Ein Geräusch, das Hoffnung verhieß. Doch draußen kreischte ein Nachtvogel und verkündete Unheil.

Will holte das heiße Wasser und nahm ein paar saubere Tücher aus der Kommode neben dem Ausguß. Dann ging er wieder und zog mit hörbarer Entschlossenheit die Tür hinter sich zu.

Inzwischen war der Kaffee fertig; ich goß vier Tassen ein – schwarz für Will und für JoHanna mit einem Löffel Zucker. Jeb trank seinen bestimmt am liebsten mit Milch und Zucker, genau wie ich. Eigentlich wollte ich die Tassen auf ein Tablett stellen und sie hinaustragen, doch im letzten Moment zögerte ich. Welch eine bizarre Vorstellung, daß wir draußen auf der Veranda saßen und Kaffee tranken, während Floyd tot zu unsern Füßen lag. Andererseits käme JoHanna bestimmt nicht ins Haus und ließ Floyd dort draußen allein. Ich nahm ihre und meine Tasse, ging zur Tür und trat mit der Fußspitze dagegen. Will machte auf. Er hielt eine Laterne in der Hand, aber auch die Autoscheinwerfer leuchteten noch. JoHanna kauerte neben Floyd. Sie hatte sein Hemd aufgeknöpft und wusch ihm Brust, Gesicht und Haar. Ich blieb unschlüssig stehen. Aus den Tassen stieg der Dampf in die Nacht auf.

JoHanna war kaum mehr als ein Schemen im grellen Gegenlicht der Scheinwerfer, die Wills Laterne zu einer unbedeutenden Lichtquelle herabwürdigten. Ihre Hände bewegten sich mit soviel Zärtlichkeit, daß Will mit den Tränen kämpfte.

»Sie gehen jetzt mit Jeb hinein und trinken dort ihren Kaffee, und ich helfe JoHanna«, sagte ich und staunte selbst über meinen vernünftigen, entschlossenen Ton.

Will strich mir sanft über die Schulter. »Lieber nicht, Mattie. Tun Sie sich das nicht an.«

Seine Stimme klang immer noch irgendwie abwesend, als könnte er nicht glauben, was er sah. Das alles hier konnte nur ein Alptraum sein, der verging, wenn die Sonne wieder schien und wir wieder richtig sehen konnten. Das eigenartige Licht war schuld, dieser Kontrast von Schatten und Nacht narrte unsere Sinne.

»Ich helfe JoHanna.« Ich hielt die zwei Kaffeetassen hoch. »Ich hab' uns beiden Kaffee mit rausgebracht.«

»Kommen Sie, Will, wir gehen erst mal Kaffee trinken«, sagte Jeb. Er stand immer noch ohne Jacke auf der Veranda und mußte vollkommen durchgefroren sein, doch er ließ sich nichts anmerken. Er nahm Will die Lampe aus der Hand und stellte sie auf die grau gestrichenen Dielen. Dann legte er Will die Hand auf den Rücken und schob ihn sacht zur noch offenen Tür. Will strauchelte leicht und trat dann ein. Jeb schloß die Tür hinter ihm und kam ganz nah an mich heran, so nah, daß ich seine kalte Wange an meinem Ohr spüren konnte.

»Es ist grauenhaft, Mattie, aber JoHanna sagt, daß sie ihn waschen und ihm diesen Anzug von Will anziehen will, bevor ihn sonst noch jemand sieht. Doc Westfall hat den Totenschein ausgestellt und alle Verletzungen schriftlich festgehalten. Sheriff Grissham ist spurlos verschwunden, man hat ihn im ganzen County gesucht. Es wird sicher recht sein, wenn die Leiche hergerichtet wird«, flüsterte er mir ins Ohr. Das, was er sagte, war sicher wichtig, aber an Sheriff Grissham wollte ich im Moment wirklich keinen Gedanken verschwenden. Und auch Doc Westfall half uns nicht weiter. Sie konnten doch nichts mehr für Floyd tun. Er brauchte nur noch JoHannas Hände. Ich sah zu, wie sie ihm das Seiftuch auf die Brust legte, und aus dem warmen Wasser stieg Dampf auf – wie auch seine Seele aufgestiegen war.

Ich nickte Jeb zerstreut zu und ging zur Treppe. Auf halber Höhe merkte ich, daß Jeb immer noch unschlüssig auf der Veranda stand, und hielt inne. »Gehen Sie ins Haus, Jeb. Sie müssen doch frieren hier draußen. JoHanna und ich, wir kümmern uns um Floyd.«

Er überlegte einen Augenblick, dann drehte er sich rasch um und öffnete die Tür einen Spaltbreit, gerade weit genug, daß seine schlanke Gestalt hindurchpaßte, und ging hinein. Ich eilte die letzten drei Stufen hinunter zu JoHanna. Als ich die Autoscheinwerfer im Rücken hatte, war der ganze Schauplatz auf einmal schaurig verwandelt. Floyds weißes, blutleeres Profil schimmerte gespenstisch im kalten Licht. Sein blondes, nach dem Waschen feuchtes Haar sah dunkel aus und klebte ihm am Kopf. Und erst jetzt spürte ich den Schmerz, einen Schmerz, der so bitter und so heftig war, daß mir beinah die Kaffeetassen aus der Hand gefallen wären. Floyd! Sein Name brannte sich in mein Hirn. Ich wollte ihn zurückrufen, wollte seinen Namen so laut herausschreien, daß er mich hören konnte und zurückkam.

»JoHanna.« Ich hielt ihr die Kaffeetasse hin. »Hier, trink.«

Sie nahm die Tasse und trank einen Schluck, ohne den Blick auch nur eine Sekunde lang von Floyds Gesicht abzuwenden.

»Wie konnten sie bloß?« fragte sie, als erwartete sie eine Antwort von mir. »Wie konnten sie das bloß tun?«

Meine Hände waren noch warm von den Kaffeetassen. Ich streichelte Floyd die Wange – ein törichter, vergeblicher Versuch, ihm etwas von meiner Wärme abzugeben. Er war ja schon seit Stunden tot. JoHanna trank ihren Kaffee in großen Schlucken aus und stellte die Tasse auf die Veranda.

»So wahr ich hier stehe, das sollen sie büßen«, sagte sie und bückte sich, um ihm das Hemd noch weiter aufzuknöpfen.

Es gelang uns, es ihm auszuziehen. Auf seiner Brust war nichts von der tödlichen Wunde zu sehen, denn die Schüsse hatten ihn in den Rücken getroffen.

Es überraschte mich nicht, daß sie ihn von hinten erschossen hatten. Im Gegenteil, ich war beinah erleichtert. So hatte er wenigstens nicht sehen müssen, wie sie abdrückten. Er hatte der Grausamkeit nicht Auge in Auge gegenüberstehen müssen. Solch eine abgrundtiefe Bosheit hätte Floyd nicht verstehen können. So aber hatte er vielleicht noch gedacht, er hätte eine Chance, er könnte entkommen. Vielleicht war er mit Hoffnung gestorben.

JoHanna wusch ihn zuerst und zerriß dann ein Laken, um ihm den Oberkörper zu verbinden; sie wickelte seinen Rumpf von oben bis unten mit dem weißen Baumwollstreifen ein, während ich hinter ihm stand und ihn aufrecht hielt. Dann zog sie ihm eins von Wills frisch gestärkten Hemden und eine schwarze Weste an und schließlich noch das Jackett.

Trotz der kalten Nachtluft kamen wir dabei ganz schön ins Schwitzen. Dann gingen wir daran, ihm die Hose auszuziehen. JoHanna öffnete die Gürtelschnalle und hielt inne. »Vielleicht gehst du lieber rein und bittest Will, daß er rauskommt und mir hilft.«

»Ich hab' schon mal einen Mann gesehen.« Ich war nicht mehr das naive kleine Mädchen, das ich gewesen war, als ich JoHanna auf der Geburtstagsfeier des kinnlosen Wunderkindes kennengelernt hatte. Ich konnte ihr helfen, Floyd zu waschen. Ich wollte ihm diesen letzten Dienst erweisen.

»Nicht deswegen, Mattie. Es ist, weil …« Sie schwieg.

Ich schob ihre Hände weg und begann, ihm die Hose aufzuknöpfen. Der Stoff war steif und ungeschmeidig. Eine innere Stimme warnte mich, legte mir nahe, dies doch Will zu überlassen, aber ich wollte nicht hören, sondern machte tapfer weiter. Dann sah ich im kalten Licht der Autoscheinwerfer, was sie mit ihm gemacht hatten.

Ich nahm langsam die Hände weg und sah das verkrustete Blut. Ich kauerte völlig reglos da und brachte keinen Ton heraus. JoHanna wandte sich mir zu und faßte nach meinen Händen. An der weißen Hauswand sahen unsere Schatten aus, als ob sie beteten.

»Geh ins Haus, Mattie. Schick Will her, damit er mir hilft.«

JoHannas Hände wärmten die meinen, und nach einer Zeitspanne, die mir wie tausend Jahre vorkam, holte ich Luft. Tief in meinem Innern saß ein Schrei. Viel zu tief, um nach außen dringen zu können. Ich schüttelte den Kopf. Ich wußte, wer ihm das angetan hatte. Und warum. Ich erkannte die geschickte Hand eines Mannes, der heimlich davon träumte, ein Skalpell zu führen. Dieses Wissen gab mir die Kraft, nicht verrückt zu werden.

Diese Freude würde ich Elikah nicht machen.

»Komm, JoHanna, wir wollen ihn waschen.« Die Tränen liefen mir über die kalten Wangen. »Ich will nicht, daß noch jemand ihn so sieht. Niemand soll wissen, was Elikah mit ihm gemacht hat. Niemand.«

JoHanna begann, ihm die Hosen herunterzuziehen. Er war so schwer, daß wir Mühe hatten, uns auf den Beinen zu halten. »Oh, sie werden es erfahren. Alle. Und sie werden dafür büßen. Dafür werden sie büßen. Das schwöre ich dir.«

Während sie das sagte, zog sie ihm die Hose aus, und dann wuschen wir zusammen die furchtbare Wunde und verbanden ihn mit Streifen des sauberen Leintuchs. Und irgendwie schafften wir es, ihm Wills Anzughose anzuziehen, die Socken und die Schuhe.

»Die Schuhe würden ihm gefallen«, sagte JoHanna. Ihre Stimme klang brüchig, doch sie sprach weiter. »Gutes Leder. Will hat sie in New Orleans gekauft. Floyd würde sich freuen, wie gut sie gearbeitet sind.«

»Und was machen wir jetzt?« fragte ich.

JoHanna lehnte sich an die Veranda. »Ich weiß nicht, ich weiß nur eins: Sie werden dafür büßen. Egal, wie. Egal, was es kostet. Ich werde sie finden, und ich werde dafür sorgen, daß sie bestraft werden.«

»Du weißt doch, daß es Elikah war.«

Ich dachte, sie würde widersprechen, doch sie tat es nicht. »Ja, ich weiß.«

»Und wahrscheinlich einige von Tommy Ladniers Männern, wenn nicht sogar Tommy selbst.«

»Zuzutrauen wäre es ihm.«

»Und Sheriff Grissham?« Ich war mir nicht sicher.

»In jedem Fall.« JoHanna hatte keinen Zweifel.

Sheriff Grissham und Tommy Ladnier waren die mächtigsten Männer im County. Was sollten wir gegen die beiden ausrichten? JoHanna stand in der kalten Nacht. Sie krempelte sich die Ärmel herunter, doch es half nicht gegen das Zähneklappern. Wir mußten ins Haus gehen, aber JoHanna schien sich nicht von der Veranda lösen zu können, und sie tat so, als läge es in unserer Macht, Floyd zu rächen.

»Wie sollen wir denn dafür sorgen, daß sie bestraft werden? Das geht doch gar nicht.« Wenn JoHanna auch nicht einsehen wollte, daß uns die Hände gebunden waren, mir war es klar.

»Und ob das geht.« Sie sprach leise, als würde sie mir ein Geheimnis anvertrauen. »Und wir werden es tun.«

Die Haustür öffnete sich quietschend, und Will trat hinaus auf die Veranda. Die Scheinwerferkegel fielen genau auf sein Gesicht. »JoHanna.« Seine Stimme hörte sich unheimlich an. Ich blickte auf, um mich zu vergewissern, daß er es wirklich war.

Auch sie schien über seinen Ton erschrocken zu sein. »Was denn. Was ist denn, Will?«

Er kam näher, näher zu Floyd, und kniete nieder, um ihm eine feuchte Haarsträhne aus der Stirn zu streichen. »JoHanna, Jeb hat mir gerade erzählt, daß sie John Doggett eingesperrt haben. Er soll draußen an der Red Licorice Road eine fünfköpfige Familie umgebracht haben.«

Kapitel 38

Als der Morgen graute, saß ich am Bach hinter JoHannas Haus, dort, wo ich mit Floyd, Duncan und JoHanna an einem heißen Sommertag gebadet hatte. Floyd hatte just an dem Baum gesessen, an dem ich jetzt lehnte, und die Sonne war durch das dichte grüne Laub auf sein blondes Haar gefallen. Ich sah ihn noch vor mir. Durch das Raunen der kahlen Septemberbäume im kalten Herbstwind hörte ich seine Stimme. Ich hatte keine Tränen mehr, und ich wußte, daß ich zurück zum Haus mußte, um dazusein, wenn Duncan aufwachte. Wenn JoHanna und Will ihr sagen mußten, was mit Floyd geschehen war. Doch irgendwie konnte ich meinen Körper nicht dazu bringen, sich zu bewegen.

Und während mein Schmerz ertaubte, wuchs mein Zorn. Floyd war tot, verstümmelt und hinterrücks erschossen worden. John Doggett wurde zu Unrecht beschuldigt, fünf abscheuliche Morde begangen zu haben. Und die Männer, die Floyd gefoltert und umgebracht hatten, waren auf freiem Fuß. Einer von ihnen würde in ein paar Stunden ein weißes Tuch ausschütteln und es einem Kunden um den Hals legen. Und dann würde er dieselbe scharfe Klinge nehmen, mit der er einem unschuldigen jungen Burschen eine nicht wieder rückgängig zu machende Verwundung beigebracht hatte. Strich für Strich würde er dem Kunden mit diesem – demselben – Werkzeug den Backenbart abrasieren und ihm dabei einen Witz erzählen oder irgendwelchen Tratsch. Und er würde wissen, daß seine Tat für immer ungestraft bliebe.

Diese himmelschreiende Ungerechtigkeit war der Grund, daß ich es im Haus nicht mehr ausgehalten hatte und in den Wald gelaufen war. Ich konnte JoHanna nicht in die Augen sehen. Ich konnte ihre Ohnmacht nicht ertragen. Sie hatte nicht ungeschehen machen können, was man Floyd angetan hatte. Sie konnte John Doggett nicht retten. Ich wußte nur zu gut, daß all die mächtigen Leute aus Washington, die Will kannte, für John nicht das geringste tun konnten.

Fünffacher Mord. Eine ganze Familie in einem Baum erhängt. Die Geschworenen würden nur dieses grauenhafte Bild vor Augen haben, weiter würden sie nicht denken. Sie würden John Doggett dafür zum Tode verurteilen.

Jeb hatte erzählt, daß er den Brief, den John ihm vor die Tür gelegt hatte, gefunden und das Verbrechen gemeldet hatte. Grissham war mit ein paar Männern zur Red Licorice Road rausgefahren und hatte die Familie gefunden. Auf dem Rückweg nach Jexville hatten sie dann einen Plan ausgeheckt. John war noch einmal zum Haus von Axim Moses gegangen, um zu fragen, ob man etwas Neues von Floyd gehört hatte. Und dort hatten sie ihn dann verhaftet.

Bei seinen Sachen hatten sie auch sein Tagebuch gefunden und die Handschrift mit der in dem Brief verglichen, den er bei Jeb hinterlassen hatte. Ein schwaches Indiz, aber für ihre Zwecke reichte es allemal. Johns Verbrechen war seine Beziehung zu JoHanna, nicht daß er fünf Menschen ermordet hatte. Und wo Grissham, Tommy Ladnier und Elikah schon einmal dabei waren, hatten sie beschlossen, daß sie John auch das, was sie mit Floyd gemacht hatten, in die Schuhe schieben konnten.

JoHanna hatte nicht die Macht, das zu verhindern.

Der Plan hatte allerdings einen kleinen Makel. Eines konnten sie nicht wissen. Nämlich, daß John mir den Derringer überlassen hatte. Er steckte in diesem Augenblick in meiner Jackentasche.

Während ich darauf gewartet hatte, daß es hell wurde, hatte auch ich einen Plan geschmiedet. Nichts konnte Floyd wieder lebendig machen, und daß John Doggett hingerichtet werden würde, war so sicher wie das Amen in der Kirche. Aber Elikah Mills sollte diese Genugtuung nicht mehr erleben. Zwei Kugeln waren in der Waffe. Mit der ersten würde ich ihm das gleiche antun, was er

Floyd angetan hatte, und mit der zweiten würde ich ihm das Hirn aus dem Schädel pusten. Ich wollte nicht zusammen mit John Doggett sterben, und ich hatte eine Chance. Jeder in der Stadt wußte, daß Elikah mich geschlagen hatte. Doc Westfall würde für mich aussagen. Ich würde einfach behaupten, daß ich aus Notwehr gehandelt hätte. Sicher würde ich ins Gefängnis kommen, aber hinrichten würde man mich wohl kaum.

In den Bäumen und Sträuchern rings um mich her erwachten die Vögel. Sie raschelten im welken Laub, sie zwitscherten und sangen und konnten kaum erwarten, daß der Tag anbrach und die Sonne wieder hervorkam. Ich stand auf und ging langsam zum Haus.

Am Waldrand blieb ich stehen und schaute hinüber. In der Küche brannte eine Lampe, und dann sah ich Duncan auf der Hintertreppe sitzen, das Gesicht in den Händen vergraben. Auf die Entfernung konnte ich sie nicht hören, doch ihre Schultern bebten. Pecos, nun nicht mehr abgelenkt durch seine Liebesgelüste, saß wie üblich als Wachtposten neben ihrem rechten Fuß. Als ich näher kam, hob er drohend die Flügel.

»Duncan«, sagte ich leise.

Sie antwortete mir mit einem Schluchzen, das ihr die Kehle zu zerreißen schien.

»Ach, Duncan.« Ich setzte mich neben sie und nahm sie in den Arm. Sie schüttelte mich nicht ab, aber sie sah mich auch nicht an. Ich streichelte ihr den Rücken, wie JoHanna es mitunter tat, und wartete, daß sie aufhörte zu weinen. Mir waren die Tränen schon lange ausgegangen. Alles Weiche, alles Gute in mir war zu Stein erstarrt, als ich dort hinten am Bach gesessen und meinen Plan erdacht hatte.

»Mattie?« JoHanna stand hinter der Fliegentür und sah zu uns hinunter. »Ich muß mit dir reden.«

»Willst du nicht ins Haus gehen, Duncan?« Ich küßte sie auf den Scheitel.

»Laß sie weinen«, sagte JoHanna. »Laß sie sich ausweinen.«

Ich öffnete die Fliegentür und trat in die Küche. Auch JoHanna hatte Tränenspuren im Gesicht. Genau wie Will. Sogar Jeb sah aus, als hätte er sich seiner Gefühle nicht mehr erwehren können. Offenbar waren sie die ganze Nacht aufgeblieben, hatten geredet und versucht, einen Ausweg zu finden. Doch ich brauchte sie nur anzusehen und mir war klar, daß ihnen nichts eingefallen war. O ja, Will würde sicher Rache nehmen, doch damit rettete er John Doggett nicht. Er würde seine politischen Beziehungen spielen lassen, damit Sheriff Grissham irgendwann einmal bestraft und Tommy Ladnier vielleicht das Handwerk gelegt wurde. Er könnte sie und Elikah öffentlich auspeitschen lassen. Aber das war zuwenig. Und vor allem würde es zu spät sein.

»Wir müssen Floyd in die Kirche bringen.« JoHanna gab mir eine Tasse Kaffee. »Ich werde mich um das Begräbnis kümmern, während Will zum Sheriff geht. Wir müssen ihm sagen, daß wir es waren, die diese tote Familie gefunden und John davon erzählt haben. Und daß er diesen Brief auf meine Bitte hin geschrieben hat.«

Ja, war JoHanna jetzt völlig verrückt geworden? Es spielte doch überhaupt keine Rolle, was sie denen erzählte. Sie wußten doch ganz genau, daß John Doggett unschuldig war. Und es war ihnen egal. Sie würden ihn vor Gericht stellen, ihn schuldig sprechen und töten, da konnte sie sagen, was sie wollte. Es sei denn, sie nahm diese Morde auf die eigene Kappe. Sie oder Duncan.

»Ich hab' ihr gesagt, daß es zu nichts führen wird.« Will hatte anscheinend meine Gedanken erraten. »Jeb will mit seinem Automobil nach Hattiesburg fahren und John einen Anwalt besorgen. Mir wäre am liebsten, Theodore Isles würde den Fall übernehmen. Wir werden nichts unversucht lassen.«

Wills Worte hörten sich tapfer und entschlossen an, doch seine Augen sprachen eine andere Sprache. Gewiß, er würde kämpfen. Er würde den letzten Cent hergeben, obwohl er wußte, daß es aussichtslos war. In diesem Moment bewunderte ich ihn mehr denn je.

»Mattie, kannst du bei Duncan bleiben?« fragte JoHanna, die leichenblaß geworden war. »Ich habe Angst, sie mit in die Stadt zu nehmen, aber ich habe auch Angst, sie hier allein zu lassen.«

»Natürlich bleibe ich bei ihr.« Elikah umbringen konnte ich

heute abend noch genausogut, das mußte ich nicht unbedingt am Vormittag tun. Die Tageszeit war mir, ehrlich gesagt, egal.

»Alles in Ordnung, Mattie?« Will stand auf und kam zu mir. Er legte mir den Zeigefinger unters Kinn und sah mir in die Augen.

»Sie werden dafür sorgen, daß sie bestraft werden, für das, was sie mit Floyd gemacht haben, die Odoms, der Sheriff und das ganze Pack, nicht wahr?«

»Und Elikah?« fragte er.

»Der am allermeisten«, erwiderte ich. Es war besser, wenn JoHanna und Will nicht dahinterkamen, was ich vorhatte. »Mit dem können Sie machen, was Sie wollen.«

»Du brauchst nie mehr zu ihm zurückzugehen«, sagte JoHanna.

»Das soll sie lieber gar nicht erst versuchen«, fügte Jeb hinzu. »Elikah bildet sich nämlich ein, daß er sich sonstwas erlauben kann, daß ihm nichts passiert. Ich würde mich nicht wundern, wenn er hingeht und sie umbringt.« Er beugte sich über den Tisch und blies die Lampe aus. Da erst bemerkte ich, daß es draußen inzwischen richtig hell geworden war – ein klarer, frischer Oktobermorgen, so schön, wie es ihn nur im Süden von Mississippi geben konnte.

»Mattie, könntest du, während wir weg sind, soviel Kleider wie möglich für uns zusammenpacken?« Sie sah sich in der Küche um. »Die anderen Sachen lassen wir dann abholen.«

»Wohin wollt ihr denn?«

»Wir ...« Sie betonte das Wort. »Wir fahren nach Fitler und holen Tante Sadie, und dann ziehen wir nach Natchez.«

»Und John Doggett?«

JoHanna warf Will einen Blick zu und schlug die Augen nieder.

»Für John ist es am besten, wenn JoHanna aus Jexville verschwindet«, sagte Will. »Gegen ihn haben sie ja im Grunde gar nichts, ihr wollen sie weh tun. Vielleicht finden wir einen guten Anwalt, der dafür sorgen kann, daß der Prozeß hinausgeschoben wird, bis irgendwann Gras über die Sache gewachsen ist.«

»Gras gewachsen? Über fünf Tote, die an einer Eiche gehangen haben?« Wie konnten sie nur so naiv sein? Ausgerechnet Will und

JoHanna. Sie wußten doch ganz genau, daß es nicht so kommen würde.

»Aber es wird ihnen irgendwann nicht mehr so wichtig sein, John Doggett die Schuld in die Schuhe zu schieben.«

»Wem denn sonst? Wenn JoHanna und Duncan weg sind, wem werden sie sie dann in die Schuhe schieben?«

Will schüttelte den Kopf. »Ich weiß es nicht, Mattie. Ich weiß nur, daß es für John das beste sein wird, wenn JoHanna nicht mehr hier ist und alle jeden Tag daran erinnert.« Seine dunklen Augen sahen mich eindringlich an. Ich hatte verstanden.

Will würde den Anwalt bezahlen. Wenn es sein mußte, würde er sogar in der Stadt bleiben und John Doggett selbst verteidigen, aber er war nicht bereit, seine Frau zu opfern. In dieser Frage waren die Würfel gefallen. JoHanna und Duncan würden Jexville verlassen.

»Habt ihr es Duncan schon gesagt?«

»Es wird ihr nichts ausmachen. Floyd war doch der einzige, der sie noch hier gehalten hat. Er war ihre Zuflucht in Jexville.« JoHanna versuchte zu lächeln, doch es gelang ihr nicht. »Meine wohl auch.«

»Es ist wirklich das beste, Sie ziehen weg.« Jeb stand auf und trank seinen Kaffee aus. »So, jetzt wird es aber Zeit, daß wir an die Arbeit gehen. John wird diese Woche noch vor eine Anklagejury gestellt. Wenn ich diesen Staranwalt rechtzeitig aufsuchen will, dann sollte ich mich auf den Weg machen.«

»Ja, das Begräbnis nicht zu vergessen.« JoHanna strich sich die Haare zurück, als wären sie noch lang und hingen ihr ins Gesicht. »Bist du so weit, Will?«

Er stand auf und holte sein Jackett. Als er es anzog, sah er aus, als wollte er jeden Moment in den Zug steigen und nach New York zurückfahren.

»Und paß mir gut auf Duncan auf«, sagte JoHanna und küßte mich auf die Wange. Erst jetzt fiel mir auf, daß sie ein dunkelgraues Kleid anhatte. Es saß wie angegossen, sah aber eher nach Tante Sadies Stil als nach JoHannas aus. Sie setzte einen kleinen schwarzen Hut mit Schleier auf und hakte sich bei Will ein. Dann folgten sie Jeb durch den Korridor zur Haustür.

Sie würden Floyd in den Wagen legen, und das wollte ich nicht sehen. Darum ging ich nach hinten und setzte mich dort neben Duncan auf die Treppe.

»Kommst du mit nach Natchez?« fragte Duncan. Ihre Stimme war von Kummer verzerrt.

»Ich hab' noch nicht darüber nachgedacht, ob ich in Natchez leben möchte.« Ich konnte ihr doch nicht sagen, daß ich am nächsten Tag wahrscheinlich schon im Gefängnis saß.

»Vielleicht find' ich dort ja Freunde. Freunde in meinem Alter.« Sie sah mich an. »Freunde, die nicht umgebracht werden.«

»Es wäre sicher in Floyds Sinne, wenn du neue Freunde fändest«, sagte ich so behutsam wie möglich.

Sie stand auf und rieb sich mit den Fäusten die Augen. »Ich hasse diese Stadt. Ich hasse alles hier.« Ihre dunklen Augen waren von Zorn erfüllt. »Wenn ich könnte, würde ich diese Stadt verfluchen. Aber richtig verfluchen. Ich würde genau das tun, wovor sie alle Angst haben. Und das wär' ein Fluch, bei dem ihnen die Haare zu Berge stehen würden.«

Sie meinte das durchaus nicht lustig, aber ich mußte trotzdem lächeln. Sie war erst neun. Das Leben mit Will und JoHanna hatte sie nicht auf solch eine grausame Wirklichkeit vorbereitet. Eines aber hatten sie ihr vererbt: den Willen, zu kämpfen. Sie würde nicht zulassen, daß jemand auf ihr herumtrampelte. Sie würde zurückschlagen, und zwar unverzüglich.

»Komm, wir gehen hinein. Ich muß packen.«

Wir gingen zusammen ins Haus, und Duncan setzte sich auf ihr Bett, während ich ein großes Laken auf dem Boden ausbreitete und begann, all ihre Kleider in die Mitte zu legen. So ein Bündel ließ sich leichter tragen. Dann konnte JoHanna die Koffer für Wills Anzüge nehmen und für ihre eleganten Kleider.

Als ich fertig war, klopfte Duncan auf den Platz neben sich, und ich setzte mich hin. »Wie ist es eigentlich in Natchez, Mattie?«

Die Vorstellung, wegzugehen, fing allmählich an, sie zu beunruhigen. Sie mochte Jexville nicht, doch Natchez war ihr völlig fremd.

»Naja, Natchez liegt am Mississippi. Es soll eine schöne Stadt sein, hab' ich gehört. Dort gibt es viele große, vornehme Häuser. Und auch viel mehr Schwarze. Früher waren in der Umgebung zahlreiche Plantagen, daher leben dort heute so viele von ihnen.«

Duncan nickte. Sie ließ sich rücklings aufs Bett fallen und schob sich das Kissen unter den Kopf. »Erzähl mir eine Geschichte von Natchez.«

Tränen lösten sich aus ihren Augenwinkeln und liefen ihr über die Wangen. Sie dachte an Floyd, wünschte sich, daß er jetzt an meiner Stelle bei ihr wäre. Ich erzählte ihr die Geschichte von einem Jungen, der zusammen mit einem Farbigen auf einem Floß den Mississippi hinunterfuhr. Ich hatte sie in einem in Leder gebundenen Buch aus der Leihbücherei gelesen. Das, woran ich mich nicht mehr erinnern konnte, dachte ich mir neu aus und erfand noch ein kleines Mädchen von ungefähr neun Jahren hinzu, das klüger war als alle anderen.

Duncan gefiel die Geschichte. Durch sie wurden Natchez und der Mississippi für sie zu einem Abenteuer, das gleich um die Ecke lag und darauf wartete, daß sie kam und es bestand. Und nachdem ihre Angst und ihr Kummer sich fürs erste gelegt hatten, dämmerte sie ein und schlief bald tief und fest.

Ich blieb lange bei ihr sitzen, denn ich wußte, es war vielleicht das letzte Mal. Ich betrachtete ihre Wimpern, die zarten, kindlichen Wangen. Ihre Augen bewegten sich unter den geschlossenen Lidern, und ich fragte mich, wovon sie wohl träumen mochte. Sicher von etwas Schönem. Vielleicht war sie bei Floyd, dort, in jener Welt, wo es keine Grenze gab zwischen Leben und Tod. Ihr Mund verzog sich zu einem weichen, entspannten Lächeln, und ich stand auf, um aus dem Zimmer zu gehen. Es war ein Wunder, wie ihre Brust sich sacht hob und senkte. Duncan McVay war nicht mehr und nicht weniger als ein Wunder.

»Ich hab' dich lieb, Duncan.« Ich küßte sie auf die Wange und zuckte nicht mal zusammen, als Pecos zwar flügelschlagend, aber ohne einen Ton von sich zu geben, durchs offene Fenster flatterte und sich auf dem Fensterbrett niederließ. »Laß sie ja schlafen, du«, drohte ich dem Hahn. Dann ging ich in JoHannas Zimmer, um auch ihre Kleider zusammenzupacken, wie sie mich gebeten hatte.

Mit Duncans Sachen war ich schnell fertig gewesen, bei JoHannas vielen Kleidungsstücken war das schon schwieriger. Alles war entweder sehr empfindlich oder es knitterte. Diese Sachen konnte man nicht einfach auf ein Laken legen und es oben zubinden. Ich holte die Koffer und packte die edelsten Teile als erstes ein. Dann überlegte ich, was JoHanna in ihrem neuen Leben in Natchez am nötigsten brauchte. Der große Strohhut mit den Hahnenfedern und den inzwischen verwelkten Sonnenbräuten fiel mir in die Hand. Ob sie den in Natchez tragen würde, um die Aufmerksamkeit zu erregen, die sie in Jexville einfach ignoriert hatte? Oder würde sie nach dem Umzug weniger darauf aus sein aufzufallen? Mir war nicht klar, welchen Teil ihres Wesens sie zurücklassen würde, und darum packte ich schließlich einfach alles ein.

Gerade als ich das kupferfarbene Kleid zusammengelegt hatte, das JoHanna auf Annabelle Lees Geburtstagsfeier angehabt hatte, hörte ich Duncan. Ich horchte. Sie stöhnte, brabbelte unzusammenhängendes Zeug und schrie im Schlaf. Von Angst gepackt, rannte ich zu ihr hinüber.

Die Zimmertür stand offen. Ich lief zum Bett und sah, wie sie sich in krampfhaften Zuckungen wand, als würde sie von irgend etwas oder irgend jemandem am Arm festgehalten, der versuchte sie fortzuzerren. Sie strampelte und bäumte sich auf, stöhnte und kreischte dabei in einer fremden Sprache.

Kein Zweifel, sie hatte wieder einen Alptraum.

»Duncan.« Ich griff nach den strampelnden Beinen und drückte sie mit einer Hand nach unten, während ich mit der anderen ihre Schulter festhielt. »Duncan!«

Doch sie war so tief in ihrem Traum gefangen, daß ich sie nicht erreichen konnte. Ihr Mund öffnete und schloß sich, sie schnappte nach Luft wie eine Ertrinkende.

Ich war so entsetzt, daß ich nur noch blindlings handeln

konnte. Ohne nachzudenken, schlug ich sie auf die rechte Wange. Das klatschende Geräusch rief Pecos auf den Plan, der sich sogleich krähend und mit ausgestreckten Krallen auf mich stürzte. Ich fiel aufs Bett, quer über Duncans Bauch. Sie stieß mit Knien und Ellbogen nach mir, während ich gleichzeitig versuchte, den Hahn abzuwehren und mich aufzurappeln. Als ich es endlich geschafft hatte, erstarrte Duncan plötzlich. Der Wandel war so plötzlich, daß ich sofort wußte, es mußte etwas Furchtbares mit ihr geschehen sein.

»Duncan!« rief ich, völlig außer Atem. Ich wich erschrocken zurück und sah in ihr Gesicht. Sie hatte die Augen weit aufgerissen, und nur noch das Weiße war darin zu sehen. Ihr Mund öffnete und schloß sich unaufhörlich. Sie atmete nicht. Sie drohte hier, in ihrem Zimmer, zu ertrinken.

»Duncan!« Ich schrie ihren Namen, beugte mich über sie und versuchte mich zu erinnern, wie man einen Menschen wiederbelebte. »Duncan!«

Plötzlich schnellte ihre Hand vor wie ein Geschoß. So schnell, daß ich nicht mehr ausweichen konnte. Ihre Finger umklammerten meinen Hals, ein tödlicher Griff, der mir die Kehle zudrückte.

»Duncan«, stieß ich heiser, mit brüchiger Stimme hervor. Ich starrte wie gebannt in ihre blinden Augen. Ich konnte mich kaum bewegen. Sie hielt mich so fest, daß ich wußte, wenn sie nicht vorher ertrank, würde sie mich erwürgen. Ich ruckte hin und her, doch es gelang mir nicht, sie abzuschütteln, und dann spürte ich, wie meine Kräfte nachließen. »Duncan«, flehte ich.

»Mattie.« Ihre Lippen formten meinen Namen, doch es war nicht Duncan, die da sprach. Die Betonung war anders.

»Mattie?« sagte sie noch einmal. Es kam aus ihrem Mund, war ihre Stimme, doch es war der Alptraum, der aus ihr sprach.

Ich strauchelte, meine Beine versagten mir den Dienst, und sie hielt mich immer noch fest, mit eisernem Griff und toten Augen. Ich nahm meine ganze Kraft zusammen, um mich aus ihren Händen zu befreien. Aber noch ehe es mir gelang, flatterte Pecos an mir vorbei und ließ sich auf Duncans Kopfkissen nieder. Er sah ihr in die Augen und krähte einmal, dann begann er, mit dem Schnabel wütend in ihre Stirn zu hacken. Immer wieder stieß der spitze Schnabel in die zarte Haut, und bald war ihre bleiche Stirn mit lauter blutigen kleinen Kerben übersät.

Duncans Arm zitterte, ihre Finger lösten sich, sie schloß den Mund. Mit der freien Hand schlug sie um sich, um den Vogel abzuwehren.

Ich taumelte zurück und konnte endlich wieder Luft holen. Mein Hals schmerzte beim Atmen, und ich verspürte einen plötzlichen Brechreiz. Pecos flüchtete sich vor ihren ziellosen Schlägen und ließ sich auf dem Bettgestell nieder.

»Duncan!« Ich lief wieder zu ihr und setzte mich neben sie, nicht ohne ihre Hand im Auge zu behalten. Ihre Augen waren jetzt geschlossen, sie atmete schnell und flach, als ob sie gerannt wäre.

»Duncan.« Ich mußte sie aus diesem Traum herausholen. Sie durfte nicht noch einmal darin untergehen. Es hatte nicht viel gefehlt, und sie wäre verloren gewesen. Beinah wäre sie tatsächlich ertrunken. Oder Schlimmeres.

»Duncan!« Ich wollte gerade ausholen, um sie noch einmal zu schlagen, als sie die Augen öffnete. Verwirrt starrte sie mich an und faßte sich an die Stirn. Dann betrachtete sie ihre blutige Hand, was sie noch mehr zu verwirren schien.

»Er hat mich erwischt, Mattie«, flüsterte sie und sah mir starr in die Augen. »Er hat es endlich geschafft, und er wollte mich nicht wieder loslassen.«

Ich wußte, daß sie den Toten unter der Brücke im Pascagoula meinte. Den Mann mit dem grinsenden Hornhecht zwischen den Rippen. »Ist ja gut, Duncan. Jetzt bist du wieder hier.«

Sie richtete sich auf und nahm Pecos auf den Schoß. »Du hast den Wahnsinn aus mir rausgepickt, Pecos.« Sie streichelte ihm den Kopf. »Pecos hat den toten Mann aus mir rausgejagt.«

Ich ließ mich aufs Bett fallen und streckte meine noch immer zitternde Hand nach Duncan aus. »Du hast mich fast erwürgt«, sagte ich.

Sie sah die roten Würgemale an meinem Hals und strich behutsam darüber. »Das war er«, sagte sie. »Er hat mich gehabt, aber als er dich sah, hat er mich losgelassen. Und hat durch mich hindurch nach dir gegriffen.«

Die alte Wanduhr draußen im Korridor schlug Mittag. Wir sahen einander an und zählten die Schläge.

»Warum hat er dich haben wollen, Mattie?« fragte sie.

Ich sah sie nicht an.

»Er hat deinen Namen gerufen, Mattie.«

Ich stand auf und ging zur Tür. Auf halbem Weg blieb ich stehen. »Du warst es, die meinen Namen gerufen hat, Duncan. Ich hab's genau gehört. Das warst du.«

Als ich mich umdrehte, sah Duncan mich an. Ihr Blick war der einer Erwachsenen. »Nimm dich in acht, Mattie«, sagte sie. »Der Fluß ist trügerisch.«

»Wer ist dieser Mann dort im Wasser, Duncan? Wie ist er ertrunken?«

Duncan schwang die Beine über die Bettkante und stand auf. »Er ist nicht von allein ertrunken, Mattie.« Sie ging an mir vorbei zur Tür, drehte sich jedoch noch einmal nach mir um. »O nein, nicht von allein.« Dann wandte sie sich wieder ab und starrte vor sich hin. »Ich sterbe vor Hunger. Komm, wir machen uns was zu essen.« Sie wartete nicht auf mich, sondern ging aus dem Zimmer, ohne noch einmal innezuhalten.

Kapitel 39

Will und JoHanna kamen erst spät am Nachmittag wieder. Auf Wills gestärktem weißen Hemd waren Blutflecken, und die Knöchel seiner rechten Hand waren aufgeplatzt. Überhaupt waren seine Hände übel zugerichtet. JoHanna sagte nur, daß Floyd am nächsten Morgen begraben werde, der Trauergottesdienst finde in der Methodistenkirche statt. Er werde von demselben Prediger gehalten, der auch bei Red Lassiters Begräbnis gesprochen hatte. Während sich JoHanna um die Beerdigungsformalitäten gekümmert hatte, war Will mit anderen Dingen beschäftigt gewesen. Sie erzählte mir in groben Zügen, was er unternommen hatte, die Einzelheiten reimte ich mir selbst zusammen.

Er war zuerst zum Gefängnis und dann in die Stadt gegangen. Die Schuhmacherwerkstatt war geschlossen, das Ehepaar Moses verreist. Will hatte nicht in Erfahrung bringen können, wohin sie gefahren waren und wann sie wiederkamen. Auch die Brüder Odom waren weg, und Sheriff Grissham war nach Ellisville gefahren, um »etwas sehr Wichtiges« zu holen. Worum es sich dabei im einzelnen handelte, wußte Will nicht, allerdings hatte er erfahren, daß es etwas war, das dazu beitragen sollte, John Doggett schnellstens zu verurteilen und … hinzurichten.

Nur Elikah hatte sich entschieden, weiter in der Stadt zu bleiben. Er wollte keine geschäftlichen Einbußen dadurch haben, daß der Frisiersalon eine Zeitlang geschlossen war. Keine sehr kluge Entscheidung. Doc Westfall hatte Will mit Gewalt wegzerren müssen. Er hatte sich die blutenden Hände an einem gestärkten

Leinentaschentuch abgewischt, war zu JoHanna in den Auburn gestiegen, und sie hatte ihn heimgefahren.

Weder Duncan noch ich erwähnten etwas von ihrem Traum. Die kleinen Wunden auf der Stirn, die von Pecos' Schnabel stammten, wurden als Kratzer erklärt. Ich versteckte meine blauen Flecke am Hals unter einem hohen Kragen. Wir hatten schon genug Weissagungen gehabt – und genug Tote.

JoHanna und ich putzten Gemüse für die Suppe, die wir kochen wollten, Will saß am Küchentisch und sah seiner Frau bei der Arbeit zu. Duncan unterhielt uns währenddessen mit ihrem Geplapper. Sie war neugierig auf Natchez. Sie stellte sich vor, wie schön, wie romantisch es wäre, an einem Fluß zu wohnen, auf dem große Schiffe fuhren, in einer Stadt mit Häusern, die noch vor dem Bürgerkrieg gebaut worden waren. Sie war geradezu außer sich vor Begeisterung, obwohl JoHannas Schweigen keinen Zweifel daran ließ, daß sie selbst diese Begeisterung nicht unbedingt teilte. Will beantwortete geduldig Duncans Fragen, und eine merkwürdig friedliche Ruhe breitete sich in der Küche aus. Die Zeit schien stillzustehen. Zwar bewegten sich die Ereignisse auch jetzt noch stetig auf die Katastrophe zu, nur die Gangart war langsamer geworden.

Floyds Leichnam war das Hindernis, das im Weg lag.

Wir hatten das Begräbnis vor uns, die nächste Hürde, die unmittelbare. Dann den Prozeß. JoHanna und Duncan würden dann schon nicht mehr hier sein. Es war besser so – für John und für sie selbst. Ich hatte beschlossen, Elikah erst umzubringen, wenn JoHanna die Stadt verlassen hatte. Mein Plan war unterdessen weiter gereift. Im Schlafzimmer wäre es am besten, hatte ich mir überlegt. Ich würde zu Elikah nach Hause gehen müssen, doch nachdem ich Wills Hände gesehen hatte, konnte ich mir nicht denken, daß mein Mann mir gefährlich werden würde. Ich würde ihm ein Bad einlassen, genau so, wie er es liebte. Und wenn er dann nackt in der Wanne lag, würde ich mit der Pistole hereinkommen. Der erste Schuß wäre die Rache für Floyd. Der zweite würde seinen Grausamkeiten ein für allemal ein Ende setzen.

Und dann würde ich zum Sheriff gehen und mich stellen. Und das Schönste war, ich würde nicht mal allein den Dreck wegmachen müssen.

»Mattie?«

Ich fuhr erschrocken zu Will herum.

»Alles in Ordnung?«

Mein Puls raste, und ich merkte, daß ich vor lauter Siegesgewißheit rot geworden war. Ich schluckte, dann nickte ich.

»Du träumst ja am hellichten Tag! Wovon denn?« fragte Duncan. Ihre dunklen Augen sahen mich fragend an.

»Natchez«, erwiderte ich. Die Lüge ging mir leicht über die Lippen. Was war schon eine Lüge für jemanden, der sich gerade ausgemalt hatte, wie er eiskalt lächelnd einen Menschen umbrachte.

Wir deckten den Tisch und aßen die Suppe mit Maisbrot dazu. Als wir fertig waren, schlug ich JoHanna und Will vor, sie sollten ein wenig spazierengehen, während ich mit Duncan die Küche saubermachte und packte. Morgen nachmittag würden sie Jexville für immer verlassen.

Duncan zeigte mir, welche Töpfe und Pfannen ihre Mutter am liebsten nahm, und wir packten sie ein, ließen aber das meiste für die Spediteure zurück, die das Hab und Gut der McVays später abholen sollten. Der Neuanfang würde für JoHanna nicht leicht werden, und darum wollte ich, daß sie wenigstens ein paar vertraute Gegenstände um sich hatte, wenn sie sich in Natchez einrichtete.

»Du kommst nicht mit uns, nicht wahr?« Duncan war gerade dabei, einen Krug in ein Geschirrtuch einzuwickeln.

Ich stellte die abgewaschenen Teller in den Schrank zurück. »Nein. Aber sag JoHanna und Will nichts davon.«

»Kommst du später nach?«

Mir stiegen die Tränen in die Augen, und ich wußte nicht, weshalb ich weinte. War es die Vorstellung, JoHanna und Duncan und auch Will zu verlieren, oder das harte Los, das ich gewählt hatte, was mich so unendlich traurig machte? »Ja. Wenn ich kann.«

Das stellte Duncan zwar nicht zufrieden, doch da sie ihre Eltern zur vorderen Haustür hereinkommen hörte, ließ sie das Thema fallen. JoHanna ging gleich in ihr Zimmer, und Duncan lief ihr nach, während ich mit Will in der Küche blieb.

Wir standen da und sahen uns einen Augenblick lang an – einen schier endlosen Augenblick, wie es mir vorkam. Dann endlich sprach ich es aus. »Ich bleibe in Jexville.«

Will war nicht überrascht. »Es sollte mich wundern, wenn Elikah noch einmal Hand an Sie legen würde. Ich weiß gar nicht, ob er je wieder dazu in der Lage ist. Ich hab' ihm, glaube ich, so ziemlich alle Finger gebrochen.«

»Elikah hat immer soviel Aufhebens um seine Hände gemacht.« Ich mußte daran denken, wie er sich regelmäßig die Nägel manikürt hatte. »Chirurgenhände« hatte er immer gesagt.

»Dann hätte er eben besser aufpassen müssen, was er mit diesen Händen macht.« Will trat ans Fenster und sah hinaus in die Nacht. »Es wär mir zwar lieber, Sie würden mit JoHanna und Duncan gehen, aber wenn Sie unbedingt hierbleiben möchten … Ich könnte bei der Sache mit John Ihre Hilfe gebrauchen.«

»Ich tue, was ich kann.« Ich fürchtete zwar, daß ich John als seine Zellennachbarin nicht besonders nützlich sein konnte, aber das mußte ich Will ja nicht unbedingt auf die Nase binden. »Bleiben Sie zum Prozeß hier?«

»Ich bleibe hier.«

Sollte er etwa vorhaben, JoHanna überhaupt nicht nach Natchez zu folgen? Ehe ich noch recht wußte, was ich tat, ging ich zu ihm und faßte ihn am Arm.

»Sie wollen sie doch nicht etwa verlassen?«

Er schüttelte den Kopf. »Nein. Ich habe mit dem Gedanken gespielt, aber ich werde es nicht tun.« Er lächelte, und seine Augen blickten auf. Er machte sich über sich selbst lustig. »Vor langer Zeit habe ich mich in JoHanna verliebt und ihr mein Herz geschenkt. Es wäre töricht, es jetzt zurückzuverlangen. Was sie davon übriggelassen hat, ist ja doch nichts mehr wert.«

»Oh, Will.« In diesem Moment liebte ich ihn, wie ich ihn noch nie zuvor geliebt hatte. Ich hob die Hand und strich ihm über die Wange. Ich wollte ihn trösten. Er aber hielt meine Hand fest, und ich spürte seine Bartstoppeln.

»Wenn ich ein junger Mann wäre, frei und ungebunden, dann würde ich Sie lieben, Mattie. Bleiben Sie in Jexville, bis Johns Prozeß vorbei ist, aber dann müssen Sie hier weg. Sie dürfen sich nicht wegwerfen an diesen Elikah Mills.«

Ich weinte und weinte und brachte kein Wort heraus. Er wußte es. Er wußte, wie sehr ich ihn liebte. Er beugte sich zu mir herunter und küßte mir die Tränen von den Wangen. Dann zog er mich an sich, und ich dachte, mir bricht das Herz.

Will, JoHanna, Duncan und ich waren die einzigen, die zu Floyds Begräbnis in die Kirche gekommen waren. Der Prediger sprach von verlorener Unschuld und davon, daß Floyd im Himmel eine Zuflucht finden würde. Es war ein kurzer Gottesdienst. Wir spürten, daß sich draußen vor der Kirche etwas zusammenbraute. Im strahlenden Oktobersonnenschein folgten wir dem Sarg ins Freie.

Floyd sollte auf dem Friedhof von Jexville beerdigt werden, auf einer kleinen Anhöhe unter einer Zeder. Wir Frauen gingen hinter dem Sarg her, der von Will und drei bezahlten Totengräbern getragen wurde. Das Grab war schon vorbereitet, und es dauerte nur ein paar Minuten, dann war das Nötige gesagt, und der Sarg wurde in die Erde hinabgelassen. Als die Totengräber das Grab wieder zuschaufelten, begann Duncan herzzerreißend zu schluchzen.

Ich richtete den Blick in die Ferne, auf die entlaubten Bäume, die den Friedhof begrenzten. Es war ein herrlich klarer Herbsttag, doch der Winter stand schon vor der Tür. Ein paar Häher und Spottdrosseln machten sich über eine Schar von Staren lustig, die geduldig warteten, daß wir fortgingen und sie in der frisch aufgeworfenen Erde herumpicken konnten. Doch die meisten Vögel blieben stumm und harrten der Dinge, die da kommen würden. Bis auf unseren kleinen Leichenzug war diese Stadt wie ausgestorben.

Will bezahlte den Prediger, dann gingen wir zum Wagen zurück.

»Paß gut auf Pecos auf«, flüsterte ich Duncan ins Ohr und küßte sie erst auf den Scheitel und dann auf die tränenverschmierten Wangen.

»Komm doch mit, Mattie«, bettelte sie und hielt mich am Kleid fest. Ich hatte ein Kleid von JoHanna an, das in der Taille mit einem Gürtel zusammengehalten war. Duncans Tränen durchnäßten den grauen Flanell.

»Ich komme später nach«, log ich und strich ihr übers Haar, das immer dichter und seidiger wurde.

»Mattie?« JoHanna sah mich forschend an. »Bleib nicht hier.«

Am liebsten hätte ich mich in ihre Arme geworfen, mein Gesicht an ihrer Schulter geborgen und allen Schmerz herausgeschrien, der mir in der Brust und in der Kehle brannte. Doch ich nahm nur ihre Hand, hielt sie fest und drückte sie ganz leicht. »Mach dir um mich keine Sorgen. Ich bleibe hier und helfe Will.«

»Aber dann kommst du?« drängte sie.

»Wenn John frei ist.«

»Vielleicht sollte ich doch lieber hierbleiben.« Sie sah Will an, der den Kopf schüttelte. JoHanna hielt die Hand krampfhaft um den Autoschlüssel geschlossen. »Natchez ist nicht weit, in ein paar Stunden kann ich hier sein, wenn ihr mich braucht.«

O ja, ich brauchte sie. Und ich brauchte Duncan und Will. Doch das, was ich tun mußte, konnte mir keiner abnehmen. Und ich mußte es allein tun. Ich stellte mich auf die Zehenspitzen, um ihr einen Kuß auf die Wange zu geben. »Ich hab' dich lieb«, flüsterte ich. »Euch alle, ich hab' euch so lieb.«

Dann wandte ich mich ab und sah gerade noch, wie die Totengräber den letzten Rest der roten Erde auf das Grab schaufelten. »Ich hab' dich lieb«, sagte ich noch einmal und ging auf dem kürzesten Weg in die Stadt zurück.

Wenn ich mich auch nur ein einziges Mal umgedreht hätte und sie hätten mir gewinkt, ich hätte keinen Schritt weitergehen können. Darum blickte ich nicht zurück. Ich ließ Will Zeit, sich von seiner Frau und seiner Tochter zu verabschieden, und ging in Richtung Redemption Road. An der Ecke Mercy Street und Redemption Road wandte ich mich nach Osten zur Schuhmacherei. Das Schaufenster war nach dem Unwetter noch nicht ausgewechselt worden. Über die zerbrochene Scheibe hatte jemand ein großes Brett genagelt, doch durch die Tür konnte ich sehen, daß drinnen nicht aufgeräumt worden war. Ich drückte die Wange an die kühle Tür und versuchte mich zu erinnern. Doch so sehr ich mir auch Mühe gab, es wollte mir nicht gelingen, mir vorzustellen, wie Floyd dort immer an seiner Werkbank gesessen hatte. Er war fort. Und die Erinnerung hatte er mitgenommen. Die schwarzen Reitstiefel, an denen er so liebevoll gearbeitete hatte, trug jetzt Tommy Ladnier und die anderen Stiefel, die, deren Muster Duncan entworfen hatte, auch. Sie waren aus der Schaufensterauslage verschwunden. Man hatte Floyd nicht nur das Leben genommen, sondern auch seiner Hände Arbeit.

Ich ging die Straße entlang und sah Mara, die in ihrem Laden stand und buk. Als ich vorüberging, winkte sie mir mit mehliger Hand zu und schenkte mir ein trauriges, gealtertes Lächeln. Ich nickte, dann machte ich kehrt, um denselben Weg zurückzugehen, innerlich bereit, mich auch der anderen Straßenseite zu stellen.

Der Frisiersalon war dunkel und geschlossen. Elikah hatte heute keine Einnahmen, weil Will ihn verprügelt hatte. Es würde nicht bei diesem einen Tag bleiben. Dafür würde ich sorgen.

Ich überquerte die Straße und ging bei Gordon's vorbei. Olivia sah mich, zögerte einen Moment und bückte sich dann unter den Ladentisch, um irgendwelche Schachteln zu sortieren. Ein paar Häuser weiter, vor dem Gerichtsgebäude, standen mehrere Fuhrwerke. Ob Will es geschafft hatte, ins Gefängnis hineinzukommen? Wie lange würde es wohl dauern, bis Jeb mit dem Anwalt kam? Meine Schritte hallten leise auf dem gestampften Sandweg wider und mir war, als wäre rings um mich herum die Zeit stehengeblieben. Als tickte die Uhr allein für mich. Mein Herzschlag zeigte die Sekunden an.

Wenn Elikah nicht im Frisiersalon war, dann war er zu Hause. Ich wollte gerade die Richtung einschlagen, da sah ich hinten auf einem der Fuhrwerke etwas, dessen Anblick mich wie ein Schlag in die Magengrube traf. Quincy Grissham stand neben einem Wagen, auf dem sich ein großer schwarzer Gegenstand befand, der wie eine Kiste aussah. Doch es war ein Stuhl. Zwei von Grisshams Spießgesellen hoben den Stuhl herunter, an dem Lederriemen mit Schnallen baumelten, deren Klirren durch die leeren Straßen klang.

So einen Stuhl hatte ich noch nie gesehen, doch mir war auf den ersten Blick klar, daß dieses Gerät nichts Gutes bedeuten konnte.

Grisshams Lachen schepperte durch die Straße, schrill wie ein Schlag ins Gesicht. Er nahm eine Drahtspule in die Hand und warf sie in die Luft. Der schwarze Draht schlängelte sich hinauf zu einem vergitterten Fenster, durch das plötzlich eine Hand griff und ihn packte.

Ich zwang mich weiterzugehen, mit langen, selbstsicheren Schritten, wie ich es bei JoHanna gesehen hatte.

Als ich am Haus von Jeb Fairley vorbeikam, hörte ich zwei Spottdrosseln miteinander streiten. Plötzlich mußte ich an Jojo denken und merkte, daß dies seit Tagen das erstemal war. Mir tat nur leid, daß ich ihn nicht auch töten konnte, wie ich Elikah töten würde. Ein Jammer, daß er am Leben bleiben sollte. Aber vielleicht gelang mir eine verzweifelte Flucht, und dann würde ich den Zug nach Meridian nehmen und meine blutige Rache vollenden.

Lächelnd ging ich über den Rasen und stieg die Vortreppe zu unserem Haus hinauf. Die Tür war offen. Ich ging hinein. Elikah saß am Küchentisch, die Hände dick verbunden, und sein Gesicht war verquollen und blau geschlagen. Als er mich sah, erbleichte er.

»Hallo, Elikah.« Ich ging zum Schrank und nahm ein Glas heraus. Aus dem Krug auf der Anrichte goß ich mir Wasser ein und trank das Glas halb leer. Dann drehte ich mich um und sah ihn abermals an.

»Was willst du?« In seinen Augen war Argwohn und etwas, das mir noch viel mehr Genugtuung bereitete: Angst. Er schaute zum Küchenfenster hinüber, er war auf der Hut. Wahrscheinlich dachte er, ich hätte Will mitgebracht.

»Ich bin nach Hause gekommen.« Ich stellte das Glas in den Ausguß und ging an den Eisschrank, um zu sehen, was darin war. »Soll ich dir einen Eintopf kochen zum Abendbrot?«

Er sagte nichts. Seine Blicke huschten aufgescheucht hin und her, mal zu mir, mal zum Fenster, dann zur Haustür.

»Oder wie wär's mit einer schönen Rinderpastete? Mit Kruste, die magst du doch so gern. Jetzt, wo es draußen kühler ist, wär' eine heiße Rinderpastete genau das richtige.« Ich holte Mehl und Schmalz aus der Speisekammer und nahm die Teigschüssel vom Bord.

»Was soll denn das?«

»Ich bin wieder zu Hause.« Ich konnte ihn nicht anschauen. Er hätte meinen Haß gesehen und gemerkt, daß dies nur eine Finte war. Als ich zu dem Bord hinauflangte, spürte ich John Doggetts Derringer an meinem Bein.

»Und wo ist diese McVay, diese Schlampe?«

Ich drehte mich um, stützte mich auf die Anrichte und riß mich zusammen. »JoHanna ist weg«, sagte ich leise. »Sie ziehen fort.«

Ein Lächeln kroch ihm in die Mundwinkel. »Haben sie dich also sitzengelassen, ja?«

Ich zuckte mit den Schultern und kümmerte mich um den Teig für die Pastete.

»Die hauen einfach ab, und dich lassen sie hier sitzen.« Er war tief befriedigt. »Ja, weggeworfen haben sie dich wie ein altes, verschlissenes Kleid. Na, ihr Liebhaber wird sein blaues Wunder erleben. Ein historischer Augenblick für Jexville und den Staat Mississippi wird das.«

Irgend etwas in seinem Ton brachte mich dazu, ihn noch einmal anzusehen. Sein höhnisch verzogener Mund und seine funkelnden Augen sagten mir, daß er ein Geheimnis hatte.

»Schon mal was vom ›Stuhl‹ gehört?«

Ich schwieg. Ich konnte nicht antworten. Mir war das Gewirr von Riemen und Gurten an dem Stuhl, den Sheriff Grissham abgeladen hatte, wieder eingefallen.

»Das ist eine neue Hinrichtungsmethode. Ein transportabler Stuhl mit einem Generator drin. Sie werden Doggett an diesen Stuhl schnallen und ihm die elektrischen Leiter am Kopf und am Herzen anschließen. Und wenn sie dann den Stromstoß durch ihn hindurchjagen, zuckt er ganz gewaltig und bäumt sich noch mal auf. Ich hab' gehört, dem Betreffenden soll das Blut kochen. So ähnlich wie bei einem Blitzschlag, nur schlimmer.«

Ich zerkleinerte das Schmalz mit einer Gabel und tat es zu dem Mehl. Er durfte nicht merken, wie tief seine Worte mich trafen.

Je schweigsamer ich war, desto mehr spielte er sich auf. »Im geschmorten Zustand ist er sicher nicht mehr so ein hübscher Junge. JoHanna hat's schon ganz richtig gemacht. Als ihr Mann wieder nach Hause gekommen ist, hat sie ihm den Laufpaß gegeben. Dieser John Doggett soll ruhig dafür büßen, daß er die Familie umgebracht hat. JoHanna hat gemerkt, daß die Sache ihr über den Kopf wächst, und da ist sie abgehauen.«

Ich blickte auf und sah ihn an. Seine Angst war wie weggeblasen. Die blau geschlagenen, verquollenen Augen waren kalt und wütend. Ich konnte nicht an mich halten. »Du weißt ganz genau, daß John Doggett diese Leute nicht getötet hat.«

»Glaubst du wirklich, daß das eine Rolle spielt?« Er lehnte sich zurück. »Doc Westfall sagt, sie hatten alle die Lungen voll Wasser, außer dem Mann. Der hatte einen Genickbruch.« Elikah schob seinen Stuhl zurück. »Die Bank wollte ihnen gerade die Hypotheken kündigen und die Zwangsvollstreckung einleiten. Mach mir mal Kaffee.«

»Wie hießen die Leute eigentlich?«

»Spencer.« Er zog sich einen seiner Hosenträger herunter.

»Kanntest du sie?« Ich nahm das Nudelholz und ging mit der Schüssel zum Tisch, wo ich mehr Platz hatte, um den Teig auszurollen. Elikah liebte Klatsch und Tratsch fast so sehr, wie er es liebte, mich zu verprügeln.

»Die waren nicht von hier. Sie sind letztes Jahr aus Dalton hier rübergezogen. Haben sehr zurückgezogen gelebt, sagt der Sheriff. Und Nachbarn hatten sie auch keine da draußen an dieser Straße am Ende der Welt.«

Hinter mir fing der Kessel an zu pfeifen. Ich brühte den Kaffee auf. Elikah trank ihn gern stark. Stark und schwarz. Ich wußte genau, wie ich ihn zu machen hatte. Als das Wasser durchgelaufen war, goß ich uns jedem eine Tasse ein und stellte ihm seine hin. Mein Blick fiel auf seine Hände. »Kannst du zufassen?«

Er lachte höhnisch auf. »Ich werd's schon schaffen. Sobald meine Hände wieder in Ordnung sind, zahl' ich's Will McVay heim, ganz egal, wo er sich verkrochen hat, ich finde ihn. Und du kriegst auch noch deinen Teil, Mattie.« Er sprach leise, aber seine Absicht war klar. Früher hätte ich vor ihm gezittert. Ich senkte den Blick und wandte mich wieder meiner Arbeit zu. Ich holte Zwiebeln, Möhren und Kartoffeln und legte sie auf den Tisch, damit ich sie putzen und kleinschneiden konnte.

Elikah hob die Tasse mit beiden Händen hoch, trank den Kaffee und sah mir zu. Er machte mir ein Zeichen, daß ich ihm nachschenken sollte, und ich goß ihm noch einmal die Tasse voll. Dann machte ich die Pastete fertig und stellte sie in den Backofen, bevor ich mich wieder zu ihm umdrehte. »Soll ich dir ein Bad einlassen? Ich kann noch mal Wasser warm machen. So ein schönes heißes Bad, das entspannt die Muskeln.«

»So, so«, sagte er grinsend. »Die brave Ehefrau.«

Ich stand ganz still und blickte zu Boden. Ich durfte ihn nicht ansehen, sonst hätte ich ihn auf der Stelle erschossen.

»Sieh mich an, Mattie.«

Ganz langsam hob ich den Blick, ließ ihn über den Boden bis zu seinen Füßen wandern. Ich schrie leise auf. Elikah trug die Stiefel, die Floyd für Sheriff Grissham gemacht hatte.

Sein Lachen war leise und roh. »Gefallen sie dir? Hat er gut hingekriegt, dein Floyd, nicht wahr? Er war zwar ein Idiot, aber Stiefel machen, das konnte er. Der Sheriff hat gesagt, daß ich sie nehmen soll, weil ich so gute Arbeit geleistet habe. Floyd hat auch nichts dagegen gehabt. Ist ja auch nur so gespritzt, das Blut, damit war er vollauf beschäftigt…«

»Du warst es, der geschnitten hat, nicht wahr?« Ich umklammerte haltsuchend die Stuhllehne und sah ihn an. Ich wollte es von ihm hören. Wie gebannt starrte ich Elikah in die Augen. Sie funkelten vor Begeisterung.

»Ich wollte halt schon immer mal Chirurg sein.« Er lächelte. »So, und nun setz Wasser auf, damit ich baden kann.«

»Und warum habt ihr ihn von hinten erschossen?«

Elikah schnellte vor wie eine Kobra und fegte die Schüssel und das Nudelholz vom Tisch. Die schwere irdene Schüssel zerbrach in tausend Stücke, und kleine Teigbröckchen kullerten über den Boden.

»Weil er abhauen wollte.« Elikah stand auf. »Er hat nicht glauben können, daß ich ihm sein Ding abgeschnitten hatte, und als er's endlich begriffen hat, als sich der Schock gelegt hat und er's allmählich gefühlt hat, da hat er abhauen wollen. Wir hatten keine Lust, ihm hinterherzurennen, und da hat Clyde ihn halt erschossen.« Er streifte den zweiten Hosenträger auch noch ab. »Es war ein Akt der Nächstenliebe.« Er kam auf mich zu, und ich stand da, außerstande, mich zu rühren. Ich sog pfeifend die Luft durch die Zähne und versuchte krampfhaft, Atem zu schöpfen. »Jetzt setz endlich Wasser auf. Ich brauche ein Bad und eine Rasur. Tommy kommt nachher noch vorbei. Wir haben was Geschäftliches zu bereden. Jetzt, wo Will das Feld räumt, eröffnen sich für Tommy doch ganz neue Möglichkeiten in der Export-Import-Branche.«

Ich war so durcheinander, daß ich es nicht mehr schaffte, das Gesicht abzuwenden. Als er meinen verwirrten Blick sah, zog er die Brauen hoch. Ich hatte mich nie gefragt, womit Will eigentlich handelte, wenn er auf seinen Geschäftsreisen war.

Elikah gluckste vor Freude über diesen unerwarteten Treffer. »Ja, hast du denn nicht gewußt, daß Will schmuggelt? Auf höchster Ebene natürlich. Der Alkohol öffnet einem bei denen da oben nämlich so manche Tür, Mattie. Und da Will doch jetzt den Weg freigemacht hat, kann Tommy groß einsteigen.«

Ganz gleich, welche Folgen es für John oder mich selbst haben würde, ich konnte es kaum erwarten, Elikah umzubringen. Jetzt oder nie, dachte ich. Aber ich brauchte noch etwas Zeit zum Überlegen, und darum ließ ich den Kessel vollaufen und stellte ihn aufs Feuer. Mit Tommy Ladniers Besuch hatte ich nicht gerechnet. Er würde mich natürlich wiedererkennen, die Kleine, die auf seinem Anwesen Sandwiches verkauft hatte. Elikah durfte auf keinen Fall Verdacht schöpfen. Er war grausam, aber nicht dumm.

»Hol den Zuber her, Mattie.« Er ging ins Schlafzimmer. »Und dann komm her und zieh mich aus.«

»Ja, Elikah«, sagte ich so kleinlaut wie irgend möglich.

Hätte ich das Wasser mit meiner schieren Willenskraft zum Kochen bringen können, es wäre blubbernd übergelaufen. Ich brachte den Zuber und holte Elikahs Rasierzeug. Am Griff des Rasiermessers sah ich kleine dunkle Flecken, und ich wußte, daß es Floyds Blut war. Doch darüber wollte ich jetzt nicht nachdenken. Ich hatte anderes im Sinn. Rache. Darauf mußte ich mich konzentrieren. Auf meine kalte, befriedigende Rache. Ich wollte Elikah zu Kreuze kriechen, ihn betteln sehen. Sehen, wie das Blut sich mit dem Wasser im Zuber vermischt. Die Vorstellung beruhigte mich, und während ich den Eisenbolzen zum Aufheizen in den Herd schob, damit ich Elikah ein Hemd bügeln konnte, während der nächste Kessel mit Wasser auf dem Herd stand, tastete ich nach dem Derringer in meiner Rocktasche. Der Zuber war fast voll, und ich hörte, wie Elikah im Schlafzimmer auf und ab ging und darauf wartete, daß ich ihn bediente. In meinem Kopf tickte die Uhr.

Endlich kochte auch das Wasser in dem zweiten Kessel. Ich goß es in den Zuber und tauchte die Hand ein, um zu fühlen, ob die Temperatur richtig war. »Perfekt«, sagte ich.

»Das möchte ich dir auch geraten haben.« Er stieg in den Zuber und setzte sich wohlig stöhnend ins Wasser. »Rasieren mußt du mich aber.« Er hob seine verbundenen Hände hoch. »Du hast ja dafür gesorgt, daß ich Invalide bin.«

Ich rührte den Rasierschaum an und seifte vorsichtig mit einem weichen Pinsel Elikahs von Beulen und blauen Flecken entstelltes Gesicht ein. Er schloß die Augen und legte den Kopf in den Nacken, ganz sicher, daß ich es nicht wagen würde, ihm auch nur ein einziges Mal weh zu tun.

Als ich das Rasiermesser in die Hand nahm, dachte ich, wie leicht es wäre, ihm die Kehle durchzuschneiden. Wie furchtbar leicht. Würde ich irgendwann Reue empfinden? Ich wußte es nicht genau, aber es war nicht sehr wahrscheinlich. Ich zog das Messer an seinem Kinn entlang, schabte den Schaum und die Stoppeln weg. Die Klinge glitt den Hals hinab. Das einzige, was mich hinderte, war die Vorfreude darauf, ihm sein bestes Stück wegzuschießen. Diese Genugtuung wollte ich mir nicht nehmen lassen. Das Messer wäre zu schnell. Und außerdem saß ich hinter ihm, und ich wollte ihm doch so gern dabei in die Augen schauen.

Ich rasierte ihn zu Ende. »Ich bring' dir ein heißes Handtuch«, sagte ich und stand auf. In Wirklichkeit aber wollte ich in die Küche gehen und mit der Pistole in der Hand zurückkommen. Und während ich mich dem Zuber näherte, wollte ich ihn beobachten und zusehen, wie ihm langsam dämmerte, was ich vorhatte.

Ich war noch nicht aus dem Zimmer, da hörte ich im Korridor Schritte. Starr vor Schreck, sah ich Tommy Ladnier in die Küche treten, im frisch gebügelten weißen Hemd und blitzblanken schwarzen Stiefeln.

Seine Augen blitzten, als er mich erkannte. »Hallo, kleine Sandwichverkäuferin.« In seinem Kopf hatte es Klick gemacht. Er grinste. »So, so. Als ihr heute diesen Trottel begraben habt, da habt ihr das wichtigste Stück vergessen. Äh, das Stück, das gefehlt hat.« Lachend ging er an mir vorbei ins Schlafzimmer.

»Tommy«, rief Elikah erfreut. »Meine Frau hat mich gerade ein bißchen hergerichtet.«

»Deine Frau ist eine interessante Person.« Ich stand hilflos da und mußte zuhören, wie Tommy Elikah erzählte, was ich auf seinem Anwesen gemacht hatte.

Doch nach ein paar Minuten funktionierte mein Verstand wieder. Ich zog die Pistole aus der Tasche und stellte mich in die Tür. Tommy hatte auf dem Stuhl Platz genommen, auf dem ich vorher gesessen hatte, um Elikah zu rasieren. Er befand sich also genau hinter Elikahs Kopf, und warum sollte ich ihn nicht gleich mit erledigen? Erst ihn, dann Elikah. Das wäre zwar nicht ganz so, wie ich es mir vorgestellt hatte, aber vielleicht wäre es so sogar besser. Zwei auf einen Streich.

Als sie mich in der Tür bemerkten, erstarrten sie. Tommys helle Augen sahen mich vollkommen teilnahmslos an. »Ich glaube, du wirst sie umbringen müssen«, sagte er, während das Wasser im Zuber schwappte und Elikah aufstehen wollte.

Ich hob die Pistole. Der Lauf war aus Silber und blitzte im Licht, das durchs Schlafzimmerfenster fiel. »Hinsetzen, oder ich schieße!« Der Abzugshahn drückte gegen meinen Zeigefinger, eine leichte Spannung, die mir gefiel.

Völlig verdutzt sank Elikah wieder ins Wasser.

»Bring sie um«, sagte Tommy. Er schlug die Beine übereinander, so daß die schönen, weichen schwarzen Stiefel in der Sonne glänzten.

Elikah glotzte mich an, ihm stand vor Schreck der Mund offen. Doch dann packte ihn der Stolz. »Bei Gott, das werde ich tun.« Abermals wollte er aufstehen, doch ich richtete die Waffe auf ihn und er setzte sich wieder hin, denn nun dämmerte ihm, daß ich sehr wohl wußte, wie man mit einem Derringer umging.

Tommy saß lässig da und sah Elikah verächtlich an.

»Ich weiß, daß Elikah es war, der geschnitten hat«, sagte ich zu Tommy. »Erschossen hat ihn Clyde, aber das spielt keine Rolle, er wäre sowieso verblutet. Wie kommt es eigentlich, daß Sie die Drecksarbeit immer anderen überlassen, Tommy? Soll Elikah ruhig ins Gefängnis kommen, Sie haben eine weiße Weste. Sie haben die anderen aufgehetzt, nicht wahr?« Was für eine Rolle Tommy Ladnier bei der ganzen Sache gespielt hatte, war mir erst klar geworden, als er vorhin in die Küche gekommen war.

»Du dummes Schwein.« Tommy packte Elikah so rasch und unerwartet bei den Haaren, daß mir vor lauter Schreck beinah die Pistole losgegangen wäre. »Du hast ihr alles erzählt, ja? Du mußtest dich damit brüsten. Hab' ich euch nicht gesagt, ihr sollt das Maul halten, aber nein, du mußtest wieder mal angeben.«

Elikah schüttelte Tommy ab. Er grinste niederträchtig. »Sie kann überhaupt nichts machen. Ganz egal, was ich ihr erzählt habe, sie darf nicht gegen mich aussagen.« Er strich sich mit der verbundenen Hand die Haare glatt. »Sie kann nichts machen. Sie ist meine Frau.«

Ich wußte, daß er recht hatte. Ich konnte nichts machen. Ich war Elikahs Frau, selbst wenn ich als Zeugin gegen ihn auftrat, meine Aussage wäre in jedem Fall wertlos.

»Man kann sie zwingen auszusagen.« Tommy war rasend vor eiskalter Wut. »Sie kann es trotzdem tun.«

»Niemand wird ihr glauben.« Elikah fand allmählich seine Selbstsicherheit wieder. Er planschte im Wasser herum, war fest entschlossen, aus dem Zuber zu steigen. Er wußte nur nicht, wie er es anstellen sollte, ohne sich dabei lächerlich zu machen.

»Wen interessiert das noch, wenn du tot bist?« sagte ich und merkte im selben Moment, daß ich nicht mehr überzeugend wirkte. Sie waren zu zweit. Zwei gegen einen. Sie glaubten mir nicht, daß ich sie erschießen würde.

Tommy schob den Stuhl zurück. Der Weg zum Zuber war frei. Er wollte mich provozieren. Im selben Moment zog Elikah die Beine an, stemmte sich hoch und ging in die Hocke. Sie sahen einander nicht an.

»Deine Frau scheint nicht zu wissen, wer der Herr im Hause ist.« Tommy setzte sich breitbeinig hin. »Und ich hab' immer gedacht, du wärst ein richtiger Mann, Mills.«

»Oh, Mattie ist ganz gefügig. Jetzt, wo diese McVay nicht mehr da ist, werden wir uns schon einig werden, Mattie und ich.« Elikah stand auf. Das Wasser tropfte von seinem Körper in den Zuber. Er war ein schöner Mann, selbst mit den blauen Flecken und den verbundenen Händen. Oberhalb des Magens spielten die Muskeln, und seine nasse Haut glänzte. Sein Glied war ziemlich steif, teils wegen der Gefahr, teils, weil er sich schon vorstellte, wie er mir das hier heimzahlen würde.

»Du hast recht, Elikah«, sagte ich so leise, daß es beim Platschen des Wassers kaum zu verstehen war. »Ich bin deine Frau.« Ich zielte genau auf seine Brust. »Dein Wort gegen meines, niemand würde mir glauben.«

Elikah grinste träge und selbstsicher. »Hab' ich dir doch gesagt, Tommy. Mattie macht uns keine Scherereien.«

»Nein, du Idiot, sie zielt bloß mit einer Pistole auf dich. Und du sagst, sie macht uns keine Scherereien.« Tommys Stimme klang brutal. »Wir sollten sie umbringen, dann wär' die Sache ein für allemal erledigt.«

»Nein.« Elikah streckte die Hand aus und hielt Tommy auf, der gerade auf mich losgehen wollte. »Nicht jetzt. Das wär' der einzige Grund für McVay und seine Frau, doch hier in der Stadt zu bleiben. Sie wollen nämlich weg. Sobald Doggett tot ist, gehen sie fort.« Elikah leckte sich die Lippen. In seinem Kopf ratterte es. Ich hatte ja schon immer gewußt, daß er ein durch und durch verschlagener Mensch war.

Tommy lehnte sich wieder zurück. »Daß du mir ja dafür sorgst, daß sie den Mund hält. Wie du das machst, ist mir egal, Hauptsache, du machst es. Die kann uns nämlich gewaltig in die Bredouille bringen.«

»Gib ihm die Pistole, Mattie.« Elikahs Stimme klang wie ein Peitschenhieb. »Gib sie ihm, sonst komme ich nämlich und nehme sie dir weg, und dann muß Tommy dich festhalten, wenn ich dich verprügele.« Er warf Tommy einen Blick zu. »Das würde dir doch sicher Spaß machen, was, Tommy?«

Ich senkte die Waffe und sah zu, wie den beiden das Siegerlächeln übers Gesicht kroch. Mit einer sicheren Bewegung, genau so, wie Jojo es mir gezeigt hatte, hob ich den Arm wieder und drückte ab. Ein Blutfleck breitete sich in Brusthöhe auf Tommy Ladniers weißem Hemd aus.

»Mattie! Großer Gott, Mattie!« Elikah sprang aus dem Zuber, er stieß sich mit den verbundenen Händen am Rand ab und wäre beinah ausgerutscht. »Großer Gott, Mattie!« Er packte Tommy, der zu Boden sank, und beide, Elikah glitschig von der Seife und dem Wasser, rollten über den Schlafzimmerfußboden. Elikah hielt Tommy in den Armen.

Tommy rang nach Luft. Sein Blick irrte durch den Raum, als hoffte er, irgendwo eine Rettung zu finden. Doch er war nicht mehr zu retten. Ich hatte ihn ins Herz getroffen, und mit jedem Schlag schoß ein Schwall Blut hervor. Elikah drückte die Hand auf die Wunde, doch das Blut rann zwischen seinen Fingern hindurch. Nur noch ein paar Sekunden, dann würde Tommy Ladnier tot sein.

»Vergiß nicht, Elikah, ich bin deine Frau. Wenn du gegen mich als Zeuge auftrittst, ist deine Aussage ebenso wertlos, wie es umgekehrt wäre.« Ich senkte die Pistole, trat zurück und hatte nur einen einzigen Gedanken. Ich hatte genau das getan, was John Doggett mir gesagt hatte. Ich hatte auf die Brust gezielt.

»Ich gehe jetzt zum Gefängnis rüber und hole Will und den Anwalt aus Hattiesburg her. Es wird sie sicher interessieren, daß Tommy Ladnier den Mord an den Spencers zugegeben und dich beim Baden angegriffen hat. Und als ich dir zu Hilfe kommen wollte, da ist er auf mich losgegangen.«

Elikah hielt Tommy Ladnier noch immer in den Armen. Es kam fast kein Blut mehr. Elikah starrte mich wütend an. »Eher sehe ich dich in der Hölle schmoren, als daß ich deinetwegen meineidig werde.«

Elikah würde einen Meineid schwören. Dafür würde ich sorgen. »Meinetwegen kannst du Will McVay ruhig die Wahrheit sagen, Elikah, nur, denk dran, Tommy Ladnier kann dich nicht mehr beschützen.« Mein Haß auf ihn brannte wie Feuer in mir. »Sobald John Doggett frei ist, lasse ich mich von dir scheiden.« Er wollte aufstehen, doch ich hob die Pistole. »Ich habe noch einen Schuß. Jojo hat mir Schießen beigebracht.« Ich zielte auf seinen Schritt. »Eigentlich wollte ich dir dahin schießen und dir dann erst den Rest geben, wenn du Zeit gehabt hast, an Floyd zu denken. Tommy Ladnier hat dir das Leben gerettet. Ich hoffe, du hast mich verstanden.«

Er hielt inne. Er starrte mich an und schien die Chancen abzuwägen.

»Du traust es mir wohl immer noch nicht zu? Sieh dir deinen Freund an.« Ich wartete, bis er den Blick von mir wandte. »Ich bin gleich wieder da.«

Plötzlich stand er auf. Tommy glitt ihm aus den Armen. Seine Augen waren geöffnet, doch sie sahen nichts mehr. »Keine Scheidung.«

Ich würdigte ihn keiner Antwort.

»Also gut, ich werde deine Geschichte bestätigen, aber Scheidung kommt nicht in Frage.«

Sein Blick widerte mich an. »Eher würde ich dich umbringen, als weiter mit dir verheiratet zu bleiben.«

Elikah schüttelte den Kopf. »Wenn du mich wirklich umbringen wolltest, hättest du es getan.«

O nein, da war er auf dem Holzweg. Ich hatte es nur nicht getan, weil Elikah der einzige war, der John Doggett retten konnte. Er hatte ja recht, mir würde man nicht glauben.

»Ich mache die Preise«, sagte er schnell. »Wir sagen, Tommy wollte mich umbringen, weil ich gewußt habe, daß er diese Familie da draußen kaltgemacht hat. Aber du bist ihm zuvorgekommen und hast ihn umgelegt. Dann lassen sie Doggett frei. Aber dafür wirst du bei mir bleiben.« Die Enden seines Schnurrbartes zitterten. »Als Ehepaar können wir nicht gegeneinander aussagen. Patt, meine Liebe.« Wieder spielte ein Zucken um seinen Mund, und dann sah ich, wie sich in seinen Augenwinkeln lauter kleine Fältchen zeigten. Er lachte mich aus.

»Ich will lieber in der Hölle schmoren, als mit dir leben.«

»Anders kriegst du Doggett nicht aus dem Gefängnis. In einer Stunde kann er frei sein. Die Leute in der Stadt werden mir die Sache mit Tommy schon abnehmen. Und Sheriff Grissham muß mir glauben, dem bleibt gar nichts anderes übrig.«

»Und Floyd?«

Elikah zuckte mit den Schultern. Er machte sich nicht mehr die Mühe, sein Grinsen zu verbergen. »Den kann Tommy auch gleich noch mit auf seine Kappe nehmen, falls wirklich einer auf den Gedanken kommt, den Fall zur Anklage zu bringen.«

»Ich werde nicht bei dir bleiben.«

»O doch. Das ist der Preis. Daß du hierbleibst.« Er schritt über Tommys Leiche hinweg, ging zum Bett und nahm das Handtuch, das ich ihm bereitgelegt hatte.

»Ich hasse dich so sehr, daß ich dich auf der Stelle umbringen könnte.«

Er trocknete sich die Haare ab, dann die Arme und die Schultern. Selbstsicherer denn je. »Aber du wirst es nicht tun. Jedenfalls nicht heute. Heute brauchst du mich nämlich. Und bis morgen habe ich ein Papier, in dem alles drinsteht, und wenn mir dann irgendwas zustoßen sollte, wird man dir die Schuld geben.«

Er sah mich nicht an. Er tat, als ob ich Luft wäre. Die Falle, die er mir gestellt hatte, war noch besser als meine. Ich konnte ihn natürlich umbringen, aber dann käme John nicht frei. Der einzige, der dafür sorgen konnte, daß man ihn laufenließ, war Elikah, doch dazu mußte ich ihn am Leben lassen. John Doggetts Leben war mir wichtiger als meine Freiheit. Das wußte Elikah. Er brauchte gar nicht zu bluffen.

»Warum tust du das? Ich hasse dich. Warum willst du, daß ich bei dir bleibe? Du haßt mich doch genauso wie ich dich.«

Er drehte sich langsam zu mir herum. Das Grinsen war verschwunden. An seine Stelle war der Ausdruck eines so abgrundtiefen Hasses getreten, daß ich erschrocken zurückwich. »Genau darum. Damit ich's dir heimzahlen kann, jeden Tag. In ganz kleiner Münze. Es wird mir ein Vergnügen sein, dir Tag für Tag das Leben zur Hölle zu machen.« Jetzt war das großkotzige Grinsen wieder da. »Diese McVay, dieses Luder, die ist am Ende, die hat sich abgesetzt. Die ist weg, und du bleibst hier als meine Frau.«

»Warum haßt du mich so?« platzte ich heraus. »Ich hab' mir Mühe gegeben, ich wollte dir eine gute Frau sein. Am Anfang hab' ich es ehrlich versucht. Ich wollte dir gefallen, dich glücklich machen. Du hast mich vom ersten Tag an gehaßt. Warum?«

»Weil du das Gute in mir hervorholst, Mattie.« Er nahm das

Hemd, das ich für ihn gebügelt hatte, und zog es an. »So, und nun hilf mir beim Zuknöpfen. Ich muß schließlich angezogen sein, wenn du mit Will herkommst. Ach ja, und damit die ganze Sache glaubwürdiger wird, solltest du vielleicht ein bißchen schreien und heulen, wenn du zum Gericht rennst. Dafür, daß du in Notwehr jemanden erschossen hast, bist du ein bißchen zu gelassen.«

Kapitel 40

John Doggett stand auf dem Bahnsteig von Mobile. In der Hand hielt er seine Fahrkarte nach New Orleans, und in dem Koffer rechts neben ihm befand sich seine gesamte Habe. Keine zehn Meter entfernt fauchte und pufft e der Zug und wartete ungeduldig, daß endlich alle Passagiere eingestiegen waren und er sich wieder in Bewegung setzen konnte. John war der letzte.

»Möchten Sie mir noch etwas sagen, soll ich JoHanna etwas ausrichten?« fragte ich ihn. John würde mich weder bitten, ein heimliches Rendezvous zu arrangieren, noch würde er mich anflehen, ihr zu sagen, wie sehr er sie brauchte. Dazu war er viel zu stolz. Immerhin hatte Will sich für ihn eingesetzt. Aber wichtiger noch als sein Stolz war ihm JoHannas Glück.

Er schüttelte den Kopf, und sein Blick verriet mir nur zu deutlich, daß er in Gedanken schon gar nicht mehr hier war. »Es ist alles gesagt.«

»Und Duncan?«

»Sagen Sie ihr, sie soll nicht vergessen, beim Hunter's Moon an den Pascagoula zu gehen und den Gesang meines Volkes zu hören. Und sagen Sie ihr, sie soll groß und stark werden und tanzen.« Er schaute an mir vorbei ins Leere.

»In New Orleans wird es Ihnen bestimmt gefallen, John. Ein guter Ort für einen Schriftsteller.«

Er trat auf mich zu und legte mir die Hände auf die Schultern. »Passen Sie gut auf sich auf, Mattie. Ich habe keine Ahnung, wie Sie es fertiggebracht haben, mich da rauszuholen, aber ich weiß, daß ich Ihnen mein Leben verdanke.«

»Nein.« Ich schüttelte den Kopf. »Sie haben mir nichts zu verdanken.«

»Falls Sie mal nach Natchez zu JoHanna und Duncan fahren, nehmen Sie doch den Dampfer nach New Orleans und kommen Sie mich besuchen.«

»In nächster Zeit werde ich gewiß nirgendwohin reisen, John.«

Er preßte kurz die Lippen aufeinander. »Warum bleiben Sie bei diesem Mann, Mattie?«

Wie sollte ich es ihm erklären? Elikah und ich waren auf Leben und Tod aneinandergekettet. Zusammengeschweißt durch einen Pakt, der stärker verband als jedes Ehegelübde. »Ich tue, was ich tun muß, John, was mir mein Gefühl sagt. Genau wie Sie. Und wie Will.«

John nickte seufzend. »Dann ist er also nach Natchez gefahren?«

»Er ist heute morgen abgereist.«

Er brachte es nicht über sich zu sagen, daß es gut sei. Seine Liebe zu JoHanna war genauso hoffnungslos wie meine Liebe zu Will. Ich glaube sogar, John litt noch mehr als ich, denn JoHanna hatte seine Liebe erwidert, er wußte, was er verloren hatte. Ich aber hatte nichts als meine Wunschträume. JoHannas Liebe war grenzenlos und schloß alle ein. Sie hatte sie unter uns verstreut wie Perlen. Ich legte John die Hand auf die Wange. »Passen Sie auf sich auf, John.«

Ich sah, wie der Schaffner den Arm hob, um das Signal zur Abfahrt zu geben. »Einsteigen bitte!« rief er und hob abermals den Arm.

»Werden Sie mir schreiben?« fragte er.

Ich nickte. Ich freute mich über seine Frage. Wenn wir schon nicht mit JoHanna zusammensein konnten, so konnten wir einander doch wenigstens unsere Erinnerungen mitteilen. Er nahm seinen Koffer und ging los.

»Und Sie geben mir Nachricht, wenn Sie etwas von JoHanna und Duncan hören?«

»Ich schreibe Ihnen alles, was ich höre.« Er lief zum Zug, und ich eilte neben ihm her. Sein Gang ähnelte dem von JoHanna. Lange, entschlossene Schritte. Ich brauchte mir keine Sorgen um ihn zu machen. Daran mußte ich glauben, denn es gab mir Hoffnung, auch für mich selbst.

»Ach, Mattie!« Er zog mich mit dem freien Arm an sich. »Denken Sie immer an die Tage, die wir in Fitler am Fluß verbracht haben. Und denken Sie daran, daß der Fluß uns verbindet. Wir werden immer wieder hierher zurückkehren, und jeder von uns hat seine eigenen Gründe dafür. Der Fluß wird Ihnen Ihre Freiheit zurückgeben, Mattie.« Er küßte mich auf die Wange und sah mich mit seinem klaren Blick an, der von einer anderen längst vergangenen Zeit und von einem Ort, weit fort von hier, erzählte. »Das hat mir Duncan gesagt.«

Ich drückte ihn ganz fest. »Auf Wiedersehen«, flüsterte ich, ließ ihn los und rannte fort. Am Ende des Bahnsteigs angelangt, drehte ich mich noch einmal um. Er war verschwunden. Der Zug tutete, spie dicke Rauchwolken und setzte sich in Bewegung.

Jeb Fairley wartete vor dem Bahnhof auf mich. Er hatte John und mich mit dem Wagen hergefahren, um sicherzugehen, daß man John, bevor er einstieg, nicht erneut festnahm. In Jexville und Umgebung waren die Leute nämlich keineswegs von Johns Unschuld überzeugt, und darum hatten Jeb, Will, der Anwalt und ich beschlossen, John in den ersten Zug nach New Orleans zu setzen – sicherheitshalber, falls Elikah auf die Idee käme, seine Aussage zurückzunehmen. Sheriff Grissham war äußerst enttäuscht gewesen. Da war er nun extra nach Ellisville gefahren und hatte den elektrischen Stuhl geholt, und jetzt war keiner da, den er daran festschnallen konnte.

Wir sahen dem Zug nach. Jeb schüttelte den Kopf. »Ach, kleine Mattie, es wär' besser gewesen, Sie wären mit ihm gefahren. Ich weiß, daß er ein anständiger Mensch ist. Und er hat Sie gern.«

Ich setzte mich in den Wagen und ließ meinen Tränen freien Lauf. »Sie hätten mich gejagt wie einen tollwütigen Hund.« Ich versuchte zu lächeln, doch es ging nicht.

Jeb zog ein sauberes Taschentuch aus der Jackentasche, gab es mir und strich mir über den Arm. »In Jexville sind Sie nicht gut aufgehoben. Mag ja sein, daß Elikah Ihnen versprochen hat, sich zu ändern, aber er wird es nicht tun. Und jetzt, wo JoHanna und Will Sie nicht mehr beschützen, kann er Ihnen sonstwas antun.«

Ich sah Jeb an. Er war ein freundlicher alter Mann. Ein guter Mensch. Was hielt ihn denn noch in Jexville, abgesehen von der großen Magnolie in seinem Garten? Er hatte Geld gespart, er konnte sich genausogut woanders niederlassen. »Und warum bleiben Sie hier?«

Er zuckte mit den Schultern. »Ich weiß es nicht. Ich hab' keine Ahnung.« Er ließ den Motor an, und wir fuhren zurück nach Jexville. »Die anderen Städte, die ich kenne, sind halt auch nicht viel besser. Der Mensch ist ein Tier, dem ich nicht so recht zutraue, daß es sich über seine Natur erheben kann. Jexville ist so gut oder so schlecht wie jede andere Stadt. In mancher Hinsicht vielleicht sogar besser.«

»Werden Sie Tante Sadie heiraten?«

»Das ist wieder mal typisch Frau. Sie denken immer, so eine Hochzeit kittet alles wieder zusammen.«

»Werden Sie's tun?«

»Fragen werd' ich sie schon. Vielleicht will sie mich ja gar nicht.«

»Ich wette, sie will.«

»Vielleicht sind wir schon zu alt, um uns noch aneinander zu gewöhnen.« Er sah mich nachdenklich an. »Sie wollte nicht mit JoHanna nach Natchez gehen, aber nach Jexville würde sie auch niemals kommen. Ich werd' wohl nach Fitler ziehen müssen, und wer kümmert sich dann um Sie, Mattie?«

»Elikah wird mich nicht mehr schlagen. Nie mehr, Jeb. Das kann ich Ihnen versprechen.« Ich wischte mir die Tränen ab und lehnte mich zurück.

Der alte Ford rumpelte über die Schienen des Güterbahnhofs und fuhr auf eine gepflasterte Straße. Es lag noch ein ganz schönes Stück Weg vor uns, und ich wollte meine paar Stunden Freiheit genießen. Der kalte Fahrtwind wehte mir ins Gesicht. Ich war nicht so dumm zu glauben, daß es zwischen Elikah und mir wirklich gutgehen könnte. Was uns zusammenhielt, war Haß und das Verlangen, uns gegenseitig zu bestrafen. Und seltsamerweise fand ich es gut so, besser als früher. Ich mußte mir keine Mühe mehr geben, ihm zu gefallen. Ich konnte meine Tage damit verbringen, ihn soviel wie möglich zu quälen. Gott hatte Elikah einen Schutzengel geschickt, ich aber war der Engel der Rache, eigens dazu da, ihn zu peinigen. Krankheit, Heuschrecken, Ströme von Blut; ich war zum äußersten entschlossen. Das war zwar nicht das Leben, das ich mir wünschte, aber ich würde es ertragen.

Eines wußte ich: Es würde Elikah nie gelingen, mich zu beugen oder gar zu zerbrechen.

»Eines würde ich gern von Ihnen wissen, Mattie.«

Jebs Stimme holte mich in die Gegenwart zurück. »Nämlich?«

»Diese Träume, die Duncan gehabt hat, diese Hellseherei. Wodurch sind die eigentlich ausgelöst worden?«

Darüber hatte ich selbst schon mehr als einmal nachgedacht. »Es begann an dem Tag, als sie vom Blitz getroffen wurde, damals, als sie auf Annabelle Lees Geburtstag Charleston getanzt hat.«

»Ansel Wells hat auch der Blitz getroffen; er ist davon blind geworden.«

Wir hatten den Geruch des Mobile River hinter uns gelassen, den süßen Duft nach reifem Obst in den Docks und nach dem Wasser, das sich mit schwerem Mutterboden vereinigte. Wir fuhren auf der von Bäumen gesäumten Allee dahin, die später auf die alte Bundesstraße stieß, die nach Jexville führte und von dort weiter nach Natchez, wo die McVays jetzt wohnten.

Als ich nicht antwortete, begann Jeb wieder zu sprechen. »Letztes Jahr hat der Blitz drei von Oscar Files Kühen erschlagen. Er sagt, ihr Blut war regelrecht verschmort.«

Ich schaute aus dem Fenster. Stolze Häuser mit breiten Veranden huschten vorüber, groß genug, um auf einer Plantage zu stehen, doch die Anwesen waren winzig. Und dabei sollte man doch meinen, Leute, die reich genug waren, sich solche Häuser bauen zu lassen, müßten es sich auch leisten können, die entsprechende

Menge Land zu kaufen, damit das Ganze nicht so überfüllt, so zusammengepfercht aussah. Ich mußte an die Grenzinseln mit ihren kleinen Holzhütten denken, die auf den Golf blickten. Ich sehnte mich danach, irgendwo zu leben, wo der Wind frei und ungestüm wehte und die Wellen an den reinen, weißen Sandstrand klatschten. Diese Häuser mochten noch so elegant sein, aber mit den Nachbarn beinah Tür an Tür zu wohnen, das war nichts für mich.

»Was denken Sie, Mattie, wie kommt es, daß Duncan weder blind noch taub geworden ist, sondern seitdem im Traum die Zukunft vorhersehen kann?«

Ich konnte nicht länger so tun, als ob ich ihn überhörte. Er würde ja doch nicht lockerlassen. Außerdem fragte er nicht aus blanker Neugierde, wie ich es von Janelle gewohnt war. »Floyd hat immer gesagt, es sei eine Gabe.«

»Und wie sieht Duncan die Sache?«

Da war ich mir nicht sicher, doch ich hatte eine Theorie. »Duncan hat sich nie vor diesen Träumen geängstigt. Sie hat sie als gegeben hingenommen. Manche hat sie besser verstanden, andere nicht so gut, und wenn sie meinte, daß es ernst war, zum Beispiel bei Mary Lincoln oder bei Red, hat sie versucht, die Leute, die es anging, zu warnen. Da war nichts Böses und nichts Niederträchtiges dabei. Sie hat sich diese Träume nicht herbeigewünscht, aber Angst hatte sie auch nicht davor.«

»Hat sie denn noch mehr von den Träumen gehabt?«

Ich hatte ganz vergessen, daß wir niemandem von den Toten an der Red Licorice Road erzählt hatten, von jener Familie Spencer, die die Geldnot zur Verzweiflung und in den Wahnsinn getrieben hatte. Es war wohl besser, jetzt nicht davon anzufangen. Aber von dem Mann an der Brücke konnte ich ihm ruhig erzählen, fand ich. »Ja, einen noch, der einzige, der ihr doch angst gemacht hat. Wir dachten, er hätte mit Mr. Senseney zu tun, dem Mann, der die Brücke bauen wollte. Duncan hat immer wieder einen Toten an den Brückenpfeilern in Fitler gesehen, einen Mann, der genau solche Stiefel anhatte, wie Jacob Senseney sie früher getragen hat. Der Mann wollte Duncan irgendwas sagen, und das hat sie geängstigt.

»Was hat er denn gesagt?«

Ich zuckte mit den Schultern, doch dann merkte ich, daß er es nicht sehen konnte, da er den Blick auf die Straße gerichtet hatte. »Ich weiß nicht, Jeb. JoHanna hatte Angst, Duncan sehe ihren eigenen Tod voraus.«

»Und Sie, Mattie, was haben Sie gedacht?«

»Daß Duncan sich vor diesem einen Traum wirklich gefürchtet hat und daß es daran lag, daß wir nie richtig herausgefunden haben, wie alles zusammenhing. Aber wahrscheinlich kam es daher, daß der Traum von der Vergangenheit handelte. Vielleicht wollte der alte Mr. Senseney ihr erzählen, was ihm zugestoßen ist. Es gibt wohl Rätsel, die nicht dafür bestimmt sind, gelöst zu werden.«

Das Gespräch machte mich traurig. Ich hatte schreckliche Sehnsucht nach Duncan und JoHanna, eine Sehnsucht, die mir beinah körperlich weh tat, viel mehr als jeder Schmerz, den Elikah mir zugefügt hatte. Ich richtete den Blick wieder auf die vorübergleitende Landschaft. Sie kam mir jedesmal neu und unbekannt vor, obwohl ich schon öfter in Mobile gewesen war. Wir hatten inzwischen das elegante Viertel hinter uns gelassen und fuhren durch die Vorstadt. Hier waren die Häuser kleiner und die Grundstücke größer. Die herbstlichen Gärten, in denen Rüben und Kürbisse wucherten, erinnerten mich an JoHannas Garten. Ob sie das Haus verkaufen würden? Ich hatte nicht danach gefragt. Wahrscheinlich wollte ich es gar nicht so genau wissen. Solange ich darüber keine Gewißheit hatte, konnte ich mir immer einbilden, daß sie vielleicht eines Tages wiederkämen.

Jeb räusperte sich, um meine Aufmerksamkeit erneut auf sich zu lenken. »Meinen Sie, in Natchez hat Duncan auch solche Träume?«

Auch darüber hatte ich schon selbst nachgedacht. »Ich weiß es nicht, Jeb.«

»Wenn nicht, wär' das Leben für die McVays nämlich entschieden leichter.«

Ich mußte lächeln. »Vielleicht, vielleicht auch nicht. Für JoHanna kann das Leben jedenfalls nur leichter werden, wenn sie sich nicht mehr so viele Gedanken machen würde, wenn sie nicht mehr immerzu aus der Reihe tanzen müßte.« Mein Lächeln wurde noch intensiver. »Aber das wird wohl nicht passieren. Im Moment leidet sie zwar und ist furchtbar niedergeschlagen, aber ich glaube, sie kann sich genausowenig ändern, wie Duncan etwas gegen ihre Träume machen kann.«

Jeb fuhr schweigend weiter und dachte darüber nach, was ich gesagt hatte. JoHanna würde es überleben. Sie war stark. Sie hatte eine Niederlage hinnehmen müssen, aber sie war nicht besiegt, noch lange nicht. Und allein dafür hatte sich alles gelohnt.

Kapitel 41

Und so ist es unserem Frauenverein gelungen, über fünftausend Pfund Buntmetall zu sammeln. Nächsten Samstag kommt ein Lastauto aus Mobile, um die Früchte unseres Fleißes hier abzuholen und sie der Rüstungsindustrie zuzuführen.« Janelle nickte und strahlte die fünfzehn höflich Beifall klatschenden Frauen im Raum an.

»Auch unser Kuchenbasar und die Spendenaktion am letzten Samstag waren außerordentlich erfolgreich.« Janelle zögerte. Die Jahre hatten bei ihr deutliche Spuren hinterlassen. Fett war sie geworden um Hüften und Bauch, und die großen Augen, die früher immer vor Neugierde und Tratschlust geglänzt hatten, waren nun stumpf von all den Enttäuschungen in ihrem Leben. »Ganz besonders müssen wir uns bei Mattie Mills bedanken, die, äh, das Theatergastspiel organisiert hat. Die Schauspieler waren wunderbar; wir sind sehr froh, daß es Mattie gelungen ist, sie aus New Orleans hierher einzuladen. Auch das Stück war, äh, sehr dramatisch. Matties Markenzeichen.«

Der Applaus war mehr als spärlich, doch ich bedankte mich mit artigem Lächeln und sah dann zum Fenster hinaus. Gegen Mittag hatten sich die ersten Gewitterwolken am Himmel zusammengeballt, und inzwischen war der Horizont im Osten nur noch eine dunkelgraue Masse, die aussah, als zöge sie den Abend hinter sich her. Aprilgewitter sind normalerweise kurz und heftig. Ich blickte auf meine Uhr und hoffte, das Wetter würde sich noch ein bißchen halten, damit ich rechtzeitig nach Hause kam. Wenn nicht, würde ich noch eine halbe Stunde länger hier auf dieser Versammlung ausharren müssen – eine gräßliche Vorstellung.

»So, und nun zu dem Siegespark, den wir in unserer Stadt anlegen wollen. Mr. Elmo hat das Grundstück bereits gepflügt; Sie haben hoffentlich alle unsere Liste mit den Pflanzen bekommen, die mitgebracht werden sollen.« Janelle ließ den Blick durch den Raum schweifen und stellte befriedigt fest, daß alle zustimmend nickten. Sie war ein echtes Organisationstalent, eine, die zwar selber nicht viel mit anpackte, es aber meisterhaft verstand, alle anderen zur Arbeit anzutreiben. Alle außer mir. Dabei wußte die ganze Stadt, daß ich, abgesehen von meiner Halbtagstätigkeit als Gerichtsstenographin, die letzten zwanzig Jahre keinen Handschlag gemacht hatte. Ich saß immer nur vorn auf meiner Veranda auf der Schaukel, hörte Schallplatten oder las merkwürdige Zeitschriften, die mir der Postbote brachte, zusammen mit großen Paketen aus aller Welt. Und ich schrieb Briefe. Mindestens einen am Tag. Und sammelte sie, bis ich eine Möglichkeit hatte, nach Fitler oder Mobile zu kommen und sie von dort abzuschicken.

»Mrs. Stewarts Sohn ist heute früh nach Jackson gefahren, wo er in die Navy aufgenommen wird. Wir sind sehr stolz auf unsere tapferen Jungs, die ausziehen, um gegen die Deutschen und die Japaner zu kämpfen …« Janelle mußte einen Moment innehalten. Ihr eigener Sohn war draußen auf dem Pazifik. Sie hatte noch nicht verkraftet, daß er gegangen war und daß sie nun jeden Tag um sein Leben bangen mußte. Einen Augenblick lang empfand ich Mitleid mit ihr und eine grimmige Freude darüber, daß ich mir solche Sorgen vom Leib gehalten hatte.

Doch Janelle hatte sich bald wieder gefangen. »Jedenfalls sollten wir Mrs. Stewart zeigen, daß wir an sie denken. Ein einfacher Anruf kann in so einem Moment eine große Hilfe sein; ich spreche da aus eigener Erfahrung. Außerdem würde ich vorschlagen, daß wir ihr ein Sternenbanner für ihr Fenster schicken, damit jeder weiß, daß aus dieser Familie jemand im Krieg ist.« Sie verbiß sich die Tränen. »So, und damit wäre ich am Ende des geschäftlichen Teils angelangt. Wir kommen jetzt zum gemütlichen Teil. Carrie hat uns eine köstliche Brombeertorte gebacken; die Brombeeren dafür hat ihre kleine Carol Beth eigenhändig gepflückt. Und dazu gibt es selbstgemachtes Eis von Annabelle Lee Adams, geborene Leatherwood.« Janelle verließ das Podium und fächelte sich mit ihrem Programm Luft zu, obwohl es in dem geräumigen Wohnzimmer der Kittrells gar nicht so warm war. Carrie Kittrell war das jüngste Mitglied des Jexviller Frauenvereins. Sie wohnte erst seit kurzem in der Stadt; ihr Mann hatte Doc Westfalls Praxis übernommen. Ich merkte, wie sie mich musterte, und wußte, man hatte sie vor mir gewarnt.

Ich lächelte sie an, so daß sie nicht anders als wegsehen konnte. Plötzlich tat es mir leid. Sie war etwa in meinem Alter und sah nett aus. Vielleicht hätte ich mich mit ihr anfreunden können, aber das durfte ich nicht zulassen. Ich hatte mich für ein Leben entschieden, in dem kein Platz für Freundinnen war. Wenn ich die Tür, hinter der meine Gefühle eingesperrt waren, auch nur einen winzigen Spaltbreit öffnete, wäre ich nicht mehr imstande, dieses Leben, das ich mir aufgebaut hatte, aufrechtzuerhalten. Und wie würde es dann weitergehen? Ich hatte die Briefe, die ich von JoHanna und Duncan, von Will und John bekam. Die kurzen Mitteilungen von Callie, die inzwischen fünf Kinder hatte, und von Lena Rae mit ihren zwei Söhnen. Das war das äußerste an Gefühlen, das ich ertragen konnte, und das auch nur, weil sie alle weit weg von Jexville waren.

Mama war letztes Frühjahr gestorben, und ob Jojo noch lebte, wußten wir nicht. Ich betete, daß er sehr, sehr alt werden sollte. Er hatte ein langes Leben verdient, denn ich war zu der Überzeugung gelangt, daß Langlebigkeit die schwerste Strafe war, die man sich denken konnte.

»So, nehmt Platz, meine Lieben, damit wir servieren können«, sagte Agnes Leatherwood. Sie war nur mehr ein Schatten ihrer selbst, ein bleiches, ausgemergeltes Gespenst, das von Jahr zu Jahr fahler und dünner wurde. Sie lebte bei ihrer Tochter und dem Schwiegersohn, immer noch in demselben Haus in der Redemption Road, in dem ich zum erstenmal JoHanna und Duncan begegnet war.

Ich legte mein Täschchen und die Handschuhe aufs Sofa, stand auf und ging in die Küche, um meine Hilfe beim Servieren anzubieten. Sie würden ohnehin dankend ablehnen. Genauso wie sie mein Angebot abgelehnt hatten, die übliche Dienstagsversammlung auch einmal in meinem Haus abzuhalten. Als Vereinsmitglied war ich zwar geduldet, aber nur am Rande, zum harten Kern gehören durfte ich nicht. Es war schon lustig, wie sie sich mir gegenüber verhielten. Ich war die Außenseiterin, die Unruhestifterin, ich hatte sozusagen JoHannas Rolle übernommen, aber ich war nicht so verhaßt, wie JoHanna es gewesen war. Weil sie vor mir keine Angst hatten.

Vor mir brauchten sie sich nicht zu fürchten, weil sie sich durch mich nicht bedroht fühlten. Ich hatte weder JoHannas Kraft noch ihre Fähigkeit zu lieben. Ich hatte auch nicht ihre Lebenslust, und wozu sollten sie ihren Haß an eine Tote verschwenden?

Diese plötzliche Erkenntnis war so bitter, daß ich fast wieder umgekehrt wäre, doch ich riß mich zusammen und ging tapfer in die Küche.

»Kann ich dir mit dem Eis helfen?« fragte ich und wollte nach Eislöffel und Schneebesen greifen, doch Annabelle Lee zuckte erschrocken zurück, als hätte sie Angst, sich an meinen roten Fingernägeln zu verbrennen.

»Nein. Nein, sonst verdirbst du dir noch das Kleid.« Den Löffel in der Hand, starrte sie mich an. Ihr Mund war leicht geöffnet. Und hinter ihr stand ihre Mutter.

»Ein interessantes Kleid, das du da anhast, Mattie.« Janelle stand plötzlich neben mir. »Ich hab' gar nicht gewußt, daß sich die kriegsbedingten Einsparungen neuerdings auch schon auf die Stoffmenge pro Kleid auswirken.«

»Keine Bange, Janelle. Die größeren Größen kriegen Extrazuteilungen. Aber für unsere Jungs an der Front nehm' ich gern jede Entbehrung in Kauf.« Das rote Kleid hatte mir JoHanna aus New York geschickt. Es war ärmellos, hauteng, und der Rock endete eine Handbreit über dem Knie. Daß man so mit dem Stoff geknausert hatte, mochte in der Tat am Krieg liegen, aber daß es rot war, das lag an JoHanna. Ich lächelte strahlend in die Runde. »Ich hab' gerade ein ganz entzückendes kleines Kleid bekommen. Man kommt sich darin vor wie in einem Spielanzug, und es ist in der Taille zu schließen. Ich finde es wahrlich meisterhaft, wie die amerikanischen Modeschöpfer es verstehen, die kriegsbedingten Einsparungen kreativ umzusetzen. Ich möchte nicht gern zu den Frauen gehören, die für ein Alltagskleid einen Reißverschluß vergeuden.«

Janelle war knallrot geworden. Über ihrer Oberlippe hatten sich Schweißperlen gebildet, und sie benutzte das Programm erneut als Fächer. Janelle und Vernell waren nach wie vor eng mit Elikah befreundet. Sie bedauerten ihn, weil er so eine unmögliche Frau hatte, eine Frau, die ihm keine Kinder schenkte und ihn nicht mal bekochte. Eine Frau, die ihre Zeit mit der Lektüre von Zeitschriften verplemperte und dermaßen skandalöse Kleider trug, daß sich jeder nach ihr umsah.

»Als Elikah heute bei uns zum Frühstück war«, sagte sie laut, damit es auch jeder hören konnte, »hat er gesagt, daß er sich freiwillig melden will. Er hat gehört, daß bei der Infanterie noch Sanitäter gebraucht werden. Auf dem Gebiet hat er ja schon immer Talent gehabt, und darum will er einrücken und mithelfen, daß wir den Krieg gewinnen.« Janelles Gesicht hatte sich wieder abgekühlt, nicht aber ihre blauen Augen. »Er hat schon seine Sachen gepackt, sagt er.«

Janelles Neuigkeiten hatten mir die Sprache verschlagen. Das kam völlig unerwartet, so ganz aus heiterem Himmel. Elikah war über vierzig. Er war zwar immer noch schlank und gesund, ein schöner Mann, von außen betrachtet. Aber er war so unpatriotisch wie nur irgendeiner und viel zu feige, seine Haut zu riskieren. Das war doch alles leeres Gerede, er wollte sich nur gern als edler Ritter feiern lassen.

»Das ist doch wohl nicht sein Ernst.« Agnes Leatherwood starrte mich an. »Und wenn er nun umkommt? Die Nazis, die fackeln nicht lange, die töten jeden, die Sanitäter genauso wie die Soldaten.«

Ich zuckte mit den Schultern. »Ich finde, das wär' mal eine noble Geste. Es wär' doch eine Schande, wenn Elikah seine Talente weiter brachliegen ließe, wo die Jungs ihn doch so nötig brauchen.« Ich nahm mein Zigarettenetui aus der Tasche, aus der einen, die man noch im Kleid oder am Hemd haben durfte. Das goldene Etui mit dem eingearbeiteten Feuerzeug war aus London, ein Geschenk von Duncan, die dort vor dem Krieg als Tänzerin aufgetreten war.

»Soll das heißen, daß er nicht mit Ihnen darüber geredet hat?« Agnes war wieder mal meinem Eheleben auf der Spur. Wenn es in Jexville gar nichts mehr zu tratschen gab, konnte man sich immer noch über Mattie und Elikah das Maul zerreißen. »Er überlegt, ob er sich freiwillig melden soll, und sagt Ihnen nichts davon?«

Ich lächelte träge und blies eine dünne Rauchsäule in die Luft. »Warum sollte er? Elikah weiß selbst am besten, was er zu tun und zu lassen hat.« Ich zuckte mit den Schultern und zog wieder an meiner Zigarette. »Er braucht nichts mit mir zu bereden. Ich bin mit allem einverstanden, was er sagt und tut. Und wenn mein Mann in den Krieg ziehen will, dann ist das sicher genau das richtige für ihn.«

»Wollen Sie nicht Ihre Zigarette ausmachen und ein bißchen Eis essen?« Agnes schob mir ein Schälchen hin, was ich geflissentlich übersah. »Sie sind ja dünn wie eine Bohnenstange. Eine Frau muß doch ein bißchen Fleisch auf den Knochen haben, wenn sie in die Jahre kommt.« Sie sah mich vielsagend an.

»Du warst schon immer zu dünn.« Janelle verbarg ihre Wut hinter einer besorgten Miene. »Ich hab' mir immer gedacht, wenn du ein bißchen mehr zuzusetzen hättest, dann hättest du bestimmt auch Kinder kriegen können. Aber das war von Gott wohl nicht bestimmt.«

An Janelles Gemeinheiten hatte ich mich längst gewöhnt. Sie taten mir nicht mehr weh.

Ich bastelte noch an meiner Retourkutsche, als Nell Anderson in die Küche kam. »Kann ich euch mit der Torte und dem Eis irgendwie helfen?« fragte sie ganz ruhig, trotzdem war allen sofort klar, daß die anderen, die im Wohnzimmer sitzen geblieben waren, sie geschickt hatten. Offenbar hatte die ganze Gesellschaft unser Wortgeplänkel mit angehört.

»Wir sind schon fertig«, erwiderte Annabelle Lee und marschierte los, in jeder Hand ein randvolles Schälchen. Als Agnes weitere Portionen brachte, kam aus dem Wohnzimmer begeistertes Ah und Oh.

»Wie geht es Ihnen, Mattie?« Nell trat näher. Sie hielt sich kerzengerade und hatte inzwischen schlohweißes Haar. Ihr Ältester war in der Normandie umgekommen, und die Trauer hatte sie über Nacht altern lassen.

»Gut, Nell. Und Ihnen?«

»Danke. Mir geht's auch gut. Was gibt's Neues von JoHanna?«

»Sie ist mit Will in Washington.« Nells Interesse schien aufrichtig zu sein, doch ich hatte gelernt, nie mehr preiszugeben als die nackten Tatsachen.

»Und Duncan? Hat sie eigentlich wieder angefangen zu tanzen nach dem Kind?«

»Sie ist in New York.« Ich lächelte. »Sie macht mächtig Furore. Und die kleine Clair tanzt auch schon, obwohl sie noch Windeln trägt. Genau wie Duncan früher.«

»Sie fehlen mir, diese McVays. Nun sind sie schon zwanzig Jahre fort, und immer noch fehlen sie mir.« Nell lächelte ebenfalls, und plötzlich durchfuhr mich ein so heftiger Schmerz, daß ich dachte, die Erinnerung zerreißt mir das Herz.

Nell fuhr fort, als ob sie meine Gedanken erraten hätte: »Ich weiß noch, wie ich Sie das erste Mal gesehen hab', Mattie. Bei Agnes. An dem Tag, als Duncan vom Blitz getroffen wurde.«

Annabelle Lee kam zu uns und gab Nell ein Schälchen Eis. Ehe ich es verhindern konnte, hatte sie mir auch eines in die Hand gedrückt. »Da, Mattie, probier wenigstens mal«, sagte sie und verzog sich wieder.

»Wir waren damals alle in der Küche und haben das Eis verteilt. Duncan war im Hof und hat sich das Herz aus dem Leib getanzt. Wissen Sie, ich hab' nach dem Blitz wirklich gedacht, sie sei tot.«

Draußen grollte der Donner. Die regenschweren Wolken grummelten böse vor sich hin. Ich spürte die Kälte des Eisschälchens in der Hand, und plötzlich wehte ein kühler Wind durch das geöffnete Küchenfenster herein. Ich fröstelte.

»Alles in Ordnung, Mattie?« Janelle stellte ihr Schälchen hin und faßte nach meinem Ellbogen. »Du bist ja auf einmal leichenblaß geworden.«

»Mir fehlt nichts.« Ich hielt krampfhaft das Schälchen fest. Dann reichte ich es Nell, die es mir abnahm, indem sie einen Finger nach dem anderen zurückbog, und es auf den Küchentisch stellte.

»Was haben Sie denn?« Sie nahm meine Hand und rieb sie, bis die Starre aus meinen Fingern gewichen war.

Ich schüttelte den Kopf.

Sie hielt immer noch meine Hand fest, und ihr Blick verriet mir, daß sie ahnte, wie mein Leben in Wirklichkeit aussah. Es war kein mitleidiger Blick, sondern ein besorgter. »Was ich Ihnen erzählen wollte, Mattie, darum bin ich überhaupt hier reingekommen, ich hab' neulich einen Artikel über diese Inseln da draußen vor der Küste gelesen, von denen Sie so oft sprechen. Wußten Sie schon, daß die Regierung angeordnet hat, sie unverzüglich zu räumen?«

»Tatsächlich?« Ich dachte an die Holzhäuschen, jene Feriendomizile, von denen mir damals Michael Garvi erzählt hatte. Wenn ich mich unbeobachtet fühlte, malte ich mir manchmal aus, wie es wohl wäre, in solch einem Häuschen zu leben.

»Das hängt mit dem Krieg zusammen. So weit draußen soll niemand wohnen, sonst sehen die deutschen U-Boote das Licht und orientieren sich daran. Jetzt ist die ganze Inselkette stockfinster.«

»Ich hab' mir immer gewünscht, auf so einer Insel zu leben«, sagte ich und war selbst erstaunt über meine Offenheit. Es war das erste Mal seit zwanzig Jahren, daß ich etwas von mir preisgegeben hatte.

»Ach was, Mattie, da braucht nur ein anständiger Hurrikan zu kommen, und Sie sind weg.« Nell wunderte sich darüber, was ich für Rosinen im Kopf hatte.

»Ja, wahrscheinlich«, entgegnete ich verlegen.

»Wissen Sie, wenn Sie das wirklich wollen, dann warten Sie doch einfach, bis der Krieg zu Ende ist, und dann gehen Sie runter nach Mexiko. Es soll ja sehr schön sein da unten am Golf. Blaues Wasser, weißer Sand. Mein Sohn Albert war da und hat sich diese Ruinen dort aus der Mayazeit angeschaut. Er war doch vor dem Krieg Archäologe, wissen Sie.« Ihre Augen glänzten feucht, doch sie riß sich zusammen und fuhr mit fester Stimme fort: »Es ist das reinste Paradies, hat er gesagt.«

»Mexiko?«

»Ja, er hat vorgehabt, für ein, zwei Jahre dort zu leben, nach dem Krieg.« Sie nahm ihre Torte und das Schälchen mit dem Eis und wollte schon losgehen, hielt aber noch einmal inne. »Man fühlt sich dort wie neugeboren, hat er gesagt.« Sie trat an den Ausguß und stellte ihr Schälchen hinein. »Manchmal, wenn ich nachts nicht schlafen kann, stell' ich mir vor, er ist in Mexiko.«

Ich ging zu ihr und nahm sie in den Arm. Es war das erstemal seit zwanzig Jahren, daß ich aus freien Stücken jemanden berührte, jemand anderen als JoHanna oder Duncan. »Mein herzliches Beileid, Nell.«

»Albert hat sich seinen Traum erfüllt, anders als die meisten Menschen.« Nell hatte sich wieder in der Gewalt. »Albert und Duncan, die beiden sind viel reicher als die meisten von uns. Sie sehen immer noch gut aus, Mattie. Warten Sie nicht so lange, bis Sie alt und grau sind.« Sie wandte sich ab und ging wieder ins Wohnzimmer. Ich hörte, wie sie sich von Carrie und den anderen Frauen verabschiedete.

Draußen zuckte ein Blitz über den Himmel, und dann folgte ein Donner, der die Fensterscheiben leise klirren ließ. Das Gewitter war direkt über uns. Ohne mich um meine Tasche und die Handschuhe zu kümmern, rannte ich zur Hintertür hinaus auf die Straße, die früher einmal aus roter Erde bestanden hatte. Und während ich rannte, fielen auch schon die ersten dicken Regentropfen.

Die Stelle als Gerichtsstenographin hatte ich vor allem angenommen, um Elikah zu ärgern. Außerdem amüsierte mich die Ironie bei der Sache. Jedesmal, wenn es in Jexville einen Prozeß gab, saß ich als Amtsperson neben dem Richter, ich, die Frau, die Tommy Ladnier erschossen hatte und dafür nie zur Rechenschaft gezogen worden war. Überdies verdiente ich auf diese Weise eigenes Geld, von dem ich mir ein gebrauchtes Auto gekauft hatte. Ich benutzte den alten Ford allerdings nur, wenn ich nach Fitler fahren wollte, um Tante Sadie und Jeb zu besuchen, oder nach Mobile zur Post, wohin JoHanna mir mitunter Briefe schickte.

Zur Arbeit ging ich zu Fuß, damit ich ein bißchen Bewegung hatte. Ebenso in das kleine Café, wo ich zu Mittag aß. Dabei spielte das Essen in meinem Leben eine untergeordnete Rolle. Ich war zu der Überzeugung gelangt, daß ich Angst hatte, mir könnte irgend etwas schmecken. Probierte ich nur einmal etwas Köstliches, es wäre ein schwacher Moment, und meine ganze Kraft wäre dahin. Jedenfalls ging ich zu Fuß und sparte meine Benzinrationen.

Während ich nun so durch den Regen rannte, dachte ich darüber nach, daß ich eigentlich genug Benzin hatte, um über die Grenze zu kommen. Nell Anderson hatte mir einen Ausweg gezeigt. Mexiko. Die blaugrünen Wogen des Golfs, ich hatte sie nur ein einziges Mal gesehen. Jetzt hatte ich ihr Rauschen im Ohr wie meine Schritte, die auf dem Pflaster hallten. Jahrelang hatte ich mir jegliche Impulsivität strengstens versagt. Alle Wünsche. Das ganze Leben. Nicht eine Sekunde hielt ich das mehr aus.

Ich rannte so schnell, wie es der enge, kurze Rock des Kleides zuließ. Ich lief an Elikahs Frisiersalon vorbei, und es war mir egal, ob er mich sah. Er konnte mich nicht aufhalten. Diesmal nicht. Ich würde ihn verlassen, trotz aller Drohungen. John Doggett war schon längst aus New Orleans fortgezogen. Er arbeitete jetzt als Kriegskorrespondent für den Kansas City Star. Elikah konnte ihm nichts mehr anhaben. Quincy Grissham hatte vor einem Jahr die Wahl verloren. Will und JoHanna waren in Sicherheit und genossen ihr Glück. Und Duncan. Duncan hatte als Tänzerin nicht nur die Bühnen dieser Welt erobert, sondern auch das Herz eines jungen Mannes, der sich sein Brot als Komponist verdiente. Die beiden lebten bescheiden, aber glücklich in New York, wo ihm, wie sie mir schrieb, mit seinem nächsten Musical gewiß der Durchbruch gelingen würde. Sie selbst tanzte immer noch, benutzte aber ihre langen, wohlgeformten Beine in erster Linie dazu, mit Clair durch die Wohnung zu tollen.

Nur ich saß in der Falle. Gefangengehalten von meinem eigenen Unvermögen, zu fliehen. Doch damit war es nun vorbei. Ich würde gehen, und Elikah konnte mich nicht daran hindern.

Klatschnaß vom Regen, rannte ich ins Haus und riß die Schranktür auf. Ich hatte mehr Koffer und Kleider, als ich mitnehmen konnte. So, wie die Sachen mir in die Hand fielen, zerrte ich sie von den Bügeln und stopfte sie in das erstbeste Gepäckstück. Dann raffte ich mit den Armen die Schuhe zusammen und schmiß sie obenauf.

Alles, was ich im Schrank hatte, kam entweder von Will oder von JoHanna. Extravagante Kleider, über die sich die Leute in Jexville das Maul zerrissen. Kleidungsstücke waren schließlich das einzige gewesen, womit JoHanna mir eine Freude machen konnte. Und wenn sie nicht von ihr gewesen wären, hätte ich die Sachen gar nicht eingepackt.

»Was machst du denn da?«

Ich drehte mich um und sah Elikah in der Tür stehen. Er war mir gefolgt. Eine triefende, schon ziemlich graumelierte Haarsträhne hing ihm in die Augen. Er war völlig außer Atem und umklammerte mit der linken Hand – der mit den beiden gekrümmten Fingern – den Türpfosten.

»Ich gehe.«

Er stellte sich breitbeinig hin, so daß er den ganzen Türrahmen ausfüllte. »Ich kann mir nicht vorstellen, daß du dir das gründlich überlegt hast.«

So höflich hatten wir seit Jahren nicht mehr miteinander geredet.

»Es ist aus, Elikah. Mir reicht's. Wir haben uns genug bestraft.«

Ich hörte ihn in sich hineinlachen und fuhr herum. »Da irrst du dich aber gewaltig, Mattie. Ich für mein Teil fange gerade erst richtig damit an.« Er kam auf mich zu.

Im ersten Moment dachte ich, er wollte mich schlagen, und für den Bruchteil einer Sekunde kehrte die Angst zurück, die ich für immer hinter mir gelassen zu haben meinte. Der Gedanke an Mexiko hatte die Hoffnung wieder geweckt. Und mit ihr kamen die Angst und tausend andere Gefühle, die ich so lange unterdrückt hatte, daß ich schon glaubte, sie wären abgestorben.

»Laß mich gehen, Elikah. Warum kann nicht jeder von uns sein eigenes Leben leben?« Ich versuchte, mit ihm wie mit einem vernünftigen Menschen zu reden. Doch in meinem neuen Verlangen nach Leben hatte ich vergessen, wen ich vor mir hatte.

Er schüttelte den Kopf. »Du glaubst wohl, nachdem du zwanzig Jahre hier abgesessen hast, kannst du einfach so beschließen zu gehen?« Er schüttelte abermals den Kopf, diesmal noch heftiger. »Überleg dir das lieber noch mal.«

»Janelle sagt, du hast davon geredet, dich freiwillig zur Army zu melden. Wir könnten doch getrennte Wege gehen. Noch einmal von vorn anfangen. Du kannst den Frisiersalon und das Haus verkaufen, das Geld kannst du allein behalten. Ich will nichts als weg hier. Ich will doch nur …«

Mitten im Satz klingelte auf einmal das Telefon. Dabei rief bei uns nie jemand an. Ich hatte keine Freundinnen. Und Elikah traf sich mit seinen Freunden abends, wenn es dunkel war, im Frisiersalon. Es waren harte Männer mit mürrischen Gesichtern, die Whisky tranken, was hier bei uns in Chickasaw County nach wie vor strafbar war, obwohl man in den restlichen Teilen des Landes längst eingesehen hatte, daß man den Alkohol nicht abschaffen konnte. Die Männer saßen im Laden und spielten Karten, tranken und diskutierten über das wachsende »Negerproblem«.

Ich ging hinaus in die kleine Diele, wo der Telefonapparat stand, und griff nach dem schwarzen Hörer. »Hallo?«

»Mattie? Hier ist Sadie.«

Ihre Stimme klang beunruhigt. »Was gibt's denn?«

»Es geht um Duncan.«

Hier draußen war kein Stuhl, auf den ich mich setzen konnte, darum lehnte ich mich haltsuchend an den Telefontisch. »Was ist mit ihr?«

»Ihr ist nichts Schlimmes passiert.« Sadies Stimme klang noch besorgter. »Sie hat mich heute früh angerufen. Ich hab' schon den ganzen Tag versucht, dich zu erreichen. Sie war schrecklich aufgeregt. Sie sagte, letzte Nacht ist was passiert. Sie hat einen Traum gehabt. Von einem Mann im Fluß, der sie packen wollte und nach ihr gerufen hat. Ich mußte ihr versprechen, daß ich dich anrufe und dir Bescheid sage. Sie sagte, du wüßtest schon, wer der Mann war...«

Ich sah Elikah an. Mein Blick blieb an seinen Füßen hängen, und da sah ich die Stiefel. Sie waren nagelneu. Er hatte sie bei dem Schuster machen lassen, der Mr. Moses' Geschäft übernommen hatte. Sie sahen haargenau so aus wie die, die Floyd damals für Sheriff Grissham gemacht und die Elikah dann getragen hatte, Tag für Tag, bis sie kaputt waren. Und nun hatte er sich vor ein paar Tagen neue machen lassen. Das schön gemusterte Oberleder glänzte im schwachen Lichtschein, der durch das Fenster ins Haus fiel. Das Gewitter hatte sich verzogen, und die blaßgelbe Sonne kam hervor.

»Mattie! Mattie!« Tante Sadies Stimme klang blechern und besorgt. »Hast du mich verstanden, Mattie?«

Ich hatte gar nicht hingehört, aber das machte nichts. »Ich muß weg, Tante Sadie.«

»Duncan sagte, sie ruft heute abend noch mal an. Sie war ganz außer sich, Mattie. Sie hatte richtig Angst. Sie hat sogar überlegt, ob sie sich in den Zug setzen und herkommen soll, aber das ist so schwierig, wegen des Krieges.«

»Wenn sie anruft, sag ihr, daß bei mir alles in Ordnung ist.«

»Sie hat den Traum nicht mehr gehabt, seit sie aus Jexville weg ist, Mattie. Was hat das zu bedeuten? Sie sagte, du kennst den Mann im Fluß und daß sie mit dir darüber geredet hat.«

»Sag ihr, daß bei mir alles in Ordnung ist.« Ich legte auf, bevor sie weiterreden konnte. Später einmal, viel später, würde ich ihr alles erklären.

Ich drehte mich um und sah Elikah an, ließ den Blick an ihm hinaufwandern, von den Stiefeln bis zu den Augen. Ich hatte mir schon lange keine Gefühle mehr gestattet, nicht einmal den Haß, den ich für ihn empfand. Ich staunte, wie stark dieser Haß war. Zwanzig Jahre hatten ihn nicht abschwächen können. Und Elikah hatte inzwischen vergessen, wozu ich fähig war.

»Ich gehe, Elikah, ob es dir paßt oder nicht.«

»Nein, Mattie, nicht nach dieser langen Zeit. Ich habe zu viele Jahre vertan, als daß ich jetzt ruhig zusehen würde, wie du gehst. Wir müssen das zusammen durchstehen bis zum bitteren Ende.«

Ich würde nie begreifen, warum er mich so haßte. Mich und JoHanna. Und wahrscheinlich auch Duncan, wenn er sie als Frau kennengelernt hätte. Was hatten wir getan, daß er uns um jeden Preis verletzen wollte, und wenn sein eigenes Leben darüber zum Teufel ging?

»Na, wenigstens reden wir mal miteinander.« Ich ging in die Küche. »Ich koche uns einen Kaffee.« Wir hatten jetzt einen Gasherd, dessen blaue Flammen hochschossen, sobald ich ihn anmachte. An die Stelle des alten gußeisernen Kessels war ein silbern glänzender getreten, der eine Pfeife hatte.

Elikah setzte sich an den Tisch. »Du kommst hier nicht lebend raus, Mattie. Kapier das endlich. Du gehst nirgendwohin.«

Ich tat Kaffeepulver in den Filter. »Ich geh' bloß schnell in den Garten, die Hühner füttern. Ich bin gleich wieder da.« Ich stieß die Fliegentür auf und ging hinüber zur Scheune. Mable war vor zehn Jahren gestorben. Wir hatten sie neben der Scheune begraben. Jetzt besaßen wir nur noch Hühner, die ich wegen der Eier hielt und im Andenken an Pecos, der in Natchez am Ufer des Mississippi begraben lag.

Ich ging hinter die Scheune, wo die Kiste mit dem Hühnerfutter stand, und nahm ein Blech voll heraus. Dann ging ich nach hinten in den Garten.

»Putt, putt, putt«, lockte ich die Hühner. Sie waren zwar allesamt dumm wie Bohnenstroh, aber ich liebte ihr leises Gegacker, wenn sie im Sand nach den Körnern pickten, die ich ihnen hingestreut hatte.

Ich hatte Mable Blumen aufs Grab gepflanzt, die eigentlich wie Unkraut aussahen, im Sommer aber kleine gelbe Blüten bekamen, die tief unten dunkelviolett waren. Die Samen hatte ich mir in Fitler geholt, vom Grab einer Frau, die ich nie kennengelernt hatte und die Lillith Eckhart hieß. Als sie zweiundzwanzig war, hatte man sie aufgehängt, weil sie ihren Mann vergiftet hatte. Sie war jung und verzweifelt gewesen. Impulsiv. Ich hatte einen besseren Plan gehabt. Und gewartet, bis ein Krieg kam.

Ich schaute rasch hinauf zum Küchenfenster und vergewisserte mich, daß Elikah nicht hinaussah. Dann pflückte ich eine gute Handvoll Blätter und stopfte sie in die Tasche in meinem Kleid, in der schon die Zigaretten steckten. Der Saft der zusammengedrückten Blätter hinterließ Flecken auf meiner Hand, und sie hatten einen kräftigen Geruch, so ähnlich wie Tabak.

Schon halb wieder im Haus, fiel mir ein, daß ich das Hühnerblech noch wegbringen mußte, bevor ich hineinging. Elikah saß am Tisch und wartete. Seine Augen waren kalt. Er schien zu überlegen, wie weit er würde gehen müssen, um mich aufzuhalten.

Ich stützte mich am Herd auf. »Vielleicht hast du ja recht, und ich hab's mir wirklich nicht gründlich überlegt«, sagte ich. »Ich möchte schließlich nicht, daß JoHanna Scherereien kriegt oder John Doggett.«

»Oder du selbst.« Er lehnte sich grinsend zurück.

Ich klopfte mir auf die Tasche, redete irgendwas dahin, griff nach dem Topflappen und nahm den Kessel vom Herd. »Ich muß meine Zigaretten im Schlafzimmer liegengelassen haben.« Elikah haßte es, wenn ich rauchte. Wortlos stand er auf und ging sie suchen. Er machte sich immer ein Vergnügen daraus, sie eine nach der anderen vor meinen Augen zu zerfetzen.

Kaum, daß er weg war, nahm ich den Deckel von dem Kessel und warf die frischen grünen Blätter ins Wasser. Als Elikah zurückkam, hatte ich mir eine Zigarette angezündet. Ich blies einen Rauchkringel in die Luft.

»Mach die Zigarette aus.« Er hatte die Fäuste geballt.

Hinter mir pfiff gellend der Kessel. Ohne den Blick von Elikah zu lassen, ging ich langsam durch die Küche zur Hintertür, nahm noch einen tiefen Zug und warf die Zigarette auf den Hof.

»Wenn wir schon miteinander reden, kann ich dir gleich sagen, daß es langsam Zeit wird, dir dieses vulgäre Gehabe abzugewöhnen. Eine Frau, die raucht, sieht billig aus.« Der kleine Sieg hatte seine Gier auf mehr angestachelt.

Ohne ihn einer Antwort zu würdigen, ging ich zum Herd, goß das Wasser in den Filter und drehte das Gas aus.

»Hier muß überhaupt einiges anders werden.«

Jetzt, wo ich mir wieder gestattete, Gefühle zu haben, hatte ich Elikah gezeigt, daß ich verletzbar war. Auf dieses Zeichen hatte er zwanzig Jahre gewartet.

Er setzte sich wieder hin und wartete auf den Kaffee. Mir zitterten die Hände, als ich ihm eine Tasse einschenkte, stark und schwarz, genau so, wie er es liebte. Zwanzig Jahre waren vergangen, doch das hatte ich nicht vergessen. Er betrachtete meine Hände und genoß meine Angst. Ich goß mir selbst auch eine Tasse ein und blieb, an die Anrichte gelehnt, stehen, die Tasse in den unübersehbar zitternden Händen.

Er trank einen Schluck und verzog das Gesicht. »Alles, was du anfaßt, riecht nach Zigaretten. Das war das letztemal, daß du geraucht hast, verstanden?«

Der Kaffee dampfte vor meiner Nase. Auch ich roch den Tabakgeruch. Elikah trank erneut. »Ich muß wieder in den Laden. Ich wollte zwar sowieso gerade zumachen, als du vorbeigerannt bist, als wär' der Teufel hinter dir her, aber ich muß noch die Kämme desinfizieren und die Handtücher herbringen. Damit du sie waschen kannst.« Er nahm noch einen ordentlichen Schluck und stellte dann die Tasse hin. »Ich komme heute zum Abendessen heim, und ich erwarte, daß du mir was kochst.«

Elikah stand auf. Die Pflanze hatte keine Wirkung gezeigt. Ich weiß nicht, was ich erwartet hatte, jedenfalls nicht das. Er griff noch einmal nach der Tasse und trank sie leer, denn zum Wegschütten war ihm der Kaffee natürlich zu teuer. Ohne mich anzusehen, trat er in die Diele und ging zur Tür. Erst dort kam er plötzlich ins Schwanken.

Ich glaube, in dem Moment hat er es gewußt. Aber da war es schon zu spät. Offenbar in der Hoffnung, es noch bis auf die Veranda zu schaffen, warf er sich gegen die Fliegentür und torkelte hinaus. Ich rannte ihm hinterher, packte ihn um die Taille und zerrte ihn, so schnell ich konnte, die Treppe hinunter zum Wagen, der vor dem Haus stand.

»Was hast du denn, Elikah?« fragte ich. Sein Gesicht glänzte vor Schweiß, die Augen traten aus den Höhlen. »Du siehst krank aus. Ich bringe dich lieber rüber zu dem neuen Arzt.«

Er konnte kaum laufen, aber ich stieß ihn auf den Beifahrersitz und knallte die Tür zu. Ich rannte noch einmal ins Haus, um die Schlüssel zu holen, dann setzte ich mich hinters Lenkrad. Ich bog in die hintere Straße ein und fuhr nach Fitler.

Es wurde schon langsam dunkel, und der Himmel leuchtete rosa- und goldfarben. Es war ein klarer Abend, und im kalten Aprilzwielicht duftete es nach Glyzinien und Geißblatt. Der Ford sauste auf der gepflasterten Straße Richtung Hattiesburg dahin. Ich bog in die schmale, ausgefahrene Sandstraße ein, die nach Fitler führte, und der Wagen begann zu holpern und hin- und herzuschlenkern. In den zwanzig Jahren, die inzwischen vergangen waren, konnte man so manchen Fortschritt in unserem Staat beobachten, in Fitler aber schien die Zeit stehengeblieben zu sein. Je näher wir dem Fluß kamen, desto fester trat ich aufs Gaspedal. Elikah saß neben mir; er war weder bewußtlos noch tot. Ich mußte ihm unbedingt noch etwas sagen. Es war gar zu köstlich!

»Weißt du, Elikah, ich wäre nie auf den Gedanken gekommen, wenn du nicht bei Janelle den Mund so voll genommen hättest. Stell dir mal vor, was die für ein Gesicht macht, wenn ich ihr sage, daß ich auch ein Sternenbanner für mein Fenster haben will, wenn ich ihr erzähle, daß mein Mann im Krieg ist.« Ich sah kurz auf sein bleiches Profil. »Kein Mensch wird mich verdächtigen, weil du ja allen erzählt hast, du seist schon fix und fertig zum Abmarsch.«

Ich passierte die Straße zu Tante Sadies Haus und fuhr weiter. Jeb hatte einen Fischerkahn, der an einem kleinen Anlegeplatz am Stumpf einer Zypresse festgemacht war. Die Kette wog mindestens einen Zentner. Lieber sollte der Kahn untergehen, als daß er ihm gestohlen wurde, hatte Jeb einmal lachend zu mir gesagt. Doch er hatte mir einen Schlüssel gegeben, falls ich, was selten genug vorkam, Lust hatte zu angeln. Ich fuhr rückwärts auf den Steg und stieß Elikah aus dem Wagen, so daß er bis an den Rand des Wassers rollte.

Die Angst verlieh mir die Kraft, ihn ins Boot zu zerren. Die Angst und der Haß. Als das Boot mit der Strömung hinaustrieb, schlang ich, so gut es ging, die Kette um ihn, erst um die Brust, dann zwischen den Beinen hindurch, und schloß sie mit dem großen Vorhängeschloß zu. Das Boot befand sich nun ein Stück stromaufwärts von der Brücke, und als ich gerade fertig war, ging am Horizont, hinter den dicken Bäumen, der Mond auf, und ich sah die Pfeiler aus dem silbrig glänzenden Wasser ragen.

Ich nahm das Ruder, lenkte den Kahn zu einem der Pfeiler und griff nach dem Tau, das ein paar Angler dort zum provisorischen Festmachen befestigt hatten. Elikah lag ganz still da, vollkommen reglos, aber ich wußte, daß er nicht tot war. Ich war mir so sicher, weil alle, deren Tod Duncan vorausgesehen hatte, ertrunken waren.

Mit letzter Kraft stieß ich Elikah ins Wasser, direkt neben dem Pfeiler. Die Ketten klirrten; leise zischend entwich die Luft aus seinen Kleidern, als er unterging. Ein letztes Blubbern, dann hatte der Fluß ihn verschlungen.

Lange blieb ich im Kahn sitzen und wartete, daß mein Herz wieder zur Ruhe kam und meine Angst sich legte. Es war vollbracht. Daran war nichts mehr zu ändern. Zwanzig Jahre lang hatte ich im voraus für diesen Mord bezahlt. Ich saß da, in dem an dem Pfeiler vertäuten Boot, nahm eine Zigarette aus der Tasche und rauchte.

Die Kippe zischte, als ich sie ins Wasser warf. Ich band den Kahn los und ruderte langsam zurück. Um vor der trügerischen Strömung sicher zu sein, näherte ich mich so weit wie möglich dem

Ufer, wobei ich darauf achtete, daß ich das Boot in der allzu stillen Untiefe nicht auf Grund setzte. Dann sprang ich ins Wasser, versetzte dem Kahn einen Tritt, so daß er wieder hinaustrieb, und schwamm ans Ufer.

Die Nacht war kühl. Ich schleppte mich an Land und drehte mich noch einmal nach dem Boot um, das langsam auf dem silbern glitzernden Wasser dahinglitt, den Pascagoula hinunter zum Sund, vielleicht sogar zum Golf. Jeb würde ihn als gestohlen melden, trotz der dicken Kette. Weiter stromabwärts würde irgend jemand ihn finden und behalten.

Es war ein weiter Weg zurück zum Wagen, und die Wälder sahen bedrohlich aus, so als wollten sie mich einschließen. Ich lief einfach immer weiter, unfähig, einen klaren Gedanken zu fassen oder mir zu überlegen, wie es weitergehen sollte. Im Geist sah ich ein Stück weißen Strandes vor mir und ein kleines, einsames Holzhäuschen, vor dem leuchtend rote Blumen wuchsen, die im kräftigen Wind schwankten. Ich würde das Haus in Jexville behalten. Schließlich brauchte ich einen Ort, an den ich jedes Jahr im Frühling zurückkehren konnte, wo ich auf das Hochwasser warten konnte, auf die Zeit, wenn der Fluß die Geheimnisse seiner trüben Tiefen an die Oberfläche brachte.

Eines Tages würde vielleicht auch Elikahs Leiche wieder auftauchen. Eines Tages. Doch bis dahin war ich frei. Wirklich frei.

»In einem Ton, der zugleich komisch, weise und klar wie ein Frühlingsmorgen auf dem Land ist, erzählt Carolyn Haines eine Geschichte, die einmalig und unvergeßlich ist …«

Mark Childress
(Autor von »Verrückt in Alabama«)

Carolyn Haines

Am Ende dieses Sommers

»Wir wateten durch den Fluß.
Ich mußte an den letzten Sommer denken – bevor die Erlöser da waren, bevor Maebelle V. da war –, an die Träume, die Alice und ich jemals gehabt hatten. Jetzt war es anders, und dabei konnte ich nicht einmal genau sagen, was sich verändert hatte.
Alles hatte sich verändert. Missouri gehörte dazu und eine grüne 7-Up-Flasche, die durch die Luft geflogen war und eine Blutlache im Sand hinterlassen hatte.
Ein Mädchen, das singen konnte, gehörte dazu und auch, daß es zu viele Geheimnisse gab.«

Aus dem Amerikanischen von Christa Schuenke
508 Seiten
gebunden mit Schutzumschlag

Gustav Lübbe Verlag